CONSTELADO

千 里 远 景 ， 如 在 尺 寸 之 间 。

百年中国工人戏剧史

剧作卷Ⅳ

中国特色社会主义新时代（2012-）

郭富民　主编

中国工人出版社

图书在版编目（CIP）数据

百年中国工人戏剧史·剧作卷IV 中国特色社会主义新时代（2012-）/ 郭富民主编. -- 北京：中国工人出版社，2024. 12. -- ISBN 978-7-5008-8537-5

Ⅰ. I230

中国国家版本馆CIP数据核字第2024XG5897号

百年中国工人戏剧史·剧作卷IV 中国特色社会主义新时代（2012-）

出 版 人	董 宽
责任编辑	李 骁 宋 杨
责任校对	张 彦
责任印制	黄 丽
出版发行	中国工人出版社
地　　址	北京市东城区鼓楼外大街45号 邮编：100120
网　　址	http://www.wp-china.com
电　　话	（010）62005043（总编室） （010）62005039（印制管理中心） （010）62379038（社科文艺分社）
发行热线	（010）82029051 62383056
经　　销	各地书店
印　　刷	北京盛通印刷股份有限公司
开　　本	880毫米×1230毫米 1/32
印　　张	23.625
字　　数	570千字
版　　次	2025年2月第1版 2025年2月第1次印刷
定　　价	108.00元

百年中国工人戏剧史丛书
编委会

序　言

在中国戏剧史上出现工人戏剧，是近一百年的事。

在中国共产党的政治纲领和治国理念中，工人是主体，是主导力量。中国人能否生存，要看农业，而中国社会能否发展，要看工业，要看工人阶级的状况。从工人阶级的社会地位、经济状况和精神面貌可以看出一个国家的发展水平。因此，关于工人阶级的精神文化建设，历来是头等大事之一。

中国工人戏剧随时代而发展，为世人所瞩目。仅初步考察，二十世纪的工人戏剧作品就有500部以上，题材来自工业领域的各个方面，可见其规模之大，波及面之广。这里面有大量工人作者的作品，还有大量戏剧名家之作，比如曹禺、老舍、夏衍、田汉、陈白尘、丁玲、李伯钊、沙可夫等人都写过工人戏剧，其中有的还是工人戏剧的领路人和指导者。因此，中国现代工人戏剧的专业性和艺术性不可小觑。中央戏剧学院作为中国戏剧教育的最高学府、戏剧研究的权威机构，一向非常重视工人戏剧。1962年由中国工人出版社出版过一本由中华全国总工会宣传部编选的《工人戏剧选》，就是时任中央戏剧学院院长的欧阳予倩作的序，他对中国工人戏剧的成就做了充分肯定，认为工人的作品都是源于生活，有感而发，台词都比较生活化，同时也指出普遍存在的问题是对生活提炼不够，但是可以看出在不断进步。欧阳予倩对工人戏剧创作的未来抱有很大希望，可惜当年他就去世了，未能看到此后进一步的发展。在这前后，各地的工会组织也编辑出版过一些当地当时的工人戏剧作品，但是从未出版过一套比较全面、比较系统的百年中国工人戏剧集，这与中国工人的社会地位、影响力和工人戏剧的发展状况是很不相称的。

工业文明是现代社会的基础，工人阶级是现代社会的主导力量。工人在不断更新技术，技术也在不断更新工人队伍。信息时代的工人群体与蒸汽时代、电气时代的工人群体已经完全不可同日而语。从当今世界的产业发展趋势、经济发展趋势看，智能机器人正在大规模地代替人类从事程序化的劳动，替代传统的工人。而那些更多涉及精神文化层面的、机器无法替代的社会劳动，对未来的工人提出了很高的要求。在全面工业化、数字化、智能化、自动化的情况下，工人这个身份将意味着扎实的专业知识和专业技能，意味着身心健康的极佳状态。所以，党和国家现在非常重视工人阶层的精神文化建设，而精神文化建设最有效、最有活力的方式之一是——戏剧。

过去一百年，中国工人戏剧在中国戏剧史上留下了光辉的一页。工人戏剧给我们留下了不少艺术精品，这些作品记录了中国工人阶级成长的历程，也是我们当代中国工人乃至当代中国人的重要精神食粮。此外，工人戏剧作品给我们提供了丰富的创作经验；工人戏剧运动多种多样的形式给我们提供了大量可资借鉴的样板，对我们的戏剧思维有多方面启发。因此，现在出版一套“百年中国工人戏剧史丛书”，恰逢其时。

从大量现存的工人戏剧作品看，它的独特价值不可替代，它的思想内容不可替代，它的艺术价值也不可替代。

从思想内容看，在新民主主义革命时期，工人戏剧与政治运动、阶级斗争、民族解放运动、反侵略战争密切相关，它是被压迫者的呼号与反抗，它是呐喊的艺术，是反抗的艺术；它与左翼思潮密切相关，它是底层社会躁动不安的写照，是推翻旧政权、打破旧秩序的意志展示，是战争年代的杀伤性武器。

二十世纪二三十年代工农革命武装的兴起与工人运动密不可分，而工人运动的主要精神支柱之一就是工人戏剧运动，戏剧是开展革命活动的重要手段。三十年代最有影响力的工人戏剧运动组织是蓝衫剧社，蓝衫剧社旗下的戏剧活动在当时覆盖了很大一部分地区，分支机构和剧团名目繁多，非常活跃。

早期到工人中间去开展戏剧运动的人，基本上都是中共地下党组织派出的。金山在《回忆蓝衫剧社》一文中，详尽叙述过他在1932年至1933年间，接受中共上海地下党的任务，到松湖铁路机厂开展工人戏剧活动的经历。金山的经历自身就很有戏剧性。他从铁路机厂的学校入手展开工作。学校的校长对共产党的活动自然有高度的警觉，但是这校长却是个戏剧爱好者，同时又是个官迷，他希望借助戏剧把学校办得有特色，让自己在厂里有更高的地位和更大的影响，在仕途上更有竞争力。这时候，本来对戏剧一窍不通的金山，被学校的进步人士推举到校长面前，说是请来的戏剧专家，可以帮助学校搞戏剧。金山的工作就在这样的背景下展开了。此时的金山，虽然不懂戏剧，但是他本能地有个看法：演戏就是以夸张的动作在台上大喊大叫，并且作为导演，必须以身作则，一招一式都要给演员做出样子来。于是他和他的演员们的排戏就成了纯粹的体力活，一场戏排下来，所有人的嗓子全都喊哑了，并且所有人的招式和叫喊方式都跟导演金山一模一样。首场演出有田汉编剧的《一致》，一开场就是一群涂满油腻与煤烟的赤裸的奴隶，蓝光打在身上像饿鬼一样沉默，对面是按照金兀术脸谱化妆的奴隶主，手持金银怒视着奴隶们，这时一个年少的女奴被拖到奴隶主面前，奴隶主随心所欲地侮辱、蹂躏她，女奴苦苦求饶，奴隶主身边的丞相不但不帮助女奴，反而拿皮鞭抽打女奴，要她恭顺地配合奴隶主的折磨。在这过程中奴隶们渐渐躁动起来，发出低沉的呻吟，随着皮鞭的抽打，奴隶们的呻吟渐渐变成了怒吼，最终全部挣脱了锁链，扑向奴隶主和丞相，尽情地痛打。此时此刻，台上台下的喊打喊杀声混成一片，随即是雷鸣般的掌声。这部戏本来是要连演三场，但是首场之后无法为继了，因为所有演员的嗓子均已喊哑不能出声，扮演奴隶主和丞相的两位演员也都被打得遍体鳞伤，需要治疗休养几天。这次演出效果之好，远远超出预期。

金山从此走上了戏剧道路，后来成了载入中国话剧史和电影史的人物。

这是工人演剧的普遍情况：初心是要在工人群众中进行政治宣

传，演戏只是宣传的方式而已，同时也是掩护政治宣传的手段，但是在这过程中，工人群众自身的戏剧天性被激发了出来，他们在观演关系中发自内心地倾诉、表达自己的情感和意志，表情和动作渐渐纳入了戏剧表演的形式，随着后来的专业进修和专业指导、学习提高，他们这些人反倒成了对表演最有心得体会的一批人，而戏剧的种子也在工人群众当中逐渐传播开了。

在战争年代，戏剧不仅被用来做宣传鼓动，甚至直接用作对敌斗争的战术。在世界反法西斯的中国战场，一开始就形成了军事斗争和文化宣传两个战线，戏剧成了文化战线的生力军。正如张惠良在《导演工人演剧的兴趣及方法》（《抗敌周刊》）中所写："话剧跟着敌人的炮火在突飞猛进着。它从一般唯美的艺术家和享乐主义者们的手里挣脱出来，投入了大众的怀抱。舞台上固然演剧，铺板搭成的草台也演剧；没有台的街头巷尾还是演剧。有钱的看戏，没有钱的一样看戏。更进一步的是一向只有从事戏剧工作的人才演戏，而如今是连观众甚至是一般知识低落的劳苦大众也跟在一块儿演戏了。这戏不是咖啡、可可，而是一种武器！宣传民众、组织民众、教育民众的一种武器！"

二十世纪三十年代初，很多戏剧家在指导工人演剧的同时，也深为工人群众自身的戏剧天分所激动，一些工人不仅能表演，也能编剧。在一次讨论会场，很多人谈了自己的感受。戏剧家丁皑说，有一次在工厂，有个年轻女工被工头搜身，刻意地在身上乱摸，引起骚动，随后这个女工又被日本监工毒打，整个车间的工人停工抗议，日本监工受到震慑，只好赔礼道歉。工人们随即把这件事编成小戏上演，全厂工人看得群情激昂。另一次，为纪念五卅演剧，演一个工人家庭的生活，演出形式像化装演讲一样，没有剧本，只是分派了角色：谁是糊涂老太婆、谁是“好人”老头子、谁是明白的姑娘、因为什么事情发生了矛盾、后来如何全家都觉悟了。上台后大家演得有声有色，入情入理，观众都看不出舞台上是现场发挥，并没有剧本。

在参加工人演剧的活动中，内行经常需要向外行学习。崔巍谈到自己的见闻时说，“有一次到浦东高桥去演《工人之家》，演得极好，台上哭了，台下的农民倒哈哈大笑起来”。专业的戏剧工作者往往打不破与观众的隔阂，而工人自编自导自演的戏，往往大受欢迎。他甚至说，现在“女工的演技真了不起，我想有公开的机会来卖卖票的话，真会骇倒有组织有训练的演员的”，所以要向工人学习。他后来编过一个有象征色彩的哑剧，全用动作表现，必要时用简单的声音来表示，这样观演之间没有方言的障碍，效果不错。在农村演话剧，特意用旧戏的手法，打破四堵墙的拘束。工农观众一般都有观看旧戏的传统，所以更容易接受。

在新中国建设时期，戏剧又是鼓舞工人劳动热情、促进生产的重要手段。二十世纪五十年代初，戏剧家凤子曾经著文记录了北京市工人戏剧演出的盛况（《记首都十八单位工人联合演出》）：

“从十月十六日至廿一日，参加工厂有十八个单位。演出节目有歌咏、话剧、秧歌、活报剧、快板剧、腰鼓、霸王鞭、工人舞等。六个晚上，在只容几百人的小礼堂，前后观众几达五千人，而百分之九十是工人。此外文艺界戏剧专家前辈们欧阳予倩、田汉、赵树理、丁玲、王亚平等几十位，都担任了评判委员。”

上海的工人演剧历史悠久，中华人民共和国成立后更是风起云涌。解放初期，全市就迅速成立了一千三百多个工人业余剧团。二十世纪五十年代后期工人话剧团激增，戏曲组织更多。国棉十五厂、申新九厂这样的工厂，戏剧组织甚至已经按车间和生产班次建立起来了。戏剧成了工人们生产、生活的一部分。天然饭店演出过一部叫作《服务态度》的小戏，几乎是全体职工上台表演他们服务态度的变化，他们自己说：“我们每演一次这个戏，等于我们的服务态度做一次深刻检查。”演剧成了工作回顾、工作总结，在游戏中提高了工作效率和服务质量。

二十世纪五十年代上海的戏剧会演也很多。1953年5月，举行了工人文艺观摩演出，包括话剧、戏曲、音乐、舞蹈、杂技等项。1954年12月，又举行第二次工人文艺观摩演出，形式繁多，百花齐放。1958年5月，15个区和海员、铁路、医务三个产业工会举行话剧会演，有300多个单位、450多个剧目参加，70%以上是由工人创作的。在各区会演选拔的基础上，由上海市工会联合会从6月2日到17日，举行工人话剧（活报、朗诵）展览周。演出的57个话剧和活报中，有52个是由工人创作的。同年12月，又举行了1958年上海市群众文艺创作会演。有些活报剧充满着浓郁的生活气息，朴素、明朗、自然、亲切，各有其独具的风格。有些演出从真人真事的活报剧，发展到艺术加工较为完整的独幕剧，艺术上更为成熟了。工人演剧虽然都是业余行为，但是并不满足于业余水平，有的演出还能运用不同的题材，吸收民族传统，有所革新。如一〇六工厂的

《伙食房大跃进》，把相声和戏剧结合；国营第一毛纺织厂的《拷花大衣呢》，用拟人手法把呢绒形象化，吸收戏曲的传统，配合敲击乐器，展开故事情节，并且自如地用了独白、走圆场、自报家门等旧程序表现新生活。有的演出随着内容和形式的变化，时而是快板剧，时而是相声剧，时而演变成方言话剧、塑像剧、朗诵剧，有的是话剧加唱、话剧结合戏曲，各尽巧妙。工人阶级在生产劳动中的智慧，在戏剧舞台上也得到了充分发挥。

武汉的工人演剧直接、明确地提出了“工人演工人”“工人演生产的事迹”的口号，工人在戏剧舞台上也当上了主人。1950 年 5 月 2 日起至 6 日止，第一次工人献剧观摩会演上，全部已实行了“工人演”“演工人”，有 28 个工人单位参加演出，近千名工人做了演员，从 34 个节目中，有 14 个剧本是经过改编的，12 个是工人自编的。在日常生活中，各工厂间的文娱活动也蓬勃地发展起来：秧歌剧、快板剧、歌剧、话剧、京剧。在随后的几次观摩会上，演出内容越来越丰富，参加的单位也更多，自编自导自演的比重越来越大。工人们自豪地说，咱们工人在生产上做模范，在舞台上也要做个能手。

仅以以上几个城市为例，可见 1949 年后，演剧已经在工人群众中被广泛地普及，并且成了工人阶级日常生活和生产劳动的组成部分。

与此同时，行业演剧也在如火如荼地进行。中华人民共和国成立后的最初十年，就已经成立了专为各业工人服务的中华全国总工会工人话剧团、中国铁路文工团、中国煤矿文工团、中国建筑歌舞剧团和中国地质部文工团。这些剧团上山下乡，哪里有工人，他们就到哪里演出。中国铁路文工团跑遍全国各铁路线，甚至到小兴安岭的深山密林里，为修建共青团铁路的工人演出。在零下四十摄氏度的严寒里，他们经常背起服装乐器，步行十几小时，为森林工人和铁路工人跳舞演戏。建筑歌舞剧团为建筑工人演出。有一次，刚下火车他们就遇上八级大风，刮得昏天黑地，伸手不见五指，鹅毛大雪扑面飞来，气温降至零下三十摄氏度，但他们仍坚持演出；晚上就跟工人同住在窑洞里，工人把他们当作中央派来的亲人看待，纷纷给他们送大衣、被窝御寒。中华全国总工会工人话剧团在三门峡的现场上，即时把现场的新人新事编成节目登台表演，工人看了戏说：“感谢文工团，献礼有两样：五百光脊梁，六十万斤汗。”中国地质部文工团长年累月到深山荒野去为勘探工人演出。在柴达木盆地一带，有些地方是苦水区，有些地方甚至是无水区，每天早上每人只能有一碗水漱口洗脸。他们有一次到镜铁山去慰问勘探队，白天在帐篷里演出，热得喘不过气来，晚上却穿上皮袄还感到冷，他们就在大雪纷飞的夜里在广场上演出。中华全国总工会工人话剧团曾上吕梁山为山上的炼钢工人演出。工人们跑出几里路迎接剧团，又放鞭炮又喊口号，锣鼓喧天。剧团白天参加劳动，晚上在庙台上演出。演出《把一切献给党》的时候，由于台子太小，演员一不留神摔下舞台，观众七手八脚把他抬到台上，继续演出。山上天气冷，下着小雨，观众一面烤着火，一面打着伞看戏，台上演出不停，台下观众不走。

北京举行的铁路职工业余文艺会演中，张家口铁路业余文工团的话剧《火焰千里》获得一致好评，后来才知道编剧之一是一个售票员。剧本虽然还不够完整，但气势磅礴，生活气息浓郁，所反映的生活和人物的精神面貌都真实、生动，很有感染力。表演上，也突破了一般的业余演出水平。虽然还是工人演工人，但他们已不完全是本人上台，依靠生活本色感人了，他们有意识地塑造不同的人物形象，有些形象已经具有一定的艺术表现色彩。

二十世纪四十年代末至五十年代初，大连船渠锻工厂工人王水亭自编自导自演的三幕三场秧歌剧《二毛立功》受到广泛欢迎，出了单行本，还被收到了劳动出版社出版的《戏剧集》里。

中华人民共和国成立的最初十余年，在政府的主导下，工人戏剧已经从零散的演剧活动发展成大规模的、大范围的、普及全国的戏剧艺术运动。中国的工人阶级已经不再是牛马一般的苦力，而是享受丰富精神生活的新型劳动者，不仅是欣赏文艺的主人，并且渐渐学会了掌握戏剧这个工具，成了舞台艺术的创造者。同时，专业戏剧工作者也在努力适应新社会的新生活，有的作品既能适应时代要求，又能在舞台上久演不衰，比如鲁煤等人创作的《红旗歌》，生活气息浓厚，人物个性鲜明，台词也很有时代特色。此剧在北京、天津、南京、重庆、兰州等城市陆续演出，受到观众，特别是工人观众的热烈欢迎，在上海居然能连续演出将近二百场，在南京的演出也突破了当地话剧演出的卖座纪录。

“文化大革命”中，虽然社会处在大动荡之中，但是工人演剧并未停顿。除了一系列《海港》这样专写码头工人的戏剧外，二十世纪七十年代的几次全国性的文艺会演，也给工人演剧提供了大量机会。这一时期，舞台演出的内容和形式都比较单一，普及程度却前所未有，戏剧的生命力，包括民众的戏剧天性和热情、戏剧适应社会环境的灵活性，都是难以磨灭的。

二十世纪七十年代后期至八十年代，随着思想解放、文化复苏的浪潮，工人演剧出现井喷式的发展，并产生了巨大的社会反响。《报春花》（1979年发表，编剧崔德志）、《灰色王国的黎明》（1980年发表，编剧中杰英）、《谁是强者》（1980年发表，编剧梁秉堃）、《我肯嫁给他》（1980年发表，编剧洪晖、杨欣）、《血，总是热的》（1981年发表，编剧宗福先、贺国甫）、《双人浪漫曲》（1983年发表，编剧王正）、《阿混新传》（1983年发表，王辉荃执笔）、《黑色的石头》（1987年发表，编剧杨利民）等作品都曾长演不衰。这些作品如“反映处于改革、调整时期工业战线沸腾生活的《血，总是热的》《谁是强者》《灰色王国的黎明》等剧，摆脱了抽象地描述方案之争、上马下马的俗套，敏锐地抓住了因社会变革所激发起来的错综复杂的现实矛盾，紧紧地把握住现实生活的各种复杂现象和内在本质的有机结合，着力去表现规模宏伟的历史进程中的各个不同侧面”。对于这样的作品，剧作家、评论家林克欢给了很高的评价。

二十世纪八十年代以后，工人戏剧与其他领域的戏剧一样，市场意识日渐浓厚，更强调主旋律，主旋律戏剧也在努力追求市场效应。与此同时，工人戏剧的民间团体也开始崭露头角，由“民工、农民工、打工人”演变而成的“新工人”，成为这种民间演剧的主力军。他们做音乐、做电影，也做戏剧。城市新工人在戏剧活动中展示自己对现实生活的观察视角，表达自己对生活的态度和对未来的憧憬，同时也以戏剧的方式解放自己的身心，焕发争取美好生活的激情。

新世纪以来，工人戏剧掀起了一股新浪潮，在社会影响面、影响力度和艺术品质方面都有了进一步的发展。2015 年北京人艺作为春节贺岁档在首都剧场演出的《食堂》（苑彬编剧），受到新华社、《光明日报》《中国艺术报》等多家媒体的赞誉。此剧最大的贡献是对当代工人语言的发掘、整理与呈现，戏剧情境中人物的语言处处弥漫着生活的烟火气、工厂的油烟气，声口毕肖，粗砺而俏皮，可以说是一部替工人阶级“代言”的戏剧作品。在此之前，上海话剧艺术中心演出了《中国制造》（贾鸿源编剧，王晓鹰导演）。作品再现了中国制造业寻求转型、打造民族品牌的艰难历程，主人公刘子义痛心疾首地说“我们输给老外的地方已经太多了”，中国工业必须浴火重生。贾鸿源本是印刷厂工人，但是在长期的戏剧实践中，已经成长为一个成熟的、有相当影响力的戏剧编剧。辽宁剧作家黑纪文也是工人出身，他的《工匠世家》（2018 年演出，辽宁人民艺术剧院创排，宋国峰导演）写东北重装集团两个工匠世家的故事，构思新颖，情真意切，成为叫好又叫座的工人戏剧。2018 年另外一部写工匠的舞台剧《工匠的天空》也受到广泛关注。这部剧根据真人真事改编而成，劳动模范杨建业编剧并导演，北京市东城区总工会出品，隆福剧场演出。其中工艺大师神乎其技的景泰蓝艺术，技术钻研，艺术创造过程的艰辛与快乐，带给观众特别的享受。2018 年还有一部写工匠的大戏，由林蔚然编剧、吴晓江导演，2018 年 5 月在包头市金狮剧场演出的《大国工匠》。这部剧讲述了三代军工人奋斗、牺牲与创造的故事，为观众展示了中国兵器工业的现代风貌和工匠精神的代际传承。此外，由唐栋、蒲逊、甄进编剧，傅勇凡导演的《苍穹之上》，以我国第四代隐形战机自主研发历程为题材，写几代航空人的奋斗历程；阿莹编剧的《红箭 红箭》，写导弹研制的故事；孙德民编剧的《塞罕长歌》通过林业工人营造绿水青山良好生态的故事，展示当代工人精神文明的新境界。2023 年 8 月，甘肃酒泉剧院演出了由肖生科编剧、余燕妮导演的《永远的铁人》，这部剧的特别之处是由玉门油田 43 名职工出演。进京汇报演出后，此剧赴大庆油田、大庆石化、大庆炼化、辽河油田、兰州石化等单位巡演，演出数十场，吸引了百万观众线上观看，受到多家权威媒体的关注。从这部剧的创作和演出情况看，早年石油工人王进喜的“铁人”精神在新世纪依然能引起广大工人群众的共鸣。此外，中华全国总工会文工团文艺工作者持续深耕‘工’字题材，在舞台艺术中打造‘工’字品牌。2024 年上演的音乐剧《逐梦》，是其中令人瞩目的成果。《逐梦》由主体三幕及序和尾声构成，以中国高铁研发为背景，讲述了项目负责人陈雨虹带领技术团队，在事业与家庭、合作伙伴与竞争对手，以及师徒、同事、父女、夫妻、母女等重重矛盾当中，克服千难万险，坚持自主创新，最终让中国人自己的时代列车畅行无阻的故事，展现了中国铁路从蒸汽时代到高铁时代跨越式发展的辉煌历史。该剧 2024 年 5 月至 6 月在中央歌剧院首演五场，场场爆满，后来在第二十三届中国上海国际艺术节演出，受到行业内外观众的一致好评。

新世纪这些工人戏剧，尤其是工匠戏剧，紧扣时代主旋律，对现实的观察视野更为广阔，题材、主题、故事情节和人物精神面貌更强调国际背景和大国博弈的意识，从而也更具家国情怀，有更为鲜明的时代特色。

“百年中国工人戏剧史丛书”所收的戏剧作品，主要是工人题材的作品，有工人创作的，也有戏剧专业工作者创作或者编剧、工人联合创作的。一百年来，工人戏剧创作演出活动的资料浩如烟海，选目难免有遗漏，民国时期的资料由于年代久远，战乱频仍，散佚比较严重，因此搜罗不易。万事开头难，此事尤其难，但是也必须有人开这个头。这套“百年中国工人戏剧史丛书”算是抛砖引玉，希望此书的出版能被学界、戏剧界和工人群体所关注，能在资料上有新贡献，并且对当代工人戏剧运动能有借鉴和启发。

有一首传唱已久的歌叫作《咱们工人有力量》，历史早已证明了这一点，而未来还将继续证明这一点。戏剧将助力工人群体在未来社会始终处在主人翁的地位，始终是世界的主人，同时也是自己的主人。

工厂的灵魂是技术，在技术迭代日新月异的大背景下，生产方式、工厂的面貌、工人的面貌、工人群体的构成都有可能发生颠覆性的变化。比如说，未来工厂、工人的主体可能是人形机器人，机器人进化到后来必定会具有情感和意志，未来的工人戏剧中可能出现机器人工人形象，未来的戏剧情境中，机器人可能会成为不可缺少的构件，矛盾冲突也可能不止于原初的人与人冲突，可能会有机器人介入。原初工人与机器工人之间掌控与反掌控，对智能机器工人自行繁衍的限制与放任，对智能机器人行为规范的制定，机器人工会的审批，机器人合法权益的保护等，可能都会进入议事日程，这些都可能成为未来工人戏剧创造面临的基本问题。甚至，智能机器人这种“新工人”当中如果出现了“工人剧作家”，出现了“新工人”自己的剧本甚至演出，那又将是什么场景？

技术的研发与迭代已经形成千帆竞发、百舸争流的局面，“工人”这个概念正在不断被最前沿的科技所重新定义，“工人戏剧”这个概念，必将在戏剧领域成为最有科技含量、最能引领艺术超滤的概念。在未来社会，工人阶级必将真正成为，再次成为社会进步的先锋队、推动历史前进的火车头。

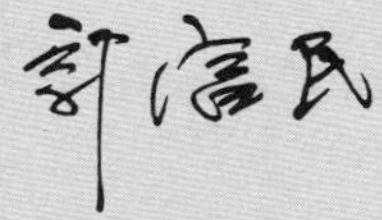

目录

红箭 红箭

阿莹

谨以此剧献给为祖国的国防科技事业默默奉献的人们！

作者简介

阿莹，男，汉族，陕西铜川人，1979 年开始发表文学作品，多篇散文连续七年收入中国作协主编的年度散文选。先后著有散文集《大秦之道》《饺子啊饺子》《俄罗斯日记》《旅途慌忙》《绿地》；短篇小说集《惶惑》；画论集《长安笔墨》；报告文学《中国 9910 行动》；歌剧《米脂婆姨绥德汉》，话剧《红箭 红箭》，秦腔剧《李白长安行》、歌剧《大明宫赋》、实景剧《出师表》、电视剧《中国脊梁》（合著）等。其中，散文集《俄罗斯日记》获第三届冰心散文奖；散文集《饺子啊饺子》获第五届冰心散文奖；报告文学《中国 9910 行动》获第三届徐迟报告文学优秀奖；歌剧《米脂婆姨绥德汉》获第九届国家文华大奖特别奖、优秀编剧奖和第二十届曹禺戏剧文学奖；话剧《秦岭深处》获第三十一届田汉戏剧奖一等奖；《李白长安行》《红箭 红箭》获陕西省文华大奖。

剧情梗概

这是一个当代的英雄与爱情的故事。

主人公周大军是秦岭厂的总工程师，承担着“红箭”反坦克导弹的研制任务。他的妻子刘娟刚刚怀孕，却在一次导弹试验中意外丧生在了自己制造的武器之下。周大军忍痛安葬了爱人，又重振精神继续投入“红箭”导弹的试验中。而妻子刘娟则化成一缕幽魂恋恋不舍地留在周大军身边，与他隔空对话，注视着秦岭厂的一切。

在此过程中，已经离开秦岭厂的女工程师罗安丽对他高薪邀约，但两个人在人生抉择与怎样才能捍卫和平上产生了分歧。后来导弹试验出现危险故障，周大军面对人工拆弹的生死考验挺身而出，罗安丽也不顾危险舍命相助，并在一次次的碰撞中渐渐理解了周大军的理想追求，决定留在秦岭厂。

该剧以一种新颖魔幻的方式，演绎了一代军工人为了国家利益，抛开了爱情的纠葛，顶住了金钱的诱惑，冲开了人性的羁绊，经受了一次次生与死的考验，上演了一幕幕惊天地泣鬼神的话剧，是一部现实主义的壮歌！

人　物

周大军　36岁，秦岭机械厂总工程师，红箭导弹试验总指挥

罗安丽　35岁，罗天柱的女儿，秦岭机械厂工程师，停薪留职

刘　娟　33岁，秦岭机械厂工程师，周大军的妻子

罗天柱　63岁，秦岭机械厂厂长，早年的三柱

罗安平　28岁，罗天柱的儿子，秦岭机械厂靶场试验组组长

刘　媛　25岁，周大军的妻妹，秦岭机械厂科研所质检员

黄半仙　30岁，秦岭机械厂司机班班长

王国章　60岁，秦岭机械厂科研所所长

张茂林　45岁，陆军驻秦岭机械厂军代表

辫子雷　16岁，游击队兵工厂的工人

大　柱　17岁，游击队兵工厂的工人

发射旗手、秦岭厂员工若干

第一幕

〔一九九八年春，乍暖还寒。

〔音乐；定点光。

甲 一号位准备完毕！

乙 二号位准备完毕！

刘娟 三号位准备完毕！

周大军 十、九、八、七、六、五、四、三、二、一！发射！

〔主题音乐，起定点光，刘娟上。

刘娟 朋友们，今天，我想给大家讲述一段，发生在秦岭深处的真实故事。大家知道吗，在我们祖国南北分界的山脉里，有一座现代化的军工厂，那里有一群默默无闻的军工人，他们与野草香花为伴，似乎远离繁华；他们与弹丸火药共舞，似乎毫不畏惧。可正是他们，在大山脚下为我们祖国的国防建设奉献着自己的汗水、青春，甚至生命……但是，很遗憾，就在刚才，我牺牲了……我叫刘娟，死于自己研制的导弹……其实，我不认为我会轻易地死去，因为我的爱人，我的同事，我未完成的事业，都还在秦岭厂。我熟悉他们的气息，熟悉这里的味道，熟悉机床飞转的声响，熟悉红箭飞行的轨迹，我眷恋这里的一切，我会永远活在这秦岭深处……今天，是红箭导弹首飞的日子，我怀揣着梦想和希望，来到了靶场，来到了我的丈夫周大军身边，他已经很多天没有回家了，尽管他主持过很多次导弹试验，但今天的任务还是让他感到了压力……

〔刘娟拿着一束紫荆花，走向指挥室的周大军。

刘　娟　周总指挥！

周大军　娟……你怎么也拿我开心？

刘　娟　怎么？你从一个副总设计师提到红箭总指挥的职务，难道不开心吗？

周大军　全是压力，哪顾得上开心啊？

刘　娟　那……那我今天送你一个惊喜吧。

〔刘娟把背后的紫荆花拿出来。

周大军　娟，哟，还真有惊喜呢！

刘　娟　那当然了，因为今天是一个特殊的日子。

周大军　是啊，为了红箭首飞，都忙活五六年了。啊！对了，今天你那三号位最关键，一定要密切监测！

刘　娟　那你忙吧，我去准备了。（走两步回头）噢，今天下班我要再给你一个更大的惊喜。

周大军　啊？还有惊喜？

〔大军和刘娟做了一个加油的动作。

〔刘媛拿着文件夹上，与刘娟相遇。

刘　媛　姐，昨天检查结果怎么样？

刘　娟　嘘……我想给他个惊喜！

刘　媛　哟，都老夫老妻了，还玩起浪漫了！

〔刘媛进指挥室，刘娟下。罗安丽、黄半仙匆匆上。

黄半仙　安丽姐！你真的不能进靶场试验区。

罗安丽 我有蓝色通行证。（欲进）

黄半仙 你这个蓝证……一定是人事部门的疏忽，要么……

周大军 要么就是因为……你是厂长的千金。

〔周大军递给黄一个文件，黄半仙下。

罗安丽 真可谓……新官上任三把火。

周大军 安丽，今天是红箭首飞试验，请你马上离开靶场中心试验区！

罗安丽 周大军，你别忘了，我也是红箭的结构设计师，那导弹上的每个部件我都清清楚楚。

周大军 正因为你是红箭的结构设计师，就应该知道靶场试验的规定。况且，这是原则问题，你已经离厂四年了……今天就是说破天，你也不能进！

罗安丽 周大军！你三把火，烧到我头上了……哼！

〔罗安平上来拉住罗安丽。

罗安平 姐，咱不斗气了，你到招待所等一会儿，试验一完，咱回家跟爸好好吃一顿，香椿炒鸡蛋、油泼辣子𰻝𰻝面。

罗安丽 咱爸？咱爸什么时候真正关心过我……（转而瞪眼朝着周大军）我算看透了，男人都一样，不但无情，而且无义。

〔罗安平气呼呼地走了。

〔罗天柱、张茂林、王国章走进指挥室。

罗天柱 大军，今天你是试验的总指挥，试验条件准备充分了再开始。

周大军 放心吧厂长，我昨晚上检查了一夜。

罗天柱 昨天，我在北京总部跟老军长签下了军令状，保证红箭明年9月定型试产，参加新中国成立五十周年大阅兵，所以……

王国章 这是科学试验，怎么还要签订军令状？

罗天柱　这军令状，我在抗美援朝的时候见过，转业到秦岭厂三十多年了，还是第一次啊。

张茂林　去年我在国外观摩演习，人家的新型坦克排山倒海，迎着阻击的炮火，眨眼工夫就冲到眼前了。我回来就向总部首长汇报，如果我们没有打击纵深目标的反坦克武器，地面仗就没法跟人家打了。总部首长急啊，这才下的军令状！

王国章　噢！这剩下不足两年时间了，所以，我这个总设计师压力就更大了。

周大军　我知道部队正盼着我们的成功，这次试验不能有半点闪失。

罗天柱　我是个老兵，我知道武器在战场上的分量。三十多年前，国家勒紧裤腰带，要建设咱们秦岭厂，我跟老军长坐个嘎斯吉普，开进这秦岭深处，当时这荒山沟里，杂草丛生，野猪成窝……但老军长脚一跺，坚决要把秦岭厂建在这儿！

张茂林　哦？难道这地方还有什么故事吗？

罗天柱　这儿是我军在西北的第一家兵工厂的旧址，对面的山坡上，就埋着当年牺牲的军工战士……

王国章　所以，老厂长在那里建起了军工墓园，要让一代一代去世的军工人在那里团聚……将来，我要是有那么一天……

罗天柱　哎！（拦住话头）不说废话了，就说今天……今天试验成功后，咱们要开个庆功会，要让全厂职工都沾沾成功的喜气。

〔罗安平拿着资料上，来找周大军签字，遇到罗天柱忍不住调侃。

罗安平　老爸，依我看，还不如给每个职工发一个开过光的宝葫芦，我昨天就从黄半仙手里抢了一个。

罗天柱　少跟我贫嘴，说正事呢。

罗安平　是！（敬礼）首长同志！

〔罗安平离开，刘媛拉着罗安平到一边。

罗安平 哎！媛媛……给。（给刘媛看宝葫芦）

刘　媛 我看你就应该把这宝葫芦送给你姐，镇镇她的傲气。

罗安平 干吗镇我姐？

刘　媛 瞧她那傲劲，目不斜视，眼中无人……就镇她！

黄半仙 镇谁啊？你俩要拿宝葫芦镇谁啊？

刘　媛 镇他姐！

黄半仙 镇……他姐？刘媛啊，你少说两句吧，你要是和安平成了，人家安丽就是你大姑子，小心进门就给你穿小鞋，穿上还脱不下来。

罗安平 你瞎说，我姐对媛媛好着呢。

〔铃声急促响起。

周大军 各部门注意，现在进入最后准备。

〔广播里传来声音

甲 一号位准备完毕！

乙 二号位准备完毕！

刘　娟 三号位准备完毕！

周大军 发射！

〔多媒体视频：导弹飞起，命中目标。

发射员甲乙丙 命中目标！

〔黄半仙、罗安平、刘媛拍手，成功。

周大军 厂长！第一发，试验成功了！

罗天柱 大军，我选你做这个总指挥，算是没有选错人啊！

〔罗天柱、张茂林下，周大军、王国章和发射员在讨论。

〔在炮位旁边的掩体里，几个保障人员在议论。

罗安平 半仙啊，你老吹你算得准，今天算你捡着了。

黄半仙　什么叫捡着了？我净手焚香算过两次，都是吉兆。

刘　媛　你本事大，发个功，把罗安丽罗小姐的公主病治好了，我给你当徒弟，让我干啥我干啥。

黄半仙　刘媛，徒弟可是绝对要听师傅话的。

刘　媛　那是当然。

黄半仙　（面向罗安平）听见没？这可是刘媛自己说的。

罗安平　这可不能由着她。

刘　媛　怎么了？现在就想限制我？半仙，你要真能把他姐摆平了，我就……（小声）请你吃饭。

黄半仙　啊！（故意）……就嫁给我。

罗安平　媛媛，你可真不让人省心……

刘　媛　谁不让你省心了？看你刚才那么护你姐……哼！

罗安平　我姐，我当然要维护。

刘　媛　你姐这人也太霸道了，当年为跟我姐争大军哥，什么心思都用上了，居然在厂门口堵住我姐要谈判，让我姐把大军哥让给她……她也真敢说呀！要不是看大军哥跟我姐结婚了，她才不会离开秦岭厂呢。

黄半仙　媛媛，我看安丽姐特别重感情，你看她离厂四年多，心还在秦岭厂，每周都要我给她寄咱厂的《秦岭报》，万一哪一期忘寄了，就是一顿臭骂。

刘　媛　问题就在这儿！她要《秦岭报》干吗？我看她呀，到现在都没死心……半仙，你说她姐想干吗？！

〔发射铃蓦然响起。

〔罗天柱向周大军示意试验时间到了，周大军胸有成竹地走上指挥台。

周大军　各号位注意！第二发准备！十、九、八、七、六、五、四、

三、二、一，发射！

〔多媒体：导弹喷火腾飞，突然舵机失控，弹体左滚，偏离靶道，一头栽下，坠地弹起，正砸到刘娟所在的三号监测位上。

王国章 啊！三号位？三号位！快，快救人！

刘　媛 姐——姐！

周大军 娟！娟——！

黄半仙 （跑上）嘛哒咧！嘛哒咧！

刘　娟 这个突如其来的灾难，怎么就这样落到了我的头上，我一下子就没有了呼吸……大军啊，我本想着今天咱们一起回家，想给你一个惊喜的，想着给你看看给小宝宝准备的红肚兜，想着咱们会一起去迎接小宝宝的降生……可怜的小宝宝啊，妈妈多想捏捏你肉嘟嘟的小脸蛋，亲亲你胖乎乎的小脚丫……多想让你睁大眼睛看看，你的爸爸慈爱的面孔，你的妈妈深情的眼睛，多想让你看看，爸爸、妈妈研发的红箭飞上蓝天……也多想看着你慢慢长大，摇摇晃晃地扑向爸爸妈妈的怀里，听到你稚嫩地喊一声“爸爸、妈妈”……可是，现在，我静静地倒在靶场对面的山坡上了，脸颊不再温热，头发不再柔软，脉搏间触摸不到生命的律动，胸膛里感受不到呼吸的颤音，身体里再也没有了生命的律动……是啊，在秦岭厂的后区，在那排军工人的雕像旁，又将竖起一尊新的雕像了……

〔音乐延续至第二场。

第二幕

〔两周以后，秦岭厂后区。

〔在那尊用布罩起来的纪念雕像前，人们准备开始安放仪式。

罗天柱 咱们秦岭厂有这个传统，凡是在岗位上牺牲的人，都要在军工墓园里竖一尊雕像。这一尊尊雕像，可是看着咱们秦岭厂从无到有，看着咱们的红箭冲天而起……可是……可是今天的雕像不一般哪，这次靶试失败，导弹失控坠地，弹到三号监测位，刘娟同志在千钧一发之际，扑到仪器上，光荣牺牲了……刘娟同志才三十三岁……多好的一位姑娘啊！

王国章 现在，由厂长罗天柱、总指挥周大军共同为刘娟烈士的雕像揭幕。

〔周大军迟疑，众人见状愕然。

周大军 同志们，大家都知道……今天揭幕的这尊雕像是我的妻子刘娟……刘娟是我的妻子、我的爱人，是我那没有出生的孩子的妈妈……可是大家不知道，我是多么糊涂的一个丈夫啊……我们结婚五年了，一直没有孩子……直到她牺牲了，我才在她身上，发现了这个绣着小老虎的红肚兜。她是想用这个肚兜，兜住我们的孩子，兜住我们的未来……而我却亲手扼杀了自己做父亲的希望……我……我是多么浑蛋的丈夫啊！我知道，刘娟不愿离开秦岭厂，不愿离开这个家，更不愿变成一尊冰冷的雕像……她更愿意陪在我身边，迎着朝霞，跟我们一起上班，伴着星辰，和我们一起回家……现在刘娟牺牲了，牺牲在我亲手指挥的导弹试验里。（悲哭）我……我实在不想看见，刘娟化作雕像站在这里啊！（哽咽）

罗天柱 大军，我们明白你的心情，工厂为什么要把刘娟的雕像竖在这儿，是希望这尊雕像能唤起大家的责任意识，牢记质量是军工人的生命，每天看到雕像能绷紧我们的神经，做好手上的每一个工件。

周大军 可我辜负了厂长的嘱托，没能完成试验任务……

王国章 这不是指挥的问题，通过仪器分析我们发现，仅仅一个元器件电压失稳，我们就付出了生命的代价！

周大军 厂长，我觉得，咱们秦岭厂要竖雕像，更应该高高竖起那些在战火中牺牲的英烈，像董存瑞炸碉堡、黄继光堵枪眼……他们是共和国的英雄，可也是咱军工人的……耻辱！

罗天柱 大军，你胡说什么？

周大军 我没有胡说，我对先烈充满了敬重。我是想，如果他们手中有克敌制胜的武器，董存瑞还需要与敌人的碉堡同归于尽吗？黄继光还需要用胸膛去堵敌人的枪眼吗？所以……所以，我每次想到这儿，就像有根鞭子在抽我的脊梁，抽得我浑身发烫。所以，我们要竖雕像，就应该把这些英雄的雕像竖在这里，让英雄的目光每天考问我们，今天你的任务完成得怎么样？

张茂林 大军同志，我们理解你此刻的心情……董存瑞、黄继光是共和国的英雄，刘娟同志为了国防事业献出了年轻的生命，她，也是我们的军工英雄。

罗天柱　大军，我们知道你心里苦……刘娟是你的妻子，也是一位英雄，我们就让她的眼睛来每天检视秦岭人的工作吧！

王国章　现在全体肃立，让我们在烈士面前重温誓言：我宣誓，忠于祖国，忠于人民；国庆献礼，红箭腾飞。

〔罗天柱一扬手，众人陆续散去，留下周大军一人，他默默抚摸着刘娟的雕像。

周大军　娟啊……面对这冰冷的雕像，我的手在颤抖，我的心在流血，我都不知道该说些什么了，我说我爱你，我说我想你，都显得那么苍白，那么空洞……

〔刘娟悄然出现在山脊上。

刘　娟　大军，我和你在一起，没有甜言蜜语，我却能感受到你对我的爱……遗憾的是，我再也看不到红箭的飞行了，也看不到我们即将出生的孩子了……

周大军　娟，我不是一个好丈夫，你牺牲了我才知道，那一天对我们两人来说，是个非同一般的日子……五年前的那一天，我们走进了婚姻的殿堂，五年后的这一天，我却抱起了你没有了呼吸的身体……我总想着，等到试验成功了，我们一起回家……可直到你倒下了，我才发现你怀里不但揣着一个红肚兜，还揣着两张电影票，你是想跟我一起去重温那个甜蜜的时刻吧？想在那个甜蜜的时刻告诉我——你藏在心里的惊喜吧？

刘　娟　是的，我们两个人在一起的日子，总是那么幸福，那么令人回味……记得那年我们在国外进修，你给我讲过父辈的磨难，讲过老一辈军工人的遗憾，我们被同样的故事感动，我们崇拜同样的英雄，那些为了共和国付出生命的军工人，都是你我肃然起敬的偶像。

周大军　可是……可是娟啊，我不想你成为一个偶像，你是上天给予我的最珍贵的礼物！记得我每年都会说，要给你好好过一次生日，想在生日晚餐上好好表现表现……可是每次你的生日来临，我都毫无反应，等到过去了才想起来，只好对你说，明年，明年一定……可是……可是咱们还有明年吗？

刘　娟　大军啊，我也充满遗憾，我再也不能，在你苦思冥想的时候，轻轻地给你按摩双肩，慢慢帮你舒展眉头；在你出门上班的时候，给你的饭盒里盛满米饭；在你回家的时候，帮你脱掉外衣，抖掉一身的疲惫……

周大军　你的心，在我的胸膛里跳动，你的血液，在我的身体里流淌。

刘　娟　大军，你是我的月亮，也是我的太阳，每当我拿起你脱下的衣裳，我的心就会荡漾。你喜欢躺在被窝里看电视，可是电视的声音却成了你的催眠曲……现在……现在你没有了我的陪伴，晚上看电视的时候，千万把遥控器放到手边，睡觉时一定把电源关上。

周大军　娟啊，我在心里无数次说过，等到红箭成功了，我要好好当个丈夫，我要把你像菩萨一样供起来，把所有的家务包下来，让你过上公主般的生活……（刘娟慢慢走下）可是你突然就走了，走得这么快、这么急，再也不会回来了……我只有用红箭的进步，来告慰你的在天之灵了！

〔刘娟下，周大军下。

〔指挥室里，大家在讨论。

罗天柱　国章啊，总部今年改革了军品科研机制，这一改就把咱秦岭厂逼到墙角了。

王国章　现在是试验走到哪儿，经费拨到哪儿，眼下出了这么大的事故，经费怕是一时半会拨不下来了。

张茂林　我是军代表，经费的事我去向总部首长汇报，争取通融一下，尽快恢复试验！

〔周大军走进办公室。

周大军　恐怕等通融下来，就等到驴年马月了，我们绝不能坐等经费到了再恢复试验……我想提个建议，咱们自筹一笔款，冒险赌一把进度。

罗天柱　赌？赌啥？拿啥赌？

周大军　就赌军令状，拿秦岭人的家底赌！我们厂有六千名职工，每人最少二千，最多一万,六千职工至少一千两百万，有了这一千两百万，就可以启动红箭试验。

罗天柱　你疯了吧？馊主意，纯粹的馊主意！你就不怕人家说你出风头？

周大军　这个风头，我愿意出！

罗天柱　你愿意出？你拿啥出？

周大军　我……我把刘娟的抚恤金拿出来，她一定支持我，集资人就写上刘娟的名字。

王国章　大军，你冷静一点。集资？这可是要动职工压箱底的私房钱，如果在有限的时间，一旦完不成研制任务，军方的试验费下不来，你到哪儿筹钱还给大家？

张茂林　周总指挥，集资的事儿太冒险……万一不顺利，后果不堪设想啊！

罗天柱　大军啊，我懂得你现在的心情，试验失败是常有的事。你现在全力以赴，解决技术问题，经费的事我再想想。

〔罗天柱转头，与罗安丽打了个照面，他同女儿耳语一句，下。

罗安丽　大军，听我爸说，你提议，全厂职工集资研发红箭？

周大军　是的。

罗安丽　你也不想想，咱们干了多少年军工，谁见过自己掏腰包，为国家研制武器的?

周大军　你难道不明白?这是应急措施，是为了抢进度!

罗安丽　你的提案上了职代会，一定会炸锅!

周大军　不!我相信秦岭厂，相信秦岭厂职工!

罗安丽　大军，即使真的要集资，你也不能动用刘娟的抚恤金啊!我看这样吧，我出二十万，以我们两个人的名义。

周大军　你出二十万?我们两个人的名义?……你这是在施舍吧?

罗安丽　施舍?这怎么是施舍呢?大军，我懂你的尊严，我的意思是，你可以离开秦岭厂，到我的公司来，这二十万权当是预支你的工资，也是你对红箭最后的贡献。

周大军　安丽，你这是在诱惑我。

罗安丽　那是你应得的报酬，拿得干净，拿得磊落!

周大军　让我离开秦岭，到你的公司去?不，人可以没有钱，但不能没有骨气!

罗安丽　大军，一分钱难倒英雄汉。说到底，我也是为了帮你减轻点负担，我知道你母亲每个月的医药费，就是你工资的一半。

周大军　你说的这些，我不想听……你总是钱钱钱的……我鄙视那些精神亏损的富翁。

罗安丽　你什么意思?周大军，你这是在影射我吗?我是离开了秦岭厂，我是有了一些积蓄，但我不是什么精神亏损的富翁!我离开秦岭厂，把科研热情放在了人工降雨的民用产品上，有什么不对?你没有权利这样指责我!

周大军　我怎么是指责你?你还记得，我们进厂后的第一堂培训课吗?

罗安丽 我只记得五年前的那个夜晚，我鼓起勇气，想邀请你和我一起去看电影，却看见你和刘娟走进了另一家电影院。你们走得那样欢天喜地，我却孤零零地看完了《战争与和平》，让我独自经历了一次血与火的洗礼……不过，我也要谢谢你，正是因为那部影片里的血腥，给了我极大的震撼。

周大军 所以，你放弃了研发导弹，离开了秦岭厂？

罗安丽 不，是一个梦，一个少女的梦，从此破碎了……这个少女，喜欢下班后躲在机床后边，听你在空旷的厂房里歌唱，听得她泪流满面，浑身颤抖；这个少女，喜欢躲在自家窗台上，看你风风火火去上班，昂首挺胸骑着自行车……可是直到那天，看到你和刘娟对视的目光那么甜蜜，我的心彻底碎了……而我能做的，只有悄悄地离开秦岭了……

周大军 安丽……

罗安丽 可我人虽然离开了秦岭，但我的心还在秦岭山里……知道我为什么每周要看《秦岭报》吗？那上面不仅有秦岭人的风貌，更有你周大军的动态，你的一举一动都牵动着我的心，我把有关你的报道都剪了下来，汇成了一个厚厚的剪报本，虽然我看不见你，也摸不到你，可我感觉你依然还在我家对门，依然能听到你在说话在唱歌……我常常抱着剪报本，就像抱住了你……本来，我以为我的感情，你永远也不会知道了，但是现在……（低声）刘娟牺牲了……

周大军 安丽，这秦岭厂里有一个深埋在我心里的梦……我现在就可以答复你的盛情！

罗安丽 现在？现在先别急，你好好想想……

周大军 不，就是现在！我……不会答应你的！答应了你，在秦岭厂，我就抬不起头；答应了你，在刘娟面前，我更抬不起头！

罗安丽　你……你怎么能这样想？

周大军　我实话告诉你吧，你不要以为我是陷到刘娟牺牲的阴影里，走不出来了，（手指山坡）是那儿！是那片军工厂的旧址……

〔闪回。

〔山腰上，一群人在打磨做手雷的石块，叮叮当当的声音响彻山谷。

大　柱　三柱，辫子雷呢？

三　柱　（喊）辫子哥！

辫子雷　这不就是砸石头嘛，咋还叫个兵工厂呢？

三　柱　就是。哥，咱都砸了十几天的石头了，手都磨出泡了！

大　柱　好好干活，你们俩刚来，别胡说！

辫子雷　我们俩是听说这儿是兵工厂，可以造炸弹，才跑过来的。

三　柱　谁知道一天到晚，光砸石头了！

大　柱　你咋光想着造炸弹？

辫子雷　你是不知道……我娘……我娘那天被还乡团关到草房里活活烧死了，我趴在山坡树梁上，听见娘一声接一声惨叫……娘！

大　柱　哎哟，辫子雷，我跟你说，咱砸的这些石头钻个眼，装上火药，就是手扔炸弹。

辫子雷　真的？

三　柱　那咱多造几个土雷，给大娘报仇！

辫子雷　我看人家黄狗子的铁疙瘩雷厉害，一炸一大片。

大　柱　将来咱也能造铁疙瘩雷。

三　柱　将来就专造铁疙瘩雷，把狗日的黄狗子都炸死。

辫子雷　吹啥牛嘛？你连树上的梨都摘不下几个，还造铁疙瘩雷呢。

三　柱　那咱俩比试比试？

辫子雷　比就比。

〔说着，辫子雷和三柱各抱住一棵梨树，一溜烟爬上树梢。

〔忽然，辫子雷发现了敌情。

辫子雷　（压低嗓音）大柱，不好了！有黄狗子上山来了！

大　柱　有多少人？

辫子雷　一长溜儿呢，快到咱兵工厂了！

大　柱　你快下来！你赶快带三柱去给队长报信，我去把他们引开！

〔大柱冲上去，扔了一颗辫子雷，可他在点燃第二颗雷时牺牲了。

〔闪回。

〔周大军和罗安丽依然呆立在那里。

周大军　这就是咱们的军工先烈，那个声音细细的辫子雷，只比老厂长大七岁，是当年我军兵工厂里，一个最特殊的小战士……

罗安丽　我不否认，他们都是时代的英雄，可那个充满硝烟的时代已经太遥远了，遥远得……已经没有了感觉。

周大军　什么？没有了感觉？我可告诉你，我还有感觉，而且这种感觉会伴随我的一生。

罗安丽　大军，我知道你身上有红色基因，你父亲就牺牲在这秦岭深处，可你不能愚忠地坚守一辈子。你要现实一点，现在歌舞升平，没有战争，你还是把思路拉回到现实中来吧！

周大军　安丽，我看咱们没必要再争论下去了。（走）

〔罗安丽气结而又无奈地望向军工墓园。

罗安丽　（自语）唉，刘娟姐啊，这个周大军，是太可爱，还是太固执？

〔罗安丽抑制住感情，下。

〔刘娟缓缓地出现。

刘　娟　现在……我明白了，死亡是什么？死亡就是每时每刻可以看到你爱的人，看着他遭受风吹雨淋，却再也不能为他遮风挡雨；看着他遭受心灵折磨，却再也不能与他相依相伴……现在，我们近在咫尺，却是世界上最遥远的距离……我多么希望还能参与他们的争论，也能发表自己的见解……可是……他们能听见吗？

第三幕

〔在兵马俑博物馆门前。

〔黄半仙和罗安平、刘媛从馆里走出来。

刘　媛　这地底下还埋藏着这么庞大的一个军阵，真挺神奇的。

黄半仙　你说老厂长为什么要组织青年人来参观兵马俑？

罗安平　兵马俑经历了两千多年，依然威风凛凛，始终保持着昂扬的斗志。

黄半仙　从古到今，战争与和平，就是一对孪生兄妹，人这一辈子是与和平相恋，还是与战争牵手，就看他的造化了。

刘　媛　对了，大军就说我们的红箭就是和平的盾牌。

黄半仙　所以……所以，（故作神秘）连安丽姐最近都想回咱秦岭厂了。

刘　媛　她可不是为了盾牌想回来，我看她是为了拆毁盾牌……

罗安平　你别胡说，我姐……

黄半仙　注意……看，他俩也来了……

〔罗安丽和周大军快步从树下走过来。

周大军　你鼓捣我过来看啥呀？是想让我领略一下古战场的刀光剑影，还是感受一下两千多年前的战争场面？

罗安丽 只要你走进去，就会走进一幅历史的画卷。

罗安丽 我想看完兵马俑以后，再决定回不回厂复工。

周大军 怎么？这儿跟你复工还有联系啊？

罗安丽 当然，我已经参观了兵马俑……我发现战争即使沉睡了两千多年，依然充满了血腥，武器即使埋藏了七万多个日夜，依然令人恐惧。

周大军 安丽，尽管这个博物馆我还没有进去，但我知道春秋战国，铁马冰河，秦国之所以能够统一六国，有一个重要的原因，就是秦国的剑，比六国的要长两寸，两寸定天下！

罗安丽 可就是为了这把剑，刘娟才成了牺牲品！

周大军 唉！也正是由于刘娟的牺牲，才可能避免更多战士的流血牺牲……罗安丽！

罗安丽 好，那我也告诉你，那年，厂里派我去前线维护装备，为了搞清一门火炮炸膛的原因，我在战地医院找到一个年纪只有十九岁的伤员，小战士的眼睛被炸瞎了，他感觉我趴在他的身边，竟然轻轻问我，你是我妈妈吗？我闻到了妈妈的味道。可是后来，没等我给他喂上一口水，他就永远地停止了呼吸。

周大军 （小声）牺牲了？

罗安丽 两年后，当我又一次踏上那片土地，看到漫山遍野的烈士墓碑，我的心又一次战栗了，那是一个令人窒息的烈士墓园，每一座墓碑下都是一个年轻的战士，一个鲜活的生命，他们的平均年龄只有二十三岁呀……我在那墓碑的汪洋里找啊找啊，当我终于在一个角落，找到那块刻着他名字的墓碑时，我紧紧地抱着墓碑哭了很久，直到守陵人来拽我，我才离开了那片黑色弥漫的坡地。

周大军 安丽，你是不是混淆了战争与和平的概念？

罗安丽 大军，我永远也忘不了那个眼睛缠着绷带的小战士……我后来去了一个小村庄，见到了小战士的妈妈，她是一位日夜期盼儿子归来的母亲，可我始终不敢告诉她，她的儿子已经长眠在边境线上了……大军！

周大军 安丽，正是为了让我们的战士少流血，我们才要把红箭干出来！安丽，你难道真的不明白，为什么有人敢明目张胆轰炸我们的大使馆，为什么有人敢光天化日抢占我们的海岛？说到底，是人家以为我们的装备比不上他们。安丽，你不是喜欢阅读历史吗，那中国的近代史，哪一页不是落后挨打的历史啊？

罗安丽 那……那都是以前的中国，现在市场开放了，国家完全有能力去购买尖端武器，没必要为战争升级推波助澜，大军！

周大军 推波助澜？安丽，你是天真得可爱，还是天真得可怕？当今世界，你以为有钱就可以买到一切吗？谁会把尖端的武器卖给你？甲午海战，清政府整个一支舰队都是买的，可结果呢？

罗安丽 你说的都是教科书上的话……

周大军 这不是教科书上的话，这是血淋淋的历史！我们上中学时，一块看过电影《甲午风云》，你还记得那个抱着打不出去的炮弹，仰天长啸的战士吗？从此，我的脑海中就生成了一个梦，绝不能让那个战士的悲剧重演，假如敌人来了，我们有钢枪，还有导弹！

罗安丽 （低声）那好吧，为了你的梦……你就等着化作一尊雕像吧！

周大军 我就是化作雕像，也在所不惜！

罗安丽 周大军啊，伟大的导弹设计师，你难道真的看不见？那一次次战争的背后，是一个个母亲在等待儿子，是一个个妻子在担心丈夫，是一个个孩子在盼望父亲……

周大军　你的意思是，这个世界如果没有居里夫人，没有海默，就没有原子弹，世界就会更加安宁？

罗安丽　难道不是这样吗？战争的升级，始终是跟装备的升级连在一起的，大军！

周大军　我也告诉你，正因为我痛恨战争，才要把装备搞上去，正因为我仇恨战争，才要扎根在秦岭深处！

罗安丽　你……你真是走火入魔了……

周大军　安丽，我们没有人渴望战争，也不喜欢杀戮，但我知道远离战争、远离杀戮的最好办法，是我们手中要拥有可以置敌于死地的装备。所以，我们军工人不是在升级战争，恰恰是在阻止杀戮。

周大军　我们研发红箭，说到底是在呵护校园里琅琅的读书声，是在维护情侣们走出电影院时的欢声笑语，是在捍卫父母与儿女欢聚时的笑容。

罗安丽　我只能说你的语言还挺浪漫，可你的思想还停留在上个世纪。

周大军　安丽，我也不仅仅是因为父辈的缘故，才要坚守在这里，是秦岭深处的事业在呼唤我啊！

〔刘媛和罗安平、黄半仙躲在一棵大树后边，偷听。

刘　媛　你们听，我咋觉得这个罗安丽在要阴谋。

黄半仙　其实，我早就明白了，安丽姐先用钞票包裹的银弹，对大军实施了攻击，又用爱情包裹的糖弹，对大军实施了攻击。现在，她又想用穿心弹，来摧毁大军的信念。

罗安平　不不不，我姐真的爱大军哥。

刘　媛　她那点小九九，地球人都知道。

〔周大军和罗安丽的争论声高亢起来。

罗安丽　大军，你不要以为这个世界上只有你一个优秀的男人……

周大军　安丽，我明白你的爱，我也渴望能有一个家，可是……可是我渴望的爱情，不是在外漂泊游荡，而是能在秦岭深处干出名堂。

罗安丽　那好吧，那你就跟你的导弹……过上一辈子吧！

周大军　我……我为什么不能跟我的导弹过上一辈子呢？

罗安丽　（退后一步）周大军啊，你如此执拗，让我无言以对。的确，你的风采曾经让我着迷，你对刘娟姐的情谊也让我感动，我以为只要我投入真情，就能融化你的冰冷，看来……我错了……错了……（说着她掏出两大本厚剪报）这就是《秦岭报》上有关你的全部报道，每一页都是我亲手剪裁、亲手粘贴的，上面还有我在报头写给你的信，每个字都掺着我的情，我的泪。说实话，我是多么害怕打开它，每次打开，我的心就像被撕裂，好长时间缓不过劲来……不过，我要谢谢你，是你让我明白，我自己失败在哪儿。

〔罗安丽举起剪报一扬，散落一地。

〔周大军捡起剪报。

周大军　（念剪报）1997 年 10 月 1 日，秦岭厂红箭项目主任设计师周大军带领科研组日夜奋战，完成总体设计；1998 年 5 月 1 日，副总设计师周大军参与零部件试制，在车间一住就是三个月；1999 年 8 月 1 日，总指挥周大军向总部报告，红箭导弹可在一年内装备部队……

〔刘娟在山顶悄然现身。

刘　娟　这两个人在古老的兵马俑的兵阵面前，发生了一场感情和意志的较量，我没想到安丽居然会收集了那么多的《秦岭报》，我也没想到她居然想摧毁大军对军工事业的信念……可能有人会问面对这么一场尖锐的对峙，你应该站到哪一边呢？我呀，我当然会站到大军一边，我更希望大军以后的路会平安无恙……

第四幕

〔半年之后，秦岭靶场。

罗天柱 （广播/画外音）同志们，今天是一个牵动秦岭人心的日子，我们研发的红箭导弹，经过半年的努力，到了威力试验的关键环节，各部门务必精心细致，确保试验圆满成功！

〔罗安丽穿一袭风衣款款而上，恰好碰上黄半仙。

罗安丽 哎，半仙，大家都在忙碌红箭的威力试验，你在这儿等谁呢？

黄半仙 我等……（又改口）等你啊。

罗安丽 等我？

黄半仙 我掐指算了，算出你要到靶场来，正好把本周的《秦岭报》给你，省得我再去寄了。（塞给罗安丽一份《秦岭报》）

罗安丽 那你算算我来靶场干什么？

黄半仙 （左右环顾）安丽姐，我可要告诫你，这里是保密单位，正在进行军事科学试验，你小心被公安盯上。

罗安丽 （掏出蓝证）半仙同志，请你检查一下我手上的蓝色通行证，是真的，还是假的？

黄半仙 你这是个新证……哪儿来的呀？

罗安丽　告诉你吧，我已经正式回厂复工了。

黄半仙　你在外边如日中天的，干吗要回厂……不过，你还真够执着的……难怪你叫我每周给你寄《秦岭报》，我现在明白了，（耍个鬼脸）现在正好乘虚而入……

〔突然警报声响起。

黄半仙　坏了，靶场出事了？

罗安丽　别瞎说！昨天的模拟试验，没有任何问题。

〔众人跑上山坡观察。

黄半仙　这下嘛哒咧，嘛哒咧！

〔两人撒腿跑向试验区。

〔紧张气氛笼罩着指挥掩体，罗天柱等人全都握着望远镜，朝靶道火箭橇中段观察。

〔警报声渐收，罗安平跑上。

罗安平　报告总指挥，试验导弹在距靶位五百八十米处停下了。

周大军　什么原因？

罗安平　发动机中途熄火。

周大军　快！快回到你的岗位密切监控。

罗安平　是！（罗安平下）

王国章　中途熄火，等于空中掉弹。

周大军　关键是故障弹停在高速轨道上，第二发就没法打了。

王国章　只有拆解导弹，才能查明故障。

罗天柱　那就赶紧拆吧！

王国章　拆？这可是实弹啊！能穿透一米多厚的钢板！现在导弹引信已经解锁，弹头装满炸药，稍有动静就会爆炸，足以摧毁方圆三十米的一切生物。

罗天柱　箭在弦上，国章，你倒是拿个方案啊！

张茂林　按程序，可以用狙击枪引爆这枚导弹。

周大军　不行！故障弹一炸，靶场刚刚建成的高速轨道就报废了，重建轨道，至少需要半年。而且故障原因，也就只能模拟了，要找到故障真相，至少也要半年以后。

罗天柱　那军令状就泡汤了。

〔罗天柱一听，从兜里掏出一包烟，猛扔在地上。

王国章　少安毋躁，情急出错。

罗天柱　能不急吗？如果试验停摆，赶不上进度，就别指望后续的科研费了，那集资款咋还？军令状还咋兑现？

周大军　厂长，我看，只有上人去拆了。

张茂林　不行！这太危险了，总部首长反复强调，要确保安全。

周大军　可现在军令状在办公楼里竖着，秦岭职工在看着我们，部队官兵也在看着我们，这枚导弹不拆解，故障找不到，后续试验就没办法开展，所以必须上人去拆，这是无法回避的选择！

〔罗安平和刘媛上。

张茂林　周总指挥，按靶场规矩，拆弹应该由谁执行？

〔周大军和王国章都看向罗天柱。

罗天柱　按职责……（不由得一怔）应该是发射组吧。

〔在掩体外听见对话，罗安平、刘媛全都愣住了。

刘　媛　听见没？该你们上去拆弹啊。

罗安平　派我……我就上……方显出英雄本色……

刘　媛　算我没看错你……可你行吗？

〔罗安丽上。

罗安丽　不行！安平，这可不是闹着玩的！

刘　媛　（故意）安平怎么不行？安平拆过沙弹！

罗安平　没错，姐，我拆过沙弹！

罗安丽 废话！沙弹，弹头装的是沙子；实弹，弹头装的是炸药！

罗安平 姐，按靶场规矩，拆弹本来就应该发射组上，我是组长，我不上谁上呀？

〔罗安平走进指挥室。

罗安丽 刘媛，有安平拆解模拟弹的录像吗？带我去看看！

〔刘媛、罗安丽下。

罗安平 （上前，略有心虚）报告！老爸，我是发射组组长，我……上吧？

罗天柱 儿子，你有把握吗？

罗安平 我……有！

罗天柱 （扶住儿子肩膀）安平啊，知道老爸这么多年，为啥要死死抓住反坦克导弹不放手吗？

罗安平 知道，当年你们增援上甘岭，被美国鬼子的坦克压在山沟里，整整两天两夜没挪地方。

罗天柱 知道那回我们牺牲了多少战友吗？

罗安平 知道，一个连就你和连长十三个人冲过了封锁线。

罗天柱 一个连一百六十多号人哪，老鬼子知道我们藏在那儿，每天太阳一露头，黑乎乎的坦克就开过来，故意在我们面前转悠，最近一次离连长只有十米远，眼看就要冲过来，我的战友拎着一捆手榴弹冲了上去。他妈的！狗日的欺负你手榴弹扔上去没用……儿子，关键时刻，人是要讲点精神的！

罗安平 我明白！

罗天柱 （拍拍罗安平肩膀）一句话……弹掉地了，精神不能掉地！

罗安平 放心吧，老爸！

周大军 （叫住罗安平）安平！（转身）厂长，安平不行，他对导弹的结构不熟悉，硬拆会出问题。（不容分说）安平，你去帮我准备防爆服，快去吧！

罗天柱 大军！

周大军 厂长，我是红箭试验的总指挥，我也是红箭的结构设计师，还是我上吧。

罗天柱 （挥手挡住周大军）你上？绝对不行！我为啥要选你担任总指挥？你上去拆弹？别怪我说话难听……要是万一了……那红箭试验的技术难题，谁负责？

王国章 厂长，我已老朽，义不容辞。

罗天柱 你是总师，你都啥岁数了。

张茂林 都别冒险了，还是直接击毁这枚故障弹吧，只要人在……

周大军 不行！那拖下来的进度谁负责？我是试验总指挥，我决定了，我上去拆弹！

王国章 大军！你不行！

罗天柱 （沉吟，摆手）都别争了，事体重大，我向总部首长汇报以后再做决定。

〔罗天柱缓步离开，王国章、张茂林急步跟下。

〔罗安丽上。

罗安丽 大军，怎么决定的？

周大军 轨道不能炸，我是试验的总指挥，我上去拆。

罗安丽 你冷静点吧，这种事是总指挥干的吗？

周大军 我不上，谁上？

罗安丽 你是总指挥，国家为培养你，花了多少心血，你算过吗？

周大军 可现在只有我合适！

罗安丽 你的命，跟一般人的命不一样。

周大军 有啥不一样？行了，我不想在这个时候跟你争辩这个了。秦岭厂六千名职工在看着我们呢，连我都没想到，职代会上

“集资研发红箭的提案”，争论得那么激烈，可通过率是百分之九十七,百分之九十七啊！罗安丽同志！

罗安丽 你这是逞强显能，是想摆脱刘娟姐牺牲的阴影，是想逃避，想赎罪，想摆脱责任！

周大军 你错了，恰恰因为我肩负责任……我永远也忘不了集资缴款那一天，一大早集资点竟然排成了长长的队列，排在最前面的是一位抗美援朝负过伤的老妈妈，她手里攥着一千九百五十块钱，大家都说差五十块钱就算了，可老人家拿出一枚解放勋章硬要作为抵押。还有十一户牺牲了顶梁柱的家庭，他们集体赶到集资点，每个人手上拿的都是亲人牺牲后，组织上发给的抚恤款，那是一个家最大的寄托啊，可他们都拿出来了。

罗安丽 所以，为了二千多万的集资款，为了六千人的期盼，你……

周大军 秦岭人都明白，养兵千日，用兵一时。

罗安丽 那……那要是万一了，红箭怎么办？我……（小声）我怎么办？

周大军 （不由得一怔）你？

罗安丽 是的，我！我对你的情分，你难道真的一点不在乎？以前我在厂里的时候，你假装不知道，我也就不说了！可你知道吗？我离厂以后，咱厂的《秦岭报》为啥会成为我的精神寄托？每年七夕节，我为啥要在报头上给你写信？我知道这信不可能寄出去，但每个字都浸着我的情，我的泪……我想，如果刘娟姐活着，也会站到我这一边的……（罗天柱上，在门口听到了两人的谈话，咳嗽一声）

罗天柱 大军，总部首长指示，你负责监控，罗安平执行拆弹。

周大军 安平执行拆弹？

罗安丽 （瞪大眼睛）爸……！安平不能上！

罗天柱 安平是秦岭厂的职工，是发射组的组长，安平不但要上，而且要快，天气预报，下午会有雷阵雨，搞不好风吹雨打，导弹可能自爆。

周大军 那就更不行了，（转身要走）我要去问问总部首长，这个决策是凭感觉，还是凭科学！

罗天柱 （拦住周大军）大军，总部首长定得对，一人负责监控，一人执行拆弹，双保险。

罗安丽 （无奈地喊）爸——！

〔闪回。

〔敌人偷袭我军兵工厂，兵工队长边撤边阻击。

〔辫子雷带着三柱突然扑进了红军阵地。

队　长 你怎么来了！快滚回去，这是在打仗。

辫子雷 队长，兵工厂的设备都撤了，我背了一袋子土雷，不能白费了呀。

队　长 你看你还带个碎屄三柱，快把土雷卸了，带他往回撤！

辫子雷 我是让三柱拿火种哪。

三　柱 队长，我管火种呢！

队　长 三柱还是个碎娃，快别捣乱了，快撤！

辫子雷 队长，你看黄狗子已经围上来了。

队　长 ……他妈的！趴好，我让你们干啥就干啥！快，上土雷！

〔队长悄悄地向掩体前方移动，三柱上前递火种，队长把土雷一颗一颗扔出去，可他们刚准备撤退，敌人又冲上来，三人忙趴下隐蔽。

队　长 趴下！给我土雷！

辫子雷 队长，就剩两颗雷了，这两颗我要自己扔，我要给我娘报仇，给大柱报仇！

队　长　你喊啥？给敌人当靶子呀！

〔辫子雷不管不顾地点燃手雷。

辫子雷　（扔出手雷）这是大柱哥的！

〔手雷轰然作响。

辫子雷　这是俺娘的！

〔但这颗手雷点燃扔出去没有炸响，土雷反而被敌人扔了回来，大家赶忙趴下，但土雷仍没爆炸。

三　柱　可能是我的捻子没搓好！

辫子雷　这是给我娘报仇的雷，必须响！

辫子雷　黄狗子！

〔辫子雷抢起土雷冲了出去，大喊："这是俺娘滴！"突然，那颗土雷在她手上炸了。

三　柱　（大喊）辫子哥！

〔回到指挥室场景。

罗天柱　又是一颗臭弹，一颗压在我心头永远甩不掉的臭弹。当年，辫子雷因为我的失误牺牲了。可是……可是谁也没想到，直到她牺牲了，我们才发现她竟然是个姑娘……在她留下的包裹里，还藏着一块没有裁剪的大红土布，我想，她是盼着有一天能还她女儿身，能穿上红衣红裤坐上花轿的，可她没有经历一次花前月下，也没有享受一点女孩子应有的娇柔……她就突然牺牲了……当时，我抱着她那慢慢凉去的身体，一步一步走到那个山坡上，把她和那些已经牺牲的烈士埋到了一起……如今，我一走过军工墓园，一看到梳着小辫子的雕像，我就想哭，想哭啊！都是因为一颗臭弹啊！可是今天……今天要上去拆这颗臭弹的，是我的儿子，我这心里好纠结啊……我知道，科学实验可能会经历失败，每次失败也都伴随着巨大的代价。现在，这个代价，张着血盆大口站在了我的面前，我能望而却步吗？如果天上真有菩萨，请你一定保佑我的儿子，我的儿子才二十八岁啊……

第五幕

〔事故之后，拆弹现场。

〔罗天柱拿起话筒，声音略有沙哑。

罗天柱 （广播）靶场全体同志注意，红箭试验实弹拆除，进入最后时刻！气象监测组报告！

气象监测 风力三级，阴转雷阵雨！

罗天柱 警戒组报告！

外围警戒 外围警戒，布控到位！

罗天柱 消防救护组报告！

消防救援 车辆人员，准备完毕！

罗天柱 现场监控，周大军！

周大军 到！

罗天柱 实弹拆解，罗安平！

罗安平 到！

罗天柱 做出发前最后准备！

周大军 / 罗安平 是！

〔罗安丽、刘媛带着红腰带帮周大军、罗安平系上。

周大军 我就不信这玩意儿。

罗安丽　大军，你要盯住安平的每一个动作。

周大军　我已经让他在沙弹上练习了三遍。

罗安平　放心吧，姐，我是发射组组长，又不是个孩子。

刘　媛　安平……你拆弹练习的成绩那么优秀，今天一定没问题！

罗安平　放心吧。姐，过了年老爸就六十五了，人家六十就退休了，可他硬要干到这会儿。你不在家的时候，老爸可经常念叨你，以后你就别跟咱爸拗了，咱妈走得早，爸把咱俩拉扯大不容易。

罗安丽　行了。

罗安平　姐，刘娟姐没了，大军哥心里难受，有点面冷，你别在意啊。

罗安丽　姐知道。

〔黄半仙拿着两个小葫芦跑着来到他们面前。

黄半仙　吉兆！吉兆！都放心吧！我掐指算过了，是吉兆，这红腰带，再加上这开过光的宝葫芦，就是双保险……

〔黄半仙给罗安平套上宝葫芦，罗安丽给周大军套上宝葫芦。

罗天柱　（广播）全体同志请注意，各保障部门就位，拆弹小组检查装备！

〔周大军低头检查装备。

罗天柱　（广播）现在出发！

周大军 / 罗安平　是！

〔黄半仙、刘媛最后给罗安平打气，喊出“成功”！

〔二人离开后，罗安丽、刘媛终于掩饰不住担心和恐惧。

罗安丽　大军，安平，你们一定要小心、再小心……

刘　媛　安平，你一定给我好好地回来，你还要带我去城里看电影呢！

〔刘媛和罗安丽两人相视而拥哭泣。

黄半仙 你俩甭哭嘛，是吉兆，双保险……

罗安丽 对，双保险，他们一定会完成任务，等拆完弹，我请大家喝庆功酒！

黄半仙 不但要喝庆功酒，还要喝刘媛和安平的喜酒，还有你和大军哥的……

罗安丽 （埋怨）半仙，不要贫嘴了。

黄半仙 哦，（沉吟一下，将两个手机递给刘媛）刘媛，这是他俩让我交给你的……

〔罗安丽盯着手机，有些沮丧地走到刘媛身旁。

罗安丽 （伸手）给我。

黄半仙 （只好把一个手机递给姐姐）哦……大军哥说要到明天才能打开。

罗安丽 给我！（她一下打开手机，看着看着，眼泪从脸颊滚过，任人看见也没有擦去）

周大军 （画外音）同志们，我的电脑输入刘娟的生日，就可以找到关于红箭的所有资料，这些资料是我们奋战五年的心血，麻烦你们转交保密室吧。

〔罗安平和刘媛见状，悄悄退下。

周大军 （画外音）安丽，我这辈子有个心结，就是对不住你，以前的事想着等到头发白了再说的，如今阎王爷挑上我了，我只能先来祝福你了……真的，本来我想请你再给我一点时间，等到红箭成功的那一天……

罗安丽 （自语）要等到红箭成功的那一天？

周大军 （画外音）安丽啊，我们俩从小是门对门的邻居，我父亲牺牲后，我一直在你家吃饭，也一直把你当成亲妹妹，后来我在国外留学的时候认识了刘娟，我以为你也会为我们高兴，却不小心忽视了你的感情，让你孤零零地看了一场电影。今天，我只能给你一个迟到的道歉了。亲爱的安丽，请允许我这样称呼你……红箭绝不能因此停摆，请你顶上我的位置，在秦岭深处一样可以实现你人生的价值……

罗安丽 （自语）让我也待在这秦岭深处？这……这就是你留给我的遗言吗？

〔周大军和罗安平义无反顾地朝故障弹走去。

罗安平 周总，有个我姐的事，你是不是一直心里过不去？

周大军 你姐？你姐有啥事？

罗安平 就是我爸和我姐闹别扭呀！

周大军 哦，你是说你姐当年离厂，带走了两个技术骨干，把你爸气住院的事？

罗安平 对啊，就是这个事。

周大军 你姐想把技术用到民用上，也算是造福社会。

罗安平 这么说，你没怪我姐？

周大军 安平，你现在要把全部精力集中在拆弹的技术动作上，明白吗？

罗安平 明白！

〔二人沉默了一下，继续走着。

罗安平 周总，你紧张不？

周大军 我？我不紧张。

罗安平 我……我也不紧张。

周大军 安平，你可千万不能紧张啊！

罗安平 不紧张。周总，你是红箭试验总指挥，非要上来拆弹，抢我们的活，咋想的？

周大军 你是不是以为，我想一了百了随刘娟去了？其实，红箭拿不下来，我都没脸见她！

罗安平 周总，那要是万一了……你对人生就没点遗憾？

周大军 咦？安平啊，你以前可从没一口一个周总地叫，你现在可不能紧张啊。

罗安平 不紧张，不紧张……

〔忽然，一阵劲风刮过，树叶哗哗直响，罗安平慌忙拉住周大军，所有人的心都提到嗓子眼儿。

周大军 紧张什么？今天风力三到四级，吹了大半天都没事，一定能耐得住拆弹的动作。

罗安平 嗯！

〔风停了，周大军和罗安平站起身，来到故障弹边上的移动掩体前，观察片刻后，两人慢慢挪到故障弹旁边。罗安平把工具箱打开，开始琢磨第一个动作。周大军站在旁边的简易监测位上。

周大军 现在，拿出三号夹具。

罗安平 三号夹具，准备完毕。

周大军 卡紧弹头风帽。

罗安平 风帽卡紧……

〔罗安平手臂却不听使唤地颤抖起来，气得他咬了咬手腕。

周大军 安平，调整呼吸，风吹了一上午都没反应，不会有问题！

〔罗安平又把手臂狠咬一口，痛得他直咧嘴，可他的手还是颤抖，气得他连连拍打脑袋。

周大军 安平，你下去，我来吧。

罗安平 周总，我心一点都不慌，不信你摸，就是手臂有点抖。

周大军 你的状态不行。

罗安平 总部批准的方案是我来拆弹。

周大军　别说了，将在外，君命有所不受，现在咱俩位置调一下，你负责监控，我执行拆弹！

罗安平　可是……

周大军　我是总指挥，我有现场处置权，你站到掩体里，把工具给我。

罗安平　周总，还是我拆吧？

周大军　少废话，这是命令！

〔罗安平不情愿地走到移动掩体后面。

〔刘娟闪出。

刘　娟　大军啊，你这是为什么？是为了甩掉我的死给你带来的心理负担，还是为了赢得人生的喝彩？大军啊，我是被突如其来的死神带走的，来不及纠结，也来不及痛苦，而你却要清醒地面对死亡……大军啊，我爱你，我绝不想让死亡扼住你的喉咙，让你早早跟我躺在一起……

〔这时罗安丽穿戴好防护服，快步走向罗安平。

罗安平　姐，你来干什么？

罗安丽　你下去，我来监控周大军拆弹！

周大军　罗安丽，你才回厂复工几天？就别添乱了！

罗安丽　安平状态失稳，我在望远镜里全看见了。

周大军　现在是由我来拆弹！

罗安丽　你拆弹，他监控，更让人不放心。我参与了弹体的结构设计，我知道怎样拆，而且厂长也同意了，由我来接替罗安平。

周大军　那好吧……

罗安丽　安平，你回去！

罗安平　姐！

罗安丽　回去！

罗安平 唉，（看着手掌）我这是咋了？

罗安丽 好了，大军，现在进入最后准备，你要稳住情绪，忘掉一切，专心拆弹。

〔罗安丽退到移动掩体后，四周顿时陷入静谧，连树叶掉到地上都听得清楚。周大军平复一下情绪，又拿起扳手。

罗安丽 好了，拆弹开始，拿起三号夹具。

周大军 三号夹具，拿起。

罗安丽 深呼吸。

周大军 （深呼吸）……

罗安丽 注意技术动作……顺时针，慢速旋转四周。

〔周大军拿起扳手，风帽螺丝转动。

周大军 一圈……两圈……三圈……风帽松动……风帽，拆除完毕。

罗安丽 抓住风帽。

周大军 风帽抓住。

罗安丽 平稳放地。

〔周大军把风帽轻轻放到地上。

罗安丽 周大军，我发现你没有执行我的指令？

〔周大军扭头看一眼，摇摇头。

〔罗安丽和周大军都站立起来。

罗安丽 你是不放心我呢，还是感觉一个反对你拆弹的人，一个要把你从秦岭厂拉走的人，现在成了拆弹的监控人有点尴尬？

周大军 我到现在，都在恍惚你是不是回厂复工了。

罗安丽 我知道你心里有障碍，我现在坦白地告诉你吧，我绝不是一个盲目的反战主义者，我以前那些刺激你的话，本是想摧毁你思想的防线，想把你从秦岭深处拉出来，到外边的世界去闯荡。可是，最后你赢了，而且赢得毫无悬念，这……反而激起了我回到你的身边，与你共同战斗的欲望。

周大军 这么说，你那些话是故意激我啊！好了，现在我们不说这个了，我们的任务是拆弹。

罗安丽 我就是为了让你安心拆弹，才想在这个时候坦露心声，我现在郑重告诉你，迄今为止我的所作所为，都是因为……我爱得太深，爱得太久……

周大军 我……我在手机里也留下了我的遗憾……

罗安丽 你把一切都说透了，你也就心无杂念了。

周大军 心无杂念了？

罗安丽 心无杂念了！

周大军 心无杂念了！

罗安丽 好了，现在继续拆弹。

〔周大军点点头。

罗安丽 注意，千万注意，现在到了关键时刻，拆除引信保险，记住动作要领。

〔周大军稳稳地摇摇手臂。

罗安丽 准备，七号夹具。

周大军 七号夹具，准备。

罗安丽 逆时针，旋转。

周大军 旋转，逆时针。

罗安丽 第一圈。

周大军 第一圈。

罗安丽 第二圈。

周大军 第二圈。

罗安丽 第三圈。

周大军 第三圈。

罗安丽 第四圈。

周大军 第四圈。

罗安丽 大军，镇静，现在拆解引信，注意卡稳，调整呼吸。

周大军 （调整呼吸）……

罗安丽 注意，现在是最为关键的时刻，一定要保持绝对平稳。

周大军 绝对平稳。

罗安丽 九点钟方向，旋转15度。

周大军 旋转15度，九点钟方向……引信松动。

〔突然，一声惊雷，暴雨突至，罗安丽急忙脱下外套，跑上帮周大军遮住雨滴。

周大军 危险，回去！

〔罗安丽没有离去的意思，继续为周大军遮挡着风雨。

罗安丽 稳住，直线后退……

周大军 直线后退。

〔周大军缓慢后退，双手捧住引信，长长地出了一口气，仰头倒到地上。

罗安丽 （惊喜，挥拳）大军！成功了！你成功了！

周大军 （站起）是——我们成功了！

罗安丽 （自语）是……我们成功了？

周大军 （转身面对）是啊，是我们成功了！

〔两人久久对视，突然，两人紧紧地拥抱在一起……

〔刘娟悄然现身。

刘　娟 大军，我这一生最幸福的记忆，就是成为你的妻子，本来我心在纠结，纠结无法照料你的生活；我心在折磨，折磨无力呵护你的人生……可是刚才在与死神的较量中，安丽不顾一切地冲了上去，她冲得那么坚决，毫不犹豫地站在了你的身边……大军啊，请松开我们相牵的手吧，快点去拥抱新的生活，拥抱新的爱情吧。永别了，亲爱的，直到告别你的最后一刻，你依然是我最爱的人……

第六幕

〔又过半年，野外试验。

〔指挥所里，周大军、王国章、张茂林在焦急观察。

张茂林 罗厂长，咱秦岭人忙活了这么久，红箭试验只剩下最后一项抗干扰试验了，你签下的军令状马上就能兑现了！

罗天柱 最后的关头，不能掉以轻心，问题往往出在最后一公里。

〔罗天柱话音刚落，黄半仙急慌慌进入指挥所。

黄半仙 总指挥同志，现在风势太大，压住了火焰，目测达不到干扰源的设计要求。

王国章 设计干扰源是模拟战场的实况，是为了防止导弹在战场飞行中迷失方向。

罗天柱 这回可是你负责干扰源，准备了那么多柴火，怎么就达不到试验要求呢？关键时刻掉链子！

黄半仙 厂长，我预备的柴火都用上了，关键是风太大，火烧不起来，我有啥办法。

罗天柱 你叨叨个屁，今天试验做不下来，明天预报七级大风，火更烧不起来了，你呀，整天就知道装神弄鬼。

黄半仙 我……厂长，我那是看咱们整天跟阎王爷打交道，想用那红腰带、宝葫芦给人一些心理安慰，只要能把试验做好，有啥不好呀？

罗天柱 行了！我说一句，你能戗戗十句！

张茂林 不行，我叫部队送些固体燃料来吧？

罗天柱 来不及了，再有两三个小时天就黑了。（他一点烟，烟灰落到棉大衣上）

黄半仙 （灵机一动）厂长，我有个主意，大家把棉大衣脱下来，浇上汽油，盖到火堆上，干扰源应该能达到要求。

罗天柱 馊主意吧？

王国章 现在可是零下十八度啊！大家脱了大衣……

周大军 厂长，这倒是个办法，我看可以先点一堆试试。

〔周大军闷头把大衣脱下，交给黄半仙。只见黄半仙跑去浇上汽油，大喊一声“点火”，火焰腾的一下蹿起来。

王国章 这火焰完全可以达标，但这火烧不了多久，要快！

黄半仙 报告！干扰源可以满足要求！

罗天柱 集中棉大衣，（把大衣交给黄半仙）一个火堆，六件大衣，浇上汽油，同时点火！

黄半仙 是！准备！

〔一群人抱起大衣冲上去，一声令下，“点火”！靶道上一堆堆火焰越烧越高，很快映红了半个天空。

周大军 （现场安静下来）现在，第一发准备！

发射员 准备完毕！

周大军 发射！

〔第一发导弹，穿过熊熊的火堆击中前方靶标，溅起一片灰雾。

发射员 命中目标！

周大军 第二发准备！

发射员 准备完毕！

周大军 发射！

〔第二发导弹穿过熊熊火堆击中靶标，又溅起一片灰雾。

发射员 命中目标！

周大军 第三发准备！

发射员 准备完毕！

周大军 发射！

〔第三发导弹又穿过火堆，又溅起一片灰雾。

发射员甲 命中目标！

发射员乙 命中目标！

发射员丙 命中目标！

甲乙丙三人 命中目标！

周大军 成功了！红箭成功了！

〔苍茫的秦岭脚下，人们顿时欢叫起来，纷纷击掌拥抱。

罗天柱 哈哈，明年的军事演习就能用上我们的红箭了！

王国章 红箭的诞生，标志着我军的破甲装备取得了重大突破，任何铁甲在我们红箭面前都不堪一击。

周大军 今年的国庆阅兵，红箭就可以光彩亮相了！

张茂林 部队官兵可是盼星星盼月亮啊。

〔罗天柱掏出两包中华烟给大家分了。

罗天柱 哈哈，来来来，抽一支，这还是总部首长下军令状那天送给我的，大家都抽上一口吧，咂摸咂摸成功的滋味。

〔罗安平抱着大衣残片跑上来。

罗安平 老爸，这是今天试验烧毁的大衣残片。

罗天柱 （拍拍安平的肩）好儿子！我们要在咱厂的军工荣誉室里

供上这些残片，要让我们的子孙后代永远记住秦岭人今天的壮举！（忽然想起什么）安平，你快去备酒，今天大家好好喝一杯！

罗安平 是！

王国章 厂长，在这儿喝呀！这么冷的天啊！

罗天柱 这才有味道！走吧……同志们，喝庆功酒去！

群　众 走！

〔靶场临时就餐点，罗天柱醉意迷蒙。

周大军 厂长，你不能再喝了，一人一杯，来者不拒，不要命了？

罗天柱 今天不喝，啥时候喝啊？这可能是我最后一次在靶场喝酒了。

周大军 怎么会是最后一次？以后喝酒的由头多着呢，你啥时候想喝，我都陪你。

罗天柱 大军，这次回去，我身上这副担子，就交给你了。

周大军 交给我？

罗天柱 今天试验成功，也让我心里的一块石头落地了。

周大军 怎么是一块石头落地了？

罗天柱 （声音哽咽）大军啊，你不懂，这红箭对我来说，意味着什么。

周大军 意味着什么？

罗天柱 意味着我对辫子雷的承诺落地了，也意味着我的军工生涯收尾了。唉，不过我都不敢想啊，如果红箭没能成功，我……我拿什么去见军工墓园里的先辈？我怎么面对六千多名秦岭职工？

〔说着罗天柱猛喝下一杯酒。

〔罗安丽在旁边悄然跟过来。

周大军 厂长，你喝多了。

罗天柱 人生难得几回醉啊，今天我不但想喝，我还想哭呢！

周大军 你还想哭？呵呵，厂长，你会哭吗？

罗天柱 （呜咽）你不知道，我这心里一直埋着一个解不开的疙瘩……那天拆弹，我……我是骗了你们啊！当时啊，根本就没有什么总部首长的指示，是我罗天柱拉大旗作虎皮编的谎啊！

周大军 什么什么？是你编的谎？就没有总部首长的指示？厂长，你怎么能……

罗天柱 那是，我当时唯一的选择。其实，事过之后，我心里好后怕啊，直到今天我只要想起来，还整夜整夜睡不着……我那可是一场豪赌啊！要是万一拆弹失败，我不但会亲手断送了我的儿子，还有你，一个优秀的导弹设计师……我……我这良心，以后该往哪儿搁？以后我见了安平的妈妈，该怎么说？见了你的爸爸，又该怎么讲？

周大军 厂长……我也实话告诉你，拆弹以后，尽管组织上给了我那么多荣誉，可我心里也有愧啊，我根本不是你看到的那个硬汉形象，我那天走到火箭橇上的故障弹旁边，内心也动摇过，拿起扳子，手也颤抖过，我甚至在肚里犯过嘀咕，万一拆弹失利，不但会毁掉红箭导弹科研的路径，还会结束自己的生命……如果是那样的结果，我就是见到了刘娟，见到我的父亲，见到了躺在那里的军工先烈，我又能说些什么？好像有些得不偿失啊？我呀，有一刻都想找个地缝躲起来，要不是安丽的鼓励，我……所以，后来面对大家的掌声，我心里没有激动，反而会不停地忏悔……

罗天柱 大军，你是好样的，在生死面前英雄也会犹豫。

周大军 厂长，我远不是什么英雄。

罗天柱 面对生死考验，有思考的时间，更能显示英雄素质！秦岭厂有你这样的人接班，我才放心啊。

周大军 厂长，我知道，今天红箭的成功，只是个开头，秦岭厂以后的任务更重，我听说总部又要下军令状了，要研发红箭系列导弹，要把我军的装备提高到世界水平，咱秦岭人肩上的担子不轻啊！

罗天柱 大军，你要把秦岭人的倔劲继承下去！

周大军 厂长，我会的。

罗天柱 大军，你今年才三十六岁，正是大展宏图的时候，我渴望在今年国庆五十周年阅兵时看到我们的红箭导弹，我还希望在国庆六十年、七十年阅兵的时候，能看到红箭三型、四型、五型导弹。

周大军 厂长，你放心，我们一定会把红箭发展成能够对地、对空、对海全方位攻击的战术导弹，达到世界一流水平，以后每次国庆阅兵，都会有一款新型红箭走过天安门。现在，我喝下这杯酒，就算是我表决心了！

〔周大军端起酒杯欲饮。

罗安丽 （突然上前）爸，我听你的话，我这次回来，就再也不走了，这杯酒，我陪大军一起喝了。

〔突然房外的灯光一下亮了，试验队的人全站在走廊里，全都端着酒杯。

周大军 来吧，我们一起干杯！同志们，为了我们的红箭，干！

齐　喊 为了我们的红箭，干！干！干！

〔1999 年国庆阅兵，红箭导弹行进在长安街上……

〔2009 年国庆阅兵镜头，红箭二型清晰可见……

〔2019 年国庆阅兵镜头，红箭三型清晰可见……

〔画外音：公元2019年10月1日，是一个辉煌的日子。古老而又年轻的北京城格外清新壮丽，一群群兴奋的工人、学生、士兵和将军，或乘车，或步行，从四面八方会集到天安门广场，人们在翘首以待一个庄严时刻的到来。我们的子弟兵和我们军工人奉献的装备，将接受祖国和人民的检阅，接受以习近平为核心的党中央的检阅。当然，那些对共和国的发展心怀叵测的敌人，也会将视线聚焦到中国的首都，关注着将在这里发生的令人惊叹的“故事”。

〔这时，刘娟从山巅上大步走来。

刘　娟　朋友们，这就是今天我要给大家讲的故事，在祖国南北分界的秦岭深处，有这么一座兵工厂，有这么一群默默无闻的军工人，他们喜欢进山漫步，还喜欢咀嚼战争的苦难，他们选择了一个神圣的事业，不仅无怨无悔，而且乐在其中，壮在其中……他们是一个个普通的人，又是一个个不平凡的人，他们在这里进行的每一次科学试验，都是向世界投射出的希望之光；他们在这里进行的每一次导弹试验，都是放飞的一只只和平鸽；他们，将和平与希望带给了世界，也带给了未来……而我，也将要和这世世代代的军工先辈们一起，永远守候在这秦岭深处了……

〔主题音乐起。

作品赏析

《红箭 红箭》并非简单地歌颂军工人的工作，而是将视角聚焦到他们为国防事业奉献一生的精神品质上。周大军作为导弹研制的“帅才”，虽屡遭挫折，但始终心系国防，坚守秦岭，这种特别能吃苦、特别能战斗、特别能攻关、特别能奉献的精神正是新时代军工人的典型特征。而罗天柱则代表着老一辈军工人对理想的不懈追求，他们在物资匮乏、条件艰苦的环境中，靠着一股革命热情支撑着信念。两代军工人的形象通过鲜明的对比呈现，既体现了精神的一脉相承，也凸显了时代的发展变迁。编剧立足当下，着眼未来，将个人奋斗融入民族复兴的时代洪流中，升华了主题，彰显了军工报国的使命感和责任感。

作为一部现实主义题材的话剧，《红箭 红箭》并不回避矛盾，而是通过集中、尖锐的戏剧冲突展现人物的性格特征和精神面貌。周大军与罗安丽的争论体现了不同价值观的交锋，面对刘娟牺牲后的困境，周大军坚守信念的选择彰显了军工人的家国情怀；拆弹过程中罗安平的紧张状态，既反映了任务的艰巨，也烘托了周大军临危不惧的勇气；军工墓园雕像揭幕时对先烈事迹的回顾，则将人物的情感和全剧主题推向高潮。一系列冲突的展开，不仅推动了故事情节的发展，也为人物的内心世界提供了广阔的展示空间，使他们的形象更加丰满立体。塑造有血有肉、个性鲜明的人物形象是话剧创作的重中之重。作为全剧的核心人物，周大军始终以饱满的热情投身导弹研制，他对事业的执着、对真理的追求、对使命的担当，无不展现了一名优秀共产党员的精神风貌。同时，他也并非“高大全”的完人，而是一个有着喜怒哀乐七情六欲的普通人。他对爱情的向往、对亲情的眷恋、对生死的思索，都体现了人物的立体感和真实感。罗天柱、辫子雷等配角也个性鲜明，既推动了情节的发展，又丰富了主题的内涵。众多军工人的群像则构成了一幅气势恢宏的时代画卷。

《红箭 红箭》在艺术表现上善于创新，运用多种表现手法丰富舞台呈现。闪回蒙太奇作为电影常用的一种语汇，在本剧中被灵活运用，将辫子雷等革命先辈的事迹娓娓道来，使历史与现实产生强烈共鸣；几处画外音的穿插，如刘娟的独白，生动体现了人物的内心活动，丰富了人物形象；而全剧开头的旁白，则采用了“戏中人”的独特视角，引领观众进入角色，拉近了舞台与观众的距离。舞台调度上，剧本也匠心独运，既有秦岭深处、军工车间等写实场景，又融入了虚幻的“历史再现”，直观地呈现出一代代军工人的奋斗历程。

《红箭 红箭》在舞台设计上着力营造气氛，创造意境。无论是秦岭厂的生产车间、导弹试验发射的靶场，还是历史再现的革命旧址，都力求以写实的场景再现军工人的工作和生活。尤其是最后一幕，作为全剧的高潮，无论是周大军等人含泪饮酒的特写，还是国庆阅兵上红箭导弹“受阅”的宏大场面，都给人以强烈的视觉冲击，令人热血沸腾。

总体而言，《红箭 红箭》是一部思想性、艺术性俱佳的优秀话剧。它植根于中国军工人的火热生活，以宏大的格局、动人的细节塑造了新时期军工人的群像，展现了他们对国防事业的无私奉献。编剧将历史与现实、个人与民族的命运熔于一炉，以独特的艺术视角展现了中国军工事业的发展历程，歌颂了伟大时代的奋进足音。这部剧饱含着对理想的执着追求，对使命的不懈担当，对家国的深沉情怀，必将激励更多有志青年凝聚爱国之情、砥砺报国之志，为实现民族复兴的伟大梦想不懈奋斗。

似水年华

管燕草

根据长篇小说《兄弟时代》改编

作者简介

管燕草，女，汉族，1978 年出生于上海，毕业于上海戏剧学院，获艺术硕士学位。现任上海淮剧团副团长，上海戏剧学院硕士研究生导师。上演舞台剧《半纸春光》《大洪流》《暖·光》《孔乙己》《纸间留仙》《画的画》等三十余部。创作出版《百年海上》《工人》《一个高三女生的日记》等十四部长篇小说、中短篇小说集《靠近我》、戏剧集《管燕草剧作选》，编著《淮剧小戏考》。多部作品被翻译成英语、法语等出版。她涉猎话剧、京剧、淮剧、沪剧、滑稽戏、歌舞剧等剧种的创作，另有电影、电视剧、情景剧被搬上屏幕。编剧作品荣获国际、国家、省部级奖项四十余次，荣获“最佳编剧”单项奖十余次。入选作品《似水年华》根据管新生长篇小说《兄弟时代》改编，发表于 2014 年《新剧作》。

剧情梗概

学生时代，马凉与任青是一对铁哥们儿：任青曾经为马凉顶罪，马凉也曾经代替任青上山下乡。改革开放后，马凉回到上海，从普通工人走上了厂领导的岗位。面对国有企业不景气的局面，刚出任春风厂“代厂长”的马凉雄心勃勃，一上来就为企业寻找新的激活点，展开一系列大动作。此时，他曾经的铁哥们儿任青在局机关担任“引进项目处”处长。由于机关精简，任青不得不准备“沉下去”，而他手里唯一的牌便是春风厂的“引进项目”。是去春风厂当厂长，还是接受分流下岗，任青必须做出选择。昔日兄弟就此展开了一场龙争虎斗。为了给企业找出路，并实现自己的抱负，二人明争暗斗，各显神通，激烈厮杀。就在他们较劲的过程中，春风厂变得虎虎有生气，开始攀上了新台阶。终于，马凉胜了，可是胜的这方却感到悲伤。意外的是，就在马凉重组资产成立“集团总公司”大踏步走向市场经济时，任青忽然被局里任命为他的副手。于是，马凉与任青又一次携起手来，春风集团总公司也掀开了崭新的一页。

人　物

马　凉——男，四十五六岁，春风机械总厂代理厂长。

任　青——男，四十五六岁，工业局“引进项目处”处长，后分流至春风厂任总厂副厂长、“引进项目”分厂厂长。

林凤凰——女，四十余岁，马凉的妻子。东海服装社总经理。

海　伦——女，三十七八岁，春风厂设计室主任，马凉的红粉知己。

李大胖子——男，三十余岁，任青的秘书。

小个子——男，三十余岁，春风厂车间主任。

何　劲——男，七十余岁，博士，外商当年的合作伙伴。

何秋草——男，三十五六岁，何劲的儿子，春风厂干部。

范国忠——男，四十岁，春风厂工人。

王铁汉——男，三十余岁，春风厂工人。

孙富贵——男，三十五六岁，春风厂联营厂厂长。

白　晶——男，三十余岁，春风厂高工，后任分厂副厂长、总工程师。

男女干部若干

工人若干

群众若干

时　间

二十世纪七十年代

地　点

上海

〔舞台上一片漆黑。

〔突兀爆起《大海航行靠舵手》歌曲声和喧天锣鼓声，紧接着响起口号声：“毛主席挥手我前进，上山下乡干革命！好儿女志在四方！到农村去，到边疆去，到革命最需要的地方去！”

〔偶尔夹杂着几声火车汽笛声，火车车轮滚动声。

〔所有声音突然停止，少年任青在一束追光中气喘吁吁奔上。

任　青　（大喊）马凉！马凉！

〔无人应答。

任　青　（紧追几步，大喊）马凉！马凉！

〔无人应答。歌声、锣鼓声、口号声突起。

任　青　（略带哭腔地狂呼大喊）马——凉——

〔穿军装戴军帽背黄挎包的少年马凉在另一束追光中出现。歌声锣鼓声口号声戛然而止。

马　凉　任青！

任　青　（大为惊喜）马凉！

马　凉　（颇为疑惑地）你怎么会来的？

任　青　我怎么会来的？是啊，我是不会来的，对不对？你把消息对我全面封锁了，你把你分配到上海工矿的名额留给了我，你代替我去黑龙江上山下乡了，你，你说，这是为什么？

马　凉　任青……

任　青　你不要对我说我们是班上的好同学，是一条弄堂里的好邻居，更不要说我为你顶过“破坏革命样板戏”的罪被公检法关过三个月，不！这些我都不要听！你给我从火车上下来，我不要你代替我去上山下乡！

马　凉　好，我不说这些，我要说的全部理由只有一句话！

任　青　你说呀，你为什么要这样做？

马　凉　（动情地）因为，我们是兄弟啊！

〔火车发车的铃声和汽笛声惊心动魄地响了起来。

任　青　（大叫）你给我下来，下来呀！

〔火车启动，马凉渐渐从任青面前移开了去。

〔马凉一把抓下头上的军帽，用力地朝任青一挥。

马　凉　任青，别忘了，好好照顾我的母亲，照顾林凤凰……

〔歌曲声锣鼓声口号声火车汽笛声大作。

〔马凉渐渐远去，唯有军帽在挥动。

任　青　（紧追几步，冷不防重重跪下，撕心裂肺大喊）兄——弟——！

〔切光。

时间：新世纪

〔马凉家。

〔马凉在来回踱步，不时地看看手表，看看墙上的钟。

〔腰间系着围裙的林凤凰上。

林凤凰　大凉，任青怎么还没来？

马　凉　我明明和他说好了十点半的，他也一口答应了，可现在（看表）都十一点了，偏偏连个影子都没有，真不知怎么搞的！

林凤凰　我早就说过，他现在是局里“引进项目处”的处长，一天到晚要和外商谈项目签合同，忙得跟个风车似的，亏你想得出来还要把他拖到家里来吃饭，真是的！

马　凉　（笑了）你呀，好歹也是东海服装社的老总，总经理阁下，连我今天特意请任青吃饭的意义都不懂？

林凤凰 （赌气地）我不懂，我就是不懂！

马　凉 （摇头）你懂，你应该懂！当年我从黑龙江回城进了春风厂在炉子间当一名炉前工，后来当了班组长、工段长、车间主任、副厂长，这一晃，就是二十年啦，我容易吗？好了，现在老厂长退了，局里任命我为春风总厂的代理厂长，我能不把我的兄弟任青请到家里来痛痛快快喝两杯吗？

林凤凰 我知道，你是几十年的媳妇终于熬成婆了！

马　凉 （大笑）没错，我就是要把这一份开心的心情与任青分享！

〔门铃叮咚。

林凤凰 （笑）好了，分享你心情的人来了！

马　凉 别忘了，当年他是我的同班同学、隔壁邻居，也是你画过“三八线”的同桌，而且还是开裆裤时代的小伙伴！

林凤凰 （忍俊不禁）年龄都倒把了，还，还开裆裤！

〔门铃又响。

马　凉 来了！

〔马凉开门，任青进入。

任　青 对不起对不起，我迟到了！

林凤凰 （递过茶杯）给你泡的茶都快凉了，是你爱喝的龙井。

任　青 （接过）哦，我的这么点嗜好怎么总也逃不过你的法眼哪！

〔马凉与林凤凰均笑。

林凤凰 别尽要贫嘴，你得坦白坦白迟到的理由，不然你也太对不起我们的大凉了，他一会儿看手上的表，一会儿看墙上的钟，像和梦中情人约会似的！

任　青 （笑）其实也没什么特别的理由，局里临时召集开了一个紧急会议，是关于处室合并、干部分流的……

林凤凰 （打断）好了好了别说下去了，不要刚才在局里开大会，现

在又上我们家里来开小会……对了，我还有两个菜要烧，马上就好，你们先聊吧。（下）

〔任青在沙发上坐下。

马　凉　阿青，你刚才说的局里那个紧急会议，有些什么实质性的内容没有？

任　青　（一愣）实质性内容？你想听什么实质性的内容？

马　凉　说实话，我别的不怕，就怕你这个“引进项目处”的处座大人万一被局里分流出去，如果那样的话，我们春风厂在你手里的“引进项目”就要泡汤了！

任　青　不，不会这么严重吧。（掩饰着端杯喝茶）

马　凉　就这么严重！要想把春风厂搞上去，硬是要靠这“引进项目”上马，所以，春风厂两千来号职工的目光全都死死地盯着“引进项目”！阿青啊，咱们可是割头不换的兄弟，你可千万得给我抓紧啊！

任　青　（沉吟）我会抓紧的，下礼拜我就要和外商进行最后一轮谈判了。（有意岔开）听说你们最近在黄山开了一个大型订货会，形势很不错嘛……

马　凉　（苦笑）是接到了不少订货单，可购买原材料的资金缺少一大块……

任　青　（笑）我想，你大概是不会让煮熟了的鸭子重新飞上天的吧？

马　凉　那是当然的啰！我当即出台了几个大动作：爱厂集资、出租办公大楼……

任　青　把购买原材料的资金缺口补上了？

马　凉　（得意地）不光补上了，而且还剩余下了二百八十万元……

任　青　（一愣）可真看不出，你还真有两把刷子啊！

马　凉　我还有三把刷子呢——这剩余的资金嘛，我……（迟疑）反正你也不是外人，我实说了吧，聘请了两位行家护航，让厂设计室主任海伦做操盘手，投进股市里去运作了！

任　青　（大吃一惊）什么？炒股票？

马　凉　（点头）这可是国家政策许可的，哪怕是阶段性政策。所以你得记住，政策是人民币，关键看你抓不抓得住，政策的含金量高啊！

任　青　（发了一会儿呆）没想到哇，你这个马王爷一登上总统宝座，就放光显灵了！

马　凉　不，是代理厂长，临时大总统。

任　青　（略显尴尬）对对，是临时大总统……

马　凉　（朗声大笑）管他什么临时不临时的，现在可是到了我马凉甩开膀子大干社会主义的时候了！我等这个时候，已经等了整整的二十年！所以，我还有一个野心更大的新动作新思路——把春风厂、"引进项目"分厂和乡镇联营厂优化组合，搞成一个大工业集团，研制新一代的拳头产品去抢占市场份额，激活新的经济增长点！怎么样，我的这个思路算不算是赶得上形势的大手笔？不不，还是谦虚一点的好，算是不大不小的手笔吧，你说对不对？

任　青　（含糊地）这个嘛……

马　凉　（注意地看了他一眼）什么这个那个的，你有话就明说嘛！

任　青　我是说，其实，也挺好的……（喝茶）

马　凉　奇怪了，我兴致勃勃地说了老半天，你怎么连一点起码的共鸣都没有啊？喂喂，我今天把你请来就是要和你分享我愉快心情的，可你却……这有点不像你老兄一贯的性格，难道你对我刚才说的有想法？还是你有什么不顺心的事？

任　青　不不，没什么……（再次喝茶）

马　凉　（沉吟）不对，你一定有心事。

任　青　（不耐烦地）我说没事，就是没事！

〔两人一时均有些尴尬起来。

〔林凤凰拿着把锅铲匆匆上。

林凤凰　大凉，我忘了一件事，待会儿吃饭有菜没酒，那像什么待客之道。（对任青）白酒倒是有的，你又不喝……

马　凉　（闷闷不乐地看了看任青）我下楼去买。

林凤凰　买个三五瓶啤酒吧，我记得阿青是喝惯了“三得利”的，别买错了。

马　凉　知道了，五瓶“三得利”啤酒。（下）

林凤凰　（拉过椅子坐下）好了，厨房里的事忙完了，就等大凉买啤酒了，阿青，我陪你坐一会儿。（看到手中锅铲，哑然失笑）你看我，还拿着它干什么呀！（起身，向厨房走去）

任　青　（冷不丁）小凤，别走，我……有事和你说……

林凤凰　（一愣）你有事和我说？

任　青　（点头）是的，想单独听听你的意见……

林凤凰　怎么弄得这么严肃啊，跟过组织生活似的？（将锅铲放到一边）好吧，你就说吧。（在椅上坐下）

任　青　（迟疑了一会儿）我想说的，还就是你刚才不耐烦听下去的那个局里“处室合并、干部分流”的紧急会议……

林凤凰　（一惊）难道，要把你的“引进项目处”给合并掉？

任　青　（苦笑）不仅仅是三个处室精简合并为一个处，而且……

林凤凰　（不太敢相信地）而且什么？难不成你也要被分流了？

任　青　（沉重）有关领导找我谈了，坦率地告诉我，我只有带着手里的最后一项引进项目，分流到这引进项目的厂子里去……

林凤凰 （吃惊）引进项目？你……你是说……是说……

任　青 是的，让我到春风机械总厂去。

〔静场。

林凤凰 （小心翼翼地）你来春风厂……是做老大？

任　青 将被正式任命为春风总厂的厂长。

林凤凰 哦……（突然想起地）那，马凉呢？

任　青 （痛苦地）不知道……我只知道，我无法面对马凉……当年，他代替我去上山下乡，十年后才回城，整整的十年啊。

林凤凰 是啊。

任　青 我亏欠他的太多……

林凤凰 （冷笑一声）你是亏欠他太多，难道你就不觉得亏欠我的更多吗？

任　青 （一愣）你……

林凤凰 （站起）是的，他代替你上山下乡十个年头，是经历了千辛万苦，可就在第二年，马凉的母亲中风瘫痪了，你像亲生儿子一样倒屎倒尿擦身喂饭，那也是整整的九个年头哪……

任　青 这是应该的……

林凤凰 是应该的……这是马凉在离开上海时拜托给你的……

任　青 是的，他拜托我照顾他的母亲，还有，照顾你……

林凤凰 你是忠于朋友之诺的人……那一回，我肚子疼得厉害，半夜里又下着大雨，你闻讯后立即赶了过来，当时没有出租车，公交车也停了，你背着我去医院，我不停地叫着痛，你不停地奔着跑着，到了医院才发觉你脚上的鞋跑丢了，脚上都是血……后来，医生说，再晚来半小时就会转成腹膜炎，生命就危险了……

任　青 这些，都过去了……

林凤凰 不，它在一个少女的心里永远不会过去……后来，我告诉你，说我……

任　青 别说了。

林凤凰 不，我要说，当时，我说，我喜欢你！可你呢，却对我说——你还记得自己当时是怎么回答我的吗？

任　青 （痛苦地点头）我说，我不能夺兄弟之爱！

林凤凰 是的，你不能夺兄弟之所爱……就在马凉回城之后的一个月，你突然宣布你要结婚了，婚礼就定在当天晚上！当时犹如一个晴天霹雳打在我的头上，我惊呆了！后来我才明白，你是连一丝一毫的余地也没留给我啊！

任　青 我至今也没觉得做错了，回城后的马凉还是像当年一样深深地爱着你！

林凤凰 可你，娶的却是一个没有感情基础的女人，没几年，你们便离了婚……阿青，你知道吗，这成了我心头永远的痛！

任　青 可是，马凉他是爱你的啊！

林凤凰 （良久）我们生活得并不幸福！尤其是前些年，他将一个叫海伦的女人千方百计招聘进了春风厂担任设计室主任，后来我才隐约知道，她是马凉在北大荒的红粉知己！

任　青 我从来不相信这类捕风捉影的事……

林凤凰 据说，厂里经常流传关于他们两个人的风言风语……

任　青 看起来，你对马凉颇有微词啊，依我看，这根子还是在你的身上。

林凤凰 我承认，因为我的心里一直有另外一个男人的身影挥之不去，驱之不散！

〔任青语塞。

林凤凰 你怎么不说话了？其实你心里比谁都明白，你亏欠我的远远要比亏欠马凉的更多——那是永远也还不清的感情债！

任　青　（无奈地）好吧，就算是这样吧，那么就请你这个最大的债主告诉我，在目前的形势下，我该如何面对你和马凉？

林凤凰　（果断地）我支持你到春风厂做老大！

任　青　（一惊）你说什么？

林凤凰　（幽幽地）我不愿意看到你成为一个没有岗的处级干部！

任　青　（叹了一口气）局里的领导也是这样和我说的——如果我不去春风厂，那么面临的只有分流下岗！而且，他们已经决定了让我出任春风厂的厂长。

林凤凰　怎么样，英雄所见略同吧？你应该服从组织安排。

任　青　马凉毕竟代替我上山下乡十年啊……

林凤凰　（把脸一板）那又怎么样！当年你不也是顶替他"破坏革命样板戏"，被公检法抓了进去吗？

任　青　可我连头带尾一共只被关押了三个月……

林凤凰　别忘了，这在当时可是砍头的弥天大罪！当年犯了这条罪的，不都被上纲上线枪毙了吗？只不过你是个中学生，才大难不死躲过了这一劫！

任　青　（叹了一口气）话也不能这么说吧……

林凤凰　好，不能这么说就不说，那我问你，你这次来春风厂的目的到底是什么？

任　青　目的？当然是把春风厂的改革搞上去！

林凤凰　（笑）这不就得了吗？

〔门扉一响，马凉提着啤酒上。

马　凉　（放下啤酒，看了他们一眼）哎，你们怎么都不说话，就这么干坐着啊？

林凤凰　（如梦初醒）啊，对了，菜都弄好了，我这就去端上来，大

凉，你把圆台面拉出来吧。（颇有深意地看了任青一眼，下）

马　凉　好，咱们就痛痛快快地喝上两杯。

〔电话铃骤响。

马　凉　（拎起了听筒）喂，哪位？哦，柳局长秘书？我是马凉，嗯，嗯……（他的脸色渐渐由平和转为惊诧，最后转为了气愤）

〔马凉终于放下了听筒，走回任青面前。

马　凉　（镇静一会儿，似是自言自语）有人向我传达了局里紧急会议精神和内容……

〔任青不语，端杯喝茶。

马　凉　阿青，难道你现在还没有什么可以向我说的吗？

任　青　你既然已经听到了，那我又何必再说？

马　凉　（恼火地）你为什么不说？早在林凤凰问你迟到理由的时候，你就该说了！可你，明明知道了实情，却偏偏还瞒着我不说！你，你，你……

任　青　（痛苦地）你让我怎么说啊？兄弟！

马　凉　都已经这样了，我们还能算是什么兄弟！为什么是你来春风厂，而不是别的人？为什么，为什么啊？

〔林凤凰端菜上。

林凤凰　大凉，这不能怪罪阿青，这是组织上的安排。

马　凉　（吃惊）什么？你也知道了？还在帮着他说话？你还是不是我马凉的老婆？

林凤凰　这和老婆不老婆没关系，我说的是实话。（将菜在一边放下）

马　凉　（怒极而笑）好，好，你说的是实话！（转身抓起啤酒瓶）来，准备开饭吧！我要在饭桌上听到更多的实话！

任　青　（缓缓站起）对不起，我想，我应该走了。

林凤凰　（略显吃惊）你要走了？

任　青　是的。

马　凉　你为什么要走?

任　青　(沉重地) 我已经无法分享你此时此刻的那一份心情了，我没这个资格了。

林凤凰　阿青……

〔任青看了一眼林凤凰，叹息了一声，下。

〔马凉颓然坐下。

〔灯暗。仅有一束追光打在马凉身上。

马　凉　这是怎么啦? 这到底是怎么啦，谁能回答我! 谁!

〔海伦飘然而至。

海　伦　我!

马　凉　海伦，是你? 你能回答我的问题?

海　伦　是的，因为我很了解你，甚至比林凤凰还了解你!

马　凉　好，你说吧，这是为什么?

海　伦　因为，你们是兄弟!

马　凉　兄弟?

海　伦　是的，兄弟……

马　凉　是啊，我们是兄弟!

〔切光。

〔任青出现在追光中。

〔任青在痛苦地来回踱步。

〔一束追光中，李大胖子奔上。

李大胖子　任处长，你为什么要打报告不去春风总厂当厂长，却要去"引进项目"分厂当厂长? 连我这当秘书的也想不通!

任　青　因为我不是去争权夺利的。

李大胖子　可是那春风厂的分厂，只不过是一个小小的车间而已！

任　青　我知道自己在做什么，在局里这么多年了，我清楚面对市场应该怎么做。我带着“引进项目”的优势下去，吸引外资，难道这不正是当今国企改革的一个方向吗？

李大胖子　听说你和春风总厂代理厂长马凉是朋友？

任　青　不，我们是兄弟！

李大胖子　（喃喃地）兄——弟——？

〔切光。

〔马路边。无数摊贩一字排开。

〔马凉上。

王铁汉　（吆喝）走过路过不要错过，冬天吃了大补，夏天吃了清火，上通下达浑身劲道粗！活杀青蛙呱呱叫，跳楼价血本价……

〔马凉走了过来，在他的身旁站下了。

王铁汉　嘿嘿，是马厂长啊……要不要来个两斤？给你优惠价，谁让你是我们的最高司令长官呢……

马　凉　你好像是动力车间的吧？叫……

王铁汉　我叫王铁汉，是干力气活的，六级钳工……

马　凉　这青蛙，郊区田里捉来的？

王铁汉　（摇头）郊区？郊区的青蛙早就死光光了！这是批发来的……马厂长，实话实说吧，你要是真的想来一碗清炖红烧呢，我就再便宜一点放给你，也让我稍微赚点工夫铜钿……

马　凉　（笑）你真是雁过拔毛啊，在我这个厂长的头上还要赚点……

王铁汉　没办法，就是我的亲娘亲老子来，这工夫铜钿肯定要赚的。

谁让咱们厂里已经三个月没发奖金了呢，连效益工资岗位工资也跌到了历史最低水平线，你让我这个穷工人拿什么开销上有老下有小的一家人费用啊！

〔马凉哑然。

王铁汉 假如我口袋里不是穷到布贴布的话，马厂长，这一网兜青蛙你全都拎走，我连一个大毛都不会收，这点腔调还是有的！怎么样，称一斤吧，让你餐桌上多添一道美味，待会让我拎回家的小菜篮里颜色也好看一点……葱姜倒是现成的。（对范国忠）范国忠，给马厂长来两把葱姜，钱算我的！

马　凉 （一愣）范国忠？好像也是你们车间的吧，他怎么在卖葱姜？

王铁汉 他开车床的，比我还穷，拿不出本钱做生意，只能小打小闹玩玩葱姜……

马　凉 （苦笑）看起来，你们两位还是蛮有点经济头脑的……

王铁汉 马厂长，你这话就有点太抬举我们了……喏，你看，（将手一指）看到那个在叫卖外烟的吗？对，还有他边上那位卖龙虾的，再过去一点，还有两个，马厂长，那可全是我们厂里的阶级弟兄啊！上班八小时，拼命干革命；下了班你不得不为一家老小的吃饭问题搞活经济了……

〔马凉朝前望去，脸色缓缓沉了下来。

〔一声尖厉的呼哨划过。

王铁汉 （面色大变）城管来了！对不起马厂长，失陪了……

〔王铁汉一把抓起了地上的大网兜，三蹿两跳蹦了出去！

〔范国忠手忙脚乱地满地乱抓香葱生姜。

王铁汉 （大吼）你他妈的还不快跑！被逮住了起码得罚款！

〔王铁汉一把揪住了他的臂膊，跌跌撞撞拖着便跑！

〔大草帽从范国忠头上飞了起来，飘飘悠悠落到马凉的脚边。

〔无证摊贩们在举行着悲壮的“胜利大逃亡”。

〔马凉默默地捡起了那顶大草帽，无言地看着。

〔切光。

〔会议室。三三两两的干部上。

〔马凉上。将一顶大草帽和一沓大号信封放上了桌面。

马　凉　同志们，开会了。有的人可能已经知道，爱厂集资和出租大楼筹集到的资金，除去购买黄山订货会的原料，还剩下来一块，一共是280万，当时经厂部领导班子讨论同意，决定聘请行家护航，去炒了一回股票。

〔干部们惊喜地交头接耳，小声议论。

马　凉　现在我可以告诉大家，春风厂财运高照！大家猜猜看，到从股市撤出时为止，除去280万元的本金，一共净赚了多少？

干部甲　50万！

大胡子　（不屑地看了他一眼）起码100万！

干部乙　小儿科，我看有150万！

小个子　这这这，这一定是一串很辉煌的天文数字！

马　凉　（伸出四根指头）400万！同志们，400万元人民的那个币哪！

大胡子　（激动）那，马头，你为什么不再接再厉地做下去呢？为什么要突然下令撤军呢？要知道形势大好，一片光明哪！

马　凉　（摇头）千万不要以为在沙滩上踩出了一行很深的脚印，就以为自己是很有脚力了。今天这个会，想问大家的是，这400万该怎么用？（向边上一指）你们不是一直在缠着我要一笔资金吗，说什么干部们从办公大楼搬到厂区来以后，简陋的办公场所影响工作，要求翻造一幢二层的办公楼吗……

干部丙 （点头）我们确实有这个想法，正在酝酿着怎样向你开口……

〔有人笑了，气氛显得活跃起来。

大胡子 是否能考虑再添置一辆大客车，职工们办红白喜事呀，周末外出旅游呀，厂里原有的一辆大客车已经跟不上需要了……

小个子 马头，弟兄们还不都是听你这“带头马”的，你说吧！

众 人 对对，你就别打闷包了，快说吧！

马 凉 大家刚才说的呢全都有理，该买的就买，该花的就花，该翻造的就翻造……不过，我总觉得那并不是当务之急。

〔众人面面相觑。

马 凉 我这个人呢可惜不是远视眼，而是近视眼，我还希望在座的都能像我一样近视，对各自鼻子底下的车间和部门多看看。（举起大草帽）这是什么？这是无证设摊的范国忠在逃跑时遗落的，他无证设的是什么摊？不值钱的卖葱卖姜！近两年厂里效益不好，职工们的生活太苦了……小个子，范国忠是你们车间的吧？你应该比我更了解情况……

小个子 （脸色阴沉）小范是车工，又有心脏病，老婆过世了，一个人含辛茹苦拖着个上中学的女儿，大大小小全凭着他的千把块钱工资！吃不上干的就喝稀的，顾得了生病就顾不了念书。你让小范怎么办？有好几次发烧到三十九度还不肯请病假，不少人都劝他何必这样硬撑呢？他说什么？他说的是——我敢请病假吗？我请得起病假吗？

马 凉 （轻轻叩了叩桌子）我倒知道范国忠的另外一件事，听说他前天大清早的又去菜场门口经商了。

〔众人一惊。

马　凉　这回摆了个卖糕团的小摊。谁知道买主还没上门，就来了个戴袖章的，先收了市场管理费，十分钟后又来了个拎包的，又收了清洁卫生费，这下该完了吧？不，最后来了市容整顿的，一下子就把他的那些糕糕团团统统没收了，据说还要罚款！

小个子　可是，我不知道他……

马　凉　（摆手制止）不要以为范国忠的故事在春风厂是绝无仅有，这样的例子，在春风厂一抓一大把！

小个子　马头，别说了！那400万，你说该怎么用就怎么用吧！

大胡子　对，听你的！

马　凉　（点点头）既然大家的想法能够统一了，那么我就说说自己的初步设想：这400万一个子儿都不留，人均一份，给全厂职工每人发个两千元的大红包！你们看行不行？

众　人　行！

马　凉　那好，既然一致通过了，那么我就给在座的提前发放红包了。（分发大号信封）至于我呢，和大家一样，大家呢，和工人兄弟们一样，每人两千，数目少了一点，算是一点心意吧……

〔众人接过大信封。

马　凉　散会！

〔众人离座，马凉却悄悄将一只大信封塞到了小个子的手里。

马　凉　小个子，这是我的红包，委托你送给范国忠……

小个子　（陡然一惊）你……这，这好像不好办哪！

马　凉　（笑了一声）好办好办，你就说，就说这是厂部和车间共同给他的一次性“特别补助”，记住，不许说是我个人的！

小个子　（连连摆手，直往后退）不不不，这种事，我不干……

马　凉　（恼怒地）你不干谁干！你知不知道，前天下午我看到范国忠在厂工会缠着工会主席苦苦哀求，哀求什么？哀求几十块钱的困难补助，他缠了整整一天！他为什么要纠缠整整一天？（沉重地）他女儿生病住院了……

小个子 （蓦然一咬牙）好，老子舍命陪君子了，你要玩，就拿我的红包去玩吧！（将大号信封重重地摔在了桌子上）

〔“啪、啪、啪”一片声响，无数只大信封蹦上了会议桌。

众　人 马头，既然你带了头，那么我们……

马　凉 （大吼）浑蛋！谁要你们学我的鸟样！你们谁敢不把红包乖乖地揣进自己的口袋里，谁敢把红包里的钱救济给别人一个子儿，谁就不是我的好兄弟！不是我的中层干部！（恶狠狠地将信封抛给小个子）你愿意干也得干，不愿意干也得干！

〔小个子恨恨地盯着他，一把擦去了涌出眼眶的泪水，抓起信封，一脚踢翻一张椅子，一头冲出会议室去了。

马　凉 （冲着他的背影大吼）你办不好这件事，就别来见我！

〔干部们全都乖乖地收起了桌上的红包，一个个悄悄离去。

〔马凉沉思地坐着，一动不动。

〔海伦手执图纸上。

海　伦 马凉，技术科长呢？会议结束了？

马　凉 （点点头）你来了？坐吧。对了，海伦，我这临时大总统上台执政以来，你听到下面都有些什么反映？

海　伦 （坐下，笑）怎么，你把我当成了你的私家侦探啊？专门给你干些“包打听”的勾当？

马　凉 （轻轻叹息一声）海伦，你已经不再是当年的那个天真烂漫的小女孩了。不过，群众的反映终究还是应该听的，对不对？

海　伦 （沉吟了一会）乱糟糟的我就不去说它了，比较集中的好像有两点，一是说你有野心，老厂长退出后由你挑大梁了，其实即便他在任上也是被架空的，还说你早就私下里笼络了一大批中层干部为你效力……

马　凉　（冷笑）有野心？有野心又不是坏事。没有野心办不了大事，没有能力也不能称其为野心。只要把厂子搞得红火了，这野心就应该正名为雄心嘛……对了，还有另外一点呢？

海　伦　你知道，这年月老百姓的眼光都变得实惠起来了，衡量领导是好是孬的标准也变得简单了，一看你为他们办了多少实事，二看各自口袋里的薪水又涨了多少。

马　凉　说得对，必须为老百姓脚踏实地办实事！大凡能站稳脚跟的、能留名的历来如是……如何使濒临绝境的春风厂重新起飞，我考虑好几年了……

海　伦　（幽幽地）我也有点儿看出来了，你果真是野心和雄心兼而有之啊！

马　凉　关键就在于"引进项目"必须到位，不到位的话，一切全是纸上谈兵……

海　伦　（小心翼翼）有任青的消息吗？

马　凉　（沉默有顷）暂时没有。

海　伦　按理说，你们曾经那样要好，后来你又为了他去北大荒……不过，即使他来了春风厂，你们也该携起手来才是……

马　凉　（摇头）你对任青太不了解了！他和我是同一类型的人，都有着一样轰轰烈烈的英雄梦，都有着一样想干一番事业的雄心壮志。他从局里下来并不是想觅一方安乐窝清闲混日子，他是来抓经济实体大展宏图的……

海　伦　（关切地）那，会不会影响你的集团公司的蓝图？

马　凉　不知道……如果他无情无义，那么也就休怪我六亲不认！

〔海伦无语。

〔一阵喧哗声由远而近。一群工人拥了进来。

工人甲　（小声地）马厂长有魄力，一发就是两千！

工人乙　春风厂形势大好，听说“引进项目”一上马还要更好！

工人丙　跟着这样的厂长做生活，越做越有劲！

〔范国忠、王铁汉等上。

王铁汉　马厂长！

马　凉　王铁汉，你们有什么事情吗？

范国忠　（从人群中冲出，倏地跪下）马厂长，你可是我范国忠的救命恩人哪！

马　凉　（慌忙搀扶）小范，千万不能这样，有什么话起来好好说。

范国忠　（跪地不起）我女儿住院了，上学又急需要用钱，我是到处求人到处借钱，可人家见了我这个穷光蛋再加上半条命，谁敢理睬我！你马厂长大恩大德，不但发了两千元的红包，而且还特别补助了我两千元，我、我、我……

马　凉　（一把扶住了范国忠的肩）起来起来，你这像什么样子……

范国忠　（趴下磕了三个响头）我代表我们一家子给你磕头了！

马　凉　（将范国忠扶起）小范哪小范，你不应该感谢我，要谢应该谢你们自己，发下的钱原本就是全厂广大工人创造的财富！

王铁汉　马厂长，我王铁汉是个直来直去的粗人，今后有什么差遣你尽管开口，火里来就往火里钻，水里去就往水里闯，咱连眼皮都不会眨一下！这一百多斤交给你，值！大家说，对不对？

众　人　对！

马　凉　（激动地鞠躬）谢谢大家！但是有一点，我必须说明白，这两千块钱仅仅是聊解无米之炊，千万不要把春风厂的形势估计得太乐观，我们的大希望大腾飞应该放到“引进项目”上去！到时候真刀实枪地干，希望大家同舟共济，一起努力！

〔爆起热烈的掌声。

〔切光。

〔灯亮。任青在看文件。

〔李大胖子拿着几份报纸上。

李大胖子 任处长，今天的各家主要报纸都刊登了春风厂的消息。

任　青 都说了些什么？

〔李大胖子将报纸放上了办公桌，一份一份地翻阅着。

李大胖子 喏，这是一条简明新闻，唔，这儿有一条一句话新闻……对了，我找到这份报纸了，数它发的版面最大……我给你念念标题吧——《春风厂凝聚力工程如火如荼，马厂长关心职工生活雪中送炭》……

〔任青取过报纸，慢慢看了起来。

李大胖子 任处长，我总觉得这文章，似乎不那么对劲……

任　青 （放下报纸）很好，马凉同志做了一篇很好的文章嘛！

李大胖子 （奇怪地）什么？这，这又好在哪里？

任　青 关心职工体察下情，原本是一个厂长的职责所在，这要比那些“在其位不谋其政”的领导优秀得多，不过，似乎也不该这样满天下贴告示地广而告之啊，凡事都有个度，一旦过了这个度，事情就不那么美妙了……

李大胖子 （疑惑地）任处长，我怎么有些听不懂你的话？

任　青 我是说，我去春风厂分厂的任命很快就要批下来了……

李大胖子 我还是不理解……

〔桌上的电话铃忽然响了起来。

李大胖子 （拎起话筒）喂，什么？组织处请任青同志马上去一趟？春风厂总厂副厂长？分厂厂长？哦，任命已经下达？好，好，我马上通知他……

李大胖子 （放下话筒）任处长，你还真让人佩服！不过，你刚才的那些话……

任　青 （一笑）我的话很简单——是马凉的动作促成了局里的决心。你想，局里的意思是让我出任春风总厂厂长，而我却打报告要去分厂，局里举棋不定，就在这时，新闻媒介起作用了……

李大胖子 原来这样啊，那，任处长，你下去以后有什么动作呢？

任　青 这个嘛，我不说你也应该知道，这些日子我一直在研究国企改革的个案，我有个初步的设想——将分厂从母体厂剥离出来，轻装上阵，利用“引进项目”的优势，尽快创出自己的品牌打入市场！

李大胖子 （恍然）我有些明白了，任处长，你的这一招实在是高！我看哪，马凉那些基层厂长恐怕永远只能望你的项背！

任　青 李胖，话可不能这么说啊！

李大胖子 我懂，我懂！有的人嘛，擅长脚踏实地地干，有的人却能够高瞻远瞩，这就是基层干部和局里干部质的区别。

任　青 李胖，这些话你在这儿说说关系不大，可是下去以后，你就得在你的嘴巴上好好挂上一把锁，注意一点影响！

李大胖子 这你放心好了，我也是多年当秘书的人了。对了，任处长，前两天有一个你的好朋友来找过你，当时你不在……

任　青 谁？

李大胖子 春风厂的副总工程师白晶。

任　青 白晶？他有什么事吗？

李大胖子 他对我说得不多，好像是准备从春风厂跳槽……

任　青 （一惊）什么？跳槽？跳到哪里去？

李大胖子 他正与几家单位在洽谈……

任　青　（沉吟）原来是这样。

李大胖子　任处长，刚才我听了你的设想，我忽然也有了个大胆的设想，不知你愿不愿意听？

任　青　大胆的设想？完全可以说出来听听嘛！

李大胖子　我在想，这次你带着引进设备下去，虽说有外方的技术人员来指导，可我们毕竟缺少一位技术方面的行家里手啊。

任　青　你的意思是？

李大胖子　不如与白晶谈一次，听听他到底有什么要求，我们能不能满足他……

任　青　你的意思是把他……

李大胖子　对，干脆把他挖过来！

任　青　（苦笑）就像挖墙脚一样把他挖过来？

李大胖子　挖墙脚？不不，我们根本没有挖什么人的墙脚，这白晶本来自己就要跳槽了！你不接盘，别人就要接盘的！

任　青　（沉吟）不行！马凉他……

李大胖子　任处长！

任　青　不行，还是不行……

李大胖子　任处长，白晶可是个人才啊！你不下手，别人就下手了！再怎么说，他来到分厂，总还是春风厂的人吧？

任　青　（来回踱步）你说的是有些道理……可这样好吗？马凉可是我的兄弟啊！

李大胖子　马凉？马凉他留不住人，能怪谁呢？怪你吗？怪我吗？错了！他得感激你才是！是你把白晶留在了春风厂——只不过是分厂而已！

任　青　我再好好想想……

〔电话铃响。

李大胖子 （拎起话筒）喂，哪一位？白晶？我是李秘书啊。怎么样，现在到了哪里高就啊？还没落实？想找任处长好好聊聊？行，我私下里透露一个消息给你，任处长明天就要去你们的分厂走马上任了！对对，他很需要像你这样的人才来做他的左右手啊！你也有这样的意思？哟，任处长好像进办公室了，你直接和他说吧，不过，千万不要提这个消息是我捅给你的啊！好，你等一等……（大声地）任处长！任处长！（一手遮住话筒）白晶要找你好好聊一聊，你可千万别错失良机啊！

任　青 （摇头）你呀，就爱装神弄鬼！（接过话筒）喂，白晶啊，什么？明晚八点，旋转餐厅？一定要来？那，好吧……（放下话筒）看起来，我也要成了弓弦上的箭了……

李大胖子 箭在弦上，不得不发——任处长，你就发吧！

任　青 （长长叹息一声）开弓就不会再有回头箭了……

〔切光。

〔追光中，任青和马凉分别上。

马　凉 （递过一个信封）我想请你看一份稀罕的东西。

任　青 （接过，打开）哦，白晶的《请调报告》。

马　凉 你应该不会陌生吧？

〔任青沉默。

马　凉 （取回报告，拍打了两下）我想，没有你的许诺，白晶他大概是不会弄出这么个东西来的吧？否则他写了等于白写。

任　青 不不，大凉，你听我解释……

马　凉 别叫我大凉！

任　青 那好，马凉同志，你听我跟你说……

马　凉 不要叫我马凉！

任　青　什么？

马　凉　别忘了，我是春风总厂的代理厂长！

任　青　（缓缓点头）明白了，现在我该叫你一声：马厂长！马厂长，我要告诉你的是，没有我的接收，白晶也是铁了心要离开春风厂的。你知不知道，他已经和全国五百强的大企业挂上了钩，我不接收，会有人欢迎他的！马厂长，现在不管怎么说，白晶好歹还是在春风厂……

马　凉　别尽挑好听的说！难道我还不明白你的心思？你分明是在挖我的墙脚！

任　青　挖墙脚？不不，你误会我了。

马　凉　你凭什么让我相信你没有在挖我的墙脚呢？

任　青　就凭你我的关系，我们毕竟是兄弟啊！

马　凉　兄弟？哼哼，好一个“兄弟”！

任　青　大凉！

马　凉　（恨恨地）兄弟？任青，就你这样，也能叫兄弟？哄鬼去吧！

〔马凉转身下。

〔全场的灯渐渐暗下，仅一束追光打在任青身上。

任　青　（痛苦地）大凉……

〔李大胖子上。

李大胖子　这，就是你一直挂在嘴边的那位……兄弟？

任　青　（狠狠地点了点头）对，没错，是兄弟！

〔李大胖子呆住。

〔切光。

〔马凉家。

〔夜半时分。

〔马凉疲惫地上。

〔马凉在桌前一屁股坐下。良久，从桌下拖出一箱方便面，取过热水瓶，开始泡方便面。

〔电话铃响。

马　凉　（边吃方便面边拎起话筒）喂，哪一位？

〔另一演出区。林凤凰在打手机。

林凤凰　大凉，你睡着了？怎么电话铃响了这么老半天都不接……

马　凉　睡觉还没来得及排上议事日程呢，现在正在往肚子里加添草料……

林凤凰　（笑出了声）你呀，老是没个正经的……喂，和你说一声，我今天晚上不一定能回家了……

马　凉　（抬腕看表）什么今天晚上，此刻已是凌晨零点过了，算是明天了……怎么，又有什么国家级的头等大事在等着你去处理啊？

林凤凰　（急促地）大凉，新闻单位你有没有什么朋友？主要是电视台的，新闻采访部……

马　凉　（皱了一下眉头）什么事情？说吧。

林凤凰　十分钟以前，我接到了一个电话，是我们服装社下面的一个加工厂打来的，因为天天加班加点，招来了电视台和工商部门的一帮人马，现在正在他们那儿做现场采访，他们快招架不住了，要我马上赶过去，你，有办法化解一下吗？

马　凉　（不满）你手下的那些个婆婆妈妈也太不懂法了，这样做是明显违反《劳动法》的……

林凤凰　大凉，你少在你的老婆面前拿腔拿调的！干脆一句话，你到底是有办法还是没办法来帮我摆平这件事！

马　凉　（恼火）那些个新闻记者像扛着大炮火箭筒一样举着摄像机冲进了你的加工厂里，我还能有什么办法让他们原地立正向后转！

林凤凰　行！你没办法，我有办法！就这样，再见！（思索一会重又拨动号码）喂，阿青吗？很不好意思，这么晚了还打扰你，对，我是林凤凰……

〔灯光渐暗，林凤凰隐去。

马　凉　（放下电话，用筷子挑面，面已成团。摔去筷子）都什么乱七八糟的，不吃了！

〔有人敲门。

〔马凉犹豫了一会，走去开门。

〔门开处，进来一矮而胖、一高而瘦提着菜匣的两位高帽厨师。

〔他们来到桌前，一边大声唱着菜名，一边从菜匣中端菜上桌。

马　凉　喂喂，这是怎么一回事？

胖厨师　我们是东方大饭店的，有人叫我们送菜上你这儿来。

马　凉　你们有没有搞错，怎么送到我这儿来呢？

胖厨师　搞错？那你是不是叫作马凉的那个人？

马　凉　对对，我就是马凉。

胖厨师　这不就得了嘛！

瘦厨师　（取出菜单）还有，还有，这是菜单，你和实物核对一下，是否有误？

马　凉　慢点慢点，我到现在还没能搞清楚，到底是谁让你们送的？

瘦厨师　一位女士，是她看的样，订的菜，买的单。

马　凉　一位女士？她姓什么，叫什么？

胖厨师　这菜单上不是都写着吗，有眼睛的人都会看！

马　凉　（疑惑地看菜单）海——伦——？海伦！

〔厨师退下。

〔电话铃响。

马　凉　（拎起电话）喂，哪一位？

〔另一演出区。

〔海伦坐在桌前打电话。

海　伦　大凉，又是一个人在家，又在吃方便面了吧？

马　凉　海伦，是你？

海　伦　是我。东方大饭店的美味佳肴一定送来了吧？我想给你改善一下今夜的伙食……

马　凉　这满满当当的一桌子，未免也太奢侈了吧？

海　伦　大凉，今天可是个值得纪念的日子啊！

马　凉　（奇怪地）纪念的日子？什么纪念的日子？

海　伦　你想不起来了吗？一点都想不起来了？不会吧？

马　凉　（思索）对不起海伦，是想不起来了……

海　伦　大凉，今天是你去黑龙江插队落户三十周年的纪念日啊！

马　凉　（呆住）什么，三十周年的纪念日？天哪！

海　伦　是啊，你还记得那一片黑土地吗？还记得那一片北大荒的冰天雪地吗？

马　凉　（大笑）记得，记得！我们的青春岁月里奔腾着北大荒直挂云天的“烟泡儿”！

海　伦　（端起桌上的酒杯）来，为我们的青春岁月干杯！

马　凉　干杯？怎么干杯？你现在在哪儿？

海　伦　在家里啊，桌子上和你一样，有酒，有菜。大凉，就让我们在电话里干杯吧！

马　凉　（豪气勃发举起酒杯）好！为那一片只流汗不流油的黑土地，为当年战天斗地的黑兄黑妹们，干杯！

海　伦　（深情地）为黑兄黑妹们的战斗友谊，干杯！

〔另一演出区灯暗。

〔海伦隐去。

〔马凉自斟自饮。

〔林凤凰上。

林凤凰　（见状一愣）好啊大凉，一杯酒在手，再加上一桌子的菜，你可真有闲情雅趣啊！你这算是怎么一回事？

马　凉　什么怎么一回事？告诉你，今天是我去黑龙江插队落户三十周年纪念日！

林凤凰　（呆住）原来是这样！你关起门来在家里独个儿纪念插队落户三十周年，怪不得刚才我打电话回来，你会见死不救了！是啊，我在火里，人家却在水里啊！

马　凉　什么水里火里，不要说得这么难听！什么见死不救，而是我根本没办法救！对了，你怎么这么快就回来了？突发事件处理完毕了？

林凤凰　你少废话！你可以推托说没办法，但是终究有人有办法的！

马　凉　谁？谁有办法？

林凤凰　阿青！阿青给打了个招呼，结果罚了款，不曝光了……

马　凉　这么简单？

林凤凰　就这么简单！我做了下不为例的承诺，当然就过去了！哪像你……

马　凉　过去了就好，来，一起喝一杯酒吧。

林凤凰　（拿起菜单，脸色陡变）这些美味佳肴，原来是海伦给你预订的，而且还是东方大饭店的！

马　凉　那又怎么啦？

林凤凰　三更半夜的，这位海伦女士为你想得可真周到啊！

马　凉　（陡然站起）你！什么意思啊？

林凤凰　我没什么意思，我只是想说，当我在外面遇到麻烦的时候，你——我最亲爱的老公，却在家里大吃大喝另一个女人为你准备的酒菜！你什么时候关心过我啊？这次如果不是阿青，不是阿青的话……

马　凉　（打断）阿青，阿青……开口闭口阿青……

林凤凰　本来就是阿青帮的忙嘛。

马　凉　够了，别老是阿青阿青的，我知道他是谁啊？

林凤凰　他是我的好朋友，是你的兄弟！

马　凉　（吼）别跟我再提“兄弟”这两个字！

〔切光。

〔组织人事科。成小娅在办公。

〔何秋草上。

何秋草　成大科长，我上星期给你的辞职报告下文如何？

成小娅　（口气生硬）对不起，有关领导和有关方面还要研究研究。

何秋草　什么办事效率，老人家不是早就教导过你们吗：一万年太久，只争朝夕！

成小娅　（有些恼怒地）你！

何秋草　我什么我，我既没烟又没酒，不像你研究研究，有烟有酒，整一个的太上老君……

成小娅　你要说笑话的话，请你离开这儿，不要影响我们工作。

何秋草　什么叫工作？我打给你的辞职报告就是你的工作，一星期过去了你却没有工作，明白这么个一加一等于二的小学生常识吗，成科长同志！

〔马凉上，忽然又退后两步，隐入暗处。

成小娅　何秋草，如果你果真要辞职的话，那么请把你去夜大学美术系念书的五千块钱学费还出来！

何秋草　（一愣）什么意思？

成小娅　按照有关文件精神和厂纪厂规，凡在职职工因非单位意志而离职者，必须一次性付清该单位为该职工曾经所支付的教育、技术等培训费用。

何秋草　（笑了）这么说，这就是允许我辞职的交换条件啰？

成小娅　（摇头）不，是先决条件。

何秋草　我不管是先决条件还是交换条件，我只要听一句话，是不是我付了这五千块钱的赎身费，就可以拍屁股离开春风厂了？

成小娅　可以这么说。

何秋草　（哈哈大笑）不知是你的运道好，还是我的手气高，我口袋里不多不少正好有五千元，拿去吧！（取出，丢在桌上）

成小娅　（取出本子查阅，忽然摇头）不对，你的学费是五千一百元！

何秋草　（一愣）什么，再加一百元？这么快就涨价了？你大概是摆地摊的吧，随随便便就可以斩人家一刀啊？

成小娅　请你放尊重一点！你的学费收据又不是我能凭空捏造得出来的，这上面写得一清二楚，就是不多不少的五千一百元嘛！

何秋草　你有没有搞错，这年头辞职的和被单位除名的没区别！说到底，还是我这个人太富有人情味了，好聚好散，老老实实地还你五千块钱学费。可你如此斤斤计较，那就休怪我无情，我

连一个大毛都不付，你又拿我怎么样！（将钱一把抓起，狠狠地塞进自己的衣袋里去了）

〔马凉走了出来。

成小娅 （如获救星）马厂长，你看他，竟然要无赖……

马　凉 你打过辞职报告？

何秋草 十天以前我就交给她了！

马　凉 辞职报告呢？

成小娅 （递过辞职报告）马厂长，我原来想等他交还了学费之后再拟一个报告请你批阅的……

马　凉 （接过，看了一会）我想单独和何秋草聊聊……

〔成小娅愣了一下，下。

马　凉 （坐下）你和成小娅的争论我都听到了，我可以很负责任地说，不但那一百块钱不要你交还，便是那五千块钱的学费也可以免了，你学有所成嘛。我最近了解了一下，知道你曾经代表春风厂夺得过市里部里的“实用美术装潢设计大赛”的金奖。不过，我不明白，你为什么要辞职呢？

何秋草 你听了不要生气。我觉得继续待在春风厂是对我青春和才华的浪费！一个月22个工作日，我在厂里是吃美术设计这碗饭的，三五天便完成了，余下的日子我干什么？喝茶、看报、办公室串门聊天。也许你可以说再给我增加工作量，不，对不起，我不是领导，觉悟没高到那么个层次。

〔马凉被震撼。

何秋草 第二个原因：我拿过部里的美术大赛金牌，奖品是“尼康”高级照相机，可我连“尼康”的一根毛都没见着！有关领导来找我，连皮带骨头就说了那么一句：“你的奖品我们送给局领导了”，这十二个字让人寒心哪！

马　凉　原来这样，我能够理解。

何秋草　你以为我是为没拿到“尼康”而伤心寒心？不！我的要求其实很可怜，我渴望着，期盼着能听到领导说一声：“何秋草，祝贺你为春风厂争光了！”我要的，仅仅是一句暖心的话啊！可惜，我听不到！现在，我要辞职了……

马　凉　（站起，踱步）何秋草同志，我以春风厂的名义向你说一声对不起，在厂里大家对艺术性的成果是有些掉以轻心，我这个厂长也没想到去关心。

何秋草　（坐下）算了，都成过去式了，我已经看得淡了。春风厂不尊重我的劳动没有关系，春风厂毕竟很小，搞艺术的最终是要赢得社会的承认和尊重，所以我决定带艺下海了……

马　凉　你的选择是明智的，而深化改革的形势又为智力型的人才敞开了大门，听说你打算搞个“秋草广告设计公司”，有什么困难要我帮忙解决吗？

〔何秋草缓缓地摇头。

马　凉　你可以放手去搞，你的辞职报告十分钟之后我就会批下去。你的公司注册资金落实了没有？营业执照批下来了吗？

何秋草　作为商业机密，我什么都不回答可不可以？

马　凉　（笑了）可以，只是我忽然之间萌发了一个念头，假如我为你的公司提供一处街面房屋做办公室，还有电话、电脑、传真、复印等办公设施；假如我对你的公司注入一股资金；假如我再为你的公司配备几位创作策划人才……当然，这几个“假如”还是假设条件，这里所说的“我”也还是春风厂的代名词……

何秋草　（颇为吃惊）等一等，你的意思是说我们成为合伙人联营？

马　凉　（点头）对，这么说吧，你的公司作为春风厂的“三产企业”挂牌，享受应有的优惠条件。最起码你可以省去注册资金、公司选址、营业执照等一干烦琐杂事，这些都由我来承包。

何秋草 好吧，“秋草广告设计公司”决意加盟你的统一阵线了。

马 凉 （大笑）欢迎你，春风厂的新盟友！我要好好地张扬“秋草广告设计公司”的知名度！过两天就召开新闻发布会，让报社、电台、电视台先炒它一炒，你看，这算不算是对你以前在春风厂屈就的一个补偿？

何秋草 （呆住）我真有些怀疑，春风厂厂级领导中怎么会有你这样一位风流人物？

马 凉 （朗声大笑，有意无意地）你的父亲何老的身体还好吧？

何秋草 好，老头子的身体棒极了，每天打太极拳，做十八法，活得比神仙还要神仙！最近这几天，还有人来电话请他“出山”……

马 凉 （警觉地）是些什么人？

何秋草 （沉吟）好像叫什么任处长。对了，你怎么也想起来关心我家的老头子了，该不会同样是打算请他“出山”吧？

马 凉 任处长？

何秋草 不错，电话里那位任处长还提到了春风厂的“引进项目”……

马 凉 本来呢，“引进项目”的事一定下来的时候，我就在厂部会议上提议请何老担任总顾问，无论在与外商谈判的业务上还是技术上，何老都是老前辈，权威人物嘛。所以，前两天领导班子一致通过了我的提议，问题是……

何秋草 懂了，我呢就再给你一个承诺，我可以把你的意思向老头子转达，但他愿不愿意接受，那是他的事情……

马 凉 听起来，好像你和爸爸之间相处得十分微妙嘛……

何秋草 这是我们的家事，你就不要插手了吧……反正，我会丝毫不走样地按你的意思去办的……

马　凉　好！有你的这句话垫底，我马凉就放心了，一切，多多拜托！

〔两人拊掌而笑。

〔切光。

〔追光中，出现了任青和李大胖子。

李大胖子　任处长，我一直在想一个问题，老是没想通……

任　青　哦，说出来听听。

李大胖子　我看到有两个拳击手站在同一个擂台上，一个是暴风雨般的左勾拳右勾拳尽情发挥，另一个却一味闪躲，一丁点儿也不还手……

任　青　有点意思，说下去。

李大胖子　还要我说下去？我，我还能说什么呢，难道你一点儿也听不出我想说的意思？

任　青　弦外自有音，不听又何妨？

李大胖子　你要听，要听！任处长，我，我心疼啊！你要应战了！

任　青　李胖，你不知道，应战也难啊……

李大胖子　难道你就这样眼睁睁地看着马凉从你的眼皮底下拉走何秋草？醉翁之意不在酒！这是要夺走你与外商的谈判权啊！

任　青　马凉，毕竟是我的兄弟啊！

李大胖子　我明白，你是有苦说不出！可你想过没有，你一退再退，分厂也将没有你的立足之地，局里又回不去，你……和我，都将死无葬身之地了！

任　青　马凉，这二十年在厂里，也不容易……

李大胖子　他马凉在厂里这二十年不容易，你在局里就那么容易？

我李大胖子没有退路不要紧，可你任处长……不能这样啊！

任　青　别再说下去了！

李大胖子　不，我还要说！为了这个引进项目，你花了多少心血，到国外和外商谈判了多少次！可现在，让别人摘桃子……

任　青　（摇头）你不可能理解我和马凉的……

李大胖子　（呆呆地看着任青，冷不防跪下）我求你了，任处长，杀开一条血路吧，我们没有退路了！

任　青　（伸手搀扶）起来，快起来！像什么样子！

李大胖子　我知道，外商和你签署的合作意向书还在你的手里——你是春风厂唯一的代理人啊！你完全有能力挽回败局！你不为自己着想，也得为你的部下、为你重金聘请的白晶白总、为春风厂的将来考虑啊！

任　青　李胖，怎么还不起来？

李大胖子　你不答应，我，我就长跪不起！任处长，我李胖算是个什么东西？如果当年不是你看中我、提拔我，我现在早就已经分流回家了啊！

任　青　李胖！

李大胖子　任处长，你再不应战，我李胖可以分流可以回家，可你呢？你要到哪里去？你可以不考虑你自己，但是作为你的部下，我求求你，你应战吧！

任　青　（沉吟良久）让我好好考虑考虑……

李大胖子　（大喜，一跃而起）真的？我，我谢谢任处长！

〔任青来回踱步，沉思不语。

李大胖子　你在想什么呢？

任　青　我在想，与分厂一河之隔的联营厂……引进设备就要来了，分厂恐怕要扩容……

李大胖子　（沉思了一会儿）这样吧，我明天就去找联营厂的厂长孙富贵谈一谈，争取早日把联营厂纳入我们的版图！你看行吗？

任　青　有什么行不行的，既然准备应战了，那就下决心痛痛快快地大干一场吧！

李大胖子　（又惊又喜）真的？这，这才像我认识的任处长啊！

〔任青含笑不语。

〔切光。

〔何劲家。

任　青　（落座，恭敬地）何老，在下久闻您的大名，您是创建春风厂的元老，留学法国的博士，也是这一领域的权威，这些年退休赋闲在家，依然笔耕不辍，专业论文的新作不断见之于海内外报章杂志，实在令人敬佩……

何　劲　老朽了，别无他求，贡献余热而已，不足为外人道也！

任　青　您过谦了，别说像我这般才识粗浅的晚辈佩服得五体投地，就是我这次去国外谈判“引进项目”时遇见的一位外国老先生，也连连赞赏您“宝刀不老，雄风犹健”啊！

何　劲　（惊讶）宝刀不老，雄风犹健？他怎么知道？难道他……

任　青　他自称是您的老朋友，和您一起为创建春风厂共过患难！

何　劲　他是谁？他叫什么名字？

任　青　劳克斯先生，梅森·劳克斯总裁，当年春风厂的创始人。

何　劲　什么？是他！他好吗？现在身体状况怎样？他那年青时代的跨国公司的梦想后来又实现了多少？

任　青　（取出一封信）他很好，并且让我带了一封亲笔信给您。

何　劲　（抓过信，看着看着，泪花溅上信纸）老朋友，谢谢你没忘记我，尽管这么多年不通音信了，你居然还那么清晰地记得我们告别时的情景，就在回国的前一夜，你在和平饭店举行了告别酒会，后来我们还一起沿着外滩在月下漫步长谈，很晚也舍不得分手……

任　青　（递过几帧照片）这是我和他在他那庄园前照的，他说，当年您曾经去过他的庄园，携着您那新婚的妻子……

何　劲　一切都变遥远了，遥远得像一个梦……

任　青　这一次，春风厂的引进项目就是和他合作，最近，他的孙子小劳克斯将率团来春风厂考察，并且签署有关合同……

何　劲　是吗？那太好了！

任　青　所以，我想请您出山担任这整个引进项目的总顾问，现在是我在负责这个项目，到时候，还仰仗您老多多援手了……

何　劲　可以可以，这是应该的，春风厂是我的老娘家，这劳克斯家族也是我的老朋友嘛！于公于私，我都应该出这一把力，责无旁贷啊！

〔两人大笑。

任　青　（目光落向侧幕）哟，那满满一屋子都是您的藏书吧？连书柜也是宽宽大大顶天立地的……

何　劲　都是一些专业书，国内出版的，国外带回来的……

任　青　人们只惊羡您老学富五车，其实又有谁知道，做学问真是谈何容易啊，不相信的话，就请他去问问这一屋子的书！

何　劲　（苦笑）唉，我这一屋子的书最后也不知道将归于何处，待我百年之后，废品回收站也许便是它们的归宿了……

任　青　（诧异）何老，您怎么会有如此一说？

何　劲　实不相瞒，我是——寡人无后也！

任　青　（疑惑）我听不懂您的话，您的儿子不是何秋草吗？

何　劲　尽管我希望他能接我的班，可他偏毫无兴趣，我们父子为此还几乎反目，他倒好，最后居然喜爱上了与我的专业浑身不沾边的……

任　青　绘画艺术，对不对？

何　劲　对对，就是这什么艺术！你，怎么知道？莫非你认识他？

任　青　我是从这儿认识您的儿子何秋草的……（从包中取出一本精美的画册）这本画册中有您儿子的一幅作品……

何　劲　自从有了几次大的争吵之后，他就再也没让我接触过他的任何作品……

〔何秋草上。进屋。

何秋草　（看了一眼任青，散淡地）爸，你又有客人啦？

何　劲　来，我给你介绍一下，这位是……

〔何秋草听而不闻地径自走向了里屋。

何　劲　（急切地）你最喜欢吃的“酸菜鱼头汤”，我在煤气灶上给你热着呢！

何秋草　（头也不回地）我吃过了，外面有个应酬……（进里屋）

何　劲　（摇头）就这副德行，在外面吃过了，也不关照一声，我还在那里瞎起劲地给他熬“酸菜鱼头汤”！真不知道他的眼里还有没有我这个做爸爸的！

任　青　何老啊，话也不能这么说，你知道何秋草这幅作品的名称叫什么吗？

何　劲　叫什么？

任　青　叫《父亲》！

何　劲　（震撼）父亲？！

任　青　（掀动画册）你看，就是这一幅！（指点画面）背景是淡淡的现代机械的轮廓，父亲的形象占据了大半个画面，正在指点工业大会战……

何　劲　这，就是他眼里的父亲？

任　青　您再看看这儿，一个孩子，一个戴着红领巾的小男孩，正趴在厂房外的窗口望着父亲……您注意到这孩子的眼神了吗？那是一种何等深情何等炽烈的目光啊，烘托着父亲的形象一下子从画面上突现出来！

何　劲　（久久凝视画面）没想到，真没想到，我在儿子的眼里居然还是这样高大，也不知他是怎么想起来画这幅《父亲》的……

〔何秋草上。

何秋草　它不是画出来的！这是一段关于童年的记忆——那一次，父亲很晚还没有回家，我来到了父亲工厂的外面，正巧看到父亲带领着一群人走了过来，一路指指点点，那是一幅多么美丽的图画啊！许多年过去了，我一直想把它表现出来，表现一个儿子眼中的父亲……

何　劲　（呆呆地望着儿子）是这样的吗，儿子？

何秋草　（低沉地）爸，我知道，我一直没能满足你的愿望……

何　劲　（低低叹息）别说了，别说……

任　青　不，其实做儿子的也曾经努力过，而且不止一次地努力过……

何　劲　你说什么？

任　青　在三四年以前，我遇到我的前妻，她说有一个人叫什么秋天里的一棵草，报考过两次她任职的冶金系统的业余大学，可惜全都因为分数不到位而落榜了，后来这个考生还找过她几次，要她帮忙搞复习资料……

何秋草　（冷冷地）秋天里的一棵草？你大概有些张冠李戴了……

任　青　我前妻当时还说，这个让她感到毅力和韧劲的考生是马凉厂里的……后来，我问过马凉，我至今还记得马凉告诉我的那三个字：何秋草！

何　劲　（激动地）原来，原来是这样！儿子，你当初为什么不告诉我这个做父亲的呢，不宽慰宽慰一个做老人的心啊！

何秋草　爸，我不想惹您伤心，都连续报考三年了，还就是跨不进那个门——最后我实在怕自己找不到回家的门，就同时报考了艺术类的美术专业……

〔静场。

何　劲　（爆发地）我的——儿子！

何秋草　（激动地）爸！

〔两人紧紧地拥抱在了一起。

任　青　（良久才开口）何老，尽管您的儿子没能走您希望的专业道路，可他毕竟在自己走的路上同样赢得了可喜的成绩！

何　劲　你是说，这画册中的这幅《父亲》?

任　青　您大概还不知道吧，何秋草曾经代表工业局参加部里和市里的美术大赛，获得了金奖！（取出尼康照相机）当我听说了他的奖品被局里截留的消息之后，就立即找柳局长汇报了，柳局长当即批示：任何部门和个人不得截留奖品，必须尊重艺术家的创造性劳动！

何秋草　不，我已经不需要这部尼康照相机了！

任　青　你说错了，我现在交还给你的并不是什么尼康照相机，“尼康”只是一个微不足道的符号而已，我在代表工业局向你表示歉意的同时，交还你的是对艺术劳动价值的承认和尊重！

何秋草　（大为感动）谢谢你！你是……（转向何劲）他是谁?

何　劲　他是工业局引进项目处的处长、春风厂分厂的厂长任青！

何秋草　（一愣）原来你就是任青?（大声地）谢谢你，任处长！

〔切光。

〔马凉家。

〔林凤凰在往桌子上上菜。马凉上。

马　凉　哟，看样子我今天有口福了，啊？

林凤凰　什么口福不口福的，你也不想想，我怎么会一不小心就弄出这一桌子的美味佳肴来？

马　凉　这很简单嘛，也许你是看我这么些日子做春风厂的临时大总统太辛苦了，于是就来了个良心大发现，决定好好犒劳犒劳我……

林凤凰　美的你！真没想到，我们的马大厂长也会如此自作多情！

马　凉　我说的不对啊？

林凤凰　不对！百分之一千的不对！

马　凉　那好，你把对的给说出来吧。

林凤凰　我不说，偏要你猜！猜不出来的话，这一桌子的菜啊你就只有看的份，没有吃的份了！

马　凉　这么厉害啊！好，好，让我猜猜看，测试一下我的智商到底如何……

〔海伦奔上，按响门铃。

〔马凉开门。

马　凉　海伦？你这么慌慌张张的，发生什么事了？

海　伦　孙富贵……联营厂的孙富贵……要终止合同了！

马　凉　（脸色大变）什么？！

海　伦　联营厂闹着要和我们脱钩了！

〔马凉来回踱步。海伦和林凤凰打了一个招呼。

马　凉　（果断地取出手机）喂，我是马凉！立即通知全厂中层以上的干部，召开紧急会议！（看表）十分钟以后，我赶到厂部会议室！（对海伦）我们走吧！

海　伦　（朝林凤凰方向示意了一下，低声地）你就不关照一声？

马　凉　（醒悟，对林凤凰）我有急事，先去厂里了，啊！

〔马凉与海伦下。

〔林凤凰呆呆望着桌子上的菜，良久才痛苦地长叹一声，颓然在桌前坐下。

〔电话铃响。

林凤凰　（拎起话筒）喂……

〔幕侧传来任青的声音。

任　青　我是任青啊，阿凤，请你马上打开收音机！

林凤凰　什么？打开收音机？

任　青　对！立即打开收音机！

〔林凤凰打开了收音机。

〔幕后。电台主持人：各位听众朋友，下面请听任青先生为林凤凰女士点播的《祝你生日快乐》，让我们一起把祝福的心情捎给林凤凰女士！

〔《祝你生日快乐》的歌声缓缓响起。

林凤凰　谢谢，谢谢你任青！你还记得我的生日……大概，也只有你，把我的生日记在了心上……（默默流下了眼泪）

〔《祝你生日快乐》响遍全场。

〔切光。

〔春风厂厂长室。

〔马凉在来回踱步。海伦上。

海　伦　大凉，联营厂的事，你到底准备怎么办，快做出决定啊……

马　凉　（沉重地）我和孙富贵通过了电话，他明确告诉我，联营合同下个星期到期后立即中止，他为春风厂生产的最后一批产品也将在合同期满之前全部装配完毕按时交货，届时，联营的乡镇企业也就完成了它的历史使命！

海　伦　这是为什么？这到底是怎么一回事？

马　凉　听说他早就想脱钩去单干了，自以为羽翼丰满了嘛，重要的是他最近和任青的秘书李大胖子接触了几次，这就坚定了他另起炉灶的决心……

海　伦　这种人还有没有良心，要不是春风厂支撑着他，早在三年前他的那个乡镇企业就得关门大吉，他自己也因欠了一屁股的债要去尝尝铁窗滋味了！

马　凉　人哪，总是会变的。当初我们帮他还了债，帮他培训技术工人，修整厂房维修设备，他发不出工资，又是我们带了钱去为他解困救难，当时他感激涕零得差点儿下跪！不说这些了……

海　伦　（沉吟）你的话倒使我想起了一个问题，因为对乡镇企业技术力量薄弱的考虑，所以交给他们生产成套产品时有一个没有签订任何合约的约定俗成的规定，那就是当每一道工序的零部件完成后，即由春风厂派员检验，验证合格方才交出下一道工序零部件的加工图纸，目的是保证质量。

马　凉　（一愣）那么，这一套产品的图纸是不是已全部交出去了？

海　伦　还没有，但是已接到了孙富贵的电话，半小时后他派员来取。

马　凉　告诉你另外一件事，我已把这套产品价值和联营厂固定资产核算出来了。

海　伦　（吃惊）莫非你是说，他们资不抵债？

马　凉　（点头）对！只要他们不能按时交货……海伦，我想请你帮我一个忙，也许，只有这一招了……

海　伦　你说吧，只要我能办得到的……

马　凉　是的，我想请你做一件事，那就是孙富贵的人来取图纸时，你将最后一道工序的那套图纸悄悄换上另一套图纸。我们厂生产的是系列产品，相近的图纸、相近的零部件有的是，你是费不了什么心思就能完成这么个厂长交派的任务的。问题是，孙富贵生产的这套产品精密度要求很高，只要相差那么个一二丝，他就压根儿无法进行最后的成套装配……

海　伦　你，你这不是活活要了孙富贵的命吗？

马　凉　（苦笑一声）除了以毒攻毒，我还能有什么办法？我不能眼睁睁地看着别人当着我的面，将成立集团公司的蓝图活生生地给撕毁了啊！

海　伦　（轻轻摇头）我总觉得，这样的做法未免太卑鄙了一些……

马　凉　（恨恨地“哼”了一声）难道孙富贵就不卑鄙吗？和卑鄙小人打交道，我没有办法不让自己也学着卑鄙一些。卑鄙，从来就是给卑鄙者开的一帖最好的良药。你我相处多年，莫非还不了解我这个人吗？你，就照着我的话去做吧，我这也是不得已而为之啊。

海　伦　（沉吟）这一招，也太厉害了……

马　凉　（果断地）你尽可以放心，任何严重后果均由我这个厂长负责！而且，根据孙富贵厂里的技术力量，他根本就查不出无法进行最后装配的原因到底在哪里。图纸对头，加工件对头，但偏偏就是拿不出双方合同上要求的产品！这一下，他面临的就只能是一种选择：要么破产，要么投降！

海　伦　投降？这两个字眼实在是久违了……

马　凉　（点头）是投降。我马凉实行的是共产党人“给出路”的政策，一棍子把孙富贵打死了对我有什么好处？只要他把春风厂当作了救世主，那么一切都可以从长计议。

海　伦　我，我有自己的保留意见……

马　凉　保留意见可以，现在，你必须按我的话执行——这是厂长的决定！

〔切光。

〔厂长室。马凉在看文件。

〔孙富贵急匆匆上。

孙富贵　马厂长，我是十万火急向你讨救兵来了！

马　凉　（放下文件）孙厂长，有事吗？

孙富贵　我几乎给你打了一整天的电话，不是占线就是你在开会……

马　凉　（站起）发生了什么事情？看这一头一脸都是汗的，来来，先坐下来喘口气喝杯茶再说。（倒茶）

孙富贵　我能不着急吗，最后的那批产品忽然无法进行总装配了……

马　凉　（递过杯子）怎么会呢？是不是零部件的加工不符合图纸要求？不对啊，每道工序的产品都经过春风厂检验合格的嘛。

〔孙富贵默默品茶，无言。

马　凉　（踱步）装配工作对专业技术的要求很高，会不会是……对了，听说你那儿无所谓什么专业工种不专业工种，更没有精工车间、装配车间，唉，这种作坊式的作业在今天的大工业化社会中是站不住脚跟的！我早就提醒过你，现在问题暴露了吧，依我看，无法进行总装配的根本原因，就在于你的工人不具备专业的技术才能，素质太差！

孙富贵　马厂长，既然你找出了原因，那么是不是请你想想办法？

马　凉　好吧，我马上让技术人员和你赶回去，唉，我说孙厂长哪，像你厂子里的这种表现，谁和你联营谁倒霉，要不是我们是老朋友，到了这“临门一脚”的时候，谁会来拉你一把？

孙富贵　（点头）说句心里话，你马厂长委实待我不薄，我……我……

马　凉　（看表，拎起话筒）快到下班时间了，也不知道人在不在？喂，技术科吗？我找张工。张工不在？黄工呢？也不在？李技术员……什么什么，全都不在？喂喂，我是马凉，什么？他们都去庐山疗养了？昨天晚上走的……

〔孙富贵顿时呆住。

马　凉　（放下话筒）是局里的安排，十天以后回来，你看怎么办？

孙富贵　（失望地）我看怎么办？我还能怎么办！马厂长，现在我只有求你了，别的人是任谁也帮不上忙的了……

马　凉　你这是什么话，孙厂长，我们是同志加兄弟关系嘛，帮忙完全是应该的，千万别说那个“求”字好不好？这样吧，一待他们从庐山下来，我立即派车把他们直接送到你那儿去。

孙富贵　你的意思是说，可以把我们联营的那份合同再宽限几天？

马　凉　联营合同？它什么时候到期？

孙富贵　唉，要不是为了明天到期，我就犯不着这么心急如火地赶来了。

马　凉　（脸色变）明天到期？我们合作联营的伙伴关系到此结束了？

〔孙富贵犹豫了一下，只能很无奈地点头。

马　凉　事情变得复杂了。合同期限到了，你不但交不出产品，而且还在等待我们的工程师去帮你攻克技术关。关键是什么呢？

是你要和春风厂脱钩的消息早已风风雨雨传遍了全厂！你让我怎么向全体职工解释？我马凉为朋友帮忙没二话！可我现在坐在春风厂厂长的位置上，这可犯难了。

孙富贵 （有些绝望地闭上了眼睛）那马厂长，你说怎么办？

马　凉 这样吧，有一个方案可以解你的燃眉之急：继续联营，延长合同期。当然不是仅为了解决你的困难而延长十天半个月，起码得续签一年以上……

孙富贵 （沉吟良久，点了点头）也只能这样了……

马　凉 先别忙着做决定，我看你还是回去商量一下再说。

孙富贵 （苦笑）我可以代表联营厂做决定，明天就来续约……

马　凉 可是有一件事我必须事先透露给你，如果再联营的话，在产品加工方面有一个小小的变更，即联营厂不需要再为春风厂加工成套产品了，而改换成定期加工某一零部件。说到底，这也是为联营厂的技术力量、设备能力而考虑。

孙富贵 （一愣）我明白了，这才是一条真正黄金打就的枷锁，今后联营厂将再也无法展开梦想中的翅翼了！

马　凉 孙厂长，只要含金量高，高到百分之九十九点九金，哪怕像你所说的是一条枷锁，也毕竟还是有利可盈的……

〔孙富贵哑然。

马　凉 我说的吧，你一个人决定不了，还是回去召开个厂部会议研究研究再答复春风厂。怎么样？

孙富贵 （有气无力地点了一下头）好吧。

马　凉 哎哟，你看天都快暗下来了，我们还在这儿正经八百地谈论公事呢，今晚我请客，你看是上美食街还是去城市大酒店？

〔孙富贵呆呆地看着马凉，无言。

〔切光。

〔追光中，出现任青和李大胖子。

〔李大胖子一脸激动的红光，双眼紧紧地盯着任青的脸。

任　青　（微微摇头）什么马凉和海伦，对这一类粉红色的故事，我素来没有兴趣。

李大胖子　你没兴趣？可是在我们这块古老的土地上，粉红色的故事恰恰能毁掉一个人的一切，尤其是一个两三千人大厂的厂长，他会一下子很好看地从两三千人的头上摔到两三千人的脚下，两三千人一定会有两三千种兴趣……

任　青　（淡然地）那是他们的事，我没这个雅兴。

李大胖子　一场桃色风暴，顷刻间就可以让马凉身败名裂！

任　青　（鄙视地）这样的手段未免过于下三烂，正人君子必不足取！我重申一遍，从今以后，我不希望再听到任何人的桃色隐私。

李大胖子　（低低叹息一声）那，这个呢？（取出一只微型采访机）

〔小个子的笑声正从李大胖子手上的微型采访机中传出。

〔（OS）孙富贵：给工人发红包的钱，马头用的是厂长基金吧？

〔（OS）小个子：你真想得出来，厂长基金一年有四百万吗？实话告诉你，那是马头用我们“爱厂集资”购买原材料后剩余的二百八十万去炒股开的财路！

任　青　（眉头横锁）你怎么可以用这种不正当的手段去……去搞窃听的勾当！

李大胖子　这是联营厂厂长孙富贵搞的，这采访机也是他交给我的——和他对话的是马凉麾下的小个子车间主任。

任　青　即使马凉的做法有问题，孙富贵的这种做法更不可取……

李大胖子 （怯生生地）任处长，孙富贵的意思是，请我们把它转交给局领导……

任　青　我早就和你说过，我任青对这类事情绝不插手。不管怎么说，一只采访机再加上录音，给人的第一印象就是不怎么光彩不怎么光明正大……

李大胖子 （着急）任处长，那我……

任　青 （摆摆手）你也不能涉足，说到底，你毕竟是我的秘书！

李大胖子 （发愣）这，这个……

任　青 （一笑）解铃还须系铃人嘛，既然整件事情是他孙富贵办的，那么这完全是他的个人行为，你不得参与！

李大胖子　我明白了。

〔切光。

〔厂长室。

〔小个子默默地推开门，走到马凉面前，递上了一封信。

马　凉　这是什么？

小个子 （沉默了一会）这是我的辞职信。

马　凉 （恶狠狠地）谁让你写辞职信的！

小个子 （不敢抬头）我自己。我知道，我对不起你！我没有想到孙富贵会用那样卑鄙的手段搞特务活动，我没想到他是那样处心积虑地要报一箭之仇，我更没想到局里现在要对你严肃处理……我，我不配做你的哥们儿，我更不配做你的车间主任，我写了这封信，要求辞去车间主任一职，随你把我发配到任何最苦最累最脏的地方去干活，我都愿意！

马　凉 （冷笑）这么便当？不行！

小个子 （头垂得更低）我知道，我捅了大娄子，你，你就不能让我有个弥补的机会吗？我只想求你，千万不要撵我走，让我在你的手下当一名工人吧！

马　凉　（冷冷地）不行！

小个子　（抬头）那你要我怎么办？我，我知道你一定恨透了我，一定不想再看到我的人影了，那，那我就卷铺盖离开春风厂……

马　凉　（站了起来）我的回答还是两个字：不行！

小个子　（呆住）那……那你……你还要，要我怎么办？

马　凉　你以为你去当工人就风平浪静了吗？你以为你离开春风厂就对得起我马凉了吗？不，你错了！只要你还在地球上存在一天，我马凉就跟你没完！

小个子　你说该怎么办就怎么办吧，该怎么个“没完”就怎么个“没完”吧，只要你说，你说呀！

马　凉　（恼火地）你现在是不是欠了我很多？

小个子　（把牙一咬）是！

马　凉　欠账是不是该还？

小个子　（大声地）还！

马　凉　（突然大吼）你是要还！但绝不是离开春风厂来还，也不是要你当工人来还！我马凉只有一句话：你给我老老实实回到你的车间主任位置上去还！

〔小个子陡然惊呆了。

马　凉　（一把撕碎辞职信）从今以后，我只要你的脑子里多根筋，像孙富贵这样的人你凭什么相信他？难道就凭那一根钓鱼竿？就凭那一口袋一口袋送给你的农副产品？做人还是老实一点好，不要尽去打秋风，打秋风是打不出一个真正的朋友来的！

〔小个子被极大地震撼了。

马　凉　（拍拍他的肩）要补偿，还是回到你的主任位置上去用加倍的干劲来补偿春风厂吧，我是了解你这个人的，不会对你求全责备。天要下雨，娘要嫁人，没办法……

小个子 （满脸泪花，一下子扑进马凉怀里，大喊）马头！

〔切光。

〔春风厂。

〔大雨如注。

〔马凉站在广告栏前，呆呆地望着广告栏中的布告。

〔（OS）：局有关部门经研究决定，对春风机械厂厂长马凉同志给予全局通报批评。另据查实，分头寄至局纪委局党委之群众匿名举报信及录音等，均系联营厂厂长孙富贵一人挟私愤所为，现有其书面检查材料为证，如何进一步处理，当与该乡镇企业的上级有关部门协商后再行决定……

〔一把又一把的伞从四面八方游了过来。

〔伞下的脸：工人。工人。还是工人。

〔一把又一把的伞撑起了马凉头上的天。

〔马凉的手机响了起来。

马　凉 （打开手机）喂！

〔另一演出区。

〔任青在给马凉打电话。

任　青 马凉吗？我是任青啊！喂，喂……

马　凉 我听着呢，有什么话就快说吧！

任　青 我也收到了局里的通报，在这个时候，你可别背上什么包袱，千万不能趴下啊！

马　凉 笑话！我马凉是那样的人吗？你也太低估我的战斗力了！我不需要你的安慰！

任　青　马凉……

马　凉　记住！莫斯科从来不相信眼泪！上海也从来没有寓言！

任　青　马凉！

马　凉　（恼火地）你还想说什么！

任　青　大凉，别这么大嗓门地冲我吼，行不行？

马　凉　工人的嗓门，从来就是这么粗糙！

任　青　（叹了一口气）大凉，我怎么觉得，现在和你说话，怎么这么累啊？！

马　凉　嫌累就别说！

任　青　大凉，你……你都这样了，我真不知道一下子该对你说什么好了……

马　凉　等你知道该说什么的时候再说吧！（用力地关上手机）

〔任青缓缓移开电话听筒，呆住。

〔切光。

〔一束追光中，林凤凰在听电话。

林凤凰　你到底是什么人，你给我说说清楚！你凭什么说马凉和海伦在幽会！喂喂……

〔林凤凰听着听着，神情渐渐变得凝重起来。

〔切光。

〔出租车的刹车声。

〔少顷，马凉搀扶着大醉的海伦上。

马　凉　海伦，你今晚的酒喝得太多了……

海　伦　我，我还要喝！你知道吗，他……他从澳大利亚寄来了离婚文件，要我签字……

马　凉　知道，我知道……

海　伦　他还说，给我十万美金……是给我们女儿的一次性抚养费……他已经拿到了“绿卡”……他的律师也来了……

马　凉　海伦……

海　伦　大凉，你说，你会嫁……嫁给我吗……我喜欢，喜欢你！

马　凉　我嫁给你？你醉了！

海　伦　不，不，我没醉，我什么都清楚……我要你答应我，答应我……

马　凉　好好，我答应你，我什么都答应你……

〔两人相拥着走进了住宅楼的门道里。

〔林凤凰跟上，目瞪口呆地望着。

〔切光。

〔任青家。

任　青　（冷静地）竟然有这样的事情？老实说，我从心底里不相信！

林凤凰　（痛苦地）可那是我亲眼所见！阿青，我，我该怎么办哪？

任　青　（小心地）你，没有跟进去，和他们……

林凤凰　（傲慢地）我不愿意看见她。因为，她是一个女人，一个丈夫不在家的留守女士！

任　青　没错，是这样。但我弄不懂的是，你是从哪儿搞来的这么些乱七八糟的情报？

林凤凰　（恨声不绝）一个匿名电话……

任　青　你是说，有人对桃色的故事有兴趣？

林凤凰　（沉默了一会）要不是考虑到这一点，我早就冲上楼去了！我倒要看看，他到底是在偷鸡，还是在摸狗，或者是在给留守女士送温暖……

任　青　你这样做是明智的，别忘了你的背后还有第三只眼睛，它正虎视眈眈地期待着你上演一场轰轰烈烈的闹剧呢！

林凤凰　（恨声不绝）哼，我管他什么三只眼四只眼的呢！如果马凉果真有什么风流韵事的话，那么总会有水落石出的一天！到时候，别怪我不再顾忌他这个大厂长的身份！

任　青　有些人就是唯恐天下不乱，你一闹，岂不正中了他们的下怀？所以我劝你还是别胡思乱想了，回家去吧，听我的话，啊？

林凤凰　真想把那个捕风捉影打电话的家伙揪出来见见太阳！

任　青　可惜的是这种人总是喜欢躲在黑暗里，（看窗外）而且现在也没有太阳，只有月亮，残缺的月亮。回家吧，夜深了……

林凤凰　是啊，回家，可是，阿青，这是为什么？

任　青　什么为什么？

林凤凰　为什么每次当我和大凉产生矛盾来找你的时候，你总是这么耐心地劝导我，让我回到大凉的身边呢？

任　青　除了劝你，我还能做什么呢？

林凤凰　难道现在你对我一点感觉都没有吗？

任　青　你别说了。

林凤凰　不，我不相信，你真的会对我没有感觉。

任　青　阿凤！你，你还是走吧……

林凤凰　不，我不走，这些年，我一直都深深地爱着你，和以前一样，可你呢？你为什么就不敢面对你自己的感情？阿青，你不要再逃避了，好不好？

任　青　阿凤，你怎么到现在还不明白？当年的那个任青为了一个叫马凉的兄弟辜负了你，今天的任青还有什么资格来喜欢你？

我不值得你对我这么好，不值得你付出感情！不值得啊！

林凤凰 不，阿青，我要告诉你的是，你在我林凤凰的心目中永远都是当年的那个阿青，从未改变过，以后也不会改变！

任 青 （感动地）阿凤！

〔切光。

〔两束追光。

〔任青上。李大胖子跟上。

任 青 李胖，我问你一件事，是不是你给林凤凰打了电话？

李大胖子 （略显慌张地）任处长……

任 青 我只要听“是”与“不是”。

李大胖子 （尴尬）这个，这个……是，是我一不小心……

任 青 你这个人啊，只会玩这些“小儿科”的游戏！我不是早就说过了嘛，对这类桃色新闻不要感兴趣，可你，老是把目光紧紧盯在那些粉红色的裤衩、粉红色的胸罩上面，似乎一定会有一个精彩的故事从里面跳出来让你大开眼界，你呀，没出息！

李大胖子 我明白了，我的脑子里大概有一根神经兮兮的筋搭错了。

任 青 明白了就好，记住，下不为例！

李大胖子 那你……怎么向林凤凰交代呢？

任 青 （沉吟）我得去找马凉认真地谈一谈了……

〔切光。

〔马凉办公室。

任 青 大凉，我必须找你认真地谈一谈！

马 凉 认真地谈一谈？谈什么？

任 青 我想问问你，你与林凤凰到底是怎么啦？

马　凉　（一惊）林凤凰？什么怎么啦？

任　青　林凤凰这么优秀的一个女人嫁给了你，你怎么就一点都不懂得她的心……

马　凉　嗬，堂堂的任处长，竟有闲情逸致管起我的家务事来了！

任　青　这不是什么家务事不家务事的，我们三个人是从小一块光屁股长大的，你根本就犯不着为了那个叫海伦的女人惹她生气！

马　凉　你越说越没边际了，我和海伦又怎么啦？没影儿的事别说！

任　青　我还就看不惯你这样子！别以为我什么都不知道，你和海伦是同谋！

马　凉　同谋，谋什么？谋财了，还是害命了？

任　青　你们谋走了孙富贵的雄心大志！我虽然不懂技术，可什么也别想逃过白晶总工程师的眼睛——他事后发现，你们偷换了孙富贵加工件的图纸，而这一切，离开海伦这个春风厂的技术主管，你马凉是根本办不到的！

马　凉　（冷笑）好啊好啊，你再说下去，往下说啊！我倒想听听，到底还有什么更新鲜的东西？

任　青　我一直都在避着你，让着你，可你居然得寸进尺！明明是我一直在主持与外商谈判“引进项目”的工作，可你别有用心地收服了何秋草，想一把从我手中夺去与外商的谈判权！

马　凉　（怒极）住口！你还有脸说何秋草，何秋草又有什么用，那何劲博士还不是被你成功地拉去和外商谈判了吗？我倒真想问问我的任处长任大人，你从局里分流下来到底想干什么？你挖走了白晶还不甘心，又来挖孙富贵、挖何劲博士！像你这样地巧取豪夺，它的后果是什么？是让春风总厂开不了锅！

任　青　也许，开不了锅倒是好事。

马　凉　是吗？难道你出任春风厂分厂厂长一职，就是冲着这样的天大好事而来的？

任　青　也许……

马　凉　你还“也许”得出口！春风厂开不了锅，皮之不存，毛将焉附？你这位总厂副厂长、分厂厂长又往何处去？那时候……

任　青　那时候，分厂可以另立招牌，也可以与母体厂脱钩，或者……

马　凉　（定定看住他）听起来，你好像有一个完整的规划啊？

任　青　你感觉到了？我料定你一定能感觉到的。

马　凉　说下去！

任　青　把精英全部调往分厂，尔后名义上脱离总厂另立门户，借助外资的力量，开拓一片新天地！

马　凉　这样一来，总厂岂不是成了一个烂摊子？总厂怎么办？

任　青　可以下岗啊，分流啊，我已核算过，由分厂每月支付总厂50万元，足可以供总厂的日常支出了。

马　凉　就这样？

任　青　不，所有的债务由总厂承担——这样，既无内债又无外债的分厂就可以轻装上阵了！

马　凉　（冷静地）明白了，这时候的分厂已经不叫作春风机械厂的分厂了，大概该换个名称得叫作什么股份有限公司了……

任　青　这名称我已想好了，就叫作“三春风机械责任有限公司”！

马　凉　是啊！是得换名称了，可惜啊，它却把春风总厂两千来号父老乡亲当作包袱丢在了脑后！

任　青　我在局里的时候，曾经研究过不少国有企业的改革走向，现在选定的，我个人以为就是最适合春风厂的改革方案。

马　凉　那，两千多号职工怎么办？

任　青　我也心痛，可是没办法。改革，总是要牺牲一部分人的利益。

马　凉　你听没听到有多少人在说，我们国企改革的成果是建立在广大下岗工人的牺牲和血泪上面的！

任　青　这是一种曲解！

马　凉　也许这种说法带有片面性，即使是这样，我也不会同意你的"脱壳"计划！

任　青　只有脱壳，才能蜕变，只有蜕变，埋藏在泥土里的蛹才能化为翩翩起舞的蝴蝶！

马　凉　你去做你的蝴蝶吧，我要带领厂里的每一个职工同步起飞！你永远无法理解打从二十年前我进了春风厂以后与工人们的感情……

任　青　马凉！

马　凉　是的，你说完了你那些精彩得让人牙疼的宏伟计划，可你怎么不问问我马凉这二十年来在春风厂魂牵梦萦的又是什么！

任　青　魂牵梦萦？

马　凉　对！你难道忘了，那一次我请你上我们家来分享心情喝酒，我告诉你，我还有一个野心更大的新动作新思路——把春风厂、"引进项目"分厂和乡镇联营厂优化组合，搞成一个大工业集团，研制新一代的拳头产品去抢占市场份额，激活新的经济增长点！兄弟啊，你明不明白，我是为了春风厂这么一个国有大企业的生存啊！

任　青　我也要大声地告诉你：我也是为了我们春风厂的生存！

马　凉　你可以按你的去做，我也可以按我的去做，你未必就是阳关道，我也未必就是独木桥，条条大路通罗马！

任　青　好，好，你有权这样做，但我不得不提醒你，你这样一意孤行，是要毁了春风厂的改革前程的！

马　凉　请记住，我现在是春风总厂的代理厂长，只要我坐在这把椅子上一天，那我就要告诉你，无论你那个分厂如何发展如何腾飞，它都只能是，而且应该是春风总厂改革这盘棋上的一颗棋子！

任　青　你！你太不讲理了！你，你，你是我认识的马凉吗？

马　凉　我也正想问问你，你还是当年我的兄弟任青吗？

任　青　我，我就不认识你了！

马　凉　我们都早已不认识对方了！

任　青　（苦笑）好，好，你说得好！

马　凉　那你现在还站在这儿干什么？你赶快带着他妈的那个“脱壳”计划滚吧！

任　青　（呆住）什……什么？

马　凉　从我的办公室滚出去！立即滚！

任　青　（痛苦地）好，我滚，我马上就滚，我根本没有时间和你再说什么了，我得去工作了！（走了两步，蓦又回首）不过你放心，无论你和我做什么说什么，春风厂的地球照样会转！

马　凉　谢谢你，我会记住这句话的！

〔切光。

〔春风厂厂部会议室。

〔王铁汉、范国忠等一大批工人们在向马凉慷慨陈词。

王铁汉　马厂长，我们刚把“引进项目”的所有进口设备全部调试好了，谁料到任青突然一脚就把我们踢开了，让我们一个不留地回总厂报到！

范国忠　这，这也太不讲道理了吧？

王铁汉　现在他们用农民工代替了我们，可这些农民工果真就能代替得了我们吗？我们在调试机器的时候，流了多少汗水，花了多少心血，走了多少弯路？现在换上这些生手，又让他们怎么开机器……马厂长，这些先进的生产设备万一什么地方给捅了娄子，我们春风总厂还怎么活？

〔马凉端坐在办公桌后的圈椅中，一脸的无动于衷。

王铁汉　（愕然）马厂长，你……你好像对我们讲的话不感兴趣？难道，难道你不想站出来管管这档子事？

马　凉　（苦笑）“将在外，君命有所不受”，他任青正是这样一个不受君命的在外将领啊！

范国忠　（愣愣地）马厂长，依你的看法，这件事该怎么解决？

马　凉　（沉吟）解决？我个人的看法是，你们就只当什么事情都没发生过，马上去总厂劳资科报到上班……

范国忠　（不敢相信）什……什么？

马　凉　（点头）我看只能这么办了，大事化小、小事化了……

王铁汉　（发作）你，你太没有原则了！你根本没有把“引进项目”当成春风厂的头等大事来对待！你们都对“引进项目”不负责任！

范国忠　马厂长，你为什么就不能站出来管一管啊？

马　凉　（思索）我是不想管了，但是我并没有说就没有地方来管你们这档子事了。如果有一个地方、有一个人能解决你们的事，那你们去不去跑一趟？

范国忠　去！（忽又胆怯地）到哪儿去？去找谁？

马　凉　局里，去找柳局长。

王铁汉　行啊，我们就一起上局里去找柳局长。

马　凉　我来给你们安排一下见柳局长的事。（拎起话筒拨号码）局长办公室吗？找王秘书。啊，你就是？我是马凉啊，我们的许多工人想找柳局长汇报一件事……请你去请示一下，能不能给安排一个时间。你问大概是一件什么性质的事情？这个……你就告诉柳局长，说是一件有关春风机械厂生死存亡的大事！好，我等着。（手遮话筒）不这样说的话，柳局长不一定有时间来接待。其实我好像也没说错，还就是那么回事，对不对？（众人点头）喂，什么，柳局长让工人们派两个代表马上赶去？他在办公室等着？好好，马上就出发。

王铁汉　我算一个代表！

范国忠　（终于挺直了腰杆）我也算一个！

马　凉　好，我立即通知我的司机送你们去！记住，全厂上下两千多号人的眼睛在注视着你们！你们应该大胆地把心里话全部倒给柳局长听，我相信他一定会支持你们的！

〔马凉伸出手来，和大家一一握手。

马　凉　（笑了）你们的手，还是很有力量的！走，我送你们上车！

〔切光。

〔三日后。

〔马凉家。

林凤凰　听说，任青被免职调回局里去了？

马　凉　是的，任免书是今天上午下达的……

林凤凰　我很想知道，当时你的心情如何？高兴，开心，还是痛苦，难过？幸灾乐祸还是……

马　凉　组织上的决定嘛，谈什么个人情绪……

林凤凰　我只问你，在这中间你有过什么个人的举动没有？

马　凉　个人的举动？我明白了，你是在怀疑我有没有搞什么小动作，是不是？

林凤凰　你没有正面回答我的问题。

马　凉　看起来，你对任青十分关心哪，好像关心得有点过头了吧？

林凤凰　不，无论我怎么关心，都不会过头！

马　凉　哦？

林凤凰　在你去黑龙江插队的十年中，你知道任青是怎么照料我们的吗？就在第二年，你的母亲中风瘫痪了，任青像亲生儿子一样倒屎倒尿擦身喂饭，那是整整的九个年头哪……可你知道任青他怎么说吗？

马　凉　他说什么了？

林凤凰　他说，这是应该的，是马凉在离开上海时拜托给我的……他曾经还救过我的命！那一回，我肚子疼得厉害，半夜里又下着大雨，他闻讯后立即赶了过来，当时没有出租车，公交车也停了，又是他背着我去医院，我不停地叫着痛，他不停地奔着跑着，到了医院才发觉他脚上的鞋跑丢了，脚上都是血……后来医生说，再晚来半小时就会转成腹膜炎，生命就危险了……马凉，你知道这些吗？你看到这些了吗？

马　凉　（低沉地）我是没看到……

林凤凰　任青总是觉得亏欠你很多，可是你有没有为他想过？在你代替他插队的十个年头里，他在你母亲的病榻前也尽了九年的孝心啊，这对于一个当时只有十六七岁的孩子容易吗？更教人伤心的是，他为了成全你，甘愿牺牲自己的爱情，去娶一个自己根本不爱的女人！你不觉得，这对于一个男人太残酷些了吗？马凉，你觉得他还亏欠你吗？他为了你这个兄弟付出了太多，他甚至到现在还背负着“兄弟”这个十字架啊！这些，难道还不够吗？

马　凉　他付出了太多，是啊，可是你们看到了我在北大荒的那十年了吗？我，一个上海的学生娃娃，才十六七岁，正是最需要父母疼爱的年龄啊，就来到了连做梦都梦不到的冰天雪地修地球了，我什么都不懂什么都不会，什么都拿不起端不动啊！这一切的一切，你们看到了吗？

林凤凰　我承认，我没看到。

马　凉　你当然是看不到的……

林凤凰　可是有一个人是看到了！

马　凉　谁？

林凤凰　海伦！

马　凉　海伦？是啊，海伦是看到了……

林凤凰　何止是看到了，一起战天斗地修地球，革命友谊万年青嘛！

马　凉　你这是什么意思啊？刚才你说起任青的事情来，真是激情澎湃、令人感动啊！看来，你对任青的感情远远超过了“革命的友谊”了吧？

林凤凰　大凉，你果然有一双好眼睛！不过，我是不会像你那样，一说到海伦，就来个公交车遇上了红绿灯——紧急刹车。你说得没错，我是爱上了他！

马　凉　（一惊）什么？

林凤凰　我从来不屑隐瞒自己的观点，对你对任青都一个样！可是，你知道当时任青怎样回答我的吗？他一共说了九个字：我绝不会夺兄弟之爱！

马　凉　（一愣）兄弟之爱？

林凤凰 是的，他是这么回答我的！这次局里分流来春风厂，他也不是为了夺兄弟之爱，更不是为了争权夺利，而是为了把春风厂的改革搞好……这二十年，你马凉在春风厂熬啊熬啊，好不容易熬到了自己当厂长的这一天，可以扬眉吐气了，你的兄弟任青也是，他这个处长当得也不容易啊，可现在却要他分流下岗，你让他怎么办？他只有带着他的“引进项目”到你的春风厂来啊！

马　凉 这又是他对你说的？

林凤凰 是他上回来咱们家吃饭时说的，他还说，分流来春风厂，感到挺对不起你，伤害了兄弟情义，所以他后来才又主动请调去了分厂……任青，是一个好人哪！

马　凉 他是好人，那么我呢？我在你的心目中又是一个什么样的人呢？

林凤凰 你也是一个好人，所以我想不通，你们是好兄弟啊，可你又做了些什么？看起来你是在为春风厂的改革流大汗出大力，实际上却是在有意无意地要逼走任青！你不要对我说你没有！

马　凉 难道我为春风厂做的一切全都错了吗？如果错了，那么免职的就应该是我；如果没错，只是无意中伤害了任青，那么我宁愿伤害任青而不愿伤害春风厂的父老乡亲！

林凤凰 真没想到，你现在的官场诡辩术学得这么到家，只不过我要告诉你，一个动机不那么高尚的人，是绝对做不出什么高尚事业来的！

马　凉 难道，我在你的眼里是这样的人吗？

林凤凰 我只想说，你对不起任青！

马　凉 可是，他的那个“脱壳计划”就对得起我吗？就对得起春风厂的父老乡亲吗？

林凤凰 （一愣）我不知道什么“脱壳”不“脱壳”的计划，我也不想知道什么是“脱壳计划”，可是，马凉，我只要你掏心掏肺给我一句真心话，你和任青终究是兄弟啊，你们为什么就不能联起手来好好合作一把呢？

马　凉 （一愣）兄弟联手？

林凤凰 假如你们联手合作的话，春风厂的形势早就更上一层楼了！

马　凉 这是你的一厢情愿，人家不会情愿的！

林凤凰 可是，你呢？你情愿吗？

马　凉 我？

林凤凰 对，就是你！

马　凉 （苦笑）照眼下的情形来说，已经用不着任何人情愿或者不情愿了，这只能是一个很美丽的童话了……

林凤凰 （沉默有顷，沉重地）是啊，任青走了，说什么都来不及了……

马　凉 （沉吟）是，是来不及了……

〔切光。

〔远处是大自鸣钟的轮廓。

〔背景是拆迁的旧式里弄，一片废墟。不时传来打夯声。

〔出租车扬招点。

马　凉 动迁了，市政动迁了，这儿以前的一切都不复存在了……

任　青 是啊，我们孩提时代的弄堂，老式瓦房，前楼后楼亭子间……

马　凉 还有一棵古老的银杏树……记得吗？那时候我们一起在银杏树下逮知了、捉迷藏、踢足球……

任　青　怎么能忘得了呢？我记得那一次玩军事游戏，我开枪打中了你，你倒下了，我挥舞着细细长长的竹竿指挥刀冲到了你身旁，正在胜利地大笑，不料你突然又活了过来，一把将我掀翻在地！小小的年纪，这一招韬晦之计，真厉害啊！

马　凉　要说厉害，当时你的那一枪可真厉害，用草纸做的子弹居然打得我鼻血长流！

任　青　一切，像一个美丽的梦，消失了，不见了，没有了……

马　凉　不不，有很多东西是无法忘记的……阿青，你，你知道吗，当局里那份免除你职务的通知下来的时候，我拿着它，默默地望着它，你能知道我当时的心里是怎么个感受吗？我，我他妈的只想哭啊！

任　青　别说了……

马　凉　不，不，我要说，我还要说！你和我，原本是割头不换的兄弟啊，怎么会处到了这么个没滋没味的份上，活成了这么一副不尴不尬的模样？唉，有时候想想，还真没意思！

任　青　我知道，我是不该到春风厂来的……我们不仅是一块长大的光屁股时代的好朋友，而且，而且你还那样义无反顾地代替我去上山下乡，整整十个年头啊！十年的青春、理想、抱负，全都一股脑儿地播在了那块黑土地里，这是一种什么样的代价啊！真的，我一直无法面对你，我有着太深的负疚感，甚至，就像犯了罪一样地寝食不安……

马　凉　我明白你的心情……但我更明白，这么多年来，你在机关里能混到如今这个份上也不容易了！而新的形势又在不断地逼迫着每个人在生活中重新调整重新寻找自己的位置，你来春风厂，也是别无选择的选择。我们的生存空间变得越来越小，越来越小……

任　青　大凉，你知道吗，每和你交手一次，我的心里就加剧了一分痛苦和无奈，就像有什么珍贵的东西给撕成了一片一片……那滋味，如同碎玻璃一个劲儿在心头扎呀扎，真不好受！

马　凉　我也一样的不好受啊！当你把枪口逼上我的鼻梁时，当我动手恶狠狠地还击时，我在心里总是一千遍一万遍地问自己，怎么会这样啊！我们不是好兄弟好朋友吗，为什么要这样六亲不认这样血淋淋的，为什么偏偏就是你，偏偏又是我啊！……

任　青　（长声叹息）谁让我们过去有过一个共同的生存环境呢？一切，都不是以个人意志为转移的……也许，现在的这个结局反倒能使我心里更为安宁一些，是的，我输了，但我输得忽然有了一种解脱感……

马　凉　（苦笑）别说什么输了赢了的话，一定要说输赢，其实我们都是输家！我们把童年时代、少年时代的梦幻给输掉了！把曾经共同拥有的最美好的东西给输掉了！你知道吗，这是一种怎样的失落感啊……就像这一片动迁的废墟……

任　青　（沉吟）我想，在那些拆迁了的旧房废墟上，一定会有一个新的更美丽的梦在升腾！

马　凉　果真是这样吗？

任　青　（微微颔首）是的。

〔静场。

〔打夯声大作。

任　青　（翘首眺望）怪了，怎么就没有一辆出租车开过来呢？

马　凉　是啊，都等了这么长的时间了……

任　青　你先走吧，别在这里浪费时间了。

马　凉　让我陪陪你，好吗？陪你一起等车……

任　青　（看了看马凉，忽然用力地点点头）行！

〔切光。

〔一座现代化的大型企业门前广场。铜管乐队高奏《喜庆曲》。

〔马凉迎着阳光走来。

〔何秋草等人给“春风机械集团公司”的铜牌轻轻披上红绸。

海　伦　大凉，终于等到这一天了，恭喜你啊！

马　凉　（勉强一笑）月亮是升上来了，可惜不是正月十五……

海　伦　什么意思？

马　凉　（低低叹气）任命书下来了，决定让我担任春风机械集团公司的副总经理，真不知道柳局长安排的是一盘什么棋……

海　伦　（笑了）不管怎么说，你的梦还是圆了，集团公司的蓝图终于成为现实了！

马　凉　为了这一天，我们曾经付出了多大的努力啊！

海　伦　（幽幽地）我真希望我们的每一位头头儿，不管他是厂长、经理还是局长、市长，心里都有一个假想敌，时时都有一种危机感，那么他一定能为他的实体，也能为老百姓办更多的实事！

马　凉　（大有感慨）其实，在改革大潮面前，谁又敢说自己的面前无敌手呢？危机感原本就是一种强大的动力啊！

〔轿车喇叭声。柳局长上。

马　凉　（迎了上去）柳局长，欢迎你！我们在等待着你给春风机械集团公司剪彩挂牌呢！

柳局长　（环顾，一笑）今天是春风机械厂全体员工的盛大节日啊！

马　凉　（低声）柳局长，我们这样大的一个集团公司成立了，总不能群龙无首吧？

柳局长　（摇头）你呀，有话就直说嘛，又何必要绕上一个大圈子？我知道你的意思，你是想问集团公司总经理的人选，对不对？

〔马凉有些不好意思地笑了。

柳局长　我也想认认真真地问问你，你认为谁能够上你这儿来当总经理呢？你能告诉我吗，谁又够资格来当你的总经理呢？

〔马凉哑然。

柳局长　不过，局里决定给你派一名助手，他是一位很能干的同志，今后他就协助你共同挑起集团公司的担子……

马　凉　（略显紧张）是谁？

柳局长　（向他身后一指）喏，他不是来了吗？

〔马凉蓦然回首，呆住。

〔任青上。紧随其后的是李大胖子。

柳局长　来，我给你们介绍一下，这位是春风机械集团公司的第一副总经理马凉同志；这一位呢，是第二副总经理任青同志。

马　凉　柳局长，原来……

柳局长　我有一个祝愿要送给你们——你们二位，一个长期在基层工作，微观方面是强项；一个来自局机关，宏观上有把握。所以，只要珠联璧合，就一定能开创出崭新的局面！

马　凉　（终于点了点头）柳局长，你放心！

任　青　（笑吟吟地）这些日子，我在调研的基础上草拟了一个春风厂深化改革的可行性方案，有关领导也批示了，柳局长决定让我带着这个方案下来和你共同磋商、共同实践，好好合作一把，为了一个伟大的目标而共同努力！

马　凉　（朗声大笑）行啊，兄弟！

〔马凉、任青互相伸出手去。

〔两双大手紧紧地握在了一起。

李大胖子　没错，他们是兄弟！

〔掌声响了起来。

〔爆竹轰鸣。

〔一轮轰轰隆隆上升的太阳。

——幕　落——

作品赏析

话剧《似水年华》根据小说《兄弟时代》改编。管新生曾被上海市总工会授予"上海工人小说家"称号。他曾提到，自己的工人小说创作之路有一种进化，从解决最浅层的人和自然的矛盾，到解决高一级的人和人的矛盾，直至解决最高级的好人和好人的矛盾。《兄弟时代》便是他所说的最高级的一类，写的是一对铁哥们儿、两个大好人，有着共同的目标，却也有激烈的争斗。这二人的冲突显示：生产关系的改变注定会带来人物关系的改变。管燕草是管新生的女儿，曾与父亲一起创作工业题材长篇小说，对工人群体、工厂生活相当熟悉。她将《兄弟时代》改为大型无场次话剧，保留了小说不受时间地点限制的特点。她的创作手法相当简洁，全剧节奏明快，这边马凉出招，那边任青接招，你一拳，我一脚，干脆利落。再者，学生时代的马凉与任青只在开场时出现，并未穿插在其他场面中，这是比较高明的处理。作者知道，回忆是本剧最宝贵的东西，必须用在刀刃上，而刀刃便是一切尘埃落定后二人故地重游的那场戏。此时，仅用台词就能牵动观众的心，让观众体会到大工业时代变革下的兄弟情结。

本剧的人物行动层次丰富，常常让读者捉磨不透。比如："代厂长"马凉撞见厂里工人在路边摆摊，心里很不是滋味，决定把厂里炒股净赚的400万元发给全厂职工，还把自己的那份红包匿名送给厂里最困难的人。每个细节都让人深信他的行动是出于对工人的关怀。在下一场中，当“马厂长关心职工生活、雪中送炭”的消息铺天盖地地刊登在各家报纸上时，新闻媒介的强大力量，却让任青失去了厂长之位。此时再回顾马凉的所作所为，才发现那是在对任青出招。而就在我们以为这一行动只是出于权谋算计时，新的情况又出现了。任青跟马凉在胜负未定时单独见面，为春风厂的出路吵得不可开交。一方坚持实行“脱壳”计划，要丢掉包袱轻装上阵。一方要用新方法，带领厂里每一位工人寻找出路。马凉为什么要对任青出招？他要得到权力，有了权力才能保住春风厂两千多名工人的饭碗，他不愿国企改革的成果建立在广大下岗工人的血泪上。由此再回顾马凉的行动，会发现他给工人发红包固然是计策，但也绝对出自真心。人物行动能如此复杂，在工人戏剧作品中并不常见，这是本剧的一大亮点。

食堂

苑 彬

作者简介

苑彬，男，汉族，1975 年生于河北，长在北京。曾学习广告、新闻、戏剧文学三个专业，研究生就读于中央戏剧学院戏剧文学系，于 2007 年获得戏剧戏曲学硕士学位。毕业后在国企、事业单位工作，做过记者、编辑，也有在销售行业、IT 行业工作的经历。

苑彬熟悉多种艺术形式，笔耕不辍。代表作品有：话剧《琉璃宫》《狂疯纪》《食堂》《画眉》《少年派》《人世间》《三锭金》《本巴》，音乐剧《悲病》《最后一枪》，电影《祥和小院》《我是房东》《换防》。2019 年，苑彬剧本集《画眉》由敦煌文艺出版社出版。

入选作品《食堂》写于 2010 年，于 2015 年春节贺岁档在首都剧场首演。该剧由北京人民艺术剧院创排，顾威导演，王长立、张万昆、尹伟主演，受到新华社、《光明日报》、《中国艺术报》等权威媒体的关注。

剧情梗概

《食堂》以北京某轧钢厂的食堂为背景，着重描写了改革开放三十年来的社会变迁及转型时代下的人物命运。主人公永久在20岁时进入食堂当学徒，在改革浪潮中，谨守“右派”父亲的教诲——少读书，学手艺。他眼看着进出食堂的各种人在社会中投机取巧，内心也蠢蠢欲动，但在师父郭传声的敲打下，虽然向往外面的世界，却始终老老实实地扎根在食堂的岗位上。20世纪90年代后期，企业进行股份制改造时，永久承包了食堂，成为食堂经理。迅速发展的洋快餐和饮食业冲击着原有的计划经济产物，食堂面临关门危机。永久重情重义，为了师父和员工，坚持要把食堂办下去。到了21世纪，轧钢厂搬迁改造，食堂遭受前所未有而又无可奈何的境况。这里留下了永久的青春、爱情和所有回忆，多种情感令他五味杂陈。最终，永久选择用自己的方式，继续坚守在这里。剧中各类人物轮番出场，交汇在轧钢厂的食堂里，展示出各个阶层、多种职业的人物群像。

人　物

（年龄、职业按人物第一次出场）

永　久——男，20多岁，轧钢厂食堂职工，后承包食堂成为经理。

小　娟——女，20多岁，轧钢厂食堂职工。

郭传声——男，40多岁，永久的师父，食堂负责人。

大　个——男，40多岁，转业军人，保卫处干部。

秦小生——男，40多岁，曲艺团演员，改收破烂。

老　李——男，40多岁，生产班长。

五　子——男，20多岁，待业青年。

刘树林——男，20多岁，新毕业分配到轧钢厂的大学生。

苏文同——男，30多岁，政工干部。

雷　子——男，20多岁，联防队长。

张北文——男，30多岁，轧钢厂采购科科长。

李晶晶——女，30多岁，张北文的妻子。

二　胖——男，20多岁，永久徒弟，自第二幕出现。

红　铃——女，20多岁，待业青年。

鱼　头——男，10多岁，张北文和李晶晶的儿子，自第二幕出现。

冯志勇——男，20多岁，轧钢厂工人。

侯小力——男，20多岁，轧钢厂工人。

分　头——男，30多岁，看大门的，冒称特异功能大师。

余大妈——女，50多岁，退休职工。

娜　娜——女，20多岁，培训中心公关，第二幕出现。

日本人——男，40多岁，第三幕出现。

记　者——女，20多岁，第三幕出现。

女　孩——女，20多岁，兼职小姐，第三幕出现。

其余食客——工人、宾馆人员、超市人员、跳舞的、练气功的等。

第一幕

布景：

舞台上展现出的是一个20世纪80年代初期的国企食堂。几张圆桌，几把折叠圆凳。正中两扇窗口面对观众席，绿色的木制窗口，不到饭点儿，窗户永远插着。一扇窗贴着“主食”二字，另一扇窗上贴着“副食”。窗户右侧有一扇不宽的绿色的门，通往后厨操作间。舞台左侧还有一个更大的全透明窗口，是专卖冷荤的地方，冷荤间拼盘丰盛，沿窗台摆着一溜，有猪耳朵、猪头肉、腌黄瓜条等，不过卖得更多的，还是咸菜拌黄豆、酱豆腐。冷荤间有小门可以出入。

〔傍晚。主食窗口，有人提着装满馒头的塑料篮子下场，苏文同、大个、老李依次排队。刘树林在饭桌前边看书边往嘴里扒拉着米饭。

〔副食窗口挤着两个穿工作服的工人，他们手持铝饭盒隔着窗口向里探头张望。

〔雷子带两名联防队员上。

雷　子　你们俩刚来，我带你们走一趟。瞧见了吗，铁道上跑小火车，这是轧钢厂一景。对过的天车要看住了，两百来斤的吊钩丢俩了，还有电缆线、王八铁，转眼就没！女婿看门，老丈人偷，一窝铁耗子！（向后指）这是咱们厂食堂，等手续办完了，你们就在这儿吃饭。

工人甲 （在副食窗口嚷）溜边捞肉，勺沉下去！

工人乙 （挤在甲身边）最后一份我包圆！

雷　子 听见没有，要说伙食，哪个单位也比不过轧钢厂。

联防甲 队长，我们哥儿俩主要盯谁？

雷　子 有一个算一个！

联防乙 这食堂里的人呢？

雷　子 全不是省油的灯！过了今天晚上，我给你们请功，我先带你们去筒子楼。（下）

〔郭传声端着一盆酱豆腐，从绿门出来，喊着："让让！""借过！"穿过人群，准备进冷荤小门。

大　个 郭师傅，怎么回事，馒头又没了？

郭传声 这屉卖完了，下屉马上就好。

大　个 这叫什么事！在部队里，一个厨师长顶半个指导员，伙食跟不上，对官兵士气有严重影响。

老　李 （见苏文同提着几兜馒头）规定最多买10个，可有的人非占便宜。

苏文同 我这是公事。

老　李 别打官腔，我当了20年生产班长，轧钢、起重、锻压、机修，什么公事我没干过？苏主任，政工干部更要自觉吧？

苏文同 内外有别，还有外事。建厂40周年，来参观的外宾去全聚德吃鸭子了，晚上回来保不齐想吃夜宵。咱们厂两座"红旗炉"，7年先进集体，能让外国人没的吃？（提起馒头）我先预备下来。

大　个 我说派出所和联防队直往这儿调人呢！

老　李　保卫外国人吃夜宵。

苏文同　（叫郭传声）郭师傅，这事和您打招呼了吧？

郭传声　我晚上在，小菜冷荤都留好了。

苏文同　（若有所思）可是外宾要想吃面包怎么办？

郭传声　这个……

刘树林　（起身接话）您告诉他们，都是小麦面发的，一个是蒸，一个是烤。

苏文同　哦。

刘树林　苏主任，昨天参观设计院的时候，您说今天晚上等外宾回来，我和您一起接待。

苏文同　是吗？那你抓紧吃饭。

刘树林　夜宵不光是馒头吧？

苏文同　外事无小事，有点鸡鸭鱼肉是必要的。

刘树林　（扣上饭盒）那我就不吃饭了，留着肚子。

〔苏文同下。

大　个　我就瞧不上这些外宾，没有苏联，咱们和越南也干不起来。

刘树林　（问大个）您当过兵？

大　个　自卫反击战，铁道兵部队，65团连长。

刘树林　我叫刘树林，是刚分来的大学生，我高中同学也有上前线的，我特别佩服你们，你们都是英雄。

大　个　佩服？你上去我瞧瞧！动嘴皮子谁不会。

〔刘树林哑口无言，下。

郭传声　（从冷荤间出来）大个，你又跟谁？老李，把你那稀罕给他瞧瞧。

老　李　大个，上眼。

大　个　铜钱？

老　李　我拿钢渣子刻的。竖着念，开元通宝，转圈念是开通元宝，元宝元宝，就这么来的。

大　个　好手艺！

老　李　这个你拿走玩去，还有一个，住筒子楼的秦小生给要走了。

大　个　秦小生？听说过，那位够邪的，曲艺团的演员不当，出来收破烂，（指老李）和你一样财迷。

老　李　要想富，废品库，守着轧钢厂，半年万元户。

郭传声　老李，厂里搞大庆，给劳模发奖金了吧？

老　李　我虽然财迷，可不贪功。厂里的效益，那是一天打八仗、三天不卸甲，几千号人马干出来的。（挺起胸口）我最得意这个奖章，刻得真精致，上头是“为四化立功”，下头是“五讲四美奖”。

大　个　应该发你盆君子兰。

老　李　我巴不得呢！

郭传声　说正格的，现在什么行情？

老　李　（神秘）小道消息，听说在长春，一盆君子兰能卖到200块钱！我手里还有1000块钱的籽，我打算都种了，等快开花的时候拿长春去。

大　个　这下你发了。

〔永久打开窗口。

永　久　排好队啊，馒头出来了！

〔秦小生背着破麻袋包，雷子随上。

秦小生　郭师傅，把您那牙膏皮给我吧。

郭传声　都留着呢。（随兜掏出两个）

秦小生　铅的两分，塑料的不要……（数钢镚）

郭传声　（摆手）得啦！

秦小生　您又让我省了。郭师傅，昨天我看见外宾里有日本人，想起去年那盘棋来了，中日围棋擂台赛，聂卫平对加藤正夫，你说为什么聂卫平要留机会让加藤正夫在右上角开劫？聂卫平早补一手，加藤正夫就一败涂地了。（发现雷子在翻他的麻袋包）你瞎翻什么呢？

雷　子　看你这里有没有不该拿的东西！

秦小生　你什么意思？我15岁进曲艺团，先学做人后学艺，说我偷东西，我叫你瞧瞧！（将麻口袋扔在地上）有整有零，8斤6两紫铜，173个牙膏皮，有一个不是我花钱收的，随你处置，可你要冤枉我，咱俩没完！

雷　子　没完怎么着！

郭传声　（说和）别误会，这是联防队的小雷，这是曲艺团的老秦，咱们厂家属。

雷　子　没证据我能跟着你吗？瞧瞧，这是不是从你兜里掉出来的？（拿出一枚钢渣子刻的铜钱）

秦小生　你还给我。

雷　子　别以为我没文化！开通元宝，这是文物！

郭传声　应该竖着念，开元通宝。

老　李　这是我刻的，送给他的。

雷　子　不是银的？

老　李　废钢渣子。

雷　子　捣什么乱！外国人说话就来，要是从你手里出去点东西，谁担得了这个责任？你这废品里没有图纸什么的吧？

大　个　拿着鸡毛当令箭，我这儿还一个呢！

老　李　（劝大个）大个！

〔雷子定睛观看，看到大个手里也有一枚相同的“铜钱”。

雷　子　（揶揄）怎么把你露出来了？

大　个　监守自盗，你们联防队就没少往外拿！

雷　子　那保卫处怎么没抓着啊？

大　个　别急，下回再遇上偷王八铁的，我一只手划拉那俩小子！

雷　子　留神您那身子骨！

郭传声　行了，各位，都瞧我！一个厂的，咱天天见面呢！晚上没准外宾来，我还得准备，先顾公事吧……

秦小生　见不见的，别故意找碴儿。

〔雷子瞪着秦小生，气哼哼地下。

秦小生　（扛起麻袋，向大个）刚才谢谢您。

大　个　您甭客气，我谁也没帮。

〔大个下，老李随后。

秦小生　这人怎么跟谁都翻车？

郭传声　他就这脾气。

秦小生　郭师傅，我刚才问您的问题还记得吗，您说聂卫平为什么要让加藤正夫在右上角开劫？

郭传声　……（不懂）他有地儿吃也得有地儿拉。

秦小生　（恍然）进出平衡，透彻！（下）

〔郭传声从冷荤间拿出用来冲刷地面的黑皮水管。

〔分头上，手中展开张皱巴巴的纸，找地方要贴。

郭传声　（向分头）嘿，死人的贴医院，抓人的贴电影院。

分　头　郭师傅，借您地儿，我贴个招生告示。

郭传声　招什么生？

分　头　特异功能。

郭传声　你不是卫生所看大门的吗？都留起分头了，斑秃治好啦？

分　头　（不满郭的嘲讽，指着手中的告示）这叫智力开发，现代科学。谁不信谁就是找倒霉。

郭传声　我就不信。上外头蒙人去！

分　头　怎么是蒙人！气功是科学！我师哥在国防科工委是座上宾，那是说着玩的？伊春火灾就是他在2000公里外的小洋楼上发功给扑灭的。

郭传声　了不得。

分　头　（讨好）跟您说，我以前在公交耍大轮儿，认识您爱人。她服务态度真好，业务也熟练，别的售票员可不成。

郭传声　是吗？

分　头　那票撕的！（比画）广安门，五分，菜市口，一毛，虎坊桥，一毛五……百货大楼张秉贵的"一把抓"怎么样，号称燕京第九景，跟您爱人比，没戏。商量商量，我不贴里边，贴外边行吗？

郭传声　你就非照准了食堂贴？

分　头　来的人多，别的能落下，吃饭落不下。以前厂里有大字报，不都贴食堂吗？里三层，外三层，稀里哗啦又三层，贴了多少牛鬼蛇神，那种盛况我现在都记着哪！

郭传声　都记着呢？那你贴外头吧。

分　头　太谢谢啦！（欲下）

郭传声　别客气，你贴你的，我撕我的。

分　头　撕！还带撕的！（急眼）行！看着的，你这儿有好儿算我没说，今天晚上就倒霉！（下）

郭传声　（哂笑，向后）永久，泡上屉布，擦地。（进后厨）

〔五子推自行车上。

五　子　永久，自行车用完了，给你搁哪？永久！（见没人应，将自行车放到一旁）

〔李晶晶上。

李晶晶 人呢？我买两个馒头。

五　子 大姐，您新搬来的吧？我这儿有饭票，换不换？

〔郭传声从后厨出来。

郭传声 五子！

五　子 （看到郭，泄了气）我就想买盒烟抽。

郭传声 你胆儿肥了，我可还在这儿呢。（向李晶晶）您来晚了，馒头一个没剩。

李晶晶 我饿一路，煎饼馃子都没吃，就是奔馒头来的，真是缺德！听说一进六月，每天发三瓶汽水。

郭传声 还得给外宾留着。您明天再来吧，今天下班了。

李晶晶 下班？在深圳这叫服务业，有顾客不能随便下班！

五　子 大姐您去过深圳？那儿好吗？

李晶晶 好！吃饭还给纸呢，擦嘴用的。

五　子 您老离不开吃！跟您说，在北京上厕所也给纸。

李晶晶 真恶心！我不买了！（向郭）告诉你，我丈夫是张北文，你们厂的采购科科长，我让他管你们要馒头来！

郭传声 您是张科长爱人？您回去带个话，粮油供不上，外国人又能吃，食堂快开不了伙了。

李晶晶 都说你们厂伙食好，什么也没吃着！（下）

〔永久拿着拖把出绿门，墩地。

〔五子兴高采烈数着手里的零钱。

郭传声 （走到五子身边）你小子就这灵，脑子全用这上头了。

五　子 干别的都没劲，家里又没根儿。

郭传声 学门本事总行吧。

五　子 本事是玩出来的，郭叔。不想挨欺负就玩刀子，没人理就玩鸽子，不痛快了就玩跤，谁拿正眼瞧一个待业青年呢？

郭传声 想当个“玩儿主”？你看永久，比你小两岁，可比你踏实多了。

五　子 他也不愿意在这儿干。永久，那天咱俩喝酒，你说什么来着？

永　久 （言辞闪烁）我没说什么。

五　子 你怎么没说，你说跟食堂干没劲，说整天揉面揉得腰都酸了，还说干个体户都比干这个强。

永　久 （警惕着郭传声）你别瞎说。

五　子 怕什么呀！你这外事职高没白上，（取出信封）我把邮局的人从门口拦下来了，北京饭店的信封，肯定是要你了！

永　久 谢谢啊，哥们儿！

五　子 听说那儿拎箱子的小费都不少挣。（悄声）小娟呢？

永　久 （喜悦顿消）我给你叫去。

〔永久回后厨。

〔郭传声盯着永久的背影，思忖片刻，跟进后厨。

〔五子朝副食窗口里面张望。

〔小娟从后厨出来，擦拭桌子，不理五子。

五　子 （见没人了）小娟，我怎么招你了，一天不理人。（掏出一袋东西）昨天逮的季鸟猴，炸完了倍儿香，你尝尝！

小　娟 行啦，你先到外头去，回头师父又该说我了。

五　子 （欲走）你看着的，早晚有一天，我挣钱堵上他们的嘴。

小　娟 你？你连初中都没上完。

五　子 撑死胆大的，饿死胆小的！现在发了的，谁是靠念书？全是瞅准个空子，一猛子钻进去，钻出来就发了。

小　娟 你又想什么呢？

五　子　我爸偷粮票进局子，凭什么不给我好脸看？都觉得我也是浑蛋，我就浑给他们瞧瞧。

小　娟　我不喜欢你这样。

五　子　你喜欢这个吗？电子表，你不是一直想要吗，我进了15块，这是送你的。

小　娟　我不要。

五　子　你戴上我看看。

小　娟　我不要！（略停）五子，你身上还有多少钱？

五　子　十七八块吧。

小　娟　你给我准备点钱吧。我怀孕了。

五　子　（愣住了）那……小娟，要不咱俩走吧。

小　娟　去哪儿？

五　子　去深圳，我不信我发不起来。

小　娟　可我走了，我爸我妈怎么办？咱俩的事，现在他们就抬不起头了，再让人知道我没结婚就……还不让人戳断了脊梁骨。

五　子　我也不知道招谁了，搞对象还得偷偷摸摸的，待业青年就他妈不是人！说白了，就是没摊上个好老头。小娟，等我把这批货出了……（见小娟往外走）你干吗去？

小　娟　我下班了。

五　子　我跟你一块走。

小　娟　五子，你让我自己走走吧。（留步，从兜里掏出两个馒头，塞给五子）只要给够了钱，医生说，明天就能做手术。（下）

五　子　（呆了片刻）小娟，小娟！（推起自行车，追下）

〔永久穿着高鞡雨鞋出后厨，腋下夹着深色布兜子。

〔郭传声换好衣服，跟出。

永　久　您老说不行，咱冷荤都开了，卖点酒怕什么？

郭传声 怕什么？食堂里喝酒，下午烧炉子能出人命。

永　久 师父，您没听说，外头的机关食堂开始搞试点了？还有学校食堂，全额拨款改定额补贴，从计划转向市场。您就没有点儿危机意识？

郭传声 新词一套一套的。我就不信，再怎么转，社会主义优越性能转没了！

永　久 泰丰楼都先消费后付款了，咱这儿还用饭票。您听听外头的菜码，霸王别姬、子龙脱袍……还有那些厨师，二级以上的一抓一大把，您才……

郭传声 （响亮地落下苍蝇拍）人不能因为有垃圾，就像苍蝇那样活着。我这个白案三级是评的，不是买的！

永　久 我觉得您没琢磨透吃饭这档子事。

郭传声 我还没琢磨透？

永　久 一人一饭盒，闷头吃自己的，那能成什么事。饭局饭局，吃的不是饭，吃的是局。

郭传声 我就知道人都有嘴，吃饭是最公平的事。

永　久 您看着，用不了几年，吃饭就是最不公平的事。

郭传声 别说这个，我不爱听！

〔永久泄了气，又没有道理可争执，索性不说话了。

郭传声 今天晚上我值班，你先盯会儿，我回来你再走。

永　久 我不走了，回家也没什么意思。

郭传声 你这腔调跟小五子似的，我告诉你，你跟他不一样，你是正式工，要念厂里的好，要不你能有这份工作？

永　久 这算照顾吗？当初可没照顾我爸。“文化大革命”的时候说他是反动学术权威，一竿子杵山西去了，我妈懂形势，说闻不了醋味，第二天就和我爸离了，俩老家儿就留下一辆自行车。

郭传声 所以你爸爸死前说，别读书，当就当厨子，无论什么年代，人都得吃饭。你爸爸把你交给我，我就得对你负责。（见永久不搭话）我知道你听不进去，你要真有好地方去，我不拦着，打算什么时候走？

永　久 明天厂庆结束，我对这儿也有交代了。

郭传声 真到北京饭店拎箱子去？（见永久不语，似乎是铁了心）行，我就一句话，现在流行起来一堆新玩意儿，你当心别走了歪道。

永　久 您放心，我不会的。

郭传声 你心里有数就行。我更担心小娟这孩子。

永　久 是冲五子吧？师父，五子他人不坏。

郭传声 大毛病是没有，可出格的事他也干得出来。小娟她爸找我了，让我看着点儿，我看得住吗？我眼瞧着小五子来打饭，小娟都不收他的钱。

永　久 那您怎么不说她？

郭传声 我就当自己是瞎子。（有意味地）再说，我说小娟，你小子还不得极力维护？我 45 了，有些事还能看明白。

永　久 您别说了，我跟五子是哥们儿，小娟对我也没那意思。过了明天，正好眼不见心不烦。

郭传声 搞对象是你情我愿的事，这个不行，你就换个念想。我走了，你师娘还在医院呢。

永　久 （拿过深色布兜）师父，我跟您去吧。

郭传声 不用了，把门关好，别再放人进来跳舞，乱七八糟的。

永　久 这您也知道了？

郭传声 舞会不能随便搞，有些地方都取缔了。你是不是还收人钱了？

永　久　（把兜子递过去）我就想让师娘多吃两口素丸子。

郭传声　（打开兜子看看，还给永久）你师娘是爱吃丸子，可不是什么都能往嘴里放。明白我的意思吗？

永　久　（闷声）明白。

〔秦小生架着老李步履蹒跚上，老李手捧两盆没开花的君子兰。

老　李　郭师傅……

郭传声　（接过君子兰）怎么了，刚才还好好的呢？

秦小生　老李刚看了晚报。

老　李　长春的君子兰，一盆花跌到两毛了，我当初买籽，一个就花了 8 块呀！

郭传声　那您还去长春吗？

老　李　不去丢首都的脸了，您给我来碗鸡蛋汤，我把这籽都夹馒头里吃喽！一千块钱的籽哪，郭师傅！

秦小生　今儿这馒头可贵喽。

郭传声　不贵，吃在肚子里还开花呢。

老　李　您别气我了。（转头看花）6 个叶了，您包粽子用吧。

郭传声　（端起花盆）我还说去医院，行了，先陪您回家吧。（见秦小生神情郁郁）老秦，你又怎么了？

秦小生　鸡蛋汤给我留一碗。

郭传声　您也……

〔秦小生点头默认，又与老李相视而叹。三人下。

〔永久拿出信封，可心情还是颇为失落。

〔冯志勇和侯小力带着几个青年男女上。录音机里传出有节奏的迪斯科声。

永　久　冯志勇，今天可不行，我师父刚走！

冯志勇 哥几个烧一天炉子了，在你这儿痛快痛快！

永 久 还有外宾来呢，出了事我说不清楚。

冯志勇 能出什么事！外宾全喝趴下了，侯小力亲眼得见。

侯小力 没错，我哥还从他们车上顺出一只鸭子来呢，我拿了半根火腿肠。

永 久 今天说什么也不行。

冯志勇 边去吧，侯小力，动手！

〔侯小力去关灯，冯志勇拧大了录音机的音量。录音机里传出《万水千山总是情》。男女青年们刚贴上，一个戴红箍的老太太出现了，打着手电。

余大妈 都分开，都分开！

冯志勇 余大妈，我们没干坏事。

余大妈 跳舞不许贴面、贴胸、贴身。

冯志勇 没贴，这叫太空步！（走了几步）

余大妈 这叫跳舞？踩着屎了吧。告诉你们，现在大力开展五讲四美活动，你们这些小年轻的都注意点儿。你看，还说没贴，俩大小伙子还搂在一块儿呢！

〔两个小伙子因没有舞伴暂时搂在一起，现在赶紧分开。

余大妈 我话可都说到了，你们散不散的，别等派出所来人。（下）

侯小力 真扫兴，咱换迪斯科吧？来点带劲的！

永 久 要不你们改天再跳吧，今天就算了。

冯志勇 永久，拿钱的时候你怎么不说不行！

〔永久无话可说。录音机里传出疯狂的节奏，青年男女们开始跳迪斯科。

〔突然传来大个的歌声，《血染的风采》：如果是这样，你不要悲哀……

〔女孩发现自己跳舞的情感和这首歌完全不搭调。

冯志勇　（问一个女孩）你怎么了？

女　孩　我不想跳了，我想哭。

永　久　是大个！

冯志勇　怕他干吗！谁在外头捣乱呢！找瓶呢！

〔大个上。

大　个　要是在部队，跳不健康的舞蹈早关禁闭了。你们昨天还手拿红缨枪，今天就穿上了喇叭裤！这是忘记历史，背叛历史！你们看看现在这些流行文化，充满低俗的性意识，那些别有用心的人，就是要用这些东西腐蚀掉我们国家的青年，进而毁掉一个民族的希望。青年朋友们，你们千万不可以变得庸俗、堕落！

〔回头发现只剩下永久。

大　个　人呢？我明明听见有音乐声。

永　久　您又幻听了。

大　个　大概是因为我神经衰弱，可我还听见有人说要瓶我。

永　久　这是打仗留下的后遗症。

冯志勇　（冲出绿门）就是要瓶你，人家跳舞你捣乱，现在正开展五讲四美呢，你丫知道吗？（下）

大　个　小兔崽子你别跑！（追下）

〔永久想到什么，拿出链子锁准备锁上绿门。

〔红铃上，后随张北文。

红　铃　张北文，有话就说，别像跟屁虫似的。

张北文　（慢吞吞）红铃，我这回去北戴河办采购，给你带了条珍珠项链。

红　铃　回家给你媳妇去。

张北文 她有一个贝壳的。

红 铃 你都有媳妇了还和我起腻，你说你有劲吗？

张北文 别提她了，我们结婚三年，两地分居好好的，她非从天津过来。

红 铃 工作也是你办的吧？

张北文 办了一年多，她嫌我肉。红铃，你不是要嫁老外吗，我打听了，今天这拨外宾里就有想找中国女孩的。

红 铃 我喜欢法国的，阿兰德龙。

张北文 有埃塞俄比亚的。

红 铃 那儿有饭吃吗，你自个儿去吧！永久，今儿没人跳舞？

永 久 都从后门跑了。

红 铃 准是去河边了，我找他们去。（下）

张北文 （没意识到红铃下场）老外有什么好，臭胳肢窝，还是咱俩傍着合适，给。

永 久 走啦！您这眼神就别玩鹰了。

张北文 思想上出个圈，东西没糟践，回家给我媳妇去。对了，我媳妇刚才来，是不是没卖给她馒头？

永 久 实际情况是……

张北文 （由衷地）谢谢。（下）

〔永久锁上绿门。

〔五子领刘树林上，刘树林穿着个假领子。

刘树林 这个领子我觉得不错，白的配中山装，红的配西服。

五 子 上海南京路带回来的，绝对地道。

刘树林 一会儿接待外宾，这假领子太及时了。

五 子 这儿还有好东西呢！（撸起袖管，露出两胳膊电子表）

刘树林 （惊叹）你怎么这么多——（看着这些表）我想要块上海机

械表。

五　子　别露怯了，三转一响都过时了，现在流行戴电子表。20，来一块儿吧？

刘树林　太贵了，我一个月工资才40。

五　子　哥们儿，18，谁让我缺钱呢。

刘树林　30两块儿，卖的话我回宿舍取钱。

五　子　你快点，我在这儿等你。

〔刘树林下。

〔五子从腰包里取出钞票。

五　子　永久，哥们儿今天赚了。

永　久　你怎么干这个？

五　子　有路子的倒彩电卖批文，我不就卖几块手表吗？哎，看见小娟了吗？她没来找我？

永　久　你们俩是不是有什么事？

五　子　没事……永久，你知不知道谁想买鸽子？我想把我那对儿“墨环儿”出了。另外，你帮哥们儿分析分析，做流产手术，50块钱够不够？

永　久　你说谁，谁要做？小娟？

五　子　不是，是——我一个哥们儿的媳妇。

永　久　就是小娟吧？

五　子　你别问了。（嘟囔）这大学生磨蹭什么呢？

〔外有吵嚷声。

五　子　来啦！（迎上去，进来的却是雷子和一名联防）

雷　子　盯你半天了，抓起来！

联防甲　（反剪五子双手，看到电子表）队长，这可是条大鱼！

五　子　大哥，我还有事呢，您放我一马，有人等钱用！

永　久　大哥，你们放了他吧，他没干什么。

雷　子　（指着五子胳膊上的手表）这还叫没干什么！你参与没有？

五　子　没他事，就我一个人。

雷　子　局子里说去吧。

〔小娟跑上。

小　娟　五子！

五　子　小娟你等我，明天出来我就带你去医院！

雷　子　投机倒把，你小子出不来了。

小　娟　五子，我怎么办？

五　子　大学生欠我30块钱，你快找他要钱去！

〔五子被押走。

〔小娟不知所措，期待地望着永久。

小　娟　永久，明天帮我个忙，行吗？

永　久　（五味杂陈）说好时间，我骑车带你去。

〔刘树林跑上。

刘树林　外宾来啦，快准备吃的！（向后）Please！

〔食堂光暗。

幕　间：

〔苏文同上，刘树林随后。

刘树林　苏主任，您吃好了？

苏文同　必须吃好，这是公事。

刘树林　刚才您跟外国人纵论国际形势，我看他们都听傻了。

苏文同　外国人缺乏思想教育。你翻译得也不错，左右逢源，很有风范。

刘树林 关键是菜好，肚子里就有货。

苏文同 外国人有没有问你，古时候人吃几顿饭？

刘树林 问了，我说汉朝以前，普通人一天吃两顿饭，诸侯三顿，天子能吃四顿。

苏文同 那怎么吃法？

刘树林 中国在高桌大椅出现之前，一直就是分餐制的，跟吃食堂一样，一人一份，既卫生又文明。

苏文同 你肚子里确实有货。

刘树林 刚才我瞧见您老看手表。

苏文同 吃饭要掐点儿。吃慢了你吃不着，吃快了就显你了。

刘树林 还是您严谨，不过您这表该换了。

苏文同 我倒是挺想要块电子表的。

刘树林 我有一块！戴我手上老走不准，您帮我戴几天。

苏文同 （拒绝）厂里总有人说我愚，但没人说我贪。这是原则问题。（远看）食堂那女孩是不是找你的？我看在宿舍楼门口站半天了。

刘树林 不认识。（下）

第二幕

〔时间跨入90年代后期，原有的食堂改造成了三层小楼，一层是食堂，二层、三层是宾馆。食堂进行了装修，多了贴磁片的洗手池，木制窗口也改成了塑钢的玻璃窗，绿门变成了塑钢门。以前卖冷荤的地方，现在贴着“小炒”。舞台右侧下场口多了一道黄颜色的门，通往宾馆大堂，一般情况下，这个门是不开的。左侧角落里有一把躺椅。

〔午饭时间已过，小炒队伍前排着一位顾客。永久穿着彼时流行的双排扣西装巡视，不时动动这儿，擦一下那儿。看得出来，这件衣服让他不怎么舒服。

〔宾馆里传出卡拉OK声，《爱如潮水》。

〔二胖从塑钢门跑出来，手捧圆盘，另一手提着外卖饭盒。

二　胖　师父，您尝尝这醋熘木须。

〔永久拿起筷子，咂摸醋熘木须的滋味。

二　胖　比昨天怎么样，成吗?

永　久　成。

二　胖　那我能上红案了?

永　久　不成！剃了头再说！

二　胖　（不愿意）我戴着帽子呢。我先送饭去。（摘下帽子，用力后仰，甩甩他的蘑菇头）

永　久　（叫住）二胖，电话的事跟后头说了吗？

二　胖　都告诉了，今天谁都不许碰电话。师父，干脆咱再装一个得了，不就一部固定电话嘛。

永　久　可以呀，你掏钱。

二　胖　（嘟囔）我哪有钱。（下）

顾　客　（等小炒等得有些急躁）管事的，跟里头说说，火爆腰花能不能快点！

永　久　我说，咱别急，您改5天工作制了，我们可是天天不断顿，您体谅点儿。

〔几个游客模样的人，拖着行李箱上。

游　客　宾馆怎么走？

永　久　正门在外边，这儿也能进。（指黄门）过了这门就是大堂。

顾　客　（迎上去）住店吗？我们这儿是内部宾馆，比外头便宜，条件也好，您跟我来……

永　久　（向顾客）您回去说说，唱歌别那么大动静行吗？

顾　客　卡拉OK不归我们管，人家交租金，我们只管收钱。对了，那火爆腰花给我留着！

〔顾客带游客出黄门。

〔主食窗口关上门，老李提着塑料袋。

老　李　今儿的油酥火烧怎么不脆呀？

永　久　不会，我盯着做的，这油酥火烧是得放一下，您拎到家吃，正好。（突然大起来的卡拉OK声，跑调加上声嘶力竭，让永久有点难受）大中午的唱卡拉OK！这活儿没法干，宾馆跟我这儿开一门，来回全是脚丫子，我承包这食堂得赔死。

老　李　你别哭穷，我可知道，内部人员承包还不收管理费呢，你有的赚。

永　久　赚什么呀。您瞧我加了小炒和面点部，半个月改一次菜谱，可都算三产，我就干不过这宾馆，说实话，但凡有辙我宁可烧炉子去。对了，听说您退了？

老　李　早退早接班，给儿子让路。（指刚下场的游客）我瞅着刚才那几位都是农民啊，不在家种地交税，都跑北京玩来了？皇粮国税，他们不交咱有的吃吗？

永　久　我放一句话，农业税早晚取消。

老　李　凭什么？

永　久　就凭他们已经交了两千五百多年了。

老　李　不交哪成，我还想吃口油酥火烧呢。（欲走）我上回和你提的事……（提醒）让你师父再往前走一步。

永　久　（把老李向前拽拽）我师娘刚走两年，他现在不想找。

老　李　（小声）趁着抢手还能挑，厂里一群中年妇女盯着他呢。

永　久　都干什么的，工作累不累？

老　李　不累，全是下岗的！（下）

永　久　（向小炒窗口里喊）师父，师父！

〔郭传声从塑钢门里走出来，擦擦汗。

永　久　您出来歇会儿，有年轻人，您就别跟锅边儿上站着了。

郭传声　以前一口锅吃，好坏没人挑，现在人家吃小炒，更不能糊弄了。

永　久　现在人嘴刁，昨天不是还有点红烧海螺的？（意识到不妥）

郭传声　（酸溜溜的）我做不出来，我是白案三级。

永　久　您又说这个，我可没怪您，再说我这个一级还不是您教出来的？

郭传声　（释然）有状元徒弟，没状元师父。（看着永久的西装感到别扭）你哪儿弄这么件衣裳？

永　久　（支吾）瞎穿……

郭传声　我听说你把门口这块地儿出租了？

永　久　晚上闲着也是闲着，冯志勇想开麻辣烫，一个月给咱两千五，我包给他了。

郭传声　往嘴里放的东西，可不能含糊，你别由着他来。那麻辣烫到底是什么东西？

永　久　四川过来的，乱七八糟搁一起涮。

郭传声　（似懂非懂点点头）一件事干好就不易，还放一块儿弄，人也是这样，奔一件事，干几十年，再笨也能干出来。你就是当上经理，带了徒弟，我该说还得说你。宁给君子提鞋，不和小人同财，冯志勇路数不正。

永　久　您那是老眼光。

郭传声　看事用新眼光，看人还得用老眼光。

永　久　您以前还说五子不好呢，听说人现在搞服装，早起来了。

郭传声　五子是胆儿大心不黑，前几年乱，乱的时候可不就拿胆儿大的开刀嘛。我让你少跟他在一起，不是没道理。你一说这五子，真是好几年不见了。

永　久　冯志勇说有一次洗桑拿，他俩见过。

郭传声　那准是没干好事。

永　久　您又来了。

郭传声　就知道你不爱听，也是，我才三级！

永　久　您怎么跟小孩似的。

郭传声　我干脆先眯瞪会儿去。

永　久　（指左侧角落的躺椅）这两天收拾东西，您那把躺椅我给请出来了。

郭传声　（看到躺椅）哦……没人了，让后厨也歇了吧。

永　久　（向后喊）后厨关火！谁动电话哪！耽误了事我可没好听的！

郭传声　（若有所思地看着永久）你等电话？

永　久　我嫌他们乱摸，手脏。（把话岔开）血压高的药您吃啦？

郭传声　这岁数，忘了吃饭也不敢忘吃药。

〔郭传声把毛巾搭在脸上，舒适地靠在躺椅上。

〔小娟从塑钢门走出来。

小　娟　经理，他们问刷卡机装哪儿？

永　久　一个窗口一个。

〔塑钢门走出两个工人。

小　娟　（指着窗口）就装这儿吧。

工人甲　（看了看）得从里头走线，这活不好干。

小　娟　嘟囔半天了，给你加钱！

〔两个工人进塑钢门。

永　久　小娟，我觉得刷卡是对的，手摸钱太脏。以后充值这事就交你了。

小　娟　你累死我得了。

永　久　（反应过来）哎，不对呀，你怎么来了？

小　娟　那我去哪儿？

永　久　你不是调行政处了吗，文件昨天都见着了。

小　娟　今天他在那儿，我不愿意去。

永　久　听说这回股份制改造，刘树林提厂办主任了，哎，他们分股票吗？

小　娟　分不分股票不知道，分家的好儿对了。

永　久　……你什么打算？

小　娟　协议签了。这几年过得跟死人一样，就在这食堂里，还觉得不怎么憋屈。他说这次帮我调动工作，算是对得起我。

永　久　孩子呢，才1岁多？

小　娟　昨天就不让我去看了，我就是心疼孩子，身体弱，奶还没断呢。

永　久　这刘树林到底想要干什么？

小　娟　他想要个漂亮的还会示弱的小姑娘，男人不都这么想吗？

永　久　我不需要，我……（说不出来）

小　娟　（停了片刻）明天我去行政处报到。（围好围裙，拿起拖把进塑钢门）

〔永久站了片刻，心事重重坐在凳子上。

〔郭传声靠在躺椅上，隔着手巾板说话。

郭传声　该说的时候不敢说，真肉！

永　久　（郁闷地）您睡觉吧。

郭传声　三级！

〔红铃从黄门出来。

红　铃　永久，有热水吗？

永　久　（递过暖壶）又有人吐了？

红　铃　喝多了抽风，还有在包间里撒尿的。

永　久　你们那卡拉OK太吵了！

红　铃　有人散德行，我能说吗？都是客人。

永　久　还不是你们招的。

红　铃　怎么着，你也瞧不起我？

永　久　我敢瞧不起谁。

红　铃　院儿里人都在背后说我，说吧！我就爱唱歌，陪人唱歌挣点钱，招他们了？爱说什么说什么！

永　久　我老看见有男的带走你们这儿的女孩。

红　铃　那也是你们男的不好，唱歌就唱歌，非憋着坏。（进黄门）

〔工人乙出塑钢门，在窗口走线，装刷卡机。永久站到后面观察。

〔二胖扶着大个上。

二　胖　师父，搭把手！（和永久扶大个坐下）

〔郭传声闻声坐起来。

郭传声　怎么回事？

二　胖　一人坐台阶上喝呢。

郭传声　快去给倒杯水。

二　胖　哎！

〔二胖跑进塑钢门。

大　个　郭师傅，永久，你们说我大个是个什么样的人？

郭传声　这可不好说。

永　久　您别逗他了，他真能拿酒瓶子给自己开喽。

大　个　那您说，是“买”好还是“下”好？

郭传声　我没懂您这意思。

大　个　厂里找我，说保卫处有个裁人的名额，就一个，给我了。他们问我，是买断还是下岗，随便我挑。

郭传声　对您还真好。

大　个　我觉得“买”比“下”好听点，就买了。三万块钱，我装兜了！可我琢磨半天，自己没挡股份制改造的道儿啊。

郭传声　这么说吧，要是保卫处的一块儿下岗，你就平衡了吧？

大　个　嗯。

郭传声　你心理有问题。我问你，你参加过几次饭局？厂领导的猫丢了你给找过吗？开会时谁老说风凉话？找一小蜜领宾馆来还赶上你查房。保卫处就一个买断名额，你岁数最大，牺牲有觉悟的老同志，给年轻人让路，你说该裁谁？

大　个　那就是我了！

永　久　嘿，您有觉悟。

工人乙　（一直听着，插话）下岗就下岗，北京人整那么悲壮，俺们东北人都没说啥！

郭传声　你快给他传授传授经验。

工人乙　俺们那玻璃厂一锅端，全都回家了，你好歹落三万呢！你呀，回家抱着钱睡觉，闭上眼三万，睁眼又是三万，你就搁床上睡觉，就不想裁人的事了。

大　个　谢谢，您比我们指导员都会做工作。

工人乙　歌里唱了，心若在，梦就在，就是叫你做梦玩呢。

〔工人甲背着工包从塑钢门出。

工人甲　活干完了吗？里头给结账了。

工人乙　完事了。

工人甲　（向永久）那我们走了，有问题打电话，随叫随到。

工人乙　（向永久）再见，老板。

大　个　再见，指导员。

〔工人甲乙下。

大　个　我也不回家睡了，我花钱去宾馆睡去！有钱了嘛！（略停）裁军那年我躲过去了，其实是长了个心眼，提前转业，现在看来是早晚的事。（无奈地笑了笑，进黄门）

〔郭传声看到桌上的醋熘木须，低下头端详。

郭传声　这是二胖炒的？

永　久　您看他能出师了吗？

郭传声　当初招人的时候，学过的你不要，非要个棒槌。

永　久　我看他可怜，大冬天的找地儿租房，摸到这儿来，咱后头有间宿舍，正好又缺个采买，两头都合适。

郭传声　（笑了笑）谁的徒弟谁稀罕。

永　久　这孩子人性好，拿着钱出去，不搞花账头。您看白案红案的事，他还往心里去。（指醋熘木须）您尝一口？

郭传声　我不尝，里边还有头发呢。

永　久　（仔细看）这小子，死活不肯剃头，不过师父，您何必非走老道儿，我看厨师学校的孩子没人剃光头。

郭传声　老道儿路正！别的废话没有，不剃头就别上案子。（想到担心的事）永久，这裁人的事不会到咱头上吧？

永　久　我打听过了，咱们三产的工资减60%，剩下的食堂出。

郭传声　还没赶尽杀绝。

永　久　您放心，真要杀您，我给您五万让您做梦玩。

郭传声　我他妈可没觉悟。

〔后厨传来玻璃杯摔碎的声音。

永　久　谁这么有眼力见儿！

〔小娟把二胖扶出来，坐到椅子上。二胖紧闭双眼。

小　娟　二胖说他眼睛疼。

永　久　你干吗了？

二　胖　我刚才出去送饭，路上看他们焊三角铁来着。

永　久　他让火星子把眼睛呛了，看的时候没事，过会儿就疼。

小　娟　那还能盯着瞧，弄不好就瞎了。

二　胖　师父，我疼！

郭传声　我听老李说过，他学徒的时候有过一回，用奶滴进去就好。

永　久　什么奶？

郭传声 人奶。

永　久 那我到哪儿找去?

二　胖 师父，我疼!

小　娟 行了，别号了。(边说边脱去白色工作服)师父，把您那眼药水挤了，药瓶给我。

〔郭传声和永久被小娟的举动搞得突然不知所措，但即刻又反应过来。

〔小娟接过药瓶，进塑钢门。

二　胖 师父，我不会瞎吧，我眼前一片黑一片红的。

永　久 没事，你忍着点。

二　胖 我忍不住，真疼。

郭传声 小子，刚才你师父还夸你菜炒得好呢，说你长进了，你不是喜欢做菜吗，哪天我教你一道。

二　胖 谢谢师爷!

永　久 那你就给我忍着，忍过了我叫你上红案。

二　胖 我忍着!我一辈子都绕着三角铁。

〔小娟整理衣服出来。

小　娟 赶紧点上。

〔永久接过眼药瓶，给二胖点上。

永　久 好点没有?

二　胖 好点了，师父。

小　娟 我跟他去趟医院吧，再查查，别落病根。

永　久 快去，打的走!

郭传声 我跟你一块去。

二　胖 师父，回来我就剃头。

〔郭传声、小娟和二胖下。

永　久　（松了口气）这一中午，真够闹腾的。

〔苏文同上。

苏文同　（揉着肚子）给我做一碗美国加州牛肉面。

永　久　没这个。

苏文同　那有什么？

永　久　（揶揄）有伦敦水饺和墨西哥糊塌子。

苏文同　算了，想吃肉，炒个焦熘丸子吧。

永　久　您真能挑时候，中午饭点都过了。

苏文同　那就不做饭啦？这要改革，不要怕改革的刀子拉到自己身上，不转变观念，不放下架子，丢不开面子，才是最可怕最可悲的。更别怕苦，用一本书的名字来说，我们的生命，就是一本《文化苦旅》。

永　久　您苦着吧，我得歇会儿。

苏文同　永久，我今天在这食堂吃最后一顿饭了。

永　久　也轮到您了？我这就炒菜去！

〔冯志勇上。

冯志勇　永久，大排档的合同，没问题就签个字。（把合同给永久）呦，苏叔叔！

苏文同　我不是你叔叔！你昨天给我吃的什么？我拉了一宿！

冯志勇　老同志别记仇，您托我的事我可没忘。

苏文同　（蓦地想起，换成笑脸）我这脑子！办好啦？

冯志勇　（取出一张纸）全日制的，带钢印。

苏文同　都是为姑娘，托人给她找工作，没文凭不行。（看证书）无脊柱类动物语言学？这是什么专业？

冯志勇　专学不说人话。

苏文同　我该给你多少钱？

冯志勇 用不着。（皮笑肉不笑）我们车间40多个转岗的兄弟，现在不是修理电机，就是卖方便面，都要来谢谢您呢！

苏文同 我只负责做思想工作，决定都是厂子里下的。

冯志勇 所以我全替您拦下来了。您是我叔叔，以后有事您肯定也会帮我出面吧？

苏文同 违背原则的事我可不干。

〔冯志勇到水龙头处往酒瓶里灌水。

永　久 （向苏）这回您是"买"了，还是"下"了？

苏文同 （精神了）我"调"了，调到市里工作了。

永　久 还是您有关系。

苏文同 其实去市里，工资才200多，在轧钢厂小一千呢，可是要服从安排。不仅不给组织添乱，我还写了首诗，给你念念，"双肩扛起大车床，两手握住不锈钢，炉前戴好防护镜，谁比咱们有担当，工人要替国家想，我不下岗谁下岗"。你觉得怎么样？

永　久 好！应该找地方发表。

苏文同 那不着急，先炒菜。

永　久 您留着肚子去市里吃吧。

苏文同 什么态度！（下）

冯志勇 （美滋滋地走过来）瞧哥们儿这发明怎么样？新四大发明，酒兑酒，酒兑水，水兑酒，水兑水。

永　久 我再瞧瞧合同。

冯志勇 你把心放肚子里。屋里归工商，屋外归城管，哥们儿人都托到了。你坐屋里只管收钱，想想我都替你美。别看了，一分都少不了你的，签吧。

永　久 两千五，少点。

冯志勇 你出去打听打听，再有这个价，我把脑袋拧下来！

永　久　再加两千五。

冯志勇　永久，看不出来，跟我还玩阴的？

永　久　你干不干？

冯志勇　干我成二傻子了。

永　久　我要的一点都不多。

冯志勇　够买盒钱了。

永　久　再加两千五，我把水池子也包给你。

冯志勇　我要你水池子干吗？

永　久　灌酒啊！你要嫌水龙头少，再白饶你俩水壶。

冯志勇　你这是拿哥们儿开涮。

永　久　你开的就是麻辣烫，那还不找涮。

冯志勇　你说什么呢？

永　久　冯志勇，到这儿吃饭的都是街里街坊，你给他们来这手，不太地道吧！回头在你那儿吃趴下的，全抬我这儿来，我把门口包给你，还得在食堂里开一医院，你说我值吗？我不拦着你搞发明，干脆，换地儿，我不缺这点钱。

冯志勇　蒙别人行，就你这小炒，白开！外头吃什么的没有。不是哥们儿瞧不起你，不要我这两千五，你还有别的外落吗？

永　久　这你别管。

冯志勇　行，我转身找个新地儿，看你能挺到什么时候。

永　久　我还就挺得住。

冯志勇　谁上火谁知道！开得下去，你还四处打听食堂转让的事？

永　久　（一惊，怕别人听到）冯志勇，你别逮着什么说什么！

冯志勇　今天穿这么利索，就是等人呢吧？

永　久　我出去会情儿，你甭管。

冯志勇　你管你自己吧！老的小的都想揽着，谁要这一帮老弱病残？

永　久　这就是我的条件，不留下这一屋子人，免谈。

冯志勇　有钱都不挣，真够土鳖的！咱俩今儿掰了！（欲下，拿回合同）话说回来，散买卖不散交情，开大排档的押金你得退我！（下）

永　久　我跟你真有交情！

〔永久的心情更为烦躁。他无目的地走了两步，看看这熟悉的食堂。翻翻兜，抓出一把面值不大的票子，数了数。

〔窗口后面突然响起电话铃声，永久一个激灵，跑下塑钢门。

〔雷子上，巡视。

〔侯小力搂着娜娜，从黄门出来，看见雷子，想绕开。

雷　子　侯小力，混得不错呀。

侯小力　早就不堵炉眼了，等着他开我，不如我先开他。哥哥，听说您去分局了？

雷　子　我不是你哥，你哥不是在日本吗？

侯小力　他在日本切汇，专坑日本人，这算为国争光吧？

雷　子　我管不着他，反正你别惹事，惹事就办。

侯小力　您放心，哥们儿一不犯官，二不犯法，麻烦不到您。

雷　子　（问娜娜）你和他认识吗？

侯小力　您想歪了，我们俩就是开房歇会儿，她刚晋升为我们学校公关。娜娜，叫人。

娜　娜　老师好。

雷　子　谁是你老师？

娜　娜　（指侯）这是我老师。

侯小力　哥哥，办什么都不如办教育。我现在开了一所狂暴日语学校。日本出暴力电影，不单我爱看，这帮学生也爱看，顺带就结合到语言学习上了。学得快我有奖励！你听说过傻子瓜子吗？我打算联系他们，在我这儿成立个奖学金。奖学金的名称，就叫傻子奖学金。

雷　子　听起来像奖励傻子的。你这电影里没有不该看的东西吧？

侯小力　犯不上，我正儿八经挣钱好不好。

娜　娜　老师是早稻田大学毕业的。

侯小力　（悄声向雷子）我哥给办的。娜娜，咱们得走了，你把刚才教你那句说说。

娜　娜　（向雷子）深谁，撒有那拉。

侯小力　她说，老师再见。

雷　子　别！他是你老师，让你老师给你换条长裙子。

侯小力　这叫一步裙，农民！

〔侯小力搂着娜娜下。

雷　子　世道真是变了，小玩闹都敢跟我逗咳嗽了！

〔余大妈领头，后随几位大妈跑上来。

余大妈　我看就这儿吧！刚才采了阴，这儿连吃带喝的阳气重，咱们中和一下。阴阳调和了，才不得癌症哪。

大妈甲　练起来吧？

余大妈　来，开始啊——起式——双手抱圆——慢慢沉气——吸——呼——气在腹内走——浊气分两极——再吸——再呼——好，一起啊！

众　人　身体直，腿稍弯，
提肛门，肩等宽，
两臂直，眼前看，
心要直，无邪念，
向后甩，用点力！

没病！没病！没病！

雷　子　余大妈，您干吗呢？

余大妈　哎哟，快躲开我这儿，一身辣椒味儿！

〔众大妈也躲着雷子。

余大妈　（突然想起什么，向其他大妈）哎，辣椒属阴还属阳啊？

〔众大妈答不上来，面面相觑。

余大妈　算了！还有点儿气，咱们留住了啊，赶着太阳下山，去操场释放去。

〔大妈乱哄哄地下。

〔雷子盯着。

〔永久从塑钢门上，手里拿着500元现金。

雷　子　你这儿还是那么乱。

永　久　谁我都惹不起。您又执法来啦？

雷　子　没看新闻？北京要申办2008年奥运会。

永　久　听说上次失败，就是因为没请非洲代表吃饭？

雷　子　这条没传达。

永　久　就算申办下来，也是十年后的事呀。

雷　子　市容整顿刻不容缓。门口大排档是你租出去的？

永　久　这不是要退了。

雷　子　对，别找麻烦。那两只鸽子呢？

永　久　按要求都关笼子里了。

雷　子　别放阳台，别搁楼顶。

永　久　我放我被窝里了。

雷　子　（揭穿）食堂后头那两只是谁的？我刚替你喂了！（拿出一包鸟食，扔给永久）那可是对“墨环儿”，要养你好好养。

永　久　这几天事多！你喜欢，干脆你拿走。

雷　子　这可是你说的！

永　久　（觉悟过来）我就那么一说！那对“墨环儿”是人家的。

雷　子　连人带鸽子，你全替人看着，真能忍。可养鸽子更得上心，你可是说了送我，我晚点儿过来拿。

〔雷子下。

〔永久不甘心地踱了几小步，思索着。

〔刘树林上。

刘树林　小娟，小娟！小娟在吗？

永　久　没在，出去了。

刘树林　我知道她在里边，我找她有事。

永　久　（拦住）后厨地上都是油，摔着你不合适。

刘树林　那你告诉她，明天务必去行政处报到，事我给她办了，她还不珍惜机会。

永　久　她珍惜，她明天就去。

刘树林　她珍惜？不瞒你说，现在想起来，我跟她在一起就是个错误！

永　久　那你挺有幸遇到个错误的，我还没遇上呢。

刘树林　我和小娟的事你不了解，你知道我们为什么离婚吗？

永　久　你外头彩旗飘飘。

刘树林　那是表象，深层原因是没办法沟通。她们家当初找我，还不是因为我是大学生，毕业拿着干部指标？可她自己呢，她也得适当提高修养，增加和我对话的深度对不对？

永　久　我没觉得跟她交流费劲呢。

刘树林　你们都说什么，蒸包子，焖米饭，商量菜谱吃什么。

永　久　这些在家说不好吗？

刘树林　你们俩是一路人。我以前在开发部，给厂里揽了多少活，外头有面子，可回到家不够她说的，吃饭嫌我吧唧嘴，进屋嫌我不叫人，说我手欠，抠门，在她嘴里一句温柔的没有。生活是要讲点情趣的，你懂吧？

永　久　不懂。

刘树林　总之，小娟身上那股馒头味带不出去。

永　久　这才是实话！小娟找你的时候，你还住集体宿舍呢，吃食堂都吃不起。

刘树林　永久，你和她从小是厂里长大的，你向着她，我理解，但你不知道，她和我结婚的时候，已经不是——不是处女了。要是你20岁的时候，你找她吗？

永　久　我——

刘树林　犹豫了吧。这说明我们男人的心理是一样的。交朋友的时候，我一直被蒙蔽，但是我对得住她。有一年晚上，她跑到我宿舍，说是替别人要30块钱，就是卖表被抓那小子，我把钱给她了，后来她妈托人来介绍，我们俩才好上的。当初我给她30块钱，现在我连房子都不要，净身出户，不管怎么说，我对她都够意思。

永　久　你自己还有套大的呢。

刘树林　这是厂里的福利。我再给你说个事，你知道她拿那30块钱去干什么了吗？她去打胎了。她怀别人的倒快，跟我，习惯性流产，生一个用了十几年，我现在都怀疑那孩子是不是我的！

永　久　你心眼全长这儿了。

刘树林　最可怕的不是这个，我们俩结婚以后，还有人报复，趁我下夜班，躲在路上给我一闷棍。

〔永久表现出一点不自然。

永　久　那……疼吗？

刘树林 当然疼了！住了一个星期医院，就是在医院，有个朋友告诉我她做流产手术的事了。早知道我才不娶她。

永　久 （叹气）闷棍打晚了。

刘树林 你说什么？

永　久 我说我替你觉得惨。

刘树林 我看得出来，你对小娟有意思。我不介意。你告诉她，以后厂里有事，还可以找我。

永　久 你对她真好，我谢谢你。

刘树林 怎么说都是夫妻一场。唉，我年轻时犯了错，可是列宁说过，年轻人犯错误，上帝都会原谅的。既然知道了错，就让错误停止吧。小娟那里，你帮我把话带到，我还有个会，先走。（下）

〔小娟上。永久感到诧异。

永　久 你刚才……

小　娟 都听见了。

永　久 （犹豫着）二胖，二胖他怎么样？

小　娟 在医院观察呢，医生看了眼底，没事。

永　久 小娟，以前我不勇敢，这十几年来我都不勇敢——五子走那年，整个晚上我脑子里都是蒙的，那时候我心眼小。

小　娟 一个人挺过来，也挺好的。你的自行车呢？

永　久 在后面，掉链子了还没修。

小　娟 我去看看。

〔永久停了停，跟在后面进塑钢门。

〔幕后传来自行车铃声。

〔冯志勇上。

冯志勇 （向后）永久，我那押金哪！嘿，欠钱的是大爷！你要不退钱，我晚上可不撤摊儿！

〔张北文上，摆椅子，一副倦怠的样子。

冯志勇 吓我一跳！您不是早从采购科下海了吗，还留着开会的习惯呢？

张北文 搞个讲座，这儿成本低。

冯志勇 是传销吧！

张北文 别提这俩字，我难受。人家下海都发了，我也想潇洒走一回，结果走河沟里去了。

冯志勇 趸的那些货呢？

张北文 光蛋白粉就三十多箱，当年老李吃君子兰，我学他，全自己吃了。

冯志勇 那也没亏。

张北文 是不亏，肾坏了，医生说我尿里都是蛋白质。

冯志勇 你的尿比我这酒成本高。（下）

〔李晶晶上。

李晶晶 来啦！路上抓了一个！你精神点儿！

张北文 才一个？

李晶晶 一个也是我找的，有就不错了。

〔五子和鱼头上。

李晶晶 先生，您坐，我给您介绍一下我们的产品。

五　子 等一下，这里很像一个食堂。

李晶晶 地方没关系。（指五子手里的大哥大）看您这个，就知道不是一般人。我们这个基金产品，针对的就是成功人士，回报率高，特别适合投资。（见五子心不在焉）先生——

五　子 回报率有多高？

李晶晶 您看看啊，我这儿拿着报纸呢，整存整取，三年，银行利息4.5%，我们这个产品，一年，30%。先生——

五　子　哦，高于银行利息是违法的吧？这种地下基金，不就是非法集资吗？你们拿了这些钱是要进股市呢，还是跟传销一样，上家骗下家？

张北文　得，遇见一内行。

李晶晶　你少说话！先生，别人是违法的，我们不是，我们是大公司，客户很多，（指鱼头）这位先生，您说说！（推了鱼头一把）

鱼　头　是的，这位女士说得不错，我们公司已经获利200%了。员工拿到了分红，企业发展空间巨大。

五　子　（打量他）你谁家孩子，鼻涕都没擦干净呢。

鱼　头　（向李晶晶）妈，他看出来了！我说我不行，你非让我装。

李晶晶　算了算了，什么爸爸生什么儿子，全是面瓜。

张北文　我怎么面了？有些话我憋着没说，我科长当得好好的，你非撺掇我下海，你眼睛里就是钱。

李晶晶　我不是希望你成功吗？姐妹之间一说，谁谁家男的挣多少钱，住什么房子，我听着这脸都是红的，臊！

五　子　大姐，别吵了，这儿还有孩子呢。

李晶晶　谁是你大姐！

五　子　您哪！大姐。

李晶晶　你——（向张北文）这人眼熟。

张北文　是你！

李晶晶　（认出来了）哦！你是——投机倒把！

五　子　你们干这点事，深圳那边都玩剩下了，这算诈骗。

李晶晶　你不会举报吧？要说咱们也是老关系了，十年前就一起做过买卖。

五　子　是吗？

李晶晶 咱俩换过饭票呀！

鱼　头 妈，别提饭票，我饿了。

李晶晶 真长脸，回家吃饭去吧。走走走！

五　子 不在食堂吃吗？

张北文 抬不起头，早在厂里把脸丢光了。

李晶晶 （又返回）这是我名片，想出书找我，不收编辑费，只收个书号钱，评职称发论文我也能帮上忙。再见！

〔张北文和李晶晶下。

〔鱼头被传来的声音吸引，停住脚步。

五　子 你怎么不走？

鱼　头 有人在唱。

五　子 （听着）没有啊……

〔鱼头听了听，好像又没声音了。

〔秦小生从黄门出来，后跟红铃。

红　铃 你站住！不给钱不能走！

秦小生 给什么钱？我想唱的你们又没有。

红　铃 哪个我们没有？

秦小生 白云鹏有吗？小彩舞有吗？董湘昆、魏喜奎？

红　铃 你说这几位我都没听说过，谁知道是哪的野腕！

秦小生 我说一大腕你也不知道，刘宝全有吗？

红　铃 有刘德华。

秦小生 有谁我都不唱了。我们家老二今天结婚，友谊宾馆办了38桌，我回来高兴，刚开了嗓子，叫你给吓回去了。

鱼　头 （向五子）我说刚才有人唱吧，就是他的声！

秦小生 你听见了？那段《宝玉探晴雯》，好听吗？

鱼　头 好听。

秦小生 你谁家孩子?

鱼　头 他们叫我鱼头，但谁家孩子，说不好，我爸跟我妈说我的时候，说，你儿子，我妈跟我爸说我的时候，也说，你儿子，他们跟别人说我的时候，说，（睁大眼睛）咱儿子。

秦小生 嘿，好眼神！京韵主要得靠眼神领人，身上断，句子断，眼神不能断，这才能在故事里和故事外跳来跳去呢！

红　铃 一个收破烂的，还讲上了。

秦小生 这是当年林红玉先生对我的当面提点！跟你也白说，（感叹）我要不收破烂，肯定早是角儿了，现在只能在文化馆当个老师。（向鱼头）你是个苗子，想跟我学吗?

鱼　头 我想吃饭。

秦小生 下馆子，回锅肉！只要你叫我师父。

鱼　头 我回家跟我妈商量商量。

秦小生 再加个鱼香肉丝，好玩意儿就得有好传授。

鱼　头 都是甜口儿……

秦小生 小子，谁叫我爱才呢！东坡肘子，红焖羊肉！四个菜，师父请徒弟，我破规矩了。

鱼　头 就这么着！

秦小生 太好了！咱们先吃饭，吃完我教你打板！

〔秦小生兴冲冲带鱼头下。

红　铃 嘁！（看到五子）先生，楼上唱会儿歌吧?（认出）五子！你怎么回来了?

五　子 回来办点事。

红　铃 你缺公关小姐不缺? 对付男客户我有经验。

五　子 我回来找人。

红　铃 那就找我吧！哎哟，大哥大都拿上啦！你等着，我拿东西去！

五　子　哎——（要叫住）

红　铃　发财你必须带上我！有事，姐们儿在歌厅就帮你搞定了！（进黄门）

〔五子环视食堂。

〔永久推自行车上，放下，要修。

永　久　推销去别的地方，小广告也别跟我这儿贴。

五　子　外头倒了好多国营饭馆，没想到你这儿弄得还不错。

永　久　（惊讶）五子！

五　子　永久，哥们儿回来了！

永　久　好几年没见，你哪去了？

五　子　深圳，搞服装批发。

永　久　发了吧？

五　子　港灰讲话，毛毛雨啦！我手底下雇的人就20多个！

永　久　7个人以下算个体户，8个以上，那你算资本家了！

五　子　那是过去的说法，现在大干大发，小干小发。我和别人不一样，我跟着电视走，美国片放得多，就进美国货，日本片放得多，就进日本货，最近我看韩国电视剧播得好，准备马上去趟韩国。我看出来了，早晚有那么一天，咱们从里到外都是别人的东西。

永　久　好在还没有外国人开食堂。

五　子　怎么没有，长城饭店只有窗外的尘土是中国货。北京87年开肯德基，90年开必胜客，92年开麦当劳，这是什么，外国食堂！

永　久　那有炒菜好吃吗？薯条是一个味儿，汉堡也是一个味儿，配方配出来的。咱们的炒菜呢，火候、顺序，不同的师傅做出来，味儿就有的挑。

五　子　所以才会有分歧，你说你的好，他说他的好。洋快餐，到哪儿都一样，不接受这个味儿就别去，在国外，总统吃的汉堡，和你吃的没有区别。

永　久　那比咱们这儿差远了，咱们多花点钱就能吃小炒。

五　子　对，永久，你也看出来了！

永　久　看出什么来了？

五　子　十亿人民九亿商，为什么大家都在趁这时候赚钱？国家在发展，这是辆高速列车，你挤不上去，就可能被碾在车轱辘底下，钞票就是上车的车票！现在我们看到的是食堂里的小炒，只是几块钱的差别，出了这个食堂，还有很多吃小炒的，他们能住市中心，能上好学校，找到好工作，你一生的经历，都在这几年确定下来了。

永　久　这是你这几年挣钱的心得吧？

五　子　钱也靠不住。你看韩国日本，赶上亚洲金融危机，全瞎。哥们儿现在正打算换个干法呢！

永　久　干什么？

五　子　卖点子！好多公司没主意，我就卖主意。这叫点子公司。

永　久　你真能想！

五　子　另外，我再看看能不能接个盘子。

永　久　接盘子？

五　子　（**感慨**）这几年在南边，见不着这样的食堂了。人要的都是新东西，想的都是旧东西。（**学舌南方话**）永久先生，价钱的事情，我们好不好再谈谈啦？

永　久　（**恍然大悟**）这两天的电话是你打的！

五　子　上次看见冯志勇，他说你想转让食堂。

永　久　五子，这回你真帮上我了！对你我绝对放心！

五　子　我还没说完。我给你出资，算我入一股，你继续当你的经理，一切还是你说了算。

永　久　真是好哥们儿！那你呢？

五　子　我回深圳。

永　久　你回深圳？（想到什么，兴奋忽然消逝）……五子，你这次回来，还有别的事吧？

五　子　没事。

永　久　真没事？

五　子　……小娟，过得好吗？

〔小娟从塑钢门上。

小　娟　特别好！今天也不知道怎么了，老听到别人谈话，我可不是故意偷听的。

五　子　小娟！

小　娟　永久，车修好了吗？

〔永久迟疑地看看小娟，再看看五子。

小　娟　时候差不多了，我去招呼人，该备菜备菜，面得现在醒上。

永　久　还是我去吧。（不甘心地从塑钢门下）

五　子　小娟，我回来了。

小　娟　回来就好。我现在也很好，嫁了个好丈夫，生了个幸福的孩子，有一份好工作和一个好家庭。

五　子　你越这么说我越不舒服。

小　娟　是吗？那太好了，说明你还有点良心。

五　子　这几年我一直想给你一些补偿。

小　娟　补偿？

五　子　你的事我来之前都知道了，跟我走吧，生意上我也需要你帮帮我。

小　娟　十年前你就说要我跟你走，我犹豫了，那时候我害怕。

五　子　我坐了四年牢，也害怕，出来以后你已经结婚了。

小　娟　因为我不敢再害怕了。你不知道我在医院里，被一盏灯照着，躺在那儿叉开两条腿，我咬着牙，我疼。那天下雨，永久把我送回家，我哪儿都不敢去。我怕天黑，怕自己走路，怕屋子里的灯，我想我得赶紧找个人嫁了，就不再怕了。那时候我多想见到你，让你把我带走。我是一个姑娘，只是有了一个孩子，命运就变成了这样。

五　子　如果我不坐牢，如果我出来之后去找你呢？

小　娟　没有如果，命就是命。

五　子　别说命，我有钱了，你跟我去深圳，或者我带你出国。

小　娟　五子，我的命就在这儿，走了还得回来，就像你现在这样。

五　子　小娟，这几年你想过我吗？

小　娟　想过，（动容）我想你长什么样子，在干什么，抽什么烟，我想也许当初我们就那么走了，会在哪里，过什么生活。因为，（动容，几乎是抽泣）因为我现在很好，嫁了个好丈夫，生了个幸福的孩子，有一份好工作和一个好家庭……我只是一个姑娘……

五　子　小娟……能回去，（急匆匆推过自行车）还记得吗，当年我骑车带着你，刮风下雨，可是咱们不管不顾，就是这辆自行车……咱们能回去，小娟，只要你想。

〔五子试图去搂小娟，小娟避开。

小　娟　我不想！我想见你，是想看看我怎么因为你变成了今天这样。

五　子　我能为你做点儿什么？我想为你做点儿事。

小　娟　最好的事就是，走。

〔永久从塑钢门出来，手里提着鸽笼。

永　久　（鼓起勇气）五子，小娟不能跟你走。

五　子　（盯着他俩）你们——我懂了。小娟，我想不到，我真想不到。

小　娟　我……

〔小娟看看永久，面对突如其来的情况，不知该说什么。

五　子　（向小娟）别说你什么都不知道。

永　久　五子，小娟不欠你的。

五　子　那你呢？我知道你有困难，跑过来帮你接这个烂摊子。你拿我当哥们儿吗？

永　久　（沉默片刻）这对“墨环儿”你带走，别的不行。

五　子　（气愤）真是好哥们儿！

〔五子接过鸽笼，欲摔。

永　久　五子！

五　子　我的东西，轮不着你心疼！

永　久　你摔一个试试！我没偷没抢，守了十几年，不能再让人来摔它，欺负它，谁都不行！

五　子　好！小娟，你走还是留，来句痛快的。

永　久　你别逼她。

五　子　（向永久）我明着告诉你，你想要人，我就不要这食堂。

小　娟　你们在谈转让食堂的事？

五　子　对！

〔小娟转而凝视永久，永久不语，无言以对。

小　娟　（向永久）转让食堂，还是转让我？我这婚没白离，有两个下家。到底跟谁走，最后给个信儿，我先去河边溜达溜达。

五　子　（推起自行车）我带你去。

永　久　站住！这自行车是我的！小娟，我今天不掉链子了，我什么心思你知道，你要愿意，以后只能我带着你！要不，你把车扔河沟里去，我二话没有，锁门关食堂。这个烂摊子，我自己收拾！

五　子　小娟……

〔小娟略停片刻，默默将自行车放回原来的位置。

五　子　我懂了！我上次怎么走，这次还怎么走，全给你留下！

〔红铃拎着皮箱从黄门出来。

红　铃　五子，咱什么时候走？（见气氛不对）怎么了？

〔五子看看鸽笼，缓慢挪动了几步，下。

〔红铃不知所措，追下。

〔永久凝视小娟。

〔小娟利索地擦去眼泪，整理头发。

永　久　（犹豫着不知该说什么）自行车修好了。

小　娟　（沉默半晌，神色坚定）开饭吧。

顾　客　（从黄门探出头）师傅，我那火爆腰花好了吗？

〔食堂光暗。

幕　间：

〔舞台前区。雷子提着永久的鸟笼，借着光亮仔细观察。

雷　子　（撞上骑三轮的大个）下来，下来！谁让你拉黑活的，不知道正取缔摩的呢吗？

大　个　我这是摩的吗？没有发动机。

雷　子　那就不污染空气啦！

大　个　脚蹬的，不烧油。

雷　子　上路就不危险啦！

大　个　这话说得，你把汽车指挥好了，我就没危险。

雷　子　我给你鸣锣开道得了。看你有点眼熟……

大　个　你可不面善。

雷　子　别跟我贫，你要不配合，有地方管你饭吃。

大　个　太好了，赶紧带我去！顺便打杯开水，我来碗面就成，连汤带水，我吃着习惯。忘了告诉你，这车是我自己攒的，回去我还能再鼓捣出一辆。走吧，咱先吃饭去。

雷　子　你还来劲了。

大　个　别吓唬我，我下岗了，什么都不怕。我儿子要读研究生，我姑娘要高考，他们念完书我家就有希望。我没路子，孩子没特长，普通家庭就这么点希望。怎么着，这点希望你要给我掐了？你掐一个试试！（揪住鼻子）看看，流鼻血了！

雷　子　我可没动你！自己打自己，真够狠的。

大　个　留着劲儿呢！你这样的，大成拳加得合勒，我喝醉了能打仨。

雷　子　戴着老花镜，你是不是知识分子？讲道理！

大　个　知识分子手更黑。

雷　子　行行行，我惹不起，您走您的。

大　个　我今儿不能白出来，得拉一个走。

雷　子　在我眼皮子底下，您这不是让我为难吗？实话跟您说，我爸也让人裁了，以后我执行任务的时候，麻烦您躲远点儿。行了，给您两块，您拉上我。（上三轮）

大　个　两块只能到地铁。

雷　子　快走吧，大爷！

第三幕

〔新千年后的第一个十年过去了，食堂的地面已经铺上了防滑瓷砖，长长的不锈钢的开放餐台。舞台左侧摞着不锈钢的自助餐餐具和竹筷，以前卖冷荤的地方变成了消毒室。消毒室外有一体化的垃圾桶，吃完饭的人把剩菜倒进垃圾桶，盘子放在台上，到一定数量，消毒室的工作人员出来取走消毒。二层、三层已经改成超市，以前那扇黄色的门不见了，取而代之的是一道面向观众席的、刷卡才可进入的玻璃门，透过玻璃门，可看到通向超市的楼梯。玻璃门上挂着牌子——“非本超市人员禁止入内”。食堂正上方新装了一块显示屏，还没调试好。

〔9点来钟，张北文身穿出租司机的黄色衬衫，悠闲地吃着早点。李晶晶早已吃完，碗筷放在一边。

张北文 （收音机紧贴耳朵）开市了，沪指上3000了。

李晶晶 你美什么，不是还套着吗？

张北文 这么多人在里头套着，钱呢，它得动换呀？

李晶晶 有钱可以动换动换，没钱，咱人动换动换。

张北文 干吗？

李晶晶 这份儿钱4500，我一天你一天，今儿该我睡觉了。

张北文 我喝完这口豆浆的。

李晶晶 都说懒驴上磨屎尿多，你肾好了之后，尿不多了，饭量见长。

张北文 我要喜欢过睁开眼就欠钱的日子，我是孙子。知足吧，咱就欠车钱，多少人欠着房钱呢。你想想这些年，卖蜂蜜，卖化妆品，倒腾红酒，现在开出租，你干什么我陪着干什么，这样听话的男人你还找得着第二个吗？

李晶晶 我回头找找看。

张北文 能找着干一行爱一行的，找不着我这样干多少行爱多少行的。

李晶晶 自从开上出租，你嘴皮子练出来了。我认栽，行吗？这车咱什么时候出？

张北文 待不了几分钟，门头沟有一大活。

李晶晶 你晚上把钱拿回来，明天换我。

张北文 你歇着吧，我一竿子到明天。

李晶晶 （叹气）你累了就路边睡会儿，吃点好的。（欲走，回身）张北文，你开车的时候最像男人。（下）

张北文 （自语）她说我像男人，（一股豪情涌起）再来根油条！

〔永久从后厨出来，一手把油条放在张北文面前的盘子里，另一手在旁边摆下自己的早餐餐盘。

永　久 又得明儿见了？开车可不是玩命。

张北文 不玩命能拉出套房子来吗，没房我儿子就打光棍。

永　久 这鱼头在外企，挣得还不够花的？

张北文 外企，名字好听，驻华商业部，其实就是卖芝麻和葡萄干的。

〔工作人员和超市管理者走出玻璃门。精明干练的女记者紧随其后，她手中拿着小本，录音笔挂在脖子上。

工作人员 （对管理者）货都清了吧？那我就锁上了，你也别急，以后这片儿改成商务区，你再把超市开起来。

管理者 那得什么时候？

工作人员 轧钢厂的家属区一搬，那还不快。

管理者 现在找个这样的小区可难了。

记　者 北京有的是小区，开哪儿不都一样吗？

〔管理者打量记者，见她要在本上记录，对她的突然问话摸不着头脑。

工作人员 （介绍记者）哦，刚才没说，这位是新——新什么来着？

记　者 我自己说吧。我是《新晚报》的记者，正在写一篇关于老旧小区改造的稿子。

工作人员 要说改造，您可以问问他（指永久），这食堂都50多年了。

记　者 （没兴趣）我从来不吃食堂，油太大，影响减肥。

管理者 （向永久）哥哥，这两年没少麻烦您，以后有缘分，再和您做邻居。

工作人员 那可悬了，有搬顺义的，有奔通州的，他们这些人能不能聚齐，还不一定呢。

张北文 这食堂拆吗？

工作人员 说不好，听说要在保持原貌的基础上，改成外国餐厅，眼见的是中国景，吃的是外国味儿。

永　久 现在讲中西合璧，文化交融，中国妈外国爸，生个有奶就叫娘的孩子，挺好。

工作人员 您别冲我，我就是办事的，我们家以前住宣武，现在住天通苑，我招谁惹谁了。才拆到您这儿，您知足吧。（向管理者）行啦，咱们走，跟我办个手续去。

〔工作人员和管理者、记者下。

张北文 永久，真要是食堂关了，你打算干吗？

永　久 跟你媳妇，咱仨倒班开出租。

张北文 跟我媳妇？小娟能把咱仨吃喽。再说，你给我儿子留条活路吧，他能不能干下去也悬！

永　久 他正经不是个大学生吗？

张北文 那管什么用！我小时候那阵说读书无用，后来学历万能，现在还得看专业，选不对一进社会你就输了，起薪都不一样，你一公里一块，人家就一块二。（叹气）吃了一辈子食堂，突然吃不上了，还觉得挺别扭。（下）

〔永久坐下来，没什么心思吃饭。

〔分头上。

分　头 大哥，超市怎么了？

永　久 关了。

分　头 这食堂也留不下吧？

永　久 没准。

分　头 那您把绿豆倒给我吧？

永　久 （仔细打量）你不是原来卫生所看大门的吗？你可比我岁数大。

分　头 怎么还提看大门，跟你师父一样，就不许人家进步？

永　久 哦，你现在是养生专家了！你在电视上说吃绿豆好，合着私底下倒绿豆。

分　头 山不转水转，谁叫我命好，转到这儿了！

永　久 转得够邪乎的！你那特异功能还有吗？给我转转。

分　头　你想怎么转？

永　久　你让我倒退二十几年，让我把这些锅碗瓢盆全砸了，再给我转一推土机，让我把别人干得好好的食堂给推了。我保证推得干净，干得漂亮，一块儿砖头都不留，连个盐粒都找不着！

分　头　跟我发牢骚没用，我先到别处转转。

〔分头下。

〔刘树林上，旁跟秘书，后随二胖。二胖身着深色西装，光头。

秘　书　您慢走。

刘树林　（向二胖）大食堂搞了自助餐，还是很方便，很有特色的。

二　胖　（见到永久，恭敬地）师父。

永　久　（没理会，向刘）当上厂领导，你都是吃小食堂，很少来大食堂了。

秘　书　（向永久）刘副总这次专程考察食堂。

永　久　欢迎，那就看看吧。

刘树林　咱们多少年的熟人了，用不着客气。（向秘书）你在外面等我吧。

〔秘书下。

刘树林　好歹我也是个副总，你给我留点儿面子，什么大食堂小食堂的。

永　久　我跟你有什么好说的？刚进的保温台和蒸饭车，还没用热乎就要拆。

刘树林　别没良心，你承包食堂这么长时间，手续从我那儿走，我办过缺德事吗？（指二胖）你徒弟两年前调到小食堂，你问问他，我对他怎么样？现在已经是小食堂负责人了。我可不是讨你的好，我不愿意让人说，这个人怎么对他前妻家那个样子，小肚鸡肠。

永　久　你再提前妻这俩字，咱俩就码上了。你交个底，这回我往哪儿搬？

刘树林　我真不知道，统一安排，我也近不了。

永　久　你有专车，住哪儿都没事。

刘树林　别提车，我家那小妖精给我找事，开个红色小跑到处乱跑，听说这几天纪委来人了，估计就是查我的。算我倒霉吧，天天烧香拜佛，也没挡住那只小妖精。

永　久　除了车，你就没别的事？（刘树林沉吟不语）你呀，就是没和大家伙一起吃饭，这食堂是干吗用的，就是不让人吃独食。算了，到这地步，我也别说你了。

刘树林　我倒愿意听，在小食堂，听不着真心话。小娟，她挺好吧？

永　久　我媳妇，你就别惦记了。

刘树林　她要是一直跟着我，这次也得吃亏。所以，我和她离了，算是我对得住她吧。

永　久　还是你会说话，怎么说都是自己委屈。

〔秘书上，面色凝重。

秘　书　刘副总，刚接到电话，组织部来人，在办公室等您呢。

刘树林　组织部也来了？这么快……（向永久）永久，有馒头吗？我想那味儿了。

永　久　（拿起餐盘上的馒头）正好，一口没动。

刘树林　小时候家里穷，两个箱子拼起来当床，我妈蒸馒头，夜里就把面肥放在箱子边上，我是闻着面肥的味儿长大的。

〔刘树林呆呆地咬了一口，和秘书下。

〔永久坐下吃饭，二胖乖乖在一旁等待，怯怯地不敢搭腔。

二　胖　（过了一会儿）师父……

永　久　小食堂能保着你。咱们这行看本事，越有本事越伺候少数人。

二　胖　师父，您别寒碜我。

永　久　听我师父说，这食堂养过猫，为的是防耗子，可时间不长，这猫吃惯了馒头米饭，就不抓耗子了。这猫比人精，它知道跟着人跑，为什么，它看得出哪个主顾阔，哪儿的饭好吃。

二　胖　我知道，您这是说我。

永　久　我说的是猫。

二　胖　我不该背着您去小食堂应聘……可是师父，我真没脸跟您说。您教我手艺，我还要走，还是在您最缺人手的时候。

永　久　咱俩怎么也不能捆一辈子。但我不明白，能给的我都给了，那小食堂的饭就那么好吃？

二　胖　我要是图那儿的饭好吃，我就不是人！我一辈子也忘不了，是您收留了我，是我师娘保住了我的眼睛。那年成立小食堂，听说可以解决集体户口……我真想要一张北京户口！

永　久　那张纸有什么用？

二　胖　我知道您觉得没用，所以我不能向您提，只有我欠您的。师父，别的我不敢想，我想让孩子留在北京上学，我想出门不怕被查身份证，我想再找工作的时候，不叫人把简历扔在地上。

〔听了二胖的话，永久陷入短暂的沉思。

二　胖　师父，我先走了。（欲下）

永　久　二胖，北京叫你受委屈了。

二　胖　是我对不住您。

永　久　你记住，北京人和你一样，没什么新鲜的，全都是移民，就算满族贝勒和蒙古王爷，也是关外来的。北京是一口大火锅，进来涮的有肉也有菜，先后不同，但在一个锅里，各有各的活法。要想在北京扎根，就得进这口锅，好肉烂肉都涮一遍，你才能找得着北。

二　胖　我记住了……您还认我这个徒弟吗？

永　久　听说你上个月参加青年厨师大赛去了，才拿个第二？

二　胖　评委要吃馒头，要求有葱味而不见葱，我没做出来。

永　久　蒸的时候在馒头上插一棵葱，起锅的时候拔了。

二　胖　就这么简单？（脸上终于露出笑容）谢谢您，师父！（下）

〔小娟从后厨上，看显示屏。

小　娟　还是不出字！（向永久）我说，油瓶倒了，能给扶一下嘛！

永　久　又怎么了？

小　娟　（指显示屏）镇流器坏了，我换上新的，还是不出字。（发现永久情绪不好，关切地问）想什么呢？

永　久　我还说别人呢，我自己都找不着北。你说叫我去顺义和通州，我认道儿吗？还别说，天天看站牌子，倒是不得老年痴呆……（忽然拉住小娟）小娟，我要真得了老年痴呆……

小　娟　那我就伺候你，想吃馒头我给你蒸，想上哪儿玩我带你去，我不会让你像别的老头那么邋遢，我把你收拾得干干净净的，刮胡子，洗脸，身上也不能有味儿。你什么事都别管，糊涂也没事，只要认得我就行。我保准一步都不离开你。

永　久　真的？一步都不离开我？

小　娟　真的。

永　久　太好了，我真想得一回老年痴呆。

〔苏文同上。

〔小娟和永久赶忙分开。

小　娟　您来早了，还没开饭。

苏文同　不急，我先看看。

永　久　这不是苏处长嘛，那年您作了首诗，调到市里后就没怎么见过。

苏文同　不是处长了，巡视员。

永　久　您又写诗了吧？

苏文同　写论文，《食堂改革的探索与研究》……我吃遍各大委办局的食堂，最好的，是农业部食堂，花样品种最多，铁道部的也不错，外交部的一般，最让我失望的是北大食堂，十年前我在那儿吃饭，竟然吃出了一个过滤嘴。不过，我现在一日三餐都吃食堂，外头的东西吃完就闹肚子，这不是赶上拆，再回你这儿吃一顿。

小　娟　您真是不亏嘴。

苏文同　亏嘴可不行！现在人人都追求健康。有些机关食堂很好，一顿饭一块钱，饭后还发个水果，这对改善中国人的酸性体质，是非常有帮助的。你们这里给水果吗？

小　娟　没有。我们还想吃水果呢，我们也是中国人。

永　久　我想问问，您这论文里写这个食堂吗？

苏文同　当然！我们联合几所大学的研究院，打算把这里改一改，不仅要搞成798那个样子，还要比它更后现代，在艺术上超过798，在商业上超过三里屯。

永　久　那我呢？

苏文同　你我还没顾上……这午饭不开，早饭也不剩了？先让我对付吃几口！（自己进后厨）

〔永久端起茶缸，又没心情，放下。

〔显示屏突然亮了一下，显示出红字：午餐主食，馒头、发面饼、葱花饼、花卷、豆包……

小　娟　（看着显示屏）哎！出字了！……又想什么呢？

永　久　有些事我琢磨不清。这些年人都忙忙叨叨的，你说忙什么呢？我问人家，我怎么办，人家说，还没顾上。大家都往前奔，可没带上我，哪头是前啊？

〔冯志勇上。

冯志勇　这头，这头是钱！二位好！我冯志勇啊！

永　久　你不是在天津卖水产吗？

冯志勇　我早进步了，从麻辣烫到皮皮虾，现在进军餐饮业啦！永久，那年你不把大排档包给我，哥们儿可没记仇！

小　娟　你也干餐饮？

冯志勇　这是我名片，（递名片）现在哥们儿从事法式餐饮。这儿以后建成商务区，白领少不了，今天我特意来看看这食堂。改外国餐厅，那还得是法餐靠谱。

小　娟　为什么非得是法国菜？

冯志勇　中法友谊源远流长，以前，法国贵族专拿中国的玩意儿讨好国王，路易十六上朝都穿中国服装，为了买中国艺术品，把国库都买空了。还有希拉克，中国青铜器专家，最喜欢的诗人是李白。你说，让那帮中国白领外国白领，喝着波尔多啤酒，吃着巴黎牛排炸土豆丝，搁俩喇叭放《花好月圆》，咱这中国文化，他们服不服？

永　久　服不服不知道，这几年你可没少看书。

冯志勇　为做餐饮我下过功夫！红薯、玉米、绿豆，中国以前没这些东西，都是外来的，红薯是越南的，玉米是美洲的，绿豆是印度的，还有辣椒、芝麻、花生、菠菜、茄子、胡萝卜，等等等等。我得出一个结论，咱们老说外国这个不好那个不好，可最不拒绝其他国家的事，就是吃。永久，以后哥们儿的餐厅如果开在这儿，有钱一起赚，咱往前扎下去了！

永　久　哪头是后，哪头是前？

冯志勇　甭管到什么时候，钱那头，永远是前！

小　娟　我们要不跟你一起干呢？

冯志勇　大姐，别冒傻气了，这地方我都打听过了，要建商务区，钱就那么多，你不抢也有别人来抢。

永　久　你今天就是抢我来了？告诉你，有我在，谁也别打食堂的主意。我还想抢呢！

小　娟　（向永久）哎呀，你跟他上什么火，老年痴呆我管，脑溢血我可不管，进去看账本去。

〔小娟推永久进后厨。

〔侯小力上，后随一日本人。

侯小力　多做！

〔日本人看看食堂。

冯志勇　侯小力！怎么着，不认识了？

日本人　哪泥？

〔侯向日本人耳语两句，日本人点点头。

侯小力　（向冯）你瞎叫什么，日本人最讨厌没礼貌了。

冯志勇　日本人现在都长个儿啦？

日本人　哪泥？

冯志勇　（向日本人）没事，没事，我们发小，聊聊天。

日本人　哦，聊吧。

冯志勇　（向侯）他会中文呀？

侯小力　比我爸说话都利索。

冯志勇　好几年没见，你来这儿办什么事？

侯小力　我现在是日本刺身协会，就是生鱼片协会驻中国北京专务，帮他们物色地方弄个寿司店。

冯志勇 你也搞餐饮？

侯小力 现在人认这个呀，北京要没饭馆，那还叫北京吗？饭馆开再远，架不住嘴多。前两年奥巴马访问亚洲，在中国待的时间最长，就是到处吃呢！刚才听你这话，也搞餐饮？

冯志勇 对外叫美食，这么说能扎钱。我可先来的啊！

侯小力 咱俩不能对着扎，合起来搞。

冯志勇 法餐和日餐，怎么合？

侯小力 星巴克能合故宫里去，奶酪都能配绿茶，哥们儿，接轨，懂吗？

冯志勇 那就搞一个鹅肝刺身？

日本人 （搭腔）不好。

冯志勇 （干脆对日本人说）要不来一个清酒烩土豆？

〔日本人撇嘴摇头。

冯志勇 芥末焗蜗牛，这行吗？

日本人 要西！要西！

侯小力 那就这么定了！（向冯）走吧，晚上撮一顿去。

冯志勇 好，今天我来，（向日本人）晚上您想眯细点儿什么？

日本人 卤煮。要那段鹿尾儿和宝盖儿，不放香菜！

冯志勇 您会吃。

侯小力 那当然，说到底，还是日本人最懂中国文化。

〔日本人、冯志勇、侯小力下。

〔永久从后厨出，向后讲话。

永　久 都要拆了还看什么账本，烦！

〔红铃搀扶着一个女孩上。

永　久 怎么回事，什么人就往我这儿抬？

红　铃　就坐一会儿，马上走。

永　久　（认出）红铃？

红　铃　给弄碗水，加糖！

永　久　哦！

〔永久端来一杯水，红铃喂女孩喝下。

永　久　她怎么了？

红　铃　低血糖。

永　久　她嗑药了吧？

红　铃　（提醒了她，问女孩）嘿，你到底嗑没嗑？还大学生呢，要是让警察看见，我就栽你手里了！

永　久　别说她了，你不是跟五子去深圳了吗？

红　铃　我跟他干了几年服装，后来他炒股，赚了不少钱，我们俩就在一块儿了。

永　久　五子人呢，他回来了吗？

红　铃　永久，你和五子是哥们儿，但自打他第二次去深圳，你们就没再联系过吧？

永　久　没有。

红　铃　没联系就对了。五子后来坑了很多人，所有的人都不理他了，包括我。

永　久　你刚才不是说，他炒股赚钱了吗？

红　铃　多少钱也架不住抽粉！欠一屁股债，我跪在地上求他，没用，我抽我自己大嘴巴求他！恨的时候，他也抽他自己大嘴巴，但戒不了，我只能和他分了。

永　久　（一阵心乱）他是王八蛋，他怎么能沾上这东西呢？

红　铃　他得意，他狂，但是他没朋友。

永　久　你要是看见小娟，先别跟她说五子的事。

红　铃　我不见她，我们混歌厅的，最怕见熟人。要不是赶到你这儿，我也不会进来。但是永久，人家点我们唱歌，我们可不脏。

女　孩　（醒了）姐，我没事了。

红　铃　没事就走吧。

永　久　姑娘，踏踏实实的，找个正经事。

女　孩　大哥，您别嫌我，家里弟弟还得上学。但我只唱歌，最多陪着喝点酒，从不干违法的事。

永　久　那我真没话了。姑娘，希望你大好年华，遇到个对的人吧。

红　铃　对，别跟我一样。

女　孩　姐，女人遇见对的人，大好年华才开始。对吗，大哥？

〔女孩的一问，让红铃和永久一时没说出话来。

永　久　（叫住）红铃，五子，他现在在哪儿？

红　铃　深圳，罗湖戒毒所。

〔红铃和女孩下。

〔永久脑子里乱，没心思干别的。账本扔地上，又捡起来。

〔鱼头跟随秦小生上。

鱼　头　师父……

秦小生　别跟着我，走。

鱼　头　您别看我台下寒碜，台上我准保不丢人。您看哪个团能要我，哪怕借过去，给我点演出费就行。师父！（向永久）叔，您帮我说说。

永　久　怎么了？

鱼　头　我工作那外企，说白了是一国际倒爷开的，现在他颠了，全公司的人都找活干呢！

永　久　秦老师，您帮帮鱼头吧，小时候多活泛的孩子，你看现在——

秦小生 让他到你这儿来？

永　久 别，这不是毁孩子吗，我都不知道能干到哪天。

秦小生 一个道理！（向鱼头）这行能别进就别进，京韵，现在谁听？你唱段《剑阁闻铃》，谁又跟着你动情啊？咱们三分能耐，六分运气，一分贵人相帮。你时运不对。解放前，有刘宝全，京韵就是攒底的活，现在曲艺都成什么样了，你还想干？听我的，随便去找份工作，不需要知音的，不用人鼓掌的，就是别干这个，省得你越干越心凉。

鱼　头 可您还收过破烂呢，后来不是又唱上了。

秦小生 你！

鱼　头 好玩意儿得有传承，这是您说的，而且您别不承认，您现在不是低就是冒，跟不上板了，可我行！

永　久 鱼头，怎么说话呢！

秦小生 他说得对，我早不在调上了。过去我是收过破烂，因为我想挣钱，所以我更不能耽误你！

鱼　头 我死活想干呢，我喜欢这个。

秦小生 真想干，自己往前冲吧，我不能领着你干这苦差事。（拿出一副板）这是副老酸枝的板儿，你师爷留给我的，你非要干，就好好收着吧。

鱼　头 谢谢师父，我给您鞠躬了。（深鞠下去）

秦小生 走吧，走吧……

永　久 鱼头，我师父跟我说过一句话，不能因为有垃圾，咱们就像苍蝇那样活着。一边泥一边水，中间是好道儿。

鱼　头 谢谢叔。

〔鱼头下。

永　久 您还是心疼孩子，可这是为什么呀？

秦小生　挺好的孩子，没房，女朋友吹了，你说我让他干这个，不是害他吗？以前说祖师爷赏饭，可祖师爷赏不起房子呀！

〔郭传声上。

郭传声　永久，几点了？

永　久　您来早了，师父，午饭还没开呢。

郭传声　那我先坐会儿。呦，秦老师。

秦小生　别叫老师，您见过轰学生的老师？

郭传声　谁轰谁了？

秦小生　甭提了。

郭传声　别不提啊！你刚说轰，外头好几台推土机等着呢！

秦小生　推土机？

〔永久忙向外看。

永　久　怎么围了那么多人！

郭传声　要条件呢！

永　久　我看拆迁是好事。眼瞅着好几家断绝关系的，这些天儿子们全回来啦，出国的都往这儿迁户口呢。

秦小生　我家老二老三昨天都动刀子了！

郭传声　哎哟，捅着谁了？

秦小生　谁把谁捅了我都高兴，可是他妈捅着我了！（伸出缠着纱布的手）

郭传声　您想开点，（向永久）给秦老师倒杯水顺顺。

秦小生　别倒，前列腺，不敢喝。

郭传声　我现在撒尿也滴答。人上岁数没好！

永　久　师父，您学学别人，写书法，钓鱼，哪怕跳跳舞呢，在家待着容易想闲事，想多了难受。

郭传声　现在还有叫人想着不难受的事？

永　久　起码您退休金够吃够喝吧？张北文和他媳妇，两口子倒班开出租车，人歇车不歇，比您累吧？

郭传声　别玩命，挣多少钱最后都是药费。

永　久　师父，我听我爸爸的话，听您的话，这二十多年就干食堂，没别人那么曲折，饿是饿不死，可离发财还远着呢。但我不是没想法，看着那么些人，有折腾起来的，发了，牛了，富了，贵了，心里想，我比他们差在哪儿呢？可看见有些人，没折腾好，折了，病了，死了，我的胆儿也小了。多少人，闪了一下，跟炮仗似的，又炸没了。

〔大个上，佝偻着身子，腿脚行动不便。

永　久　您这是怎么了？

大　个　关节炎，脊椎炎。

永　久　老毛病。

大　个　有新的，糖尿病。

郭传声　您还给儿子蹬三轮呢？

大　个　不给白眼狼蹬了，现在逼着我给他过户呢！

郭传声　姑娘呢？那是贴心小棉袄啊。

大　个　小棉袄？（苦涩地笑笑）

郭传声　明白了，黑心棉。

秦小生　咱们就跟这里头躲着吧，甭管谁来，咱给他来个不见！

永　久　干脆这样，这儿刚装修完，还有砖头，我再叫人找点儿来，咱把窗户门都砌上，跟他们耗，食堂有的是粮食！

大　个　就这么办！

〔永久进后厨。

大　个　一说砌墙，想起在前线修筑工事了。三十年了……刚从部队下来那阵，觉得地方乱，我是看不惯，但我想，有钱也许就好了，有钱就讲规矩了，现在看来不是那样，因为赚钱的时候就没讲规矩。

郭传声　我就怕这食堂也不讲规矩了，所以我天天来。

〔永久搬出几块砖头，放在桌上。

永　久　合着您是盯我来了？说实话，我比您怕。我就怕有人找我说，永久，这馒头味儿不对了，菜不合口啊。每天三顿，到点儿得把饭菜预备出来，烫了不行，凉了不行。我一辈子就干食堂这一件事，这一件事我要都干不好，我得自己骂自己。

秦小生　你怕它，该来还是要来。我怕大鼓没人听，不还是没人听吗？有一次我瞎逛，见牌子上写着“京韵梨园”，我想好啊，京韵都开场子了，这该进去听听，谁知道一进去，俩大姑娘都愣了，人家劝我，大爷，您这身子骨就算了，我们这儿特色是足底和踩背。差点我就让人给办了！

郭传声　别说这个啦，说正经的，永久，你有什么打算？

永　久　食堂要还开，我继续干，不开，我就去他地儿！我自己弄一饭馆，让朋友有地方待，我自己有地方吃饭。

郭传声　好！到时候我跟你干。

大　个　我顿顿去你那儿吃。

秦小生　加我一个。

永　久　不来都不行！

〔刘树林和秘书上，兴高采烈。

秘　书　刚才没视察完，刘总继续视察食堂！

永　久　组织部找你谈完了？

刘树林　有句话说得好，不要为昨天焦虑，因为发生的已经发生，也不要为明天担忧，因为没有发生的还是未知。（对永久）我决定，食堂取消之前，还归你承包。另外，厂子的风气先从吃饭

抓起，跟小食堂说，以后不许搞特殊，大食堂吃什么，小食堂吃什么。（下）

永　久　（纳闷儿）怎么跟变了个人似的？

秘　书　老总被双规了，刘副总以后就是厂里的一把手。（追下）

〔永久、郭传声和大个面面相觑。

大　个　产房传喜讯，人家生（升）了。

永　久　师父，我以前和您掰扯，饭局饭局，吃的是局，不是饭，现在看来——

郭传声　做饭的干不过做局的。

永　久　就是这意思！（叹气）要是不让我干吧，我犯嘀咕，现在让我干，心里又有点腻歪。师父，我怎么看不懂啊？

郭传声　以前下海谁看得懂？

大　个　看不懂。

秦小生　练气功治病、搞特异功能谁看得懂？

永　久　看不懂。

郭传声　股疯谁看得懂？

大　个　还有那时候炒板蓝根，炒君子兰，炒邮票，现在炒房，炒地，谁看得懂？

永　久　您别说了，都看不懂。

记　者　我看懂了！

〔记者上，对着几个老头一通拍照。

永　久　你怎么又回来了？

记　者　我压根儿没走，在外头一直瞅着呢，还别说，这食堂里真有点儿可挖的东西。（从脖子上摘下录音笔，向秦）大爷，这是录音笔，您说说那足底踩背，您怎么就让人办了？您躲什么呀！

秦小生　姑娘，老头嫌寒碜。

记　者　那您说说您儿子拿刀捅您的事，水果刀还是菜刀？

秦小生　你饶了我吧，我瞎说的，我人来疯。

〔秦小生忙不迭躲闪到一旁。

记　者　（追问大个）那您说说蹬三轮拉黑活的事。

大　个　（也躲着）不行不行，伤感情。

记　者　（向郭）您呢？

郭传声　姑娘，别问了，你当哈哈瞧，我看着他们可真心疼。

记　者　都不说，（向永久）您怎么称呼？

永　久　我，我叫看不懂。

记　者　（念叨）看不懂，人来疯，伤感情，真心疼……还都赶辙，你们几位倒像唱曲的。

秦小生　别说，就唱曲行。姑娘，唱曲录吗？

〔女记者不感兴趣，对付着把录音笔放桌上。

记　者　随便。

秦小生　各位，请坐。（直工直令）按说，唱之前要表白表白，今天没丝弦，咱们以砖当鼓，预备下这段京韵大鼓《老来难》。即兴改编，我在您这儿就算是忘了词，荒腔走板，您就只当是小孩撒个娇，要个赖，请您原谅。

〔秦小生拿根筷子，有板有眼敲在砖头上。

秦小生　（哼过门，唱）

老来难是老来难，
劝君别把那老人嫌，
当初我嫌别人老，
如今轮到我头前，
我经常串门去观看，
听我从头说上一番。

郭传声 （插话）这是要说谁呀？

秦小生 （唱）

真心疼说话得高声喊，

没儿没女还惹人烦。

郭传声 说我呢！

秦小生 （唱）

伤感情眼花看不见，

那老山前线把血流完，

那老熟人，

走到近前把他喊哪，

他骑个三轮去挣钱。

大　个 （插话）把我也捎上了。

秦小生 （唱）

看不懂，

别人嫌他发展慢，

说妨碍进步你躲一边。

永　久 （插话）这两句是给我的。

秦小生 （自指，唱）

人来疯吃饭嚼不烂，

哎……

囫囵吞枣咽肚里边，

儿女卡中间，

好心眼儿拿刀剜，

伸手要祖产，

反倒说我馋，

哎，你说我是冤不冤！

郭传声 冤！

永　久 真冤！

大　个 （站起身，忽然唱起来）如果是这样，你不要悲哀，共和国的旗帜上有我们血染的风采……

〔大个激动过度，众人搀扶他坐下。

〔永久端来水。

郭传声 硝酸甘油！

秦小生 没带着！

记　者 120，我打 120！

大　个 （缓过来）没事，我没事。（苦涩）以前我唱这歌想哭，今天怎么想乐啊？我怎么瞅着我自己就是个乐儿呢！

郭传声 大个，就当个乐吧！

秦小生 对呀，别想糟心事了，咱们仨老破烂出去喝点儿？

大　个 喝点儿！来瓶白的！

郭传声 再来盘萝卜皮！

〔郭传声和大个、秦小生下。

记　者 （拿起录音笔，向永久）没人了，您还想说点什么吗？

永　久 想，我想掏心窝说一句，（戏谑地对着录音笔，唱）哎，你说我是冤不冤！

记　者 没见过您这样的！

〔记者护着录音笔，嫌恶地躲着他。

〔苏文同上。

苏文同 （向永久）永久，你怎么还在这儿呢，跟我走！你拦住推土机，我去找他们领导。拆，可以！一套换两套，外加补偿金！

永　久 我不去，你把我当炮灰。

苏文同 你傻到家了，这么多年白白有这么一个机会！反正我这岁数了，不见兔子不撒鹰！

记　者　请问您怎么看待老工厂的搬迁改造？

苏文同　（换了口吻）领导干部要以身作则，提高认识，顾全大局。（下）

永　久　（略带愤恨）白白这么一个机会，其实我也想争取！

记　者　您不像有那个胆儿的。

永　久　我告诉你我为什么没那个胆儿。刚才那位会写论文，您有这根笔能说话，可我有什么？我想起我爸爸来了，他叫我老老实实做饭，你说一个做饭的，没能耐没钱还没你这根笔，生气了也就捶几下面口袋，他能有什么胆儿？还指望他有办法给自己争口气？

记　者　您别抱怨，我拿笔也是干活吃饭。

永　久　做了一辈子饭，还就吃饭这事，我最不明白。

〔二胖上，后随众人，手中都拿着砖头。

二　胖　师父，听说您找砖头，连人带砖，我全找来了，您说吧，跟谁！

永　久　我要砖头砌墙，不是打架。

二　胖　我还揣俩擀面杖呢。

永　久　用不着，你走吧。

二　胖　您有事就招呼我！（下）

〔人们放下砖头。

一　人　不打架，那开饭吧！

一　人　对呀，到点儿了！开饭吧！

〔小娟从后厨出。

小　娟　都预备好了，别着急，请刷卡进。

〔人们重新排队，陆陆续续取盘子，排队。

〔分头上。

分　头　都先不要吃饭！你们有没有想过，熘肝尖、红烧肉，这是什么？还有羊肉汤！动物是有生命和感情的，它们和我们一样，是有情众生，是我们的同伴！

永　久　你要说什么？

分　头　生产一份肉，要花费14份粮食。不吃肉是可以维持生命的，人类应该回归自然。爱迪生、托尔斯泰、爱因斯坦、麦当娜，他们都是素食主义者。

永　久　谁愿意吃谁吃，你不能强迫别人。

分　头　放下罪恶的刀具，关闭充满肉欲的食堂，不要盐，不要油，戒辛辣，戒贪婪，获取天然的均衡营养，摆脱都市的喧嚣，获得灵魂的愉悦。谁都别找倒霉！

永　久　你到底想干吗？

分　头　佛说不可杀生，吃肉的人断大慈悲种子。大哥，您把绿豆倒给我吧？

〔打饭的人来了兴致。

众　人　哪儿有绿豆！在哪儿买！

记　者　（举着录音笔，向分头）我看您有号召力，您说两句。

分　头　（得意忘形）你要骗一个人，他且算计呢，骗一堆人，一骗一个准儿！（纳闷儿）我怎么把实话说了？要绿豆的跟我走！

众　人　走，不吃饭了！

〔众人蜂拥而下。

记　者　（看表，对着录音笔）现在是北京时间十一点半，今天采访很不成功，什么新闻点也没挖着，还遇见一群神经病。（向永久）人都走了，没人吃饭，你这食堂该关门了。（下）

〔食堂瞬间空了，只剩下永久和小娟。永久望着那些匆匆忙忙下去的身影，听着渐渐远去的聒噪声，驻足良久。

〔隐隐传来机器的轰鸣声。

小　娟　是推土机，开始拆了……

〔永久不说话，仔细听着那沉闷的声音。小娟望着他，陪他一起听。

〔永久缓缓走上前。

永　久　都走了……打小我就在这厂区里钻，车间、厂房，我闭着眼睛走不错地儿。但是我没当工人，我蒸馒头去了。外头那高炉一冒烟，我们这食堂跟着冒烟，那场面！爷儿俩坐一块吃饭，谁也认不出来谁，脸都是黑的！人也能吃，馒头，从手到肩膀，吃一胳膊。我眼看着他们从年轻吃到老，眼看着这高炉和食堂不冒烟了……这些都留在心里了，就跟我蒸馒头的手艺一样，丢不了！我想起那年，我攒钱给师娘买素丸子，师父说，不是什么东西都能往嘴里放。蒸这么多年馒头，不就是蒸的那口气吗，那口干干净净的气儿。要没这口气儿，小娟也看不上我，我守着她那么多年为什么？不为别的，你喜欢的，你就得守着，你对自己得有个交代！有手艺，我们饿不着，有小娟，我走到哪儿都踏实！

〔永久看到角落的自行车，走过去按响清脆的车铃，推到舞台中央。

永　久　小娟，你说咱们会离开这儿吗？

小　娟　去哪儿我都跟着你，谁让你叫永久呢。

永　久　走吧，出去遛遛。

小　娟　（接过自行车）我带着你！

〔清脆的车铃声。

〔收光。

尾声

〔还是这个地方，废弃的小锅炉、两条小火车的铁轨都经过改造成为现代与传统结合的文创产品。弯曲的小径从食堂里延伸出来。

〔戴黄色导游帽的女孩上。后随旅游团。

导　游　大家请看，这就是轧钢厂旧址，现在是产业园区。这个地方，据考证，大禹治水的时候曾经来过，历史上不少名人也在这里留下过足迹。往后边看，那是一间食堂，建于20世纪50年代，现在基本已经废弃了。

游客甲　（广东口音）食堂就会炒大锅菜！

游客乙　我们老师说，食堂是计划经济的产物，为什么不拆了建美食城呢？

导　游　对面！去年新起的美食城，里头有个大锅菜研究会，汇集了鲁、川、苏、粤、闽、浙、湘、徽各大菜系的人尖子，就是在研究怎么把大锅菜发展成一个菜系推向市场。

游客甲　这和食堂有什么关系？

导　游　那个美食城的胖总，兼大锅菜研究会副会长，就是从这食堂学徒出去的。胖总不忘本，月月给他师父开支，可他师父偏喜欢在这个食堂里蒸馒头。

游客乙 想不到这种地方还出能人。

导 游 连日本外务次长都吃过胖总炒的菜！这事我是听别人说的，（指）就是那人！

〔永久和小娟上，小娟推着那辆款式陈旧的自行车。

导 游 师傅，您把那日本外务次长的事讲讲?

永 久 好啊！

〔永久从自行车后座两边的置物架上拿出几个馒头，掰开分给众人。

永 久 （边分边讲）各位，日本外务次长秘密访华，正经事没谈，待了两天倒把嘴吃馋了，他托人来找美食城的胖总，胖总给炒了一道醋熘木须，吃得外务次长直哭。胖总见他没吃顺溜，又给拿了俩馒头。

游客甲 这下不哭了?

永 久 哭晕过去啦！他就没吃过这么好的馒头，还想要咱们蒸馒头的秘方。他左一口，右一口，吃了一口又一口……吃，吃，吃……

〔在永久鼓动和暗示下，众游客下意识地往嘴里塞馒头。

游客甲 这馒头好吃！又像发面又像戗面的，还有广东面点的味道。

永 久 您会吃，这是改良馒头。

众游客 是好吃！我买几个！

永 久 有定量，一人最多十个。

众游客 那我买十个！买十个！

〔小娟拿出准备好的一袋袋馒头，收钱，发放馒头。

〔永久叫过游客甲。

永 久 您打广东来的?

游客甲 是啊。

永　久 跟您打听个地儿，深圳罗湖您熟吗？

游客甲 从深圳机场打的，100元到130元，要提前讲价。（拉住永久）后来呢？

永　久 什么后来？

游客甲 蒸馒头的秘方给日本人了吗？

永　久 跟您说实话，胖总炒菜是真的，后边是我编的。

游客乙 胖总这么厉害，他师父是谁？

永　久 他师父？他师父……

小　娟 他师父是卖馒头的，叫馒总。

永　久 对，馒总！馒总不争气，就会蒸馒头。（问小娟）都卖了？

小　娟 都卖了。

永　久 卖完了，挣钱了，这个故事讲完了。

导　游 走，大家提好馒头，咱们去参观水泥厂和锅炉厂，经过改造，现在都是大卖场！

〔游客们跟随晃动着小黄旗的导游，下。

〔永久和小娟沿着弯弯曲曲的小径，走回食堂。

〔舞台上响起连铸机的作业声音，电炉的轰鸣。接着，工人遥远的号子声传来：连铸钢水……大包开浇……烧眼儿翻包……

〔这些声音里夹杂着食堂后厨的喊声，声音同样遥远：焯水上浆……挂糊扰芡……溜边捞肉……

〔暗。

〔完。

2024年2月7日

作品赏析

《食堂》以北京某轧钢厂的食堂为背景，着重描写了改革开放三十年来的社会变迁及转型时代下的人物命运。主人公永久在20岁时进入食堂当学徒，在改革浪潮中，谨守“右派”父亲的教诲——少读书，学手艺。他眼看着进出食堂的各种人在社会上投机取巧，内心也蠢蠢欲动，但在师父郭传声的敲打下，虽然向往外面的世界，还是老老实实地扎根在食堂的岗位上。20世纪90年代后期，企业进行股份制改造时，永久承包了食堂，成为食堂经理。迅速发展的洋快餐和饮食业冲击着原有的计划经济产物，食堂面临关门危机。永久重情重义，为了师父和员工，坚持挺了下来。到了21世纪，轧钢厂搬迁改造，食堂遭遇前所未有却又无可奈何的境况。这里留下了永久的青春、爱情和所有回忆，多种情感叫他五味杂陈。最终，永久选择用自己的方式，继续坚守在这里。剧中各类人物轮番出场，交会在轧钢厂的食堂里，展现出各个阶层、多种职业的人物群像。

评论者在谈及此剧时，常常提到“老北京”“北京味道”，将《食堂》看作“京味儿”话剧，这其实低估了剧本的价值。《食堂》的可贵之处不在于它浓厚的地域特色，而在于作者对戏的捕捉。作者目光锐利，他瞄准轧钢厂食堂，将食堂作为本剧的唯一场所，是极具智慧的选择。因为，这一场所本身便包含着矛盾，即“变”与

“不变”。食堂是吃饭的地方，正如剧中人物所言——“无论什么年代，人都得吃饭”，“食”在主人公心中是不变的，而工厂随着时代迅猛发展正处于剧变当中。身在轧钢厂的食堂里，主人公以“不变”看“万变”，却难以以“不变”应“万变”。在“变”与“不变”的复杂关系中，戏自然生发，富含哲学意蕴。全剧不乏对“食”的探讨，这隐约指向一个问题——当我们抛却所有外在因素，回归至人这一身份时，“食”能否不变？作者给了我们答案：轧钢厂食堂没有了，但“馒总”仍在故地。由此，我们得以窥见作者赋予主人公“永久”这一名字的用意，也在戏中真切感受到人作为个体的力量。

一般而言，剧作者着眼于大事，亦写大事，而《食堂》的作者却将焦点放在众多小人物及小事上。就像本剧导演顾威所说：“剧里讲述的无非是老百姓磕头碰脑的事儿”“就像我们有时候坐出租，出租车司机跟你聊的那些事儿，比较接地气儿”。写好大事不易，写好小事更难。那么，为何《食堂》能够脱颖而出？原因如下：一、作者找准了群体特征和时间节点。出入轧钢厂食堂的人物各具代表性，有尊重行业的食堂职工、有为自己身份感到骄傲的工人和干部、有投机取巧的待业青年，还有改收破烂的曲艺团演员……在改革开放的大情境下，这些人物的一举一动都成了戏，也就无须拘泥于大事小事之分。二、作者笔触细腻，通过准确动人的细节，使得小事饶有趣味；同时深谙“如无必要，勿增实体”这一原则，将所有笔墨都用在该用的地方，丝毫不会产生冗长拖沓之感。由此，琐碎的生活片段在舞台上熠熠发光，平凡的小人物走进观众心里。

本剧的最大亮点在于幽默的语言。剧中台词没有刻意雕琢的痕迹，全然是作者喜剧天赋和剧作才华的自然流露。其笔触时而锋利，一针见血，如“无脊柱类动物语言学？这是什么专业？”“专学不说人话”“瞧哥们儿这发明怎么样？新四大发明，酒兑酒，酒兑水，水兑酒，水兑水”“外企，名字好听，驻华商业部，其实就是卖芝麻和葡萄干的”；时而深沉，亦庄亦谐，如“我瞅着刚才那几位都是农民啊，不在家种地交税，都跑北京玩来了？皇粮国税，他们不交咱有的吃吗？”“我放一句话，农业税早晚取消”“凭什么”“就凭他们已经交了两千五百多年了”。浑然天成的语言勾勒出众生相，令剧本得到升华。

作为北京人艺的新剧目，《食堂》经常被拿来与《茶馆》《天下第一楼》做比较。有人说它是北京人艺延续传统之作，有人说它不必成为《茶馆》。无论如何，能够与《茶馆》并提，《食堂》的价值无须赘言。走的是新路，还是老路，并不重要，《食堂》已然为中国工人戏剧史增添了一道亮丽的光。

大国工匠

林蔚然

作者简介

林蔚然，女，1978 年生于辽宁沈阳，本科毕业于中央戏剧学院戏剧文学系，硕士毕业于中国艺术研究院戏剧戏曲学专业，博士就读于中国传媒大学戏剧影视学院。国家一级编剧、中央戏剧学院国内合作与交流处处长、北京演艺集团《新剧本》杂志原主编。北京市宣传思想文化系统文艺界别“四个一批”人才。

舞台剧作品有话剧《人间烟火》《喜相逢》《西迁》《请你对我说个谎》《秘而不宣的日常生活》《天真之笔·郁达夫》《寻她芳踪·张爱玲》《北梁人家》《大国工匠》《春暖人间》《家长会》等，相声剧《依然美丽》，京剧《少年马连良》，北京曲剧《歌唱》《无处不在》等，影视剧作品有电视剧《我们生活的年代》《无影灯下》等。作品被译成多国语言，收入剧本集及结集出版。

入选作品《大国工匠》，是 2017 年度国家艺术基金大型舞台剧新创资助项目，于 2018 年 5 月底在内蒙古自治区包头市金狮剧场首演。该剧由内蒙古自治区话剧院出品，中国国家话剧院国家一级导演吴晓江执导，先后受邀参加了戏剧东城·第二届全国话剧优秀新剧目展演季、第五届中国原创话剧邀请展、第二十一届中国上海国际艺术节等国内重大展演活动，中央电视台、新华社、《光明日报》、《中国文化报》、《北京日报》、《新京报》等多家国内主流媒体对演出进行了报道。

剧情梗概

《大国工匠》以内蒙古第一机械集团有限公司的“独手焊侠”卢仁峰为原型、新中国五次大阅兵为大时代纵贯线，将中国三代兵工人的理想、亲情、友情、爱情融入历史的洪流之中，以诗意气魄描摹了大国工匠们的人生轨迹，向观众展示了兵工人代代相传的工匠精神与军人精神。

时 间

1958 年，1983 年，2008 年，2015 年

地 点

内蒙古

人 物

郑浩天——男，中国第一代军工专家。

洪 莲——女，曾是郑浩天的恋人，小学老师。

陈之培——男，兵工厂的钳工，陈启生的父亲，洪莲的丈夫。

陈启生——男，陈之培和洪莲之子，跟随郑浩天学习，成为军工中坚力量。

余香凝——女，陈启生的爱人，跟着陈启生从北京来到包头援建，工程师。

李泉兴——男，陈启生的同龄人，焊工。

彭海洋——男，李泉兴的大徒弟。

陈阳阳——女，陈启生和余香凝的女儿。

王 西——男，陈阳阳的中学同学。

〔雷声隆隆，大雨冲刷着城市。

〔肖邦的《革命练习曲》渐起，逐渐响彻天地。

〔一艘高至膝盖的坦克模型车沿着舞台上的轨道，开上舞台。

〔老年郑浩天身上光渐起。轨道包围着他。他索性坐下。

〔又一辆民用的中国悍马从轨道开上来……

〔老年郑浩天检阅着这些模型，犹如检阅真正的千军万马。他像一个指挥家，随着革命练习曲的旋律和坦克模型车隆隆地经过，轻轻在空气中击打着。

〔大屏幕浮现出第一次大阅兵的情景。

老年郑浩天 （似喃喃自语，又像是跟老朋友聊天）我知道，我都知道。太阳一点点儿升起来了，我大气儿都不敢出……先是嗡嗡声，像一群归巢的蜜蜂，从天边慢慢来了，脚下轻轻地颤着、抖着。心里就开始跟着打鼓。紧跟着，就像从大地深处传来的隆隆声，让人心慌意乱，心里就跟揣着一群野兔子往外蹿一样……从阅兵仪式上回来的那些人，他们每讲一遍，脸上眉毛都飞出去了。他们是故意让我眼馋呢。因为，我从来都没有看过阅兵。

〔歌队中走出青年郑浩天。另一个光区起光。

〔大雨。

〔洪莲穿着雨衣，拿着饭盒和一件白衬衫上。看见实验室门外地上放着的饭盒，叹了口气。

洪　莲　（小心地拉了拉门，门从里面锁着）你又不吃又不喝，还没等建成社会主义，你先死了，我可怎么办。

〔屋内没有反应。

洪　莲　浩天，你要不给我开门，我就一直在外面等着。

〔洪莲坐在门口。郑浩天悄悄走到门口，有些无措，手上的书掉在地上。

洪　莲　我知道你在里头。我就想问你一句，咱俩什么时候去照结婚照？一周之后就是婚礼了，领导和工友们都会来热闹热闹……

〔还是没有反应。

洪　莲　（有点担心）浩天……（看看四周，有点羞涩但焦急）同志。郑浩天同志！

〔门一下子开了。头发乱蓬蓬眼睛红通通的郑浩天站在门口。

洪　莲　你终于肯开门了。我已经六天没见你了。门口的饭盒有时候吃了一口就扔出来，有时候凉透了都没动过。

郑浩天 洪莲同志，别再给我送饭了。

洪　莲 啊？

郑浩天 组织上会给我从食堂安排的。

洪　莲 那不一样。

郑浩天 没有必要再送。我想说的是……反正很快你会忘了我。

洪　莲 你啥意思？

郑浩天 你必须这么做。

洪　莲 （惊愕）你说什么？

郑浩天 请你原谅。我想咱们最好还是分开。

〔郑浩天欲关门。

洪　莲 （用手和身体抵住房门）别闹了，郑浩天同志。我还不知道你，离开我，你生活完全不能自理。

郑浩天 洪莲同志，我向毛主席保证，这不是开玩笑。

洪　莲 好了，别再说了，就当为了我委屈你一次。

郑浩天 洪莲，我想得很明白了。

洪　莲 我已经找好照相馆了。

郑浩天 我不会跟你结婚的。

洪　莲 我妈给咱俩做的被面，马上就缝好了。我爸托人弄的糖和花生还有酒已经在路上。学校里的同事，工厂里的工友们，都通知了一遍。这时候别开这种玩笑。

郑浩天 对不起。

洪　莲 ……为什么？

郑浩天 （抓抓头发）我再三考虑过了。你看啊，我这几天除了一次一次做实验，就是想咱俩这件事儿。想得翻来覆去睡不着觉。睡不着觉我就接着做实验……不用照镜子我也知道，我这模样人不人鬼不鬼的，头发脏得跟收发室的鸡毛掸子一样……

洪　莲　我不在乎！

郑浩天　是，我知道你不会嫌弃我这个德行，你会跟我结婚，给我做饭洗衣服，隔三岔五敲敲门看我是不是还活着。但我凭什么让你天天过这样的日子呢？你好好一个姑娘捡个破烂儿回家干什么？

洪　莲　我乐意啊。你有学问有本事，懂技术，能成大器办大事儿。家里的小事儿我来就好了。

郑浩天　洪莲，你是不是傻，是不是有病啊？

洪　莲　我傻，你聪明就行了。我有病，你就是药。

郑浩天　我很忙。我觉得你也是个有文化的人，我跟你说的你都能听明白。咱们就别浪费时间了。

洪　莲　所以没有时间开这种玩笑。衣服换下来我带走，明天你给我一个小时，就一个小时，照相馆的师傅我去打招呼，不行的话请他到这儿来给咱们拍……

郑浩天　没有什么结婚照。

洪　莲　你说什么？

郑浩天　洪莲，没有了。

洪　莲　……

郑浩天　我已经想好了。我的生活里现在没法再装下你了。我满脑子都是以后几十年的事儿，那里头要是有你，我会后悔的。

洪　莲　你……有别人了？

郑浩天　没有。

洪　莲　我是不是哪儿做错了？你告诉我，我可以改。是啊，上次我发烧不该埋怨你不来看我，你那么忙，我还跟你闹别扭。我来给你送饭也不再乱敲门了，结婚照你不想拍没问题啊，咱们以后再说，等咱们有了孩子，一家三口一起拍。

郑浩天　你没做错什么。是我不好。我不配跟你结婚，不配当你的丈夫。趁着现在还来得及……你应该有幸福的家庭啊……洪莲，你走吧。我要继续工作了。

洪　莲　……

郑浩天　（微笑）照顾好自己。要是有重体力活就找陈之培，让他帮你，或者来这儿找我……只要我没有在做实验，一定去帮忙。

洪　莲　只剩下七天了。

郑浩天　是啊。就剩下七天就要交图纸了……外国人说中国人不能制造坦克，我郑浩天偏要给他们看看！就在今年，1958年中国就要造出第一辆坦克！阅兵倒计时了……这是重大任务……我急得睡不着啊……这雨一直没停……哗哗地都下在我心里了……我一分钟掰成八百瓣儿都不够用啊，你快回去吧。不能功亏一篑，咱俩都成了历史的罪人，要当罪人我一个人来。那什么，要是你还能把我当朋友，哪天看见我饿得倒在门口，给我扔个你亲手蒸的窝头来。

洪　莲　我是想提醒你，还剩七天咱俩就要办婚事了。

郑浩天　现在你解脱了。祝贺你！相信我，时间会证明一切的，等你老了，头发白了，昏昏欲睡地想起今天这一切，也许你仍然会觉得郑浩天是个王八蛋，但是你会觉得这一切都是对的。

〔洪莲把手里的饭盒递给郑浩天。

洪　莲　面条趁热吃了……这是我最后一次给你送饭了……这件白衬衫是我托人从上海带来的，本想婚礼的时候给你穿，现在看起来用不上了。送给你做个纪念吧……

〔郑浩天有点不敢接。

洪　莲　拿着吧！郑浩天同志，好好工作，好好生活。我走了。

郑浩天 （看着洪莲慢慢离开，忽然地）哎！

〔洪莲停下。

郑浩天 （走过去，用袖子给洪莲擦了擦头发上的雨水）擦干了，别感冒了。

〔洪莲一把甩开郑浩天。

郑浩天 走吧。就跟所有人说，我是个坏人……随你怎么说。希望你别太恨我……你走吧！

〔郑浩天疾步走回实验室，门关上了。

〔洪莲眼泪涌出，她快步跑下。

〔实验室的门开了，郑浩天冲出来，看着洪莲的背影。

〔雨更大了。穿着工服的陈之培上。险些跟洪莲撞个满怀。

陈之培 洪莲，你怎么了？

〔洪莲失魂落魄地跑下。陈之培走进实验室。

郑浩天 我都跟她说了。

陈之培 你说什么了？

郑浩天 说我不能跟她结婚了。

陈之培 你别开玩笑了。

郑浩天 真的。

陈之培 （一拳打在郑浩天脸上）你他妈浑蛋！

郑浩天 陈之培，我最重要的决定有三个：第一个是毕业后决定回国，参加祖国建设。第二个就是从北京到咱们包头三机厂，啃这块能把牙都硌断的硬骨头！都说这是不可能完成的任务，我郑浩天偏偏不信！这第三个，就是今天。我不能对不起这份事业，差一毫一厘都不行！洪莲不是我第一个喜欢的女人，但她是我第一个想要跟她共度一生的女人。我甚至预感到跟她结婚之后，我可能会消磨掉工作的斗志，只想待在她的身边……我不是为了这个回国的。可能我这辈子都成功不了，我这条命也会交给这份事业。我已经选择了事业，无法再选择爱情。我不能耽误她……知道你小子也喜欢她，我早就看出来了。咱俩是好哥们儿，你的人品我信得过。要是她也愿意……就这样吧。欠她的，我找机会补偿……如果我还有机会的话。

〔陈之培傻了。

陈之培　不不，我从来没敢想过……我配不上洪莲……

郑浩天　（给陈之培一拳）别他妈等我反悔……去吧，去找她！

〔陈之培愣怔着，倒退几步，离开了实验室。他跑出去，发现洪莲坐在雨里，呆呆地发愣。

陈之培　（走过去坐在洪莲身旁，笨嘴笨舌地企图开解洪莲）今天天气不太好……

洪　莲　……

陈之培　其实我是想说，你别哭了……

洪　莲　我没哭。

陈之培　那就是雨太大了……其实，我全知道了。

洪　莲　你早就跟我说过，郑浩天是个怪胎。

陈之培　就是。

洪　莲　我一直觉得我能改造他，现在看来，我太自不量力了。

陈之培　太难了……

洪　莲　你觉得我好吗？

陈之培　好。我们厂里的工友都说郑浩天这个怪人有福，能找到你。你有文化，还能干，长得也好看，还会照顾人……

洪　莲　可惜他不这么想。陈之培，我结婚的日期已经定了。你愿意的话，请组织批准我跟你结婚吧。

陈之培　（意外地）真的？！

〔歌队扮演同事们，有吹口琴的，有吹笛子的，有拉二胡的，有拉手风琴的。吱吱嘎嘎的热烈演奏之下，陈之培和洪莲的婚礼如期举行了。

〔陈之培和洪莲上。歌队给陈之培和洪莲递上新衣服。洪莲义无反顾地穿上，陈之培有点发蒙，但惊喜地也穿上。

〔郑浩天把头伸出走廊，他看见陈之培打着伞，跟洪莲走远了。他一直目送他们。他穿过实验室，埋首各种模型、模具之间，奋笔疾书。

〔歌队。

歌队 A 从天上掉下来的馅饼，砸着陈之培了。

歌队 B 吃别人嚼过的馅饼能香吗？

歌队 C 要饭还嫌馊？

歌队 D 嘘，这是婚礼，你们有点参加婚礼的样儿。

〔大家都有点尴尬但是热情万分。老年郑浩天慢慢地走上台，站在结婚场地里。

老年郑浩天 我看这个婚礼办得有点尴尬啊。

歌队 A 真挺尴尬的。

歌队 B 没听说过结婚前换丈夫的。

主持人 我宣布婚礼正式开始，祝我们的三机厂车间劳模——

歌队 C 陈之培同志。

主持人 和三机厂子弟小学优秀教师——

歌队 D 洪莲同志。

众　人 百年好合！

歌队 E 早生贵子！

歌队 F 为社会主义建设，为咱们早日攻关，贡献力量！

〔陈之培喜滋滋地笑着，感谢着大家。洪莲绷着小脸，看不出表情。

〔投影幕上闪现各种数字，各种算式的变化。终于定格。

〔郑浩天从模型和模具中抬起头，把图纸抛向天空。他抓过洪莲送他的白衬衫穿上，一边飞快地系着扣子。

〔郑浩天出现在婚礼上。大家看见了他，安静下来。音乐还在响。

陈之培 浩天……你来啦。

洪　莲 （看见郑浩天，眼泪一下子掉下来）……

郑浩天 之培……我算出来核心的数据了，分毫不差。这个项目前后五年，所有的人都在等着今天。洪莲，我知道你会为我高兴的，所以我第一时间跑来告诉你。

洪　莲 祝贺你……

郑浩天 今天是你和陈之培大喜的日子！

歌队 A 是啊！

郑浩天 我想送一个新婚礼物给你们。

歌队 B 应该！

郑浩天 可我没有时间去准备。

〔众人起哄。

陈之培 你能来就是送份大礼了……

郑浩天 那什么，好好照顾洪莲。她要是不幸福，我找你算账。

陈之培 你放心吧！

众　人 放心吧！

郑浩天 （欣慰又难过）……我，我来给你们唱首歌吧。祝贺你们的婚礼！（轻轻唱起《小路》）

〔手风琴和口琴声变得柔和，为歌声伴奏。

〔在优美深情的歌声中，洪莲泪流满面……陈之培抚慰地搂紧洪莲的肩膀。

〔歌队往新郎新娘头上撒着花瓣。花瓣也落在青年郑浩天和老年郑浩天的身上。老年郑浩天伸手去接花瓣，他回身凝视着一对新人。

老年郑浩天　那个时候，我知道我不能回头。但现在我可以了。我目不转睛地看着他们，我的爱人和我的朋友，在今后的人生长路上，即将搀扶着走下去。我庆幸自己做出了这样的选择，在我即将走完一生的时候，我不后悔。

〔老年郑浩天深情地吟诵着向恋人洪莲告别的诗歌：

“我为这一切而快乐：城市正被冲洗，
那些房顶，昨日还蒙蔽尘埃，
今天，却似光洁的丝绸般发亮，
闪烁白银的缕缕光芒。

我高兴，这雨越下越大，
你躲进陌生的楼梯口，
倒提起潮湿的雨伞，
抖落去雨水。

我高兴，你走过这里，
毕竟我还是看见了你，
而充满激情的春天
也是这样美妙无邪地飞掠而去。”

〔影像：1959 年 10 月 1 日。阅兵。

〔歌队舞蹈化的肢体表演配合中，洪莲从怀孕到诞下新的生命，一气呵成。陈之培狂喜。

〔肖邦夜曲 18 号作品。

老年郑浩天 1959 年 10 月 1 日，共和国十周年阅兵式，铁流滚滚中，中国人不能制造坦克的历史正式宣告结束。中国自主研发制造的 32 辆“五九式”主战坦克和“红旗牌”检阅车首次亮相国庆阅兵式。我们技术保障的队伍一直在等待前方传来的消息……当铁流通过天安门广场，我们长久地欢呼着，嗓子都哑了。欢呼声中，好像有心灵感应，洪莲和陈之培的儿子在阅兵的乐曲中呱呱坠地，取名陈启生。陈启生就以这样的方式，参与了第一次大阅兵。时光飞逝，启生一晃也应该 24 岁了。

〔光收。

〔24年后。

〔歌队营造出锣鼓喧天的气氛，椅子摆满了舞台。“拜师喽！拜师喽！”

〔三机厂的大规模拜师仪式即将开始。师父们端坐在椅子上，徒弟们纷纷给师父倒酒，敬拜师父。

主持人 三机厂总装电焊车间拜师仪式现在开始，有请张师傅！

〔三个徒弟拜师。

三个徒弟 学习师父！勤奋钻研！又红又专！

主持人 有请唐师傅喝拜师酒！

〔五个徒弟给师父敬酒。

众　人 勤学苦练，学好技术！一日为师，终身为父！

主持人 有请陈之培，陈师傅！

〔陈之培端坐在中间，李泉兴敬酒。

陈之培 （端详着李泉兴）龟背蛇腰兔子头，都是见利忘义之人。龙眼毒，凤眼刁，三角眼的不能交。我看你相貌堂堂，孺子可教。（给李泉兴倒上一缸子白酒，递给他）干了这杯，你就是我陈之培的大徒弟。

李泉兴　（诚惶诚恐）陈师父。

陈之培　把陈字儿给我去了。从今儿起，你只有我一个师父。

李泉兴　师父！

陈之培　嗯，喝了！

李泉兴　我，我没喝过白酒……

陈之培　一口喝了。不许捯口换气！

〔李泉兴一咬牙，越喝越快，酒杯放下，已经晕了。

陈之培　今天这一杯是练胆儿的！

唐师傅　有股虎劲儿，跟着陈师傅能当个好焊工。

陈之培　当我陈之培的徒弟，得能吃苦。

李泉兴　我不怕苦。我从小在农村长大，家里穷，考上三机厂不容易，我一定好好学。

陈之培　那就好！只有吃不了的苦，没有过不了的河。机器一开，咱们三机厂和整个国防的大事儿，都在咱们的手里攥着！学艺不精，撒汤漏水，可是要出大事儿的！（拿起一根焊条掷向李泉兴）拿着！

李泉兴　（接过焊条）是，师父！

陈之培　这就是根焊条，该怎么拿？

李泉兴　（迅速找到合适位置）是！

陈之培　（认真地教着）匀速前进，注意摆动！直线运行是基本功！往复运动要熟练稳定！地心引力对金属有吸引力，为了克服这种力量，要边前进边打圆弧、打折线、打斜线……

李泉兴　（入迷地跟着陈之培练习）……

陈之培　（入神地）你用心看，焊缝的肌理非常神奇！熔池里，可以观察到无穷无尽的变化。用放大镜看，有上万次的数不清的跳动！所有的焊接都会变形！只要受热就会变形！一个好焊工，要学会控制变形的程度，四毫米是生死线！

〔光聚焦在陈之培师傅和年轻的焊工李泉兴身上。周围师徒隐去。

〔另一光区起。陈启生身手敏捷、左顾右盼地从郑浩天家窗户爬进屋。屋里没有人。

郑浩天 （开门从门外进来，伸手抓住陈启生的脖领子）敢来我这儿，还没被你妈打断腿吗？

陈启生 嘿嘿，疼。

郑浩天 手里拿的啥？

陈启生 中国第一辆新式坦克，就诞生在郑叔手里了。

郑浩天 （一把抢过来）别扯坏了，还是回家听你妈的话，做个乖宝贝儿。不要来沾我的晦气。

陈启生 晦气？

〔陈启生手脚麻利地给郑浩天掏出一瓶酒和一个饭盒来，拿出俩杯子。

〔郑浩天眼睛一亮。

陈启生 郑叔你看，这是我爸藏的酒。还有我妈做的红烧肉。

郑浩天 是你妈让你拿来的？

陈启生 不是，是我偷偷拿的。

陈启生 我今儿，就是来拜您为师的。

郑浩天 （咽了口唾沫）不搞旧社会收徒那套。我从不收学生。

陈启生 我知道，您就是等我呢。虚位以待。

郑浩天 口气不小。

陈启生 当您的学生，得有您的门风。

郑浩天 想当学生得考试，考过了再说。

陈启生 考吧。

郑浩天 三个问题。第一个，为什么在北京毕业了却回到包头？

陈启生 包头是我家，我是包头的孩子，当然要回家。您不是包头人，不也在包头待了二十六年？

郑浩天 第二，为什么选择军工行业？

陈启生 更好回答。军工是使命，是国家最重要最神秘的工作！从小我就想好了，要和郑叔一样，当一个“反动”的学术权威。

郑浩天 第三个问题，为什么非找我学？

陈启生 你是三机厂技术顶尖人物啊！在军工行业里你就像大明星一样，《追捕》里的杜丘。

郑浩天 杜丘？

陈启生 就是高仓健，冷峻，有男人样儿。我在家模仿你把头发弄得乱七八糟，你看，胳膊都被我妈掐紫了。

郑浩天 孩子，你浑身还散发着奶味儿。趁你还没后悔，我要警告你，留在北京进科研单位可以有更好的发展。

陈启生 我知道。

郑浩天 这里不是摇篮，是战场，是淬火的大钢炉。它会让你筋骨断裂。想要百炼成钢，自己先得是块铁。

陈启生 是不是铁，我还不知道，但我明白，这块土地需要我。

郑浩天 （眯着眼睛打量着陈启生）知道吗，当我的学生可不是件容易的事，我会折磨你的，让你生不如死。

陈启生 我不怕。

〔娇小的余香凝拎着行李上，绷着小脸儿站在郑浩天家门口。

余香凝 陈启生，你出来！

陈启生 （紧张地）哎！余香凝！我在这儿呢！你提溜个行李干什么？

余香凝　陈启生，我是来跟你告别的。

陈启生　你去哪儿啊？

余香凝　回北京！我受够这儿的风沙了。来了半年了，脸上嘴上都是口子，这个还没长上，那个就裂开了。还有你，你根本就不关心我。

陈启生　（蒙了）我没！没啊！

余香凝　你有！我告诉你，我就是为了你来的，你热血上头非要回包头，我跟着你来了。可自从你回来了，根本心里就没有我了，把一个破厂区转得掉眼睛里就出不来了。我为什么还要在这儿！

陈启生　香凝，你今天怎么这么大火儿？

〔郑浩天看着余香凝，仿佛看到了当年的洪莲。

老年郑浩天　他们俩让我想起了当年是怎么认识洪莲的。

〔回忆。光启。孩子们的笑声和惊叹声。青年洪莲从歌队里走出。

青年洪莲　同学们安静，就快结束了。

郑浩天　这是征服者重型坦克，小朋友们，这个是意大利的坦克新品种……不久的将来，咱们中国也会有自己的坦克工艺！

青年洪莲　孩子们，感谢工程师叔叔为我们做的精彩讲解！班长，让同学们集合，在车间门口等老师。

〔喧哗散去。

郑浩天　哎。

青年洪莲　我不叫哎。

郑浩天　那什么，我知道你名字：红莲，碧水上的一朵红色的莲花。在内蒙古包头这样的地方，恐怕还没开，就被风把脸吹裂了。

青年洪莲　我是洪水里的莲花。我连洪水都不怕，还怕这点风吗？

郑浩天 （拦住洪莲）我刚才还有一段没讲完呢。

〔轨道上开过坦克战车模型。

郑浩天 （骄傲地）这是我按照“二战”著名坦克战役的格局摆放的沙盘。每天我都会摆出不一样的阵型！

青年洪莲 你真是个疯子。

郑浩天 面对战争，没有疯子是打不赢仗的。军工事业也是一样，需要我这样的疯子。

青年洪莲 你疯得还挺有意思。

郑浩天 （向跑下场的洪莲喊）你结婚了吗？你，有男朋友吗？

青年洪莲 都没有。

郑浩天 那么，属于我的战斗打响了。我将驾驶着坦克，向你方前进！

〔洪莲抿嘴而笑。美丽的她在光里隐去。

陈启生 香凝，那咱们就说定了，咱回家。

〔歌队里走出现实中的洪莲。陈之培跟在后头。

洪　莲 （拿着根焊条）陈启生，你给我下来。

陈启生 （躲进郑浩天家里）我不！

洪　莲 你亲爹亲妈都在这儿呢，不能看着你吃里爬外，把家里东西偷着抢着往外人那儿拿。

陈之培 行了，一瓶酒的事儿，老郑喝了又不是别人喝了。

洪　莲 别人没事儿，给他不行！郑浩天，你别想把启生教成一个疯子。我不允许！

〔郑浩天生气地指着陈启生出去。陈启生灰溜溜走出来。

洪　莲 （对陈启生）告诉你，干军工这行可以，不许沾郑浩天。跟我回家。

陈启生 我不回家。

洪　莲　为了这么个疯子，你跟我顶嘴？！

〔洪莲盛怒之下举起焊条要抽儿子。

余香凝　（比陈之培还快，挡在陈启生面前）阿姨，启生这么大的人了，别当着这么多人抽他。要抽就回家抽，我帮您按着他，您可劲儿打，也帮我出出气。

洪　莲　姑娘，你是启生的同学吧。虽然启生没带你回家，我也听说了，你是奔他来的。阿姨想劝你一句，能回北京就回北京吧。

余香凝　那您帮我劝劝启生，让他跟我一起回。

洪　莲　他是不想回北京的。当妈的知道儿子的心思。我真是巴不得他不回来。你跟着他，在内蒙古包头当一个兵工人的家属，纯属是自找苦吃。

余香凝　可您也是兵工人的家属啊。您就甘心吃这个苦。更何况，我也是兵工专业的大学生。要是陈启生心里有我，我也可以留下。

洪　莲　我是来不及吃后悔药了。你还年轻，有的选。

余香凝　（一着急）我也来不及了！陈启生聪明，专业好，有才华，人又好。我，我就是喜欢陈启生。他对我冷淡也好，不把我放在眼里也好，我都喜欢他。（说了实话，自己一下尴尬得恼了）陈启生，我再问你一遍，你到底走不走？

陈启生　余香凝，我没有对你冷淡，我心里一直有你。我是怕你跟我回来，将来后悔。我不走，我也不让你走！

余香凝　好！那我也不走了。

陈启生　真的？

余香凝　我走了，将来别的姑娘跟你成了家，我不高兴。你在哪儿，我就要在哪儿！

〔洪莲看着余香凝，郑浩天看着洪莲。陈启生一把拉过余香凝的手，把行李接过来。

郑浩天 （走下来）洪莲啊，看在这姑娘的份儿上，你们母子俩就别拧了。她不走，启生也能踏踏实实留下。这是他的理想。你就这么一个儿子，心疼他就帮他一把。别为了过去的事儿，挡了孩子将来的路。

陈之培 （对洪莲）郑浩天是个设计天才，也是个不要命的疯子。不学他疯。学他的本事。

洪　莲 以后这个家你做主。你儿子培养成什么样跟我没有关系。

陈之培 别，小事儿你做主，大事儿我做主……反正咱家没什么大事儿……儿子跟老郑能学到真本事，要不，就放手让他去吧。

洪　莲 （垮下脸）陈之培！你就是个缺心眼儿的二百五！早晚跟你过不下去！早离早好！

〔洪莲掉头就走。

陈启生 老师，谢谢你帮我说情。那咱俩这师生关系就这么定了，不许反悔啊！从今后三机厂就有两个高仓健了。

〔陈启生拉着余香凝欢快地跑远了。

〔后景，陈启生带余香凝栽下一棵橡树的树苗。歌队扮演的厂里其他的大学生也都种下树苗，种下他们心中的一片希望……

陈之培 老郑，你给我们家儿子吃什么迷魂药了？

郑浩天 我开门见山了。我想要启生当我的学生。

陈之培 洪莲的脾气，你又不是不知道。

郑浩天 当年让你照顾洪莲，算你帮我一把。这回，你还得帮我。

陈之培 第一，我得纠正你，是洪莲照顾我。我媳妇儿必须贤惠，家里外头大事小情一把抓。这也不叫我帮你，是你帮我。我得谢谢你成全我们。第二，洪莲是我媳妇儿，我孩子的妈。我当然要照顾好她。这么些年，我敢拍胸脯说，我没让洪莲沾过一滴凉水。换你，能把她照顾得更好？！

郑浩天 行行行，一说还来劲了。回到正题，启生他是棵军工的好苗子，不培养就荒了，培养不好就长歪了。我想亲自教他。

陈之培 我常想，我在这世界上，最重要的两个人，就是洪莲和启生了。你怎么都惦记着啊，你离我们全家远点行不行？

郑浩天 （面不改色）哎，是谁非得住我宿舍楼下啊。能挑个朝向好的房子非不去。你怕我自杀啊？发个烧你天天送饭，偷偷摸摸趴门缝看我是不是死了，我都逮你好几回了，自己不知道啊？

陈之培 （有点尴尬）我是怕你一个人，狗屁也不会，在家饿死。到时候，还得我给你收尸。

郑浩天 我谢谢你了。

陈之培 （叹气）我把启生反锁在家，锁得住他的人，锁不住他的心啊。我明白了，我这半辈子不是为洪莲活着，也不是为启生，全是为了你这个王八蛋啊。

郑浩天 可我是为了什么活着呢？为了美。坦克和大炮的皮肤和线条，比女人更优美……咱们献出半辈子给军工事业，不就是为了让祖国焕发出自信的美，让每个公民的表情都变得更美吗？你也是公民，我也为你活着。

陈之培 怪不得女人都喜欢你。你整这些没啥用的词儿倒是把好手。

郑浩天 这叫文化。

〔收光。

老年郑浩天 虽然洪莲态度坚决地不允许启生当我的学生，可说归说骂归骂，还是默许了。启生很快成为青年主力工程师。1983年11月，在邓小平同志的亲自部署下，中共中央书记处专门召开会议，研究布置35周年国庆的庆祝和阅兵筹备工作。这将是1959年之后，25年来第一次盛大的国庆阅兵。为了不使路面受损，中央要求参阅坦克配备挂胶履带板。三机厂接到了短时间内制造38辆79式坦克的任务。在那个回暖的年代，我和陈之培像打了鸡血一样，充满了幸福感。

〔车间厂房。歌队戴上安全帽，扮演工人。机器声隆隆。

〔郑浩天和陈之培神情凝重。

郑浩天 老陈，你的硬仗来了。

陈之培 （紧了紧安全帽）我等了25年了。大家加把劲呀！

陈启生 师父，这是现在厂里的情况。这么短的时间生产38辆坦克，咱们只能另辟蹊径了。

郑浩天 启生，你有什么建议？

陈之培 他一个乳臭未干的娃娃，这不是他说话的地方。

郑浩天 大胆说。

陈启生 ……目前厂里的生产线，完成阅兵任务的生产能力显然是不足的。购买大量国外自动机床需要大笔资金，不可行。完全依靠机床精度，也无法达标。我提议，为了质量，我们要动用全厂工人用手工的方式来打磨机器零部件！

众　人 手工？

〔歌队中动摇的情绪四起。

歌队A 一个大学生，刚到厂里，他不了解实际情况！

歌队B 这是靠人力去拼，得需要多少个钳工夜以继日去干！

歌队C 这是不吃不喝不睡也不可能完成的任务！

陈之培 启生，你说话要经过大脑。你有没有想过，这么大量的工作要是完不成任务，这个责任由谁来担？

陈启生 我，您，大家。咱们一荣俱荣一损俱损。要是零部件达不到完美，会直接影响到阅兵的成败。那个时候，也同样是我们一起承担责任。

陈之培 （看着陈启生）你好像有点说服我了。

歌队A 现在不是您帮儿子进步的时候。

歌队B 完成不了任务……

众　人 大家可要吃不了兜着走！

歌队C 郑工，需要您拿出意见！

歌　队 郑工，您是权威，我们听您的。

郑浩天 6级钳工的精度高于95%的自动机床，8级钳工就是一个工厂的宝贝，横扫一切自动机床。你们每一个人都是三机厂的骄傲。时间紧张、任务重大、不可出错，这是一件艰难的事情。但启生说得对，我们只能背水一战，别无选择！这关乎三机厂的荣誉，关乎国家的形象。从今天开始，你们二十四小时都能在厂房里找到我。配合生产，随时调整方案。当坦克方阵通过天安门的时候，我们的血和汗会在太阳底下闪耀光芒！

〔沉默。随着郑浩天的话，汉子们的荣誉感被唤起。

陈之培 泉兴！

李泉兴 师父，我在！

陈之培 拼命也要拿下！

李泉兴 放心吧，师父！

歌　队 放心吧，师父，放心吧，郑工！

〔舞蹈化的处理。陈之培带领李泉兴为首的焊工们，夜以继日攻关。台上火花四溅，焊工们手拿焊帽手持焊条，不辞辛苦地用手焊来打磨零件。他们艰苦而充满激情地工作着。动作充满粗犷的美感。肖邦的练习曲在天地之间激荡。

〔李泉兴在舞蹈化的动作中，分外凝重。他的呼吸越来越粗重。歌队挥汗如雨。

〔舞台上灯光明暗之中，时间流逝……

〔车间里，由歌队扮演的工人们，动作越来越整齐划一。李泉兴的动作却开始凝滞。

陈之培 泉兴，你怎么了？

李泉兴 没事儿，师父！

陈之培 你眼神儿不对。

李泉兴 没事儿，师父……

陈之培 到底怎么了！

李泉兴 我睁不开眼睛……

陈之培 你给我盯住了，别走神儿！

〔话音刚落，李泉兴手里的焊条飞了出去。

〔音乐戛然而止。焊工们停止了动作。李泉兴也吓傻了。他连滚带爬地碰到了机器的下挡板控制键，传送带拖着李泉兴的胳膊，机器卷着李泉兴的手往纵深推去。

〔时间仿佛拉长了。陈之培本能地去救李泉兴。

〔陈之培不顾一切地抱住李泉兴推开，惯性把他的手卷了进去……

郑浩天 快断电！

陈之培 泉兴！啊——

众　人 （一拥而上）陈师傅！

〔光暗。洪莲不顾一切地跑上来。拨开围观的歌队。

洪　莲 老陈，你不要怕，有我在呢！

〔陈启生和怀抱孩子的余香凝身上追光留。歌队扮演医护人员，只有一片安静中的手术刀剪之声。处置抢救后的一片安静。

陈启生 （哭了）妈……

洪　莲 （脸色苍白）别哭，孩子。坚强点儿。你爸他没大事儿。

陈启生 是我提议用手焊的。是我害了我爸。

洪　莲 你爸他太累了，需要休息。你也好好睡一觉吧。你们俩也都回去吧。

余香凝 妈，让我们一块陪着爸吧。

洪　莲 香凝，你赶快回去吧。你这月子还没坐踏实呢，心脏好点了吗？心脏上的事，可不是小事，你要照顾好自己。

〔孩子哭。

洪　莲 看我们阳阳多好看呀！听话，回去把家安顿好。

陈启生、余香凝 妈，放心吧。（下）

〔躺在病床上的陈之培身上光启。

陈之培 泉兴呢？他手没事儿吧？

〔李泉兴身上光启。

李泉兴 师父，您的手……（悔恨自责）您为什么要救我啊，您的手比我的金贵啊……

陈之培 没事儿就好！师父再强，早晚得有抓不住焊条的那一天，到时候三机厂就靠你们了。转告启生，别担心。今天的事儿，只怪我头脑不清楚，应该先断电。我是带队的人，有事故，我担着。

李泉兴 师父，我，我没脸见你。我满脑子都是那天的事儿，我三天没有睡觉了……我没那么坚强，溜号了……我不知道怎么才能弥补。我想辞职，离开三机厂，等我有了出息，我回来给你养老。

陈之培 你放屁！我白收你这么个徒弟！你给我打起精神冲上去，

你不是自己一个人，是带着你师父一起冲！

〔郑浩天身上光启。陈之培不看他。

郑浩天 （从怀里拿出瓶酒来）朋友带的东北小烧。就等今天，一起庆祝。

陈之培 庆祝我残废了？

郑浩天 这叫重获新生。（给陈之培和自己都倒上）来吧，干了这杯。

陈之培 以前握酒杯，还有五个手指印。这次捡回一条命，吃饭的家伙没了。

郑浩天 乌鸦喝不着水，用嘴叼石头填井。喝饱了水，飞得比人高。

陈之培 ……

郑浩天 一个大活人，三机厂的技术大拿，你比乌鸦还不如？

陈之培 我告诉你，我陈之培不是靠手才当上三机厂的技术骨干。我是靠我的脑子，靠我有毅力，靠我比别人勤奋！我不用你可怜，你把你的酒给我拿走！

郑浩天 （乐了）你怎么那么死心眼儿啊？

陈之培 我乐意！你来我这儿找优越感有用吗？我本来就不如你。你文化水平高，长得精神，留过洋，你招人喜欢。我就是普普通通的一个焊工，是你的跟屁虫。

郑浩天 你连我的跟屁虫都算不上！因为你不爱看书，不爱学习。

陈之培 （急了）你放屁！我怎么不爱看书了？你看我那两面墙的书架上，摆的难道都是手纸吗？

郑浩天 你都看过吗？拿着当家具摆着吧。

陈之培 （气结，把枕头掀起来）你看看，看看！

郑浩天 《毛衣编织法》？

陈之培　（颓然）……也得找点事儿干吧……我这双手，还想把这次阅兵的任务漂漂亮亮完成，还想把徒弟们托起来，让他们成材……现在可能都泡汤了。

郑浩天　阅兵有你坐镇指挥，生瓜蛋子都能长成好材料。

陈之培　你是不是觉得我可怜，跑这儿来哄我来了？

郑浩天　你看你倔得像头驴似的。我可怜你干啥？我是怕你……

陈之培　你能怕我啥？

郑浩天　怕你一生气撂了挑子。

陈之培　我陈之培什么时候撂过三机厂的挑子？！

郑浩天　老陈，我知道你要强！（故意地）不过，你这手，要是真的拿不了焊枪了，也得有个思想准备。不行你先织件毛衣给我看看……

陈之培　（急了）屁话！我怎么就拿不了了？别人能用嘴写字画画，能用脚弹钢琴，我怎么就不行了？我还有一只手呢。老郑，我告诉你，我只要有口气儿在，我迟早还得回线上去。（下床从旁边抽屉拿出几本书）你看看这些书，都是我这些日子看的。我想重新研究一下当下的焊接技术，给泉兴他们带个好头。

郑浩天　那《毛衣编织法》……

陈之培　我不好意思当着人看，就拿洪莲的书打掩护……

郑浩天　看你这股子劲儿还在，我就放心了，三机厂也放心了！这几天，孩子们精神头儿都没了，怕你不要他们了。

陈之培　我真想他们……等我研究出怎么用嘴叼焊帽，我还能当他们师父！

〔陈之培拿起酒杯，豪气地一饮而尽。郑浩天笑了。

陈之培　洪莲。

洪　莲　（拎着菜上）干什么？

陈之培　让徒弟们来把我的病床搬到现场，我要看着泉兴他们。手现在不行了，眼睛还行，嘴还行！

〔肖邦的革命练习曲渐渐起。歌队围拢，推陈之培病床。李泉兴擦干眼泪拿起焊帽归队。

李泉兴　师父！

陈之培　徒弟，靠你了。

〔李泉兴点点头。

陈之培　匀速前进，注意摆动！打圆弧、打折线、打斜线！

〔李泉兴仿佛回到了用筷子入迷地跟着陈之培练习的最初时候，他安静下来，变得稳健。

陈之培　你用心看，焊缝的肌理非常神奇！熔池里，可以观察到无穷无尽的变化。用放大镜看，有上万次的数不清的跳动！所有的焊接都会变形！只要受热就会变形！一个好焊工，要学会控制变形的程度，四毫米是生死线！

〔李泉兴渐入佳境，歌队也跟随他的节奏，那个力与美共举的团队重新回来了。

陈之培　到了！反变形！逆向焊接！

众　人　逆向焊接！

〔一片安静！

〔时间和动作再次被拉长变形。李泉兴和歌队在安静中喜不自胜，激动不已，他们和陈之培含泪拥抱在一起……

〔大屏幕影像。1984 年 10 月 1 日，国庆阅兵，北大学子举出标语“小平你好”走过主席台……

〔陈之培和洪莲、陈启生、余香凝望着大屏幕。

老年郑浩天　（身上光启）1984 年 10 月 1 日，3 个新型挂胶履带坦克方阵通过天安门广场，接受党和国家领导人的检阅，向全世界展示了中国坦克制造业的实力，奏响了震撼世界的中国坦克进行曲，我又一次在三机厂派出的保障队里，侧耳听见几公里之外天安门的欢呼声。这一次，我身边少了陈之培。但我觉得，他就在我身旁。

〔老年郑浩天身上光收。

2008年

〔光启。《北京欢迎你》的音乐隐约衬底。

〔李泉兴的大师工作室挂牌成立仪式。

〔王西被爷爷王师傅押着上。他穿着运动鞋，大肥裤子，帽衫。王师傅身上还系着围裙，穿着食堂的工服。

王　西　您别拧我胳膊啊。您还让我学焊工，拧脱臼了，我可没法学了。

王西爷爷　你少跟我来这套。这都是我玩剩下的。小时候你太爷爷让我学面案，我压根儿就不想当厨子，怎么着了?！

王　西　吊起来揍！

王西爷爷　你就欠这个，觉得我不敢是不是?

王　西　哎哟，哎哟……

王西爷爷　你怎么了?

王　西　胳膊脱臼了……

〔王西看见爷爷紧张的表情，忽然乐了。

王　西　哈哈，逗你玩儿呢。爷爷，我走了啊！

王西爷爷　你干什么去?！

王　西　啊，这不是要拜师了吗？我整整衣服，发型都乱了！

（跑下）

王西爷爷　孙子，你给我站住！回来！（追下）

〔李泉兴西装笔挺。大徒弟彭海洋在旁边张罗着。陈之培、李泉兴、洪莲都来庆贺。

彭海洋　师爷，您坐中间！

陈之培　不行不行，今天是你师父泉兴收徒，我就是来助个兴。

李泉兴　师父，没有您哪有我啊。

洪　莲　你就听你师父的吧。不然他又生气，倒霉的是我。

郑浩天　你们都不坐，我可坐了啊。（直直腰）

陈之培　你滚一边去。哪都有你。

郑浩天　我也是来捧场的，你看我，连西装都穿上了。

陈之培　（喜气洋洋地）老郑啊，收起你那资产阶级知识分子的嘴脸。我们手艺人，讲究传承。这事儿，你不懂！（推开郑浩天，让李泉兴坐下）

郑浩天　你少来劲啊。这都几点了，你那徒孙还来不来啊？不是反悔了吧……

〔王西爷爷押着王西到了门口，王西爷爷松开手，王西撒腿就跑，王西爷爷脚下使绊，王西差点狗啃泥，摔进屋里，扑到李泉兴面前，直接扑倒在地。

王西爷爷　没反悔，没反悔！

郑浩天　这徒孙太虔诚了。还是你们传统拜师热闹啊。

王西爷爷　（胜利地）李师父，我把孩子交给您了。我还得赶回食堂给大伙儿做饭去呢！给你师父跪下！

〔王西看郑浩天。

郑浩天　（示意王西）人家是手艺人，讲究传承。

〔王西给李泉兴鞠躬。

王　西　（不情愿）……师父。

李泉兴　好好，海洋，领你王师弟到车间里转转。

彭海洋　哎，你这个软蛋。

王　西　（看着彭海洋）你说谁软蛋呢？

彭海洋　你啊。

王　西　你再说一遍。

彭海洋　你想欺师灭祖啊。我是你大师兄，你知道吗？你看你穿的都什么啊？就这裤裆，都快到脚面了，早晚被机器搅进去。

王　西　（冷冷地看着彭海洋）……

彭海洋　动手啊。我就知道你不敢。

王　西　（冷冷地）我答应过我爷爷，不再打架了。

〔收光。音乐起。青工们拥上。

〔王西随着热烈的音乐开始跳街舞，十分帅气。

〔青年工人们完全被震撼了。

彭海洋　干吗呢？这是厂区，你们知不知道？王西，你给我听着。你是来学手艺的，不是来搞文艺的，文艺青年造不了坦克。生产区是安全重地，一不留神就出事故。你自己不想活，不要连累别人。你这种成不了气候的软蛋，我都懒得捏你。赶紧滚出我的视线。

〔王西不甘示弱，一拳就打上去，几个人打成一团。有两个壮汉青工拉偏手。王西被他们按倒在地。

彭海洋　王西，我今天就让你知道错在哪了！（飞起一脚踹向王西）

〔李泉兴上。

李泉兴　我看谁再动手！都给我靠墙站着去！

〔歌队和彭海洋、王西站成一排。

李泉兴　（挨个怼）反了你们了！王西！到底想不想学！能不能干

这行！

王　西　……

李泉兴　怕苦怕累当不了焊工。

王　西　我不怕苦，也不怕累！

李泉兴　那为什么？！

王　西　我怕脏。我会觉得自己很恶心。我根本不想来这里工作。

王西爷爷　你给我闭嘴！

〔其余人身上光收。

王　西　是爷爷特别想让我来。他觉得集团是个好单位……我第一次考试进集团就不上心，没考上，结果爷爷灰头土脸，好几天没吃饭，我挺难过的。从小爷爷一直带着我，我不想让他难过。这次我就准备了一下……考试有窍门，我脑子又好使，一下就考上了。可爷爷看我考上，高兴极了，提出让我拜师，说只有拜师了，将来在行业里才有前途。

李泉兴　老王回吧。孩子不喜欢就不用在这儿遭罪了。

王西爷爷　李师傅，你听我说，这孩子考上也不容易，这是我们家祖上积德啊。

李泉兴　老王，这行不下决心，干不了。

彭海洋　王师傅，你就听我师父的吧，带他回去吧。

王　西　但我现在想好了，我得留下。我拜过师了啊，拜过就得算数。再说，当初我爷爷非让我拜师，我说那得我自己选师父。我选的您。

李泉兴　我倒想听听，你为啥选我？

王　西　因为我对机器人焊接技术有点儿兴趣。其实，我也一直在练习。

李泉兴　你还知道机器人焊接这件事儿？

王　西　那当然。在不久的将来，机器人将要取代一部分手焊，这样一个时代必将到来！

〔李泉兴看着王西，有些震撼。

李泉兴　到目前为止 00 级的平面只能依靠人的手磨出来。

彭海洋　德国 5 轴联动 CNC 机床到一定工作周期也要靠人工来校正误差。

李泉兴　现在机械加工领域可以达到精度最高的方式仍然会是手工。在未来依旧是手工！

王　西　那就要看谁会留下。人工焊接技术必将遭到一场残酷的淘汰。

李泉兴　好啊，我希望你能留到那个时候，做个见证！老王，集团机器人大赛要开始了，我希望能在比赛中看到你孙子。（下）

王西爷爷　谢谢李师傅！孙子啊，机会来了！

〔王西爷爷不由分说抱住王西。

王　西　师父！（追下）

〔洪莲匆匆跑上找陈启生。

洪　莲　启生！

〔洪莲迎面碰上王西爷儿俩。

王西爷爷　怎么了，洪莲？

洪　莲　香凝，她晕倒在实验室里了！

〔三人跑下。

〔另一光区。陈启生追着大夫问。

陈启生　大夫，我爱人怎么了？

歌队 A　你是她爱人，怎么这么不关心她，立即住院观察。她不能再工作了。

陈启生　（蒙了）可是单位离不开她啊。

歌队 B 都什么时候了，还让她上班！要钱不要命啊！

歌队 C 患者的心脏情况要尽快手术，可能还有百分之十的机会。

歌队 A 长期疲劳已经使她的身体虚弱，严重透支。

歌队 B 她的体检报告提示她要去医院复查，她根本就没有重视。

歌队 C 手术有风险，你们家属积极配合治疗的同时，得有心理准备。

〔病房。阳阳在给穿着病号服的余香凝削苹果。

〔大屏幕上。播音员在播报新闻："近三十项军工科技成果登上奥运舞台，奥运火炬、比赛用枪、装甲防暴车……"声音淡出，音乐："我家大门常打开，开怀拥抱天地……"歌队群众围观，啧啧称赞。

余香凝 （入神地看着，兴奋地）阳阳，你快看。咱们厂造的装甲防暴车，奥运会都用上了。科技可以这么美。

陈阳阳 妈妈，你都病成这样了，还惦记厂里的事呀？

余香凝 怎么能不惦记呢。这就跟吃饭睡觉一样啊。阳阳，跟妈说说，你毕业后准备干什么工作呀？

陈阳阳 反正我不想再干军工这一行了。

余香凝 为什么？你学的军工专业啊，学以致用，真不干的话，将来肯定会后悔。

陈阳阳 这个行业的人不适合家庭生活。我要是真的也干了这一行，你们病了，我是没法及时赶到的。那你们怎么办？

余香凝 妈妈可以自己照顾自己啊。

陈阳阳 您都把自己照顾成这样了。

陈启生 （进屋）阳阳——

余香凝 今天我闺女给我削了一个苹果。真满足啊。

陈启生　（看着余香凝的脸，自责地）要是当时你没有跟我来，现在你应该在北京，在最好的环境里搞研究，我特别后悔。

余香凝　（哧地一笑）三十年了，我从来就不知道什么叫后悔。启生，我觉得心里特别踏实特别好，这是你给我的，是阳阳给我的，是这份工作给我的。等我病好了，项目结束了，咱们好好休几天假。咱们三口人，还从来没有出过包头呢。

陈启生　大夫跟我说，你得做个手术。

余香凝　这么严重，得手术？

陈启生　做完恢复了就没事儿了……我请假陪你吧。

余香凝　哎呀，不用，小毛病。我的研发项目不能停，火上房了。

陈启生　手术得尽快。

余香凝　那这么说，项目得停一个月了？

陈启生　休息是为了更好的工作。你不是小孩子了，这个道理你应该懂。

余香凝　（猜测）……启生，是非常严重的病吗？可能会……死？对吗？

〔陈启生不敢直视余香凝。

余香凝　咱俩结婚那天起，我就说过，要坦诚。说实话，我好安排。

陈启生　百分之十的希望。手术必须做，天塌下来，有我和阳阳给你顶着。

〔阳阳眼泪下来了。

余香凝　（舒口气）……阳阳，妈妈要是赶上那百分之十的成功率，就是百分之百。启生，只要你找到人来代替我，我就答应你尽快手术。

〔另一光区。陈之培、李泉兴、彭海洋。

李泉兴 说吧。我特意请你师爷来，做个见证。

彭海洋 我……师父，那我就直说了吧。有个公司想挖我，薪酬是现在的五倍。

李泉兴 好事儿啊。说明我徒弟值钱，身价高了。

彭海洋 师父，您别损我了。

李泉兴 那你是去啊，还是不去啊？

彭海洋 我……

李泉兴 我这儿饿着你了？

彭海洋 没有。师父对我恩重如山。

李泉兴 我让你受委屈了？

彭海洋 ……

李泉兴 呦，还真有委屈。说说吧。说不出来，今儿你就别出这厂门。

彭海洋 师父，我不明白，王西这种顽劣之徒，他算个什么东西？您居然把那么重要的机器人项目交给他。我这几年拼死拼活努力学艺，伺候师父，却得不到师父您应有的重视。

李泉兴 嘿，就这么点事儿？我的徒弟，谁适合干什么，我能看清楚。倒是你，心眼儿比针鼻儿还窄。你这心胸不配当我徒弟，更不配当你师爷的徒孙。

陈之培 泉兴啊，别动气。我看得明明白白，海洋也是个要劲儿的人。年轻气盛，再过几年他就熟了。可现在呢，自己有了想法，有了本事，想出去闯闯，也是好的。

李泉兴 那就走吧，你师爷都发话了，别让师父耽误了你的前程。

彭海洋 师父，您打我骂我都行，我想好了。现在有人重视我，说明我没那么差，我有价值。我会证明给您看！

李泉兴 从今天开始，你不是我徒弟！逐出师门！

陈之培 泉兴！（对彭海洋）孩子，我们这代人和你师父这代人，都是在单位里从一而终的。你多见世面，也许就能走出一条跟别人不一样的路。孩子，记得常回来看看。别忘了回家的路。

〔彭海洋流泪，拜别陈之培和李泉兴。

〔郑浩天在前面气冲冲地上。洪莲忧心忡忡随后上。

洪 莲 老陈啊，我把浩天给请来了。

郑浩天 你们到底是怎么当长辈的？要不是洪莲找我，我还不知道。你们还打算瞒我到什么时候！

陈之培 （痛心地）……是我们没照顾好香凝。老郑，我和洪莲找你，是专门想请你帮忙。替香凝，替三机厂把研发项目主持完，好让她安心手术。

〔洪莲眼圈红了。

郑浩天 一个北京丫头，为了陈启生，跑到这儿一扎几十年，愣成了三机厂最好的女工程师，跟陈启生俩人比着玩命干工作。（叹气）陈启生这个傻小子，该放手不放手，算是把人家给耽误了。

洪 莲 这么多年，这孩子回娘家的次数用一只手就数得清了。到北京开会考察，每次都匆匆忙忙返回包头，总说项目时间不等人，回了家，就不想走了，那样会耽误时间，耽误工作……

郑浩天 咱们拼死拼活，是为了能给更多的孩子们解决后顾之忧，让他们过得更好啊……咱们还能折腾这把老骨头的时候，他们却要面对人世间这些艰难和痛苦，我这心里头不是滋味啊……

陈之培 军工不是一代人能够干成的……咱们都得有这个心理准备。骂也骂了，帮不帮香凝，帮不帮启生，帮不帮三机厂，你给个痛快话吧。

郑浩天 你不用给我扣帽子！你去跟香凝说，有她郑叔在，放心手术！她郑叔等着她健健康康地出来！

〔医院。余香凝手术室的灯亮了。家人们在焦急地等待……

〔歌队扮演医护人员，手术刀飞快传递着。

〔其余人身上光暗。陈启生留在光里。

余香凝 （坐起来）陈启生，我是来跟你告别的。

陈启生 你去哪儿啊？

余香凝 回北京。可我舍不得你。

陈启生 我不让你走。

余香凝 你对我冷淡也好，不把我放在眼里也好，我都喜欢你。

陈启生 香凝！

〔洪莲、陈之培也在焦急地等待，演区光启。

洪　莲 香凝啊，你有没有后悔嫁给启生？

余香凝 有啊。每年后悔好几次，每次后悔五分钟。

陈之培 香凝啊，那你有没有后悔来到包头？

余香凝 爸，从来没有。三十年了，包头就是我的家。有您和郑叔这样的榜样，我觉得心里特别敞亮。我嫁给启生，也就嫁给了军工事业。这是我的幸运，我这一生的挚爱。启生，咱俩种下的树长高了，你想我的时候，就去看看它。

〔阳阳演区光启。

余香凝 ……阳阳，妈妈放不下你……

陈阳阳 不要担心，妈妈，我会照顾自己……等您出了手术室，我每天都给您削苹果……

〔时间嘀嗒嘀嗒地流逝着，铿锵有力，冷酷无情。

〔手术室的灯灭了，舞台上一片漆黑。

陈阳阳 妈妈！

〔光再起时，众人轻轻哼唱。

〔大屏幕影像：2009 年 10 月 1 日，国庆阅兵。

老年郑浩天 2009 年 10 月 1 日，在共和国 60 周岁华诞的大阅兵方阵中，集团研发制造的新一代主战坦克、步兵装甲突击战车等 5 种产品组成 5 个方阵，又一次接受了党和人民的检阅。其中，有香凝研发的重大贡献。香凝走了，她终于可以回到北京，那个她从小长大的地方。我想，她应该能看到这一切。而我，第一次感觉到，岁月在每个人身上都扎扎实实留下的印记，我不再年轻了。

2015年

〔光启。车间。李泉兴和王西布置着，郑浩天端着一盘肘子上。

郑浩天 你师父呢？

李泉兴 郑工，我师父还没来呢。

郑浩天 这老头，那我这大肘子不就凉了吗？

李泉兴 他马上就到。

〔洪莲推着轮椅里的陈之培上场。

洪　莲 老陈，你饿了吧？

陈之培 （说话含混不清）不……饿。

洪　莲 今天是你大寿，郑浩天请咱们吃大肘子。

陈之培 不……信。

洪　莲 别不信，他可真端来了。

李泉兴 师父，今天是您八十大寿，祝您福如东海、寿比南山。

陈之培 哎……哎……洪莲……时间过得可真快……我，都 8 岁了。

洪　莲 不是 8 岁，是 80 岁。

郑浩天 你们怎么才来呀？

洪　莲 听说你要请我们吃德国大餐，我还给老陈换了身新衣服。

郑浩天 哎，吃西餐就得穿西装，这是礼仪。哎，我这辈子也没给谁做过饭，也就是你了。你别老想着跟我吵架的那些事，你多想着我对你的好。

陈之培 你……都吃洪莲的一辈子了……也该……请请我们了……

〔陈启生抱着一桶啤酒上。

陈启生 师父，你看我给你带什么了？

郑浩天 慕尼黑啤酒！

陈启生 您再给讲讲，您在德国的那些年！

郑浩天 那时候年轻啊！好多姑娘追我。

洪　莲 你就吹吧！

〔众人笑。

王　西 郑工，德国姑娘漂亮吧？

郑浩天 我不告诉你！

洪　莲 也就孩子们捧着你，你还真接着啊。

〔众人笑。

李泉兴 今天，有一件大喜事要跟大伙儿宣布！我徒弟王西在生产线上表现突出，机器人编程技术有重大进展，还获了国家级专利！

王　西 都是我师父教得好。

李泉兴 嘿嘿，这话说得也没毛病。王西刚被评上咱们集团的技术能手，是咱们集团最年轻的、获得去北京参加阅兵邀请资格的员工！

郑浩天 （故意地）什么？

陈之培 （指郑浩天）他聋！

郑浩天 听懂了！

〔众人一片欢腾。

陈启生　王西，你有女朋友吗？

王　西　没有。

〔陈阳阳拉着箱子，拎着生日蛋糕上。

陈阳阳　爷爷，生日快乐！我是不是来晚了？

洪　莲　不晚，不晚！

陈启生　阳阳，来，我给你介绍一下，这是王西！

〔两人握手，王西看着陈阳阳有点愣神，陈阳阳有点害羞地跑开。

陈启生　我跟大家说个事，集团办公会决议已经通过了，因为近些年来的国际形势变化，目前几家子公司以生产民品为主，不用承担那么大规模的生产任务了。我这个总工程师，可以退休了。

陈阳阳　您也该享受生活了，正好趁这个机会领爷爷奶奶出去转转。爷爷过完生日，我就坐火车回北京了。

洪　莲　这么快就走？刚回来一天啊。

陈阳阳　对不起啊，奶奶。最近忙着军工成果展，没空多陪你们。

陈启生　（感慨地）你像你妈，见着工作就什么都忘了。

陈阳阳　爸，有样东西，我想给你看看。（拿出一张照片和一张纸质的文件）

陈启生　（看）你妈妈的照片，还有……这是？

陈阳阳　我想把妈妈的照片带回北京，放在床头。这张纸是从相框里发现的。

陈启生　（惊呆了）调令？

陈阳阳　妈来包头的第二年，姥爷就从北京给她弄来了调令，让她回去。您不知道吗？

〔众人大惊。

陈启生　你妈她从来都没告诉过我……就是当年跟我吵着闹着，要回北京，也从来没走出过厂区一步，更没提过这件事儿。

陈阳阳 妈，你怎么这么傻呀……（哭）

〔彭海洋西装革履进来了。

彭海洋 师爷、郑工，大家都在呀。

陈启生 你怎么来了？

彭海洋 我也来凑个热闹。师父。别来无恙啊。

〔李泉兴摆摆手。

王　西 师哥！

彭海洋 （没理王西）师爷，祝您年年有今日，岁岁有今朝！（递上包装精美的礼物）

郑浩天 呵！你小子现在阔绰啊。

彭海洋 （拿出名片）我现在是海外合资集团的业务副总。干得有点儿成绩了，才敢迈进三机厂嘛不是。今儿来，就是来看看我师父。（看着李泉兴）师父，我没给您丢人吧。

李泉兴 坐吧。

彭海洋 （坐下，志得意满）现在我的薪水，比在三机厂的时候，翻了十倍。

李泉兴 挺好。你今儿来，就是告诉我这事儿？

彭海洋 师父，我直说吧。今儿来，是想请您出山的。

李泉兴 一直也没在山里头待着，谈不上出山进山的。别绕圈子。

彭海洋 我想重金聘请您，跟我干。

〔大家都惊呆了。

王　西 （想打圆场）师哥这玩笑开的，我差点相信了……

彭海洋 没你事儿。还有点规矩没有了，师哥跟师父说话，轮不到你插嘴。

王　西 师哥跟师父说话，没有敢这么聊的。师父跟你干？没这个说法儿！

彭海洋 你太落伍了。我彭海洋今时今日，是真心实意，想要请师父用自己的技术，创造匹配技术价值的财富。师父，你为三机厂奉献一辈子了，可以问心无愧了。现在是商业社会，一天一个变化，谁速度快技术好，谁就赚得盆满钵满。别人我还看不上，我就惦记您。

李泉兴 海洋，时间真快啊。你记得你第一天来厂里，我跟你说，要尊重手艺，敬畏自己的工作。对不对？

彭海洋 记得。我问心无愧。

李泉兴 这几年我经常能想起你，觉着有一天你可能会回来。但我没想到你会这么回来……

彭海洋 我多年前羡慕王西，有师父的厚爱，有那么好的平台。我能有今天，靠的是自己拼命拼出来的。今天我堂堂正正回来，向您发出邀请。我希望您能考虑。

李泉兴 你还在跟我怄气，是不是？

彭海洋 师父，我就是想回来证明给您看！以前在您身边，您总是教训我，离开您这么多年了，我摸爬滚打，现在终于混出个人样了。师父，您说我行不行？

李泉兴 海洋，你曾经是我最喜欢的徒弟，办事周到，技术全面……但是，你心比天高，少的是我们兵工人踏实肯干的劲儿。

彭海洋 现在公司很依赖我！我有能力让您过上比现在好十倍的日子！

李泉兴 海洋啊，我谢谢你了。三机厂对我来说，不是一个工作单位，它是我自己的家。只有家，才能有这么大力量拉着我走。为什么我的手坏了，厂里反而给我建了大师工作室？这是对我一万个相信，让我重活了一回。我能因为这儿给不了我十倍的钱，就离开家吗？没这个道理啊。

彭海洋 ……

李泉兴 这也是你的家啊。孩子，今天你又走进这个门，我不管你为什么来，但我得告诉你这个道理。把树根挖断了，老树没了，小树早晚也会倒。

彭海洋 我知道您对三机厂的感情……其实我也是一样。当年走，我是赌气。可走出去这一步，就没有回头路了。我今儿回来，是想让您夸我一句我行！可您却还是不愿意。

李泉兴 我只会这么教徒弟。要让你进步，我只会骂你，教训你，永远不会夸你。要是有一天，你觉得在外面扑腾累了，就回来。你还是我徒弟，我还是你师父。但你记住，不管你在哪儿，希望你能把咱们三机厂的兵工精神传下去。师父就在这儿看着你们，不管远近高低，咱们永远都是师徒，永远都有这份亲情。

彭海洋 师父！（师徒拥抱在一起）

洪　莲 孩子，你师爷跟你有话说。

陈之培 海洋……回家……回家……

彭海洋 师爷！

郑浩天 五十年代，咱们还年轻的时候，干劲儿那个足啊。厂里给我们的不仅是一份工作，更是一个为国家出力的机会。到了八十年代，我们都到了泉兴这个岁数，人人都憋着一股劲儿，要让咱们国家重新建立秩序，要用咱们兵工人特有的方式把国家归置得漂漂亮亮、结结实实的。广场上那么一走，嘿，真来劲啊！到了九十年代，市场开放了，搞活了，我们也老了，可还是想着法地要为这个国家干点什么。到今天，我们发现这个世界有点让人看不懂了。我们掌握的技术会过时，知识不更新就会落伍。但我们还有一颗为国家，为咱兵工事业上天入地的火热的心，这颗心还没凉！这不是几条生产线，是咱们几代兵工人的梦想。咱国家这七十年的精气神，保住它，也就保住了几代兵工人的心，几代为兵工事业付出生命的英雄魂！

老年郑浩天　彭海洋辞职了，回到了三机集团，别人不明白，他为什么放弃高薪回来，而在这个时候，说什么都是多余的。

〔光渐渐收。

尾声

〔开场时的坦克回声隆隆，大屏幕现出2015年阅兵时的场景，习近平主席挥手示意，仪仗队英姿飒爽。飞机在天空画出彩虹，坦克威武前行。

〔王西西装笔挺，陈阳阳英姿飒爽，他们并肩坐在观礼台上。

〔老年郑浩天穿着那套工服，亲临现场坐镇，他面向飞机画出的彩虹，满足地溘然长逝。

〔乐声渐起。

老年郑浩天 我看到了这一次的阅兵。我真的看到了。我和太阳在一起，在彩虹上方看到了坦克的队伍迤逦而行，每一分、每一寸，都有我们全部的情感和生命在其中。在这条路上，我丢了我的爱人、错过了我的亲人，永远都不能回头……但是我仍然庆幸选择了这个世界上最伟大最美好的事业，来度过我的一生。再见了，我心爱的姑娘；再见了，我亲爱的朋友。这将是最美妙的一次阅兵，因为我的呼吸和今天清晨的风在一起翻滚，我的热血沸腾，如同一万匹战马飞驰，我愿意永远守护着你，我的美梦。

〔歌队哼唱着：“叶子从白桦树上落在肩膀，它就像我一样地离开了生长的地方。和你在故乡的路上坐一坐，你要知道，我会回来，不必忧伤……”

〔一幅幅照片掠过大屏幕，党和国家几代领导人视察厂区，瞩目着历史发展的过往，看向未来的美好。

〔剧终。

作品赏析

《大国工匠》以包头市兵工人生活为表现题材，以新中国五次大阅兵为时代纵贯线建构剧情，通过老年郑浩天的回忆，将历史与现实交织在一起，为观众叙述了三代军工人的奋斗、牺牲与创造，集中展现了中国军工事业的辉煌历程和工匠精神的伟大传承。

作为新中国第一代军工专家，工程师郑浩天坚韧不拔又充满理想主义色彩，是知识型工匠的代表。他对军工事业的执着追求和无私奉献，是大国工匠精神的生动体现。剧中郑浩天是留学德国的博士，他怀着满腔爱国热忱从北京来到包头，投身自主研发制造坦克的强军事业。为能够全身心“啃这块能把牙都硌断的硬骨头”，早日攻克技术难关，结束中国人不能自主制造坦克的历史，他毅然决然地舍弃个人爱情，决绝地和将要结婚的爱人分手。

看似极端疯狂的选择背后蕴藏的是郑浩天以身许国的悲壮豪情，他要向全世界证明中国军工业的强大，而这份理想事业的完成容不得半点分心，差一毫一厘都不行。当他终于算出核心数据，激动万分地跑去找洪莲分享喜讯时，猛然发现自己竟然闯入了洪莲与好友陈之培的婚礼现场。这一悲喜交织的戏剧性场面极具情感张力，勾勒出了郑浩天内心深处爱情事业难并蓄的遗憾落寞与无悔抉择。而郑浩天终其一生都未能亲临大阅兵现场，亲眼见证自己毕生奉献所铸就的辉煌事业，这让观众唏嘘不已、为之动容。

焊工陈之培则是技术型工匠的代表，其形象深深植根于现实生活土壤，人物原型是被誉为“独手焊侠”的焊接大师卢仁峰。剧中陈之培焊接技艺精湛，追求卓越且富有传承责任感。他以“四毫米是生死线”的极致标准，带领徒弟们日夜钻研、精益求精，力求每一道焊缝都能达到天衣无缝的境界。演出以舞蹈化动作呈现车间焊接的劳动场面，既张扬了焊工们夜以继日攻关的艰辛与激情，又展现了现代工业生产的美学内涵。陈之培形象颇具魅力之处，还在于他的重情重义。他对妻子洪莲的深情厚爱始终不变，对朋友郑浩天的关心无微不至，为救爱徒更是不惜将自己的手卷入机器。失去一只手后，他又能在困境中不屈不挠，不断超越自我，用自己的实际行动诠释了什么是真正的大国工匠精神。

陈启生、余香凝和李泉兴则是承上启下的第二代兵工人代表。其中，作为洪莲和陈之培的儿子，陈启生在精神层面被赋予了深厚的家国情怀和使命感。他在大学毕业后毅然放弃北京的工作机会回到家乡，拜郑浩天为师，并很快成为青年主力工程师。北京姑娘余香凝则追随陈启生的脚步来到包头，为了爱情扎根于此。剧作通过对洪莲、余香凝等女性角色的塑造，书写了新中国军工业崛起过程中女性的牺牲与贡献。比如，洪莲虽一直对郑浩天为了事业而放弃自己的决定气恼不已，却仍能深明大义地默许儿子拜其为师。陈之培手受伤后，她也能够主动挑起生活重担，以积极乐观的心态鼓励丈夫专心看书，成为一名理论与实践兼具的焊接专家。余香凝则是一位拥有坚定信念的知识分子，她每一次前往北京开会考察，都过家门而不入，甚至将回北京的工作调令私藏，无怨无悔地在包头苦干了三十年，最终为发展军工事业积劳成疾而离世。余香凝对爱情忠贞果敢，对军工事业忠诚奉献，她身上所展现的女性力量超越了性别的界限。正如她初来包头时种下的那棵希望之树一般，其精神生生不息地激励着后人不断前行。

第三代工匠则以彭海洋、王西为代表，他们的经历共同构建了一个关于新时代工匠精神传承、挑战与创新的生动叙事。剧中彭海洋的离开与回归，反映了市场经济体制改革浪潮对工匠群体心灵的冲击与影响，让我们看到了时代变迁中工匠精神的坚守与重塑。王西则是新时代工匠精神的典范，是将传统技艺与现代科技完美融合的“兵工新人类”代表。他以知识为翼，以技术为矛，在传承传统工匠技艺基础上大胆创新，利用现代高科技手段研发机器人焊接技术，不断为中国军工业的现代化转型与国际化进程注入新活力。王西身上承载的是几代兵工人共同的阅兵梦和强国梦，他将个人理想融入国家发展大局之中，深刻诠释了工匠精神在新时代的丰富内涵与深远价值。

正如编剧林蔚然所阐释的，从这些兵工人身上，我们能够看到理想主义在熊熊燃烧、烛照后代。《大国工匠》是一部充满理想主义精神、展现大国工匠风采的话剧作品，它通过鲜活立体的人物形象和充满历史感的舞台叙事方式，让观众深刻感受到了不同时代大国工匠们的伟大与崇高。

工匠的天空

杨建业

作者简介

杨建业，全国文化和旅游系统先进工作者，北京市先进工作者，研究馆员，中国作家协会会员，北京市东城作家协会副主席兼秘书长，北京京城非遗人才创新发展联盟秘书长，发表出版有长篇小说《有女人做伴的日子》《成长欲望》《穿过城市的风》《不可饶恕》等，《技艺》《前门和前门的传说》《前门传说》《北京扎燕风筝》《民间崇文》等多部文化专著，《五月鲜花天天开》《摔出一片天》《前门人家》《工匠的天空》等多部话剧。

剧情梗概

钟盛轩沉浸于景泰蓝的设计制作多时，已经成为非遗国家级传承人和全国劳模，但接受举世瞩目的北京APEC会议主会场会议中心制作景泰蓝斗拱的任务后，却屡屡受挫。他挑灯夜战修改设计，恍惚中走进了明代的紫禁城，与正在烧制掐丝珐琅的景泰帝相逢。

两个景泰蓝的痴迷者倾心交流，各自呈现出自己的一片天空。受梦中情景启发，钟盛轩带上徒弟孟晓蕾、辛志勇，骑单车在北京的胡同街道中穿梭，寻找能充分体现北京元素的设计源泉，最终，钟盛轩团队将无穷的创造力和国家重大工程紧密结合，完成了一个全世界瞩目的工程，也赢得了个人事业上的巨大成功。

该剧以真实事件和真实人物为蓝本，揭秘、探源、寻踪，悬念丛生又生动有趣。

人 物

钟盛轩：男，景泰蓝国家级代表性传承人，劳动模范

孟晓蕾：女，钟盛轩的徒弟，20多岁

辛志勇：男，研究生，钟盛轩的徒弟，30来岁

崔淑娴：女，珐琅厂中年技师

陈 洁：女，电视台《劳模秀》栏目主持人

徐正非：男，APEC主会场设计师

刘星云：男，珐琅厂中年技师

崔老板：男，胡同卤煮店的老板，退休中学教师，崔淑娴之父

钟晓晓：女，钟盛轩女儿，初中生

高宇文：男，钟晓晓同学

景泰帝：景泰蓝技艺的弘扬者

太监A：参与景泰蓝制作的太监

摄像A

摄像B

男医生

珐琅厂技工6人

太监8人

宫女8人

保安2人

第一场

〔中央电视台新闻播音声：2014 年 APEC 会议是由亚太经济合作组织发起的会议，是继 2001 年上海举办后时隔 13 年再一次在中国举办。会议将于 11 月中旬在北京召开，包含领导人非正式会议、部长级会议、高官会等系列会议。此次峰会的主题是共建面向未来的亚太伙伴关系。其中领导人峰会于 2014 年 11 月 10 日至 11 日在北京怀柔雁栖湖举行，中国国家主席习近平主持峰会。美国总统奥巴马、俄罗斯总统普京等 APEC 成员国经济体领导人及 2000 多家国际企业代表将出席本次峰会。世界银行、亚洲基础设施投资银行等国际组织代表出席会议。这将是中国迄今为止举办的最受世界瞩目的一次国际会议。作为世界第二大经济体，中国在会议期间展现出的实力、决策力和动员力，必将让世界叹为观止。目前，峰会的各项准备工作正在紧张筹备中。

〔起光。

〔景泰蓝的工作间。临近中午。

〔墙上挂着一块长方形的牌子，上面有“钟盛轩劳模创新工作室”字样。工作间窗户外出现的立交桥和高楼大厦，可以感觉到这个工作间被包裹在城市新建筑当中。从窗户向外看到旁边的楼房，可以感觉到工作间是在一处老的工业建筑中，所在楼层不高，从窗户向外可俯看到路边上立着的写着“景泰站”的地铁指示牌。

〔工作间一侧摆放着两排长条形的制作景泰蓝的工作台，工作台都堆放着生产景泰蓝的用品。3个女技师和1个男技师趴在各自工位上睡觉。靠门边有一个看上去已经用了些时日的长沙发。沙发前有一个条桌。条桌上有好几个各样的水杯。1男1女两个技师靠在沙发上玩手机。

〔一侧放着一个带架的白板。开场时，辛志勇正在整理白板上罩着的一大块红布。红布上有一个黄色的大喜字。

〔崔淑娴和刘星云上。

〔孟晓蕾两只胳膊各夹着4个喷花筒从另一侧上。

孟晓蕾　辛志勇，我不是让你把大伙都招呼起来吗？

辛志勇　没人听我的。

崔淑娴　大家这些日子赶活制样，没日没夜连轴转！刚说休息休息，你又忽悠大家干吗？

刘星云　我这腰都快直不起来了。

辛志勇　（边踮着脚整理板子上部的红布边下意识地应和）谁的腰不是啊。（觉得自己的动作和语音有些对不上，忙解释）我这可是强弩的。

孟晓蕾　你们不知道今天是什么日子吗？（用喷花筒敲打工作台和男女技师）醒醒，醒醒，别玩了。

沙发女技师　别闹，我正下单呢。

孟晓蕾　又瞎买什么呢？

沙发女技师　（闪躲）去去去。我都一个来月没上网下单了。

沙发男技师 谁不是啊。让我看看。

〔孟晓蕾把喷花筒放在条桌和工作台上。

〔刘星云看崔淑娴。

崔淑娴 你发什么愣？咱们忙活这些天，不就是为了等着今天的结果吗？

刘星云 还是没听明白。

孟晓蕾 北京 APEC 主会场斗拱的送审样稿今天出结果！

刘星云 这事啊。我还以为你们说什么呢。

崔淑娴 你以为大家等什么呢？

刘星云 我就光想干活了……

〔崔淑娴边用手指点刘星云，边就近在凳子坐下。

〔刘星云靠近崔淑娴坐下，有些乖又有些木然地听她数落。

女技师 A （喊孟晓蕾）你又想怎么折腾？

孟晓蕾 紧张了那么久了，干吗不放松一下？

男技师 A 你要不给弄出点花来，我们可不跟着。我这觉缺大发了。

孟晓蕾 那我跟我师父说，把你从这个组里踢出去，你天天死睡去吧。

男技师 A 别，求求你。

辛志勇 别让她糊弄你。

孟晓蕾 志勇，庆祝的背景音乐准备了吗？

辛志勇 我从手机上搜到好几个，都下载下来了。你听听选一下。（掏手机凑近孟晓蕾）

孟晓蕾 大家都那么兴奋，你用手机放那点声能听得见吗？

辛志勇 你还想怎么样？

孟晓蕾 找个蓝牙音箱来。

辛志勇 蓝牙音箱还不好说……（觉得很有把握，但一下又没了方向）但现在我没有。

孟晓蕾　你说你还能不能干点什么了？真心不愿说跟你是一个师父门里的。

辛志勇　这话太伤人了……

崔淑娴　大钟的桌子上有一个。

辛志勇　（恍然）我说我记得在哪见过。

孟晓蕾　快拿去！大事耽误了可算你的。

〔辛志勇想还句嘴又觉得占不到便宜，扭头跑下。

崔淑娴　你这师弟虽说岁数比你大，学历比你高，脑子可不如你好使。

孟晓蕾　看出来了？崔姐，还是你眼睛好使，比我师父都强！

刘星云　别乱了辈分啊。崔姐跟你师父是同学。

孟晓蕾　真的？我可没看出来啊。

刘星云　你这丫头太厉害。（对崔淑娴）现在男孩子都老实。

崔淑娴　你别老王卖瓜了。

刘星云　人家就是老实嘛。

孟晓蕾　辛志勇老实？你们和他接触得太少啦。刘师傅，你可别到处跟大家这么说啊，大家都对我印象不好，该影响我出师了。

崔淑娴　别怕，他能影响谁啊？

孟晓蕾　崔姐这话太及时了，这被刘师傅一闹，差点儿把正经事给耽误了。（招呼所有人）大家注意了。今天是我们景泰蓝承接北京 APEC 会议中心主会场装饰工程设计方案送审结果揭晓的日子。百分百我们一定会成功！这个工程对我们珐琅厂来说是手拿把攥的！等那边消息过来，咱们就一个狂欢！听我指挥，咱们现在演习一下。

〔众人站起。

崔淑娴 不等你师父了？

孟晓蕾 刚打我师父手机，他没接。咱们先练着。

刘星云 大钟准是还没缓过劲来呢，这些日子够他累的。

孟晓蕾 我师父还会累啊，他可是全国劳模。

崔淑娴 我们选他当劳模，可不是因为他干活 24 小时连轴转，就知道傻卖力气。

孟晓蕾 那为什么选他当劳模？

刘星云 你老老实实跟着你师父学就会知道了。

孟晓蕾 （招呼大家）准备，咱们来一遍……

〔陈洁和摄像师 A 上。陈洁手持话筒，不停地催促跟在她身后的钟盛轩。

陈　洁 是这里吗，钟大师？真热闹啊。太好了。（对摄像师 A）这里拍可以吧？

摄像师 A （找位置）好啊，太棒了。

〔钟盛轩上。

孟晓蕾 师父，这是干吗？

钟盛轩 （对陈洁）你们先别在这里拍，好吗？这里的工作现在还是保密的。

陈　洁 对我们电视台有什么保密的？我的这档《劳模秀》节目就是要到劳模工作的第一线，解密劳模工作和劳模生活。越保密的地方观众越感兴趣，我们越要多拍点。

孟晓蕾 你懂不懂事啊？我师父说这里不能拍就不能拍。

陈　洁 钟大师你什么时候收了这么漂亮一女徒弟，也不告诉我一声？我跟你师父可不是一天两天的交情了，这个你还不知道吧？

钟盛轩 陈洁，不是不让你拍，是现在真没到拍的时候。等我们工作有了结果了，我肯定通知你，第一个让你来拍。

〔摄像师A乘众人不备，偷偷撩起红布看，之后跟陈洁耳语。

陈　洁　真的？（上前撩红布）

孟晓蕾　（阻拦）没到时候呢，这不能揭。

陈　洁　什么时候？

孟晓蕾　等APEC斗拱设计出审核结果了，我们准备庆祝。师父，那会儿能让她拍吗？

陈　洁　那我真是来得太及时啦。快把机位架好，别扛着了。（摄像师A把身上背的支架支起来）咱们先拍个空镜。（她示意要揭开红布，但大家都看钟盛轩，没人动）钟大师，你们大家这么辛苦，还不让我好好报道一下？

钟盛轩　（抚摩白板上罩的红布）我突然有些紧张。你们说，咱们的方案能通过吗？

崔淑娴　大钟，这可不像你啊。国礼都做过多少件了，没见你这么紧张过。

钟盛轩　（自嘲）有点过了，是吗？可不知怎么，这会儿就是心里不踏实。

辛志勇　（拿着一个不大的蓝牙音箱跑上）音箱来啦！

陈　洁　（好笑）你们准备得真全乎。

孟晓蕾　（对陈洁的表现有些恼）音箱小声音大。志勇，给大家放一下。

〔辛志勇用手机和蓝牙音箱调放音乐。突然发出很大的音乐响声。

〔众人都被惊了一下。

〔徐正非匆匆上。他提着一个电脑包，夹着一个图筒。

辛志勇　（转移尴尬）徐总回来啦！

孟晓蕾 （扑过去）徐总！评审结果怎么样，过了吗？（从徐正非腋下拉图筒）

辛志勇 你轻点！

徐正非 现在不用轻拿轻放了。

〔孟晓蕾一惊，手中的图筒掉在地上。

钟盛轩 专家委员会什么意见？

徐正非 给我口水喝，紧张得连水都没喝一口就跑回来了。

〔辛志勇把蓝牙音箱放到条桌上，从条桌上拿瓶矿泉水，递给徐正非。徐正非伸手接。辛志勇又收回手，拧瓶盖。拧了两下没拧开。徐正非抓过来自己拧。

钟盛轩 （急）你能先不喝那口水吗？

徐正非 你现在急还有什么用？（拧开瓶盖灌了一通）钟总，不瞒您说，跟我想的完全一样。

孟晓蕾 （正在从地上拾起图筒）什么一样？

徐正非 当初你们把设计图打印出来给我的时候，我跟你们说的那些话还记得吗？

辛志勇 你跟那些专家搞成一伙啦？

徐正非 我本来跟他们就是一伙的！（打开笔记本，起来捧给众人看）当时承接下北京 APEC 主会场工程的设计任务时，我的方案上写得清清楚楚。（觉得用笔记本说不解气，放下笔记本，到白板前拉下红布，露出上面的 APEC 设计图稿）将景泰蓝用在北京 APEC 主会场上，才是我这个中国传统工艺脑残粉要完成的最辉煌的杰作！可现在的结果太让我失望了。

钟盛轩 （冲到设计图前）当初咱们探讨过，要在主会场景泰蓝的使用中，充分表现景泰蓝的传统韵味，展示传承工艺的美感。前面几次出的制作设计图样，你不满意，我们都照你的要求修改了。这已经是第 6 稿了。前面都被你的团队给否定了。但你所想的这些，在这一稿里我们觉得应该做到了，才同意你拿去交给领导审看的。你有没有完整地表达我们的理念？

徐正非 我怎么会隐瞒呢？我恨不得浑身上下都长满嘴来解释。我知道你们很辛苦，好几个月没睡踏实觉了。可这工程跟你们做个景泰蓝的大瓶子还是有差别的。特别是北京 APEC 主会场这样全世界的眼睛都一眨不眨地盯着的重大工程。不夸张地说，我承接的这是 2015 年全世界最受瞩目的一号工程。没有其一，这是唯一。求求你们，一定要拿出你们的全部智慧来给我做好！

辛志勇 说了半天，徐总，我们究竟是哪里设计得不好啊？

徐正非 斗拱上你们要用的图案和颜色，都不是领导和专家顾问们希望看到的。

孟晓蕾 这图案怎么不好啦？（**先欲从图筒掏图，后走到白板前，用图筒指点**）这大香莲配牡丹，多好看啊！唯有牡丹真国色，花开时节动京城。你不是传统工艺的脑残粉吗？这些都是我们景泰蓝制品里面最有代表性的图案，怎么在专家眼里就不好使了？

徐正非 钟总，你们以前的几次设计稿里，给我的都是这些，什么葡萄、牡丹、狮子戏球、游龙戏珠……这些都是景泰蓝保持了数百年的传统吉祥图案，我承认是很经典。中国人做工艺，讲究图必样，样必吉祥。好是好，可这些已经用了几百年了。APEC 是一个面向世界、面向未来的世界国家领导人出席的会议，你们就不能让他们看看既传统又有些我们时代痕迹的景泰蓝吗？说句不好听的话，你把给明朝皇帝做的东西再献给清朝的皇上，那是要杀头的。这次可来了好几十个国家的“皇上”

呢。他们虽然不会杀你的头，可你也不能让人家失望啊。要真那样，这丢的可是景泰蓝的脸。景泰蓝也传承了好几百年了吧，这可是一张大脸啊，丢不起！

〔众人沉默。

〔沙发女技师的手机响了。她忙把手机凑到耳边接听。

快递员 我是快递，你的货到了……

〔沙发女技师忙按断手机。

钟盛轩 这不是世界末日。只是，真没想到是这样的结果。徐总，跟领导说，我们重新来。北京 APEC 工程决不会耽误在我们手中！

孟晓蕾 师父！

众　人 大钟！师父！钟总！

徐正非 时间不等人！你们可给我快！我 24 小时无条件做好后勤保障！消夜我包了——这不是我分内的事，可我等不起啊，上面压力千斤重啊。咱们同心同德，全力以赴！

钟盛轩 各就各位！（从孟晓蕾手中拿过图筒）多一句话都是在浪费时间。

徐正非 这话给力。我给你们买消夜去。（下）

辛志勇 （被说得有些发蒙）嘿，这中午饭还没吃呢。

第二场

〔同上。夜。

〔孟晓蕾和辛志勇靠、趴在沙发上睡着了。

〔钟盛轩坐在工作台前，用笔记本电脑修改着设计图。

〔手机响。钟盛轩被惊了一下，但并没看就给按掉了。他活动活动脖子，站起身来，到窗前做了几下伸展、下蹲运动。

〔陈洁手上拿着手机上。

陈　洁　我说钟总，你怎么回事啊……

〔钟盛轩示意陈洁静声，向她指指两个睡着的人。

陈　洁　怎么都睡了，你徒弟不都和你一样铁打的吗，也有顶不住的时候？

钟盛轩　又两天两夜没合眼了。

陈　洁　那你也两天两夜没合眼啦？

钟盛轩　习惯了。（下意识地想伸懒腰打哈欠，但马上收住）陈洁，你一个电视台的大主持人，怎么这会儿跑来找我？

陈　洁　你还好意思问我？上次录节目没录成，台里不愿意，主任说这选题太棒啦！非让我补录一段你给北京 APEC 主会场做东西的工作现场。我来探秘一下。

钟盛轩　（失落地）我接到任务时信心满满，以为就凭自己20多年来设计、制作景泰蓝的经验，不会有什么大难度，一蹴而就。可没想到，前面设计出来的方案，出一稿被否定一稿，我现在都不敢把新的设计稿拿出来了。（手扶沙发，看一下熟睡的两个人）我的团队也被累垮了。

陈　洁　那你哪，也累垮了？

钟盛轩　你要再晚来一步，我也要躺下了。（脑袋里突然有想法，到工作台上用电脑调图）

陈　洁　那我来得正好！我们干媒体的虽说没什么真本事，但我们最擅长的是送心灵鸡汤。你正在低谷，我送点鸡汤，正好补补。

钟盛轩　鸡汤在哪？

陈　洁　心灵鸡汤，不好吗？

钟盛轩　要有点真鸡汤才好。

陈　洁　那也容易。咱们精神、物质的一起来。

〔陈洁的手机响。

陈　洁　（接手机）对，就是珐琅厂。送上来吧，2楼。你们这是2楼吧？

钟盛轩　你怎么这么有预见？

陈　洁　（挂手机）给你们这些人送心灵鸡汤是那么好送的吗？还得先满足你们的嘴。我来的路上就下单了。

钟盛轩　你以为我们都是吃货啊？

陈　洁　你牛什么，设计了8稿都没过关，饭都白吃了？

〔钟盛轩沉默。

〔电脑关机的声音。

陈　洁　（忙解释）钟大师，我不是那个意思，你别误会了。

钟盛轩　没事，我只是想专心喝你的鸡汤。

陈　洁　太荣幸了。快坐过来。

〔送外卖的上。

外卖员　外卖。

陈　洁　谢谢。(接外卖)

外卖员　(把外卖交给陈洁)给点个好评。

陈　洁　好好好!

〔送外卖的下。

陈　洁　叫他们起来喝鸡汤啊。

钟盛轩　晓蕾!小勇!鸡汤来了，起来喝鸡汤。

孟晓蕾　(没睁眼睛，伸胳膊喝了一声)我喝!饿死我啦!鸡汤，汤……(又睡着了)

〔辛志勇没有反应。

陈　洁　这么好的鸡汤都没有人喝?(把外卖放在沙发中间的桌子上，顺手推了推辛志勇)

〔辛志勇翻了个身，继续睡，但在沙发上腾出了一块坐的地方。

钟盛轩　让他们睡吧。我来独享你的鸡汤。

〔陈洁坐到沙发上，把汤盒拿出来，递给钟盛轩。

〔钟盛轩拉过一把椅子，坐下，喝鸡汤。

陈　洁　怎么样?

钟盛轩　(愣了一下)好喝。

陈　洁　你脑子根本没在鸡汤上。

钟盛轩　没骗你，真的好喝。这是哪家的?明天我也给大家订这家的鸡汤。

陈　洁　你想喝，我天天给你送。

钟盛轩　你想让我们为了你的鸡汤，天天这么熬着?

陈　洁　不是那意思……这次真这么难?

钟盛轩　就在刚才关电脑的时候，我突然想到，可能我们还是没有真正理解主会场主要设计者的心思。我们只是做主会场里面景泰蓝部分的设计和制作，徐总他们承接的是整个主会场的设计和建造。他们能接下这个工程来，肯定是满足了国家对北京APEC主会场的要求。我们过多地考虑了景泰蓝怎么做，没有想到他们要求我们景泰蓝怎么做。

陈　洁　这还不简单，他们让你们怎么做你们就怎么给他们做呗。

钟盛轩　以前人家要我们的景泰蓝作品时，都有很明确的要求。要壁画，就说清楚要什么内容的壁画。要转经筒，上面的图案该是什么就是什么，客户都说得明明白白的。徐总他们只是要我们景泰蓝的斗拱，可他们不清楚景泰蓝能在斗拱上设计、制作出什么图案来，让我们自己出。我们出来了，他们就是不满意。什么能让他们满意，他们也说不清楚。难啊。

陈　洁　你们自己的产品做多了，会不会在自己固有的套路里出不来了?

钟盛轩　我们有套路吗?

陈　洁　没套路你们能传承下来好几百年?

钟盛轩　你说得有道理。(冲动地站起)我们只想告诉人家，你要这个吧，这是我们最好的！你不觉得好，是因为你不懂我们景泰蓝！而我们恰恰没有想到，该怎么用景泰蓝满足客户的需要。客户要的景泰蓝，才是我们该做的景泰蓝！

陈　洁　(兴奋地站起)这想法对路子！我们电视台现在最火的节目就是创意投资栏目。好多人拿着自己开发的创意产品到栏目组，展示给那些天使投资人、风投基金经理人。风投的理念就是什么有市场，就往什么投钱。客户的需求是第一位的。

钟盛轩 （迟疑）可景泰蓝是国家级非物质文化遗产，我们这些传承人肩负着传承传统技艺的职责。图必有样，要有出处，才能说得通，做起活来胆子壮。

陈　洁 我不懂你们非遗，可我是做媒体的，我不问过去，只做当下。没有新闻，谁还关注媒体？你们的景泰蓝要总是老样子，谁还会要？

钟盛轩 会有人喜欢的，这个我从来没怀疑过。不然我也不会坚持在这行里一直坚持到现在。有一阵子，我们工美行业的确过得很难，但我从来没想离开过。

陈　洁 我说的是你们的理念！你说你会做民国年间的、清朝年间的，或者明朝的景泰蓝的样子你都会做，你都做得很棒。你景泰蓝大师，天下第一，可过了一百年，人们问钟大师给我们传下什么景泰蓝的东西来了，是民国、清朝、明朝的那些样式，人家在瓶子上画的什么花儿他还画什么花儿，他没有自己的东西。你可悲不可悲啊！

钟盛轩 （气恼）你……

陈　洁 你什么？你应该说我……然后哑口无言，问天问地，我该怎么办！

钟盛轩 我知道我要的是什么，不用你来指手画脚。

陈　洁 我哪敢给你指手画脚，我只是看你太辛苦了，给你开个脑洞。（看看手机）我该走了，天都就要亮了，我得回去闭会儿眼，一会儿还要录节目呢。你喝了鸡汤，也睡会儿吧，别太愁了。我还等着你成功的消息，上我的节目啊。拜拜！（下）

〔钟盛轩呆立片刻，回头望向窗外。

〔窗外似乎是一片早晨的霞光，但那是升腾起的一片炉火的红色。

〔舞台上换场时灯光弱下来，但仍让观众看到换场的过程。把舞台上的道具和睡觉状态的演员在舞台上撤走时，要给观众造成视觉上飘移的感觉。

〔当钟盛轩工作室内的道具和演员撤出舞台后，位于明朝紫禁城内的一座景泰蓝的烧炉出现在舞台一侧的后部。

钟盛轩 （惊奇）怎么回事？我这是到了什么地方？

〔8个服装外面罩着工装的太监上，手上举着挑杆在舞台上穿梭，然后站定在各自的位置上。8个宫女举着8件形态各异的景泰蓝器物上，分成两排摆放在舞台上。列队两侧。他们在举行景泰蓝烧蓝后的出炉仪式。

〔景泰帝匆匆上。

景泰帝 （自语）不好意思，昨天夜里审看奏折太晚，早上睡过头了。出炉了吗？

众太监 万岁！

景泰帝 烧够时辰了吗？

太监A 照万岁爷嘱咐的，出炉时间一分不多一分不少，就是您要的点。

景泰帝 我定那点儿是想自己看着出炉的，没想到你们动作倒麻利。

〔景泰帝在器物间游走，观察烧好的景泰蓝器物。

景泰帝 奴儿们，太让我失望了。怎么一个完整成型的好活也没有看到？这个崩蓝了。这个釉面没有烧透。这个又烧过了！（坐到地上，捧起一个器物）这块丝都掉了。好心疼啊。

众太监 万岁，身体要紧！

景泰帝 （抚摩器物）我要是有这样完美的身体该多好。颜色如此明艳，色彩这么丰富，器型千变万化，真是妙不可言。是谁，创作出这种绝技？

众太监 是万岁！

景泰帝 （惊）是我？（站起）这怎么可能？难道，我从太后肚子里一出来，就会做掐丝珐琅？（大笑，然后收住）你们别糊弄我。又没有一个红苹果砸在我的脑袋上，我怎么可能是天才了呢？

太监A 那是苹果错过了皇恩，只有砸到您的脑袋上，那个苹果才能出名。

景泰帝 掌嘴！当面奉承太过谄媚。

〔太监A轻轻打两下脸。

景泰帝 太糊弄了。算了吧，你也怪不容易的。

〔太监A误会了景泰帝的意思，再次用力掌脸。声音大得仿佛从空中回传过来一般。

〔钟盛轩被吓到，后退一步，碰到一位宫女的身体。

〔宫女惊叫一声。

景泰帝 （发现钟盛轩）我们这里来了一位客人。

〔众太监发出恐吓之声。

〔钟盛轩愣住，有些不知所措。

景泰帝 你害怕了？

钟盛轩 不是怕，我只是不明白……

景泰帝 见面就是缘。这天下，没有人会无缘无故地相识。（注意到钟盛轩看器物的眼神）你对我的掐丝珐琅有兴趣？

钟盛轩 （言不由衷地）不是……

景泰帝 不要在孤家面前说谎。自从你一出现，我就发现你的眼神一直没有离开过我的掐丝珐琅。这些美丽的器物你见过吗？它们好看吗？

钟盛轩 我见过。

景泰帝 （好奇）你见过？在哪里见过？

钟盛轩 我就是做景泰蓝的。

景泰帝 景泰蓝是什么？

钟盛轩 景泰蓝就是掐丝珐琅。我们管掐丝珐琅叫景泰蓝。

景泰帝 景泰，这不是孤家的年号吗？

钟盛轩 你是景泰帝？

景泰帝 你还见过第二位景泰皇上吗？

钟盛轩 （自语）真不敢相信！我这是穿越了吗？

景泰帝 你是从哪里来的？

钟盛轩 我的时代距离你们已经500多年了。

景泰帝 你跑了500年的路来见孤家，太兴奋了。说吧，对孤家有何请求，让你跑了这么远的路？

钟盛轩 不是我自己要来的，是你们……我也不知道是怎么回事。

景泰帝 你刚说你是做掐丝珐琅的？孤家让你来看看我的珍品。（伸手抓住钟盛轩，拉他到器物旁）你可在宫廷之外见过如此精美的珐琅？

钟盛轩 （拿起一个器物审看）这片点蓝没有做好，釉面烧出来是鼓的。看上去釉料很足，但抛光的时候很可能将这块釉料崩掉，那时候再补蓝就更加麻烦了。最好的办法就是现在就将这一片都敲掉，重新点蓝。

景泰帝 （惊，从钟盛轩手上拿过器物细看）你还真是行家。（挥手招呼太监）来人，把他给我拿下！

〔几个太监上来抓住钟盛轩。

钟盛轩 （挣扎）你们干什么？

景泰帝 找遍京城，掐丝珐琅只有我紫禁城里这一炉在烧制，你是从哪里偷师的技艺？

钟盛轩 我是跟我师父学的。

景泰帝　你师父是何人？

钟盛轩　钱美华大师！

景泰帝　钱美华是从何学来？

钟盛轩　钱美华是林徽因和梁思成的学生。

景泰帝　这两个人又是从何处偷得掐丝珐琅的技艺？

钟盛轩　一代一代传下来的。因为传说明朝景泰年间的掐丝珐琅做得最漂亮，所以我们管掐丝珐琅叫景泰蓝。

景泰帝　（恍然）这么说，掐丝珐琅真是我，（顿一下）从娘肚子里带出来的？

众太监　万岁！万岁！万岁！

景泰帝　好啦，好啦！放开他。

〔几个太监放开抓拽钟盛轩的手。

景泰帝　去，把那些货都修补好。

〔宫女将8件器物带下。众太监随下。

景泰帝　你真不是我朝的人？这下可以好好聊聊了。

钟盛轩　掐丝珐琅真是您发明的？

景泰帝　有一天下大雨，打雷，这宫里有间堆放物品的房子被雷击着了。那火着得好大，至烧到夜里才灭了。他们来向我报告，我不放心，过去看。整个房子都被烧得落架了。我发现在那大片灰烬里，有一个闪闪发亮的东西，就叫他们给孤扒拉出来。我拿过来一看，是个特别漂亮的瓶子。虽然过了火，但就跟新鲜的一个样。铜胎，上面用丝线勾勒出的图案，那些蓝色的花朵就如同真的一般，摸在手里，有一种弹弹的感觉，似乎那些花叶在敲打我的手指。我这宫殿里的宝贝万万千，都没有这件让人心爱。好东西不能只有一件，我要让天下的人都能看到我发现的好宝贝。我就在这紫禁城里立了个炉子，开始仿制这种瓶子。

钟盛轩 无师自通？

景泰帝 那个瓶子上有几句诗：宝瓶如花放光彩，全凭巧手把花栽。不得白芨花难开，不经八卦蝶不来。不受水浸石磨苦，哪能留得春常在？我照方抓药，后来就烧出了这种人见人爱的物件。你看，真不是我发明的。但是，以前还有谁烧过这种器皿，真的不知道。于是，大家都把功劳归在了我头上。

钟盛轩 真是这样？

景泰帝 你不相信？

钟盛轩 这个故事，我们做景泰蓝的人都会讲。

景泰帝 你那个朝代的人们，真的也很喜欢我的掐丝珐琅？

钟盛轩 喜欢。景泰蓝是国礼，都被送到联合国去了。全世界的人都喜欢。

景泰帝 那我真没白忙活。

钟盛轩 我能问您个问题吗？

景泰帝 （兴奋）随便问。

钟盛轩 （欲找器物来比画）景泰蓝——那些掐丝珐琅，都去哪了？

〔景泰帝向台侧招手。

〔宫女将8件器物移动到台上。

钟盛轩 （观察器物）这些器物上这么精美的图案，您是怎么想到的？

景泰帝 心里冒出来的啊！

钟盛轩 谁不知道好东西是心里冒出来的啊，关键是怎么冒出来？您刚才说了，是你自己从一个捡到的瓶子身上开始学着制作掐丝珐琅的，那个瓶子只有一个款式，一种图案。现在这么多款式，这么多的图样、色彩，你是怎么把它们搭配出来的？

景泰帝　设计啊！心大，你的玩意儿才会更大！

〔景泰帝指挥宫女放下手中的器物，舒展身体和服装，摆出一个造型。

景泰帝　看到了？这就是一幅画。

〔景泰帝指挥宫女再变换出两种队列造型。

景泰帝　多美啊！

钟盛轩　太美啦！此景难得几回见。

景泰帝　很美，但她们自己看不到这种美。就算她们某个人意识到了自己的美，但也很难遇到这种组合之美。这种美，需要发现的眼光，认知的智慧，呈现的才艺，这种美才能昭告天下，天下的人才会体验、感受到这种美的事物。

钟盛轩　这个，我做不到。

景泰帝　只要下功夫，都能做得到。

钟盛轩　下功夫就成吗？

景泰帝　你是觉得我这话有点像你们那里流行的心灵鸡汤？

钟盛轩　我们那里的事你也知道？

景泰帝　我猜的。天际与天际都是相通的，人与人的心也都是相通的。你是做景泰蓝的，我是做掐丝珐琅的。都是一种器物。你是工匠，我这个皇上也是工匠。

钟盛轩　你这个工匠的作品是天下，我的只是一件物品。

景泰帝　自己动手干很容易，要教会别人做，很难。但这天下不是我一个人。要是能我吃饱了天下的人也都不饿了，那很好。可没有那样的好事。所以，天下有一个皇上就够了，但是需要很多你这样的工匠。

钟盛轩　我一直想做得更好，可是路真的很难。

景泰帝　你遇到什么过不去的坎儿了？我能帮你吗？

钟盛轩 我还是希望自己能找到前面的路。

景泰帝 很好！每一个工匠都有此心、此志、此情，这天下才会大同、共美。

钟盛轩 可我眼前有一个很具体的事，我不知道该怎么做。你能告诉我……

景泰帝 （阻止钟盛轩）自己寻找的路，自己走出来的时候，才是你该有的结果。上下五千年，路漫漫其修远兮。中华民族一直追寻的是一种和谐之美，只是这世界总是不给我们机会。但我们坚韧、顽强、执着，不论世事多么艰难，只要有一线机会，我们就要去祈求和谐。但这种祈求来的和谐没有美。只有我们自己创造出来的和谐才是美的。坚信自己的路没有错，你就一定会看到最美的天下。

〔景泰帝抬手示意，8件掐丝珐琅的器物缓缓升到半空中，组成一幅错落有致的美丽图景。

景泰帝 你说，你们那里的人管我的东西叫景泰蓝？

钟盛轩 对，景泰蓝。

景泰帝 景泰蓝，我用了那么多的蓝色吗？蓝，那是天空的颜色。我明白我为什么喜欢蓝色了。天下是孤家的，可我被关在这宫墙里，平日想出去一步都难。可天空是没有约束的，是自由的。天上也有一个人间的，对吗？

钟盛轩 我该说什么？

景泰帝 每个工匠都该有自己的一片天空，有了你的天空，你才能看见满天的繁星！

〔景泰帝拉起钟盛轩的手，在半空中的器物间巡游。宫女随着他们飘移。

〔半空中的景泰蓝闪烁出奇光异彩。

第三场

〔二环路内的一段街道。

〔临街有一家老平房装修的卖卤煮的小店。这家小店敞开的一侧店门口上方支出了一个酱红色的长方形遮阳棚，使店面直通到里。挂的招牌上写着“胡同卤煮”。遮阳棚下面摆着两张方桌和几个圆凳。靠墙有一个透明门的立式冰柜，里面的东西被标着“冰镇饮料”的贴画遮挡了。

〔远处可以看到胡同屋顶后面的钟鼓楼。

〔蓝天下，金黄色的银杏树叶娇艳欲滴。

〔钟盛轩骑山地单车上。他穿着骑行装，身上背着一个图纸筒，骑着车环视一下天空，转了一圈，停下，摘头盔。

〔孟晓蕾骑山地单车追上。她穿骑行装，身背一个图筒。

孟晓蕾　师父你也太快了，到底是逛街还是赛车呢？

钟盛轩　走路观景和咱们做工一般并无二致。该繁之处必用重力，该简的地方一带而过。用力平均，做出来的大多是庸常之物。

孟晓蕾　（摘下头盔，有些夸张地）聆听师父教诲。（回头向来路看看）师父，还有什么至理名言，给我开开小灶，趁辛志勇没追上来呢。

钟盛轩 （无奈地笑笑）你当什么都是玩闹啊？

〔辛志勇推着山地单车追上。他穿衬衫打领带，脖子上吊着两个单反相机，没戴头盔，大口喘气。

孟晓蕾 你这身体还不如师父，将来谁接谁的班啊？

辛志勇 （争辩）骑车比的只是单项，还有全能冠军呢。

孟晓蕾 单项都不成，你还要拿全能？做梦吧。

辛志勇 能不能拿再说，梦总要让人做吧？

钟盛轩 有梦想才能在人生的路上走得更远。（摸摸脑袋）可那天我跟你们说的我那个梦，让我这几天总是心神不宁的。就好像那不是梦，跟真的似的。

孟晓蕾 我觉得你那个不是梦。

辛志勇 那你说师父干吗了？

孟晓蕾 那是因为咱们的设计稿老不过审，师父神经衰弱，产生幻觉了。

辛志勇 攻击师父？

孟晓蕾 懂什么！你知道治疗神经衰弱最好的疗法是什么？

辛志勇 你又有什么偏方？

孟晓蕾 不是我有偏方，电视上说的……

辛志勇 你还看电视？

孟晓蕾 我妈看的时候我扫了一眼，成了吧？

钟盛轩 我听听你的偏方。

孟晓蕾 师父真的神经衰弱了吗？

钟盛轩 你是大夫啊？

孟晓蕾 那你问我偏方干吗？

辛志勇 你快说吧。

孟晓蕾 电视上说，治疗神经衰弱的最好办法，就是高强度的体育锻炼。把自己练傻、练瘫了，躺床上就睡，就哪儿也不衰弱了。所以你看师父这几天一个劲地拉着咱们跟他一起骑单车。我有计数器，3 天，（拿出腰上的计数器看）都骑了 578 公里了。一天小两百公里啊！我不知道你怎么样，反正每天我能坚持到家把门开开就不赖，之后就全无意识了。

辛志勇　你那不叫严重！我连着两天都趴楼梯上了。觉得自己的脚抬得挺高，其实根本没迈到台阶上去。（撩裤腿）看，腿一直都肿着呢。（手碰到痛处，叫）哎呀！

钟盛轩　我这收的什么徒弟啊？这几天工美协会让报大师带徒弟的计划，看来我也要重新报一个了。

孟晓蕾　别啊师父！太没情谊了吧？怎么说我们也跟你这么些日子了，别让我们太丢人了。志勇，你还不快求求师父。不想跟师父学了？

辛志勇　师父没那意思，都是你瞎嚷嚷闹的。

孟晓蕾　师父，我们跟你骑，只要两条腿不废，您老儿想去哪？您还想去哪儿？

辛志勇　你别老卖乖了。（坐到桌旁的凳子上）师父，咱们先吃点东西吧，有点顶不住了。我请客，行吧？老板！

孟晓蕾　你真会请客。师父，给他这便宜吗？

钟盛轩　能请就不错了，别太为难他了。

〔孟晓蕾抢在钟盛轩前把凳子拉好，随钟盛轩坐下。

〔崔老板从店里出来。这个退休中学教师的一身中式装束与小餐馆经营者有些不同，让几个人有些诧异。

崔老板　几位需要什么，可以扫桌上的二维码，点好付款，饭菜自会送到桌上。

孟晓蕾　老板，您这是卖卤煮啊，还是开茶馆呢？

崔老板　你觉得坐在这里舒服吗?

辛志勇　舒服，真舒服。(看见冰柜起身)我能先来瓶矿泉水吗?

崔老板　只要正常付款，想吃什么都自便。

〔辛志勇起身打开冰柜门拿出 3 瓶矿泉水，他在关门时眼睛扫到门内侧的东西愣了一下，但并没太在意。回到桌旁，把矿泉水分别给钟盛轩和孟晓蕾。

〔钟盛轩拿出手机扫桌上的二维码。

辛志勇　师父你干吗?

钟盛轩　还是我来吧。

孟晓蕾　师父，你就让他出次血。

钟盛轩　等你们出师的时候再请我。

崔老板　你带的徒弟?

钟盛轩　是啊。

崔老板　是北京孩子吗?

孟晓蕾　我是！他不是。

崔老板　(问辛志勇)吃过卤煮吗?

辛志勇　第一次吃有优惠吗?

崔老板　你这碗卤煮我请了。老北京请新北京。

辛志勇　这多不好意思……

崔老板　你要真下决心当个北京人了，就别不好意思。

孟晓蕾　他不好意思的是，他不是第一次吃卤煮了。

崔老板　是吗?那我也请了。喜欢北京这口吃食的，都是好人。

钟盛轩　每人一大碗，好吗?老板，点好了。

崔老板　马上就好。(进店)

孟晓蕾　这老板什么意思。辛志勇，你又赚了。

辛志勇　赚什么啊，你没看师父都付完钱了。

钟盛轩　别管那个了。先跟我说说这几天跟着我四九城的一通转，你们有什么收获？

〔孟晓蕾和辛志勇相互看看。

孟晓蕾　您先说说，您有什么收获了？

钟盛轩　我要有了，就不拉着你们乱转了。

辛志勇　真是乱转啊？师父，我以为您有什么宏图大业呢，快累死了也没敢问。这要累死了，也太冤了。

孟晓蕾　你傻啊？师父愁的是 APEC 主会场的设计稿怎么过关！没思路，只好拉着我们到街上乱逛。

钟盛轩　（冤）怪我词不达意好不好？我真的不是乱逛……

〔崔淑娴上。

崔淑娴　嘿，你们几个怎么找到这儿来了？

孟晓蕾　崔师傅！

钟盛轩　你也遛街来了？

崔淑娴　遛什么街啊。我晚上懒得做饭了，出来找饭吃。

钟盛轩　正好，跟我们一起吃吧。

崔淑娴　谁请客啊？

辛志勇　本来我请的，师父非他来。

崔淑娴　不用你师父，我请你们吃。

〔崔老板用托盘端着两碗卤煮从店里出来。

〔崔淑娴上前接过托盘，送到桌上。

崔淑娴　先给谁？

孟晓蕾　嘛呀，崔姐！（接托盘）请客掏钱就成啦，也不用捎带着再当把服务员啊。

钟盛轩　（感觉有点异样）老板，您贵姓？

崔淑娴　姓崔。这是我爸。

孟晓蕾 真的吗？

辛志勇 这，太戏剧了！

崔淑娴 爸，这是我同事。没收他们钱呢吧？

崔老板 下单付款上菜是这店里的规矩，要免单的单说。（拿过空托盘进店）

崔淑娴 不好意思。大钟，多少钱我微信转给你。

钟盛轩 不用。吃饭付钱，该你请的时候你再请。你爸怎么开上卤煮店了？

崔淑娴 （坐下）这房子原来是我哥嫂的。我爸退休了闲得慌，想开个有老北京味道的小店，就把这房子给他，开了这家卤煮店。味道比那些百年老店强多了，你们尝尝。

辛志勇 你们家原来是做卤煮的？

崔淑娴 北京人家谁不会做卤煮啊，还用得着祖传？我爸退休前是中学教语文的。

〔崔老板用托盘端着两碗卤煮出来，放在桌上。

崔淑娴 爸，我来吧。

崔老板 又加班了？

崔淑娴 没。

崔老板 没加班，怎么跟同事都我这里来聚齐了？

崔淑娴 我跟他们不是一路来的。我是专门来找饭吃的，他们……大钟，你带他们干什么去了？

崔老板 （问辛志勇）小伙子，这碗卤煮味道怎么样？

〔钟盛轩和崔淑娴低声交谈。

辛志勇 （赶紧吃了一口，忙不迭地答）好！好吃！

崔老板 来北京几年了？

辛志勇 我上学来北京的，都六七年了。

崔老板 喜欢北京什么？

辛志勇 （被问得有些愣）喜欢……喜欢的可多了。

崔老板 真有喜欢的，你就会肯定地回答我。这么笼统，只能说没有真的喜欢上北京。

崔淑娴 爸，你别这么武断。人家是被你吓住了。（拉崔老板在桌旁坐下）

钟盛轩 崔叔叔，您自己在店里忙活？

崔老板 有人帮忙，打下手。东西还得自己上手做。

钟盛轩 这两个都是我徒弟。

崔老板 有徒弟也不见得比我强多少，教了半天，连北京喜欢什么都说不出来。我这碗卤煮白请了。

钟盛轩 那是我没教好。

崔老板 北京的味道，得活到我这岁数才能真的悟出来。

崔淑娴 爸，就冲您这话，我看您也没活明白。

钟盛轩 别这么说你爸啊。他能退休了还想着开家卤煮店来传播北京味道，这是有抱负的人啊。

孟晓蕾 您开这卤煮店赚钱吗？

崔淑娴 赚什么钱啊，不让我们往里搭钱就算不错了。你以为是个人就能开买卖啊。好好跟你师父学手艺，别瞎想别的了。

孟晓蕾 是想好好学的，可现在师父都走投无路了。

崔老板 （问钟盛轩）你也想改行了？看你跟我女儿是同事，肯定也是心灵手巧的人。你要没出路了，到我这儿来，跟我一块干，我收你。

崔淑娴 爸，你这瞎掺和什么呢。

崔老板 什么叫瞎掺和？别看我这小店不大，可我现在是越干越有兴致。你们不来帮我，我给自己找个能接班的不成吗？

〔辛志勇悄悄示意孟晓蕾。孟晓蕾端着碗随辛志勇走到一边。

孟晓蕾 干吗，我吃得正香呢。

辛志勇 你说，我那碗卤煮，这老爷子会不会不给我免单了？

孟晓蕾 瞧你小气的，一碗卤煮也让你这么心疼？放心，有崔师傅在，肯定给你免单。

辛志勇 开始我还没觉得，现在看老头子有点不对劲。

孟晓蕾 怎么啦？

〔辛志勇把孟晓蕾拉到冰柜前，悄悄地拉开门。

辛志勇 你看！

〔冰柜门内侧贴着一份图文并茂的通告。

孟晓蕾 （念通告）冰镇饮料换饮通告：需要者可根据下面以下规则，体验老北京儿童游戏，成功者可免费换取相应饮品。推铁环成功 3 圈换矿泉水一瓶，踢毽子成功 10 次可换可乐一罐，要羊拐成功 6 个花样可换北冰洋 3 瓶……（兴奋）那个……崔师傅，我是不是该叫爷爷啊？

崔淑娴 叫什么你自己不会论啊？（似玩笑又似嗔怪钟盛轩）瞧你这徒弟教的。

孟晓蕾 崔爷爷，我要玩一个！（把手中的碗塞给辛志勇，选玩具）喜欢死我了。

钟盛轩 崔叔，您干吗弄这么一个？

崔老板 你会玩吗？你要不会玩就没必要跟你说了。

钟盛轩 瞧您老说的。（起身到冰柜前查看）崔叔，您老敢不敢跟我比比？

崔老板 （兴奋）就等着有人来跟我比画比画呢。

崔淑娴 爸，你抽什么风啊？

崔老板 我弄这个玩意，就想给喜欢老北京文化的人找个落脚的地方。情怀不能总是满天飘着啊，得落地。

钟盛轩 要不这么着，您老看着当裁判，让您女儿代表您上场。我们两个比比。

崔老板 行，老不欺少。（瞪崔淑娴）你可别给我丢脸。要比输了，这卤煮店一年不许你登门。

崔淑娴 那……我比要羊拐！

钟盛轩 这不耍赖吗？羊拐都是女孩子玩的，我没玩过。

崔老板 没吃过羊肉，还没见过羊跑？

钟盛轩 好！孟晓蕾，把羊拐拿过来。

孟晓蕾 哪是羊拐？在哪儿呢？

〔辛志勇从冰柜门上摘下装着羊拐的塑料包，递给孟晓蕾。

孟晓蕾 嘿，你怎么知道？你玩过？

辛志勇 书上看的。

孟晓蕾 别又忽悠我。（把羊拐袋交给钟盛轩）

钟盛轩 坐这儿。

〔孟晓蕾不明所以，还是在钟盛轩旁的凳子坐下。

钟盛轩 看着，我告诉你羊拐怎么玩。

崔淑娴 你不是不会玩吗？

钟盛轩 我没玩过，可我看过啊。耍羊拐关键是眼、手、嘴的速度和协调性，女孩子手巧、嘴欠、眼贼，所以适合玩这个。

孟晓蕾 师父，你这么高的要求我可学不来。手巧还凑合，还要嘴欠、眼贼，这女孩能要吗？

崔淑娴 这是他们男孩子夸女孩子呢，跟这样的女孩子他们才好找话说。

孟晓蕾 师父，是不是你发现我也有这几样特长，才收我当徒弟的？

辛志勇　有什么特长你自己还不清楚？

钟盛轩　别逗了。现在我告诉你耍羊拐的基本方法，然后你代表我跟崔师傅耍。咱们争取让她一年吃不上卤煮。

〔钟盛轩打开羊拐包，拿出羊拐和沙包给孟晓蕾讲解羊拐玩法。

〔孟晓蕾边听边试玩。

〔辛志勇在他们讲学时，从冰柜门上拿下一个推铁环的袋，拿出铁环试推了一下。听到钟盛轩这边要开始比赛了，拿着铁环靠过来观赛。

钟盛轩　明白了吗？

孟晓蕾　您就看好吧。崔师傅，开始？

〔崔淑娴和孟晓蕾在桌子上比赛耍羊拐。第一盘，两个人都没输。

孟晓蕾　三局两胜？

崔淑娴　几局都成。

崔老板　五局三胜。（推崔淑娴）让我来。

崔淑娴　您成吗？

崔老板　（坐到孟晓蕾对面）开始。

孟晓蕾　（做动作）两拐、三洞、四窝，全。崔爷爷，该您了。

崔老板　刚才你们比的没有这么复杂。

孟晓蕾　这不是跟您比吗，要提高等次。

〔崔老板笨拙地翻拐、扔包。没有成功。

钟盛轩　别急。

〔崔老板再次翻拐、扔包。这次成功了。

〔众人喝彩。

〔崔老板落泪，用手捂脸。

崔淑娴　爸！您这是怎么啦？不用这么激动。

崔老板　我这个东西在这里摆了这么久，你们是第一个来玩的。我太开心了。

钟盛轩　（对崔淑娴）看来，崔叔真是费了不少心思。

崔老板　我热爱咱们北京的文化！虽然教了一辈子书，可我骨子里就是一个北京的土著。我开卤煮店，就是想让人家记住北京的味道。我设立有奖赠饮，是想让四面八方的人都能知道，我们曾经有过什么样的欢乐。

钟盛轩　人生很多美好的记忆，都是通过具体的物品留下来的。（猛然悟到）你们说，说起北京，你们脑袋里会想到什么？说味道，有卤煮、豆汁。要是说北京的图案、色彩，不是那种高大上的，就在我们身边的，生活中的，具象的。

孟晓蕾　师父你是想 APEC 斗拱的设计，你想到什么啦？

钟盛轩　你们说我这几天带着你们骑着单车乱转，说实话，开始我也是有些抓不到头绪。刚才崔叔这么一提醒，我知道了，我这些天带着你们，就是想找到咱们 APEC 设计中可以具体呈现出来的北京元素。

孟晓蕾　（急得用手拍辛志勇）咱们第一站到的哪儿？

辛志勇　潭柘寺。先有潭柘寺，后有北京城。咱们从城外转到城里，从五环六环转到了二环里面，看到了那么多，说真的，就是一个字：乱！骑单车穿过城市，真是太难了。

崔老板　作家老舍写过很多和北京有关的作品。他写过一篇散文，叫《北京》，里面写道："只有人变了，才是真的变化——这不仅是变化，而是发展与进步。北京还有古老的城墙，古老的皇宫，古老的文化传统，可是因为人变了，这些古老的东西便有了新的作用，新的精神，和新的生命！向来就美的，今天更美了，表里一致的美。”这是他 1954 年写的。那个时候，老舍能发现北京的美。为什么到 21 世纪了，你们没有发现北京的美，只看到了乱？

孟晓蕾 他缺乏发现美的眼睛。（凑近辛志勇）你不近视吧，还是隐形眼镜忘戴了？

辛志勇 你贬低我，也抬高不了你自己。

〔几片银杏树叶从空中飘落。

钟盛轩 （拾起一片银杏叶）郁达夫写过一篇《故都的秋》，也是写北京的。“在南方每年到了秋天，总要想起陶然亭的芦花，钓鱼台的柳影，西山的虫唱，玉泉的夜月，潭柘寺的钟声……静对着像喇叭似的牵牛花的蓝朵，自然而然地也能感觉到十分的秋意……秋天，这北国的秋天，若留得住的话，我愿把寿命的三分之二者去，换得一个三分之一的零头。”对北京是多么炽热的爱啊！郁达夫是个诗人，但他有着工匠的眼睛。“说到了牵牛花。我以为以蓝色或白色者为佳，紫黑色次之，淡红色最下。最好，还要在牵牛花底，教长着几根疏疏落落的尖细且长的秋草，使作陪衬。”这就是生活留给诗人的……（猛然想到什么，从身上摘下图筒）把咱们的图打开。

〔孟晓蕾从钟盛轩手中接过图筒，打开，从里面抽出设计图。

〔辛志勇上来帮助孟晓蕾把设计图展开。

钟盛轩 （用手中的银杏叶在设计图上比画）不让用以前常用的图案，咱们用银杏叶来做斗拱上的主体纹饰！

辛志勇 以前景泰蓝的设计、制作，从来没用过银杏叶的图案。

钟盛轩 以前没有的不代表以后永远没有啊。我们景泰蓝是传统工艺，但是继承是多少代人传下来的技艺，不是哪一朝哪一代的，哪一个人的，是千百人智慧的集合，才有了今天这样的景泰蓝。

景泰蓝不能到了我们手中就成了一个一成不变的死东西了。我们要让它永远是鲜活的。我们要用当代人的智慧让它更加艳丽、更加完美。你们觉得银杏叶好看吗?

崔老板　北京人秋天最爱看的就是银杏和红叶，现在更喜欢看银杏！有银杏那片金黄的北京才是最美的！

崔淑娴　银杏树也是咱们中国独有的物种，和大熊猫一样珍贵。

辛志勇　那要把银杏和红叶都用上呢？一黄一红。

孟晓蕾　你别在我们景泰蓝上搞西红柿炒鸡蛋好不好?

辛志勇　人家在设计，不好你可以反对啊。

孟晓蕾　（举手）反对!

钟盛轩　不能两个图案都是树叶，设计元素重复过多也是缺欠。但红色很好，我们中国人喜欢红色。

孟晓蕾　那还不好办，换一种红颜色的花不就成啦?

辛志勇　用月季！北京的市花！这个肯定没错，谁敢反对?

崔老板　这俩徒弟还真没白收，管用。

崔淑娴　还愣在这里干什么?

钟盛轩　走！回工作室赶紧出图去!

〔4个人收拾起图纸，推着单车，同下。

崔老板　北京的味道会传下去的。

〔暗场。

第四场

〔同第一场。

〔钟晓晓上。她背着双肩包，青春靓丽。

刘星云 （画外）晓晓，你先和同学自己转转，我找你爸去。

〔高宇文上。边走边低头玩着手机。

钟晓晓 谢谢刘叔叔！

〔钟晓晓看高宇文玩手机的样子气恼，伸脚绊了。高宇文踉跄一下。

高宇文 （继续玩手机）干吗？

钟晓晓 你眼里有没有人啊？（抢手机）

高宇文 （躲闪收手机）我这不一直跟着你吗？（看见周围情况）这是什么地方，你带我到这儿来干吗？

钟晓晓 这是我爸单位，让你见见中国最好的景泰蓝。

高宇文 看这个干吗？

钟晓晓 你猪脑子了！咱们老师让这个周末自己去体验一下非遗文化。我是给你提供个就近方便的机会，省得你到处乱找去了。

高宇文 这有什么可看的？

钟晓晓 你懂不懂？景泰蓝是国家级非物质文化遗产，燕京八绝。

高宇文　（在工作台上乱摸）这都是你爸干的？

钟晓晓　怎么着？我爸是国家级传承人，全国劳模！

高宇文　你牛什么啊。

钟晓晓　这还不够牛？这高度你一辈子干死了也够不着。

高宇文　（用手机拍工作台上的景泰蓝）那我拜你爸为师吧？

钟晓晓　干吗？

高宇文　拜了你爸，我跟你在一起玩不就名正言顺了吗？

钟晓晓　我现在上学天天都要见你就够烦的了，你要再拜我爸为师，那还不烦死我？

高宇文　（找面）我就那么一说，你还当真了。

钟晓晓　（恼）你这样，给我提鞋都不够格。我爸要收你这样的徒弟，自己档次都被拉低了。

高宇文　我说，你是带我来参观非遗，还是借机会来侮辱我的？我走了。（下）

钟晓晓　小样！你懂什么是好东西吗？（拿起一个景泰蓝在手上端详）

〔钟盛轩匆匆上。

钟盛轩　晓晓，你怎么来了，有什么事？

钟晓晓　我来看看亲爱的老爸。

钟盛轩　真没事？

钟晓晓　真有事我就发微信了，还用得着跑来找你？

钟盛轩　没事就好。你妈也没事吧？来让爸爸抱抱。

钟晓晓　（闪了一下）你要真心疼我，就回家给我做顿饭。

钟盛轩　你想吃什么，让妈妈给你做。

钟晓晓　她做得不好吃。

钟盛轩　等我忙过这阵儿去……

钟晓晓 别又糊弄我，我的好老爸。（挽住钟盛轩的胳膊）你这阵儿接着这阵儿，哪阵子闲过？这次你就给我个准信，哪天回家给我做我最爱吃的油焖大虾和珊瑚带鱼？

钟盛轩 等我这里活一完工，马上跑回家去给你做！

钟晓晓 （甩开钟盛轩的胳膊）你跑回家去，还有力气干活吗？

钟盛轩 怎么一点幽默感都没有，人家就是形容一下想给你做饭的急切心情……除了做饭，家里还有什么活等我干？

钟晓晓 没有，只要你回家就成。

钟盛轩 别又糊弄我。

钟晓晓 糊弄什么啊。反正糊弄不糊弄你都做不到！说真的，你不想我，我想你了，我今天来看看你，成吗？

钟盛轩 晓晓……

钟晓晓 我多骄傲啊，有一个全国劳模的爸爸！可我天天见不着人，我都怀疑，这是我自己的爸爸吗？

钟盛轩 我有那么差吗？

钟晓晓 你棒极啦！你是我的骄傲！

钟盛轩 真的？

钟晓晓 你女儿怎么会骗你呢？爸爸，我和妈妈都知道你很忙。我特想在你回家的时候，接一盆热水给你烫烫脚。你在沙发上看电视的时候，我站在你的后面给你按按肩膀帮你解解乏……可你不给我这个机会啊！（抹泪）

钟盛轩 晓晓！

钟晓晓 （掩饰落泪）好啦好啦！我跟妈妈说你很好，我和妈妈也很好，谁都别惦记谁。好好干你的吧。拜拜！我的劳模爸爸。（跑下）

钟盛轩 晓晓！（双手捂着抹了把脸）

〔技工：钟总，烧炉那边请您去，都等您呢！

钟盛轩　来了。（下）

〔陈洁同摄像师A上。

陈　洁　钟大师！钟大师！这人都跑哪去了？

〔徐正非手上摆弄着笔记本电脑匆匆上。

陈　洁　徐总你也在？咱们这次来着了！北京APEC的工程设计师和景泰蓝构件的总工一起研究工作，这画面太难得了。

徐正非　别添乱，我这忙着呢！（扒拉开陈洁欲走）

陈　洁　（拦住徐正非）别啊！我们电视台工作也是为了宣传国家工程，您不能因为自己不高兴，就不配合我们宣传吧？

徐正非　我宣传什么？

陈　洁　我做的《劳模秀》节目，就等钟大师的一段故事。大师为了赶APEC工程老没时间，现在你们的工程马上就要胜利竣工了……

徐正非　什么胜利竣工了？事情都是让你们这些媒体给忽悠坏了！

陈　洁　出事啦？

徐正非　你怎么还盼着出事啊？我现在就怕出事。APEC马上就要开了，我的主会场交工的日期迫在眉睫，可景泰蓝的斗拱，我一个也没见到呢！

陈　洁　钟大师把你给坑了？

徐正非　坑我？那有可能。可他不敢坑全国人民啊！要是斗拱不能按期交货，就是我不要他的命，有无数的人等着要他命呢。

陈　洁　你现在这是要找他玩命去？

徐正非　玩什么命啊。他要没命了，我这命也就快了。

陈　洁　那你找他干吗？

徐正非　我找他催活啊！我要我的斗拱！

陈　洁　那好极了，我跟你一起去找他。他躲着不上我的节目，可他躲不了你啊。

徐正非　（走）我们又不是娱乐明星，你老追着我们干吗？（下）

陈　洁　这会儿你们比娱乐明星有收视率。

〔陈洁招呼摄像师A追下。

〔孟晓蕾上。

〔辛志勇端两杯咖啡跟上。他把其中一杯递给孟晓蕾。

孟晓蕾　（接咖啡，手指一疼）哎呀！

辛志勇　（忙接住递过去的咖啡）你手也肿啦？让我看看。

孟晓蕾　有什么好看的。（活动一下手指，接过咖啡）斗拱进炉开烧，终于能喘口气了。

辛志勇　但愿一切顺利。

孟晓蕾　别乌鸦嘴。（坐下，喝咖啡）

辛志勇　这下可以松口气了。（刚放松身体坐下又坐起）哎，都好久没看电影了，我请你看电影去吧。

孟晓蕾　什么意思？

辛志勇　看电影，就这意思。

孟晓蕾　我听清楚了。我是问，你为什么请我看电影？

辛志勇　因为……我想去看电影……不是，其实我也不想看电影。我是想跟你一起去看电影。

孟晓蕾　为什么非要跟我一起去看电影？

辛志勇　（憋了一下，喷出口）因为……爱你啊！

孟晓蕾　（笑）好恶心！

辛志勇　（委屈，起身）你非逼我的。本来就只是请你看场电影，你去看了，我什么也不会说。也许你跟我看10场电影，我也不好意思张嘴说出来我那点小心思。这下好了，一下就亮底了。都尴尬吧？

孟晓蕾　你看着蔫头耷拉脑的，真没想到还藏着一肚子坏水。

辛志勇　行吗？

孟晓蕾　（站起，拿捏姿态）我不知道，爱情是你这样表达的吗？

辛志勇　我也没经验。电影电视里那些百万富豪不也是这么求婚的吗？你愿意嫁给我吗？问一声，然后拿出一个大钻戒来。我这会儿差一个钻戒。我没准备好求婚呢，是你逼我说出来的……

孟晓蕾　（失望）我现在不想结婚，我想要的是爱情。我想在结婚之前，谈一场……什么什么的恋爱。就是特有意思的那种。

辛志勇　恋爱的结果不就是结婚吗？你这么要求过程，最后不一定有好的结果。

孟晓蕾　真的吗？你请我看什么电影？

辛志勇　这个……（掏手机）等我搜搜什么好看。

孟晓蕾　就这样还想让我跟你去看电影？

辛志勇　人家不是不敢肯定你答不答应吗？

孟晓蕾　你要没点豁出去的干劲，哪个女孩能跟你……

〔崔淑娴和刘星云上，在工作台旁收拾工具。

孟晓蕾　崔姐，你手指肿了吗？

崔淑娴　瞧你问的。你看这屋里的人谁的手指没肿？大刘。（想跟大刘说，又转向孟晓蕾）你问问大刘。他是男的，看他肿没肿。

〔刘星云把肿了的手指伸到孟晓蕾脸前。

孟晓蕾　（看了一眼）这不算什么。男的别跟我们女孩比。崔姐，你干掐丝那么多年了，以前景泰蓝掐丝用过这么粗的铜丝吗？

刘星云　哪有啊！（收回手指，自己摸摸）我从来没干过。

崔淑娴　你干多少年了？

刘星云　27 年了。

崔淑娴 我快 30 年。

刘星云 对不起，我抢话了。你说。

崔淑娴 我也真的是没掐过这么粗的丝。这次用的丝有一毫米粗，比平时用的都粗，粗一分就多费一分的劲，要不大伙的手都肿了。我看看你的手。（抓过孟晓蕾的手看）看看，你这小姑娘这么嫩的手还挺结实，还没我肿得厉害呢。

孟晓蕾 那是我干得少。

辛志勇 别光看手指头，你们看看我这脑袋。

刘星云 你脑袋怎么啦？

辛志勇 头发啊！师父拽着咱们从街上回来，就扎进工作室干了个昏天黑地。从银杏树叶到树上结的白果，从盛开的月季到APEC 主会场怀柔那里种的火炬树，几个图案组合了多少次，这才让上面点头认可了。你算算咱们几天没出工作室？那天图纸送审去了，我才去洗个澡，热水一开，地上一片黑。

孟晓蕾 什么意思？

辛志勇 脱发啊！头发掉了一地！

孟晓蕾 太夸张了！你以为我没掉头发啊？图纸过了，你洗澡去了，师父可没歇。这次 APEC 用的斗拱，让咱们用暖色。景泰蓝，那是要用蓝色的。可这次要求咱们用橙色做主色调！银杏叶、白果、月季、火炬树都要弄成橙色系的，还不能完全一样，还要有差别。反差大才是差别呢，同一个色系，近似的颜色，要在景泰蓝上做出差别来，多难啊！为了让颜色协调统一，师父带着大家，一次要调配出几千公斤的釉料来。（搂一下自己的肩膀）我感觉浑身都是酸的。

〔辛志勇的手机响了。

辛志勇 （放下铜板，接手机）高老师，您好！真没想到能接到您的

电话。什么？真的吗？（他边接电话边下）

孟晓蕾 （留心）接个电话还偷偷摸摸的，准没好事。

〔急救车的悲鸣声。

〔一阵乱哄哄的人声和脚步声。

〔徐正非背着钟盛轩，另几个男女技工相扶着钟盛轩，同上。

孟晓蕾 怎么啦？这是怎么啦？

徐正非 钟总晕倒了。

〔崔淑娴和刘星云忙把几把椅子并在一起，协助徐正非把钟盛轩放躺在椅子上。

崔淑娴 是累了吧？

刘星云 不会只是累的。

〔一个技工领一个男医生上。

男医生 病人在哪？

刘星云 在这儿！

〔男医生上前诊看。

孟晓蕾 （盯着徐正非）出什么事了……说啊。

徐正非 烧坏了。斗拱的拼接片全烧毁了。

孟晓蕾 师父说第一次用景泰蓝做斗拱，怕出问题，要求都拆解成小件来做……

孟晓蕾 是啊。瓶子好烧，平面的不好烧。这咱们都想到了。

徐正非 可还是烧坏了。

孟晓蕾 怎么个坏法？

徐正非 你们的平板铜板都给烧变形了。有的中间凹进去了，四面的边边角角都拱了。根本没法组装成我要的斗拱！大钟一看这样，就倒地上了。

孟晓蕾 （冲到医生面前）我师父没事吧？

男医生 （检查完毕）先让他休息会儿，应该不会有什么大事。

〔刘星云边问询边送男医生下。

徐正非 本来是来催活的，我也要躺会儿。（走到工作台侧后，在椅子上躺下）

崔淑娴 让他睡一会儿吧。（对孟晓蕾）看着点你师父。（招呼几个技工同下）

〔孟晓蕾观察钟盛轩，欲走近又有点害怕。

〔钟盛轩猛地挣了一下，身体差点从椅子上落下。

〔孟晓蕾忙上前欲扶，见钟盛轩没有掉下，伸出的手也没有接触钟盛轩的身体。

钟盛轩 （突然出声）人都走了吧？

孟晓蕾 （惊吓）哎呀！师父你说话呢？

〔钟盛轩利落地坐起。

孟晓蕾 师父你慢点。

钟盛轩 我没事。

孟晓蕾 你……装的？你干吗装病，躺地上吓人？

钟盛轩 咱们试烧的第一炉斗拱烧坏了，都站在那里垂头丧气。辛辛苦苦干了这么多天，满怀希望，信心十足，都在等着成功了好喘口气。这下烧坏了，我怕打击大家的自信心。队伍！队伍啊！斗拱烧坏一个没关系，队伍的人心散了，那就太可怕了！当时心里一急，就干脆躺地上了。大家手忙脚乱地都过来抢救我，没人再顾着那炉烧坏的斗拱了。

〔钟盛轩站起，觉得身体很疲惫，伸胳膊扩胸，转体。

孟晓蕾 师父，别这么玩命。反正都晕倒了，你就借机会歇会儿吧。

钟盛轩 说什么呢？咱们第一炉斗拱都烧成这样了，我能再装死吗？（蹦跳）

孟晓蕾　师父你也太夸张了吧？真跟到那边走了一圈又回来了似的，兴奋过头了。

钟盛轩　每接一个新活，对我来说都是一次重生。如果这个活圆满完成了，没什么特别的感觉，要是做坏了，就真跟死了一回一样。修改、加工，直至最后把活改好、完成、交付给人家了，那感觉就如死中求生一般。

孟晓蕾　每一件都这样？

钟盛轩　每一件都一样。

孟晓蕾　那您这心灵得多强大啊？

钟盛轩　什么叫工匠？我们手中的活就是我们的生命，活没做好，那生命也就没了。

孟晓蕾　师父，这话您以前可没跟我说过。学点手艺，还要把命搭进去？

钟盛轩　不是把命搭进去，是要把命玩出境界来！等你学到那个境界了，你就会觉得手中的活就是你的生命。

〔钟盛轩走到工作台旁，拿起台上的半成品铜板琢磨。

〔辛志勇兴冲冲地匆匆走上。

辛志勇　晓蕾。

孟晓蕾　你跑哪去了？

辛志勇　我去接电话了。跟你说件事。（凑近孟晓蕾）

孟晓蕾　什么事啊，大点声说。

辛志勇　（看到钟盛轩）师父在？

孟晓蕾　刚才师父晕倒了，你不知道？

辛志勇　师父晕倒了？

孟晓蕾　就刚才，你还不信……

钟盛轩　（突然感悟）问题在这里！

〔孟晓蕾和辛志勇凑过去。

〔钟盛轩拿着瓶子走到工作台前。

钟盛轩 咱们设计时，考虑到这次使用的材料大多数是平面的铜材，和以前的瓶子、盘子等传统的景泰蓝制品不同，制胎时虽然预留了成品高温烧制后的膨胀尺寸，但忽略了瓶子和盘子那些器物是本身自己一个整体，膨胀、收缩都在自身中消解掉了。可这次的平面构建是要很多块材料烧制后组合在一起的，膨胀、收缩的系数不可能完全一样，所以出现了变形。

辛志勇 那怎么办？

孟晓蕾 先听听师父说。

徐正非 （突然坐起）我想到问题出在哪了！

孟晓蕾 你怎么跟诈尸似的。

徐正非 （冲到钟盛轩等人身边）你们也找到原因了？

钟盛轩 原因好找，关键是找到解决的办法。

徐正非 有了吗？

钟盛轩 先听听你的。你是总设计。

徐正非 我是工程设计，斗拱怎么弄还要听你们的。不过，你们真的想听听我的？

孟晓蕾 徐总，时间！时间！

徐正非 对对对，我是在浪费时间。我马上说。你们听听是不是这样。

孟晓蕾 又多说了几个字。

徐正非 钟大师，你这徒弟嘴也太厉害了吧，一点也不饶人啊。

钟盛轩 你是不是想到了用框架？

徐正非 对啊，框架！英雄所见略同！

孟晓蕾 你们是说，定做一些钢架，在斗拱的散件烧制后，“趁热”

将它们放在这些钢架中，将构建固定住，控住其膨胀、伸缩的大小，使其保持住我们要求的平整度。这样，烧出的构建就可以归整一致了。

徐正非 钟大师，你的徒弟又厉害又聪明啊！真是育人有方。

辛志勇 可钢架和景泰蓝弄在一起，以前这样做过吗？

钟盛轩 没做过才需要尝试吧。我们景泰蓝做斗拱以前也没有过，斗拱上用的图案以前也没有过，前人没有做过的事，正是我们这一代人要做的，否则我们就愧对传统技艺传承人的称号！晓蕾，快招呼大家来干活！

〔陈洁和摄像师 A 上。

孟晓蕾 师父你先喘口气，劳模也别这么玩命啊。

徐正非 我们这种人，完成工程是第一位的。工程比天大。是不是，劳模。我虽然不是劳模，这精神境界还说得过去吧？

钟盛轩 劳模不惜用一刻的心灵满足，去换一天的生命！身体不算什么，我们要的是精神永存！这话像口号吗？

陈　洁 心声！一听就是发自肺腑的。

徐正非 那赶紧去点第二炉火，接着烧啊。

钟盛轩 走！

〔众人下。

陈　洁 （急问摄像师）刚才那段拍下来了吗？钟大师说话的那段！

摄像师 A （茫然地）你没说拍啊。（看看机器）没开机。

陈　洁 （顿足）为什么劳模闪光的地方，咱们总是抓不到？干什么吃的！快跟我追！

〔陈洁催促摄像人员，一起追下。

第五场

〔APEC 会议中心主会场。

〔18 根要装上景泰蓝斗拱的立柱环形矗立。

〔一切都静止着，等待一个开始。

〔徐正非上。他指挥的动作和声音，打破了这份安静。

徐正非　灯光亮一下给我看看。

〔舞台上从空中扫射下几道用电脑灯打出来的彩色光柱。

徐正非　再丰富一点。你们这种东西也需要我指导吗？当 18 根景泰蓝的斗拱升到立柱的顶端，完成安装，会议中心主会场全部竣工的时候，我要一个爆款的灯光秀。秀得让所有人忘记为之奋斗付出的辛苦！你们的导演在哪？

〔在徐正非的高声要求下，电脑灯在立柱的下部和地面上迅速变化着颜色和图案的组合，将舞台呈现出绚丽、动感的效果。

徐正非　对对对，就要这样！（欣赏效果，得意又有些自嘲）我不止能设计建筑，也能设计舞台灯光，将来可以上电视台当导演的。

〔辛志勇拉着孟晓蕾上，边走边把手机塞到孟晓蕾手里。

辛志勇　快，给我拍一张。

孟晓蕾　干吗呀？（看到徐正非）徐总干吗呢？

徐正非 他们安排了一个主会场落成庆典，灯光秀设计得不好，根本没秀起来！我帮他们调整调整。

孟晓蕾 真不愧是总设计师，每个细节都要照顾到了。

徐正非 本来我也觉得他们有点捣乱，可这工程真是值得庆祝一把。为了这些景泰蓝斗拱，钟总带着你们吃了多少苦，受了多少累，贡献了多少智慧！冲这个也该好好秀一把！

孟晓蕾 谢了徐总！让我们景泰蓝用在了这么重要的地方，也算圆了我们的一个梦。

徐正非 这也是我的梦。我特别想把中国的传统技艺运用到我的建筑设计中，一直在找这个合适的工程。接受 APEC 主会场的设计任务，首先就想到了景泰蓝。“一件景泰蓝，十件官窑器”，景泰蓝堪称中国传统工艺美术集大成者。但我只想到了用景泰蓝做斗拱，可我不知道怎么能将这斗拱做出来、装上去。是钟大师，是你们这些景泰蓝的传承人，帮我实现了这个梦想。我先要谢谢你们！

孟晓蕾 等看见我师父了，你们再相互吹捧好吗？我们担当不起。

徐正非 说的是，你师父呢？

孟晓蕾 在那边检查最后的流程呢。

徐正非 我找他去。（下）

辛志勇 快给我拍照啊。别让师父看见了。

孟晓蕾 （不情愿地用手机给辛志勇拍照）这是你的告别照吗？

辛志勇 （变换着位置让孟晓蕾拍照）真舍不得。

孟晓蕾 那你干吗还要走？

辛志勇 我老师那里招博士生，问我上不上。我不好驳老师的面子，就去考了一下，没想到还真过了。我这个人可能还是更适合上学。再说，要留在师父这里，还老要叫你师姐，也怪不甘心的。

孟晓蕾 （用拳头杵了辛志勇一下）去你的。

辛志勇 （攥住孟晓蕾手）晓蕾，我真的很佩服你。你不考大学，直接进了工美学校，就因为喜欢。我是比你上的学多，可我只会考试，别的什么都不会。我们班毕业只有2个人找到专业对口的单位。所以，我才想拜到师父门下，学门真的有用的手艺。

孟晓蕾 现在你还是走了。

辛志勇 我觉得我还是适合做学问。我不动手了，但还可以继续研究景泰蓝啊。再说，有你在这儿，我的心能离开吗？

孟晓蕾 但离开总让人不爽。你想好怎么跟师父说了吗？

辛志勇 没。

孟晓蕾 要不我跟师父说吧。

辛志勇 你怎么说？

孟晓蕾 我就说，师父有我在，你就让他滚吧。

辛志勇 你……要是这样说能让师父开心点，你就这么说。

孟晓蕾 师父来啦。

辛志勇 等我再想想。（拉孟晓蕾下）

〔钟盛轩和崔淑娴、刘星云上。

刘星云 这下都差不多了，就等最后斗拱上梁了。

钟盛轩 别大意。咱们再反复检查一下。

〔钟盛轩的手机响。他从兜里掏了几下掏出手机。

钟盛轩 晓晓。

钟晓晓 （画外）爸，给你个惊喜。

钟盛轩 惊喜？

钟晓晓 （画外）你感觉很吃惊啊？

〔崔淑娴拉了刘星云一下，两个人向另一侧下。

钟盛轩 你不惊吓我就谢天谢地了。什么事？

钟晓晓 （画外）我馋了，从京东到家上下了张带鱼的单子——我自己做，你回家来吃饭吧。

钟盛轩 你做……

钟晓晓 （画外）我昨天做了一顿了，能吃。

钟盛轩 晓晓真棒！可我今天真回不去……

钟晓晓 （画外）你忘了今天什么日子了？

钟盛轩 什么日子？你的生日？你妈妈的生日？我的生日？对，今天是我的生日！怎么是今天，太棒啦！怎么这么巧？真是天助我也！

钟晓晓 （画外）爸你兴奋什么呢？我给你做个带鱼就成这样了？

〔孟晓蕾和辛志勇上。

钟盛轩 晓晓，爸爸今天就是半夜 12 点回家，也要吃上你给我做的珊瑚带鱼。

钟晓晓 （画外）你要那会儿回来，鱼刺也没了。

钟盛轩 晓晓，听我告诉你，爸爸这里有很重要的工作，真的离不开……

钟晓晓 （画外）干吧干吧干吧，算我多事。没人记得你的生日！

〔手机挂断后的忙音声。

钟盛轩 这孩子，你急什么啊。（欲再次拨打手机，看到孟和辛）过来。

〔孟晓蕾和辛志勇相互看看，走近钟盛轩。两个人相互让了一下，辛志勇还是站的距离比孟晓蕾离钟盛轩远一些。

钟盛轩 志勇，有什么事吗？

辛志勇 （迟疑片刻）师父我是有件事，但现在这么忙，我一直不好意思跟您说。

钟盛轩 是事儿躲不过，除非你改变主意了。真要着急办的事，说晚了，可能对你我都不好。

辛志勇 师父教诲的是，徒弟领教了。一日为师，终身为父，师父说的每一句话，都让学生受益匪浅。

孟晓蕾 那你还不快说，别这么絮絮叨叨的了。

辛志勇 师父，我考上我老师的博士研究生了。老师希望我回去继续读书。

钟盛轩 志勇，要做事就不能总是摇摇摆摆的，总要有个一成不变的信念啊。手艺里也有为人之道。我问你们，学好一门手艺，需要多少时间？

孟晓蕾 3 年毕业啊。

钟盛轩 那只是出徒。古人学徒是三年零一节。我看有本书上说，“人们眼中的天才之所以卓越非凡，并非天资超人一等，而是付出了持续不断的努力。一万小时的锤炼是任何人从平凡变成世界级大师的必要条件。”

辛志勇 这是格拉德威尔在《异类》一书中提出的定律，“一万小时定律”。

孟晓蕾 你也懂？

辛志勇 格拉德威尔分析，要成为某个领域的专家，需要一万个小时，按比例计算就是，如果每天工作八个小时，一周工作五天，那么成为一个领域的专家至少需要五年的时间。

钟盛轩 中国人也有十年磨一剑的说法。你们想，人生有几个十年，如果总是迷茫，还有多少机会成为一个出色的工匠？我进入这行 30 年了，一直就在这家工厂，在这里工作。要把自己的工作做到极致！我自信，在景泰蓝这个行业里，虽然说各个大师们更有所长，但我擅长的这块，别人谁也比不了。再一个就是口碑。让人们认同你的手艺，也要认同你的人品。你的手艺才会流芳溢彩，永世相传。

孟晓蕾 就像咱们做的这个 APEC 工程？

钟盛轩 是啊。（抚摩立柱）一个斗拱 700 多斤，放到 9 米高的柱子上去，这是景泰蓝从没做过的。把它干好，是我们这些工匠至高无上的荣誉。

〔辛志勇冲动地抓起孟晓蕾的手。

孟晓蕾 干吗干吗？

辛志勇 师父说的话真戳我的心！劳动就是一个大课堂，在这里，我会学到对我人生最有用的知识！在这里，我一辈子都不会后悔我的选择。因为这样的人生永远都充满创造力、永远洋溢着青春的活力！

孟晓蕾 你这样的才华不上学去太可惜！

辛志勇 你究竟是想留我还是想轰我啊？

孟晓蕾 留不留你得听师父的。

钟盛轩 前几年，我不光收徒弟难，就是收了也留不住。现在，有这么优秀的人才肯死心塌地地跟我学手艺，真是让人欢喜。国家两个一百年的目标给我们这些大国工匠无限的施展空间！让我们热爱劳动吧！让劳动成为我们实现梦想的天梯，为中华民族描绘出最美的画卷！

〔徐正非上。

徐正非 钟总招呼大家开始干活啦。

钟盛轩 晓蕾，招呼大家干活。

孟晓蕾 （冲台两侧喊）干活！干活！斗拱上梁啦！

〔技工们纷纷上。

〔陈洁带着摄像师 A、摄像师 B 跑上。

陈　洁 太好了，让咱们赶上了。快支机器。

〔摄像师 A、摄像师 B 找位置支摄像机。

徐正非　你们真会凑热闹啊。

〔钟晓晓提着个多层的保温饭盒跑上。高宇文抱着一大束花跟上。

〔两个保安在后面跟着。

钟晓晓　（对保安）我是送外卖的！外卖！得让人家吃饭吧。看，就是给他的。爸！

钟盛轩　晓晓？

〔保安下。

钟晓晓　爸，知道你在干国家大工程，我怎么能为难你呢？你不回家过生日，我只好带着我和妈的爱心找上门来了。（打开保温饭盒）看，这是妈给你做的西红柿炒鸡蛋——她的拿手菜。这是我的珊瑚带鱼。这辣椒放的力度肯定能满足你的味蕾——昨天我吃了一块辣得我的嘴巴半天都没合上。这一饭盒都是给你的，一块也不许浪费！

钟盛轩　一定！（招呼周围人）这是我女儿的手艺，大家都有份，都尝尝。（问钟晓晓）行吗？

钟晓晓　没问题。今天是我爸生日。（招呼高宇文）还不快把花给我爸。

高宇文　（有些羞涩地把花递给钟盛轩）叔叔，生日快乐！

徐正非　今天钟总生日？太好了！这日子你赶上了。

钟晓晓　赶什么？

徐正非　赶上了你爸主持的大工程完工庆典啊。

钟晓晓　先有我的还是先有我爸工程的，谁赶谁啊？

徐正非　这小丫头嘴真厉害。是我们赶上你爸生日了。

钟盛轩　晓晓，任何一个工匠都是和他从事的工程连在一起的，没有伟大工程就没有伟大工匠。有了金字塔，人们才会记住那些为金字塔付出智慧和辛劳的工匠。爸爸希望这一年365天都能是我的生日，那样，我就有机会和从事的每一项工程一同庆祝一次我的生日。

钟晓晓 爸爸！（抱住钟盛轩）

〔孟晓蕾、辛志勇上前把钟盛轩、钟晓晓抱在一起。

钟盛轩 （挣脱）不好意思，不好意思了。

陈　洁 （惊醒，喊摄像）快拍啊，多感人的画面。有没有拍下来？

徐正非 钟大师，让我们景泰蓝斗拱亮起来吧！

钟盛轩 （招呼众人）来吧，让我们一起留下这个永远辉煌的时刻！

〔18根柱子前的斗拱一同亮起。斗拱拼组成的天空闪闪发光。

〔音乐起。

〔全剧终。

作品赏析

杨建业的话剧《工匠的天空》是近年来工人题材戏剧创作的一个重要收获。该剧以 2014 年北京 APEC 会议为契机，通过全国劳模、景泰蓝国家级传承人钟盛轩带领团队为主会场制作景泰蓝斗拱装饰的故事，生动诠释了“工匠精神”的时代内涵。剧作将现实主义手法与浪漫主义想象巧妙融合，以高度的文化自觉和艺术创造力书写了普通劳动者的奋斗图景，彰显了新时期戏剧创作的人文情怀，是一部思想性和艺术性俱佳的佳作。

《工匠的天空》最值得称道之处，在于编剧对工匠群体生存状态的细致把握。剧本摒弃了简单化的劳模形象和说教化的故事模式，将矛盾冲突集中于工匠们在传承与创新中面临的困境与抉择。作为传统工艺的守护者，钟盛轩肩负着“代代相传”的重任，力求精益求精。但面对时代的挑战，仅仅固守传统已难以为继，正如他所言：“前人没有做过的事，正是我们这一代人要做的。”创新之路却又充满艰辛。怎样在传统与现代之间寻求平衡？如何让民族瑰宝重放异彩？编剧将工匠们置于两难境地，用他们的切身遭遇折射出这一时代课题。在剧情设置上，编剧巧妙地穿插了“景泰帝”的梦境。梦中与古人的对话，让钟盛轩感悟到唯有用当代人的智慧去继承和光大，传统工艺才能不断焕发生命力。正如景泰帝所言：“每个工匠都该有自己的一片天空，有了你的天空，你才能看见满天的繁星！”只有勇于突破，敢于担当，工匠们才能真正拥有那片充满希望的“天空”。

这种传承与创新的艰难抉择，既是剧中人物的生存困境，也折射出现实中许多非遗传承人的时代坎坷。坚持理想还是妥协现实，拘泥传统还是追求创新，编剧以戏剧冲突揭示了这一难题。剧本并未给出简单的标准答案，而是启示我们：唯有始终坚守“工匠精神”，以执着专注的态度和创新开放的胸襟坚定前行，才能在传承创新中实现文化的“代代相传”。最终，钟盛轩凭借一次次试验、一番番探索，带领团队攻克难关，完成了不可能完成的任务，赢得了时代的赞誉，也诠释了劳动者的价值追求。正如剧中所言：“我们手中的活就是我们的生命，活没做好，那生命也就没了”，工匠把生命注入作品，用执着坚守诠释着“身体不算什么，我们要的是精神永存”的工匠品格。

与深刻的思想内涵相得益彰的，是剧本扎实的艺术表现力。在人物塑造上，编剧善于利用丰富的戏剧语言，用富有张力的对话展现了工人阶级的多面形象。工人形象在舞台上常常以严肃刻板示人，但在本剧中，京味儿十足的俚语俗语信手拈来，与不乏文化内涵的妙语巧思交相辉映，使工人群像变得可亲可感，严肃与幽默兼备。编剧还十分注重人物的心理刻画，钟盛轩面对重重困难时的纠结与觉悟，不仅呈现了工匠群体的心路历程，也烘托了人物的复杂情感，令人印象深刻。

同时，剧本的舞台设计也颇具匠心。从钟盛轩的工作室到老北京街头，从虚幻的梦境到 APEC 的庆典殿堂，时空的自由切换，凸显了人物命运的跌宕起伏。尤其值得一提的是“景泰帝”的梦境，寥寥几笔，却跨越古今，以浪漫主义手法表现传统工艺的深厚文化底蕴，寓意深远而又出人意表，堪称点睛之笔。此外，几场工人集体劳作的场面，以及压轴时分斗拱缓缓“亮相”的舞台奇观，也无不震撼人心。

《工匠的天空》以宏大的格局、细腻的情感、动人的艺术再现了新时代“大国工匠”的精神图谱，对工人题材戏剧的繁荣发展做出了积极的探索。该剧以高度的责任感和使命感贴近时代脉搏，挖掘普通劳动者的精神世界，弘扬了社会主义核心价值观。它所传递的不仅是对传统文化的珍视，更是对民族复兴的憧憬。

工匠世家

黑纪文

作者简介

黑纪文，男，回族，山东禹城人，出生于1950年11月。1968年下乡，次年参军，在部队文工团做演奏员。转业后学习机械，在沈阳电机厂做技术员，成为助理工程师。后业余写小说，1983年调入沈阳市铁西区文化馆。出于对文学、戏剧的浓厚兴趣，先后就读于辽宁文学院、辽宁师范高等专科学校戏剧文学系，毕业后调入沈阳市文化局剧目创作室，创作话剧《那一年，在夏天》。1992年调至辽宁省文化厅剧目工作室，任创作部部长。

黑纪文创作了多部话剧、电影、电视剧，亦写过儿童剧、舞剧、评剧、清唱剧、广播剧以及中篇报告文学，获得国内大小奖项。代表作品有话剧《那一年，在夏天》《郭明义》《红的是杜鹃，绿的是橄榄》《千字碑》《工匠世家》《大码头》《白鹭谣》《魂归黑土》《温柔的特洛伊木马》等；儿童剧《将军的白马》《走出摇篮》等；电影《潘作良》《郭明义》《雷锋在1959》《镜泊湖的枪声》等；电视剧《烈火警魂》《男人的脊梁女人的背》《福星临门》等。

入选剧目《工匠世家》由辽宁人民艺术剧院创排，宋国锋导演，姚居德、高爱军等主演，于2018年在沈阳中华剧场首演。该剧入选由文化和旅游部主办的“全国优秀现实题材舞台艺术作品展演”活动，被评为“2019年度全国舞台艺术重点创作剧目”。

剧情梗概

《工匠世家》的故事发生在东北重装集团两个工匠家庭里。国家“西气东输”工程即将上马之时，厂里的关键设备——价值五千七百万元的进口平衡机出现重大故障。全国劳模宋振远虽已退休，却依然心系工厂，指望刚从德国回来的儿子宋海波解决这一难题。宋海波与父亲技术理念不同，提出请德国生产厂家的专业人员来中国维修。父亲得知儿子所谓的“良策”需要花费巨资、耗时半年，勃然大怒，指责儿子没有东北大工匠的血性，将其赶出家门。在另一个工匠家庭里，劳模陈兆江继承了师父宋振远的理念，一心扑在生产上，但其日子清苦，需要父亲二两半靠他的手艺来补贴家用。陈妻听从他人建议，让丈夫陈兆江把技术卖给对外技术劳务输出公司以赚大钱，遭到拒绝后决意离婚。陈兆江顾不上家里的风波，将所有时间给了工厂。而宋海波也在日夜思考平衡机的大修问题，无意间发现陈兆江提出的压缩机外形设计修改思路很有价值，开始重新审视东北重装的工匠精神。在宋振远的带领下，新老工匠奋战二十七个昼夜，凭借传统经验和现代手段，圆满完成平衡机自主大修的任务。家里的冲突与矛盾也随之解决。

时 间

当代

地 点

辽宁老工业基地，东北重装集团

人 物

陈兆江

宋海宁

宋海波

李晓慧

宋振远

二两半

宋 妻

傅春燕

青年铆工、焊工、老工人若干

第一场

〔变奏音乐《咱们工人有力量》。

〔升光。重装集团明亮整洁的现代生产车间。头戴安全帽的宋振远，在高处观察平衡机运转情况。

〔李晓慧带领着退休的工匠们上。李晓慧介绍着进口设备。

李晓慧 师傅们，请看，这就是咱们重装集团从德国引进的检测平衡机。

工匠甲 这机器不便宜吧？

操作员 5700 万！全国只有两台！最高转速，每分钟两万转。

工匠乙 嗯，真不赖，每分钟两万转，噪声只相当于一台普通的重型机床。

〔工匠们纷纷侧耳倾听机械匀速运转的声音。

宋振远 （在高处喊）哎，哎，你们听啥呢？小心点，听到耳朵里拔不出来啊。（众工匠闻声张望）嗨，这儿哪！往这儿看！

众工匠 老宋！

工匠甲 你这个老家伙啊，总是高我们一头。哎，都退休好几年了，哪来的精气神呢。

工匠乙 他呀，生就的骨头长就的肉，天生就是个“十不闲儿”。

李晓慧　（笑）你们这些工匠师傅不都一样吗，退休退休，退而不休。

工匠甲　（摆手）哎，我们？我们也就是个惦记，时不时地回来看看……

〔宋振远擦着手上的油泥，走下舷梯。

宋振远　哎，老刘，你这是啥话，还回来看看？东北重装可不缺看景的，别忘了，（点着各位）你们现在还挂着企业的技术顾问头衔哪。

工匠甲　顾问？（笑）也就你上心，顾问是个啥你还不明白。

〔二两半上。他穿着一件肥大夸张的马甲。嘴上还叼着一支香烟。

二两半　（抢话）顾问顾问，顾得过来，问上一问，顾不过来，不闻不问。

宋振远　别忘了，咱们是大工匠、主人翁，给集团干点活、想点事，还等着“请”啊？摆啥谱啊？

〔二两半走到宋振远面前。

二两半　（阴阳怪气儿）听听，你们听听，我师哥这话就是有境界，哎，到底是劳模哟，（变味）不甘心退出历史舞台。

宋振远　（扯下他嘴上的香烟，踩灭）这是新厂区！你怎么才来？

二两半　怪我吗，你们这些退了休的老梆子，玩什么正点发车！等我两分钟能死啊，今天又阴又闷，看看累得我这身汗。

〔二两半拍抖着马甲。马甲里发出牌子的撞击声。

宋振远　活该！

李晓慧　（好奇地）陈师傅，您衣服里是什么呀，怎么跟打击乐似的。

二两半　（得意地）啥？嗨嗨，活广告！

〔二两半脱下马甲，翻过来穿上。原来，马甲前后挂满了牌子。

〔“精修家电”“现场修车”“电路设计”“工匠巧手，劳模维修”，还有手机号码。

〔二两半背着一身牌子。在众人面前走起了模特步。

宋振远　你说你，这叫啥玩意儿呢！洋相出到厂里来了。（扯着马甲襟）

二两半　瞧不起啊？我还有一辆“大工匠维修专用车”呢。厂子不让进。师哥，这叫啥？本事！（抖着马甲）我老陈，全指着这身能耐弄点酒钱儿呢。

宋振远　你呀，这辈子就钻钱眼儿里了。

二两半　我挣钱，我乐意！

一工人　（念）工匠巧手，劳模维修。哎？老陈，据我所知，你也没当过劳模呀，哎，这算不算虚假广告啊？

〔众工匠七嘴八舌。

二两半　哎，我不是劳模，可我儿子是啊，连续多年的青年劳模。老子沾儿子点光不行吗？（看看宋振远）再说了，劳模有啥了不起，论贡献，我老陈不比劳模差，不信咱就掰扯掰扯。那些年，厂里哪个重大项目落下过我？打听打听，全厂上下谁不服我“陈三两”？

〔二两半得意地举起少了半截无名指的左手。

工匠甲　啥？这哪是陈三两，明明是二两半嘛。

〔二两半举起他右手，让人看清他缺半截无名指的左手。

二两半　二两半咋地，二两半是我的光荣！

宋振远　得得，你能耐，你有本事，行了吧，过去的事了，该翻篇了，看看现在吧……

李晓慧 哎，师傅们，对过去的事啊，不是简单地掰扯掰扯，可也别翻篇，集团要建企业博物馆了，我们向各位大工匠征集展品。比如，那个年代的奖品、奖状、劳模照片、工作照片、用过的传统工具、早期的工作服，都是博物馆重点征集的展品。

二两半 噢，你是要收破烂啊。

李晓慧 陈师傅，不是破烂，是企业文化，是东北重装的宝贵财富。

宋振远 （不悦）啥好话一到你嘴里就变味。企业文化，懂吗！

二两半 看看，我又呛劳模的肺管子了。姑娘啊，我这人，不像我师兄，攒下一身光环，到现在还刺眼呢，我这辈子要奖状没有，要劳模照片没有，你要是想要用过的旧工具、旧家什，那倒是不缺。

李晓慧 那太好了，一个健忘的民族是可悲的民族，一个忘记过去的企业，同样没有未来。东北重装是靠着你们的工匠精神，一步一步走过来的。听集团老总说，宋师傅家几代人的青春都献给了东北重装，全家累计工龄快到二百年了。多光荣啊。

二两半 那是比不了啊，我师哥是全国劳模，儿子又在德国赚洋钱，师哥，听说今天就回来，儿子是大海归，衣锦还乡、光宗耀祖，你们老宋家的风头，出到全世界了。（再次抖马甲）哪儿像我呀，这辈子就是挣小钱儿的命……

宋振远 得得得……没工夫听你耍贫嘴。

〔平衡机声音异常。工匠们脸上现出紧张的神情。

宋振远 平衡机运转异常。操作员！

操作员 （从平衡机旁边跑上）宋师傅！

宋振远 怎么回事？

操作员 噪声加大，机身震动超常。

宋振远 马上停机呀！

操作员　好！（跑下）

〔机械异常声音越来越大。声音恐怖、刺耳。

宋振远　（对后面喊）马上停机！

〔刺耳的声音骤停。静场。

〔操作员跑上。

操作员　宋师傅，平衡机趴窝了。

〔静场，宋振远走到平衡机旁，用手抚摩着机身。

宋振远　这可是咱们重装集团的独生子啊。

〔远处响起隐隐的闷雷声。

二两半　师哥，没事儿，你儿子海波，还有德国机械专家不是要来了吗，他们能解决。

〔一道闪电划开阴沉的空间。雷雨交加。

〔陈兆江、宋海宁上。

陈兆江　师父。

宋海宁　大爷。

宋振远　人接回来了？

陈兆江　（失落地）没有。

宋振远　怎么啦？

陈兆江　飞机遇到异常天气，无法降落。

宋振远　（吃惊）啊？又飞回德国啦？

宋海宁　没有，飞机改降在大连了，集团已经派车去接了。

宋振远　（松了一口气），儿子，你还行，回来得正是时候。

〔收光。

第二场

〔数日后。宋振远家。宋妻里外准备着饭菜。

〔宋振远翻箱倒柜，收拾东西，声音很大。

宋　妻　大清早你瞎翻啥呢？

宋振远　集团要建博物馆了，咱爸跟周总理的那张合影呢？

宋　妻　现在就要吗？

宋振远　那倒是不急。

宋　妻　那你轻点，海波还没睡醒呢。

宋振远　几点了，赶紧，把他叫起来。

宋　妻　你让他多睡会儿，倒倒时差。

宋振远　时差得倒到啥时候啊？厂里出了那么大的事，他居然还能睡得着。

宋　妻　哟，您这堂堂东北重装的能工巧匠，也有急着用儿子的时候。

〔宋海波从睡房走出来。

宋海波　妈，早饭做好了吗？

宋　妻　早饭？看看几点了，中午一块吃吧。

宋海波　（伸个懒腰）睡得昏天黑地，总算缓过乏了。（看到手边的压缩机图纸）爸，您也关心这台压缩机生产啊。

宋振远 兆江放在这儿的。他说，这台压缩机的外壳组装，要用咱们的“一四拼装法”工艺。我帮他琢磨琢磨。

宋海波 （纠正）爸，什么叫“咱们的‘一四拼装法’”啊？那本来就是你的发明。国家科技进步奖牌上，刻着您的大名哪。

宋振远 那也离不开企业这个大环境。

宋海波 我不同意您的说法！在名誉问题上，谁的就是谁的，当仁不让。爸，谦虚过度了可就是虚伪啊。在这一点上，应该向外国人学习。

宋振远 可我是中国人。哎，你们那个叫约瑟夫的总设计师怎么没来呀？

宋海波 （支吾一下）啊，外国人讲效率，注重成本，能省就省。

宋振远 派你回来当技术总监，连翻译都省了。

宋海波 爸，这台代制的压缩机，是德国人给东北重装的一张考卷，只要整机试车合格，还有更广阔的合作空间。

宋振远 赶考啊，来吧，只要他能在图纸上画出来，重装的工匠就能造出来。

〔二两半、宋海宁拎着食品上。

二两半 老嫂子……

宋海宁 大娘，大哥……

宋　妻 都来啦，快快……

二两半 嫂子，我是来蹭酒的。（看宋振远）师哥，我知道你不待见我，没法子，脸皮厚。

宋振远 （不冷不热地）咋地，今天不蹬着三轮去钻钱眼儿啦！

二两半 （拿起桌子上的酒）哎，赚钱是为啥？喝酒！今天有酒今天醉，明天没酒再掂对。嫂子，我说得对吧？

宋　妻　你就撒谎吧你！要是光喝酒，你的退休金啊，一天三个二两半也花不了，为啥赚钱，你肚子里的小算盘，还瞒得了我？

宋海宁　哎，陈大爷，你拼命赚钱，不是要娶个后老伴吧！

二两半　浑小子，说啥呢。

宋海宁　（一样样拿食品）哥，这都是在外国吃不着的。等过两天，我请你去撸串，烤鱼、烤鸡架、冰镇扎啤，老过瘾了。要讲工业，德国是发达地区，讲美食，德国是重灾区，你呢，就是美食重灾区来的难民。

宋振远　别耍贫嘴了，小子，这次把你安排到代制压缩机生产团队，你得把握住这个机会，别成天吊儿郎当的。

宋海宁　必须的！大爷，我把手里的活干完，马上去报到。只要这台压缩机顺利完成，我宋海宁的大名也能载入东北重装博物馆。

宋　妻　（拍他一巴掌）海宁，记住了，光说不练可是假把式。

宋海宁　瞧好吧，大娘！（拉海波）哥，离吃饭还得一会儿呢，走，我领你出去转转。

宋振远　不行，我这还有事呢。

宋海宁　（小声）啥事，吃饭的时候说呗。

宋振远　海波，平衡机趴窝的事怎么办？

宋海波　（用外国人的样子摊开双手）这应该是重装集团领导决定的事。

宋振远　（反诘）咋地，平衡机趴窝跟你没关系？

宋海波　（摊手）当然。（强调）不光跟我，跟您也没关系啊。

宋振远　（不悦）那，那可是五千七百万真金白银进口的。

宋海波　我知道啊，重装集团的独生子。

宋振远　现在独生子病了，你说咋办？

宋海波　孩子病了，家长领着孩子去看医生啊，多么简单的事啊。

宋振远　你跟集团老总也是这么说的？

宋海波　不然呢？

宋振远　你，你就不能负点责任？

宋海波　（耸肩）责任？机器不是我弄坏的，凭什么让我负责呢。

宋振远　（烦了，摆手）别在我面前缩脖子端腔的，身上有虱子啊？不爱看，出国几年添毛病呢。

宋海宁　大爷，这动作多帅呀，我还想跟大哥学呢。（做个动作）

宋振远　学点好吧你！（问海波）别绕弯子，平衡机维修的事你怎么看？

宋海波　最复杂的问题，往往用最简单、最便捷的方法就能解决。

宋振远　别卖关子，说！

宋海波　我看了一下平衡机的现状，大体上找出了故障原因，同时给集团领导提出了一个最稳妥的建议。

〔宋振远、二两半、宋海宁同时倾听。

宋海波　平衡机故障，是超负荷运行、机油的纯度，加之保养等问题综合导致的，要恢复正常运转，必须请德国生产厂家的专业人员到中国来大修。

宋振远　啊？从德国请人来修，那人吃马喂得多钱哪？

二两半　没个百八十万怕是下不来吧？

宋海波　大修费 300 万马克，折合人民币是 900 万。维修周期 180 天。

宋振远　六个月，900 万！这就是你给集团领导的最简单、最便捷的建议。

宋海波　别无选择。

宋振远　也就是说，只能在他这一棵树上吊死了。

宋海宁　哎，大爷，应该说，只有靠在人家这棵大树上咱们才死不了！

宋振远　你放屁！（质问宋海波）900万维修价格谁定的？啊？！磨洋工维修周期又是谁定的？谁定的！

宋海波　爸，您是不是以为，是德国人借机敲竹杠、趁火打劫啊？

宋振远　啥叫以为，他们就是，就是敲竹杠、抢钱！

宋海波　典型的奸商思维！

宋振远　（怒）谁是奸商，你说谁是奸商？

宋海波　我和集团老总谈话前，首先是打开电脑，一起查看了德方公司的官网，核实了德方面对全世界的维修价格和维修周期。人家十几年没有变化，维修价格还略有下降。

二两半　那没辙了，这钱得花！

宋振远　站着说话不腰疼，不是你的钱是吧！

二两半　看看，又跟我来上了。有本事你自己修啊。

宋振远　你以为我不敢！

宋海波　您的意思是？

宋振远　我们自己大修。

宋海波　爸，平衡机可不是普通的牛头刨、摇臂钻、小车床……那是世界级的精密机械。

二两半　同意大侄子的意见。

宋振远　你少插嘴。下午我就去找集团领导。我宋振远不是让人吓大的。

宋海波　爸，我认为，您这是蛮干！

宋振远　你说啥？

宋海波　擅自大修就是蛮干，您考虑过蛮干的代价吗？

宋振远　我再说一遍……

宋海波　您不是被吓大的，您有责任心，您有四十多年的经验，您得过科技进步奖，可那是过去，大修平衡机，请问，有维修的科学数据吗，有专业维修团队吗，有专业的维修工具吗？别的不说，机壳打开以后，最简单的防尘技术您都解决不了！

宋振远　我什么都没有，我就有铆工匠的志气！

宋海波　志气？进口设备协议上写得清楚，平衡机大修前，应该知会德方，如果擅自大修失败，再请德方来修，费用就不是300万马克，而是600万马克了。

宋海宁　啊？1800万人民币！

宋振远　（气）盼你回来，指望着你能帮帮忙、想想招，没想到，一盆凉水，一顿乱棍，你是在替德国人挣口袋啊。

宋海波　爸，尊重科学，遵守契约，这是现代工业发展的基本前提。

宋　妻　厂里的事不在家里说啊，海宁，赶快摆桌子，准备吃饭！

宋海宁　好嘞！

宋振远　吃什么吃，我家的饭菜不喂狼。

宋　妻　你这人，啥事不得吃了饭再说吗！

宋振远　这饭你吃得下去吗？啊，在外国待了几年，回来看咱们，这也不行那也不行了，不行，你别回来呀……

宋海波　爸……我们在家里……

宋振远　得得，我不是你爸，这也不是你家，你是德国专家，你明天，不，就今天，搬到德国专家公寓住。

宋　妻　老宋，你这是干啥！

宋振远　干啥，我不愿意让人在我眼前添堵！

〔陈兆江拎着一个大胶合板的大样和图纸急匆匆上。

宋海宁　师哥，你来了。

陈兆江　宋海宁，你惹祸了！

宋海宁　怎么啦？

陈兆江　（举起大样）这是什么？

宋海宁 这……是我给通风机壳放的大样啊。

陈兆江 （塞给他）看看，好好看看！

宋海宁 （左右看着）没毛病啊……

陈兆江 （点着右上角的标识）看这儿……

〔宋海宁仔细看，大样和他本人一起瘫掉在地上。

宋海宁 哎呀，大小孔让我给钻反了！（惊恐地看着宋振远）

陈兆江 你说你……这可是十台通风机的机壳……误工费、材料费……哎，等着挨罚吧！

〔余气未消的宋振远过来，拿过大样和图纸看。

宋振远 （压着火，问陈兆江）这是你给他派的活？

陈兆江 师父，我寻思这也不是什么难活，都怪我没嘱咐好。

宋振远 就这活，还用嘱咐！脖子上挂块骨头，狗都能干！（宋振远把大样套在宋海宁脖子上）

宋海宁 大爷，我把图纸给看反了。

宋振远 你肩膀上扛的是啥，尿壶吗！

宋海宁 （小声）我又不是故意的。

宋振远 咋地，你还想故意！嘟囔，再嘟囔……我削你！

〔宋海宁吓得跑到宋妻身后。

二两半 （悠闲地）干啥，干啥呀，事都出了，你再吓着孩子。

宋振远 （没好气儿地）我给他立规矩呢。跟你没关系。

二两半 咋没关系，这是我儿子给你侄儿派的活吧，陈兆江得负连带责任吧。我看看……（对着图纸看了看，敲敲海宁脑袋）你小子啊。来，来来。

〔二两半从车上拿起一张纸壳，在大样上比量一下，抄起剪子。边说边铰成一个梯形，随后弯成一个锥形筒，用别针别好扣在大样上。

二两半　小子，你看，孔钻小了可以扩大，大孔想变小呢，给它加个锥形筒，这不就结了吗？记住喽，长木匠、短铁匠，能长能短、能粗能细是咱铆工匠。

宋海宁　（得意地）看看，这才叫大工匠呢，绝地逢生，解决！

〔宋海波在一边看着大样，一边无奈地摇头。

〔陈兆江抢过宋海波手中的大样，扔在地上。

陈兆江　爸，你这是害他，砸东北重装的牌子，这是国家标准设计，不是马路边锔盆补锅焊洋铁壶。

二两半　哎呀，能对付上的事，为啥跟自己过不去，又不影响机械性能。

陈兆江　你怎么知道不影响，就是不影响，咱们也得严格按设计图纸生产。这是规矩！

二两半　问问你师父，这叫手艺，这叫门道。

陈兆江　手艺？手艺是可以耍的，门道可以取巧，但是那不是技术，不是工匠，都像您这么耍手艺，玩门道，中国工业没希望！

宋海波　兆江的观点我赞成！当然，我承认，用陈叔的办法，可以让这些产品蒙混过关，但是，长此以往，等于饮鸩止渴。爸，这事跟你要擅自大修平衡机是一个道理。

宋振远　滚一边去。他是他，我是我！（走近海宁）就你这样的，能干啥！进了德国压缩机生产团队，也是块绊脚石。

宋海宁　谁还没个错呢，进了这个团队，我改了还不行吗？

陈兆江　生产中心决定，取消你参加德国压缩机生产团队的资格，让你在原岗位上把这些做废了的部件重新加工。对于你造成的损失，还要根据实际情况做出处罚。

宋振远　脚上的疱，自己走的，怪不着别人。

宋　妻　海宁，接受教训吧。

宋海宁　接受教训？我哪一天不听你们的教育、训斥。我爸我妈在大西北来电话叮咛嘱咐，要努力啊；身边的大爷大娘谆谆教导，你得上进啊；在岗位上，大师哥耳提面命，你要争取啊，努力、上进、争取……动不动让我重温老宋家革命家史，四代工匠，三代劳模……就连爷爷去世前，也拉着我的手，让我安心当铆工匠，实现他的夙愿。把老宋家连续 200 年工龄的任务强加在我头上，你们出国的出国，当劳模的当劳模，弄得我一天一张地撕日历熬天数。在老宋家的家史上，我是个啥，我就是个可有可无的混子。

宋振远　出了这么大的事，你还抱屈了你！

宋海宁　我当然抱屈！我的苦处谁知道，我快 30 岁了，连个对象也谈不成，谁关心过！我钱包空空的，谁问过！不让我在德国压缩机组干了，嗨，正好，我解脱了，我一身轻，我想干啥就干啥，实在不行，我辞职、我下海……

〔宋海宁摔门而去。

宋振远　滚，你给我滚！明天我就去找集团，把你小子发配到大西北你爸妈身边，（看看宋海波）你还站这儿干啥，都滚，别在这儿给我添堵！

〔收光。

第三场

〔几天后。陈兆江家。一室一厅的老楼。

〔陈兆江专注地坐在电脑前，不时地看着挂在墙上的德国压缩机设计图。

〔傅春燕拿着一个工具包上。

傅春燕 陈兆江，你还能行不，屁股大的房子，你还把破铜烂铁搬家来了，我给你扔了啊。（一堆螺栓倒在地上）

陈兆江 哎哎，扔不得，那是我特意收藏的。

傅春燕 （嘲笑）收藏？这是哪个朝代的文物啊？

陈兆江 你仔细看看，螺栓上面刻着什么呢。

傅春燕 好像是个“宋”字。

陈兆江 对，这是安装全国第一台大型鼓风机那年，为了保证质量，我师爷和师父在螺栓上刻下的。这几枚螺栓，马上就要成为重装博物馆里的珍贵展品了。

傅春燕 博物馆，展品，你这是自恋。

陈兆江 自恋也叫爱岗、敬业。

傅春燕 （看电脑和图纸）干啥呀，德国专家设计图，看得懂吗你？

陈兆江 啥话呢，要是连图纸也看不懂，还叫啥铆工匠。告诉你，不但看得懂，我还想给他挑挑毛病呢。

傅春燕 一个中专生，铆工匠，还要给外国专家的设计挑毛病。看来，你不但有莫名其妙的自恋，还有点不知天高地厚的自信！

陈兆江 哎，铆工匠怎么啦，我师傅就是铆工匠，高级技师，得过全国科技进步奖。

傅春燕 就是得过诺贝尔，填写职务一栏，也是铆工匠。

陈兆江 没有铆工匠的这双手，再高端的设计，它也是纸上谈兵。

傅春燕 得，不跟你争了，赶快收拾一下，咱俩去4S店。

陈兆江 下决心要买车了？

傅春燕 买！为了不伤孩子的自尊心。

陈兆江 我看是为了满足你的虚荣心。

傅春燕 （正色）陈兆江！买辆车就虚荣吗，你到学校门口看看！

陈兆江 （打断）买，买！钱都在你手里，买就是了。

傅春燕 那你总得去帮我拿个主意吧。

陈兆江 还是别去了，要是让我拿主意，咱俩还得干起来。

傅春燕 （打量、盯着丈夫的脸）你……想带我去二手车市场？

陈兆江 聪明！买辆二手车，去维修店，喷喷漆，打打蜡，就跟你们中年妇女美容化了妆一样，谁知道是新是旧啊。

傅春燕 陈兆江，这主意，亏你想得出来。

〔二两半推三轮车上，门外听到夫妻拌嘴。

陈兆江 不想不行啊，你算算，养台车一年多少钱，用我爸的话说，咱们家离学校就一泡尿远，摆那个谱干啥。

傅春燕 听他的？他那几个退休金，全买了猫尿了。

陈兆江 咋说话呢你！我爸不就是爱喝口酒吗。平常还少贴补咱这个家吗？

傅春燕 家？咱这也叫家，你打算窝这儿一辈子啊，不得买房吗？

陈兆江　买呀，买房子咱也不攀比，我想好了，在这附近买一套二手的两室一厅，三室更好，省钱，上班不远，最要紧的，还能照顾我爸……

傅春燕　陈兆江，你可真行啊。开二手车、住二手房，哎，图省钱，你应该娶个二手老婆，再带个孩子，连当爹的事都解决了……

陈兆江　看看，一商量事就说气话，我知道，让你和孩子过这么紧巴的日子，真是对不起……

傅春燕　一个男人，开口闭口对不起，这是推卸责任！我不想听对不起，我就是要你对得起！

陈兆江　（安慰）老婆，别急，我发明的两种焊接方法，已经申请了国家专利，你看，这是我的论文初稿，等专利下来以后，集团能给我一笔五位数的奖金呢。

傅春燕　（轻蔑）五位数？今天的五位数，在北京，你连半个卫生间也买不下来。

陈兆江　媳妇，咱们不攀比，咱就过自己的日子……

傅春燕　日子？这也叫日子。

二两半　你们俩人咯叽啥呢？

陈兆江　（掩饰）没事儿。爸，孩子接回来了。

二两半　啊。非要吃肯德基，吃完了我去接他。

傅春燕　（站起来）不用了，我去接，（数落着）你是孩子的爷爷，我说过多少回了，别用你的那辆车接孩子，你不嫌丢人，我还嫌砢碜呢。

二两半　那砢碜啥，坐车就比走路强。

傅春燕　我们宁可走路。（掏出一张单子拍给陈兆江）我不敢让你出国去给俺们娘们儿赚大钱，这家私企，想买你每个月的八个公休日，给的钱比你的工资还高，去是不去，你自己掂量。

〔傅春燕下。二两半拿起单子看。

二两半 你打算咋办？

陈兆江 现在是啥时候啊！平衡机坏了，给德国代制的压缩机已经开工，海波大哥让师父撵出家门了，海宁又惹了那么大的祸，说是让他返工，我能看着不管吗？

二两半 老宋家的孩子屙屎，让我儿子擦屁股。

陈兆江 （抱怨）爸，你能不能有点正能量。哪怕装装门面呢。

二两半 少来，正能量？翻翻东北重装的老底，就知道你爸是啥能量。你爸这辈子就不会装，露脸的事全是他的。

陈兆江 爸，你俩可是一师之徒。别看我师爷和我师父是父子俩，可我听说，师爷喜欢的还是你。

二两半 （得意地）那是，你师爷喜欢机灵徒弟。

陈兆江 那您就别小心眼了。咱两家是父一辈子一辈的铆工世家。

二两半 这事也怪你，当初你不听我话，说死不考大学，由着性子念中专，当铆工匠，看看人家宋海波。哎，上一辈输了，这一辈又矮他们一头。

陈兆江 爸，咱们是铆工世家，行行出状元。

二两半 嗯，这话也在理。当状元、当劳模，给老陈家争口气。

陈兆江 爸，不光是给咱们家争气……

二两半 （教导）听我的，你得学着会说，长眼力见儿，学会宣传自己，我们那时候有句话说得好，“能干不能说，等于白拉车”。

陈兆江 爸，你这是让我装啊。我不会！

二两半 这辈子我输给你师父了，你得干出个样来，市劳模、省劳模、全国劳模，全都给我拿下。我给你当后盾。

陈兆江 没想到，我这个二两半的爸爸，这么有心计。

二两半 （抖单子）就说眼前吧，这个钱你不挣，在你媳妇那儿咋交代?

陈兆江 不去就不去，交代啥呀。

二两半 你那媳妇，是省油的灯吗?（塞给一张卡）

陈兆江 这是干啥?

二两半 傻呀！到了日子按数取钱给她，就说你去干那份私活了。

陈兆江 （把卡塞回去）不行，我不能花你的钱！

二两半 拿着吧，后院起火，家人绊脚，你还想当劳模！

〔二两半从车上拿起半瓶酒，喝了一口。

陈兆江 （夺过酒瓶）爸，昨天才开的一瓶酒，今天就光了，还二两半呢，你一顿半斤哪。

二两半 这些日子胃疼，多喝几口能顶回去。

〔陈兆江拿着卡，心疼地看着爸爸。

〔收光。

第四场

〔城市小公园一角。石桌石凳。

宋海宁　（电话）……任总！哎，是我，海宁，今天我就找我嫂子和师哥谈，放心，竭尽全力！……我知道……海外劳务技术培训，需要我这样的人才……我师哥的技术你早就知道了吧，没问题……我的目标非常明确，出国、赚钱、改变自己……不说了，人来了。

〔傅春燕上。宋海宁迎上去。

宋海宁　嫂子！

傅春燕　海宁，找我啥事啊，（看看周边）神神道道的。

宋海宁　电话里不是说了吗，你得给我师哥加点压，让他出山！

傅春燕　我看够呛，他跟你大爷一样，榆木脑袋不开窍。我想让他星期天去私企打零工，他就是不去。

宋海宁　不去就对了，上私企打短工，挨大累挣小钱儿，我师哥现在是技术大咖了。

傅春燕　大咖？你见哪个“咖”住屁股大的房子、用三轮接送孩子。

宋海宁　捧着金碗要饭吃，这怪不得别人。嫂子，我师哥现在就有个挣大钱的机会。一家对外技术劳务输出公司相中我师哥的技术了……

傅春燕 对外劳务，笑话，家门口的钱他都不挣，你还想他出国？

宋海宁 不是让他出国，这家公司看中了他发明的“熔池下沉法”“反变形组立法”焊接技术……

傅春燕 啥法？

宋海宁 哎呀，说你也不懂，反正他身上有别人没有的“绝活”。

傅春燕 绝活？他们怎么知道的，是你小子当的卧底吧？

宋海宁 嫂子，我师哥答应了，我也能着借点光不是。

〔傅春燕打量着宋海宁。

宋海宁 你看我干啥？跟你说，这些本事长他身上算是白瞎了。（掏出一张合同）你看看，这是啥价码，嫂子，你不是喜欢车吗，老板说了，合同一签，立刻赠送合资生产宝马车一辆。

傅春燕 宝马车，小四十万哪。海宁，啥绝活值这个价码，忽悠人吧？

宋海宁 嫂子，奸商不干赔本的买卖。告诉你吧，我师哥的这两项发明，光是给集团一年就能省下 300 万。这绝活要是给了外企，他们赚大发了。

傅春燕 （自语）我还真小瞧了这个铆工匠了。（掏手机）我这就给他打电话。

宋海宁 不用了，他正往这儿来呢。

傅春燕 海宁，这回我不能听他的，尽全力说服陈兆江。

宋海宁 嫂子，分分钟宝马就开回家了。我帮你算了一笔账，第一批学员培训完成，他的报酬就差不多能够你交百平米豪宅的首付了。

傅春燕 做梦一样啊。

〔陈兆江急上。

宋海宁 师哥！

陈兆江 你们俩找我干啥，急三火四的。

宋海宁 师哥，有好事。

陈兆江 哎，你小子惹的祸还没抖落利索呢，别玩邪的。

宋海宁 啥话呢，我就不能干点正事啊

傅春燕 还说别人呢，你有记性啊，我跟你说的事，你办了吗？

陈兆江 这时候去私企打工不合适！一心不可二用。

傅春燕 那家里的事，你就啥也不管了呗！

陈兆江 我爸不是给了你一张卡吗。那钱你用就是了。

傅春燕 （掏出卡）我不当"啃老族"！

陈兆江 这话说得还有点志气。

傅春燕 不是有志气，是嫌瘦！（塞给陈兆江）拿你爸的棺材本答对我，是不？你也好意思。

陈兆江 怎么说话呢，不都是你逼的吗？

傅春燕 是你欺侮我，还是我逼你，老婆孩子想跟你要一个安定平稳的生活，过分吗！

陈兆江 日子本来挺安定，也挺平稳，架不住你没完没了啊。比房子，比车，那还有头吗？

宋海宁 师哥，女人嘛，谁都想靠男人的能耐，风光自己，你得理解嫂子的心情。

陈兆江 我理解她，谁理解我！

傅春燕 我怎么不理解你了！我们医院里的护士姐妹，老公都是本科以上的，有房有车，就我，嫁给你这个中专生，结婚前，你信誓旦旦，说男人看的是能力不能光看学历。现在你有能力了，给家，给我，给孩子带来了什么？你是不是想让我拿着你的劳模证书，拿着宣传你的报纸杂志、披红戴花的劳模照片，像发

传单一样在人前炫耀吧。

宋海宁 嫂子说得在理，男人就得有担当。

陈兆江 你少跟着敲边鼓！

傅春燕 我不敢奢望你出国劳务给我们挣大钱，想让你赚点小钱补贴家用吧，你可好，宁可啃你爸……你这是啥？自私，是为了自己出风头！

陈兆江 有完没，我的那点本事是怎么来的？是我师父一点点教出来的，是集团提供了那么多的实践机会练出来的，别说我是劳模，是党员……就算是个普通的工人，拍拍屁股就走，翅膀硬了就玩孔雀东南飞，这事，我干不出来。

傅春燕 哟哟……还孔雀？装啥呀你！你是孔雀吗？宋海波，机械学博士生，飞没飞？人家那才叫孔雀东南飞呢，跟他比，你也就是只麻雀。

宋海宁 麻雀？“家雀儿”呗？师哥，嫂子说得对，机会来了，“家雀儿”也要东南飞。（做搞笑的动作）

陈兆江 你就跟着瞎搅和吧你。春燕，我还是那个承诺，你要的房子、车子，我一定会给你，可是，眼下还不行……

傅春燕 眼下有个让你行的机会。

〔把合同和车钥匙拍在陈兆江面前。

〔陈兆江看了几眼。目光死盯着宋海宁。

宋海宁 （胆怯地）师哥，人往高处走……你有这个能耐，带着我点儿，这年头，衡量男人成不成功，标准是啥？钱！

陈兆江 别说了，她不懂，你也不明白，我的两项技术，想要对外培训，是不是得经过集团领导批准？

宋海宁 海波大哥说，科学技术没有国界……

陈兆江 废话！既然没有国界，他们给咱们修理平衡机，凭啥开口就是千八百万！

傅春燕 陈兆江，（举起合同）这个代培合同，你签不签？

陈兆江 对不起，我不能签。（对宋海宁撒气）宋海宁，这都是你干的好事，我告诉师父去，你等着挨削吧你！（下）

宋海宁 （追赶着）师哥，师哥……你听我说……

傅春燕 （拿着合同）哼，不签？陈兆江，不在这上面签，你就得在另一个协议上签。

〔收光。

第五场

〔宋振远家。宋正在琢磨着平衡机的大修。桌上是图纸资料，地上是一些模拟部件。

〔他打开录音机，听平衡机故障刺耳的噪声。宋妻捂着耳朵上，关掉录音机。

宋　妻　哎，哎，干啥呀这是？耳朵快让你震聋了。

宋振远　不听它哼哼，找不到病根。

宋　妻　老宋，服老吧，认账吧。海波可是留德的机械博士。

宋振远　博士是神仙啊，博士的话是圣旨啊，我就顶烦他袖手旁观泼冷水的那个臭酸样！

宋　妻　你呀，奔七的人了，讲机械技术，你跟儿子不在一个平台上。

宋振远　学几年洋人技术，骨头就酥的人，还是我儿子吗，还是老宋家的人吗？

宋　妻　你啥脾气啊，两句话说不来，就把儿子撵走了……

〔电话响。

宋　妻　喂，儿子啊……你爸？在……快回来看看吧，把家里弄得乌烟瘴气……说啥也要大修那个……

宋振远　我跟他说！（抢过电话）宋博士。在你老爹面前，你挺有骨气啊……我说一句让你走，你就……我不听你解释，我就是问问你，我向集团申请自己大修平衡机，（气得手发抖，摔掉电话，对妻子）我说集团咋不答复我，原来这小子在阻止我……

宋　妻　有话能不能好好说，告诉你啊，儿子马上到家，你注意点态度……儿子也是三十大几的人了。

宋振远　态度？他别惹着我！三十大几？我要是火了，照样削他！

〔二两半、陈兆江、宋海波、宋海宁上。

二两半　（看着乱七八糟的房间）哟，师哥，您这是过家家呀，还是卖破烂？

宋振远　少在那说风凉话！（点着所有人）你们都一样啊，愿意参与就伸把手，想看笑话的，都一边去！

宋海波　爸，凭这些土办法，就能给高精度的机械找到毛病、解决问题，那高端工业倒简单了。

二两半　海波说得对，师哥，就凭咱们以前的经验和技术，想给洋机器动手术，别说你，我也没把握。

宋振远　哎，你啥意思？你比我强呗。

二两半　哎，抬杠是不是？我不比你强，也不比你差吧，想当年，全厂的设备，车、钳、铣、刨、磨，让你说，我哪个不会摆弄，不会修！我在东北重装干了一辈子，我就比你短半截手指头！（举手）

宋　妻　你们老哥儿俩，到一块儿就掐。

二两半　嫂子，别看他是师哥，我不服他，不是吹，我就是比你灵，师哥，要不，咱掰扯掰扯。

宋振远　得得得，好汉不提当年勇。

二两半　嫂子，不是我埋汰他，刚入厂的时候，老笨了他，还没眼力见儿。入厂头一天，师父正蹲那儿用气焊烤钢板呢，他上前愣头愣脑地问，爸，头一天教给我们点啥呀……

宋振远 我爸头也没抬，说……你记住了，烧红了的铁板不烫人。

二两半 你猜怎么着，他伸手就要摸。要不是我师父手快，甩过一只手套，他的右手就成铁板煎了。

宋　妻 哎，哎，二两半，打人不打脸啊。

二两半 明摆着，师父那是点拨咱们，要多看，多寻思。

宋振远 你脑瓜子多活呀！

二两半 （得意地）当然了。咱俩头一回放大样，给错了尺，（对海宁）就跟你犯的那个毛病一样……

宋振远 你还有脸说，那活是你干的。

二两半 （坏笑）你是师哥呀。哎，他站在大样面前吓哭了。

宋海宁 大爷，您也有认㞞的时候。

二两半 我师父顶不待见脓包软蛋了，走到他身边，二话没说，抬腿就是一脚。

宋振远 你还有脸说，那一脚，我是替你挨的。那一脚，我永远记着，那是我爸告诉我，从哪儿跌倒，就从哪儿爬起来。

二两半 你总算是开窍了，可是今天，你要大修平衡机，就又钻进死胡同里去了。

宋振远 这台平衡机，小六千万哪！它决定着压缩机的心脏能不能正常跳动。（指宋海波）他给出维修费用 900 万，再修就是 1800 万。这是叫板，这是侮辱！是卡咱的脖子，是捏咱们的七寸。

宋海波 爸，这是按科学规律办事，盲目地拆卸进口设备，等于违反了现代工业技术的原则和规律，是盲目、是蛮干。

宋振远 进口设备怎么啦，是个人他就有五脏六腑，是台机器它就离不开轴瓦齿轮。没病死不了人。

陈兆江 师父说得对，这台平衡机，成天带着三吨沉、六千斤的分量，每分钟两万转，运转起来，那就是雷霆万钧之力。

宋海波 所以，为了避免出现更大的问题，我已经以德方技术部门的名义，提醒集团领导，这台平衡机不能擅自拆卸、不能盲目大修。

宋振远 （嚯地起身）你！

宋海波 爸，我这也是为了集团的名誉，为了我们不在进口设备大修技术上授人口实。

宋振远 （急切地搓手）结果呢？你考虑过结果吗？平衡机等待外国专家来大修的后果是半年的压缩机产品，要么积压在厂里等待平衡机的起死回生，要么一台一台拉到1800公里外的陕西去试车，鞍马劳顿，人吃马喂，成本得增加多少。西气东输工程开工在即，这半年的等待，相当于五年的周期。为德国代制的这台压缩机，说四个月以后来中国验收，也要跑到陕西去，丢人哪，身为东北重装的工匠，我脸上发烧！我坐不住。

宋海宁 大爷，这说明，我们距离世界先进工业国还有差距，我们更需要理智，更需要冷静……

宋振远 （吼）你给我滚一边去，不争气的东西！理智、冷静，我问的是，咱们东北大工匠的那点血性哪去了，哪去了！

〔宋海宁吓得躲到一边。

宋振远 宋海波，你是工匠世家第一个留学生，可是，你让我寒心。咱们的企业遇到这么大的麻烦，你哪怕是皱一皱眉头，表示一下担心和焦虑，也算是你没白在这个工匠世家长一回……可是你没有！自从平衡机趴窝那天起，你就一直诉说着德国人的立场和态度，专业维修、技术专利、世界统一的价位、不能更改的修理周期……你给我的见面礼，就是矮化我们，小看我们，让我们自己承认，中国工业不行，中国的工匠也不行！

宋海波 爸，看来，我们之间不仅存在技术的分歧，在思想理念上也有着不同的看法。

宋振远 哼！这就是让你去留学的结果。

宋海波 对，这的确是留学以后的结果，走出国门，看到人家的工业技术，才知道我们与现代工业的差距。您说我矮化自己？事实是，在很多领域里，我们不但比别人矮，还矮很多，既然是矮子，何必踮起脚来强充巨人呢。爸，现在提倡发扬劳模精神和工匠精神，这是一种传承，但是，传承不能盲目，更不能把非理性的、偏执的民族主义精神和工匠精神、劳模精神混为一谈！

宋振远 我听不懂，对不起，给一个共产党员、一个中国工匠上政治课的任务还轮不到你。

宋海波 听不懂？好吧，那我就事论事。平衡机出了问题，你也希望我跟您一样，急得团团转，吃不下、睡不着，成天盘算着怎样自己大修、给企业省下金钱，省下时间，给中国工匠争个脸面，给东北重装工业创造一个奇迹……

宋振远 （摆手）不敢哪，不敢奢望你还能有那样的想法。

陈兆江 师父，这你冤枉我哥了，他这几天，几乎每天都在思考着平衡机的大修问题。

宋振远 （挖苦）你是我徒弟，当心点吧，别让人家把你的骨头弄软了，人格弄贱了。

〔宋振远的目光又回到平衡机的图纸上。

宋海宁 （小声对宋海波）大哥，放弃吧，我大爷的民族主义情绪，病入膏肓！

宋振远 （拿起一个东西朝宋海宁打过去）滚！你们就是盼我早死，

没门儿，你不是要阻止我吗，明天，我也去找集团老总，这个牛角尖，我钻定了。

宋海宁 咋样，我没说错吧。

〔宋海波打开皮包，取出一沓文件，走到父亲面前。

宋海波 爸，这是上交给集团领导的评估报告，我根据这台平衡机的结构、作业环境对本机的影响做出了技术分析，共分三大类，四十五个单项，后面还有对大修平衡机的技术要求、设备条件，只有具备了这些，才有自己大修平衡机的可能。

〔宋振远抬起头，报以挑衅的目光。

宋海波 （郑重放在他手上）爸，您，还有陈叔叔，都是集团德高望重的大工匠……奇迹可能发生，但是发生奇迹不是靠运气，不是靠赌气！

〔收光。

〔追光里。宋振远形单影只。一个人孤零零坐在那里，这位有科技成果的大工匠，感觉到空前的无助。

第六场

〔铆工车间。压缩机机壳生产区的一角。车间远处有闪闪的电焊火花。

〔生产区一角。陈兆江的工作台。一台处于工作状态的电脑。一张图板上挂着经过修改的压缩机外形图。

〔陈兆江专心地看着电脑和实物图纸。

〔宋海宁上。他身穿焊工服，头戴电焊帽，手里提着一个试件。走到陈兆江背后。

宋海宁 师哥！（递上焊件）我又来讨教了，我按你的两大发明技术干的活，你看过不过关。

陈兆江 （看试件）你小子，早知今日，何必当初呢。不错。

宋海宁 我得学点真本事啊。妈的，那天上征婚节目，我相中了一个姑娘，要论颜值，我必然拿下，可是，让一个丑男开着法拉利给拉走了。一打听，这小子他爸，是南方卖纽扣的老板……

陈兆江 洋棒啥呀，没有咱们的百万乙烯压缩机，就没有大型塑料生产基地，法拉利？他连我爸的三轮车也开不起。

宋海宁 这世界太不公平了。我得长能耐。（狡猾）师哥，我的焊接理论还是不扎实，不像你，有理论，有实践……

陈兆江 只要你想学，啥都不在话下。

〔宋海波上。

宋海宁 大哥！

宋海波 （问）压缩机外壳要开始组装了，没有问题吧？

宋海宁 放心，没有我这样的另类，压缩机外壳生产一路绿灯。

宋海波 还贫！

陈兆江 （打开保温盒）快，酸菜馅饺子。

宋海波 （捏个饺子塞嘴里）真香。不用说，就知道是我妈包的，这要是现煮的，更好吃。

陈兆江 可不是吗，在师父家，我吃了满满两盘。

宋海波 （停止咀嚼，伤感）真没想到，这次回国，跟我爸结下那么大的疙瘩。

陈兆江 什么疙瘩？别看我师父嘴硬，他比谁都惦记你，这个保温桶，是他去买的，比师娘想得还周到呢。

宋海波 他那个犟脾气啥时候能改呢。

陈兆江 改了就不是我师父了。哎，也别说，别看他嘴上跟你犟，你给他的那些东西，他都快翻烂了。

宋海波 （起身）真是希望他早一点明白我的意思。

〔宋海波观察作业环境。走到电脑、图纸前，仔细看。

〔宋海宁趁机走到电脑前，掏出U盘，熟练操作，拷贝了陈兆江的论文。他志得意满地把U盘紧紧握在手中。

宋海宁 二位哥，你们忙，我得去干活了。（匆忙下）

〔宋海波盯着图纸，变了脸色，陈兆江走到他身边，他猛地转身，用发抖的手指着图纸。

宋海波 压缩机图纸……谁改的？

陈兆江 我呀，我改的！

宋海波 你？胡闹！在原设计上涂鸦，糟蹋科学，玷污设计！

陈兆江 大哥，这套图纸是复印的，约瑟夫的原图，我一点没动。

宋海波 不是图纸的事，你擅自修改设计，依据是什么？

陈兆江 依据？在这儿呢。（拍着一堆厚厚的机械书籍）这都是你出国前留给我的。

宋海波 兆江啊，我真没想到，你也这么不知道天高地厚，这种高端的压缩机，是读过几本书就能乱修乱改的吗？这可是德国专家团队通过的，国际水准的设计。

陈兆江 国际水准也不见得天衣无缝。（拉过椅子）大哥，你坐下。（打开电脑）这套图我看了快两个月了，总觉得这台机器的进气孔的设计不合理。

宋海波 （冷笑）不合理？你懂气压机原理吗，你懂机械设计吗？

陈兆江 我不大懂，没吃过猪肉，我可是见过猪跑。

宋海波 看过猪跑？

陈兆江 对，你看，这位德国约瑟夫，跑的路线就不大对。我这主意告诉你，你当面对他说，保证他得对你这个（伸拇指）。

宋海波 你呀，幼稚。太幼稚。一个铆工匠，居然……哎，让我说你什么好呢。

陈兆江 （急）铆工匠怎么啦！铆工匠就不能给设计提问题吗？

宋海波 你知道约瑟夫是谁？

陈兆江 谁？

宋海波 约瑟夫就是我！

陈兆江 （愣了片刻）是你，那更好办了！

宋海波 幸亏是我，真要是一个德国人，不让人家笑掉大牙才怪呢，赶快打住，别胡思乱想，科学技术，不是一拍脑门就能想出来的。（准备收拾图纸）

陈兆江 （不悦）约瑟夫先生，您得听我把话说完呀。（对照电脑）按你原来设计的位置，进气孔部件在这儿，机械运转起来，压缩机里的高压气流有近四分之一成为无用功……这就像，就像……怎么说呢，哎，这么说吧，人的肺是用来呼吸的吧，可是你让一部分空气从没用的管路排放走了，你想，人的肺活量不够了，还能有力气干活吗？

宋海波 （一惊）你说什么……

陈兆江 看这儿，进气孔的位置不合理，造成能量有损失，我想，只要把进气管的位置做一个调整，相贯线做修改，机身高度稍微降低，完全可以达到你的设计标准，而且总机的重量也有减少。

〔宋海波开窍了，抢过电脑，对照图纸细看。

陈兆江 （拖出几个大样，丢在地上）我是个笨人。这两个大样，是按两种方案做出的样子。我坚持认为，你的设计理念有问题。大哥，你是代表外方的设计师，我们尊重你，也尊重你的设计，但是，也请你尊重我们，尊重中国的铆工匠。

〔陈兆江下。

〔宋海波在追光里久久地盯着图纸，他越看越觉得有道理，他拿起大样看，激动地走到修改后的图纸前，细细地打量着。光渐收。

〔宋海波泥塑一样坐在那里。

〔一束追光打在陷入沉思的宋海波身上。

〔收光。

第七场

〔中性环境。多时空对话。

〔宋振远还在为平衡机大修的问题苦思冥想。

〔二两半提着酒瓶，出现在他的身后。

二两半 师哥，还不死心啊。

宋振远 我这颗心不但没死，跳得更厉害了。

二两半 （讽刺）那你是……狂想型心动过速，病得不轻。

宋振远 不是狂想，师弟，你也跟我一起干吧。再拼一回。

二两半 现在不比当年喽，我给你当陪衬人，这一次，我得劝劝你，算了，别跟年轻人较劲，老了就是老了。

宋振远 师弟，这些日子我想了许多，不是较劲，不是置气，咱们俩是一个师父带出来的工人技师、大工匠，我是想让咱们大工匠的后人，掂量掂量咱们的骨头。

二两半 别逞能了，当年的工人技师，在年轻人眼睛里就是一具具“僵尸”，当年的大工匠，在他们嘴里就是一碗“甜面酱”。（喝一口）像我这样多好。

宋振远 不是对着干，我是借力发力，海波那小子给出的苛刻条件我仔细看了，不得不承认，说得清楚，讲得明白。也挺醒脑，我服气，可是，师弟，服气不等于服输啊。

二两半　不服气又能怎么样，咱们是小米加步枪，人家是现代化的配套技术。

宋振远　战争胜败的决定因素是人，不是武器。海波提出的这些技术要点，设备要求，大多数咱们都能完成啊，就有那么几条，算有点难度，我想到了你，你点子多，师弟，咱们俩联手，我想，平衡机大修不是梦！

二两半　是梦你自己做，不是梦你也自己作（zuō），求你千万别拉上我。

宋振远　二两半，你真想当糊不上墙的稀泥吗，你当年的精神头哪去了，你不是谁都不服吗！

二两半　你别用激将法，我是个蒸不熟、煮不烂的哈拉皮带板筋。

宋振远　你！

二两半　我怎么啦？

宋振远　你就一头扎在酒缸里浸死吧！

二两半　师哥，我不能死，我死了谁在身边硌硬你呀。

〔二两半消失。

宋振远　（自语）时间啊，时间不等人，没有退路了，集团领导根据海波提供的意见，根据我提交的方案，基本上同意我们自己大修。通过跟儿子的争论，我认识到我的急躁、盲目和蛮干的问题。是，如果按海波提的这些要求进行大修，就有把握。（起身）这次机会，我不会错过！（隔空）海波，老爸为以前的不冷静，在心里向你道歉，可是，我还是那句话，服气绝对不是服输……

〔宋海波出现。

宋海波　我也应该向您说声对不起，我没能正确理解一个大工匠对企业的感情，这些日子我与兆江也发生了一些不愉快。细想起来，我也感悟到，我对您和兆江说的那些话，不仅是态度和礼貌的问题……看来，我要重新审视我们东北重装的工匠精神。

〔收光。

第八场

〔数日后。平衡机作业现场。

宋海波　兆江？兆江！

陈兆江　大哥。

宋海波　你有三天没回家了吧。

陈兆江　你没看见师父把行李都搬车间来了吗？

宋海波　明天我也搬过来。

陈兆江　（惊喜）真的？哥，你让步了？我就说嘛，父子之间有啥解决不了的矛盾。

宋海波　我想明白了，不是父子之间的矛盾。

〔宋振远出现在儿子身后，陈兆江要开口说话，宋振远制止了他。

宋海波　（认真地）让步我是绝对不会的，我很小的时候，我爸就告诉过我：知识的问题是一个科学的问题，来不得半点虚伪和骄傲。

陈兆江　这是毛主席说的。师父也告诉过我。

宋海波　如果我在技术问题上让步，那就是虚伪，当然，检讨我以前的态度，我是有点骄傲……

陈兆江 深刻、精辟。师父听了这话一定高兴。

〔宋振远悄悄退下。

宋海波 兄弟，我为前些日子说的那些话正式向你道歉。

陈兆江 嘁，这不是外国，咱不玩彬彬有礼!

宋海波 可是我心里在……

陈兆江 我是弟，你是哥，没有道歉这一说。

宋海波 你提出的压缩机外形设计修改思路，很有价值，我已经把你的修改思路，形成了完整的设计图纸，署上你的名字报给了德方公司。

陈兆江 哎呀，不就是做了个小调整吗，勾勾抹抹的，多大个事啊，能帮上你，我就很高兴了。

宋海波 哎，没那么简单，这跟知识产权还能挂上号哪……

〔宋振远、李晓慧、技术人员、青年工人，众多人上。

宋振远 大伙都来了，咱们的平衡机自主大修的事，今天就算是正式开始了。

李晓慧 这次大修请出集团德高望重的大工匠出山，我们工会、厂报，包括社会媒体，全程跟踪，宣传报道。

宋振远 参加大修团队的，都是选了又选的技术尖子，业务骨干。咱们东北重装的工匠敢打硬仗，是有光荣传统的，但是，向高端的洋设备开刀，还是头一回，开弓没有回头箭……

〔二两半急上。直奔儿子陈兆江。

陈兆江 （抱怨）爸，你怎么又……

二两半 （拉过陈兆江）赶紧跟我回家，你媳妇要闹事。

陈兆江 又怎么啦?

二两半 你们两口子的事，你问我？我是怕她闹到厂里来，你的脸往哪儿放?

傅春燕　（吼）陈兆江！

〔全场静了下来。

陈兆江　（赶快上前）你干啥，有事回家说。

傅春燕　家，你还知道有家，晚了！

陈兆江　好好，有事晚上说，行了吧。（推她）

傅春燕　现在就说，今天，咱俩一拍两散。

陈兆江　你还要不要脸吧？

宋振远　兆江，怎么回事？

陈兆江　师父，没事，没事。过去了。

傅春燕　过去了？陈兆江，你过不去了。今天，我郑重地告诉你，我跟你离婚！

二两半　（打了儿子一巴掌）你个浑小子。（对儿媳）春燕，别说气话，有啥事好商量，孩子都多大了。

傅春燕　这是我跟你儿子的事，你别跟着掺和。

陈兆江　傅春燕，你不觉得你做得有点过分吗？

傅春燕　过分，谁过分？出国挣大钱我不指望，你是劳模呀，想让你卖卖手腕子赚点外快你不干，也行，咱不能耽误你的远大前程。可是你……

陈兆江　我怎么啦？

傅春燕　怎么啦？告诉你。跟你一块儿干活的那个二流子宋海宁，都拿着你的焊接技术去挣大钱了，你今天专利，明天发明，家里见着啥了？

陈兆江　你？我问你，你的脑袋里，除了钱，还能不能装点别的？

傅春燕　我也问问你，你长了一个脑袋，如果不装钱，还要它有啥用！

陈兆江　你！

宋海波　弟妹，别急，我跟你说，这次兆江他可是……

傅春燕　你别站着说话不腰疼。你们老宋家，老子住着劳模楼，儿子出国留学……我们呢，住的是一间半破楼，接送孩子用破三轮儿。我想买辆车吧，你让我逛二手车市场，我想买套房子吧，你要买二手房，说是方便照顾你爸，陈兆江，你行啊，在单位你是劳模，在家里你是孝子，忠孝两全哪。

陈兆江　我十岁就没有妈，是我爸把我拉扯大的，我照顾我爸不应该吗？

傅春燕　（撇嘴）好意思提你爸？现在是在拼爹的年月，你爸是个啥！不就是个不着四六，人见人烦的酒蒙子、二两半吗……

〔没容陈兆江回嘴，宋振远已经按捺不住了。

宋振远　（吼）你浑蛋！

〔全场震惊，宋振远似乎失去理智，步步逼近傅春燕。

宋振远　“二两半”是你叫的吗？（失声吼）轮得着你叫吗？

二两半　师哥……别！

宋振远　（转怒）你就是个窝囊废！平常的嘎劲哪去了！为了儿子，你就忍，你就折磨自己！（舒口气，平稳情绪）告诉她，二两半这个绰号怎么来的！

二两半　（难过地）师哥……

宋振远　（吼）告诉他们！

〔二两半难过地靠在三轮车上。

宋振远　你不说，我说。我这个师弟呀，嘻里哈嗒，一辈子也没个正形，因为喝酒，大伙都叫他“陈三两”，可是，要说干活，论起工匠手艺，我宋振远这个全国劳模，不是他的个儿。在老厂区，所有的设备，无论多难调理，到他手里，都摆弄得服服帖帖。（音乐起）那年，市里承担了一项海军潜水泵的加工任务，等到加工磨合平面的时候，走了几家企业，都达不到设计要求，师弟，在市技协会上，你怎么说的……

二两半 我说，只要他能想得到，我就能做得到。

宋振远 厂长说，陈三两，军中无戏言，这可是军工样机，要立军令状的。

二两半 我看了半天图纸。说，厂长，你给我烫上三两好酒，老陈给你来个关云长温酒斩华雄。我要是拿不下它，你揪下我脑袋当尿壶。

宋振远 海军首长说，老陈，你要过了这一关，我请海军司令给你敬酒。

二两半 我要的就是这口气!

宋振远 没想到，师弟在床子前试了多少遍，精度就是不达标啊。

二两半 三两好酒，凉了又烫，烫了又凉，海军首长急得团团转。

宋振远 那时候，哪有今天这样先进的设备啊。

二两半 人老了牙活动，床子老了齿轮松动，我就是凭着我的手感，用那台床子，拿下过一个又一个技术难关，难道我陈三两今天真的要栽了?

宋振远 为了找准精度，我师弟整合了配重块，把机器的缝隙控制到最小……

二两半 一根头发丝几分之一的精度啊，我用纱布垫着、塑料片挤着、用纸板夹着，还是不行，我知道，最精确的，还是我手指的感觉，不就是一根手指头吗……

宋振远 谁都不知道，他把手指，垫在了配重块的钢丝绳下面，床子缓缓地进刀……师弟盯着部件，十道儿、六道儿、五道儿……他咬着牙，满头大汗……在场的人连大气都不敢出……终于……

二两半 （激动地）完成了！师哥，咱们做到了！

宋振远 可是，师弟的半截无名指被钢丝绳勒断了，我抓着他的手说，快，快去医院……可是他，他却举起滴血的手对着厂长喊……

二两半 厂长，给我烫酒……烫三……（举着残疾的手）

宋振远 （抓住师弟的手，缓步走到众人面前）从那天起，他就成了师兄弟之间调侃的“二两半”……报社记者采访他，说他为国防建设做出了贡献，他说……

二两半 我没那么高的觉悟，一个铆工匠，要的是手艺，要的是名声。我老陈，丢了半截手指头，赚回了一张脸，值！

宋振远 就是我的师弟！你再敢叫一声“二两半”试试！他退休了，快七十的人，成天骑着三轮出去赚小钱，他的工资不够花吗？拍着胸脯想想，你们养孩子的费用，谁出的……他为啥这么干……为啥！

二两半 （抹泪）师哥，兆江是我的儿子，他从小没有妈，念高中的时候，门门功课都是前几名，学校老师都说，他考个好大学没问题，可是他心疼我，想早点工作，早点挣钱，供他妹妹念书……就这样，他当了铆工匠。我总觉得对不起他。我就寻思着，（拍着车）趁着我还能动弹，抓挠几个，帮衬帮衬他们，让他踏踏实实的，跟你一样。哎，我就想啊，我这根上梁不正了，咋也不能让下梁再跟着歪了吧……

宋振远 听听，这就是我们的工匠心，上梁怎么不正了！人正才是正，心正才是正！

陈兆江 爸……别说了，我有了孩子，才知道您这些年的不容易，（对傅春燕）上个星期，我逼着他去医院检查，你知道吗，医生说，他的肝有病变……

宋振远 （拉过二两半）师弟，你……

二两半 放心，我死不了。（掏出酒欲喝）

宋振远 （夺过酒瓶）还喝，不要命啦。兆江，赶快送他回家。

二两半 我呀，宁肯病死，也不让酒馋死。

陈兆江 爸，听我师父的吧，回家。

二两半 回家？你问问他，让我回家，是他的心里话吗？师哥，你干啥大事离得了我二两半哪。

宋振远 师弟，回去吧，这儿有海波呢。

二两半 他？海波？他们玩洋玩意儿好使，今天咱们玩的是小米加步枪。

〔二两半取出车上画的各种部件图。

二两半 这些大修时的垫件、备件，我都准备好了，师哥，没有我在你身边，你不踏实。（剧痛）

宋振远 （抱住）你个没脸没皮的“二两半”。留下，只要你活着，就给我打下手。大伙看到了，我就是要给这台洋设备来个开肠破肚，把它的五脏六腑掏出来，摸个遍，看个透，让它老老实实、规规矩矩、服服帖帖地给咱们干活！

陈兆江 师父，您就发话吧！

宋振远 （自语）哼！维修工期要六个月！伙计们，从今天起，都把行李搬到车间来，咱们跟这台机器来一场死磕！

〔音乐起。《咱们工人有力量》，机械声。

〔收光。

第九场

〔播音声："本台消息，东北重装集团为了西气东输工程顺利开工，发掘企业技术潜力，依靠技术工程人员和新老工匠，用科学严谨的态度，凭借传统经验和现代手段，奋战27个昼夜，圆满完成了平衡机自主大修的任务……今天，是为德国代制的大型压缩机组试车的日子，也是东北重工业制造走向世界的第一步……

〔剪彩现场。

〔欢快的音乐声中，剧中人物悉数上场。

〔其他的工匠们也都神采奕奕。

〔二两半蹬着三轮上。

宋振远　不好好在家待着，又来干啥？

二两半　露脸的时候，你让我在家待着，我不干！

一工匠　老陈，今天喝了吗？

二两半　少来，二两半从来不酒驾，我还抓挠点钱给儿子交房子首付呢。

李晓慧　这事用不着您操心了，贫穷不属于劳模！集团决定，建两栋"工匠楼"。陈兆江是重大贡献全国劳模，必须有一套啊。

二两半 真的吗?

李晓慧 可靠消息，马上动工。明年年底入住。

二两半 （激动）工匠楼！师哥，工匠楼……可是我……

宋振远 （安慰）师弟，别怕，好好养病……

二两半 （掏出单子）别安慰我了，结果出来了，重度脂肪肝出现了局部硬化，吓唬我说，如果戒酒，能活十年，不戒酒，活两三年。我说了，我选后者，再硌硬我师哥两三年，够本了，别看他是师哥，嘿嘿，他不得先送我走吗！

宋振远 （看病历）二两半，你等着，你难受的日子到了，（在他怀里掏出小酒瓶）从今天起，我好好管管你。

〔宋海波、陈兆江上。兆江捧着一大包资料，宋海宁背着一个旅行包。

陈兆江 我的珍贵文物来了。

李晓慧 陈师傅，这是什么呀?

陈兆江 这是我师父四十多年心血，退休的时候，师父把它传给了我。

李晓慧 陈哥，这么宝贵的文献，你舍得吗?

陈兆江 师父的这些文献资料，我已经输入电脑存档，现在，它应该是企业博物院的重要展品了。让后来的世代工匠都能看到我们的前辈是怎样走过来的。

李晓慧 谢谢陈师傅。

宋海波 我宣布一件重要事项啊，由于陈兆江对这台代制的压缩机的外壳设计做了重要的修改，德方公司做了技术鉴定，认为这是一项重要的改进，因此德方决定将陈兆江列为本机的设计者之一。（鼓掌）德方还看了他的两项焊接发明，决定请他到德国去做焊接技术交流……（鼓掌）特别值得一提的是，陈兆江是德方邀请的唯一一个没有大学本科学历的铆工匠……

李晓慧 陈师傅，现在可以把你在生产记录上写的那几句话说出来了吧。

陈兆江 有啥好说的。我跟我爸、我师父一样，就是个铆工匠。

李晓慧 你不说，我替你说，陈哥是这样写的：（朗诵风格）“作为一个铆工匠，我为自己写下了这样的座右铭——舞台可以简陋，但是，我们的演出必须精彩；岗位可以平凡，但是，我们的追求必须高尚……”

〔众人喝彩。

二两半 （美滋滋地）妈的，精彩，高尚，连他妈媳妇都飞了。

李晓慧 （郑重地）放心，我要让陈哥以铆工匠的身份，走上那个万人瞩目的《非诚勿扰》舞台，然后，让所有的女嘉宾一睹青年大工匠的风采……

〔又是一阵欢呼声中，宋海宁垂头丧气地上。

陈兆江 海宁，怎么才来啊？

李晓慧 （拦住宋海宁），哎，我不是不让你来吗……

陈兆江 你怎么啦，垂头丧气的。

宋海宁 师哥，我对不起你。

陈兆江 到底怎么啦？

宋海宁 晓慧，你替我说吧。

李晓慧 你干的事，我说不出口。

宋海宁 师哥，对不起……我……（吞吞吐吐）

李晓慧 哎呀，现在觉着没脸啦！陈哥，这家伙……私自把你的焊接论文拷贝，送给了一家劳务输出公司，当成自己出国务工的条件，那家公司一查注册，发现这是有专利的技术……就这样，宋海宁露馅儿了……人家把他炒了。

宋振远 宋海宁，你，你还是老宋家的人吗！（挥手）

宋海宁 大爷，你打我吧，狠狠地打我吧。

宋振远 打你，你不配！啥也别说了，赶快，办辞职手续，东北人才多的是，还差你这个歪脖树吗，走吧，去南方，去国外，到哪儿都能讨一口残羹剩饭，去吧，你就这样活着吧。我要告诉留下的孩子们，记住，眼下东北重装、咱东北老工业基地还有困难，但是，不会永远是这样，过去，我们是共和国的长子，只要有长子的情怀，有长子的担当，我们永远是中国脊梁。干重工业的，首先要自重！

宋海宁 你们不要我了，我无家可归了……

〔宋海宁蹲在地上失声痛哭。

〔宋海波、陈兆江上前欲扶。

宋振远 别管他！（走到宋海宁身边，一脚把宋海宁踹倒在地上）你个不争气的东西，这一脚，是你爷爷踹我的那一脚，他让我从哪儿跌倒从哪爬起来，我把它送给你。（宋海宁看着宋振远）今天，我也送给你一脚，这一脚……让你长长工匠世家的志气……

〔宋振远抬起脚，陈兆江、宋海波跑上前，替宋海宁挨了这一脚。兄弟三人一起倒在地上。

〔宋海波错愕，陈兆江惊喜。

陈兆江 海宁，师父让你回家了……

宋海波 对呀，这一脚……踹得好啊，兄弟！

宋海宁 我？

宋　妻 傻小子，你大爷踹上你一脚，就是让你站起来，站直了回家……

宋海宁 （与陈兆江站起来）大娘，哥，师哥，大爷，我要回家……

〔宋海宁扑到宋振远怀里，宋振远拍着他的肩膀。

李晓慧 下面我们隆重请出东北重装集团三代大工匠，为我们的龙脉工程开工剪彩。

〔宋振远、二两半、陈兆江、技术学生、宋海波、宋海宁走到气压机模型前。

〔“龙脉工程”剪彩。

剧终

2024 年 2 月 23 日

作品赏析

《工匠世家》的故事发生在东北重装集团两个工匠家庭里。正值国家西气东输工程即将上马之时，厂里的关键设备——价值五千七百万元的进口平衡机出现重大故障。全国劳模宋振远虽已退休，却依然心系工厂，指望刚从德国回来的儿子宋海波解决这一难题。宋海波与父亲技术理念不同，提出请德国生产厂家的专业人员来中国维修。父亲得知儿子所谓的良策需要花费巨资、耗时半年，勃然大怒，指责儿子没有东北大工匠的血性，将其赶出家门。在另一个工匠家庭里，劳模陈兆江继承了师父宋振远的理念，一心扑在生产上，但其日子清苦，需要父亲二两半靠他的手艺来补贴家用。陈妻听从他人建议，让丈夫陈兆江把技术卖给对外技术劳务输出公司以赚大钱，遭到拒绝后决意离婚。陈兆江顾不上家里的风波，将所有时间给了工厂。而宋海波也在日夜思考平衡机的大修问题，无意间发现陈兆江提出的压缩机外形设计修改思路很有价值，开始重新审视东北重装的工匠精神。在宋振远的带领下，新老工匠奋战二十七个昼夜，凭借传统经验和现代手段，圆满完成平衡机自主大修的任务。家里的冲突与矛盾也随之解决。

本剧的第一个亮点是它的名字。工匠为了国家发展而深耕技术，世家传承家风，家庭包罗万象。“工匠”与“世家”同时出现在剧名中，第一时间点明了本剧的主题——国与家的关系。在剧中，国事就是家事。最具代表性的例子是还在倒时差的儿子被父亲宋振远叫醒，在家中与父亲讨论维修平衡机的事。父亲说："那可是五千七百万真金白银进口的。"儿子说："我知道啊，重装集团的独生子。"父亲问："现在独生子病了，你说咋办？"儿子答："孩子病了，家长领着孩子去看医生啊。"当父子二人矛盾升级时，宋妻提醒丈夫"厂里的事不在家里说"，儿子也提醒父亲"我们在家里"，但宋振远却依然将儿子赶到德国专家公寓。作者不断点题，在本剧结尾处将情绪推向高潮，点出"我们是共和国的长子"，令国事与家事完成融合、统一。一旦思索本剧情境，体会东北经济滑坡的被动局面，就会被这一声"长子"打动，更觉作者构思之巧妙。

此外，本剧的人物关系搭建得十分有趣。主要人物宋振远和二两半是一对性格迥异的师兄弟，他们的师父是宋振远的父亲。有意思的是，这位父亲不偏向自己的儿子，反而更疼爱二两半。而二两半的儿子陈兆江又拜宋振远为师，并不赞同自己父亲的种种观念。宋振远与陈兆江师徒一心，却与自己的儿子宋海波话不投机。三代工匠，两个家庭有着这样复杂而缠绕的关系，为作者提供了广阔的创作空间，使得处处是戏，趣味横生。再者，作者在设置冲突、塑造人物形象上，拿捏准确。在其笔下，两对父子彼此之间的矛盾在于技术理念相异。无论是激烈的争辩还是温柔的和解，他们始终坚持自己的理念。最后，矛盾得以解决，靠的是"情"，不是"理"，而此处妙就妙在这两对父子是最讲"理"的人。另外，二两半这一人物形象鲜活，也得益于作者对"度"的精准把握。他身上的缺点甚多，但却难掩耀眼光芒，由此有了血与肉，也成了本剧的一大亮点。

最能体现作者剧作功底的地方在于其切入的角度。工匠世家，应从何写起？并不容易。本剧作者以关键设备出现重大故障这一具体事件切入，有四两拨千斤之感，同时设置悬念：这台进口平衡机能否修好？采用了谁的方法？进展是否顺利？一开场，观众便会被种种悬念牵动，在观剧过程中抱有期待。可惜的是，本剧结构有些松散，使得悬念的力量逐渐减弱。另外，陈妻的人物形象扁平化，一定程度上影响了整体叙事。

总而言之，《工匠世家》是一部难能可贵的工人戏剧作品。它的可贵之处不仅在于可圈可点的剧作技巧，还在于作者自然流露的真情。以情动人，是本剧的最大亮点。

苍穹之上

唐栋 蒲逊 甄进

作者简介

唐栋，陕西省岐山县人，曾任广州军区战士话剧团团长、广州军区政治部文艺创作室主任。早年写小说，主要作品有《兵车行》《沉默的冰山》《雪线》《红鞋》《醉村》等“冰山系列”；后来主写戏剧，主要作品有话剧《岁月风景》《天籁》《红帆》《共产党宣言》《支部建在连上》《对抗》《国际歌》《麻醉师》《柳青》《今夜星辰》《小西湖》《背影》等40余部以及歌剧《达坂城的姑娘》《天下黄河》；舞剧《三家巷》《沙湾往事》《杜甫》等。作品四次获曹禺剧本奖、五次获“五个一工程”奖、连续五次获得第十二、十三、十四、十五、十六届文华大奖等。

蒲逊，原广州军区政治部战士文工团编剧。主要作品有电视连续剧《国际航班》《故乡的云》《朝天门》《法在军营》《归途如虹》《爱人·同志》等；话剧《生在“八·一”》《绿十字星座》《家园》《棕榈、棕榈》《去往何处》《幸存者》《麻醉师》《延水谣》等。作品曾获全军电视剧金星奖一等奖、全国电视剧飞天奖二等奖、全军抗洪抢险题材优秀文艺作品奖、中国曹禺戏剧奖、优秀剧本奖、全军优秀剧目奖、第四届中国戏剧文学奖金奖、中国话剧金狮奖金奖、“五个一工程”奖、文华大奖等奖项。

甄进，四川人民艺术剧院有限责任公司艺术创作室主任、导演、编剧。主要作品有音乐剧《麦琪的礼物》《我爱你的方式叫离别》《新农梦》；话剧《共和国天空的守卫者》《登闻鼓》；独幕剧《马背上的银行》；小品《槐花几时开》《我的儿子小宝》《东方礼赞》等，并著有艺术创作、音乐剧研究，艺术管理等领域学术论文以及剧作、歌词、随笔、诗歌等作品几十余篇，其中获国际、国内作品评奖多项。

剧情梗概

珠海航展上的惊鸿一瞥，朱日和沙场上的亮剑检阅，具有世界先进水平的新型战机横空出世，凝聚着中国几代航空人的心血。

早在二十世纪八十年代，由于种种原因，正在研制中的战机被迫下马，江川等年轻的飞机设计师们不得不转入民用产品的研发；但民品的销路也成问题，于是人心惶惶，大家不愿再做这种“不务正业”的事情，纷纷递交辞呈准备去南方“下海”，就连首席试飞员高翔也考虑进入部队机关工作……这时总设计师万知远从北京赶回，带来了国家决定上马型号战机工程的重大喜讯，一下重新燃起了江川等航空人的梦想与激情，大家欢呼雀跃终于有了为航空事业发挥作用的平台！但是前所未有的困难接踵而来，江川和高翔进入攻关小组，展开了飞行员参与“电传操纵系统”的艰难实验；为了飞机上天，江川和同样是飞机设计师的妻子张琪心力交瘁，无法照顾儿子江小海，导致江小海高考落榜，跟随技工“肖一刀”当学徒；而因为高强度的飞行训练和试飞员所面临的风险，高翔的女友最终与他分手……就在历经磨难、型号飞机的设计就要定型之际，江川又发现了飞机设计存在缺陷，需要做出给飞机“修形”的重大决定；与此同时，飞机发动机的叶片打坏、首席试飞员高翔被停飞、妻子张琪面临瘫痪的危险、万知远积劳成疾不幸去世……在这一系列挫折和打击面前，江川胸揽大局，以航空人超强的责任担当和百折不挠的战斗精神，力排万难，终于带领攻关团队完成了型号飞机的研制。

首飞当日，高翔驾驶着最新型、最先进的型号战机一跃成功。人们激动地唱起了《歌唱祖国》，歌声雄浑激昂，与战机的轰鸣声汇合成气势磅礴、震彻云霄的交响乐……

人　物

江　川——男，飞机设计师，后为总设计师

万知远——男，飞机总设计师

高　翔——男，某飞行团试飞员

张　琪——女，飞机设计师，江川的妻子

江小海——男，江川与张琪之子，飞机制造厂工人

田　恬——女，江小海的女友

肖志民——男，飞机制造厂工人

黄瑞春——男，飞机设计师

谭　晓——女，飞机设计师

何丽茹——女，医生，后为高翔的妻子

程亚杰——男，飞机设计师，后离职

郝　嘉——女，飞机设计师，高翔的前女友，后离职

徐崇立——男，飞机制造厂厂长

李部长——男，某部部长

序

〔西南某试飞机场。

〔机场一隅，苍龙-20总设计师江川出现在一束追光中，他抑制着内心的激动，久久仰望着茫茫苍穹。

〔幕后解说员激昂的声音："首长、同志们！由我国自主研发、拥有自主知识产权、达到世界先进水平的高性能、多用途第四代隐形战机苍龙-20，正在滑出机库，马上就要以它崭新、威武的英姿亮剑长空……"

〔战机滑行的轰鸣声和人们的掌声、欢呼声响彻大地。

〔张琪匆匆跑上。

张　琪　江川，你是试飞总指挥，该上塔台了！

江　川　……

张　琪　你……你在看什么呢？

江　川　我在看——在那茫茫苍穹之上，留有殚精竭虑的万老和几代航空人奋发拼搏的身影，留有我们从艰苦岁月里一路走来的足迹……二十多年啊，我们的苍龙-20……二十多年……

〔张琪像被触痛了什么，转过身子……

〔收光。

第一场

〔20 世纪 80 年代。

〔801 设计所内，黄瑞春、肖志民围着一辆偏斗车（成都人叫“粑耳朵”）在改进设计。

肖志民　（唱）跟着感觉走，紧紧拉住梦的手，脚步越来越慢，越来越温柔。

黄瑞春　我觉得差不多了。

肖志民　啥子差不多？这是技术，你这哪是我们航空人嘴巴里说出的话！（用工具调整偏斗车）

黄瑞春　肖师傅，我是搞飞机设计的，你是搞飞机制造的。这不就是个三轮车嘛，您还以为这是在搞宇宙飞船呢！

肖志民　我们造飞机的人不管做啥子事，都要做到最好，就是做“粑耳朵”车，做出来的也必须是最过硬的！

黄瑞春　肖师傅！你说的……都对！

〔程亚杰骑着偏斗车上。

黄瑞春　哟，我们的大推销员回来了，凭你那三寸不烂之舌，肯定收获不小。

程亚杰　别提了！我逢人就吆喝：知道这“粑耳朵”是哪儿生产的

吗？801 设计所和 358 厂；知道 801 所是干什么的吗？设计飞机的；知道造这种车的是些什么人吗？有设计飞行控制系统的专家——江川，人呢？有重量设计专家——黄瑞春，（指肖志民）有给战斗机制造零件的高级车工“肖一刀”，还有本人——战机武器系统专家——程亚杰！如果不是国家没钱，军工企业不景气搞“军转民”，你们哪有福气见识这么不同凡响的“耙耳朵”哟……

〔江川上，正好听到程亚杰滔滔不绝的高论，心中很不是滋味。

江　川　这有什么好吹的！

黄瑞春　江川，这倒不是吹牛。

程亚杰　这不叫吹，这叫营销——（不自觉地又吆喝上了）看看这材料，看看这偏斗轮轴的钢号……我恨不得真的吹牛说，这偏斗车是用造飞机的材料造出来的了。

肖志民　那听的人啥子反应呢？

程亚杰　一个个都听傻了，肃然起敬！然后，立刻签合同——订了小作坊生产的歪货，因为人家一辆车便宜好几十块呢。

黄瑞春　（不平地）怎么这样！小作坊的质量和我们的能比吗？

程亚杰　现实就是这么残酷。现在不是流行一句话吗——搞导弹的不如卖茶叶蛋的。

江　川　看来，我真的该走了。与其窝在这儿不务正业，不如出去闯一闯。

程亚杰　江川，你那个在南方做老板的亲戚让你去当副总经理，一个月挣的比在这儿一年都多。我决定了，我也要去南方！

黄瑞春　你们不管谁，以后当了大款，可不要忘了我们 801 所的兄弟。

〔身穿飞行服的高翔上。

程亚杰 哟呵，我们的试飞大英雄来了。

江　川 高翔，你来找郝嘉？

高　翔 江川，我找万总。他去北京开会，听说今天回来。

黄瑞春 亚杰，你怎么一见到高翔就说话酸溜溜的？

程亚杰 吃醋呗！你知道的，我们那种工科院校，一个班三十多人就两个女生，多宝贵的资源啊！张琪被江川朴实的为人所迷惑，肥水不流外人田也就罢了。郝嘉可是校花呀，大学四年，全体男生整天互相提防，谁都不敢下手。谁料想，一分到 801 所，她就被旁边空军试飞团的这个飞行员撬走了。哎，你们解放军不是不拿群众一针一线吗？

高　翔 爱情不是针线，该拿的时候决不手软！

江　川 行了，人家都快结婚了，还唠叨什么。

〔万知远上，显得精神气十足。

万知远 各位！

江　川 万总！

黄瑞春 万总，您从北京回来啦。万总满面春风，有什么好事呀？

万知远 我不满面春风，还叫我满面冰霜啊？（看着偏斗车）你们还在搞这个东西，快给我弄走，弄走！

〔江川等人愣住。

万知远 弄走啊！一会儿回来我有话说！

〔江川等人急忙将偏斗车推下。

高　翔 万叔叔，有件事，想请您帮我拿个主意。

〔万知远坐下，看着高翔。

万知远 什么事？

高　翔 昨天领导跟我谈话，一是调我到飞行团当副团长，二是到军区机关当副团职干事，让我“二选一”。

万知远 噢？双喜临门啊！

高　翔 双喜成了“双愁”，我不知道该选哪一个。

万知远 我想起个寓言故事：一头马驹站在两捆草中间，不知道该吃哪一捆，结果呢——

高　翔 饿死了。

万知远 假如是你——两捆草都不要吃也不会饿死，因为你还有第三个选择。

高　翔 第三个选择？

万知远 我给你透露个消息：咱们就要组建型号飞机的首飞小组了……

高　翔 首飞小组？型号飞机在哪儿呢？

万知远 马上上马！研制型号飞机是前所未有的跨越，型号飞机的首席试飞员同样非常重要！从各方面考虑，你是最合适的人选。

高　翔 飞行团那么多人都很优秀，怎么会是我呢？

万知远 因为你的父亲……

高　翔 我的父亲？

万知远 他是抗美援朝战场上击落敌人三架飞机的空战英雄，是我们空军赫赫有名的王牌飞行员。而你现在也是最优秀的试飞员，你不当，谁当？

高　翔 （受到震动）万总……

万知远 留下来！等到型号飞机首飞那天，我还要给你、给所有参与型号飞机研制的人送一个特殊的礼物。

高　翔 什么礼物？

万知远 暂时保密，到时候你们就知道了。

高　翔 万总，您放心吧！我走了。（敬礼，下）

〔江川上，程亚杰和黄瑞春跟在其后。

江　川　万总……

万知远　小江啊。

江　川　万总，我们想跟您谈谈。

万知远　你们……是不是都想走啊？

程亚杰　不走不行啊，工资太低了。我一个单身汉，每月工资除了抽烟剩不了几个钱，最后那几天只能用金钩豆瓣拌挂面。像江川和瑞春他们拖家带口的，日子就更不好过了。

万知远　（对黄瑞春、江川）你们呢？

黄瑞春　我倒没想着走。我就想知道，房子能解决吗？我们这一批进所的还住着60年代盖的平房，老老小小挤在一间十几平方米的屋子里；一张饭桌，白天一家人围着吃饭，晚上收拾出来给孩子写作业；深夜我们再搭上图板画图纸。

江　川　万总……

万知远　（转向江川）你的辞职报告我看到了，要去南方做大老板？

江　川　（不知如何作答）万总，我……

万知远　（一拍桌子，随即意识到不该这样，顺势装作擦拭桌上的灰尘）改革开放起步没几年，国家经济还很困难，在军工企业普遍不景气的情况下，涨工资问题、住房问题，很抱歉，一时还无法解决……

程亚杰　这也解决不了，那也解决不了，那怎么留得住人啊！

黄瑞春　这不是又要马儿跑，又要马儿不吃草吗？

万知远　对！不吃草，还得跑，而且要跑得快，这就是我们航空人的担当！小江，我要你们留下来，不许走！我给你们涨不了工资、分不了房子，但可以给你们一样东西——

江　川　什么？

黄瑞春　什么？

万知远　干事业的平台！

江　川　干事业的平台？

程亚杰　还有什么事业可干？看看咱们801所大院和358厂，生产什么“耙耳朵”、摩托车、糕点机、电风扇、鸡笼子、锅铲子……都在开发民品，五花八门，而该干的事情却都下马了……

万知远　现在，下马的事情要重新上马！（站起，有些激动地）我可以先告诉你们，这次我去北京开会，抱回了一个金娃娃，也抢回了一副沉甸甸的重担……

〔江川几个惊诧地看着万知远。

万知远　这个金娃娃和这副重担，就是要立即开始型号飞机的研制生产，而且上级把这个艰巨的任务交给了我们801所和358厂！

江　川　啊，真的？

万知远　你们知道，从70年代起，西方国家就相继研制出以F-16、幻影-2000为代表的高机动、大航程、火力强的第三代战斗机，并陆续部署我国周边国家和地区，对我国构成了严重威胁……在北京，一位中央领导紧紧握着我的手说：万总啊，我们一定要搞出自己的新型歼击机，不光要追上他们，将来还要超越他们……我这双手，到现在还疼着呢！

江　川　万总，只要有正事干，生活上的困难……（看看黄瑞春和程亚杰）我们都可以克服。

〔程亚杰不以为然地朝江川翻了翻白眼。

黄瑞春　当初我们几个毕业分配到801所时，都憋足了劲要大干一场，但怎么也没想到设计飞机的不得不转行搞“耙耳朵”

车……真的，一点都看不到前途和希望。

万知远 我理解不少人为什么要选择离开，离开这里后有人可能会发财，有人可能会做官，但问问自己的内心，那真是你们喜欢干的事情吗？现在，即便是型号工程上马，依然会有许多意想不到的困难，但越是困难的时候越需要有人坚守；能坚守下来的一定是有家国情怀的人，是真正热爱这个事业的人。你们都很年轻，航空事业需要你们，祖国航空的未来需要你们啊！

江　川 （低下头）万总，我……您让我再想想……

万知远 不是想想，我可是要给你压担子的！数字式电传飞控系统是型号飞机的关键技术之一，国内首创，难度很大。我准备在所里成立攻关小组，考虑让你挑这个大梁！

江　川 数字式电传飞控系统？这正是我感兴趣的研究方向。可是……我行吗？

万知远 行也得行，不行也得行，我们没有退路！

江　川 那……我试试……

万知远 不是"试试"，是扛着炸药包，上！

江　川 （踌躇了一下，像个军人似的立正）是！

程亚杰 江川，你……不走了？

江　川 不走了！

黄瑞春 那你也得跟张琪商量一下。

江　川 哦，万总，我这就跟张琪商量去。

万知远 行，你们都去准备准备吧。

〔黄瑞春同江川下。

〔郝嘉上。

程亚杰 郝嘉，你考虑得怎么样了？

郝　嘉 我……我还没有完全想好……

程亚杰 这还有什么好想的，现在全国上下是什么形势啊，十亿人民，九亿经商，倒腾木材的、倒腾钢材的、倒腾服装的、倒腾兔毛的，南方现在可以说是遍地黄金啊！

郝 嘉 你这说得也太玄乎了吧！

程亚杰 我还会骗你吗？

郝 嘉 那……我再想想吧……

〔郝嘉、程亚杰下。

〔李副部长、徐崇立上。

徐崇立 老万！

万知远 徐厂长……

徐崇立 看看谁来啦。

万知远 李副部长，怎么我前脚刚离开北京，你后脚就跟来了？到我那儿坐一会儿。

李副部长 不了不了，形势逼人啊！你们受领了研制型号飞机的任务后，领导心里还是有点打鼓，派我来摸摸底，看你们到底有多大把握。

万知远 型号飞机的研制，是从二代机到三代机，直至四代机的跨越呀，这种跨越在我国航空史上是从来没有过的。国外对我们严密封锁，而我们自身又存在很大差距，所以起步阶段确实艰难。但是……

李副部长 （打断）你别说“但是”了，我不听表态，我只想知道你们到底有多大把握。

万知远 既然国家把研制新型歼击机的任务交给了我们，请领导放心。

李副部长 万总呀，航空界的人都知道，按国外的惯例，一架飞机上新研制的产品不能超过30%，可我们研制的型号飞机，新产品将超过 60%，你们真的敢打破这个惯例？真的能保证质量？

万知远 我们不会照猫画虎，仿制别人的东西。而且事实一再证明，尖端技术和先进装备是买不来的，最终还是要按照中央确定的研制方针——

徐崇立 （紧接）“自力更生，以我为主！”

万知远 对！别说新产品超过 60%，就是超过 70%、80%，我们也必须把它做出来，而且有信心 100% 地保证质量！

李副部长 老万哪，有你这句话，我心里就有底了。谢谢你呀！

万知远 李副部长，“谢”就不要说了，还是给点干货吧。

李副部长 我就知道，一有机会你就要钱。

万知远 没办法啊，因为缺钱，我们许多优秀的设计人员不得不转去做民用产品，有的甚至辞职离开，这对于我们的航空事业损失太大了。作为型号飞机的总设计师，我深感痛心，却又无能为力。

徐崇立 是啊，李副部长，我们厂都是生产尖端武器的单位。可是现在呢，我们都生产些偏斗车、摩托车、糕点机、电风扇、鸡笼子、锅铲子……

万知远 是啊。

李副部长 可以告诉你们，我来之前，中央领导和军委首长都表了态：为了中华民族的崛起和国防强盛，勒紧裤腰带也要搞型号飞机，不管遇到什么困难都要一搞到底！钱，还是问题吗？

万知远 （感动得湿了眼眶）好！好！……

徐崇立 老万哪，这样，我们 358 厂刚刚筹集了三千万资金，可以先借给你们，以解燃眉之急。

万知远 徐厂长，你们也很困难。我知道这些钱是你们准备用来改造旧房、改善员工生活条件的……

徐崇立 帮助你们就是帮助我们自己呀，你们设计出好飞机，我们才能制造出好飞机。你们801所和我们358厂唇齿相依，是事业伙伴，是亲兄弟！

李副部长 对！

万知远 （与徐崇立紧紧握手）兄弟齐心，其利断金！

李副部长 再加一句：上下齐心，风雨同行！（三人的手用力搭在一起）走，带我去厂里看看。

〔暗转。

〔设计所一隅。江川与爱人张琪的谈话陷入僵局。

江 川 小琪……小琪！

张 琪 表哥那边都安排好了，让你做副总经理，你怎么说不去就不去了？

江 川 你了解我，我这个人吧，做事一根筋，爱较真，又不太通人情世故，不会说话，真的不适合做生意……

张 琪 不适合？半夜从床上蹦起来，喊着要去南方做生意，谁呀？

江 川 之前想走，还不是因为这几年在专业上没什么事干，着急嘛！今天万总说了，型号工程正式上马，他希望我留下来，挑起攻关数字式电传飞控系统的大梁。

张 琪 你就听万总的，他几句话就把你说通了？

江 川 其实还是我自己把自己说通的。自从决定要离开801所，我这心里就特别不好受，感觉没着没落的，看见天上有飞机飞过就想流泪。真的，要失去时才觉得珍贵。

张 琪 可是，人家程亚杰不还是要走吗？

江 川 人各有志，我不想跟他一样……

〔张琪无奈地看着江川。

江　川　小琪，你别生气。假如我可以有两个爱人的话，一个当然是你，另一个，就是我的飞机设计专业。

张　琪　嘁，你还说你不会说话……算了，实在不想走就不走吧，我也觉得你不是做生意的料。

江　川　（松了口气）到底是我的老婆，善解人意……

张　琪　别，有些话可得说明白：咱们家的情况你很清楚，给老人看病、买自行车借的钱，到现在还没有还清；住的平房今天漏雨、明天下水道堵；还有你那个宝贝儿子，不好好上课，天天在外面惹事，天天有人上门告状……本来你去南方"下海"，我没话说，再难也要把这个家撑起来。但现在你既然决定不走了，以后可别总是说自己工作忙，把什么麻烦事都推给我。我不是家庭妇女，我也是搞设计的，我的工作压力也很大！

江　川　好，好，往后我们一起承担……

〔肖志民捧着一个飞机模型上。

肖志民　江川、张琪，看，我又给小海做了个飞模——美帝国主义的 F-16……

张　琪　肖师傅，你就惯他。他本来就不爱学习，整天抱着飞模疯玩，你又给他一个"美帝国主义"！

肖志民　他从小就喜欢跟我在一起，我看着他就高兴，长得又称头。

江　川　（接过模型赞叹）啧啧，看看这线条、这刀功，还有这一颗颗铆钉……肖师傅的手艺真是了得！

〔黄瑞春跑上。

黄瑞春　江川、张琪，快去看看吧！我儿子说，外面社会上的混混儿欺负学校的学生，你们儿子领了一帮学生跟他们打架去了。

肖志民　啊？这个娃儿……

张　琪　（气得差点儿晕眩，一把从江川手上抓过模型）我们两个，一个他这么老实，一个我从小也是听父母的话，生出的孩子怎么就淘气得要命！

江　川　我……我先去看看！

肖志民　哎哎，飞模……（边捡边下）

〔江川与黄瑞春跟下。

〔郝嘉气呼呼上，高翔跟随其后。

高　翔　郝嘉……你怎么了？

〔郝嘉不作声。

高　翔　到底怎么了？

郝　嘉　高翔，我觉得我们之间的问题越来越大了。

高　翔　怎么了？

郝　嘉　你越来越不在乎我的感受。

高　翔　郝嘉，你要去哪儿？你能不能不走……

郝　嘉　高翔，我需要你的时候你在哪？天上。第一次推迟婚期，你在哪？天上。第二次推迟婚期，你又在哪？还是在天上。这次说好了让你在机关副团职参谋和飞行团副团长之间选一个，眼看着能安定下来，怎么又冒出来一个首飞小组？

高　翔　万总刚刚告诉我的，这也是我真正想干的事。我喜欢挑战极限的感觉，这就像是一种宿命……总之，这个机会非我莫属。

郝　嘉　你太自私了！

高　翔　嘉嘉，在其他方面我怎么迁就你都行，但在事业上，希望你能理解我、支持我。

郝　嘉　我理解你，你照照你自己，可谁来理解我呢？这么多年，你都给过我什么？你给我买过一件衣服、一条裙子吗？我受够了你在天上飞行我在地上担惊受怕的日子！我已经决定了，我要去南方。

高 翔 南方?

郝 嘉 我们分手吧！再见！（下）

〔收光。

第二场

〔20 世纪 90 年代初。

〔801 所，机房内外。

黄瑞春 江川，你来一下。（在一台老旧的大型计算机前）

江　川 什么事？哎，你干什么？

黄瑞春 我们所电脑本来就少，我先来的，这台计算机应该我先使用。这不，我的饭盒已经在这儿了！

江　川 瑞春，你过来看看。

黄瑞春 看什么？

江　川 你这人拿饭盒占位子？我的暖瓶来得比你的饭盒早。（从计算机旁拎出一只暖水瓶）

黄瑞春 你这个人真可以！看来今晚我得抱床铺盖来占位子了。

江　川 不好意思，我们攻关组今晚得干通宵。

黄瑞春 江川同志！（急了）所里的计算机本来就少，只能轮流使用。说好的每个小组每次使用最多不超过两小时，你们霸着机不下来，别人怎么办？对型号工程而言，我们重量专业也很重要！

江　川 瑞春，数字式电传飞控系统是型号工程重点突破的关键技术，太难了，时间节点又在那儿，你们就体谅一下。万老爷子说了，所里正在引进新设备，建新机房，“面包会有的，牛奶也会有的”。

黄瑞春　可远水解不了近渴，我们也要赶进度。别争了，今天你要是不让着我，我就……

江　川　怎么？有的科室为抢计算机差点打起来，咱俩也要打一架？

黄瑞春　我是不会跟你打架的。你儿子从小就爱欺负我儿子。

江　川　你也没吃亏呀！因为我儿子欺负你儿子的事，我和张琪没少向你们两口子道歉。而且这回高考，你儿子考上了北航，我儿子却落榜了，我正在发愁呢。

黄瑞春　哎呀，江川，你也别往心里去，孩子的事总是有办法解决的嘛。

江　川　谢谢理解。

〔江川将水瓶递给黄瑞春，自己坐到电脑前。

黄瑞春　哎哎，拿儿子博同情啊？没门儿！（推开江川，一屁股坐在计算机前）

江　川　行行行，我让你。（无奈地）咱们说好了，最多两个小时，我去办公室等着！

〔江川走出机房，刚在办公桌前坐下，谭晓上。

谭　晓　老师，我写的那份报告您看了吗？

江　川　（从办公桌上拿起一份厚厚的文件递给谭晓）我做了些修改。

谭　晓　（接过翻看）啊，改了这么多？

江　川　也没什么大问题，就是不够严谨。比如：时间到底是几分几秒，能写到“秒”就不要写“分”；另外，表述必须精确，不要使用“可能”“大概”这些副词；还有几个数据不对，我用红笔勾出来了，你再查查资料，修改一下。

谭　晓　（抵触地）这份报告我都改了六遍了，咋还有这么多问题？

江　川　这跟改多少遍没有关系，有关系的只有两个字：认真！再加两个字：责任！我们是搞飞机设计的，离地三尺有风险，必须把所有问题全部消灭在地面。

谭　晓　老师，那您是咋做到这些的呀？每天我上班时您已经上班，我下班时您还在加班，好像就没有下班的时候……

江　川　很正常呀，每周上班6天，每天工作11个小时。这“611”工作制是咱们所现在的常态，需要的话，还要无时限加班。

谭　晓　这种工作强度，一般人真受不了，而且工资又那么少。我大学同学在外企，收入是我的好几倍呢。

江　川　谭晓，你怎么也说这话？比起我们刚到所里的时候，现在的待遇和工作条件已经好很多了。

谭　晓　我是说……到801所来工作，特别是到飞控系统做您的学生，好是好，就是要求太高，压力特大，天天加班熬夜，我真怕自己哪天会承受不了。

江　川　小谭，你看看万总，六十多岁了，工作比谁都忙，还见缝插针地跑步、游泳，我们年轻人还赶不上一个老同志？

谭　晓　谁不知道万总有一个贤内助啊，他老伴儿多体贴他。哎，老师，您天天这样加班，师母没意见吗？

江　川　（掩饰地）她呀，跟我一个单位，都干型号工程，相互比较理解——扯到哪儿去了，快去修改报告。

谭　晓　哦，好……对了老师，外面有位叫程亚杰的人找您。

〔程亚杰上，将手机和轿车钥匙往江川面前的桌上一扔，与以前相比，他从发型、着装到气质都有了明显变化。

江　川　亚杰。

程亚杰　江川。

江　川　来，坐坐坐（看了程亚杰一眼）发财了，也别这么显摆啊。

程亚杰　你也太敏感了，我显摆了吗？

江　川　这次回来，又有什么事？

程亚杰　我在南方，赚到了第一桶金啦，但不想倒一辈子服装，还是想做些和专业相关的事情，所以新成立了个公司。这次回来走动走动，希望能和老单位，还有358厂合作，为航空事业做点贡献啦。

江　川　早知今日要回来，当初又何必走呢？

程亚杰　那不一样啊！以前在801所，每到年终总结，发现只赚到了年龄。现在呢……（做了个数钱的手势）有一点点钱啦。

江　川　穷人并不是兜里缺钱的人，而是那些没有梦想的人。千万别富了口袋，穷了脑袋。

程亚杰　又在给我上课……怎么样啊老同学，合作的事，多多关照啊。

江　川　对不起，我是飞机设计师，只做自己的专业，别的干不了。

程亚杰　你还是那么呆板，不妨试一试嘛……

〔高翔阴沉着脸上来。

高　翔　江川！

江　川　高翔来了。

程亚杰　（看见高翔，很不自在地站起）我还有点事，回头再聊……

〔高翔挡住程亚杰的去路，突然挥拳作势要打他。

程亚杰　你要干什么？

高　翔　我要把这口气出了！

程亚杰　高翔，要文明，要文明！

高　翔　我跟你没文明可讲！

江　川　（一惊）高翔，你干什么呀！

高　翔　程亚杰，当初郝嘉离开我就是被你勾去了南方。

程亚杰　高翔，这个事情我们要讲道理……

高　翔　郝嘉她吧，爱虚荣、娇气、黏人，但她是个好女孩。希望你以后好好待她，要是敢做什么对不起她的事，我绝不饶你！

程亚杰　不爱跟你计较。

〔程亚杰整整衣服走下。

江　川　高翔……

高　翔　（克制着情绪）江川，我是来找你谈工作的。

江　川　好，来坐下谈。

高　翔　（吁了口气）你们搞的这个电传飞控系统设计方案，我看过了，不行！

江　川　（一怔）为什么？

高　翔　以前飞的飞机，是机械式操纵系统，看得见，摸得着。你们改成数字化系统，都装在计算机里面，这个计算机里面在干啥？根本无法知道，我们飞行员心里一点底都没有。

江　川　噢，我明白你说的了。但是从机械化系统向数字化系统跨越是一种发展趋势，数字化电传操纵系统和综合化航空电子系统是新型战机的主要特征。

高　翔　这我知道，可你能蒙着眼睛赛跑吗？要是遇到点沟沟坎坎，不摔倒才怪！

江　川　你是指飞行中遇到故障？

高　翔　是。原先的机械式操纵系统，有什么问题一目了然。改成数字化系统后，里面的软件无法看见，如果出现错误一点办法都没有，怎么应急处理？我的意见代表大多数飞行员，请转达给万总和801所领导，这样搞出的飞机，我们飞不了！

〔高翔下。江川陷入沉思。

〔谭晓拿着报告上。

谭　晓　老师，我修改好了。

江　川　这么快？（控制着情绪，拿起报告翻阅）这里，格式不对……这两行的字体、字号不统一……

谭　晓　（抗拒地）格式、字体，这重要吗？

江　川　801所的每一项工作，没有不重要的！你必须让自己养成一丝不苟、精益求精的工作态度。

谭　晓　可这毕竟只是一份工作报告……

江　川　如果是普通的报告，内容没问题，形式上有些疏漏可以接受，但涉及型号工程的不能，涉及电传飞控系统的不能，我们的工作标准是“千万无一失”！

谭　晓　（内心受到震撼，自言自语）千万无一失……

江　川　（不容置疑地）对。（继续翻看报告）……这儿还有个问题。

谭　晓　什么？

江　川　这个代码后面少了一个分号。

谭　晓　分号？不会吧？

江　川　你去查一下。

〔谭晓扑到电脑前查看，少顷她缓缓站起。

谭　晓　几百页的报告，你竟然一眼发现代码后面少了一个分号，而且确实少了一个分号……这简直太恐怖了……

江　川　（平静如常）拿去，继续修改。

谭　晓　我真的受不了了，我要崩溃了……（冲下）

〔张琪拽着江小海上。

张　琪　江川，你现在有空吗？

江　川　什么事？说吧。

张　琪　江小海，过来！你说怎么办吧，对这个儿子我实在没有办法了。

江　川　（看了看周围）你拽着孩子到这儿来干什么？江小海，你又怎么了！咱们……有事回家再说。

张　琪　回家？谁知道你什么时候才能回家！而且难说你回家的时候我在不在家，更难说我们两个都在家的时候他在不在。

江　川　好好好，小海，怎么回事？（对江小海）

张　琪　我们不是安排好了吗？让他复读一年，明年再参加一次高考，可他就是不干。

江　川　小海听话，坚持一年，再考一次。现在的硕士、博士越来越多，竞争越来越激烈。

张　琪　别抖！

江　川　你要是不上大学，将来走上社会……

江小海　我不复读，读了也考不上！

张　琪　你看看，你看看！

江　川　不要泄气，你脑子不笨，你的主要问题是不用心。另外，就是学习习惯不好，方法不对……

江小海　我说了我不复读！

〔张琪作势要打江小海。

江小海　你看她。（手指张琪）

江　川　（不由分说）就这么定了！我和你妈送你到最好的中学去复读，我们找关系花钱都行。

江小海　我就是不去！我自己的路为什么要听别人安排？我不听你们安排！

江　川　（气急）江小海！……

江小海　（瞪着父亲）再逼我，我就走，你们就再也见不到我了！

江　川　你要干什么？

江小海　不干什么。

〔江小海低头不语。

张　琪　我问你，你将来到底想干什么？

江小海　我……什么都不想干！

张　琪　（压抑已久的心火爆发）浑蛋！一天到晚吊儿郎当，大人说什么都当成耳旁风。看看人家黄瑞春的儿子，跟你一起长大的，从小就没让父母操过心，这回考上了北航……我就不明白了，我和你爸都是大学毕业，都在从事尖端科研，我们的儿子学习上怎么会一塌糊涂，连个专科都考不上，让人笑话，你让我们的脸往哪儿放……

〔江小海忍无可忍，夺门而出。

张　琪　你回来！回来……

江　川　江小海！算了，少说他几句吧。

张　琪　少说几句？你看看我们这个家成什么样子了！每天不是你加班就是我加班，两个人经常从早到晚连个照面都打不上。儿子没人管教，都成野人了！

江　川　张琪，有话回去说吧，我现在忙着呢。

张　琪　“我忙着呢”，你永远都是这句话！那我呢？我也在参与型号工程，压力大得每天晚上失眠，还要日复一日地操持家里的柴米油盐、照顾生病的老人、操心那不争气的孩子……我，我真的撑不住了……

江　川　小琪……

〔万知远和肖志民进来，见状一愣。

万知远　怎么了？

江　川　哦，没什么，我们为孩子的事吵了几句。

肖志民　万总就是为小海的事来的。

〔江川、张琪一怔。

万知远　听说你们逼着小海复读，他实在不愿意的话，就不要强求了。

张　琪　哪能由着他的性子？上不了大学，将来能有什么出息！

万知远　未必，肖师傅就没上过大学，出息大了，整个航空系统谁不知道他“肖一刀”？

肖志民　其实吧，小海这孩子很聪明，他从小就喜欢跟着我做做这个，做做那个，动手能力特别强。

万知远　我看哪，干脆让小海进 358 厂，跟着肖师傅给他当徒弟。

张　琪　进 358 厂？让小海当工人？不行不行，我们的儿子无论如何都要上大学。

万知远　你这观念不对。三百六十行，行行出状元。型号飞机是跨越很大的新一代战机，既要有先进的设计，也要有先进的工艺技术支持，很需要有新思维、新技能的新一代工人。

江　川　我觉得可以。这么多年我也看明白了，我们家小海确实不是读书的料，硬是赶鸭子上架，孩子痛苦，大人也急，还不如放手让他干自己喜欢的事情。

张　琪　我不同意！

江　川　小琪，现实一点吧。咱那儿子……还不如让他学一门技术，要是能像肖师傅那样有一门好手艺，我们一辈子都不用替他操心了。

〔张琪欲言又止。

肖志民　实话说吧，这还是小海自己的想法，他主动找我，说想跟我学徒，我才找了万总。

江　川　噢？一家三口，二比一，这事就这么定了！

万知远　那好，我去找徐厂长开个后门，我想他会答应的。

江　川　（送到门口）谢谢万总，谢谢肖师傅。

万知远　那我们就先走了。

张　琪　让你们费心了。

〔万知远和肖志民下。张琪愣怔地站着。

江　川　（回到张琪身边）小琪……

张　琪　走开！这么大的事，你就这么快拿主意了。你从来都是这样，根本不把我放在眼里！

江　川　可这是小海自己的想法啊。

张　琪　他还是个孩子，懂什么……我和你没法过了，从今天起，你走你的阳关道，我过我的独木桥！我明天就搬出去！咱俩，各走各的！

江　川　小琪，你别这样，小琪……

〔江川试图拉住张琪，但张琪甩开他决然离去。江川颓然跌坐到椅子上。

第三场

〔一年后的一个夜晚。航空医院内。

〔张琪躺在病床上。江川趴在床尾看图纸。

〔张琪吃力地支起身子看了看江川，挣扎着去拿床头柜上的水杯，却引来一阵剧痛，水杯掉在地上。

江　川　（惊醒，急忙扶住张琪）你要干什么？……喝水？喊我呀，你可千万不能动。

张　琪　看你在忙，不好意思叫你。

江　川　（递水给张琪）都老夫老妻了，还有啥不好意思的。

张　琪　什么老夫老妻，我们都分居一年了。

江　川　……你呀，太逞强了，非要搬出去住，还自作主张把工作关系从 801 所调到了 358 厂。

〔江川照顾张琪喝了水，小心地扶她躺好，然后整理床头柜。

张　琪　（注视着江川）你过去可是油瓶倒了都不扶，现在变得这么勤快，我都有些不适应了。

江　川　你离开家这一年，我好好反省了自己。每次加完班回到家，看见冷锅冷灶的就感觉特别凄凉，越来越体会到以前你家里、单位两头忙，是多么不容易。

张　琪　现在知道我不容易了？晚啦。

江　川　不晚。你这次出院后还是搬回家住吧，让我好好照顾你。（为张琪按摩）

张　琪　伤害了那么久，挣几天表现就弥补过来了？能坚持多久还不好说呢。我可是知道你，说得再好听，一干起工作就不管不顾了。

江　川　我这不是在努力调整自己吗？你就给我一个机会吧。

张　琪　我好不容易才解脱出来，还是多清净一段时间再说。

江　川　小琪。

张　琪　你先回去吧。这段时间你白天上班那么累，下了班还来照顾我，时间长了你身体也受不了。

江　川　我可以把这个话理解成你在关心我吗？

张　琪　江川，你这个人……

江　川　没办法，咱请不起护工。再说，我要让你体会一下，你再要强，在这个时候还是离不开我。

张　琪　（心动，嘴上还硬）谁离不开谁呀……

〔身穿白大褂的何丽茹上。

何丽茹　你们俩又吵吵什么呢？

张　琪　何医生，快把这个人撵走。你们是正规医院，有严格的规章制度，怎么能给一个健康人单独提供一个房间，让他天天晚上住在医院不走？别的病人和家属知道了，会有意见的。

何丽茹　张姐，我们是航空系统的医院，大家都知道型号工程，也了解你和江川的特殊情况。在你住院期间安排一个房间让江川暂住，算是特事特办，既方便照顾你，又能保证他的休息，这是我们医院领导研究决定的。

江　川　（得意地）你没话说了吧？医院领导多么有人情味。

何丽茹　（给张琪做检查）今天感觉怎么样？

张　琪　还是不行，想翻个身、坐起来喝杯水都动不了。

何丽茹　张姐，你的检查报告出来了，确诊是腰椎间盘突出。

江　川　情况严重吗？

何丽茹　非常严重，拖的时间太久了。

张　琪　是啊，有好些年了。起初我经常感觉腰疼、腿麻，就没当回事。再说成天加班，没有时间上医院，就一直拖着，直到那天突然站不起来了。

江　川　（自责地）都怪我，这几年对你关心太少了。何医生，拜托你们，一定要用最好的手段、最好的药把她治好，花多少钱都行！

何丽茹　医院已经组织了会诊，有两种治疗方案。一种是保守治疗，就是活血止痛、改善骨质代谢及理疗等对症处理。这种治疗能起到缓解的作用，但不能从根本上解决问题，在不当外力作用的诱因下有可能引起瘫痪。

张　琪　瘫痪？

江　川　瘫痪？那另一种方案呢？

何丽茹　手术治疗。这种方案治疗效果比较好，但手术中存在风险，严重的话也可能引起瘫痪。

何丽茹　张姐，究竟选择哪种方案，你们好好商量一下，我先走了。（下）

张　琪　（情绪极度低落）两种方案……都可能瘫痪……

江　川　（强笑）医生嘛，总是先把最坏的情况告诉患者……

张　琪　我不治了，我要出院！

江　川　你这样子动都动不了，出院怎么办？

张　琪　（慌乱起来）是啊，我以后怎么办？怎么办？……

江　川　怕什么！就算真的瘫痪了，我正好把你抬回家，我照顾你一辈子。以后你就再也不能离家出走了。

张　琪　我都这样了，你还跟我开玩笑……

〔江小海进来。

江小海　爸，请你让一下。妈，你怎么样？

张　琪　先说说你，最近怎么样？

江小海　还可以吧。

江　川　站好！

张　琪　每次问你都是这句话，什么叫“还可以”？

江小海　就是……还可以……

江　川　（恼火地）除了这几个字，你就不会说别的？你就不能好好跟爸爸妈妈说话？

〔肖志民上。

肖志民　江川、张琪……

江　川　肖师傅来了。

肖志民　小海，我就知道你在这儿。

张　琪　肖师傅，我正想问你，这个徒弟是你要收的，他表现怎么样啊？

肖志民　（看看江小海，迟疑了一下）张琪，你身体不好，有些话本来不应该在这个场合说。

江小海　那就不要说。

肖志民　我还是要实话实说：我“肖一刀”无能啊，小海这个徒弟我实在是带不了了！

〔江小海转身要走。

江　川　小海！肖师傅，怎么回事？

肖志民　这孩子啊，上班三天打鱼两天晒网，经常泡网吧。有几次都快到中午了，他还没来上班，还是我去网吧把他揪了出来。

江　川　怪不得我打电话到车间和宿舍经常找不到人！

肖志民　即使到了车间也恍恍惚惚。（江小海拉肖志民衣服）昨天让他加工个零件，他心不在焉，一刀下去就把零件给废了，全车间的安全生产纪录也被他废了。照这样下去，我这个“肖一刀”的名声也要废了！

江　川　你骂他呀！

江小海　我承受得住。

肖志民　唉，别说我了，就是车间领导、厂领导，都是看着他长大的，谁好意思把话说重了？

张　琪　肖师傅，你怎么不早点告诉我们？

肖志民　我答应过要把小海带好，也想尽量不给你们增加负担。可现在看来，如果再不和你们通气，我怕担不起这个责任了。

张　琪　江小海！

江小海　肖师傅，你看你……

张　琪　进了厂为什么不好好工作？

江小海　车间里面到处都是嗡嗡的噪声，每天和铁疙瘩打交道，太没意思了！没有挑战性！

张　琪　这可是你自己的选择。

肖志民　江小海，咱们当工人的，把平凡的事情做好了就是不平凡，把没意思的事情做好了那就有意思了。分工不同，都是工作！

江　川　江小海，你看看你那个没羞没臊的样子！肖师傅说得对。干什么都要能吃得下苦，吃不了苦的人最终会一事无成。（从衣兜掏出本书递给小海）跟你讲了这么多航空人先进事迹，看看叔叔阿姨们是怎么励志的……

江小海　看再多，那也是别人的人生。

江　川　你！你就是这些书看得太少了，学不到做人的榜样！

江小海　你和我妈看得多，可是失去了做人的快乐！

张　琪　江小海，你这是什么话！

江小海　爸、妈，你们怎么时时刻刻都在教训我，烦不烦！

张　琪　我们是你的父母，我们不教训你谁教训你……

江小海　我不想听！我自己的人生我自己安排！（向门外走去，刚到门口看见了什么，又慌忙退回，想找地方躲起）

〔田恬从门外冲进。她着装奇异，从穿着到披挂都是世界各国的军品，令人瞠目。

田　恬　江小海，出来吧！

〔江小海只好低头站在那儿。

张　琪　你找谁？

田　恬　我找——江小海！

张　琪　（打量田恬）你找我儿子？

江　川　你是谁呀？怎么这身打扮？

田　恬　这还看不出来？我是个军迷呀。喏，美国特种兵棒球帽、德国90战术背心、英国特种兵作战靴、俄罗斯飞行员眼镜、黑鹰半指作战手套，还有望远镜、军用指北针、单兵多功能水壶、中国人民解放军八一军表……

肖志民　联合国部队都集中在你一个人身上了。

张　琪　她这么走在路上，不怕别人笑话？

田　恬　我才不在乎别人怎么看呢，我是骨灰……

肖志民　骨灰？

田　恬　骨灰级的军迷！

张　琪　现在的年轻人真是让人难以理解。姑娘，你叫什么名字？

田　恬　我叫田恬，在358厂对面开了一家咖啡馆。我喜欢每天爬上墙头和大树，看一架又一架战机试飞。

江小海 你就到处说吧，小心把你当间谍抓起来！

田　恬 警察叔叔也怀疑过我，调查了半天发现我是一个热爱祖国、热爱国防的军迷！

张　琪 田恬，你和小海是怎么认识的？

田　恬 那天我正用望远镜观察飞机，突然看到他从总装车间走出来。停机坪上洒满阳光，他站在那儿，简直太帅、太有范儿、太迷人了！从那以后，除了追飞机以外，我就开始追他。

肖志民 小海，和这样的女孩搞在一起，哪还有心思工作？

田　恬 肖师傅，你应该感谢我才对。要不是我把小海去网吧的行踪打电话告诉你，你上哪儿找他去？

肖志民 噢，那个打电话的女孩是你？

江小海 啊？原来是你告的密！My god！（冲出病房）妈妈，保重身体！

田　恬 有空再聊。江小海，江小海！（追下）

肖志民 Oh，my god！

〔肖志民失望地摇摇头，下。

江　川 （叹气）这孩子……怎么办呢？

张　琪 你不是说，“让孩子干他自己喜欢的事”吗？不是说，“学一门好手艺一辈子都不用操心了”吗？

江　川 我说得没错呀，问题是他自己不争气……

张　琪 江川，你去告诉小海，不许他在358厂干了，让他赶紧补习功课考大学。不然，我就不认他这个儿子，也绝不会再回那个家！

〔暗转。

〔医院，院落一隅。

〔高翔郁闷地抽着烟来回走动，何丽茹过来。

何丽茹 咳咳。（生气地）你怎么躲在这儿抽起烟来了？这里可是医院！

高　翔 我又没在病房……

何丽茹 在外面也不行！

高　翔 （将烟掐灭）我是来检查身体的，不是也没查出什么毛病吗？谢谢你的关心。

何丽茹 我可不是关心你。你只要在这儿住院，就要遵守医院的规矩，不能仗着自己是首席试飞员就在这儿耍大牌。

高　翔 什么首席试飞员，我已经停飞了。

何丽茹 （意识到）不好意思，我不是故意……

高　翔 没什么，我都想通了，向上级打了转业报告。

何丽茹 啊？转业？你的事我听说了……你们这些人哪，整天净想着天上的事，地上的事往往搞不明白。生活嘛，就像心电图，要是平平顺顺，反而证明你挂了。

高　翔 （一愣）嗯？你这话有点道理。

何丽茹 那我问你，你转业后打算去哪儿呢？

高　翔 这不发愁，好多地方航空公司抢着要我呢。

何丽茹 这我相信。民航飞行员多的是，可首席战机试飞员高翔只有一个。

〔高翔愣住，看着何丽茹。

何丽茹 你这么看着我干什么……

高　翔 何医生，您坐。那又怎么样？你刚才还不是把我训来训去的。

何丽茹 你既然住进医院，就是把自己交给了我。

高　翔　我……交给了你？

〔江川上，驻足。

何丽茹　（有些窘迫地）我是说，你既然来这里住院，就要把自己交给医生，听医生的话。（伸出手）

高　翔　什么？

何丽茹　烟。

高　翔　你还当真啊？

〔高翔不情愿地从左边口袋掏出一包香烟交给何丽茹。

何丽茹　回病房休息去吧。记住，下不为例！（下）

高　翔　是！（像变魔术似的从身上又摸出一包烟，冲着何丽茹的背影）哼，我还对付不了你了？（点上一根烟，在长椅坐下）

〔江川过去。

江　川　过分了啊。

高　翔　你又来了……

江　川　欺负一个女医生。

高　翔　张琪情绪好些了吗？

江　川　（点了点头）我来，还是想再劝劝你，收回转业报告吧，领导也不会批准你走。

高　翔　你就别再劝了，我这次肯定走了。再说，领导不批也不行啊——“飞行员如果思想、情绪不稳定必须停飞”，这是纪律，铁的纪律！

江　川　你思想、情绪不稳定，还不是因为失恋？这么多年都过去了，从领导到同事，都忙着给你介绍对象。

高　翔　你们要把我烦死啊，烦得我都躲到医院来了，还不罢休？我不是找不到对象，现在我可是“钻石王老五”，追我的姑娘多的是，问题是我压根儿就不想找。

江　川　这是为什么?

高　翔　感情不是物件，不能想拿就拿起来，想放就放下去。我和郝嘉几年的感情，说变就变了。现在为了不停飞就匆匆忙忙再找一个，将来能好吗?

江　川　那也未必，说不定真能碰上个有缘分的……刚才那位何医生就挺不错的，我打听过了，人家还没对象……

高　翔　得了，她管起人来那么厉害，我可不想找不自在!

江　川　我看她挺温柔的呀。再说，你现在就是需要有一个女人管管。

高　翔　你就别说了，我决定转业不光是因为这个。

江　川　那还因为什么?

高　翔　你知道我这人一向很自信，从来都觉得自己是最棒的试飞员。按空军的规定，成功处理一次意外停车可以立二等功，我这些年遇到的意外停车就有三十九次，都安全地飞回来了。我跟领导说：功就不要了，能飞行就是对我的最高奖赏……可最近不知道怎么了，我好像陷入一团迷雾中，特别是你们正在研制的型号飞机对于我来说是那样的陌生。飞了半辈子，往后竟然不知道该怎么飞了……

江　川　（触动内心的隐痛）人到中年，我也感到前面的路越走越难……型号飞机，西方断言中国人不可能过"电传操纵"这一关，并且对我们百般封锁。我们不信这个邪，成立了攻关小组，但确实太难了，这条路坑坑洼洼，满是泥泞……而生活上，我也是一团乱麻。为了飞机上天，儿子的学习落地，家也几乎散了摊，真是心力交瘁啊……

高　翔　刚才那位何医生就说，"你们这些人整天净想着天上的事，地上的事往往搞不明白"!

江　川　别说，还真是这么回事……

〔汽车刹车声，万知远骑一辆自行车上。

万知远　（老小孩一般回头嚷嚷）你们追呀，追呀，有本事把汽车开到花坛上来呀……

〔万知远在花坛边停住，敏捷地从自行车上跳下。

江　川　（上去扶住自行车）老爷子这身手，跟年轻人一样利索。

万知远　怎么，难道我老了吗？你们追呀，有本事把汽车开到花坛上来呀……

〔谭晓上。

谭　晓　万总，万总，给您配的专车您总是不坐，所长批评我工作没有干好。

万知远　我来医院看人，这是私事，坐什么公车！

谭　晓　您都六十二了，又总是加班熬夜，骑自行车多不安全。

万知远　把六十二倒过来，不就是二十六吗？有什么不安全的，你们回去吧。

谭　晓　万总，我把车都带来了，您不坐，我怎么向所领导交代？

万知远　怎么交代那是你的事。（拍了拍自行车）还是这个好，我习惯了。

谭　晓　万总，所里调我到办公室搞行政，您得支持我的工作。下一次，可不能再这样了。

万知远　好，好，下次再说吧。快去吧！

高　翔　（走过来）万总……

万知远　高翔，我来找你就是要来告诉你，我准备跟你们部队首长说说，同意你转业。而且，我也准备打报告退休，不干了！

高　翔　（一愣）您不干了，型号工程怎么办？

万知远　试飞员都不干了，我们设计出来的飞机还怎么飞？（一下激动起来，挥舞着双手）大家都别干算了！让我们的空军还开那种老掉牙的战机！让西方国家把我们越落越远！让国家花巨资去买别人的淘汰机！让我们的制空权彻底丧失！……

高　翔　（急忙扶住万知远）万总，对不起，我惹您生气了……

万知远　我生气算什么！我国驻南联盟大使馆被美国轰炸，为将烈士遗体运送回国，我们还不得不租用他们的大飞机。在南海发生的撞机事件，我们的飞行员牺牲，如果他当时驾驶的是新型战机，就不会是这样的结果……这让我们航空人心如针扎、寝食难安啊！

高　翔　这些……我都知道，可就不知道自己最近到底是怎么了。

万知远　怎么了？遇到问题就自怨自艾，可能就困在里面出不来了。我们要有一种撞南墙的精神，不撞南墙不回头，撞了南墙也不回头，撞得头破血流也没关系，即使发现此路不通也要继续撞，总会撞出一条路来！

江　川　万总，您的话对我也是一种开导……高翔遇到的问题，恕我直言，除了个人感情问题外，是不是担心自己对于陌生的型号飞机适应不了？

高　翔　（点点头）飞行员的信心，建立在对飞机各个系统都非常熟悉的基础上。型号飞机的科技含量太高了，即使我这样的老飞行员，也心里没底啊。万总，您说怎么办？

万知远　我想到了。有一个解决办法：让飞行员参与到设计中！

高　翔　飞行员参与设计？

万知远　对！以前都是设计的管设计，制造的管制造，飞行员管飞行。在型号工程，我们建一座模拟试验台，让设计人员与飞行员一起来做试验，设置出几千种、几万种故障模式，把不可见的电传系统变成可见可测的数据和程序。设计人员还可以根据飞行员的感受，不断改进飞机的各项性能。

高　翔　（感兴趣地）这……可以试试啊！

万知远　型号飞机是跨代飞机，要求参与者的知识结构也要跨越，要换脑子。高翔，对于你来说，首先要学会使用电脑。

高　翔　请您放心！可是……我现在停飞了……

万知远　我和 358 厂的徐厂长找了你们部队首长，首长明确表示：高翔是一名非常优秀的试飞员，他必须飞！

高　翔　（激动地立正、敬军礼）是！

〔收光。

第四场

〔虚拟空间。不同的表演区在灯光变幻中交替出现。

〔高翔坐在铁鸟试验台上，江川在仪器前调试、记录。

江　川　高翔，怎么样？

高　翔　不行啊，（推拉操纵杆）推杆有点重，有点费劲！

江　川　杆力设计参考的是国外指标，可能偏硬。

高　翔　外国人吃牛肉，劲大。我们中国人不同，应该减力。

江　川　（记录）我记下了。但怎么减，减多少，要做人机功效适配试验，对飞行员的臂力和腕力进行测试评估……

〔江小海出现在追光中。

江小海　爸、妈，我跟着肖师傅临时接到维修任务，来到西北外场基地排查故障。

张　琪　啊？

江小海　这儿是西北的高原戈壁，风太大了，飞沙走石，要不是我还有点体重，早就被风刮得飞起来了……

〔江川和张琪出现在另一束追光中。

张　琪　（焦急地）小海，当心点，没事别到处乱跑！

江　川　要听师傅的话，好好工作。

江小海 爸、妈，你们又来了！怎么我到天涯海角都躲不过你们的教训和唠叨……Oh my god！

〔田恬出现在追光中。

田　恬 叔叔、阿姨，我也追过来了。由于保密规定我不能去现场，只能住在附近的客栈，但一有机会就和小海通电话。有些情况，他不愿意告诉你们……

张琪／江川 怎么了！

田　恬 他到这边以后头晕、呕吐，高原反应特别严重，今天还流鼻血了……

江小海 天气太干燥了，早上洗脸，一脸盆的水都是红的，简直太酷了！

张　琪 我的天哪！（紧张地）什么话！这还叫“酷”？赶紧去看医生！

江　川 小海，要不要我给你肖师傅打个电话？

江小海 我本来不想跟你们说，就是怕你们瞎操心。我师傅那么忙，全场都盯着他，他哪儿有工夫接你的私人电话！你们还是老航空人呢，怎么这点觉悟都没有？

江　川 哦……儿子批评得对，对！

江小海 再说不就是头晕、流鼻血吗？没什么大不了的。从小在南方长大的我第一次来到这高原戈壁，太壮观了。我这才知道什么叫“大漠孤烟直，长河落日圆”……

江　川 这孩子，小海，千万别把高原反应不当一回事。别让你妈妈担心哪！

张　琪 听到没有？赶紧去看医生！

江小海 （像是没听见父母的话）这几天在现场更换零件，直接在机翼上换，几十个盲孔，每个孔的边缘最大只能误差 0.15 毫米。

我师傅就像个武林高手，唰唰唰，刀刀直指要害，名副其实的“肖一刀”啊！爸、妈，后来师傅让我上手。

张　琪　怎么样？

江小海　我开始有点害怕，但师傅一个劲儿鼓励我，哥们儿我出刀了，我成功了！哈哈哈哈……当维修好的飞机冲上云霄，想到那里面有我修复的零件，我小小的虚荣心得到了满足，我第一次真真切切地体会到作为一名航空人的成就感！

〔张琪禁不住流下复杂的泪水。

〔何丽茹教高翔学电脑。

何丽茹　这样，点右键，再点这儿……点保存。

高　翔　这就行了？

何丽茹　行了。

高　翔　这也太简单了？

何丽茹　简单？我告诉你啊，要想熟练地掌握电脑，你还需要多熟悉，多练习。你看着我干什么？我刚才说什么了？

高　翔　要想熟练地掌握电脑，需要多熟悉，多练习。

何丽茹　起来，你看着啊。对于这个程序，你应该了解它，进一步认识它，才能够熟练地运用好它……你怎么又看着我呢？我刚又说什么来着，重复一遍。

高　翔　你说，对于这个程序，我需要了解它，进一步认识它，熟练地运用它，重视她，珍惜她，最重要的是要听她的话……

何丽茹　你到底还学不学？

高　翔　学学学。

何丽茹　不教了！

高　翔　我错了。我错了还不行吗？

何丽茹 记住，下不为例！

高 翔 是！

何丽茹 哼！

〔江川和高翔继续做着试验。

江 川 高翔，你再试试看。

高 翔 江川！（边操纵边感受）不行！这个点，就是这个点……

江 川 怎么了？

高 翔 一到这个点就会产生非常大的上仰力矩。

江 川 （急忙查资料）……可是，风洞试验吹风没有吹出来呀。

高 翔 风很难吹出来，但确确实实，每次到这个点就能感觉到飞机上仰得非常凶。

江 川 （记录）幸亏你捕捉到这个点，不然就是一个隐患。上仰力矩大，拉出来后飞机的过载就很大。超出过载限制，飞机结构就会承受不了。

高 翔 是啊，要是再拉大，飞机就有可能解体。

江 川 看来，万总说得没错，让试飞员参与设计，太必要，太重要了！我们马上改进方案，限制飞控系统过载。

高 翔 这好改吗？

江 川 这就是数字电传的优势，只要发现问题，敲几个键盘就能修改过来。飞控系统做到电子系统以后，飞行员就可以实现无忧虑操纵。再试试！

高 翔 无忧虑操纵？（兴奋地）太棒了，老子要的就是这个！

〔万知远、程亚杰出现在同一光区。

万知远 程亚杰，你怎么这样？你这是等同于行贿！听说你还去给江川送过?

程亚杰 和您一样，也被他骂回来了。

万知远 你呀，到外面去，事还没干出来呢，社会上的一些毛病倒学得挺快。

程亚杰 万总，对不起，我辜负了您的培养。

万知远 型号工程不是儿戏，如果一个产品出现问题，整个系统就会出问题。系统出了问题，整个飞机都会出问题。这种情况下，你还敢在竞标中耍小动作，真是胆大包天!

程亚杰 我知道，型号工程这种高精尖的军工项目，民营企业参与的可能性很小。参加竞标的，又都是些来头很大的国字号。加上我和郝嘉的事，当初在801所和358厂闹得沸沸扬扬，我根本没有优势。我只是抱着侥幸的心理，想试一试……现在什么都不说了，我决定退出。(转身欲走)

万知远 等等，我话还没说完。

〔程亚杰驻足。

万知远 你们的产品从设计到工艺水平，包括价格，综合起来在所有参评的产品中胜出一筹，确实过硬。评标小组对你们的评价非常高。现在评标结果已经出来，我可以告诉你了，这次竞标由你们公司中标。

程亚杰 (意外、惊喜地)真的?太棒了!

万知远 在评标过程中，还征求了飞行员的意见。高翔等试飞员也对你们的产品性能给予了充分肯定。

程亚杰 高翔……我真不知道说什么好……我想当面向他表示感谢。

万知远 我了解高翔，他肯定你的产品，但不会接受你的感谢。

〔田恬焦急地冲进光区。

田　恬　叔叔、阿姨！小海不适应高原气候，得了重感冒，开始发烧了！

江　川　（大惊）啊，小海感冒了？

张　琪　感冒加高原反应，那会得肺水肿，太危险了！小海，小海……

江　川　小琪，你别慌……（朝田恬）小海他去看医生了吗？

田　恬　看了，医生做了处理，说最好让他尽快离开高原。

张　琪　怎么办？怎么办？……不行，我要去看他！我这就订机票……

江　川　你身体这个样子怎么去？要去也是我去。

张　琪　你哪儿走得开呀？我必须去……哎呀……

江　川　小琪！

〔收光。

〔江小海抱着氧气袋出现。

江小海　（生气地对田恬）你还说你不是间谍，我看你比间谍还阴险，整天向我爸妈打小报告！

田　恬　我就给你爸妈当间谍咋了？你生病的事就不该瞒着父母。

江小海　爸、妈，你们不用担心。我们的任务已经完成，肖师傅和我买了明天的机票回去。我现在吸着氧呢，医生说只要一离开高原，我的高原反应症状就会消失。爸爸、妈妈，我第一次离开你们这么远，这么远……我好想家啊！

田　恬　小海！

〔江川独自在铁鸟试验台上继续做着测试。

〔高翔跑来。

高　翔　江川，你今天看珠海航展的电视转播了吗？在这次航展上驾驶咱们国产战机的飞行员是我的一位航校同学。

江　川　哦，咱们的战机飞得怎么样？

高　翔　棒极了！起飞、爬高、翻滚、俯冲，整套动作一气呵成，不少第三世界国家当场就要订货……（情绪低了下来）不过，人家的歼 10、Su-30、EF2000 等战机，虽然还是三代机的面孔，但已经露出了向四代机过渡的势头，受刺激啊！

万知远　江川、高翔！你们两个在上面已经连续十个小时了，下来吃点我包的饺子。

高　翔　通了，通了！哈哈哈……

万知远　通了？什么通了？

高　翔　（这才发现万知远）噢，万总，我的大脑一下子打通了！

万知远　这么说，你有信心了？

高　翔　我终于弄明白了，数字式电传飞控系统实现的无忧虑操纵，大大减少了飞行员的操作压力，能让飞行员有更好的状态，把主要精力放在作战上……江川，谢谢你对我的帮助！

江　川　谢我干吗？这都是万总的安排。

万知远　谁也不用谢谁。设计师与飞行员，是拴在一根绳上的蚂蚱，是并肩作战的兄弟，必须相互建立起绝对的信任。

高　翔　对！一位女士对我说，作为病人，我应该把自己交给医生……

江　川　（打断）“女士”？不就是何丽茹医生嘛，还遮掩什么！

高　翔　（一笑）现在，我要说，作为一名飞行员，我把自己交给万总、交给江川、交给型号飞机的设计师们，一百个放心！

〔收光。

〔田恬焦急地冲进光区。

田　恬　叔叔、阿姨，小海和肖师傅出车祸了！

江　川　啊！车祸？

张　琪　啊！车祸？人有没有事啊？

田　恬　小海没什么事，但肖师傅受了伤，正在医院救治。

江　川　肖师傅伤得重吗？

田　恬　伤得不轻，刚做完手术，不过医生说没有生命危险。

张　琪　怎么会这样呢？

田　恬　本来小海和肖师傅是要去机场回家的，但突然接到紧急任务要他们重返外场基地，没想到在路上出了车祸……

〔江小海出现。

江小海　爸、妈，我暂时回不去了，我要代替师傅完成任务。

张　琪　儿子，你好棒啊，那你的高原反应好些没有？还发不发烧？

江　川　是啊！

田　恬　他的情况越来越严重了，刚才又呕吐了……

江小海　（朝田恬吼）你闭嘴！

江　川　你别怪小田，有小田在你跟前，我们还放心点……

江小海　爸、妈，你们现在可以对我放心了，我再也不是过去那个经常抗拒你们的野孩子了……现在，肖师傅躺在医院，他右臂骨折了，医生说将来就是治好，手的功能也很难完全恢复。一个被称作“肖一刀”的顶级工匠，失去了手的功能，这对他是多么的残酷……

张　琪　小海……

江小海　这些年来，师傅把他的手艺毫无保留地传了我。现在，我就是他的手，我必须替他上去！为我们航空人上去！（举起手中

的铆枪）看，师傅用过的这把铆枪，就是军人手中的钢枪。我接过它，冲上去了——（奔下）

田　恬　（朝江小海大喊）小海，你太酷了！

〔张琪泪流满面，扑到江川怀里……

第五场

〔数年后。801所。

〔设计室里，江川看着数据报告沉思。黄瑞春疾上。

黄瑞春 江川，听说你打了报告，要对已经设计成型的型号飞机进行修形？

江 川 是，我把现在的试验数据和当初做方案时的数据进行了比对，发现两组数据存在差异。经过反复计算得出结论：由于飞机更换了发动机，加粗了后机身的尺寸，引起阻力增加。

黄瑞春 两组数据虽然有一定差异，只是影响一两项指标，并不存在安全隐患，还有必要再折腾吗？

江 川 型号飞机是我们的空中重器，绝不能留下任何遗憾。趁现在还没有最后定型，改进还来得及。

黄瑞春 江川，我觉得你还是要慎重。这么多年，大家没日没夜地干，好不容易快要成功了，358厂那边也已经开始安排生产了，这个时候再做改进，牵一发而动全身，牵涉面太大了。

江 川 我知道，牵涉面确实太大了——各级领导、生产厂家、几百个协作单位，还有部队……

黄瑞春 不说耗费的人力物力，不说经济上的损失，就说时间节点，这么多年这么大的工作量，临近发图生产了推倒重来，时间节点肯定保不住。这可是牵涉国家层面的安排，是天大的事，搞不好要捅大娄子的！

江　川　……

黄瑞春　再说，影响数据的因素很复杂，谁敢保证修形之后的方案就是最好的？谁敢保证不会出现新的问题？

江　川　……

黄瑞春　为此折腾得天翻地覆，你担得起这个风险、负得起这个责任吗？

江　川　……

黄瑞春　现在谁也没说我们的设计有问题呀，何必要像愚公一样，重新去挖一座大山……老同学，凡事不能不认真，但有时候也不要太固执，你好好想想吧！对了，程亚杰也来找你了。

江　川　……

〔江川沉思着。

〔程亚杰和郝嘉上。

程亚杰　江川……

江　川　（抬头）噢，亚杰啊，坐。

程亚杰　老同学，请高抬贵手，放我一马吧！

江　川　什么意思？

程亚杰　听说你提出要对已经设计好的飞机进行修形？

江　川　是……是的。

程亚杰　不能这样啊！我们公司给型号工程做配套，已经投入了大量资金……

郝　嘉　我们搞研发，做设计，提前采购好了物资，就等着你们发图开工了。

程亚杰 你说得对，亲爱的！现在如果设计上推倒重来，我们之前的投入都白费了！

郝　嘉 我们是民营公司，经不起折腾。

程亚杰 说得太对了，亲爱的！

江　川 亚杰、郝嘉，我很抱歉。我也知道这个决定会引起轩然大波，会影响很多人、很多单位……但你们曾经也是航空人，希望能够理解……

程亚杰 可我们公司的损失……（苦笑）算了，我就知道找你没用。（对郝嘉）亲爱的，走吧！

郝　嘉 江川，（欲走止步）听说型号飞机的首席试飞员……还是高翔？

江　川 是的。

〔程亚杰心情复杂地望向郝嘉。郝嘉下，程亚杰跟下。

〔江川烦躁地踱步，继而心情沉重地坐到桌前，拿起一摞图纸又放下，陷入深深的思索。

〔张琪气冲冲上，把工作夹往桌上一掷。

张　琪 江川！

江　川 你……你也是为飞机修形的事来的？

张　琪 我现在是作为358厂的工艺师来和你谈话。

江　川 谈吧，工作时间我也没把你当老婆……

张　琪 你应该知道，虽然还没有正式发图，但在我们358厂，有部分零件已经开始投产，这下全报废了。还有已经做好的模具、卡具、工具，统统都报废了，所有的计划也都打乱了……

江　川 我知道，修改设计会造成原材料浪费，增加成本，影响效益。不光你们，别的协作单位都会面临同样的情况……这几天，方方面面来的人把我的门槛都快踩断了。

张　琪　那你还非得这么干吗——你肯定这么干，而且九头牛都拉不回来，要不就不是你了！

江　川　不，这次我想通了，既然那么多人反对，我也别硬扛着了。我决定撤回“修形”报告！（一手拿起图纸，一手拿起签字笔）我就在原来的图纸上签字，发图！

〔张琪对此猝不及防，下意识地阻止。

张　琪　啊，不——

〔江川放下笔，望着妻子。

张　琪　（不知如何是好）我……我是不是刚才脾气又急了？

江　川　你呀，什么都好，就是脾气不好。咱家就那么点矛盾，前几年你非得闹着分居。好不容易搬回家住了，脾气还是那么大，一有什么不高兴的事就跟我戗戗。你以前可不是这样的呀，记得我们在大学里第一次相遇，你从花园小径走来，笑脸盈盈，长发飘飘，对我微微一笑，低头走过，我就僵在那儿了，觉得你特别美，特别温柔。可现在……

张　琪　现在我温柔得起来吗！这十几年，家里家外，压力像大山一样。以前是“611”工作制，现在都“615、616”了。不是有人说嘛，在801所和358厂，“女的当男的使，男的当牲口使”，哈哈哈哈……（笑得有些勉强。发现江川异样的眼神）你怎么啦？

江　川　如果你是我，该如何选择？

张　琪　（认真地思考片刻，摇头）我真的不知道……假如不修形，型号飞机的性能可能达不到最好，但谁也不会说你什么。假如修形，成功了还好，如果不成功，你的名誉、你的一切就全毁了。

江　川　这可能是我人生中最难的一次选择。

张　琪　（再次回避）想不明白就说点别的吧……你那宝贝儿子最近又不对劲了。

江　川　怎么了？

张　琪　又现原形了，成天啥都不干，抱着个电脑就知道上网！

江　川　哎？自从那次他跟肖师傅去了西北外场，变化不是挺大的吗？

张　琪　江山易改，本性难移！本来真以为他变好了，去年还报了个函授大学，我挺高兴，想着他能拿个文凭，也能弥补一下没上大学的遗憾。谁知道，他最近老毛病又犯了。

江　川　要是染上网瘾，麻烦可就大了。我得找小田问问。

张　琪　别提那个小田了，他俩一起玩，两人从早到晚都挂在网上！

江　川　小田……不会吧？

张　琪　你自己去看看吧！这个田恬，不男不女的，我看着就不顺眼。告诉你啊，小海要跟她谈恋爱，不行！

江　川　我觉得挺好的呀。小海在西北外场时生了病，多亏有小田照顾。我看儿子也挺喜欢她的。

张　琪　儿子懂什么？他就够不靠谱的了，再来一个不靠谱的，以后我们这家人还怎么过日子？

江　川　儿孙自有儿孙福，你就别瞎操心了。

张　琪　江川，我们为什么总是说不到一起啊？我是江小海他妈，我不操心谁操心！我把话放在这儿，他们俩做朋友可以，谈恋爱绝对不行……

〔江川望着窗外。

张　琪　你在想什么呢？

江　川　小琪，你说我要是今天签下这个字的话，将来儿子知道这一切之后会怎么看我？

〔张琪愣住了，不知该说什么。

江　川　小海也成为一名航空人了，我们总在教育他要追求完美，要有责任担当，而我们是怎么做的呢？我们的所作所为将怎样影响孩子今后的人生？

张　琪　刚才还说要签字呢，其实你的内心会是另一种选择，我太了解你了。

江　川　（沉重地）我确实太纠结了，真的想过无数次，不管了，就这样签字算了。可心里这个坎，却怎么都过不去。

张　琪　江川……

江　川　过去我最大的乐趣就是沉浸在对飞机的想象里，可今天我要是签了这个字，也许我的余生就不会有快乐了。可能以后的每一天，我都会在不安和懊悔中度过。

张　琪　可要是坚持修形的话，你背负的责任和风险太大了。

江　川　责任……风险……责任往往伴随着风险，但这不能成为回避责任的理由。我一直在关注我们的对手，他们发展很快，技术在不断提升和进步。我们要赶超它、战胜它，就必须付出更多、做得更好，使我们飞机的大系统和所有细节达到最好状态。因为这不是一般的飞机，也不是单纯的技术问题，它关系到我们的空军能不能在战场上取胜，关系到我们的国家、我们的民族能不能立于不败之地！所以，就算冒再大的风险、付出再大的代价、经历再多的挫折，我都可以承受。我就认准一条：绝不能留下一丝一毫的遗憾，必须给我们的空军交出最好的战机！

张　琪　江川……

〔程亚杰和郝嘉出现在同一光区。

郝　嘉　我觉得我们应该支持江川进行修形。

程亚杰　（敏感地）是为了高翔？

郝　嘉　也是，也不是。

程亚杰　……

郝　嘉　我永远也忘不了当初高翔每次试飞训练，驾驶战机升空后我那种提心吊胆、牵肠挂肚的感觉，那感觉真是刻骨铭心。

程亚杰　你现在还对他牵肠挂肚？

郝　嘉　你想到哪儿去了？我和高翔早已是过去时了。我的意思是说，型号飞机是几代航空人的梦想，是所有中国人的期盼，必须尽到最大努力去追求完美，不留遗憾。不然将来不光是牵肠挂肚了，后半辈子都会在懊悔中度过，那种滋味你想过吗？

程亚杰　亲爱的，你怎么突然觉悟变得那么高了？公司是我们自己的，之前的投入……

郝　嘉　江川那天说“你我曾经是航空人”，这句话对我触动很大。我们都是从801所出来的，有些精神上的东西已经浸入骨子里了。我们这么多年又一直参与型号工程，什么轻什么重应该分得清。所以不是曾经，是现在，此时，我们不是生意人，是航空人。

程亚杰　（仍然纠结）这……

郝　嘉　作为股东，我已经决定了，你看着办。（下）

程亚杰　哎哎，郝嘉……（追下）

〔万知远和李副部长、谭晓、徐崇立上。李副部长现在已是部长，而数年过去，万知远明显有些衰老。

万知远　李部长，请。江川！

江　川　万总、李副部长。

万知远　把“副”字去掉。

李部长　你这个老万……

江　川　李部长，请坐。万总……

李部长　老万，江川哪，（神情凝重）你们真的认为必须这么干吗？

万知远　李部长，（点头）江川发现问题以后，我带着各专业反复做了分析试验，初步调整方案已经完成并且上报：首先立即对后机身进行收身修形设计，与此有关，还要将飞机内侧附翼作动器进行半埋处理，缩减飞机表面“猫耳朵”截面积以降低迎风阻力，进一步提高飞机表面质量。

李部长　我看到报告了，改动非常大，这个决定非同小可。

万知远　的确是个“大手术”，但也是必需的。

李部长　我相信你们在这个时候提出重大修改，一定是经过深思熟虑的，也一定会提升飞机的性能。但首飞的时间节点是早已确定下来的，现在设计上出现这么大的反复，恐怕难以两全其美。如果只能选一头，你们是打算保质量，还是保时间节点？

万知远　（沉默片刻，决然地）两个都要保！

李部长　这恐怕不可能吧。

江　川　李部长，在研制型号工程的过程中，我们已经完成了许多看似不可能的事情。这回同样，我们有信心再一次把不可能变成可能！

李部长　噢？说话跟你万师傅一个口气啊！可是有些事情是不以人的意志为转移的。十几年型号工程的历程，就像一个人跑马拉松，眼看就要跑完全程了，这时候你让他返回去重新再跑一次，他还顶得住吗？还能冲过终点吗？

〔肖志民、江小海、程亚杰、谭晓、黄瑞春等人一起走上。

江　川　请相信我们！人的意志有时候可以超越极限，创造奇迹。

李部长　那你们的意志是什么？我不听抽象的解释，我要能看得见、摸得着……

徐崇立　李部长、老万，我们358厂无条件地立刻调整生产计划，全力以赴做好型号飞机的修形准备！

黄瑞春　江川，我想通了，我支持你！只要启动型号飞机修形，我们重量专业还是那句话：为减轻一克而奋斗，为节省一分而拼搏！

程亚杰　各位领导，江川，我也想明白了，我们民营公司确实看重经济效益，但只要国家需要，我们不计较得失。毕竟，我是从801所出来的！

江小海　各位！各位！飞机修形，就得对零件修形。我最近学会了运用一款新型研发软件，不仅可以缩减测试时间，还能减少材料浪费，大大提升了研发速度！

张　琪　小海，（恍然大悟）你们整天抱着个电脑原来是做这事？

江小海　不然呢？

肖志民　小海的工艺技术已经很过硬，我这个“肖一刀”可以放心地把担子交给他这个“江一刀”了！

江　川　李部长，国家把这么重要的飞机项目交给我们来做，就是把国家未来空中安全的责任交给了我们。我们必须做到最好，不能有丝毫的马虎。请您相信我们！

李部长　（被深深打动）谢谢！谢谢！谢谢你们……不仅我相信你们，我们的国防相信你们，我们的国家也相信你们！

〔收光。

第六场

〔又是数年过去。

〔358 厂。巨大的总装车间。

〔发动机的轰鸣声震耳欲聋。江川、黄瑞春、肖志民、谭晓等人正在检测一架原型机……突然，发动机停车，轰鸣声戛然而止。

〔徐崇立跑上。

徐崇立 怎么又停车了？

肖志民 （爬上机舱）是发动机又出问题了！

徐崇立 又是发动机！这已经是第二次了。江总，什么原因？

〔江川把工作夹递给谭晓，爬上飞机。

江　川 肖师傅，等发动机冷却以后再仔细检查一下，发动机里面是不是又有残留多余物？

肖志民 （边查边说）飞机这次发动前，我们用孔探仪、目视、手敲等办法，对可能产生多余物的部位反复进行了查验清除啊。

黄瑞春 可不是嘛，老肖和试飞站的同志恨不得用手把里面全部抹一遍，连一粒细沙都要抠出来。怎么一开车，发动机叶片还是打坏了呢？

徐崇立 （焦虑地）两次打坏发动机，造成了重大损失不说，还影响型号研制的进度。作为生产的管理者，我要承担责任！

江　川 我现在是总设计师，要论责任，当然是我承担。（从飞机上下来）

黄瑞春 （抓耳挠腮地）见鬼，该做的都做到了，这临门一脚怎么总是失败呢？

谭　晓 （对江川）老师，要不要把万总请来？

徐崇立 万总已经退休了，最近身体也不好，先别打扰他。（突然叫道）哎，张琪！张琪是清除和预防多余物的专家，赶快找她来！

谭　晓 徐厂长，师母正在医院，今天做腰椎间盘突出手术。

徐崇立 （一拍脑门）看这记性！还是我送她去医院的……老黄、小谭，走，咱们和肖师傅一起把所有图纸再过一遍！（欲下）江总，这里交给我，你赶紧到医院去，张琪那可是个大手术啊！

〔黄瑞春、肖志民、谭晓跟徐崇立下。

谭　晓 （回头）江总，你还是先去医院吧。

〔江川想了想，抹下手套正要走，江小海搀扶着张琪上。

张　琪 江川……

江　川 （吃惊地）小琪……你怎么来了？

江小海 我妈妈办了手续，出院了。

江　川 出院？不做手术了？

江小海 妈妈说，等忙过这阵再做手术。

江　川 （朝江小海发火）你怎么不拦着你妈！

江小海 我拦得住吗？

张　琪 你别朝小海吼，这是我自己的决定。

江　川 你的病……不能再拖了！

张　琪　（指着飞机）发动机叶片两次打坏，这是天大的事，能拖吗？

江　川　可你现在是即将手术的病人……

张　琪　你……是不是怕我以后瘫痪了拖累你？

江小海　爸、妈，你们又吵！明明心里都知道彼此的好，却偏偏要这么说话。都是高级知识分子，智商都挺高的，但情商咋就这么低？

张　琪　我情商才不低呢，是他低！

江小海　是的！

江　川　你确定？

江小海　确定！

江　川　对，对，我情商低。只要你马上返回医院，说我啥都行。

江小海　我算是明白了，你们两个其实是一种另类恩爱方式，是的。虽说都是搞理工的，表面看上去枯燥无味，其实内心都挺风情的，是的。用现在的话说，叫“闷骚”，是的。

张　琪　有你这么跟父母说话的吗？

江　川　真是没大没小！你跟田恬，那叫什么？

江小海　我们那叫……“明骚”。告诉你们一个好消息，田恬她有了！

张　琪　有了？有什么？（恍然大悟）哦——是不是田恬怀上了？

江　川　（一愣）还没结婚怎么就……简直是胡闹！

江小海　我们早想结婚的，可是你们一直不松口，怨谁？

江　川　那也不能这么开放，过头了！

江小海　是的，但你们也太狠心了。要是还不答应，只能让田恬去把孩子打掉……

江　川　回来！

张　琪　小海，你别走啊！

江小海　我没打算走。接着说吧。

张　琪　（对江川）算了吧，生米都已经煮成熟饭了，还说啥？好在这几年下来，发现田恬这女孩真是不错。

江小海　是吗？

张　琪　那就快去和田恬登记吧，要快！

江小海　（大笑）爸、妈，我逗你们的，没有这事。

张　琪　（生气）啊？你这孩子！

江小海　不过你们可不许逗我啊，你们已经亲口同意我和田恬结婚了，有录音为证。（掏出手机晃了晃）

江　川　臭小子，你学会这一手了！

张　琪　回头再跟你算账。行了行了，我去检查一下发动机。（走向飞机）

江　川　（拦在机头前面）小琪，你腰现在这个样子，怎么能行呢？

张　琪　你们放开我！

江　川　你不能去！

〔江川和小海站着不动。

张　琪　（大声地）放开我！

江小海　爸。

〔江小海示意江川放手。

张　琪　我是358厂的设计师，是清除和预防多余物的专家！发动机叶片损坏，只有一个可能，那就是里面残存有没被发现的多余物。我要查出多余物的来源和通路，确认发动机承受多余物撞击的能力。

〔江川犹豫了一下，与小海一起将张琪扶上机舱。

〔一束追光打向张琪，她强忍疼痛，打开舱盖，趴下去仔细触摸、查看，豆大的汗珠从她脸上滚下……

江　川　小琪……

张　琪　都成老太婆了，还叫我“小琪”？

江　川　在我眼里，你永远年轻，永远是我的“小琪”！

江小海　完美，“闷骚”终于变成“明骚”了啊！妈，我支持你，上！

〔暗转。

〔场景同上。

〔万知远拄着拐杖心急地走来，他看上去十分虚弱。

万知远　小江……小江……

〔江川从外面跑进。

江　川　万总，您怎么来了？

万知远　听说张琪检查发动机的时候晕倒了，要不要紧？

江　川　没事了，今天她在医院做手术，您不用操心。

万知远　虽然我已经退休了，但你们都是我看着成长起来的，咋能不操心呢……

江　川　万总，快坐下。

万知远　她把故障原因找到了？

江　川　找到了！在发动机部位一个两毫米的间隙里，发现了一粒0.3平方毫米的硬化灰尘，有可能是发动机叶子旋转时吸收进去的。

万知远　噢？这可是个新发现，赶紧修正设计。

江　川　已经把图纸交给徐厂长了，设计人员正在修正。

万知远　这就是型号飞机对我们的挑战，就像人的眼睛一样，容不得半点沙子……（走近飞机，深情地端详着）这飞机，是有生命、有感情的啊。外装是它的皮肤，发动机是它的心脏，线路是它的血管……在它上面，记载着我们航空工业的过去和现在，也记载着我们追赶世界先进水平的目标，太不容易了……（忍不住擦泪）那你们忙，我就不打扰了，我还得买菜给你师母做饭呢！

江　川　您还做什么饭？我叫食堂给您和师母送饭。

万知远　（摆摆手）我们夫妻几十年，我没给她做过几顿饭。再说，外面的饭菜，她吃不惯，她就爱吃我做的。

江　川　那我给您找辆车，送您去买菜。

万知远　买菜又不是公事，我不坐车。（起身发现起不来）

江　川　万总，您怎么了？

万知远　（浑身无力地）没事，最近经常头晕，歇一会儿就好了。

江　川　万总，您太累了。这二十多年来，您是最忙、压力最大的，何况上了岁数……您坐着别动，我去叫车先送您上医院。

万知远　等等……小江，你刚才说二十多年……型号飞机的研制，前前后后可不就有二十多年了……我多想看到它在天空翱翔的样子……

江　川　按计划明年首飞，明年一定能飞……对了，咱们的型号飞机还没有正式名字呢。万总，您给起个名字吧。

万知远　（眼睛一下亮起）型号飞机，是我们二十多年的期盼，是航空人二十多载热血青春的奉献，是千千万万参与者二十多个风雨春秋的砥砺前行……“庭雪到腰埋不死，如今化作雨苍龙”……对，苍龙，就叫苍龙-20！（站起，拼足了力气）我们就叫它苍龙-20！

江　川　（激动万分）苍龙-20……

万知远　（缓缓坐下，声音微弱）小江，下一代飞机……再下一代更先进的飞机……要靠你们啊……

江　川　（点点头）万总，您说过，等型号飞机首飞的时候要送给大家一个礼物，能透露一下是什么吗？

〔万知远没有回应。

江　川　还保密呢……那就等首飞那天再揭晓吧。

〔万知远平静地合上眼睛，像陷入沉睡。

江　川　（感觉不对）万总，万总！您怎么了……（拿出手机）厂医院吗？厂医院吗？……

〔江川手机掉落。

〔收光。

尾声

〔公元2011年初春。西南某试飞机场。

〔黄瑞春、张琪、肖志民、谭晓等人在场边观察天气。

黄瑞春 看看，这天气怎么说变就变，能见度太差了！

肖志民 今天试飞来了那么多大领导和首长，光将军就十几个。这龟儿子天气，真是恼火得很。

谭　晓 咋就这么不顺呢！

张　琪 我看不必担心，我们在设计时就考虑到了飞机应对极端天气的性能。

黄瑞春 那也要看驾驶员的能力，看首席试飞员高翔的状态怎么样……

〔高翔走下停在跑道上的苍龙-20战机，向观察台走来。担任医疗保障的何丽茹急忙迎上去。

何丽茹 （担忧地）高翔，这天气……

〔高翔望向天空，不语。

〔江川、徐崇立匆匆走来。

江　川 高翔，气象部门报告，现在云层出现了一道缝隙，首长让听取你的意见，能不能飞？

高　翔　（果断地）能飞！

徐崇立　心里有底吗？

高　翔　有！我有信心！

江川 / 徐崇立　（同时）我们也有信心！

高　翔　即使飞机摔了，我也要摔到跑道上，供你们好好研究。知道对，对在哪儿；错，错在哪儿。

何丽茹　（上前一把拽住高翔）不许你这么说，我要你平安回来……

高　翔　丽茹……（将何丽茹拉到一边）我当然要平安回来……但我也不隐瞒你，自从我们试飞大队组建以来，在十多万次试飞当中，牺牲了二十九名优秀的试飞员……干我们这行，就是在刀尖上跳舞，是和平年代离死亡最近的人，我们都要有这个思想准备。

何丽茹　不……

高　翔　我这只是假设。

何丽茹　假设也不行……我要你完完整整地回来。

高　翔　是！

李部长　（对众）万老生前说过，型号飞机首飞时他要送给大家一个礼物。今天，我把它带来了。新中国成立初期，我国自主生产的第一架战斗机，在南昌飞机制造厂完成总装，当时的青年突击队队长——也就是万老，连夜赶制模板，在机身喷上了八一军徽。这就是那块模板……

李部长　这块飞机模板，是一代又一代航空人呕心沥血、薪火相传的标志。他们中的许多人像万老一样，没能等到今天。但他们的目光就像星辰一样，在天空永远注视着我们，注视着航空人的梦想变成现实！

江　川　（激动地接过模板）这就是万老要送给我们大家的礼物……

〔模板在大家手上一一传递。

张　琪　万老要是看到了今天，该多么高兴，多么欣慰啊。

江　川　会的，万老会看到的，苍穹之上的满天星辰，有一颗一定是万老的眼睛……

李部长　（与高翔互相敬礼）高翔同志！战机是设计、制造出来的，也是由你们这样的英雄飞出来的！祖国终将选择那些忠诚于祖国的人，祖国终将记住那些奉献于祖国的人。拜托了！

高　翔　（大声地）为梦想战斗，为使命飞行！

〔高翔转身，以坚定有力的步伐向战机走去。

〔幕后解说员激情四溢的声音："看，首席试飞员高翔正在走向战机——他登上去了——他合上了舱盖——他在朝我们招手——"（与此重叠响起指挥员的口令：5、4、3、2、1、起飞！）"看，苍龙-20起飞了！起飞了！我们的苍龙-20起飞了……"

〔震耳欲聋的呼啸声冲向天空。

〔何丽茹、黄瑞春、张琪、肖志民、谭晓、江小海等人唱起了《歌唱祖国》，在场的所有人齐声应和，何丽茹泪流满面……歌声越来越雄浑激昂，与苍龙-20的轰鸣声汇合成气势磅礴、震彻云霄的交响乐……

〔收光。

——全剧终——

2018年4月18日　第一稿于广州

2018年10月30日　第二稿于成都

作品赏析

《苍穹之上》通过对新中国几代航空人艰苦奋斗历程的艺术再现，为时代楷模塑像，为民族精神写照。剧本以宏阔的视野和真挚的情感，立体勾勒了我国第四代隐形战机自主研发的壮阔图景，向几代航空报国英雄致以崇高敬意。

剧作最突出的特点是大题材、小人物相结合，宏大叙事与具体细节相融合，一个个鲜活的人物命运与祖国航空事业的发展息息相关，使崇高的主题在鲜活的细节中落地生根。万知远是型号飞机的总设计师，他常年泡在机房里，殚精竭虑、呕心沥血只为研制出新一代战机，直至生命最后一刻仍惦记着“苍龙-20”的首飞，令人肃然起敬。江川带领团队攻克数字式电传飞控系统、高翔驾驶战机直面生死考验，面临着巨大的技术挑战和质疑压力。面对妻子张琪的病痛、儿子小海的叛逆，他虽然内心纠结但从未动摇。高翔作为试飞员，每一次驾驶战机冲上云霄都是“在刀尖上跳舞”，在生死考验中诠释了中国飞行员的英雄本色。正是众多个体命运的交织，勾勒出波澜壮阔的航空报国长卷，彰显了主题的恢宏与深沉。

在人物塑造上，作品以细腻的笔触刻画了航空人的精神世界。身为老一辈航空人的万知远，当年在南昌飞机制造厂连夜赶制八一军徽模板的往事历历在目，更以“有本事把汽车开到花坛上来”的幽默展现了革命一代的豁达与睿智。张琪强忍病痛爬进机舱查找故障，体现了幕后英雄的无私奉献。高翔首飞前夕“即使飞机摔了，我也要摔到跑道上，供你们好好研究。知道对，对在哪儿；错，错在哪儿”的慷慨陈词，道出了新时代试飞员“在刀尖上跳舞”的英雄气概。程亚杰虽然曾经弃航从商，但“你我曾经是航空人”的召唤令他心潮澎湃，临危受命重返航空战线时，他毫不犹豫地应允，彰显了知识分子心系国防的赤诚。这些鲜活而立体的人物群像，折射出新时代科技工作者的精神图谱，让主旋律作品更加贴近生活、贴近人心。

与此同时，《苍穹之上》还善于通过富有张力的细节，深化主题，升华境界。面对高翔的质疑，江川将其请上试验台一起做测试，最终令后者心悦诚服，折射了航空报国的万众一心。而当高翔提出要转业，万知远竟也说要与之同进退，正是这种推心置腹、肝胆相照的革命情谊，凝聚成航空人攻坚克难的不竭力量。李部长带来万知远生前赠予的飞机八一军徽模板，既是对航空前辈不朽功勋的缅怀，也是航空强国精神的生动写照。张琪顶着剧烈的腰痛爬进机舱查找多余物，昏倒在地的那一刻也是航空报国精神最好的诠释。正是无数这样感人至深的细节，为人物形象注入了血肉，赋予主题以立体的厚度。

可以说，《苍穹之上》既是对我国第四代隐形战机研制历程的写实再现，也是新时代科技报国精神的集中展现。它以真实而动人的细节，塑造了万知远、江川、高翔等一批有灵魂、有本事、有血性的新时代航空英雄，为主旋律创作树立了典范。当“苍龙–20”冲上云霄的那一刻，也是无数航空人梦想成真的那一刻，是“航空报国、振兴中华”誓言兑现的那一刻。作品昂扬向上的基调、磅礴恢宏的气势，令观众为之动容！

巨轮出海

曾志灼

作者简介

曾志灼，男，汉族，1976年生于广州。1997年毕业于广东省粤剧学校，2006年毕业于中山大学汉语言文学本科，先在广州市文化馆工作，后调入广州文学艺术创作研究院。国家二级编剧，广东省戏剧家协会会员。

舞台剧作品有话剧《广州站》《巨轮出海》《卢永根》《执信女生》《烽火学堂》《浪起鱼花》《七彩绳话》《七月落薇花》《花城协奏曲》等，粤剧《清心直道包青天》《岭南人家》《梅花翘》《三生》《歇马秀才》《千古忠魂》《深圳往事》《追鱼传奇》《桃花扇传奇》《素馨花环》等，潮剧《百姓之子》，广播剧《光速少年》，曲艺说唱《中国娃娃爱曲艺》《丰碑》《小白鹭》等。作品曾获中国戏剧文学奖、广东戏剧文学奖、广州文艺精品奖、广东省艺术节一等奖等。个人获优秀羊城剧作家称号。

入选作品《巨轮出海》，系广东省文化厅为庆祝中华人民共和国成立七十周年而举办的“岭南风华·我爱你中国”——广东省舞台艺术精品惠民演出剧目之一，于2019年11月在广东艺术剧院首演。该剧由广东省演出有限公司排演，戏剧艺术家王佳纳担任总导演，表演艺术家李卫东担纲主演。

剧情梗概

《巨轮出海》塑造了以厂长李海涛为代表的造船人在历史变革的潮头浪尖上苦苦求索、创新、奋进的艰辛历程。从二十世纪八十年代初期至今，造船厂先后经历了三次波澜起伏、决胜命运的重大事件，厂长李海涛以及盛启航等人先后通过引进集装箱生产线、建客滚船闯入国际、研发建造半潜船、采取壮士断腕的办法克服万难，不断拯救和大力推动船厂的发展，最后取得巨大的成功。作品将中国产业工人质朴忠诚、敢于创新、勇攀高峰的优秀品质和人格魅力呈现在了观众眼前。

时　间

当代

地　点

广州

人　物

李海涛——广州造船厂厂长，人称头脑灵，李妍希的父亲。

李妍希——广州造船厂焊接工，李海涛的女儿、盛启航爱人、邓秀梅的徒弟。

邓秀梅——广州造船厂劳动模范、工会主席、盛启航的母亲、李妍希的师傅。

盛启航——广州造船工程师，后为总工，邓秀梅的儿子、李妍希的爱人。

赵志钢——广州造船厂书记，是李海涛多年的搭档。

陆文昌——广州造船厂总工程师，盛启航的师傅。

陈腾舟——广州造船厂船厂会计师。

吴大志——广州造船厂工会干事。

潘翠萍——船厂资深员工。

卢秋菊——船厂资深员工。

艾力肯——瑞典船东。

杜若兰——医院护士。

阿　珍——吴大志的未婚妻。

盛皓阳——盛启航的爸爸。

还有船厂其他职工等。

序幕 保卫船台

〔1958 年，台风直扑珠江口岸，李海涛指挥工人们抗洪抢险。

李海涛 秀梅，秀梅……你怎么来了？

邓秀梅 师兄，我过来帮忙。

李海涛 赶快回去。

邓秀梅 我不回去。

李海涛 盛皓阳，你赶快把你老婆劝回去。

盛皓阳 秀梅，外面那么大台风，你还在坐月子，跑这儿干什么呀？

邓秀梅 孩子他爹，船厂要是没有了，我还坐什么月子？

赵志钢 同志们……海涛啊，接到气象台发布的紧急消息，风力还在加大。

陆文昌 海涛，我们还是撤吧。

李海涛 什么？撤？从 1954 年开始，我们为了建船厂，吃了多少苦，受了多少累，怎么说撤就撤啦？别说国家不同意，我们也不答应！

众　人 对，我们不答应！

李海涛 志钢，听我指挥，你带人把设备转移走。

赵志钢 你们几个跟我来！（和陆文昌等人下）

职工甲　不好啦，沙包顶不住啦！决堤啦！

盛皓阳　（看见李海涛往水里跳）海涛，危险！

李海涛　大家保护好国家财产，保护好船台，大家跟我筑起一道人墙来！

〔员工小周掉到海里去。

李海涛　把他拽上来。

职工甲　有人落水啦。

盛皓阳　（跳到水里托起小周后掉到水里）快放手，不然我们都会掉下去的。

李海涛　皓阳，抓住啊！

盛皓阳　放手啊。（被海水卷走）

邓秀梅　孩子他爹！

众　人　皓阳！

〔切光。

第一幕 大船掉头

第一场

〔八十年代初期。

〔元宵节，船厂办公楼的船匠雕像前。

〔船厂职工准备举办集体婚礼。

吴大志 各位职工，大家好。今天咱们广船举办首届员工集体婚礼。我是广船工会干事，我姓吴，叫大志，我给现场各位朋友，还有新郎新娘出个小节目。（众人：来一个，来一个。）（快板）打竹板，走上台，今天是咱们广船厂，首届集体婚礼伴喜来。咱们看新郎，新郎个个长得帅，一表人才真可爱；看新娘，新娘个个美如画，好像九天玄女把凡下。把凡下，大步走，我祝愿新郎新娘，喜结良缘共牵手，白头到老永长久！谢谢大家！最后我送大家一副对联。上联是——

潘翠萍 （应着）一拜天地亮堂堂。

吴大志 下联是——

卢秋菊 （应着）二拜父母喜洋洋。

吴大志 横批：送入洞房。

邓秀梅 大志，大志，你今天当新郎官，你别在这主持了，你去陪你的爱人吧。

吴大志 好的。

邓秀梅 各位工友，船厂李厂长和赵书记从北京开会回来，马上就要到了，各位新人，咱们先把现场气氛热起来，音乐响起来，大家一起跳起来。

〔新人们跳起舞来。

〔李海涛、赵志钢、陆文昌上。

李海涛 赵书记，你看，在这个场合宣布这个裁员消息，恐怕不太好吧。

赵志钢 什么时候才合适？现在改革是大趋势，裁员是势在必行。

陆文昌 我担心裁员这消息一旦公布，会造成不小的影响啊。

〔吴大志凑过来偷听。

吴大志 （吼起来）什么？要裁员，要解散啦！咱们要散伙啦！不好啦，不好啦！船厂要解散，要裁员啦！

〔新人们一片骚乱：啊，不是吧，我的天啊！

邓秀梅 什么，师兄，哦不，李厂长，船厂要解散了吗？

李海涛 谁说解散？是裁员。

阿 珍 啊？那你们还搞什么婚礼！我还结什么婚啊，妈，咱们走！

吴大志 阿珍你别走——（对赵志钢他们）这都是你们给害的！谁让我走人，我跟谁急，阿珍——（追下）

潘翠萍 完了完了，我们一家三口都在船厂干活，现在裁员裁到我们头上！咱们喝西北风去！

卢秋菊 姐，我陪你卖茶叶蛋去吧！

李海涛 各位，各位，少安毋躁！请各位先回去，我会给大家一个交代。

潘翠萍 还有什么交代，厂长呀，你起码给大伙发点遣散费呀。（下）

盛启航 厂长，这裁员的事情——

李海涛 启航、妍希，你们的婚礼，我总算赶上了，我的乖女儿，你真漂亮，要不是你妈妈前两年去世了，她看到你该多高兴啊。

盛启航 厂长——

李海涛 改口！

盛启航 爸爸，这裁员的事情——

李海涛 你们听着，无论今后出现什么情况，你们都得把你们的小日子过好。

李妍希 爸爸，我是焊工，我们的感情早就焊得牢牢的，请你们放心。

李海涛 好。你们先回去。

赵志钢 李厂长、邓主席、陆总工，我们留下来开个现场会吧。

〔两人下，党委就在现场开会。李海涛在一边，琢磨着。

邓秀梅 赵书记，这怎么说裁员就裁员啊？你们到底有没有方案？

赵志钢 这是国企改革方案，现在国家实行改革开放，从计划经济走向市场经济，为了适应时代发展，精减人员是势在必行，咱们抓紧时间拟个裁员名单出来吧。

陆文昌 书记，这么急，有的员工一家几代人都在船厂上班，要是都裁了，这可怎么生活呀！（邓秀梅也凑过来说）

赵志钢 行了，行了，行了。

邓秀梅 书记，赵书记呀，咱们船厂在1954年建厂，1958年为了保护船台，启航他爸都给海浪卷到大海里去了。其后船厂经历了多少风雨，船厂不都挺过来了？这怎么说解散就解散啦？

赵志钢 我再次强调，不是解散，是裁员！

邓秀梅　哦，对对对，裁员，裁员……

赵志钢　过去受计划经济和技术落后的影响，我们全体职工虽然常年忘我劳动，可最高造船产量仅为 3 万吨。

陆文昌　对，咱们船厂啊，与国外发达国家造船企业相比还不到人家十分之一。

赵志钢　所以嘛，国企要改革，裁员是少不了的。

邓秀梅　书记，我我我……我就是想不明白！

陆文昌　我也想不通。

赵志钢　想不通也得通，要摆脱困境，决不能等靠要，只能我们自己想办法。

邓秀梅　自己想什么办法呀？

赵志钢　咱们工人有技术，有力量，怕什么！（暗示他们找李海涛）

邓秀梅　师兄，厂长！你倒是说句话呀！半天一句话都不说，真叫人急死了！

李海涛　给我一个月的时间。

邓秀梅　你要干什么？

李海涛　我杀出一条血路来！

〔切光。

第二场

〔幕间戏。

〔十天后，香港。

〔李海涛挨个房间敲门，有的反感地赶他；有的连门都没开；有的热情地迎他进去，马上连人带物将他扫地出门……

〔路灯下，李海涛蹲下，啃着咸菜馒头，身后是繁华的都市……

〔切光。

第三场

〔船厂办公楼前。

〔舞台右边灯亮。

卢秋菊 大志，你的老婆追回来没有？

吴大志 别提了，我本来家庭条件就不好，如果我被裁员的话，我老婆肯定跟人跑了。秋菊姐，你如果被裁了，你打算干什么去？

卢秋菊 裁员名单要有我，我就去卖咸鸭蛋，我先卖给咱们领导，当着他们的面喊，卖咸鸭蛋咯。

吴大志 这叫作离岗离岗，口袋光光。遣散遣散，全部完蛋。

〔舞台左边灯亮。

邓秀梅 赵书记，你这么走来走去的，把我的头都走晕了……

赵志钢 秀梅啊，今天就要宣布裁员名单了，你看看现在全厂人心惶惶。这个李厂长啊，出去一个多月也不回。李海涛，就是个逃兵！

〔舞台右边灯亮。

老师傅 嗨嗨嗨，要我说呀，你们在这唠唠叨叨干什么呀，还不如干点实在的。

卢秋菊 哎哟，看你看你，看咱们都船厂都这样了，你还有心情遛鸟？

老师傅　遛鸟？我，一个八级焊工，现在厂子要裁员，我想呀，只能靠着手艺，焊这两个玩意儿，到市场上卖。遛鸟，唉……（下）

卢秋菊　你看，这叫什么事儿！

吴大志　这叫作职工离岗流眼泪，活得比谁都狼狈。

群　众　对！都狼狈！

〔舞台左边灯亮。

邓秀梅　赵书记，厂长不会当逃兵的！我那个师兄是个以厂为家的人！

赵志钢　那你说怎么办？

邓秀梅　赵书记，我想好了，我是工会主席，又是党委委员，你把我的名字放在第一个宣布，这样好做工作！

赵志钢　秀梅，你疯啦？这个名单里就有盛启航的名字，现在你又被裁了，那你们全家就全部没有工作啦！

邓秀梅　赵书记，我是工会主席，我得出去做职工的思想工作！

赵志钢　照你这么说，我更应该排在第一位，我是党委书记！

邓秀梅　赵书记，你可不能走！

陆文昌　那不行！赵书记，我申请把我排在第一位！

赵志钢　行了行了，你们都别添乱啦！

〔舞台右边灯亮。

〔潘翠萍一边骂骂咧咧地上。

潘翠萍　大志，昨天晚上，我可是看见你往赵书记家里送东西，是我亲眼看见的。

吴大志　你们听我解释啊，你们知道我送给他的是什么吗？

潘翠萍　送了什么？你老实交代！

吴大志　一副对联：上联，送完你家送他家；下联，送完他家送你家；横批：全都回家！（众人鼓掌）

〔陈腾舟扶着六婶叫喊着上。

陈腾舟 不好了，不好了。

众　人 怎么啦?

陈腾舟 你们劝劝六婶吧，她说她一家人全在船厂，要是都在裁员名单里，她马上跳珠江去!

邓秀梅 （上前扶六婶）六婶，六婶……

〔群众围上去。

赵志钢 大家别吵别吵！大家听我说，国企改革方案张贴出来已经一个多月了，相信大家都看过。你们的心情，我都能理解。国家处在改革开放之初，裁员也是为了顺应时代发展，希望大家多理解国家，理解组织。裁员名单公布如下……

邓秀梅 （抢了过来）第一位，邓秀梅。

众　人 啊，邓主席!

陆文昌 （抢了过来）第二位，陆文昌。

赵志钢 （抢回名单）第三位……（哽咽，念不下去）

〔李海涛衣衫褴褛，挎着包，满脸尘土而上。

李海涛 等等……大伙，我回来了。大伙听我说，我李海涛在咱们广船生活了大半辈子了，你们都是我的亲人，谁要是被裁员裁下去，我心里都不好受，我现在以厂长的名义正式宣布，一个都不能裁，谁都不能离开广船。（对身边的陆文昌）我找到新的项目啦，（对众人）我找到新的项目啦!

〔船厂员工爆发如雷般的欢呼声，过去拥抱李海涛。

〔切光。

第四场

〔船台。

〔盛启航带领青年突击队拿锤头上。

郑浩浩 启航，厂长这次可是下了大决心啊。

盛启航 是啊，下了大决心。拆了船台搞新项目。

郑浩浩 走，拆船台去。

〔吴大志、潘翠萍、卢秋菊边说边上。

吴大志 我给你们说，这可是大事，有人要拆船台。你们来这干什么？

盛启航 我们拆船台啊。

吴大志 拆船台？凭什么拆船台？

盛启航 李厂长叫我们拆的！

卢秋菊 我告诉你，就我们这把老骨头在，李厂长他就甭想乱来！

潘翠萍 你们敢拆船台，我们就死给你看。（打起来）

盛启航 你们听我说！你们知道厂长拆了船台干什么？

众　人 干什么？

盛启航 拆船台，搞新项目。

吴大志 大家听我说，本来李厂长给我们拉了这么一个新项目，大家都很开心，可凭什么要拆我们的船台啊？

盛启航 吴大志，你知不知道厂长要搞的项目，是造集装箱，咱们船厂就这么大的地方，不拆船台哪有地方造集装箱？

吴大志 别给我说那个集装箱啦。提起这个集装箱，我更来气了，你们知道集装箱是什么吗？

盛启航 那集装箱是用来装货……

吴大志 去你的吧，那集装箱呀，就是一个大铁棺材！

青年甲 吴大志！

〔两方打起来。

〔李海涛上，员工们涌了过去。

李海涛 住手，住手！干什么呢？

潘翠萍 李厂长，我们平时都挺尊敬你的，可是你要拆船台，我们不赞成。船台是什么？它是我们的命根子啊，厂长不能拆啊。

卢秋菊 不能拆啊。

陆文昌 李厂长，你要拆船台，你先把我拆了。（躺地上）

李海涛 陆文昌啊陆文昌，你可是总工程师，高级知识分子啊，他们年轻人闹闹也就算了，你怎么也跟着起哄，丢不丢人啊，起来！

吴大志 厂长，这船台是老一辈人留下来的，这船厂不能没有船台，所以这个船台不能拆！

众　人 对，不能拆，不能拆！

〔邓秀梅上，神情如奔丧。

邓秀梅 师兄，你说带船厂职工闯出新路，我是支持你的，可没想到你居然打起船台的主意。这船台是我父亲当年领着一批工人搭建的，58年那场台风，我的丈夫就是为保船台走的。你干什么都可以，你休想打船台的主意！

众　人 对！

盛启航 妈，李厂长是没有办法才走这一步。

邓秀梅 他是厂长，没有办法救厂，还不滚蛋？

李海涛 咱们船厂就像一艘老船，想掉个头怎么这么难？我已经下定决心，不管遇到什么困难，我都不能看着广船这艘大船困死在内河！拆！

盛启航　厂长，我代表青年职工，支持你！

邓秀梅　启航，连你也吵着拆船台吗？你想气死妈？你过来！

盛启航　妈，不搞集装箱，咱们开不了饭！

邓秀梅　（一巴掌打去）忘本的东西！（吼叫）那船台是你爸的灵台！跪下！

盛启航　妈……

邓秀梅　跪下！

盛启航　妈……

〔盛启航非常难为情，正欲跪，李妍希冲上前，扑到丈夫面前替他跪下。

李妍希　妈，男儿膝下有黄金，妍希替他跪下。

邓秀梅　妍希，你……

李海涛　妍希站起来！

陆文昌　皮之不存，毛将焉附！船厂没有船台，还能造船吗？不造船，还能叫船厂？海涛，你这是在犯大错误！

邓秀梅　干什么都可以，就是不能拆船台！

众　人　对，不能拆船台。

李海涛　不拆船台，哪能腾出那么大的地方来？只有留住工人，留住基地，留住项目，才能留住广船啊。同志们，拆！

赵志钢　（上）等等，海涛，我已经把你要拆船台的事向上级汇报。

李海涛　上级是怎么说的？

赵志钢　秀梅，你来吧……

邓秀梅　鉴于李海涛同志不按规定做好人员分流工作及主张拆毁船台等错误措施，从明天起，暂停职务，船厂的工作由赵志钢同志负责。

李海涛　哈哈哈……

赵志钢　李厂长，你还有心情笑……

吴大志　打击太大，李厂长是不是精神受刺激了？

盛启航　大志，少说两句。

邓秀梅　师兄，你想推平一个一千多平方米，年产值一千多万元的船台及整套配套设施，组织是不会同意的！

李海涛　过去这里年产值仅仅为一千多万元，大家知道集装箱年产值是多少吗？一亿三千多万元，它是船厂的一根救命稻草！美国商人想把项目带到上海，我在机场把他拦下来了，我一咬牙把协议签了。

〔陆文昌拿起协议看。

陆文昌　哎呀，你签了协议。厂长，你的胆子真够大的！

李海涛　我履行厂长最后的职责，拆！

〔陈腾舟提着箱子冲上。

陈腾舟　李厂长，集装箱的订金来了，咱们船厂有救啦！

李海涛　会计，你赶紧把欠大家几个月的工资款补发了。

〔大家围住陈腾舟。

潘翠萍　厂长，谢谢你，我们全家有救了。

李海涛　我李海涛宁愿少活二十年，也要让大家跟穷日子说再见！

〔众人欢呼着。

陆文昌　书记，看来海涛的坚持是有道理的。

赵志钢　秀梅、老陆，咱们党委一班人应该支持海涛！

李海涛　（一步步向船台，然后跪下）师傅、师兄，我54年进厂，当时我还是个孩子，是你们教会我技术，教会我做人，你们说的每一句话，我都牢牢地记在心里。现在，咱们广船遇到了困难，这个困难是前所未有的，必须把你们亲手造的船台拆掉，这是没有办法呀。拆船台是我的主意，要怪就怪我吧。在这，我李海涛对不住你们啦！

盛启航 李厂长，将来我们赚了钱，还造大船吗？

李海涛 造，必须造大船出海！

盛启航 那好！同志们，我们还等什么？拆船台才有未来，动手吧！

〔盛启航抡起铁锤，砸下第一锤，工人们热泪盈眶，哭着喊着拆船台。

〔切光。

第二幕 长风破浪

第一场

〔九十年代中期。

〔船厂员工大院，大伙忙于搬新居，一派喜气洋洋的景象。

卢秋菊 这是你们家的空调？

潘翠萍 哎哎哎，我家大厅和房间也都装了空调，大家有空来吹空调啊。

众　人 好哇好哇。

赵志钢 哇，大伙搬家啦。

潘翠萍 赵书记，现在船厂效益好，每年集装箱基地几千万利润，用来改善职工们的待遇。

卢秋菊 现在口袋有钱，不瞒你说，每个月那么多钱，我还得用点心思，考虑怎么花。

潘翠萍 以前船厂工人是劳苦大众，连姑娘都不愿意嫁过来。现在可不同了，船厂职工可吃香了，我儿子马上要娶媳妇了。

潘晓晓 我经常开玩笑说，过去是一个都搞不定，现在我随便挑，都无问题啦！

众　人　谢谢领导，谢谢领导。

赵志钢　大家应该谢谢李海涛厂长，当年是他引来集装箱项目，引来金凤凰，坚持拆船台，才迎来今天的好日子。

吴大志　大伙都在呢。

众　人　在！大志。

吴大志　此时此刻，我想了一副对联，（众人：快念快念）上联，他家搬完你家搬；下联，美好的日子一天天；横批，奔向小康。

众　人　好！

〔李海涛领着戴维和艾力肯上，一边上一边鼓掌。

李海涛　嘿嘿，你小子，说得比唱得好听！

吴大志　谢谢李厂长！

赵志钢　老李，你什么时候搬家？

李海涛　我不急，我看到大家搬家，我心里高兴。

赵志钢　哎，那位是谁？

李海涛　这位是欧洲船东艾力肯先生。

李妍希　（上）爸爸，启航他们从欧洲考察回来啦！

李海涛　启航，欢迎回来！

盛启航　（上）爸爸，赵书记，你们好！

李海涛　一个月不见了，好想你们啊！启航，文昌，回来得正好！你们在欧洲看到的、学到的，马上就派上用场啦！

盛启航　好！

吴大志　启航回来得正是时候。李厂长，我打听到的消息起码九成半是真的，船厂准备造豪华客滚船。

李海涛　哎哟，什么都瞒不过你小广播啊，这是欧洲船东艾力肯先生，他准备在我们船厂订造两艘豪华客滚船，大家知道什么是客滚船吗？客滚船就是豪华客轮！

〔船厂员工一片欢呼声。

艾力肯 各位同行，我订造这两艘客滚船，它们是海上五星级酒店，既可以载客，又可以装车，可用车道达2300米，一次容纳500多辆小汽车。这种船在欧美发达国家用于旅游、休闲和度假，船上设有酒店、娱乐室、医疗室和商场超市，它们是浮动的水上乐园！

〔船厂员工沉浸在无比兴奋中。

吴大志 哇，水上乐园。厂长，那以后，我们船厂也升级了，不做低档次散装船啦！

李海涛 对的，散装客运船，劳动密集型，没有多少技术含量。豪华客滚船将带动船厂由劳动密集型向高新科技型转变。

赵志钢 这两艘船，我们能做好的话，那我们是中国第一船。不，亚洲第一船！（众人欢呼）海涛，我代表党委全力配合你的工作。

李海涛 谢谢赵书记。

赵志钢 我来安排接待艾力肯先生。

李海涛 谢谢赵书记。（**转身，踌躇满志地**）哎，陆总工，我想听听你的意见呢。

陆文昌 厂长，我从实际出发，因为我们没有几个了解大型客滚船的技术人员。要是接了单子，我们担心会吃亏。

吴大志 （捂住对方的嘴巴）哎呀，我的陆总工啊，你这话怎么这么扫兴！

陆文昌 我这是话糙理不糙！

李海涛 我想听听年轻人的意见。启航，你说说！

盛启航 李厂长，陆总工说得有道理，咱们船厂不具备这个条件！

李海涛 什么道理呀？全是歪理！同志们，如果我们放弃这次机会，那我们将会落后于世界，成为被时代淘汰的废品！亏你还是从欧洲学习回来的，看来学费白交了。

盛启航　爸爸，我们虽然去欧洲考察了一个月，可对客滚船的了解只是皮毛而已。我知道，前期缺少对产品开发的预研投入，后期付出的代价就必然高，而且我们对客滚船的市场还不了解……

李海涛　（打断）这是你的个人意见，还是团队意见啊？我想听听其他年轻人的想法。

队员甲　李厂长，如果能做好客滚船，我们船厂就拥有一个全新的利润增长点。未来，我们的优势将会凸显出来！没有理由不让我们做！

队员乙　客滚船在未来有着美好的前景，值得做，应该做！

队员丙　李厂长，我支持搞客滚船，因为有你这样的好领导，我们一点也不担心了！

队员们　对啊，李厂长。

李海涛　启航，你听听，他们跟你一块去欧洲学习，人家都学得比你好。听听，怎么他们的高度在八楼，而你的在地下室啊！

盛启航　如果大家都以科学理念作为依据，客观冷静地分析船厂的人员、技术，那就会发现……

陆文昌　我们造豪华客轮还不具备条件……

李妍希　爸爸……启航……启航，你刚回来，先休息两天再说。

李海涛　你这榆木疙瘩的脑袋。我最后悔的事情，就是把我的女儿嫁给了一个白痴！

盛启航　对不起，我坚持的是客观真理！

李海涛　什么也别说了。坚冰已破，航道已通，谁也阻挡不了广船这艘大船驶向大海！

队员们 驶向大海，驶向大海！

陆文昌 我保留我的意见！

〔场面十分尴尬。

〔切光。

第二场

〔新居楼梯间。

〔李海涛和邓秀梅在搬家，两人狭路相逢。

李海涛 哎哟，亲家，你在搬新家呀。

邓秀梅 对呀，你也在搬呀，太巧了。

李海涛 亲家，你，你，你好好教育教育你儿子。

邓秀梅 我儿子启航怎么啦？

李海涛 不像话！告诉你，他惹我生气了，不瞒你说，后果很严重。

邓秀梅 他惹你生气啦？我告诉你，你也惹我生气啦！后果更严重！

李海涛 不讲道理，你们母子如出一辙。

邓秀梅 废话！他是我生的养的，能不像我吗？难道他像你呀？

李海涛 好在不像我，不然我会被别人的唾沫淹死的。

邓秀梅 淹死也好，一个不能听别人意见，妄自尊大的人有什么用？

李海涛 哎，你这是什么话？

邓秀梅 我听启航分析得头头是道，他看问题很客观，很周全，不像你，脑子一发热，什么都不顾。冲动是魔鬼，好奇害死猫！你懂吗？

李海涛　哎哎哎，师妹啊，你今天拿蒜头当米饭吃啊，口气好大呀。你的启航这么有本事，来当厂长好啦！

邓秀梅　我儿子当厂长，肯定比你强！他做事起码不会偏航！

李海涛　哎哟，好在他没当上，不然我就惨咯。

邓秀梅　你总算说对啦！他要是当上厂长，安排你这个360度的发烧友，第一个下岗！

李海涛　哈哈哈，恭喜恭喜，你儿子走马上任啦！不过那是白日做梦！再见！

邓秀梅　我白日做梦都比你狂人做梦好！启航去了解瑞典船东过去的经营手法，事情马上就要水落石出了。

李海涛　董事会都通过了的项目，你儿子还去了解什么？真是狗拿耗子——多管闲事！

邓秀梅　师兄，你别忘了，船厂不是你的私人企业！

李海涛　那当然，也不是你们母子的合资企业，什么乱七八糟的！

〔两人气愤地拿起对方的东西，往相反方向走去。

〔吴大志路过，惊奇地发现这一幕。

李海涛　哎，这不是我家的楼梯。

邓秀梅　哎，我是不是走错了？

李海涛　哎，你干吗拿我的东西？

邓秀梅　你不也在拿我的东西吗？

李海涛　给你。

邓秀梅　给你。

李海涛　我再重申一遍，启航敢跟我作对，那是死路一条！

邓秀梅　我也重申一遍，你不尊重科学，不看实际情况，那会无路可走！

两　人　哼！

李海涛 师妹，你凭什么这么说话，我真想跟你大吵一场！

邓秀梅 来啊，你想跟女人吵架？那是鸡蛋碰石头，看看谁怕谁啊！

李海涛 我是你师兄，我甚至可以教训你！

邓秀梅 教训我？你来啊，来啊。

李海涛 你以为我不敢？

邓秀梅 我谅你也不敢！

〔两人拉开阵势，像打擂台一般。

吴大志 来人啊，来人啊，李厂长跟邓主席打起来啦！大家快来看啊！

群　众 （从四面八方涌上）怎么回事？打起来了？

赵志钢 （疾上）不要，千万别伤了和气！

李海涛 （急忙提醒秀梅）家丑不可外扬！

〔当众人赶来的时候，眼前的一幕却让群众的眼睛都发愣了。

李海涛 秀梅，你的东西重吧，我来帮你提。

邓秀梅 师兄，没事。你的东西多吧，我帮你拿点。

李海涛 秀梅，咱们是亲家，中午你到我家吃饭吧。

邓秀梅 好啊，我不煮饭啦，我中午到你家蹭个饭。

李海涛 好啊，待会儿见。

邓秀梅 待会儿见。

〔两人和和气气地下。

赵志钢 吴大志，你瞎起哄什么？

吴大志 哎，刚才明明不是这样的呀。

群　众 那是怎么样的？

吴大志 他，她，都快打起来了。

群　众 没有啊，他们好得很哎！

赵志钢　吴大志，你无事生非，破坏领导形象，看我不处分你才怪呢！（下）

吴大志　赵书记，冤枉啊。李厂长、邓主席，你们替我说话啊！刚才明明在打架，好像我在说瞎话，横批：气死我了。

〔切光。

第三场

〔船厂举办签约仪式。

〔在群众热烈的掌声中，李海涛与艾力肯握手，签约完毕。大家鼓掌。

赵志钢　各位工友，各位嘉宾，在这里，我正式宣布广船与瑞典斯威特船舶公司正式签约。这两艘客滚船的订造，是有跨时代意义的。在此，我建议举起酒杯为今天的盛事，共同祝愿我们广船走出国门，走向世界。

众　人　祝贺祝贺。

〔盛启航从人群中醉醺醺地冲出。

盛启航　祝贺祝贺！广船走出国门，走向世界，我今天高兴！来，干杯！

陆文昌　启航！不好意思，他喝多了。

盛启航　我们广船接了这么大的单子，又可以赚很多钱。哈哈哈，我高兴，干杯！艾力肯，亲爱的外国友人，我非常高兴你给我们这么一个机会，让我们造这么大的船。来，干杯！厂长，哦不，爸，我代表青年突击队全力支持你造大船出海，干杯！

赵志钢　启航，你疯了吧？在这场合丢人现眼，还不下去！文昌，把他带走！

陆文昌 书记，启航是喝了点酒，不过他的意见咱们还是要听听的。事情还没弄清楚就签约，到时候出什么状况，那就后悔莫及了！

赵志钢 这是党委和董事会的共同决定，字都签好了。

〔盛启航抢过合同。

盛启航 乙方必须遵照甲方出具的技术、图纸进行制造，材料数量、规格不得擅自替代和修改。哈哈哈……

陆文昌 你看，这里头有多少陷阱啊！

艾力肯 （拍桌子）这位先生，你要为你说的话负责！

盛启航 负责？我去你的。

〔盛启航将合同丢在地上，李海涛上前打盛启航一巴掌。

李海涛 盛启航！你今天是来砸场子的！

〔赵志钢安抚职工及艾力肯下。

盛启航 爸，这一巴掌您把我打醒了。您把我送到欧洲学习一个多月，我看到了很多，也学到了很多。以我们厂现在的技术水平和条件，根本达不到人家的标准。材料要求是进口的，设备要求也是进口的，只要人家的图纸稍微改动一点点，就要付出惨痛的代价，到时候就是十个广船也赔不起呀！

李海涛 你怎么知道要赔呢？

盛启航 爸爸，我再说一遍，我们没有造客滚船的条件啊！

李海涛 铁人王进喜说过，有条件要上，没条件创造条件也要上！

盛启航 欧洲的标准是非常苛刻、非常严格的！

李海涛 没有标准，我们就造出一个世界的标准！

盛启航 爸，标准不是喊出来的！

李海涛 那我们就干！

盛启航　蛮干是要付出代价的！

李海涛　滚！

〔切光。

第四场

〔造船基地，员工们正在热火朝天地劳动。

李妍希　姐妹们，咱们吃完饭，接着干。

众　人　接着干。

潘翠萍　哎，大志，看看，这种感觉跟当年大跃进有点相似，大家有浑身使不完的劲。

吴大志　大跃进哪能跟现在比？那时候能造豪华客滚船吗？听，我现在想写诗了。愚公有志来移山，众志成城造大船。巨轮翻起层层浪，南海明珠把梦圆。

卢秋菊　哇，太棒啦太棒啦！我们船厂整个都要脱胎换骨啦！

〔李海涛与艾力肯上，赵志钢及一批员工随后，艾力肯擦看抽水马桶。

李海涛　艾力肯先生，你看看，我们的劳动场面，多少有点感人吧！你尽管放心，你订造的客滚船只会提前，不会延后交船。

众员工　对啊，只会提前不会延后。

艾力肯　各位，我刚刚到现场看了一下，场面是令人振奋，可是效果却让人沮丧。

李海涛　啊？这是什么话？

艾力肯　李厂长，我要求你们马上停工！

李海涛　怎么啦？

艾力肯　我订造的高级客滚船要迎接国际友人、四海宾客，里面所有材料都得是国际认可的最上等材料。比如真空马桶，必须配备真空管，利用高压空气与水进行冲洗，标准跟飞机上的马桶是一样的；又比如逃生设备，要提供全体乘员百分之一百二十五使用，一旦出现危机，要像飞机一样能够在两边自动打开逃生滑道，保证乘客无论在哪个方位都可以尽快撤离。还有，客舱装修需要完全按照欧洲文化背景和生活习惯进行布置。你们造的船，在珠江内河打打鱼，或者运载散装货物，都没问题，但不是我订造的被喻为“海上五星级酒店”的豪华客流船。

李海涛　艾力肯，请多指教。

艾力肯　你们船厂是南海明珠吧，可我要的高级客滚船是世界海洋明珠！想做好它，就得完全按照国际标准来。（递交材料）这是规格书和供应厂家，不是供你们参考而已，你们要严格执行。哪怕一个螺丝钉，货不对板都不行。

李海涛　艾力肯先生，我们的材料也是按照国际标准采购的，没有问题。

艾力肯　对不起，你们国内还没有做过客滚船，你参考的指数不是我想要的。

李海涛　艾力肯先生，我们没有造过客滚船，请给我们适当的时间。

艾力肯　我可以给你们适当的时间，可是谁给我适当的时间呢？我订造的船，如果不能按时交船，参加不了欧洲船舶博览会，我的损失谁来赔偿？我建议你们，要不重新再做，要不毁约赔款。（与戴维下）

李海涛　等等，我没说错的话，你就是利用我当初急于打开国际市场的心态，玩弄了低价订船、高规格接船的把戏。

艾力肯　按合同办事！（悻悻而下）

邓秀梅 厂长，启航提醒过，因为我们不懂国际游戏规则，所以容易吃亏。

李海涛 陆总，（递上船东的规格书）你核算一下，如果按照他们的标准，我们将损失多少？

陆文昌 那将会是三到五倍以上。

〔众人一片唏嘘之声。

李海涛 说具体数字。

陆文昌 这还不算工期延长，还有材料损耗，加起来超过七千万元。

李海涛 （如电击雷轰一般）什么？七千万……

邓秀梅 这是自建厂以来最严重的亏损啊！

〔众人在一片震惊之中。

吴大志 继续做，亏损大了；不做，毁约赔款。怎么办啊？李厂长——

邓秀梅 这就是你听不见别人意见的恶果！

〔李海涛沮丧地蹲在地上。

〔切光。

第五场

〔悬崖边，悬崖下是惊涛骇浪。

〔李海涛独自一人走到悬崖的边上。

李海涛 七千万，七千万哪。你李海涛这副臭皮囊就是金子造的，也不值七千万哪！这是广船建厂 40 多年来最严重的亏损，你李海涛就是个罪人！你别不服气，当时要不是你的坚持，你那无知的、鲁莽的、轻狂的自信，我们广船怎么会陷入这样残酷的困境呢？难道你不知道，前期缺少预研的投入，后期必然付出惨痛的代价？这么简单的道理，你怎么不懂呢？李海涛啊李海涛，你真浑！（站到悬崖上）

〔吴大志带员工们打着手电筒寻觅上。

吴大志　厂长，厂长，好几天不见人影。你到那边，你去那边。（两人下）李厂长，你在哪里呀？（发现）呃，那不是李厂长吗？（喊起来）书记，厂长在这呢。

赵志钢　李厂长，你下来，下来。李厂长，你知道船厂职工多么为你担心吗？李厂长——

〔赵志钢过去把对方拽到平地上，冲上去给了对方一拳。

赵志钢　老李，你来这里干什么？你想自杀吗？你以为你自己解脱了就可以不要船厂职工了吗？你想逃避责任吗？你要当懦夫吗？

李海涛　如果能用我的死，挽回船厂的损失，我宁肯去死。可是，可是七千万，七千万的窟窿啊……

众　人　厂长……

赵志钢　老李啊，我的好搭档。这客滚船是咱们党委会和董事会多次讨论决定的，不是你一个人的责任。现在船厂出现危机，我们一起扛。

群　众　（响应）对，一起扛。

李海涛　七千万，七千万，怎么扛啊……

吴大志　李厂长，我是一人吃饱全家不饿。为了船厂，我豁出去啦！我把船厂分给我们的新房子，拿去给银行做抵押！

群众甲　就是！我也豁出去了！媳妇先不娶啦！

赵志钢　同志们，我代表党委谢谢你们。你们的心意，我们心领了。可是我们不能让群众做太多的牺牲，我们党委会想办法的！

盛启航　（和陆文昌上）这个办法就是把这两艘客滚船造下去！如果

不造，我们船厂就会成全世界的笑柄，我们国家的造船业就永远没有出头之日！如果继续造船，带着船，我们将来参加欧洲世界船舶博览会，我们造船订单将会源源不断。

陆文昌 只要我们把交船时间提前，生产周期缩短，自然会减少亏损。提前半年交船，我相信我们广船人能够做得到！

吴大志 可是造船的钱从哪里来？

群 众 对呀，钱从哪里来呀？

盛启航 我和陆总工经过仔细的核算，如果想造好两艘客滚船，要将咱们集装箱的生产线卖掉。

众 人 （议论纷纷）什么？卖集装箱？

邓秀梅 我反对！卖掉集装箱，那可是目前厂里唯一的经济来源啊。卖掉它，你让大伙喝西北风去！

〔群情汹涌，围着启航骂个不停。

邓秀梅 李厂长，你是船厂责任人，你给大伙拿一个主意。

李海涛 我同意启航的建议。

盛启航 爸爸——

李海涛 因为我们是造船的，造船才是我们的初心！

赵志钢 我同意李厂长的意见，现在机会来了，虽然有困难，但是我们必须迎难而上，造好两艘豪华客轮，我们广船才能在世界造船业打出一片天地，我同意。

邓秀梅 我同意。

陆文昌 我同意。

群 众 我同意……

李海涛 我同意。

〔李海涛走过去，和大家的手叠在一起。

〔切光。

第六场

〔盛启航背着陆文昌上。

〔吴大志脖子上挂着公文包随后。两人强制把陆文昌再次押回病房。

赵志钢 大夫，大夫。

陆文昌 启航，快把我放下来。书记啊，让我回去吧。

赵志钢 老陆，你的身体，你还不知道什么状况？你别搅和啦，好好待在这。

杜若兰 嘘，小点声。这是医院。

吴大志 （轻声）大夫呢？

杜若兰 大夫在出急诊。

陆文昌 你们这群强盗，你们这是绑架。

杜若兰 赶快回病房。（打针）

赵志钢 （接电话）启航，船厂有事，快跟我回去。吴大志，你可要好好地看着陆总工。

吴大志 陆总工怎么样？

杜若兰 （对大志）陆总工主要是疲劳过度，心脏负担过重，他需要好好休息治疗。

吴大志 那麻烦你照顾好他……我去打点水来。（下）

杜若兰 好好好，你去吧……

〔杜若兰帮陆文昌检查完，下。

〔吴大志上。

吴大志 不好啦。陆总工又不见了。护士，护士——陆总工怎么不见了呢？

杜若兰 （上）不可能啊，他刚才还在这儿呢，我才放下针头，怎么一扭头就不见了。

吴大志 护士，麻烦你再找找，我回厂向领导报告。（疾下）

〔陆文昌从床下钻出来。

陆文昌 嘘……姑娘，先去把门关上。

杜若兰 哎呀，我的陆总工呀，您这一个月都跑了几回了？因为您，我是大会被点名、小会挨批评。算我求求您了，别为难我了好不好？

陆文昌 姑娘，我在这，实在住不下去呀。

杜若兰 陆总工，你现在身体状况很不好，需要好好休息，留院观察……

陆文昌 姑娘，明天是我的大喜日子。

杜若兰 什么大喜日子？

陆文昌 我要去接我的新娘子。

杜若兰 什么？新娘子？

陆文昌 我进厂三十多年了，我这一辈子都在追求我的梦中情人，我可以不吃不喝，但只要能看见她美丽大方地走出去，不管我付出多少，都值！你等着看，明天她一旦登场，那将会是举世瞩目。

杜若兰 哇！好浪漫啊，就像《蓝色生死恋》那样？

陆文昌 嗯……对，蓝色……海洋……我要和她遨游世界。

杜若兰 哇，你们旅行结婚？！

陆文昌 嗯。（点头）你这个小丫头……

杜若兰 那我就破例一次，帮你逃出去。

陆文昌 怎么帮？

杜若兰 别出去，在这等着。（下，疾上）陆总工，来，这是我从我们主任那偷来的（西服），快穿上。

陆文昌 怎么样，像吗？

杜若兰 太像了，哎，等等。（插花）正像一个体面的新郎。

陆文昌 谢谢姑娘，那我走了。

杜若兰 哎，您必须答应我，明早八点之前，一定要回到这，不然我就又闯祸了。

陆文昌 我答应你。明早八点之前一定回来。

杜若兰 那我们拉钩，祝您新婚快乐！

陆文昌 谢谢，谢谢！

〔暗转景，傍晚，豪华客轮准备下水典礼的前一天晚上。

陆文昌 （抚摩船身）亲爱的，你可真漂亮，今晚真安静，和你单独在一块，真舒服……

〔陆文昌慢慢走上船台。

陆文昌 明天，你将在世人面前揭开你神秘的面纱，遨游五湖，驰骋四海。只可惜，我不能陪你了。你可不要忘了我呀，我是不会忘记你的。

〔李海涛、赵志钢、邓秀梅、盛启航分别从不同方向上，见面轻声打招呼：你来了……我来看看船……今晚好安静……

陆文昌 我陆文昌，自从1954年进厂以来，大大小小的船只造了无数。每造一艘船，我就像和她谈了个恋爱一样。你应该是我最后一个恋人了，感谢命运，在我人生最后一个阶段，把你安排到我的身边，我没有遗憾了……（死去）

盛启航 师傅！

众　人 （捡起对方眼镜）陆总工！

〔切光。

第三幕 向海图强

第一场

〔进入 21 世纪。

〔船舶设计与研发工作室。

〔青年团队正在有条不紊地工作。

〔李海涛上，不舍地看着船厂的装备。

李妍希 爸，您怎么来了？

李海涛 在家里待不住，我就出来瞎转转。

李妍希 您看，大伙都忙着呢。

李海涛 大家都忙着哪？大家好！

吴大志 哎哟，老厂长，您来啦？

李海涛 我听说你这个小广播现在荣升为工会主席啦？

吴大志 是啊，那还得仗着老厂长您多多关照啊！

李海涛 好好干！

〔邓秀梅和潘翠萍等上。

邓秀梅 这退休了，我是既高兴又难受啊！

卢秋菊 我是一点也不难受。

邓秀梅 这说退休就退休了……这以后啊，我就等着妍希给我生个大胖孙子，在家带孙子啦！

潘翠屏 我要转行，做家政啦！

邓秀梅 新工会主席，你忘了件什么事儿啊？

吴大志 我忘了什么事儿啊？

邓秀梅 （拿出横幅）横幅！

吴大志 哎呀，我怎么把这个给忘了呢？快挂上，挂上。

邓秀梅 这以后啊，你可得关心这些老职工的生活啊！

吴大志 那是必需的！今天欢送老员工光荣退休，我说两句啊。咱们的老厂长、老工会主席、老职工们今天就要退休了，虽然他们今天退休了，但是他们的精神永远留在咱们广船！

众　人 对！

吴大志 大海航行靠舵手，是他们，引领着咱们广船一步一步走到了今天，是他们引领着我们广船一次一次走向更大的辉煌！

众　人 好！

吴大志 下面，让我们掌声欢迎我们的老厂长，给咱们说两句！

李海涛 没想到啊，在咱们广船干了46年，我今天光荣退休了。我在你们这个岁数的时候来到了广船，那个时候的广船小啊，只能造小的机帆船。我见证了广船，由小变大，由大变强的整个过程。虽说我光荣退休了，但是我们退休不褪色。广船的这个“色”，是什么颜色呢？是红色。红色代表了什么？代表了活力、生命、激情、创新。期待我们广船以后走向更大的辉煌。辉煌要靠年轻人了，咱们回家包饺子去吧。这今后啊，得看年轻人的了！

众　人 回家包饺子去。

〔赵志钢、盛启航上。

赵志钢　我一猜你们就在这呢！老李，这次我和启航去北京，给大家带来一个好消息！咱们的上级领导把建造半潜船的项目交给了我们广船。

众　人　半潜船是什么啊？

盛启航　这半潜船就是“海上叉车”，配合国家南海油田开采，把南海油田的石油钻井平台运输到指定地点，为国家能源开采发挥极大的作用。

赵志钢　上面已经任命盛启航同志为半潜船项目的总指挥。同志们，这个半潜船项目关乎着我们国家战略发展的方向，所以，启航，只能成功，不能失败！

盛启航　是，保证完成任务。

李海涛　启航过来，你胆子不小，造这个半潜船，你心里有把握吗？

盛启航　爸，从世界上出现半潜船的时候，我就开始潜心研究这个项目。您放心，我有这个信心！

李海涛　启航，我以前关注过半潜船。这个半潜船建造在世界上只有荷兰取得成功了，其他国家，比如日本、韩国、西班牙都没攻克下来。咱们广船对这个半潜船的核心技术根本不了解呀。

赵志钢　我说老领导确实做了功课，咱们国家其他船厂也想到国外买他们的核心技术。你猜，开价多少？

众　人　多少啊？

赵志钢　十三亿！

众　人　什么？十三亿？

盛启航　这还只是咨询费！既然外国人开出天价，我们决心自己研究。这次我和赵书记去北京开会，把我们对半潜船的研究计划和方案向领导做了详细的汇报，得到了上级部门的高度认可，把半潜船这个项目交给了我们广船。我相信，以我们广船的人员和技术，还有我们广船的精神，我们一定能造成半潜船！大家有没有信心?

众　人　有。

李海涛　信心不是喊出来的!

盛启航　那就干嘛!

李海涛　我告诉你，我现在是用血的教训来跟你说话。你现在膨胀得像当年的我，别到回不了头的时候欲哭无泪。到茶楼喝茶去。

邓秀梅　撤!

盛启航　等一下。我代表半潜船研发小组，正式宣布聘请我们的老厂长李海涛同志为我们半潜船研发项目的高级顾问!

〔李海涛完全没有想到，诧异的同时感到无比光荣……

盛启航　爸，以前，我虽然和你吵过，和你闹过，但是你的闯劲、你的坚韧、你的敢为人先，永远深深地印在我的心中，你永远是我们年轻人的榜样。是你和老一代广船人用你们的心血让广船从困难走向了今天的辉煌，我们是站在你们的肩膀上成长起来的，请您接受我们的邀请，带领我们继续前进!

吴大志　此处掌声!

〔李海涛眼含热泪接过聘请书。

〔众人响起雷鸣般的掌声。

〔切光。

第二场

〔女工休息间。

〔李妍希，张小英，黄春艳，谢君婷等人把工装卸下来，露出如云秀发。

张小英　婷婷，你和你男朋友最近怎么样啊？

谢君婷　我男朋友最近正要带我去拍婚纱照呢！

陈腾舟　呦，还拍婚纱照哪？

谢君婷　怎么的，你忌妒啊？

男工友　拍婚纱照要多少钱啊？

黄春艳　你管得着嘛，你有女朋友吗你？

张、谢　就是，你有女朋友吗？

男工友　我想找女朋友，还不简单？

吴大志　哎，你告诉你男朋友啊，明天我去替他跟你拍婚纱照！

谢君婷　去你的吧！

李妍希　焊工班的同志们，告诉大家一个好消息，我刚才检查过大家的作业，没问题，全部过关，我都签名了。

众女工　耶！太好了。

张小英　班长，明天周日，咱们可以休息吗？

李妍希　没问题，没问题。

众女工　太好了，太好了！

谢君婷　我终于能和男朋友去拍婚照啦！

陈腾舟　我得陪家人看两场电影。

黄春艳　我要去烫个头发。

男工友　哎，我看你烫个方便面造型正合适！

〔李妍希忽然一阵呕。

谢君婷　班长，你怎么啦？

李妍希　啊，没事儿。

谢君婷　啊，不会是——

黄、张 怀上了?

李妍希 嘘……

谢君婷 妍希姐，这以后你可得照顾好自己的身体呀!

李妍希 放心吧，我知道。快走吧，赶紧回去休息吧。

谢君婷 哎，那我先走了啊。

〔盛启航焦急地上。

盛启航 焊接班的同志在吗?妍希在吗?出来一下。

李妍希 启航，怎么啦?

盛启航 我刚刚去检查了你们的作业，怎么能这样?不行，不行，得返工!

众工友 啊，不是吧，返工?

盛启航 你们知道船厂在造什么船吗?

众工友 半潜船啊，当初不是说过嘛。

盛启航 这半潜船是要沉到海里去，承受海水的巨大压力。所以呀，在焊接技术方面，半潜船的要求比其他船高几倍……你们统统不能走，刚才的作业全部返工!

众工友 啊，不是吧。

谢君婷 我男朋友说要带我去拍婚纱照，已经说了好几个月了，这下又拍不成了!(跑着下)

众　人 婷婷，婷婷……

郑浩浩 你想做的半潜船，既没有经验，又没有先例可循，你凭什么叫我们陪着你?

陈腾舟 对啊，是你自己想吃第一只螃蟹。我们都陪着你辛苦好几个月了，现在动不动就要人家返工，什么道理?

陈贺一 为了完成管道焊接，我们猫着身子蜷缩在狭小的空间里，连气都喘不过来。李班长带头作业，一进管道就是几个小时，钻出来的时候全身湿透。你不心疼，我心疼。可她是你的爱人，你都不疼爱她呀？

黄春艳 对啊，而且李班长她都怀孕了。

盛启航 啊，什么？妍希你……哎哟，太好了，我有孩子啦！（抱妍希）妍希你别累着了，你放下手中的活儿，好好休息，我来想办法。

李妍希 哎呀，不用不用。老一辈都这么过来的，焊接是我的专长，我来想办法。你去忙你的，我能搞定。（把启航撵走）你们照常休假吧。

黄春艳 这，班长你不是……

李妍希 没事没事，你们快回去。

黄春艳 不，我们商量了，都留下来，咱们一起干……

陈贺一 小白，小李，回来，咱们一起干。

李妍希 好，姐妹们，咱一起干！

〔切光。

第三场

〔李海涛的家里。

〔邓秀梅为李海涛上门祝寿。

邓秀梅 （进门）蛋糕来了。

李妍希 妈，你来了。蛋糕就摆在这就可以了。

邓秀梅 哎，好咧。

李妍希 （走去厨房）爸，我妈来了。

李海涛 （端盘而上）清蒸水库鱼，哎，亲家，你来了。

邓秀梅 亲家，祝您生日快乐！（发现李海涛愣神）亲家，亲家，你在想什么呢？

李海涛 呃呃呃，（示意手里的叉子）你们家蒸鱼是拿铁盘子还是瓷盘子？

邓秀梅 哎，拿什么盘子蒸，不都一样吗？

李海涛 不一样。铁盘子导热快，鱼熟得快。瓷盘子密度低，鱼受热均匀。

邓秀梅 亲家，你在琢磨什么呢？

李海涛 我在琢磨材料用料问题。

〔李妍希上，神情有点黯淡。

李妍希 爸，妈，鸡汤好了。

李海涛 你看你看，跟你说过多少次，鸡汤就得拿砂锅来炖。

邓秀梅 行了行了。亲家，你说妍希肚子里的孩子，是个男孩，还是女孩？

李海涛 肯定是男孩。

邓秀梅 我喜欢小公主。

李海涛 男孩是为你盛家延续香火。

邓秀梅 咱们俩说了不算，得问问妍希。妍希，你希望肚子里的孩子是男孩，还是女孩？

李妍希 都行，都行。

李海涛 这孩子，都行，那就想生个龙凤胎！

邓秀梅 那就太好了！

李海涛 哎，妍希，你的脸色不太好。你跟我说实话，你婆婆家是不是欺负你了？欺负你了，你就跟我说，你老爸饶不了他……

〔李妍希喂李海涛吃东西。

李海涛 她这是堵我的嘴，不让我说话。

邓秀梅　幸福啊，我可是羡慕嫉妒爱。

李妍希　爸，妈，吃饭吧！

邓秀梅　哎呀，都这个点了，启航怎么还没回来？

李海涛　启航啊，跟我年轻时一样，天天都是船船船，我们造船的人，就是这个样子的！

邓秀梅　哼，跟你年轻那时候一样！

〔盛启航神情沮丧而上。

盛启航　爸，妈……

邓秀梅　启航，回来了。

李海涛　启航，回来了。

邓秀梅　启航，你怎么灰头土脸的？

盛启航　半潜船的研发遇到了一些问题。

众　人　出什么问题了？

盛启航　眼看时间快到了，我们至今未能解决船体沉不下去的问题。

邓秀梅　启航，我早就提醒过你，核心技术不是那么容易攻克的。

盛启航　我一直找不到路子呀。

邓秀梅　启航，看你累得不成样子了，如果实在不行就放弃吧。

李海涛　放弃！那怎么能行？启航，站起来，抬起头来。你忘了吗？当初我接了客滚船的单子遇到危机的时候，不也是一筹莫展吗？挺过去不就好了吗？我这些天，吃饭，睡觉，连泡脚都在想半潜船的事情。你看，这是那个泡脚盆，我把一双密度低的鞋，往里头一放，它就浮在那，我把一双密度高的胶鞋一扔，它就沉下去了……

邓秀梅　哎哟，亲家……（眼神暗示）亲家，我们都忘了厨房里的菜。他们两口子好久不见，你们聊聊。

盛启航　爸，现代高科技不是那么儿戏的。

〔邓秀梅拉李海涛下。

李海涛 （边走边说）启航，记住别钻牛角尖了。世上有些难题，其实是很简单的道理，多想想材质问题。

盛启航 材质，材质……

〔盛启航得到启发，铺开图纸在研究。

李妍希 启航，我有话想跟你说。

盛启航 妍希，我也有话想跟你说。你们上次的焊接作业终于合格，由于技术难度大，返工是会有的。你看，刚才爸提醒我了，我也得返工。

李妍希 启航，咱们离婚吧。

盛启航 （沉浸在设计中）离不了，半潜船的动力系统是跟卫星联系一起的，它会牢牢地停靠在指定位置上。

李妍希 你签字吧。

盛启航 签字？你说迁移吧？肯定不会，你放心。

李妍希 咱们明天去民政局吧。

盛启航 （丈二和尚——摸不着头脑）去民政局干吗？民政局又不管做半潜船。

李妍希 造船，造船，你心里除了造船，还有我吗？

盛启航 （发现）啊，妍希，你生气了？哎呀，不要这样嘛。

李妍希 我受够了，你回来连看我一眼的心思都没有。我不能再跟一个不懂生活，不懂照顾我的人在一起了！我受够了，启航，我们离婚吧！

盛启航 离婚？为什么？妍希，是我大意了。这么多年，我对你不够细心，尤其你怀孕以来对你照顾不周。我保证，以后改正。妍希，你知道我心里是爱着你的！你看，你看，我这次上北京，专门抽时间给咱们孩子买了衣服，我知道你喜欢孩子，孩子是咱们的未来。

李妍希 咱们的孩子没了。我流产，孩子没了……

盛启航 （抱住对方）对不起！是我不好，对不起！

李妍希 我们离婚吧。

盛启航 什么？

李妍希 我们离婚吧。

盛启航 我们身体还好，调养好还可以再生，为什么要离婚呢？

〔赵志钢上。

赵志钢 启航，你回来了，你爸呢？海涛，出来，出来。

李海涛 怎么啦？怎么啦？

赵志钢 北京来了几个调查组的人员，鉴于广船还未能解决半潜船核心技术问题，现在给我们两个意见，要么项目停止研发，要么我们花十三亿把外国技术买回来。

李海涛 怎么，怎么项目就要下马呢？不行，我不同意。

盛启航 我同意爸爸的意见，项目不能下马。材质，材质，材质……

赵志钢 什么材质？

盛启航 刚才我爸启发了我，是材质的问题。最复杂的问题可以用最简单的方式来解决，我马上回去调试，我马上回去调试。（下）

赵志钢 启航……什么问题啊？

李海涛 赵书记，让启航去吧。我相信他们年轻人，会解决问题的。

赵志钢 行，有你这句话，我先跟他们说说。（下）

李海涛 我也去。

邓秀梅 等等。亲家，亲家，你看妍希一直在那里哭哭啼啼的，怎么啦？

李海涛 妍希，出了什么事情？怎么啦？急死我了。

李妍希 爸爸，妈妈，我决定跟启航离婚。

李海涛 什么？离婚？好好的，你提离婚干吗呀？你是因为启航工作忙，没有时间照顾你吗？咱们船厂工人都这样，当年刚把你生下来还不到一个月，我就出国考察了。这一走就是半年，回来你都不认识爸爸了。你就原谅他吧！你要是离婚，我可不认你这个女儿了！

邓秀梅 妍希，别难过啊，我知道你心里一定有委屈，你说吧，孩子。

李妍希 爸爸，妈妈……不瞒你们说，我上个月流产大出血手术时，医生迫不得已把我的子宫拿掉了。启航他这么喜欢孩子，而我却不能为他生孩子，我不离婚的话，盛家就要断后。我知道你早就盼望抱孙子，但是……妈，对不起……

邓秀梅 孩子……

〔邓秀梅把李妍希抱在怀里。

〔切光。

第四场

〔中秋节。

〔半潜船研发室。

〔年轻人刚刚进行技术攻关，累倒在实验室里。

〔一群家长提着东西上，一边说着一边上。

潘翠屏 哎，过节了，大家带着东西看孩子呀。

卢秋菊 我带了孩子喜欢吃的月饼。

吴大志 （拦住）哎，大家注意了，这可是科研重地呀，不能随便进去咯。

潘翠屏 李厂长，李厂长，大家都想看看孩子。

李海涛 （上）大志，是这样的。科研攻关组都闭关三个月了，家长们都想念他们了，就让家长们慰问一下科研组的同志吧。

吴大志 这，这……那就进去吧。

李妍希 爸，这是我给启航的月饼。

李海涛 好，我代表启航谢谢你。妍希，最近好吗？

李妍希 好。

李海涛 妍希，爸爸理解你的做法。

李妍希 爸爸，别说了……（掩面而下）

〔进去以后，大家停住脚步，发现他们都累倒了，不忍心惊醒他们。

〔小女孩到处找爸爸，找不着快要哭了。

李海涛 哎，小朋友怎么啦？

小女孩 我找不到爸爸了。

李海涛 慢慢找，别急，别急。

小女孩 我唱歌……

〔小女孩哼唱着童谣《鲁冰花》：啊……啊……夜夜想起妈妈的话，闪闪的泪光鲁冰花，天上的星星不说话，地上的娃娃想妈妈。天上的眼睛眨呀眨，妈妈的心呀鲁冰花。……爸爸醒来，发现小女孩，父女相见。

〔沉睡着的年轻人被歌声唤醒。年轻人见到各自的父母，就在这一静谧的瞬间中，享受着短暂而又温暖的家人团聚。

李海涛 今天是中秋节，团圆的日子，我代表船厂向攻坚的科研人员表示慰问。

家属们 谢谢，谢谢。

盛启航　爸爸，根据你的提示，半潜船最难攻关的技术问题让我们拿下了。

李海涛　好，我为你们感到骄傲。爸有些话跟你说。

小女孩　爸爸，月亮出来了，月亮出来了。今晚的月亮好圆啊。

李海涛　启航，这些点心是妍希给你的。

盛启航　谢谢。

李海涛　启航，我多想跟你喝两杯，可在这不能喝酒。这样，我就拿月饼当酒，咬一口等于抿一口。来，第一口，我敬你，当初拆船台，是你领着青年突击队支持我的工作。第二口，我敬你，在客滚船遭遇亏损的时候赶回来帮助我渡过难关。第三口，我敬你，研发半潜船挑起重担子，马上进入海上测试，我跟党委作了申请，同意我参加试验，咱们一起干。

盛启航　太好了。

李海涛　启航，我三口都吃完了，你怎么一口都没咬。

盛启航　爸爸，这月饼咬一口就残缺了，我留着吧。

李海涛　启航，你跟妍希离婚吧。

盛启航　（摇头）不，爸爸……

〔李海涛下，盛启航饱含泪水，望着远方。

〔切光。

第五场

〔南海桂山群岛。

〔半潜船进入海上测试阶段。

赵志钢　所有人请注意，这条船我们花了十年的研发时间，现在考验我们的时刻来了。大家集中精力，全力以赴，高质量完成这次半潜船的海上测试。

盛启航　全体成员进入一级准备状态。

技术员甲　报告盛总工，动力系统准备就绪。

技术员乙　报告盛总工，检测系统准备就绪。

技术员丙　报告盛总工，电力系统准备就绪。

技术员丁　报告盛总工，据气象台报道，台风中心风力达到八级，是否考虑返航？

〔李海涛跑到控制室。

李海涛　不能返航，不能返航，无论如何都要完成测试。启航，有没有信心？

盛启航　当然有啦，半潜船本来就是可以抵抗台风的。所有人听我指挥，现在开始下潜测试，以百分之三十功率吸入海水，下潜。

技术员甲　以百分之三十功率吸入海水，下潜。

技术员乙　电机准备完毕，电气电压一切正常。

技术员丙　船体正在稳定下沉。

技术员丙　下潜三米。

众员工　正常。

技术员丙　下潜六米。

众员工　正常。

技术员丙　下潜九米。

技术员丁　报告，控制系统出现异常。

技术员丙　报告盛总工，船舶无法稳定下潜。

盛启航　出什么问题了？

技术员丙　三号阀门出现问题，电脑无法控制，必须人工操作。

李海涛　人工操作，三号阀门在哪里？我去！

盛启航 船体甲板离海面还有多少米？

技术员丁 还有两米。

李海涛 三号阀门在哪里，我去关。

盛启航 不行，外面风太大，你出去太危险了。

李海涛 你们年轻人对电脑在行，你知道的，关阀门是老子本行。

盛启航 那也不行，我不能拿你的生命开玩笑。这样吧，我是总工，听我的，我出去关。

李海涛 启航，启航，启航你给我回来。

〔盛启航掉下甲板下面去，李海涛死死地把他拉住。

盛启航 放手，放手。

李海涛 不能放，当年你爸爸就是在我的手里滑走的，说啥我也不能放。

盛启航 爸，你再不放手，咱们都会掉到海里去的。

李海涛 我就是拼了这条老命也要把你拉起来。全体成员，一二拉，一二拉，一二拉……

盛启航 大家听我的，全部回指挥室。都回去。

众队员 是。

李海涛 启航，咱们一起扛。

盛启航 是。

李海涛 一起扛。

盛启航 一起扛。

〔两人合力关上阀门。

技术员甲 操作系统恢复正常，船体可以继续进行测试。

技术员乙 李厂长，盛总工，快点进来啊。

盛启航 继续测试。

技术员甲 下潜 12 米，下潜 13 米，14 米，15 米，16 米，17 米。

船体到达指定位置。

盛启航　船体下潜成功。

李海涛　试验成功了，试验成功了。

〔众人欢呼。

〔切光。

尾声 扬帆大湾区

〔开幕。

〔李海涛上，走近基石雕像前。

李海涛 人生，就像一艘行驶在茫茫大海上的船。有的时候它平静，有的时候它奔腾，有的时候它被冲到风口浪尖，有的时候它又跌入谷底。我李海涛的人生也是这样，我的人生平静过，摇晃过，但我更喜欢的是，在风口浪尖上舞蹈。不经风雨怎能坚实？不经风雨怎见彩虹？有这么一句话，幸福，是奋斗出来的！

〔播放《广船国际》的视频，广船国际肩负着为建设世界一流海军研制一流装备、为建设海洋强国提供强大支撑的历史重任，随着中国在世界的崛起，我们将以全新的姿态拥抱海洋，筑梦深蓝！

〔切光。

作品赏析

三幕话剧《巨轮出海》是广东省首部船舶工业题材话剧，通过展现不同时期广州造船厂职工们的生活与奋斗，史诗般地展示了广东船舶工业半个世纪的辉煌成就，并深刻揭示了国有企业改革转型的艰难与必然，突出强调了广船工人们团结奋进、敢为人先、勇于担当的精神品格。

序幕“保卫船台”以1958年台风袭击珠江口岸为背景，通过惊心动魄的抗洪抢险场面，展现了广船职工们誓死保卫国家财产的英勇无畏精神。其中，工会主席邓秀梅的丈夫盛皓阳为保护船台而被海水卷走的情节设定，不仅颂扬了老一代工人阶级不畏艰难、不惧牺牲的英雄主义精神，还为后续的故事叙述与情节展开奠定了厚重的历史基调。

第一幕“大船掉头”以二十世纪八十年代初期船厂面临裁员的困境开场，通过集体婚礼的喜庆氛围与裁员消息的突然宣布形成强烈的情感对比，引发观众对国企改革和职工命运的深切关注。为适应时代发展，国企改革势在必行，而改革带来的裁员问题，不仅触动了每个船厂工人的切身利益，还考验着工厂领导们的智慧与勇气。一方面，剧作通过生动细腻的对话展现了裁员给整个工人群体生活带来的巨大冲击，吴大志的戏谑言语“离岗离岗，口袋光光。遣散遣散，全部完蛋”以及“职工离岗流眼泪，活得比谁都狼狈”等，便以幽默讽刺的方式道出了职工们面对裁员时的焦虑无助与恐惧心理。另一方面，剧作着力表现了厂长李海涛面对重重困难和各种质疑时始终坚持改革理念，他啃着咸菜馒头奔赴香港寻找项目、跪在船台向老一辈工人表达歉意，坚定拆毁船台来腾出空间建造集装箱基地，最终创下不裁一人而完成船厂改革的奇迹。

第二幕“长风破浪”以二十世纪九十年代中期广船不断转型升级为背景，重点描绘了个人与集体命运的交织碰撞。开篇展现了集装箱项目不仅促进了船厂蓬勃发展，也促使船厂工人过上了奔小康的生活。作为船厂转型期的关键人物，李海涛渴望通过建造豪华客滚船来带动船厂由劳动密集型向高科技型转变，早日走向国际市场。这里，剧作并没有将李海涛塑造成一个不会犯错误的完人形象，而是着重表现他急于求成、急躁冒进的一面。他不顾盛启航等人的劝阻，一意孤行地盲目签约客滚船项目，致使船厂大亏损。这不仅增强了剧作的戏剧张力，也让人物形象变得更为真实复杂。颇具哲思与戏剧性的是，为解决船厂危机，更为维护船厂在全世界的声誉，李海涛等人最终同意盛启航的提议，卖掉赢利的集装箱业务，继续投入客滚船的建造。这彰显了广船人在逆境中寻求突破、不断前行的坚定信念和“长风破浪会有时，直挂云帆济沧海”的豪迈情怀。

第三幕“向海图强”紧紧围绕21世纪广船厂建造半潜船项目展开叙事，集中展现了盛启航等人如何在新时代浪潮中迎难而上，最终实现造巨轮出远海的宏伟目标。该幕以李海涛等船厂老人光荣退休开篇，李海涛以自己的血泪教训告诫盛启航在追求创新与突破的过程中要谨慎谦逊，这象征了传统技艺与工匠精神的传承交接。剧作还用较大篇幅叙述了李妍希全力支持丈夫盛启航的工作，却因劳累过度而流产，再不能生育，便向丈夫提出离婚。李妍希角色的引入为剧情增添了浓厚的情感色彩，深刻反映了大时代洪流下个人牺牲与奉献的悲壮美。中秋节家长们带着月饼来研发室看望孩子们的感人场景，不仅让观众感受到了人性的柔软与温情，也侧面反映了个人梦想与国家使命的交融。半潜船海上测试的成功，则是全剧的高潮与圆满，盛启航与李海涛合力关上阀门的瞬间，不仅标志着项目的成功，更象征了中国造船业在新时代的崛起与希望。

尾声“扬帆大湾区”则以李海涛的独白开端，以播放《广船国际》的视频作结，通过生动的比喻、深刻的哲思、个人与国家命运的紧密联系，完成了剧作从个人叙事到广船成就，再到海洋强国愿景的过渡，深刻传达了奋斗、成长、责任和梦想等主题。

不难看出，《巨轮出海》不仅是一部记录广东船舶工业发展的史诗，还是一首献给所有在时代浪潮中勇于探索、不懈奋斗的广船工人的赞歌。正所谓不破不立，广船人舍小家为大家，不断突破自己，大胆求新求变求发展。剧作还浓墨重彩地传达了他们对造船事业的忠诚与热爱。比如总工程师陆文昌，他几十年如一日扎根船厂，视工作为生命的全部，将造船比作谈恋爱，每造一艘船就是谈了场恋爱。这种浪漫化的表达，赋予造船事业以温度和灵魂，表现了广船工人对工作的专注与执着。总之，该剧以广东船舶工业的转型发展为线索，通过生动的人物形象塑造和充满戏剧张力的故事讲述，成功展现了广船工人在时代变迁中的奋斗历程和精神风貌。

铸梦

张晨阳

作者简介

张晨阳，女，1981年生于江苏省南通市，毕业于上海戏剧学院戏剧文学系，从事编剧工作二十余年，有数部电影、电视剧、话剧、微电影、图书作品，并多次获奖，曾担任第十一届中国电影“童牛奖”评委，上海电影家协会会员。

主要作品有话剧《铸梦》，电影《真情三人行》《纸雪花》《青海湖畔》《光荣使命》等，电视剧《黑金》（又名《人民利益》）、《悄然走进你的世界》、《售楼小姐》、《终极解密》、《汉城之恋》、《你一定要幸福》、《狐步谍影》、《无情道》等，微电影《火红血红》等，并曾负责美影厂经典电影绘本系列（全辑17部36册）文本撰稿。

入选作品《铸梦》系中国宝武130年献礼剧，由宁波市演艺集团有限公司负责演出制作，国家一级导演李建平担任总导演，2020年12月底在上海市宝山区委党校会议中心首演。作为少有的钢铁题材戏剧，《铸梦》让更多当代青年人了解中国钢铁与中华民族息息相关的崛起历程，以及中国人民无论在任何时候都压不垮、打不倒，甘愿为家国牺牲奉献、顽强不屈的钢铁意志。

剧情梗概

《铸梦》以中国宝武130年风雨历程为原型，通过讲述1890年张之洞兴办汉阳铁厂，到2020年中国宝武成为世界一流现代化企业的艰辛历程，全景式地呈现了中国钢铁工业一百多年的发展历史，展现了一代又一代中国钢铁人百折不挠、勇于进取、艰苦创业、奋斗不止的伟大精神。

第一场 风起汉阳

〔幕启。

〔时间：1901年11月。

〔地点：汉阳龟山山顶。望江亭。

〔人物：张之洞、李鸿章。

张之洞，男，清流领袖，洋务派代表人物，时年64岁。

李鸿章，男，洋务运动领袖之一，时年78岁。

〔舞台正中是一座凉亭，远远地可以看到汉阳铁厂的十六根烟囱正在冒烟。凉亭中，石桌后，一身大清官服、顶戴花翎的张之洞正泼墨挥毫，在纸上写下什么。写完一张，张之洞凝望片刻，却并不满意，把手里的纸张随意挥到地上，再写下一张。张之洞书写的动作越来越快，地上的纸张也越来越多。终于，张之洞似乎是累了，颓然地搁下笔，在石桌旁缓缓坐下。片刻后，张之洞执起桌上酒壶，往酒盅里斟满酒，举起酒盅，将酒缓缓洒在地上。一阵风吹过，石桌上纸张如雪片般飞舞。

〔一束追光亮起，一个同样大清官服、顶戴花翎的老人出现在舞台上。老人走进漫天纸张之中，纸张在他周身纷纷落下。老人俯下身，轻轻拈起一张看了看，又拈起一张。

李鸿章 （赞许地）果然不愧是张香涛的字，笔力遒劲，俊迈豪放，跌宕有致。

〔张之洞抬起头，震惊地注视着李鸿章。

张之洞 李中堂？……你，你，你不是……

李鸿章 （笑）我不是已经死了吗？是啊，人终有一死，我若不死，怎能得你这一字之“奠”？

〔李鸿章扬起手里的纸张，只见偌大的纸上只有一个字：奠。

李鸿章 写得好，写得好啊！想老夫当年七十寿辰，香涛三日三夜不眠，只为为老夫作一篇祝寿文。老夫还记得你文中所书，“文长纶阁，武镇畿疆，内掌海官，外综商政。有一德之美，兼四事之勤，赞成盛化有自来矣。”如今，老夫寿终，却只得你“奠”之一字，当真是好啊！

张之洞 （斟酒）中堂百年，我不能亲往相送，实乃憾事。如今中堂既来相叙，不如小坐片刻，我们共饮一杯。

李鸿章 好，老夫等你这一杯酒久矣。（接过酒盅）还记得甲申之役吗，那时老夫就很想和你喝上一杯了。

张之洞 甲申之役……（回忆）光绪十年，法兰西犯境，福建马尾水师十一艘军舰全部被其击沉。当时中堂认为我大清“兵单饷匮”，不能与法国轻言开战。

李鸿章 当时法国有铁甲新船四十余艘，实力远超大清，我大清国力积弱，可备战而不可求战，如果因为不怕疼就拿胳膊去挡刀，那是扯淡！

张之洞 假使不拿胳膊去挡刀，那把刀也迟早会架到大清的脖子上来。还记得二十年前的《天津条约》《北京条约》吗？退让，退让真的能退让出和平来吗？

李鸿章　甲申那一仗你打得好啊！连老佛爷都有言，“非之洞不能担任此危机时期的封疆重任”！你支援台湾刘铭传，招安黑旗军刘永福，起用老将冯子材，实乃镇南关大捷首功之臣！那法国总理茹费理都被你打得引咎辞职下了台。至今想来，实乃庚申以来第一畅快淋漓之事。老夫当与你痛饮一杯！

〔李鸿章举起手里酒盅一饮而尽，又自己斟满。张之洞却只是默然看着不动。

张之洞　只可惜到头来法国不胜而胜，我大清不败而败。

李鸿章　什么胜败，只不过各取所需罢了！你想打下去，银子呢？咱大清的国库是空的！白花花的银子，都在昆明湖里漂着呢！镇南关大捷，大捷？法国人死伤未及百人！你再看看澎湖，台湾危如累卵！何况一时战败，未必历久不败，一处战胜，未必各口皆守。我求和法国，左宗棠说，“十个法国将军，也不如一个李鸿章坏事”。好，你们要找人出气，要找人背这千古骂名，我李鸿章一人来背，但我问心无愧！

〔李鸿章再次将杯中酒一饮而尽，张之洞默默起身，为李鸿章斟满酒盅。

李鸿章　香帅啊，咱大清就是个纸糊的屋子。我只是个糊裱匠，能做到见好就收，就是中国最不坏的结果。

张之洞　不，不，我大清不该用纸去糊！我们也应该有钢枪、有大炮、有舰队、有铁路，我们中国要有自己的钢铁，我要建属于我们中国自己的铁厂！

李鸿章　难啊……你可知道，矿务是洋务商务中最无把握之事。一来咱们毫无经验，二来耗资巨大，三来钢铁不是生活所需，销路有限，不易回本哪。

张之洞 即便有天大的难处，只要是中国所需，我愿赴汤蹈火，万难不辞！

李鸿章 老夫还记得你给朝廷上折，“今日自强之端，首在开辟利源，杜绝外耗。举凡武备所资枪炮、军械、轮船、炮台、火车等项，及民间日用、农家工作之所需无不取资于铁”。

张之洞 铁之兴废，关乎国家之贫富强弱！救国兴国的希望，都在铁上啊！

李鸿章 皇上准了你的折子，可是拨不出那么多的银子。

张之洞 说来惭愧，我给两广的赌庄发执业证，还让它们交税，就这么弄到了一笔钱。

李鸿章 （苦笑）为了弄银子，谁还没有做过荒唐事？

张之洞 有了钱，我在广州选定厂址，又向英国订购了两座冶铁大炉和诸多冶铁所需机器设备，还请洋人前来教习培训。从创办铁厂的第一天开始，我就下定决心，我张之洞不但要建铁厂，还要建一座世界一流水平的铁厂！

李鸿章 可惜啊，当时朝堂上反对的声音着实太多。他们以为，找洋人买设备，不如直接买铁划算，而且兴建铁厂，不但耗资巨大，还让洋人光明正大地把生意做到了国内，当真百害而无一利啊。

张之洞 那无非是些鼠目寸光之辈！在我多出一分之货，即少漏一分之财。积之日久，强弱之势，必有转移于无形者！只有我们自己的工厂，自己的人才，自己的工业技术，才能使中国致强致富啊！

李鸿章 皇上相信你，可是众口铄金，积毁销骨啊！

〔张之洞突然转向李鸿章，举起酒盅。

张之洞　李中堂，我敬你一杯！

〔张之洞饮尽杯中酒，李鸿章含笑，亦举了举酒杯。

张之洞　除了武器，我那时苦于不能为铁厂谋得销路。万幸李中堂向皇上提议修建津通铁路，虽皇上未能力排众议允准此事，但我因此觅得良策，上书改建卢汉铁路，从卢沟桥到汉口，贯通南北，以期富国利民，果然得到了朝廷的许可。如此我铁厂再无滞碍，万事俱备！

李鸿章　只是湖广总督裕禄处处推诿，不愿出力，皇上只能调你去湖广督办铁路。你费尽心思，可曾料想，你从英国订购的机器尚在去广州的途中，你却先其一步到了湖北？

张之洞　（自斟自饮）世事难料啊！所幸当时接替我任两广总督者李瀚章正是中堂兄长，他以为铁厂是个烫手山芋，竟同意让我带往湖北。想必这其中亦有中堂功劳，怕是要看我张之洞的笑话吧。

李鸿章　你应知潘蔚所办贵州清溪铁厂开炉一月有余，因操作不当，设备全部报废。国人要想办铁厂，难于登天啊！

张之洞　可这天就算登不上去，我张之洞也要给他捅出个窟窿出来！

李鸿章　你就不怕天塌了？

张之洞　有我汉阳铁厂的十六根烟囱在，这天就不会塌！

李鸿章　香涛啊香涛，你以为你汉阳铁厂的烟囱撑着天，你可知道世人如何评说？大家都说，你是为了能站在湖广总督衙门里看到烟囱冒烟，才把铁厂建在了既不产铁也不产煤的汉阳！

〔张之洞闻言，紧紧捂住胸口，坐倒在石凳上，许久。

张之洞　知不知晓又当如何？我建铁厂于汉阳大别山下，原料便于运输，产品便于销售，人才便于通用，工程便于督查，用款便于监督，废渣便于处理。汉阳铁厂年产铁十万吨，废渣两三万吨，以废渣填筑后湖堤身，既节省工费，又可根除水患。天地昭昭，岁月明鉴！我不怕百姓无知，说我炸山损害风水，我可以舍近求远去无人区开山取石，再运到龟山脚下的码头。虽然费时耗银，可是铁厂仍然一天天在建，烟囱依旧一根根在竖！我只恨朝廷中人处处掣肘，工部尚书倭仁，说我浪费国家钱财，辜负朝廷恩德。我所做越多，所落口实便越多。那些局外人，没有经历事情的发展，如何知道其中的艰难！他们随意听信传闻，从而苛求发难，对此等人，我不屑与之辩！

〔片刻的沉默。李鸿章转过身，向着远处烟囱的方向望去。

李鸿章 听说，汉阳铁厂比两个紫禁城还要大。

张之洞 大，大！我汉阳铁厂设有生铁厂、贝色麻钢厂、西门士钢厂、钢轨厂、铁货厂、熟铁厂六个大厂，机器厂、铸铁厂、打铁厂、钩钉厂四个小厂，十六根八十米高的烟囱直入云天。你知道那个美国驻汉领事查尔德怎么说吗？他说汉阳铁厂是“亚洲雄厂”！中堂，你可知甲午年第一批高炉出铁，我亲眼所见，炉火熊熊、铁浪滚滚，我胸中豪情，岂有言语可述万一！

李鸿章 （黯然地）只是两个月后，我北洋水师全军覆没于倭寇。

张之洞 中堂！我们有了自己的铁厂，我们可以再造船、再造炮！我们还有千千万万子孙后代，总有一天，他们会扛起汉阳铁厂的枪炮，沿着汉阳铁厂的铁轨，把那些欺负我们的洋人全都赶出中国！中国醒矣！

〔许久的沉默。

李鸿章 然而《马关条约》终究还是要有人去签。你等清流爱惜羽毛，断不会甘愿担此卖国贼骂名。殊不知战败之国，亦需要有人出面争利，争得一分，亦有一分之益。还记得老夫曾与人言，

“香涛做官数十年，犹是书生之见也”。

张之洞 我当时恼怒，回道，“少荃议和两三次，遂以前辈自居乎”。

〔李鸿章举起手中酒杯，缓缓倾倒在纸张之上。纱幕上“奠”字顿时墨迹流动，斑驳难辨。

李鸿章 老夫这一生，该当也只值一个“奠”字！

张之洞 中堂！

李鸿章 香涛，真该早点来看看你的汉阳铁厂啊。老夫常听杏荪说，汉阳铁厂，中国第一。老夫真该来看一看，也许看过之后，和洋人谈判的时候，腰板会更直一点，声音会更大一点，争来的利益会更多一点。

张之洞 当年我弹劾中堂“海防捐”，中堂知我铁厂困顿，令杏荪筹钱而来，官督商办，助我渡过难关。我曾问杏荪，为何中堂出手相帮，杏荪道，中堂有言，汉阳铁厂的存亡，关系到国之气运，决不能坐视不管。世人皆以为中堂与我势同水火，但是办洋务，求自强，南北洋志同道合！

李鸿章 （大笑）便是骂名滚滚又如何！

张之洞 （大笑）便是披荆斩棘又如何！

李鸿章 俯仰天地！

张之洞 此生无憾！

〔纱幕上所有墨痕脱落，唯余火花翻卷，铁浪汹涌。

李鸿章 我敬你！

张之洞 我敬你！

〔两只酒盅相碰。

〔光渐灭。

第二场 铁血山河

〔幕启。

〔时间：1939 年 4 月。

〔地点：重庆大渡口。川江边。

〔人物：卓兰柯、樊老伯、陈子安、哑妞。

画外人物：杨月亮（女，6 岁）、叶山川（男，9 岁）、聂景程（男，8 岁）、张顺利（男，7 岁）

卓兰柯，男，49 岁，张之洞义子，钢迁会总工程师。

樊老伯，男，70 岁，杂货郎。

陈子安，男，25 岁，小学教师。

哑妞，女，22 岁，帮厨。

〔一片漆黑的舞台上，光影交织晃动。凄厉的警报声、飞机的轰鸣声、慌乱的脚步声、嘈杂的人声和婴儿的啼哭声混作一团。

〔嘀嘀的电报声。

画　外　前方抗战需要，自行铸造钢件甚急，亟须借用汉阳铁厂……

〔嘀嘀声更急。

画　外　汉阳钢铁厂应择要迁移，并限三月底迁移完毕为要！……

〔浪涛声、炮弹声、哭泣声。

〔一曲婉转的口琴声在一片混乱中悄然响起，四周的嘈杂渐渐停歇，只有口琴声清扬绵长。

〔突然有人喊起来。

画　外　一寸山河一寸血，十万青年十万军！

〔有人应和。

画　外　宁为战死鬼，不做亡国奴！

众　人　（画外）中国万岁！

〔随即，人声、口琴声都消失不闻，只有涛声滚滚……

〔舞台上灯光渐起。只见大江东去，浪花淘尽。

杨月亮　（画外）兰叔，兰叔，你是不是又做噩梦了？

叶山川　（画外）月亮，别吵着兰叔休息。兰叔，我们去上学了，晚上我做晚饭。

张顺利　（画外）兰叔，我来给你送饭。

聂景程　（画外）兰叔，我检查他们的作业。

卓兰柯　（画外）好，好，快去吧，路上小心。

杨月亮　（画外）兰叔，今晚还给我们讲张香帅和李中堂的故事，好不好？

聂景程　（画外）我要听汉阳造的故事！

卓兰柯　（画外）好，讲，都讲！

〔孩子们的脚步声渐渐远去，卓兰柯缓缓地走了出来，望着水天一色在江边驻足。

〔一个挑着货担的老人吆喝着走了过来。

樊老伯　蜜蜜甜的糖人糖葫芦……里外青的萝卜咸豆干……（停在

卓兰柯面前，掏出一个木雕的小鸡）这位先生，给孩子带个玩意儿？

〔卓兰柯摆摆手，转身要走，又停下脚步，回头看看那个小鸡，掏出几个钱递到樊老伯手里。

卓兰柯 够吗？

樊老伯 够，够！

〔樊老伯收好钱，把小鸡放在卓兰柯手里，解下担子，在江边坐了下来，从担子底下一样样往外掏东西。

卓兰柯 这小鸡雕得可真好，所谓活灵活现，不过如此。

樊老伯 我以前是个木匠，没少给儿子孙子做这些小玩意儿。那小鸡肚子下面有个机关，拧一圈就能走动。你拿回去，准保娃娃喜欢。

卓兰柯 多谢老伯。

〔樊老伯把几碟瓜果摆好，掏出三支线香点燃。又拿出个酒壶拧开，仰头灌下一大口，却不想喝得急了，一时呛得涕泪横流。

〔卓兰柯掏出块手帕，递给樊老伯。

〔樊老伯摆摆手，拽起衣袖胡乱在脸上抹了一把。

樊老伯 人一老，什么都不成样子。要给我们家那臭小子看到，又要遭他笑话了。

〔说着，樊老伯信手拈起一个苹果，抛进江里。

卓兰柯 老伯，你这是……

樊老伯 要到清明啦……我儿子、孙子，都是“民志号”上的船工……船被倭寇炸沉在三峡里，人也不知道漂到了哪里……我就挑着这货担，沿着川江，从重庆走到宜昌，再从宜昌走回到重庆……山高水长啊……

卓兰柯　“民志号”？

樊老伯　民生公司卢作孚的船。去年秋天，他用二十多条船、四十天时间，把十万吨物资、三万多人抢运出了宜昌。可是个了不起的人物！

卓兰柯　是啊，卢作孚挽救了中国工业命脉，也挽救了我们汉阳铁厂。

樊老伯　汉阳铁厂？你……

〔话音未落，卓兰柯突然指向远处。

卓兰柯　那边！

〔只见滔滔江水中，一个身影正朝着江心缓缓走去。

〔卓兰柯立刻奔了过去，樊老伯也紧紧地跟在后面。

〔就在那个身影将要没入江水的一刻，卓兰柯一把抱住那人，和樊老伯合力将那人拖回了岸上。

卓兰柯　是个姑娘？……你叫什么名字，家在哪里，我送你回去。

〔姑娘只是垂着头，一声不吭地瑟瑟发抖。

〔远远地有人呼喊。

画　外　哑妞！……哑妞！……

〔陈子安冲上台来，一眼看到披头散发的姑娘。

陈子安　哑妞！……你，你怎么又做傻事了！……（扭头看向卓兰柯）多谢二位相救……（突然惊讶地）卓先生？

卓兰柯　陈老师？你是渡口小学的陈老师？

陈子安　卓先生可还记得她，她是明雅，你在船上见过的。

卓兰柯　明雅？我记得，我记得她是最后一个上的救生筏，当时她怀着身孕，有个个子高高、脸上带笑的姑娘，把自己的位置让给了她……（看着远远地缩在一旁的哑妞）她是明雅？

〔陈子安走到哑妞身边，拉着她的手，安慰地轻轻拍着。

陈子安 她现在在学校帮厨，大家都叫她哑妞。……丈夫留在了船上，孩子受了惊吓没保住……她把嗓子哭哑了，现在已经不能说话了……

〔沉默。卓兰柯走到哑妞面前，蹲下身，仔细打量着她。

卓兰柯 你的孩子叫万里，江万里。

〔哑妞猛地抬起头，注视着卓兰柯。

卓兰柯 你和你丈夫来找我，让我帮孩子取个名字。我当时立在船头，眼望长江，心下生起浊酒一杯家万里的感慨。但是我跟你说，这二字取自“鸿鹄万里游”。你们很欢喜，千恩万谢地走了。——对不起，那时候，我没有说实话。

〔哑妞看着卓兰柯，突然伸手比画起来。

陈子安 她说她想起你来了。你是汉阳铁厂的总工程师，整条船上最有学问的人，祖上还是清朝的大官。所以，她和丈夫一起去找你，想给孩子取个好名字。

卓兰柯 （摇头）我父亲只是北洋水师的小卒，甲午后，父死母亡，被张香帅收养，留洋数年，归来便以汉阳铁厂为家。香帅遗志，要看着汉阳造把洋人赶出中国。如此心愿，这数十年我片刻不敢忘。

陈子安 可是日寇犹在，我们的船却被炸沉在三峡。“民志号”“中华号”……何时我们才能扬民族之志，雪中华之耻?!

樊老伯 “民志号”? 你们搭的是……“民志号”?

〔卓兰柯默默点头。

樊老伯 能不能……能不能给我讲讲那天晚上的事，我想知道……我那两个臭小子是怎么走的……

卓兰柯 好。

〔哑妞看着陈子安，陈子安笑了笑，把自己的外衣披在哑妞身上。

陈子安 （向哑妞）没事。（转向卓兰柯）卓先生请讲，我也想听一听。

〔卓兰柯点头，却又沉默许久才缓缓开口。

卓兰柯 我还记得我们离开宜昌的时候是十月二十六日。“民志号”是艘新船，卢先生特意安排来运送汉阳铁厂最重要的一批设备，还点派了经验丰富的杨领江亲自掌船。可不知是哪里走漏了消息，船还没离开宜昌，就遭到日军轰炸。行至江上，日本人的飞机更是一架接一架，尾随式轰炸，片刻不停。杨领江没有办法，只好把船开到沿着峭壁礁石日军飞机不敢靠近的地方，一点点慢慢往前挪。等到夜里，飞机都走了，才把船开出来加大马力前进。几千年来，川江不夜航，可是杨领江凭着脑子里一张分毫不差的航路图，硬是日夜行船，开出了几百里水路。

樊老伯 我常听我那小崽子说，川江上的领江里，就属杨领江人人都要竖大拇指。没有他记不住的激流险滩。都说三峡天险，但他到哪里都如履平地。

卓兰柯 那天，我们听船工说，再有一日就能到大渡口了，日本人的飞机好像来得也少了，大家都很高兴。就是那天，明雅夫妇来找我给孩子取名。可是，谁也没有想到，短暂的平静之后，当晚日军竟派出了十余架飞机三路夹击。“民志号”正在江心行船，无处可避，船身上连中两发炮弹开始倾斜，船工们马上放下了两条救生筏。之前因为日军连番轰炸，大家就有过约定，让老人、妇女和孩子先走。可是没想到……没想到……

陈子安 （冷静地）大家把汉阳铁厂的工程师们抬上了救生筏。

卓兰柯 （惊讶地）你也在船上？

陈子安 （摇头）哑妞还能说话的时候告诉过我，当时混乱之中，她丈夫第一个站出来大喊，“让工程师上船！他们会建铁厂、造枪炮，有他们才有希望，才能把日本鬼子打出中国！——”工程师们不肯上船，这些普普通通的劳苦百姓，竟合力把人一个个抬到了筏子上，而他们自己，无一人抢筏，无一人偷生！……

〔沉默。哑妞突然捂住了脸，无声地痛哭。

卓兰柯 我不知竟然是他……那声音至今仍在耳畔、片刻不散……

陈子安 后来大家又让几位福利院的老师和孩子们上了船。哑妞不想和丈夫分开，本不愿上船，但她丈夫希望能够留下这个孩子，亲眼看到中华大地河山光复。但这时救生筏上已经满载，一位女老师起身，把自己的位置让给了哑妞……那个女老师，就是我的亲妹妹……

〔沉默。樊老伯牵起衣袖在脸上抹了抹。

樊老伯 下雨了。

卓兰柯 那一晚也下起了雨。船工们找来浮木，劝水性好的百姓和杨领江逃生，杨领江却执意将“民志号”开往便于打捞设备的水域。最后，十二名船工，一百七十一位百姓，和“民志号”上一船设备同沉……

〔沉默。

〔那一晚的浪涛声、炮弹声、哭泣声，仿佛仍在耳畔。

〔一曲婉转的口琴声在一片混乱中悄然响起，四周的嘈杂渐渐停歇，只有口琴声清扬绵长。

〔突然有人喊起来。

画　外 一寸山河一寸血，十万青年十万军！

〔有人应和

画　外 宁为战死鬼，不做亡国奴！

众　人 （画外）中国万岁！

〔随即，人声、口琴声都消失不闻，只有涛声滚滚……

〔陈子安取出一只口琴，轻轻地吹了起来，俨然便是那一晚同样的旋律。

〔樊老伯把几碟瓜果全部抛入江中。

〔口琴声中，几人长立江畔。

卓兰柯 陈老师，你的学生杨月亮，便是杨领江的女儿。聂景程、张顺利和叶山川，也都是我从那条筏子上带回的孩子。他们的父母，有的留在了长江里，有的倒在了炮火下。我只身一人，但重任在肩、众人所望，我要陪他们长大，教他们本事，看他们做人。我不敢死。（走到哑妞面前）我们都是别人的希望。我们能够生，是因为承载了太多的心意，为家、为国，我们每活一天，便有责任为这家国倾尽所能。我们要好好活，汉阳铁厂的设备已经在大渡口重新组建，鲜红的铁水已经再一次奔腾而出。相信我，要不了多久，我们一定能看到，万里华夏，日寇尽除，山河锦绣！

樊老伯 卓先生，我……我能不能去铁厂看看，看看他们拿命换的高炉，炉火有多红，铁水有多滚烫……

卓兰柯 能，当然能！老伯、明雅、陈老师，我们一起去，去看看我们大渡口新建的铁厂，看看我们的钢枪铁炮，看看中国人民重新站起来的希望！

〔光渐灭。

第三场 苍茫天山

〔幕启。

〔时间：1951 年 11 月。

〔地点：川江边 / 天山脚下。

〔人物：杨月亮、叶山川、聂景程、张顺利、顾丽华。

杨月亮，女，18 岁，“民志号”杨领江之女，卓兰柯养女，八钢设备运输队随军护士。

叶山川，男，21 岁，宜昌孤儿，卓兰柯养子，八钢先遣队队员、炼铁技术员。

聂景程，男，20 岁，汉阳铁厂工程师遗孤，卓兰柯养子，重庆二十九兵工厂工程师。

张顺利，男，19 岁，武汉大学教师遗孤，卓兰柯养子，重庆 101 钢铁厂一号高炉炉前技师。

顾丽华，女，25 岁，八钢设备运输队随军医生，杨月亮好友。

〔《义勇军进行曲》的旋律响起。

画　外　同胞们，中华人民共和国中央人民政府在今天成立了！——

画　外　中华人民共和国万岁！毛主席万岁！——

〔短暂的停顿。

〔一束追光亮起。一袭白衣护士服的杨月亮出现在舞台一侧。

〔川江边。杨月亮梦境。

杨月亮　景程，我和山川哥哥的入伍请愿书批准了！我跟随运输队从上海出发，他作为先遣队员直接去迪化。真没想到，有一天我也会穿上军装，成为一名真正的战士，去新疆打一场钢铁大战役！景程，你能想象吗，皑皑天山、茫茫戈壁，我们钢铁厂的烟囱将会在那里高高竖起！钢花飞溅、钢水奔腾……只要一想到我即将投入这份事业，我也是其中一分子，我就激动得不能自已。景程，我多希望你也能在那里，我们能一起携手并肩，共看这幅壮阔的美景！

〔另一束追光亮起。聂景程远远地站在舞台另一侧，凝望着杨月亮。

聂景程　月亮，我想和你一起看天山雪落，戈壁苍茫。听说，那里春天有山花漫天彻地，夏天有雪莲亭亭独芳。我多想用最美的鲜花给你编一个花环，亲手戴在你头上。虽然这次组织上没有批准我去新疆，但是我还会继续申请。相信我，我一定会来迪化，我们一定可以相逢在天山脚下！

杨月亮　景程！

〔聂景程向杨月亮伸出手，杨月亮向着聂景程走去。将要走到聂景程身边的时候，聂景程的追光却突然熄灭。

〔杨月亮在舞台上焦急地徘徊。

杨月亮　景程！景程！

〔突然，一声巨响，一根巨大的铁柱从天而降，铁柱下方，是一个穿着军棉衣的纤弱女子身影。

杨月亮 （惊叫）丽华姐！

〔杨月亮向着女子扑过去，一把推开女子，却被铁柱死死地压在下面。

〔追光灭。

〔寒风呼啸。

〔主场景光渐起。

〔天山脚下，戈壁滩上，风雪之中，伫立着一顶小小的简易行军帐篷。

〔一声马嘶。

〔叶山川步履不稳，跌跌撞撞地上台，迎面正看到从帐篷里出来的顾丽华。

叶山川 顾医生！

顾丽华 你终于来了！月亮还是高烧，人烧得糊里糊涂的，一直叫聂景程的名字。你给他发过电报了吗？

叶山川 我从迪化出来前就发了。

顾丽华 那你有没有把情况说清楚，让他立刻过来？

叶山川 （一愣）顾医生，你这是什么意思？

顾丽华 （含泪）山高路远……不知道还能不能见到想见的人……

叶山川 （震惊）月亮她……不是砸伤腿吗，怎么会！……

顾丽华 伤口感染严重，如果能在第一时间做截肢手术的话，可能还有机会。现在……

叶山川 不可能，不可能！我不信，我不信！

〔叶山川猛地掀起门帘走进帐篷。

〔简易行军床上，杨月亮头上敷着毛巾，高烧不醒，不时发出难受的呻吟声。

杨月亮 （迷迷糊糊地）景程……景程……

〔叶山川望着杨月亮，抱着头，跌坐在床前。

〔主场景光暗。

〔台侧光起。川江边。

〔聂景程将一枝枝白菊抛入川江。张顺利举着电报上气不接下气地跑了过来。

张顺利 你……你怎么在这里……

聂景程 今天是“民志号”沉江的日子，你忘记了？

张顺利 （把电报塞给聂景程）月亮出事了！

聂景程 （一眼扫过电报，震惊地）月亮被卡车上掉下来的设备砸到了？！……这怎么可能，他们明明没几天就要到迪化了，那么远的路都走过来了！

张顺利 我挂了电话过去，听说月亮是为了救战友，这才……山川哥已经从迪化赶过去了，好像是情况比较严重……

聂景程 不行，我要去新疆！

〔聂景程转身就跑，张顺利一把拉住聂景程。

张顺利 你怎么去？

聂景程 坐火车、坐汽车、坐马车、坐骡车……哪怕是走，我也要走到新疆去！

张顺利 景程！我理解你的心情，我和你一样担心月亮！你能不能先冷静一下！你知不知道去一趟新疆要多少时间，说不定等你到了那儿，月亮早就没事了呢？

聂景程 那万一月亮有事呢？

张顺利 景程！现在是成渝铁路施工的关键时期，这是咱们中国人自己兴建的第一条铁路，这条铁路上每一根钢轨，都是你们二十九兵工厂自主研发的，是我们101钢铁厂自己轧制的。你以为我会不关心月亮，不想去新疆看她吗？我们都是这条长江里活下来的孩子，我们活着的每一天，都是在承担我们父辈所无法拥有的未来。你是兰叔的助手，是新中国整个钢铁行业最年轻的工程师，钢轨研发的中坚力量，而我是高炉技师，我就要守着 101 的一号高炉，确保每一炉铁水都能被轧制成合格的钢轨。景程，我们的使命和责任都还未达成，怎么能因为个人原因离开自己的阵地去当逃兵呢？

〔沉默。

聂景程 我多希望这钢轨能一直铺下去，一直铺到迪化……这样，王震将军就不用为了把上海的益华钢铁厂搬到迪化，要一路北上，先到东三省，再进满洲里，一直走到冰天雪地的西伯利亚折返霍尔果斯然后才能进疆……如果我们有自己的铁路，月亮他们就不用走这么远的路……听山川说，那里的条件实在是太艰苦了……零下三十摄氏度，住的是帐篷；吃的是清水煮土豆、冻萝卜、玉米面、高粱面；全年一套棉军装、一套单军装，连衣领和口袋都没有；就连喝水都要去河里把冰砸碎了再化开……戈壁滩的风沙那么大，毕竟，她只是个 18 岁的姑娘……

张顺利 景程……杨领江会看顾着月亮，她……一定不会有事的……

聂景程 （凝望着滔滔江水）月亮，什么时候我才能看到你和天山……看看那里是苍茫白雪，还是……山花烂漫……

〔光灭。

〔主场景光转亮。

杨月亮 景程！……景程！……

〔杨月亮猛地惊醒，想要从床上坐起来，却又忍不住痛得呼喊起来。

杨月亮 腿……

顾丽华 （柔声地）你的腿受伤了，先躺着好吗？

杨月亮 丽华姐，我想坐一会儿，我想跟你说说话。

〔叶山川小心翼翼地扶着杨月亮坐起来，伸手在杨月亮额上探了探。

叶山川 （震惊地）呀！

杨月亮 （裹紧军棉衣）好冷。

〔叶山川毫不犹豫地脱下身上的军棉衣，给杨月亮披上。

顾丽华 （小声地）我们都只有一件大衣，你这样能行吗？

叶山川 我没事。

杨月亮 （看向叶山川）山川哥哥，你怎么来了？

叶山川 听说你受了伤，我来看看你。

杨月亮 丽华姐会照顾我的，你放心。这里离迪化很近，过几天设备就要到头屯河了，你是炼铁技术员，还有很多事情要准备。你快回去吧，不要耽误了重要的工作。

叶山川 设备已经到头屯河了。你昏迷了几天，顾医生说你不能移动，所以一直留在这儿陪着你。

杨月亮 终于到了吗……

叶山川 到了，设备正在卸载，已经准备安装了。

杨月亮 太好了……太好了……

〔杨月亮突然落下泪。

叶山川 月亮……

杨月亮 山川哥哥，我真是高兴呀！你知道吗，如果不是亲身经历，谁能想象，成千上万吨的高炉、炼钢大型设备，是怎么翻雪山、越峻岭、走戈壁、穿沙漠，从东海之滨的上海，一路北上进入东北三省，然后从内蒙古的满洲里出国境，再继续北上，进入苏联的远东，然后向西，进入西伯利亚、中亚，再从中国最西部的霍尔果斯入境，向东穿过广漠空旷的北疆，一直到迪化……山川哥哥，咱们中国军人真是太伟大了。他们逢山开路、遇水搭桥，成千上万吨的大件，从汽车装上火车，再从火车装上汽车。没有吊装，他们就肩拉手扛，完成了不可能完成的伟大壮举。……只可惜，就差一点点，我没能亲眼看到最后的胜利……

叶山川 你会看到的，等你好了，我带你去头屯河畔看你从上海运过来的大烟囱！

顾丽华 等你好了，我们一起去！

〔杨月亮含笑点头。

顾丽华 月亮，你先休息一会儿，让山川去砸点冰，化了给你洗把脸。

〔顾丽华示意叶山川跟自己走到一旁。

顾丽华 去最近的兵站发个电报，不，不要发电报，打电话，让聂景程来迪化。

叶山川 她的样子看着好多了呀。

〔顾丽华黯然地摇了摇头，抱过自己床上的被子递给叶山川。叶山川一咬牙，裹上被子出门。

〔一声马嘶。

杨月亮 水……水……

〔顾丽华将军用水壶递过去，杨月亮费力地喝了几口，突然剧烈地咳嗽起来，吐出大口鲜血。

顾丽华 （悄悄拭泪）月亮……如果你不是为了救我……

杨月亮 （微笑）丽华姐……你是上海最好医院的医生，我只是个小小的护士，拿我的命换你的命，我很高兴……

顾丽华 月亮……

杨月亮　我父亲是卢作孚民生公司“民志号”上的领江。西迁的时候，“民志号”被日本人的飞机打中了，他没有弃船逃生，而是把船开到容易打捞的位置，和一船设备一起沉入江底。那条船上，还有上百名用自己的命去换汉阳铁厂工程师的命的普通百姓……丽华姐，你不要难过，我知道什么是值得的。我心里，是真的很高兴……

〔顾丽华泪如雨下。

顾丽华　月亮，对不起……你救了我，可是我没有办法救你……

杨月亮　（拉住顾丽华的手）丽华姐，你在上海有喜欢的人吗？

〔顾丽华轻轻点头。

杨月亮　那你想家吗？

〔顾丽华又轻轻点头。

杨月亮　跟我说说上海吧……入伍报到那一天，我只远远地看了一眼南京路，第二天就随运输队出发了。这么繁华的家乡，又有心爱的人，你怎么会舍得离开……

顾丽华　我家在静安寺，那里以前是租界，我是从小看着梧桐落叶在高跟鞋的鞋跟下翻转飘零，看着爬山虎在洋楼上枝枝蔓蔓攀缘而上长大的。那个城市，处处都像梦一样精致迷离。后来听说王震将军要在新疆建钢厂、修铁路，要把上海的益华钢厂迁到迪化，我突然就很想看看不一样的天地，看看一座又一座高炉在戈壁上拔地而起，看火红的铁水映红天山，看火车汽笛在大漠深处惊破沉寂……我想看看我们中国人自己建设的中国，和我从小看到的世界有什么不一样，我想那一定很美，很美……

杨月亮　那你喜欢的人呢？

顾丽华　他想留在上海。我们分开了。

〔沉默。

杨月亮 可是景程说，他一定会来迪化……我梦到他跟我说，我们一定会相逢在天山脚下……

顾丽华 会的，他一定会来的！

杨月亮 丽华姐，我恐怕等不到了……景程是年轻有为的工程师，他还有很多重要的工作，我走了以后，不要告诉他，不要让他来迪化……

〔一声马嘶。叶山川走到帐篷外。

杨月亮 丽华姐，我想葬在头屯河畔，我还没有看到我们的钢铁厂……以后，我们的新疆也有铁、有钢了……

顾丽华 （泣不成声地）月亮……

〔叶山川抹去泪水，走进帐篷。

杨月亮 山川哥哥……

叶山川 月亮……

〔杨月亮从贴身的口袋里取出一个木头小鸡，放在叶山川手里。

杨月亮 小时候……兰叔给我的……帮我给景程……

叶山川 你放心。

杨月亮 （含笑）我好像听到了口琴声……山川哥哥，就是那天晚上在三峡，船要沉的时候，我们听到的口琴声呀……还有江水声……啊，还有天山雪落和雪莲花开的声音……

〔雪花飞舞。

〔台侧追光亮起。

〔漫天飞雪中，是聂景程独自伫立在江畔吹着口琴的背影。

〔口琴声清扬绵长。

〔光渐灭。

第四场 荣光闪耀

〔幕启。

〔时间：1958 年 9 月 13 日。

〔地点：红钢城。

〔人物：张顺利、小金鱼、王大妈、刘姐、梅老头、聂景程。

画外人物：叶山川（28 岁）。

张顺利，男，26 岁，武汉大学教师遗孤，卓兰柯养子，武钢一号高炉炉前技师，组长。

小金鱼，女，22 岁，武钢第一幼儿园老师。

王大妈，女，65 岁，小金鱼姥姥。

刘姐，女，42 岁，武钢劳模。

梅老头，男，75 岁，刘姐公公。

聂景程，男，27 岁，汉阳铁厂工程师遗孤，卓兰柯养子，重庆 101 钢铁厂副总工程师。

〔舞台一侧，一束追光中，聂景程双手捧着信纸，独自背身而立。

叶山川 （画外）景程，我和丽华决定结婚了。我们决定在这里扎下根来，用熊熊炉火改变历史，让这里的人民也能过上幸福美好的生活。你一定要来天山看一看，我们在八钢等着你！前几年，顺利去了武钢，如今只有你一个人留在兰叔身边，照顾兰叔的担子便全压在了你身上，你们定要多多保重！我们还听顺利说，如今你已经青出于蓝，连兰叔都赞叹你在技术开发上过人的才华和天赋，不到28岁，便被任命为101副总工程师。恭喜你，景程！盼望你百尺竿头，更进一步，未来我们在前进的征程上再相逢！叶山川。1958年9月。

〔聂景程收起信纸，并不回头，直直地向着舞台深处走去。

〔追光渐收。

〔主场景灯光亮起。

〔傍晚。初秋的院落里，大树垂荫。树下，摆着两张四四方方的小矮桌拼起来的饭桌，桌上摆着几碟小菜。院子一侧，是几户人家公用的厨房。

〔王大妈正在院子里择菜，梅老头蹲在厨房门口磨着刀。

梅老头　都下班的点儿了，今天怎么这么安静？

王大妈　我听小金鱼说，今天厂子里有大干部要来视察工作，保不齐这领导什么时候走，大家伙儿可有得忙！

梅老头　我说大妹子，这干部领导的咱见不着，你这忙活了一下午，准备得跟过大年似的，是打算接待哪位贵客呀？

王大妈　这可得问你们家小刘！

梅老头　哦！——我听小刘说起过，说金鱼儿处了个对象，这是对象要上门了吧？

〔王大妈一听，把菜往篮子里一摔，叉着手就跳了起来。

王大妈　她敢！

〔梅老头吓了一跳，拎着刀站了起来。

梅老头　不敢！

王大妈　你说这丫头，看上什么人不好，看上个死了老婆的男人。这老婆死了也就算了，还一个人拉扯个屁大点的娃，就放在小金鱼她们托儿所里。老梅，不是我自卖自夸，我们小金鱼，要样貌有样貌，要文化有文化。听说那男人才念了小学，都不知道会写几个字，算不算得清楚账。你说，我能同意小金鱼跟他处对象吗？

梅老头　（挥着刀）不能！

王大妈　所以我跟你们家小刘说，女娃娃眼皮子浅，没见过世面，让她帮着寻摸寻摸，有什么合适的小伙子，也给咱小金鱼介绍介绍。你们家小刘是劳模，论人品论眼光，那都错不了！

梅老头　哦！——我明白了，原来今天是要给金鱼儿相亲！

王大妈　晚上您过来一起吃饭。您看我眼色，也帮着说道说道。要是成了，我请您喝一年的小酒。

梅老头　全听您的！要不咱定个暗号？

王大妈　这样，我咳一声，咳，您就帮着夸夸小金鱼；我咳两声，咳咳，您就夸那小伙子；我咳三声，咳咳咳，您就敲敲边鼓，把她看上那男人从她心里说散了。

梅老头　旧的不去，新的不来！——您要咳四声呢？

王大妈　那就是我呛到了！

〔一阵急促的脚步声传来，远远地就看到小金鱼欢快地叫嚷着跑了过来。

小金鱼　家家！[1]家家！出铁水了！出铁水了！毛主席来了！我看到

1　武汉话：外婆。

毛主席了！

王大妈 毛主席来了？

梅老头 你看到毛主席了？

王大妈 鱼儿，给家家说说，你真看到毛主席啦？

小金鱼 看到了！我真看到毛主席了！……不过，就远远地看了个背影……

王大妈 那毛主席是不是和画上的一样？

小金鱼 一模一样！

梅老头 你不是站得远吗？

小金鱼 我眼神好着呢！

梅老头 不好！

王大妈 （向梅老头）你又凑什么热闹？

梅老头 （指指厨房）煳了！

〔王大妈一拍脑门，连忙向厨房跑去。

王大妈 我炖的鸡汤！

小金鱼 鸡汤？

〔梅老头拉着小金鱼在方桌前坐下。

梅老头 金鱼儿，你给梅爷爷说说，你是怎么看到毛主席的？

小金鱼 下午一点左右，我正往幼儿园走，就突然听到有人喊，“毛主席来了！”我一看人都往一号高炉跑，也连忙就朝那边跑。等我跑过去，高炉旁边已经都是人了，那真叫一个人山人海，好像咱全武钢的人都围在那里。我想往前靠近一点，但是怎么都挤不过去，就只能远远地看到毛主席的背影了。

〔小金鱼一口气说完，顺手提起桌上的茶壶给自己倒了杯凉茶，喝完放下茶杯，这才注意到桌上摆着的五六碟小菜。

小金鱼 梅爷爷，咱们这是要庆祝毛主席视察出铁水吗？

梅老头　哎，庆祝，庆祝！——庆祝毛主席，庆祝出铁水，庆祝小金鱼儿要相亲！

〔小金鱼腾地跳了起来。

小金鱼　相亲！谁相亲？跟谁相亲？！

梅老头　是你家家让小刘安排的，你要相信你刘姐。

小金鱼　谁要她安排，我有对象！

梅老头　（指指厨房，把手指放到嘴唇边，小声地）就是吃顿饭。你家家做了，你就吃，就当多个人一起吃饭。

〔小金鱼看着一桌小菜，烦躁地走来走去。

梅老头　姑娘，你晃得我头都晕啦。

〔小金鱼突然停下脚步，挽住梅老头的胳膊。

小金鱼　梅爷爷！梅爷爷！您帮帮我，您帮我把那个来相亲的赶跑，好不好？我请您喝酒，喝一年的小酒！

梅老头　万一你刘姐带过来的小伙子还不错呢？

小金鱼　那我也不要！

梅老头　不后悔？

小金鱼　不后悔！

梅老头　好，那就听你的！要不咱也定个暗号？

小金鱼　好啊！这样吧，我咳一声，您就找找他的碴儿；我咳两声，您得说我俩不般配；我咳三声，您想法儿把他撵走。

梅老头　新的不去，旧的不来！——那要咳四声呢？

小金鱼　那就是我呛到了！

王大妈　鱼儿，来帮家家端菜！

小金鱼　来了！

〔小金鱼双手合十，再三向梅老头拜托，这才朝着厨房跑过去。

〔梅老头摇摇头，刚一转身，就看到刘姐领着张顺利走了过来。

刘　姐　爸！

梅老头　（上下打量着张顺利，嘟囔）我这一年加一年的小酒来了。

刘　姐　什么来了？

〔王大妈拿着碗筷走了过来，小金鱼端着汤跟在后面。

王大妈　来了啊，坐！坐！

〔刘姐赶忙接过王大妈手里的碗筷。

〔张顺利一看，也有样学样，接过小金鱼手里的汤盆。

〔小金鱼没好气地瞪向张顺利，一抬眼，脸上却突然露出了古怪的神色，又扭头去看刘姐。

〔刘姐正帮王大妈张罗着布好碗筷饭菜，招呼大家一一落座。

刘　姐　我来给大家介绍一下，这是张顺利同志，咱一号高炉炉前技师，正经的大组长一名。顺利，这是小金鱼，咱第一幼儿园老师。这是王大妈，小金鱼姥姥。这是我公公，姓梅。你们先吃，我收拾下就来。

〔刘姐进屋。

〔梅老头给自己倒了盅酒，自顾自地咂吧起来。

〔王大妈看看张顺利，又看看小金鱼，脸上露出了笑容。

王大妈　小张同志，你今年多大了？听小刘说，你父母都是武大的教师？

张顺利　（尴尬又不失礼貌地）奶奶，我今年27岁，父母以前是武大的学生，后来都留校任教了。

王大妈　看看，父母不一样，就是不一样！27岁能当上组长，了不得！来，吃菜，吃菜。

〔王大妈给张顺利夹菜。张顺利看看小金鱼，小金鱼正埋头吃饭。

王大妈 鱼儿，你给客人盛碗汤。

〔小金鱼盛了碗汤，却放到了自己面前。

〔王大妈有点尴尬地咳了一声。

王大妈 咳……这孩子……

〔梅老头一听王大妈咳嗽，立马放下酒盅，接过话头。

梅老头 小张同志，老话说不是一家人，不进一家门。今天既然你来了，我就得给你讲讲我们小金鱼的事儿。我可是看着这孩子从小长大的，二十年前西迁的时候，这孩子才两岁，还被她妈妈抱在手里……当时一家人买不上同一艘船的船票，家家带着小金鱼先走了。第二天，她父母也上了船，没想到那艘船被日本人的飞机打沉了，就是那艘特别有名的“民志号”……

〔王大妈和小金鱼忍不住同时清了清嗓子。

王大妈 咳咳，老梅，你说头一回见面，你跟小张同志扯这些干吗。

小金鱼 咳咳，梅爷爷……

梅老头 （摆了摆手）不急不急，我都记着呢，咱们一个一个慢慢来。（转向张顺利）我这是跟你夸我们小金鱼呢。知道她一个大学生为什么到幼儿园当老师吗？咱们武钢新建没两年，到处都是事儿，除了我们这些老东西，谁不是成天忙得团团转？这也就是从小没爹没妈的孩子知道那滋味，小金鱼是心疼那些爹妈顾不上的娃娃，也心疼你们这些惦记着娃娃又顾不上的爹妈呀！

王大妈 我们小金鱼心善，可是幼儿园没有男老师，成天对着一群小娃娃，这多耽误终身大事呀！

张顺利 （望着小金鱼，随口地）不耽误，不耽误！

王大妈 啊？

梅老头 小张同志是说，他来了就不耽误了。（看看王大妈，自言自语）刚才她咳了两声。（又看看小金鱼，自言自语）刚才她也咳了两声。（想了想，转向张顺利）小张同志，喜欢喝酒吗？

张顺利 我不喝酒。

梅老头 来支烟？

张顺利 不抽烟。

梅老头 那你喜欢什么？

张顺利 学习、干活、琢磨炉前技术。

梅老头 都是工作啊，喜欢工作好啊！那个人方面呢？

张顺利 我……还喜欢孩子。

〔王大妈连连点头。

梅老头 （朝小金鱼压低声音）这小伙不错，我觉得你俩挺配。你这一年的小酒，我看我是喝不上了。

小金鱼 （也压低声音）我也觉得他不错。你看我家家能看上他不？

梅老头 （小声地）那还用说，你看她乐的，嘴都没合过拢过。

〔刘姐换了身衣服，走了过来。

刘　姐 你们知道吗，顺利今天可是双喜临门。一喜嘛，就是现在和咱们小金鱼面对面坐在这里；还有一喜，说出来吓你们一跳！

王大妈 哎哟小刘，既然是喜事，你就别卖关子了。

刘　姐 那我可说了啊，你们都听好了！——今天下午，毛主席和顺利握手了！

〔众人一下子全都站了起来。

〔梅老头第一个冲了过来，握住张顺利的手。

梅老头 毛主席握的是哪只手？这只，还是这只？这可是毛主席握过的手啊！小张同志，我跟你说，你这手，可千万别洗啊！

王大妈 那我也得握握。（朝小金鱼）你也来，跟小张同志握握手。

〔小金鱼略一犹豫，上前和张顺利握手。

小金鱼 祝贺你。

张顺利 谢谢。

王大妈 小张同志，你跟我们说说，这到底是怎么回事？毛主席怎么会跟你握手呢？

张顺利 我今天一大早就去做炉前检查和调试，我们所有人得到的指令是，一定要保证顺利出铁，迎接中央领导的检查。虽然我也很好奇要来的中央领导是谁，但是当时没有时间考虑这些，因为所有的精神都要集中在高炉上，毕竟这是我们武钢第一炉铁诞生的关键时刻。下午 3 点，我当时正在指挥吊车吊装泡泥，突然就看到一个再熟悉不过，在画册和书本里看到无数遍的人走上炉台，就在离我十几米的地方。当时我心里就像有面鼓在敲，咚咚地响。那是毛主席，毛主席啊！

小金鱼 毛主席说话了吗？

张顺利 说了！他给我们炉台工地主任递了根烟，然后自己点上烟，听苏联专家的介绍。听到有 99% 把握出铁的时候，毛主席坚定地说，“今天看不到，我明天再来；明天看不到，我以后还来。总而言之，我三顾茅庐也要看到你们出铁！”当时我心里特别激动，我就想，一定要让毛主席看到我们武钢流出的第一炉铁水！

小金鱼 后来呢？

张顺利 3 点 25 分，铁水出来了！毛主席鼓掌祝贺，向在场的工人高举双臂，高喊“同志们好”！大家都激动得哭了。主席还跟我们握了手。我当时，我当时看着主席，我都呆住了，一句话都说不出来……

〔小金鱼抹了抹眼角，轻轻地拍打了一下张顺利，张顺利有些不好意思地笑了。

小金鱼　（突然开口）其实，刘姐的丈夫，还有顺利的父母……都在“民志号”上……正是他们所有人的舍生取义，把生的机会留给了汉阳铁厂的工程师，我们才有了钢枪大炮，才有了今天的幸福生活。

〔众人一愣。

王大妈　你……你们认识？

小金鱼　家家，其实……他就是我相中的对象。

王大妈　（震惊地）他？就是他？才念了小学，还拉扯着个娃，你说的就是他？！

〔小金鱼点头。

王大妈　你们几个，这是合起伙来作弄我呀！

小金鱼　不不不，我不知道这事，我也吓了一跳！

张顺利　奶奶，都是我想的馊主意，求的刘姐，小金鱼不知道。我就想有个机会跟您当面解释。

〔王大妈气得不吭声。

梅老头　手都握了，就听听人家怎么说吧。

张顺利　奶奶，我知道小金鱼是大学生，我只念了小学。我爸妈没了以后，我就跟着原先汉阳铁厂的总工程师卓兰柯生活。兰叔让我在大渡口跟着师傅们学打大锤，学弯铁钩，学看铁口……我是在高炉前长大的，我每天看着师傅们垫铁钩、撬铁渣，看着一股股沸腾的铁水奔流不息，我就好像听到了一曲曲雄浑的乐章。我当时就想，我喜欢高炉，我能干好这件事，我也要把这件事干好！

梅老头　原来你还有这么大的决心！

张顺利　打小兰叔就跟我说，只要高炉里往外流铁水，我们就能炼钢铁。只要有硬铮铮的钢铁，我们就能挺起脊梁骨，端着枪，扛着炮，子弹上满膛，冲上战场，保卫祖国和家乡。这些年，我一直在看书，在学习，我还考上了钢铁学校的夜大。我要做武钢最好的高炉技师，为新中国的钢铁工业干一辈子！

梅老头　好好好，有志气！（看了看王大妈有些松动的背影）要不，你……再说说孩子的事？

张顺利　孩子……那孩子是我和小金鱼……

王大妈　（猛地回过头）什么？！

张顺利　孩子是我们一起捡的。我们都没有父母，不想看到那么小的孩子孤零零的。小金鱼不肯跟您说，是怕别人看到这孩子说闲话。但是我觉得，你们是能够理解的。

王大妈　理解，理……哼！（又转过身去）让你们瞒着我，不理解！

〔小金鱼看看张顺利，拉着王大妈的胳膊撒起了娇。

刘　姐　对了，我听说毛主席今天可是从长江里游到咱武钢来看出铁的！明天休息，咱们也都一起去游长江吧！

小金鱼　我去我去！

张顺利　我也去！

梅老头　大妹子，那就一起去游呗。

王大妈　我不游。

小金鱼　家家……

王大妈　把孩子带上，我帮你们看孩子。

小金鱼、张顺利　（异口同声、喜出望外地）家家！

〔光渐灭。

第五场 破土东方

〔幕启。

〔时间：1980年初夏。

〔地点：宝钢宾馆/重庆医院。

〔人物：卓兰柯、聂景程、张铁铸、小娟、邵征、李耀、石安山、渡边。

〔画外人物：张顺利（48岁）

卓兰柯，男，90岁，张之洞义子，原钢迁会总工程师，冶金部名誉顾问。

聂景程，男，49岁，汉阳铁厂工程师遗孤，卓兰柯养子，宝钢工程建设总工程师。

张铁铸，男，24岁，张顺利之子，聂景程助手，宝钢轧钢技术员。

小娟，女，20岁，宝钢宾馆服务员。

邵征，男，50岁，宝钢工程建设总指挥。

李耀，男，55岁，建筑工程专家，聂景程好友。

石安山，男，65岁，宝钢顾问委员。

渡边，男，45岁，宝钢日本顾问。

〔舞台中央，追光下，是一部静静安放的电话机。

〔急促的电话铃声突然响起，聂景程快步上前接起电话。

张顺利　（画外）景程，我是顺利，我和山川正在医院。……兰叔……兰叔想和你说话。

〔聂景程握着听筒的手微微颤抖。

聂景程　兰叔……

〔舞台另一侧，追光亮起，一位须发皆白的老人倚靠在病床上，努力握着话筒。

卓兰柯　（声音虚弱地）……景程，宝钢项目现在进展得怎么样啦？……

〔聂景程闭上眼睛，耳边似有无数杂乱的议论声响起。

画外一　宝钢要塌了！

画外二　钢管桩打到软土地基上，宝钢要滑到长江里去了！

画外三　把工厂建在沙滩上，真是胡闹！

画外四　国家还这么穷，大把大把的外汇就这样打了水漂！

〔议论声渐渐隐去，聂景程紧紧地握住话筒。

聂景程　宝钢项目现在有很多争论，目前主要集中在宝钢地基的桩身位移上。

卓兰柯　你怎么看？

聂景程　大胆假设，小心求证。我正在要求现场采集试验数据，我会根据实验数据来提交论证报告。

卓兰柯　你应该知道这份报告的分量吧？

聂景程　我知道。这份报告会决定上百亿元的宝钢项目的存继。

卓兰柯　我相信你。这份重担，你担得起。

〔一阵剧烈的咳嗽声，卓兰柯的声音更虚弱了几分。

聂景程　兰叔……你，你现在感觉怎么样？

卓兰柯　我很高兴。顺利、山川……大家都回来了……

聂景程　兰叔，你，你……你等等我，我马上回来！……

卓兰柯　不用了……这几十年，一直陪在我身边的就是你了……你陪我几乎走遍了中国的钢铁厂，该见的你都见到了，该经历的你都经历了……中国的钢铁工业，是该变个样子了……我相信，我没有做到的，你都会做到……做得更好……

〔又一阵剧烈的咳嗽。

张顺利　（画外）医生，医生！……

卓兰柯　不用了……景程，有一件事，我一直瞒着你，我要向你道歉，请求你的原谅……当年，上面批复下来的去新疆的请愿书，其实不是月亮和山川，而是……你……

〔聂景程握着话筒的手剧烈地颤抖起来。

聂景程　是我？

卓兰柯　将军点名要你，是我看中了你的才华，一心想要把你留在身边，把你培养成我的接班人，完成我未竟的钢铁梦……如果我早知道月亮会……这么多年，你都孤身一人……对不起，孩子……对不起，孩子们……

〔清扬绵长的口琴声响起。

〔卓兰柯的声音渐渐低沉，消失不闻。

〔卓兰柯追光灭。

〔听筒里，一片哭声响起。

〔聂景程手里的话筒跌落下来。

〔张铁铸抱着厚厚一沓文件敲门进来。

张铁铸　聂叔？

〔聂景程背过身去，望向窗外。

张铁铸　聂叔，这些都是现场试验数据，我已经收集齐了，给你放这。

〔张铁铸正想把手里的文件往桌子上放，却发现桌上的文件资料已经堆得满满当当，没有一点放东西的地方。张铁铸只好把一沓文件抱到地上，总算挪出了一点位置，这才小心翼翼地把手里的文件在桌上放好。

〔张铁铸收拾停当，一抬头，却发现聂景程依然望着窗外。

张铁铸　聂叔，你……

聂景程　（摆了摆手）帮我守着门，别让任何人来打扰，明天早上我会提交论证报告的。

张铁铸　聂叔，这一阵你都几乎没合过眼，要不，今晚还是休息一下吧。

聂景程　不用了。这件事不解决，我也睡不踏实。

张铁铸　那……我去食堂给你打晚饭。你想吃什么？

聂景程　我的帆布包呢？

张铁铸　在这儿。（打开看了看）你又装了一包馒头呀？

聂景程　吃馒头省事。

张铁铸　可是……

聂景程　时间不多了，明天早上，我一定要把这份论证报告提交到指挥部。去吧，记得，不要让任何人来打扰我。

张铁铸　好，你放心，我一定帮你把门守得牢牢的，不让任何人打扰你！

聂景程　辛苦了！——那边还有一包馒头，给你的。

张铁铸　（苦着脸，拿过另一个帆布包）我就在门口，有事随时叫我。

〔张铁铸打开门，犹豫了一下，又回过头。

张铁铸　聂叔，你说……咱宝钢真会滑到长江里去吗？

聂景程　铁铸，你信聂叔吗？

张铁铸　（毫不犹豫地）我当然信！

聂景程　好，明天早上我会给你一个答案！

〔张铁铸肃然点头。退出房间，轻轻关上门。

〔聂景程伏案工作。从此时起，后景只剩一束追光笼罩着聂景程，聂景程从始至终全身心投入在工作中，奋笔疾书。

〔张铁铸抱着一包馒头，左顾右盼，最后在楼梯口坐了下来。

〔小娟一手捧着搪瓷脸盆，一手提着热水壶走了过来，头发湿漉漉地披散着，刚洗完澡的样子。

小　娟　张铁铸，你怎么坐在这儿？

张铁铸　聂叔明天要提交论证报告，让我帮他守着，不让人打扰。

小　娟　论证报告？论证宝钢会不会滑到长江里去？

张铁铸　（点头）我想来想去还是守在楼梯口好，这位置，一夫当关，万夫莫开！

小　娟　你这关当的，你就光挡我路了。

〔张铁铸挠挠头，嘿嘿一笑。

小　娟　这才几点？你要在这儿这么坐到明天早上？

张铁铸　我答应聂叔了。你没看到他要看的材料，乖乖，（比画）有这么高，我都差点儿抱不动。那些可都是重要的试验数据，你想，万一计算的时候错了那么一点点，本来不滑到江里的，结果滑到江里去了，那不是闯了天大的祸！

小　娟　说的也是，聂工的担子真是太重了！

张铁铸　我听说这个事情的好坏，都压在他一个人身上呢！聂叔说，明早一定出结论，我守在这儿，说不定还能第一个知道。

小　娟　这么大的事情，我也想第一个知道。正好我今天值夜班，要不我陪你吧，两个人说说话也不冷清。

张铁铸 那敢情好！（拍拍帆布包）聂叔给的，我请你吃晚饭，馒头管够。

小　娟 （拍拍热水瓶）那多不好意思，我回请你，白开水管够！

〔两人言笑间，一人拿过一个馒头，就坐在楼梯口啃了起来。

〔邵征一脸凝重地走了过来，迎面看到两人。

邵　征 你们……堵在楼梯口干吗？

张铁铸 （连忙起身）指挥长！

小　娟 （也站了起来）报告指挥长，我们……我们在给聂工站岗！聂工交代，不能让任何人打扰他。

邵　征 我也不行？

小　娟 不行！

邵　征 我找聂工有很重要的事。

小　娟 再重要的事也没有聂工做研究重要，宝钢是不是要滑到长江里去，是听聂工的，还是听您的？

张铁铸 （拉拉小娟）怎么能这么跟指挥长说话……

小　娟 我说的是事实。

邵　征 好好好，就应该实事求是。你说得没错，再大的事也大不过聂工做论证。那我也在这儿等着吧。

张铁铸 （掏出一个馒头）指挥长，馒头……要吗？

〔邵征看看馒头，随手接过去啃了起来。

邵　征 你们刚才和聂工在一起？

小　娟 （指指张铁铸）他。

邵　征 （看向张铁铸）聂工心情怎么样？

张铁铸 聂叔最近心情都比较沉重。

邵　征 我是说刚才。

张铁铸 （一愣）刚才……聂叔接了个电话，然后就一直看着窗外，好像在想什么事情。

邵　征 还有呢？

张铁铸 还有……没有了。我看聂叔很累的样子，想劝他休息，但是他不同意，还说明天一早要出论证报告。

邵　征 我刚接到你父亲电话，卓兰柯卓老刚刚去世了，去世前最后就是和聂工通的电话。聂工和卓老感情很深，你父亲怕他心情郁结，所以让我过来看看。

张铁铸 （目瞪口呆）兰爷爷去世了……

邵　征 聂工什么都没和你说吗？

〔张铁铸摇头。

邵　征 （叹气）他把什么都扛到了自己一个人肩上。

〔沉默。

〔一阵脚步声传来，李耀、石安山和渡边一起走了过来。看到几人围堵在楼梯口啃馒头的场面，三人也不禁呆了呆。

邵　征 老李、老石、渡边先生，你们怎么一起来了，也是来找聂工的吧？可惜哟，我们今天可是要被这两位小同志堵在门外了。

张铁铸 （有些不好意思地）我答应聂叔了，不让人打扰他工作。

李　耀 其实，我们过来也是想跟老聂再讨论讨论，之前新日铁也发生过类似的情况，用拉梁、回填等办法也是有可能解决位移问题的。

渡　边 （拿出一袋文件，一口异国口音）这是我们新日铁提供的一整套解决方案，可是聂工好像并不是很想采纳。

邵　征 聂工跟我说，日本的经验，不一定能彻底解决宝钢的问题，而且又要多一笔巨大的开支。只有用科学的办法找出桩基位移的原因，才能真正找到解决问题的办法，化解大家的疑虑，重拾信心。

渡　边　可是这是我们新日铁成功的经验，成功的东西就是好的东西！

邵　征　渡边先生，不要着急，相信我们，这件事很快会有一个结论的。

李　耀　唉，邵总，不是我说老聂，他这是要把什么都往自己一个人身上扛啊！

邵　征　（苦笑）这话我也就是才刚说完。

李　耀　你说，他到底知不知道，宝钢事关重大，不能有半点差池。李先念副主席批示说，“对建设中出现的问题，要慎重、慎重、再慎重，注意、注意、再注意”。我们相交这么多年了，我真的是……真的是担心他呀。

石安山　这么大规模的位移，这么宽这么深的裂缝，这些都是我们目睹的事实。即便现在做了论证，将来哪怕有一丁点儿事故，这个责任，谁也承担不起。我的意见还是，这是十分严重的情况，需要十分警惕，不要把宝押在某一个人身上。300 亿的工程，成千上万的工人，我们赌不起！

李　耀　我们已经选定了两根位移最大，分别为 381 毫米和 376 毫米的两根钢管桩做荷载试验，荷载的钢铁分别加到 225 吨和 250 吨，而我们原定的设计荷载仅仅是 40 吨。即便这样，根据变形曲线分析，两根桩身也没有发生任何变化。这些实验数据都是我们论证的基础，我们不是在赌！

石安山　宝钢不是十年、二十年的小企业，是要做百年基业，留给子孙后代的！我们要留下来的是坚如磐石的工程，不是带着隐患和危险的炸药桶！

邵　征　好了，好了，两位，你们都还没有吃晚饭吧？这儿还有一大包馒头，你们要不要坐下来一起吃一点儿，就当我借花献佛了。

小　娟　指挥长，我今天坐公交车的时候，听到大家都在传，说宝钢的总工程师跳江了。

张铁铸　我也在路上听到过，说什么的都有，还有说工业部哪个哪个部长自杀了。

渡　边　这些在中国都是谣言，但是在日本，如果出了事故，相关责任人真的是要自杀谢罪的。

邵　征　渡边先生，我们中国文化里不提倡自杀。一个人自杀，看上去他好像很勇敢，用自己的生命承担了所有的责任。但是事实上呢，他死了，问题就自己解决了吗？不管多苦，多难，我们都要面对困难、解决困难，这才是我们真正应该承担的责任。宝钢是中国冶金考察团去贵国考察后，看到贵国最先进的钢铁企业，深受触动，回来决定举全国之力建造的。300 亿，用来建造一个最能体现世界先进水平的钢铁企业，为什么？为什么我们不改造老钢企，要花大钱引进先进技术新建一个企业？我们引进的机器设备，要是外国专家走了，会不会就开不起来？我们进口铁矿石，要是受到外国人牵制，不卖给我们了该怎么办？……宝钢是全中国人民的，我们要面对和解决的问题太多太多，只有每个人都像聂工这样，勇于面对，勇于承担，才能推动宝钢一步步向前进。我相信，只要我们坚持到底，一定不会辜负这 300 亿，一定会让宝钢成为中国钢铁工业，乃至中国工业现代化的新的希望！

〔沉默。

〔突然传来一阵轻轻的抽泣声。

小　娟　指挥长，您，您说得太好了，我都忍不住要哭了。我相信，我们宝钢一定不会滑到长江里去的！我要在这里等到明天早上，我要等着听聂工出来跟大家说，我们宝钢的地基稳稳的，一百年、一千年都不会倒！

张铁铸 我也要等！

邵 征 我也好久没这么期待了，我跟你们一起吧！

李 耀 馒头呢？

石安山 我也要。

渡 边 可以也给我一个吗？

小 娟 有，都有！（连忙分发馒头）

邵 征 就让我们一起，等着黎明，太阳升起的时候吧！

〔前场光渐灭。

〔后场追光中，聂景程依旧奋笔疾书着，仿佛没有一丝一毫的疲倦。

〔突然，聂景程扬起手里的演算纸，大笑。

聂景程 哈哈，我就知道，我就知道！

〔聂景程捏着演算纸，倏地起身就往外跑。

〔前场灯亮。众人正挤在楼梯口，各自靠在墙边休息。

聂景程 电话，铁铸，帮我打电话给指挥长！

张铁铸 聂叔！你验证出来了？

〔聂景程来到楼梯口，只见众人已经纷纷起身。

聂景程 你们……

〔邵征抢步上前，紧紧握住聂景程的手。

邵 征 聂工，怎么样？

聂景程 我用力学原理和微积分结合试验数据推演了地基位移现象，可以得出结论位移的原因是周围挖土降水，以及堆物过重引起的地层应力失衡造成的。只要采取恰当的措施，位移问题无妨大局。指挥长，可以向北京报告，请党中央放心！

邵　征　报告在哪里？我这就去汇报！

〔聂景程把手里的演算纸递了过去。

邵　征　有没有签字？

〔聂景程拿着手里的笔就要签字。

李　耀　老聂！

聂景程　（抬头，看着李耀，微微一笑）宝钢，不会倒！

〔聂景程在报告上一笔一画地签下自己的名字。

〔一片热烈的掌声响起。

〔光渐灭。

第六场 破茧成蝶

〔幕启。

〔时间：1996年夏末。

〔地点：宝钢会议室。

〔人物：邵征、张铁铸、苏斌、老魏。

邵征，男，68岁，宝钢集团董事长。

张铁铸，男，40岁，宝钢冷轧厂厂长。

老魏，男，50岁，大众经销商。

苏斌，男，45岁，宝钢销售总经理。

〔舞台前景，办公楼走廊里，老魏熟练地抽出根烟，殷勤地递给张铁铸。

老　魏　张厂长，来根烟，来根烟。

张铁铸　（摆手）不抽。

老　魏　（讪讪地把烟收回烟盒）张厂长，晚上我在和平饭店订了包间，能不能赏个脸，您和夫人孩子一起过来，再请上苏总全家。

张铁铸　老魏，你是不是有什么事啊，干吗搞这么大排场？

老　魏　（犹豫了一下）兄弟，咱们也认识这么多年了，不瞒你说，哥哥这回是真有事。

张铁铸 有事你就直说。

〔说话间，苏斌夹着一叠报表走了过来。老魏一看到苏斌，连忙迎了上去。

老　魏 苏总，苏总，今晚给个面子，和平饭店，请您全家聚聚。您看……

苏　斌 （不耐烦地打断）老魏，你怎么跑这儿来了？有什么事待会儿再说，现在邵总找我们开会。（看到张铁铸）哟，我来晚了，张厂长已经到了。

老　魏 （满脸堆笑）苏总，您看您是宝钢的销售总经理，这等着见您的人都从宝山排到金山了，我这不是也实在没办法了嘛。（转向张铁铸）张厂长，这回你无论如何都得帮帮我，我的一百多台桑塔纳，可就全指着苏总救命了！

张铁铸 （莫名其妙）老魏，我知道你经销桑塔纳，但是桑塔纳的事，不是得去大众吗？你怎么跑我们宝钢来了？

老　魏 这事说起来话长。之前我们在上海大众订的一批桑车，客户反映钢板质量有问题，要退货，大众说这批车用的是宝钢的O5板，质量确实不如德国板，所以已经和宝钢解除合作了，他们让我来宝钢找苏总解决这事。

苏　斌 （冷笑）卖出去的钢板泼出去的水，他们能把这事算到我头上！

老　魏 （欲哭无泪）苏经理，您就当可怜可怜我吧！这一百多台车，我可是借了银行商业贷款的，现在客户不要车，大众不管，你们又不管，你们这是……要逼得我跳黄浦江呀！

〔一个洪亮的声音传过来。

邵　征 跳江？谁要跳江？

苏　斌　邵总！

〔邵征看看老魏。

张铁铸　这是老魏，大众经销商。

〔老魏看到邵征，突然冲上前去，扑通跪下。

老　魏　（涕泪横流）邵总，客户要退宝钢O5版的桑塔纳，一百多台车，现在都堆在停车场，我实在是走投无路了呀……

〔邵征扫视几人，转向苏斌。

邵　征　好啊，客户都找上门来了。（扶起老魏）我们现在要开个会，你既然来了，就一起进来吧。

〔邵征推开会议室的门，主场景光亮。

〔一间普普通通的会议室，背景悬挂着邓小平题词："掌握新技术，要善于学习，更要善于创新。"

〔邵征把手里的一沓文件甩到桌上。

邵　征　大众因为宝钢产品的质量问题，已经连续四个月停止采购宝钢汽车板，改用进口钢板！——四个月不订货，你们竟然无动于衷！

苏　斌　邵总，我们O5板质量是可以的，大众不要，还有其他厂要，只要货订出去就行了，我们在效益上并没有什么损失。

邵　征　质量可以？人家一百多台车押在手里！——没有损失？我们损失的是上海大众这个家门口的客户和市场！

苏　斌　O5板生产难度高、成材率低、经济效益差，其实……

邵　征　其实是劳民伤财的买卖，大众不订货更好是不是？你们就是这么想的？

〔沉默。

邵　征　你们是不是已经忘了，我们为什么要生产O5板？（指张铁铸）你来说！

张铁铸　1977 年 9 月，冶金部考察团访日，考察八幡厂，中国驻日机构人员随行。按照当时外交部规定，驻外人员代表国家形象，外事活动必须乘坐国产汽车，车前悬挂国旗。因为当天行程紧凑，车队在高速公路上开得比较快，这一快，红旗车怎么也跟不上去，日本车只能在前面走走停停。后来中方人员觉得不妥，叫司机冒险加速，结果车居然抛锚，怎么也发动不起来了。最后中方人员只好坐到了日本车里，咱们自己的红旗车让人家的清障车给拖走了。

邵　征　很好，我相信你们都知道这个故事。七十年代，驻外用车已经是国产最好的汽车，但是面板又厚又重，还容易生锈，涂漆后光洁度也不好。当时日本用的是冷轧板，甚至电镀锌、热镀锌，轻盈透亮。虽然当时我们没有坐在那辆日本车里，但是坐在日本车里的也是和我们一样，搞了半辈子钢铁的中国钢铁人。他们那一刻的心痛，相信你们都可以感同身受。

〔众人默默点头。

邵　征　为了改变落后局面，上海引进了德国大众桑塔纳生产线。你们知道吗，当时跟随大众公司前来中国考察的《明镜》周刊的记者是怎么说的？“大众汽车将在一个孤岛上生产，并且这里几乎没有任何配件供应商。中国车间里的葫芦吊、长板凳、橡皮榔头，都是我爷爷辈的生产方式。”桑塔纳轿车就在我们宝钢家门口生产，而宝钢却不能提供汽车板，1989 年上海大众桑塔纳产量不足 2 万辆，进口原料却超过 1 亿美元。老百姓那句顺口溜怎么说的来着？

苏　斌　（小声地）桑车满地跑，浑身进口料；海尔满商场，没有国产钢。

邵　征　国家为什么要花 300 亿建宝钢？就是为了中国也能有世界

一流的钢铁企业，国家需要什么，市场需要什么，我们就能生产什么！O5板是德国对高档汽车面板确定的标号，世界上只有极少数发达国家能生产O5板，宝钢就是要和这样的企业一争高低！我们好不容易研发出了O5板，可是人家因为我们的产品质量问题，还是要花外汇去买进口板，这是宝钢建厂以来最大的事故，是宝钢人无法容忍的奇耻大辱！（指张铁铸）大众不订宝钢的汽车板，你们的出路何在？出路就是撤职！必须立刻采取非常措施，把汽车板市场夺回来，这件事必须作为深刻历史教训，载入宝钢大事记！

〔邵征拂袖而去。

〔会议室里陷入一片死寂。许久。

老　魏　（战战兢兢地）我是不是……不应该在这里啊……

张铁铸　（摆摆手）没事。

苏　斌　张厂长，你说邵总是不是有点小题大做了啊？宝钢供应桑塔纳的O5板总量也不过千把吨，不到冷轧厂全年总产量的千分之一。我们宝钢年销量237亿，在国内市场产销两旺，鹤立鸡群，各类钢板在国内外市场全面开花。O5板这点销售收入，真的是……（比了比小拇指）

张铁铸　当年我们冷轧厂引进2030机组的时候，并没有准备生产高等级的汽车板，因为当时的中国市场还没有需求。当时邵总就说，未来汽车板市场潜力巨大，到2000年后，宝钢员工也能买车，我们要抓住这个市场。

老　魏　（自语）宝钢有几万名员工，一人一台车的话，那就是几万台！

苏　斌　这可能吗？

张铁铸　我只知道，我们冷轧厂大批量生产O5板的综合成材率确实非常低，整批料判次的情况时有发生，做一吨亏一吨。为了生产汽车板，全线机组还经常被迫停机，影响产能的正常发挥。一到生产O5板，职工们总是觉得像在走钢丝。

苏　斌　我们宝钢的产品又不怕卖不出去，我真不知道邵总干吗非要跟大众这区区千把吨的汽车板较劲儿呢？

张铁铸　不，邵总说得没有错。你还记不记得前年东部制钢质量事件，宝钢热轧卷产品出了问题，当时热轧厂就明确提出来“正视用户意见，提高产品质量，眼睛向内找差距”的工作要求，各单位各部门也都进行了反思。产品只有一个标准，那就是用户满意，用户的挑剔和苛责是必然的，要把对用户负责提高到占有市场或失去市场的高度来认识。我们不能这么快就忘了过去的教训，生产不出高质量的O5板，我们冷轧厂就永远翻不了身，更没脸见江东父老。现在我们没有退路，只有竭尽全力把O5板质量搞上去！

〔邵征上。

邵　征　说得好！既然你们展开了讨论，我就再多说一句，这次的O5板事件，从我开始，宝钢党政主要领导、有关职能部处和生产厂的领导，都扣发半年奖金。在哪里摔倒就从哪里爬起来，要不惜一切代价，哪怕全部给客户无偿使用，当年也必须把丢失的桑塔纳8个面板市场全部夺回来！

张铁铸　我们拼了！

苏　斌　邵总，我错了，我一直认为“产量为王”，但是如果我们不重视产品质量，那么最终迎来我们的是“用户消亡”。

邵　征　（指向老魏）知错必改，有错必纠。他的事，就由你负责和大众协调解决吧。

苏　斌　好，我一定会尽快拿出一个让客户满意的解决方案！

老　魏　（激动地）邵总！……

邵　征　我记得德国有一位思想家曾经说过，“历史的必然性所安排好的任务，将要由个人来完成，或者非其所愿的完成。愿意的人，命运领着走；不愿意的人，命运拖着走”。——不要因为走得太远，而忘了当初我们为什么出发。

〔光渐灭。

第七场 碧水青天

〔幕启。

〔时间：2020年9月。

〔地点：湛钢东海岛海滩露天舞台。

〔人物：聂景程、叶欣欣、张铁铸、群众若干。

聂景程，男，89岁，汉阳铁厂工程师遗孤，卓兰柯养子，宝钢前总工程师，北京科技大学终身荣誉教授。

张铁铸，男，54岁，张顺利之子，宝钢冷轧厂厂长、湛钢副厂长。

叶欣欣，女，23岁，叶山川孙女，上大冶金工程专业本科生，湛钢能源环保部技术员。

〔天蓝如洗。大海上，碧波荡漾，浪花朵朵。蓝天下，湛钢极具艺术感的现代化厂房美轮美奂。

〔步道上，一位耄耋老人神色悠闲，缓缓而来。

〔一个身着工服，梳着马尾辫的年轻女孩步履匆匆，和老人擦肩而过。

聂景程 小姑娘，等一等！

〔叶欣欣停下脚步。

聂景程 小姑娘，你知道礼堂怎么走吗？

叶欣欣 礼堂？

聂景程 就是……那个结婚的地方。

叶欣欣 哦！您是说今天的集体婚礼吧？不是礼堂，就在前面沙滩的露天舞台那儿。

聂景程 好，好，谢谢。

〔聂景程信步向前走去。

叶欣欣 （看着老人背影，疑惑地）聂教授？

聂景程 （回过身，笑了笑）你认识我？

叶欣欣 我在上海上学的时候，您来我们学校开过一次讲座……您是来参加婚礼活动的吗？我送您过去！

聂景程 不耽误你的事吧？

叶欣欣 不耽误！

聂景程 那好，那好，谢谢你啦。

〔两人并肩向露天舞台走去。

聂景程 你在上海上学，学的是什么呀？

叶欣欣 冶金工程。

聂景程 哦？那怎么没去宝钢，跑湛江来啦？

叶欣欣 这事说起来还有点复杂。当时我一个学长，也是我以前的男朋友，他爸爸 2015 年从宝钢调到湛钢，跟我前男友说，湛钢特别特别好，让他过来看看。他毕业来湛钢看了看，结果看完就不走了。然后等我毕业我也就过来了。

聂景程 你们俩……怎么没成呀？

叶欣欣 其实我俩都很喜欢湛钢，我还记得头一回看到湛钢，那时候真没想到会有这么漂亮的钢厂，到处都是年轻人。我在厂子里走着，都有一种走在大学校园里的感觉。我从小就是在钢厂长大的，我太熟悉钢厂是什么样子了，湛钢跟那个地方真是太不一样了。我前男友的博士论文就是研究未来中国钢铁企业的发展趋势，他就觉得湛钢是一个最好的研究对象。

聂景程 确实。湛钢是宝钢兴建的最新型最现代化的钢厂。想想二十年前宝钢一二期的时候，技术设备不是日本进口就是德国进口，但是湛钢现在连高炉鼓风机这样的高炉核心设备都是中国制造。真是不一样了啊。

叶欣欣 而且湛钢的节能环保做得实在太好了，我就在湛钢的环能部工作。湛钢不管废气排放还是污水处理，都是世界最先进的水平。您看这里的天这么清，海这么蓝，谁能想到这就是在钢厂边上呢！

聂景程 照这么说起来，你和那个小伙子应该志同道合才对呀，又有感情基础，不是很合适吗？

叶欣欣 他想在湛江安家，在湛钢实现他的理想和抱负。我呢，想在湛钢学习最先进的环保知识，然后回老家，改变那个我从小长大的地方，我想把那里变得和湛钢一样好。——我俩都是很理性的人，知道谁也改变不了谁，所以就和平分手了。

聂景程 （惋惜地）现在的年轻人，比我们那时候要有想法啊。

叶欣欣 （洒脱地）可能是因为年轻，还想闯一闯吧。——对了，待会儿您参加的集体婚礼，就有我前男友呢！新娘子也是湛钢的，是湛江本地人。

聂景程 你……是哪儿人？

叶欣欣 我是新疆人，乌鲁木齐。我在八钢长大的。我去上海读书，不是为了留在大城市生活，或者是留在宝钢这样的大企业工作。我只想把我看到的、学到的，带回新疆。……我想把八钢也变得这么美、这么绿、这么先进。我爷爷奶奶是最早一批八钢的建设者，他们在八钢干了一辈子，我就想让他们也看一看，原来中国现在的钢铁企业是这样的，原来我们八钢也可以这样的。

〔两人在露天舞台前停下脚步。

叶欣欣 聂教授，就是这儿了。

聂景程 谢谢你。

叶欣欣 （不好意思地）我能和您拍张照吗，我想发给我爷爷奶奶看看，您可是国宝级人物呀！

聂景程 （笑了）我都不知道我还是大熊猫了。来来来，你的手机呢？

〔叶欣欣连忙拿出手机，伸长手臂和聂景程自拍。

叶欣欣 谢谢聂教授，那我先走了。

〔叶欣欣和聂景程挥手告别，一转身，却看到张铁铸走了过来。

张铁铸 聂叔，我到处找你，你怎么自己跑这儿来了？（看到叶欣欣）欣欣？

叶欣欣 张叔叔。

张铁铸 是你送聂叔过来的吗？

叶欣欣 （点头）正好碰上了。

张铁铸 聂叔，你说这有多巧。你知道这孩子是谁吗？

聂景程 我认识？

张铁铸 她是叶叔叶山川的孙女！

〔聂景程一愣。

张铁铸 你这些年住在北京不知道，她原来在上海和长江上一个学校，差点儿大家就成了一家人。不过现在年轻人洒脱，不处对象了还是好朋友。——欣欣，既然你在这儿，我就把聂叔交给你了，我去看看他们准备得怎么样了。

聂景程 去吧去吧，今天是大日子，你就不用管我了。

〔张铁铸乐呵呵地匆忙离开了。

〔聂景程和叶欣欣在观众席坐下。

叶欣欣 （好奇地）聂教授，您认识我爷爷？

聂景程 （意外地）他没和你说起过我？

叶欣欣 （摇头）我爸妈没进钢厂，一直在外面忙生意，我从小一个人跟着爷爷奶奶住在八钢。从我有印象开始，他们都是一天天安安静静地在八钢度过，很少谈到过去的人和事，也很少会谈到钢铁……我觉得，他们就好像……就好像已经熔化成了八钢的一部分，所以那些交谈都是多余的，他们本身，就是八钢……

聂景程 （轻轻叹息，看看布置得喜气洋洋的舞台）真的不遗憾？

叶欣欣 （笑了）您不会是怕我为了钢铁报国牺牲个人幸福吧？您放心，我是真的想回新疆。我记得小时候，每天最开心的事，就是爷爷和奶奶肩并肩，早上送我上学，晚上接我放学。我们每天在厂里来来回回地走，有时候捡几个沙枣，有时候摘几朵野花。有时候我也会淘气，上房揭瓦，下河摸鱼，都没少干过。可是不管我做什么，他们都从来不会生我的气。每天我们还会路过一棵很高很大的胡杨树，爷爷奶奶就会让我把路上摘的那些野花放在树下，听别人说，有个建厂时牺牲的战友的骨灰就撒在那里。我很怀念那时候的生活。我奶奶是上海人，我大学去上海看了看，但是我还是更喜欢新疆，我很想每天都能跟他们一起走一走，在漂亮洁净的厂区，看天高云低，花开花落……

〔沉默。

聂景程 那棵胡杨树，是什么样子的？

叶欣欣 我手机里有照片，我给您找找看。（划动手机）这里，这棵就是。这是厂里最高的一棵胡杨树，小时候我经常爬上去，坐在这棵树上能看到整个八钢。

〔聂景程握着手机，注视着屏幕，良久。

聂景程 我年轻的时候跟着兰叔这里那里地跑钢厂，全国的钢厂都几乎跑遍了，可就是没有去过八钢……退休以后我在大学讲课，这里那里的邀请，又几乎把全国跑了个遍，可还是没有去过新疆……

叶欣欣 （突然地）聂教授。

聂景程 怎么啦，丫头？

叶欣欣 您才是真正钢铁报国的人，一辈子生命里只有钢铁。您大概不知道，学校里每个听过您课的学生，都是一座被您点燃的高炉，胸膛中奔涌着热血，想要用自己的生命燃烧中国的钢铁事业，让人民更富足，生活更美好，中国更强大！

聂景程 （微笑）不，丫头，你说错了，我这一辈子生命里可不是只有钢铁。

〔叶欣欣一愣。

〔聂景程从贴身的口袋里取出一个木头小鸡，端详片刻，放进叶欣欣手心。

聂景程 送给你了，丫头。

叶欣欣 聂爷爷，这是……

聂景程 带它去看一看天山。看看那里是苍茫白雪，还有……山花烂漫……

〔叶欣欣把木头小鸡攥在手心，抬头望向聂景程，只见聂景程只是微微地笑着。

〔一阵熟悉的旋律突然响了起来，吓了两人一跳。

画　外　掀起了你的盖头来，让我来看看你的眉，你的眉毛细又长呀，好像那树梢弯月亮……

叶欣欣　他们在调试音响呢！

〔叶欣欣突然起身，几步走上舞台，跟着旋律跳了起来。

〔张铁铸领着身着礼服的儿子、儿媳过来，众人看向舞台上的叶欣欣。

〔叶欣欣向众人招手，新娘笑着拉着新郎上台，合着节拍舞动起来。

〔叶欣欣把张铁铸拉上台，路过的年轻人也都被这欢乐的氛围感染，纷纷加入其中。

〔湛钢上空，一簇簇烟花升腾而起。

〔一束追光笼罩着聂景程，歌舞声都化作背景渐渐淡去。

〔只有烟花绚烂。

〔聂景程仰起头，含笑带泪。

聂景程　这盛世，如你们所愿！——

〔追光灭。

尾声 铸梦百年

〔幕启。

〔时间：2020 年。

〔舞台上屏幕亮起。炼钢现场的画面出现在屏幕上。

〔舞台上，一个身影（剪影）举起手里的 iPad，郑重地按下按钮。

〔屏幕上，氧枪缓缓降下，转炉炉内的铁水开始翻滚……

画　外　我宣布：5G 实时传导，远程一键炼钢——成功！

〔屏幕上转为湛钢的画面；再转为宝钢的智慧制造画面：无人驾驶、无人仓库、中央控制室等；再转为宝钢一二期工程建设的画面；再转为梅钢、韶钢、鄂钢、武钢、马钢、八钢的经典画面……

〔屏幕上出现铁血西迁的历史画面，再到最初的汉阳铁厂。

〔画面定格。

〔江水滔滔。

〔口琴声响起，清扬绵长。

〔屏幕出字幕：钢铁荣耀，铸梦百年。中国宝武 130 年。1890—2020。

全剧终

2020 年 10 月 14 日五稿于松江

作品赏析

大型原创现实主义话剧《铸梦》，以其宏大的历史视野和细腻的情感描绘，全景式再现了中国宝武及至整个中国钢铁工业从无到有、从小变大、从弱变强的百余年发展历程。剧作以时间为轴、空间为纬，采用多线索跨时空的叙事手法，将清朝末年的汉阳铁厂初创、抗日战争期间的铁厂西迁、新中国成立后新疆八一钢铁厂的艰难创建、毛主席视察武钢的历史瞬间、改革开放后宝钢的建设与崛起，以及新时代中国钢铁工业智能制造与绿色发展的成功转型等关键节点巧妙串联，壮阔而细腻地编织了一幅幅生动连贯的历史画卷。剧作通过描绘几代中国钢铁人的艰苦奋斗与创业故事，深刻诠释了“钢铁荣耀，铸梦百年”的丰富内涵，充满了历史厚重感。

第一场戏“风起汉阳”，通过张之洞和李鸿章两位晚清重臣之间跨越生死的灵魂对话，强调了“铁之兴废，关乎国家之贫富强弱”，而汉阳铁厂直入云天的十六根烟囱就是国家自救自强的象征。面对重重困难和反对声浪，张之洞坚信只有建立自己的钢铁厂，才能实现国家自立自强。李鸿章则更加着眼于现实，悲痛于国家的积弱与无奈，希望通过外交手段争取最大的国家利益，而无论背负怎样的千古骂名，他都忍辱负重向前行。两位洋务派领袖虽然在国家自强之路的方法策略上有所不同，但都在为国家的未来和民族的命运奔波。无论是开始的“奠”字，还是后面的互相敬酒，都表达了两人惺惺相惜之情，以及他们为国家前途舍身忘己的决心和精神。

第二场戏“铁血山河”，以张之洞义子卓兰柯梦中挥之不去的回忆为叙事切入点，通过他向樊老伯买木雕玩具等情节引出“民志号”船被日军炸沉的屈辱事件，进而叙说了汉阳铁厂在抗战中的重要性，强调了每个人在家国危难时刻的责任和担当。剧作集中展现了船工和百姓们为了家国利益牺牲自我的大无畏精神，是这些平凡却伟大的人民群众用自己的生命，守护了国家的工业命脉。作为被群众舍身相救的幸存者，卓兰柯不仅背负着要将洋人赶出中国的香帅遗志，也主动担负起抚养遇难者儿女们长大成人的重任。这场戏悲壮而感人，就如那飘扬在炮火中的绵长口琴声，中国人民在艰难困苦与国仇家恨中不失希望与信念，英勇又坚毅。

第三场戏“苍茫天山”，以杨月亮与聂景程之间的爱情线结构剧情，深情描绘了新中国建设初期一代知识青年的奋斗与牺牲。作为“民志号”杨领江之女以及卓兰柯的养女，18 岁的月亮积极响应王震将军要在新疆建立钢铁厂的号召，跟随运输队从上海奔赴迪化（今乌鲁木齐），却在历经千难万险、即将到达之时，为救他人而身负重伤，永远地留在了天山脚下。身为汉阳铁厂工程师遗孤和卓兰柯养子的聂景程，身上则承载着父辈的期望与责任，他渴望与月亮并肩作战，共同见证天山脚下的钢铁奇迹，却不得不在钢轨研发的阵线上坚持奋斗，唯有吹响口琴来寄托满肠牵挂，抒发内心情思。无论是月亮的牺牲，还是聂景程的遗憾，都让人悲痛不已，为之动容。

第四场戏“荣光闪耀”，以幼儿园老师小金鱼与炉前技师张顺利的爱情故事为贯穿线，在幽默喜感的生活化相亲场面中，以普通工人视角生动叙说了毛主席见证武钢第一炉铁诞生的历史时刻。除却对武钢铁厂建设情况的描述外，这场戏巧设误会与反转，着重强调了大爱精神的社会传递。剧中张顺利是武汉大学教师遗孤，由卓兰柯收养长大；小金鱼也因“民志号”沉船事件痛失双亲，由姥姥抚养长大。正因此，他们才会格外珍视家庭，关爱失孤幼儿，以善心善举感恩社会养育。这场戏充满了温情与爱意，展现了新中国工业建设初期人民昂扬向上的生活面貌和纯真质朴的情感世界。

第五场戏“破土东方”，围绕 1980 年宝钢项目地基大规模位移问题展开叙事，着重表现了举全国之力建造宝钢的重要意义及其面临的重大挑战。面对外界的种种质疑和项目建设的重重困境，身为总工程师的聂景程始终秉持“大胆假设，小心求证”的科学态度论证地基位移的原因所在，最终坚定地向众人宣告“宝钢，不会倒”。这简短的五个字有着千斤重，它为中国工业现代化建设树立了信心。剧作多侧面表现了聂景程坚定不移的信念和使命担当，深情叙说了他在个人情感与国家利益之间做出的艰难抉择。从当初无法前往新疆送别恋人，到现在无法为养父送终，这些人生憾事无不映照出他对钢铁事业的忠诚与热爱，张扬了强烈的家国情怀。

第六场戏“破茧成蝶”，围绕宝钢 O5 板质量问题展开叙事，展现了集团不惧市场经济新挑战，以用户满意为生产标准、不断创新的决心。面对市场经济体制下国内外市场的双重竞争压力，以邵征为代表的集团领导表现出强烈的责任感和使命感，强调要始终牢记产品生产的质量意识、服务意识和市场意识。剧中宝钢冷轧厂厂长张铁铸，是张顺利之子、聂景程曾经的助手，他对宝钢产品质量至上的认识，不仅传递了现代企业应秉持的价值观，也代表了宝钢人不忘初心、自强不息、追求卓越的精神传承。

第七场戏“碧水青天”，通过老年聂景程和青年叶欣欣这两个相差 66 岁的钢铁人跨代相遇的场景，叙说了新中国钢铁工业自新疆八钢创建至湛钢实现节能环保生产数十年间的变迁史。叶欣欣立志要将湛钢所学带回新疆，改变八钢生产面貌，展现了新一代钢铁人的激情与梦想、责任与担当。两人的相遇，勾起了聂景程对往昔岁月和已逝佳人的追忆。他将月亮留给自己的木雕玩具赠给叶欣欣，这既是对新一代钢铁人的期望与寄托，也是杨月亮等老一辈钢铁人无私奉献、甘为钢铁工业献身的精神延续。整场戏温馨感人而又充满了希望，从两人的步道相遇到露天舞台的集体婚礼，再到最后的烟花绚烂和聂景程的含泪微笑，柔情细腻地表现了几代钢铁人精神与情感的薪火相传、生生不息。

尾声“铸梦百年”，开场便以炼钢现场的实时画面配合 5G 远程一键炼钢的宣布，直观展示了现代钢铁工业的智能化、自动化生产，让人不禁感叹科技进步带来的心灵震撼。随后，屏幕从现在的钢铁生产画面逐一倒切展示宝钢及其前身企业发展历程中的多个经典画面，直至最初的汉阳铁厂制造，以一连串极具视觉冲击的历史瞬间，勾勒出中国钢铁工业波澜壮阔的百年发展史，集中展现了其背后所承载的国家荣耀与民族梦想。

作为纪念中国宝武 130 年的献礼剧，话剧《铸梦》成功将“钢铁荣耀”的精神内涵熔铸进剧中每个人物的灵魂深处，以娴熟的戏剧技巧将几代钢铁人嵌入庞大的历史脉络中，着重表现了宏大历史背景下的个人命运，并以个人情感为切入口，先后诠释了张之洞、卓兰柯、杨月亮、张顺利、聂景程、邵征、叶欣欣等钢铁人身处不同时代背景下所做出的个人选择。在编剧笔下，钢铁铸梦不再是一个口号，而是内化为了剧中人物日常生活中的言行与思考，通过他们在个人情感与家国命运之间的两难处境激发观众情感共鸣，进而深刻表现了大写的家国情怀和钢铁强国梦。

塞罕长歌

孙德民（执笔）　肖绍权　张雪燕

作者简介

孙德民，著名剧作家。多年来创作50多部戏剧，10多部影视剧。其中《雾蒙山》《李保国》《塞罕长歌》《青松岭的好日子》等11部作品获中宣部“五个一工程”奖，10部作品获文化部文华奖，《李保国》《塞罕长歌》于2019年、2022年相继在中国艺术节上获十六届、十七届文华奖。另有3部戏剧获曹禺戏剧文学奖。2007年被文化部、人事部命名为“国家有突出贡献话剧艺术家”，2014年被中国话剧协会评为中国话剧金狮奖终身荣誉奖，早在1995年河北省振兴奖评委会授予其终身成就奖“关汉卿奖”。

剧情梗概

话剧《塞罕长歌》讲述了承德围场塞罕坝机械林场三代人五十五年来，在高寒荒漠地区创造了世界上最大的人工林海的人间奇迹，并走出了一条生态优先、绿色发展的新路径，用实际行动诠释了“绿水青山就是金山银山”的深刻内涵。塞罕坝不仅创造出巨大的生态效益、社会效益，也铸就了牢记使命、艰苦创业、绿色发展的塞罕坝精神。

话剧《塞罕长歌》走进了塞罕坝三代务林人五十五年的经历和生命进程，走进了他们的人生追求，循着他们用青春、热血和生命在这片荒原上留下的足迹，探寻他们的精神、情怀和价值坐标。

人　物

佟保中　男　第一代务林人，先后任技术员、分场场长、总场副场长

任晓君　女　第一代上坝中学毕业生，后与佟保中成婚

李斌　男　第一代务林人，塞罕坝林场总场场长

杨宁先　男　第一代务林人，塞罕坝林场总工程师

二嫂　女　当地农民，林场职工，第一代务林人

秦海生　男　技术员，第一代务林人，后为总场生产科长

张莉　女　技术员，第一代务林人，秦海生恋人

杨娜　女　杨宁先的女儿，后为林科院博士

佟刚　男　第二代务林人，护林员，佟保中的儿子

二桃　女　第二代务林人，护林员，佟刚妻子

大桃　女　二桃的姐姐

佟小林　男　第三代务林人，佟刚的儿子，分场场长

舒纹　女　研究员，佟小林妻子

秀兰　女　李斌妻子

婉婷　女　杨宁先妻子，原北京林科院研究员

高志　男　第一代务林人，技术员

王慧　女　第一代上坝女中学生

英子　女　第一代上坝女中学生

赵志　男　二嫂的儿子

韩大伯　男　当地农民

眼镜、小王、男女技术员甲乙及务林人若干。

序（一）

〔字幕：塞罕坝，1963 年，冬，北风十级，大雪，零下 40℃。

〔雪花飘来。林场崎岖的山路上，佟保中、秦海生、张莉等六人提着行李，艰难地行走着……

〔张莉追上。

张　莉　保中，雪越下越大，咱们还能走吗？

佟保中　走！还得快走，万一大雪封坝，今年冬天咱们就别想走了……

张　莉　那……保中，老场长还没回来，咱们就下坝？

秦海生　你放心吧，就是老场长回来，林场也得解散！……快走吧，这会儿走，还能赶上明天县城的班车！

众　走！

〔正在这时，突然狂风袭来，顿时雪花飞旋……

佟保中　不好！你们看，起风了！

张　莉　……（惊骇地）白毛风！刮白毛风了！……

〔荒郊沙原顷刻混沌，天地间已是白茫茫一片，人们已经失散了，少顷传来一声声呼喊。

〔秦海生拉着张莉走来。

秦海生 （喊）佟保中！佟保中！……

张　莉 （喊）佟保中！你在哪儿？……

〔群甲等三人挣扎在风雪中……

群　甲 佟保中！秦海生！……你们在哪里？你们在哪里？……

张　莉 我们在这儿！在这儿！……我咋看不见你们……

〔群甲等三人走近秦海生、张莉。

群　甲 我们被白毛风刮到山下沟塘子里去了。

秦海生 你们没见佟保中？

三　人 没有……

秦海生 （喊）佟保中！……

众 （喊）佟保中！……

〔人们喊着、寻找着。

〔白毛风依然呼啸着，佟保中已经站立不住，一边挣扎前行，一边喊着“秦海生！张莉！……”

〔忽然传来一声狼叫……

佟保中 （惊怔地）狼？！有狼！……

〔佟保中渐渐后退，突然陷入深谷之中。

〔天渐渐暗了下来。

〔远处传来阵阵喊声：“佟保中！……佟保中！……”

第一场

〔1963 年的冬天，时间接序（一）。

〔塞罕坝林场总部，马架子旁边。

〔高志站在门口焦急远眺，忽然匆匆跑向马架子。

高　志　二嫂！……佟保中，保中！……

二　嫂　（从马架子里走出）高志，保中找着了？！

〔这时众人用一块门板抬着佟保中走来。

秦海生　二嫂，从雪窝子里发现的……

〔昏迷的佟保中躺在门板上。

张　莉　（小声地）二嫂，保中咋还没醒？

〔二嫂为保中把脉。

二　嫂　醒？！能捡条命回来就不错了！要不是发现得早，不冻死在雪窝子里，也得被狼吃喽……雪！

众　（迟疑地）雪？！……

二　嫂　对，人都冻僵了！得用雪搓……

〔张莉与一村妇急忙端来一盆雪。

〔二嫂等用雪为佟保中搓身体。

二　嫂　（欲给保中翻身）老韩大伯，搭把手！

韩大伯　哎！

二　嫂　真是不要命了，刮着白毛风还要下坝，坝上谁都知道，只要刮上白毛风，前不着村，后不着店，没有不被冻死的！

〔这时，众人见佟保中已睁开眼睛。

众　保中！……醒了……醒了！

佟保中　二嫂？！我还活着？……

二　嫂　你活着，你捡了一条命……

〔佟保中哭了。

秦海生　（哽咽）保中，多亏二嫂有经验，用雪把你给搓过来了……要不，你早冻死去见阎王爷了！

二　嫂　保中，到马架子里暖和暖和吧……

佟保中　海生，李场长他们回来了吗？

〔佟保中站起来。

〔这时，群甲等三人拿着行李走来。

职工甲　保中哥……

佟保中　谢谢二嫂！谢谢大家伙儿！……海生、张莉，咱们还是走吧！

二　嫂　往哪儿走？

佟保中　下坝……

二　嫂　（惊疑地）下坝？！……保中，你们要离开林场？！

韩大伯　怎么，你……你们要离开林场？

高　志　（拉着佟保中）保中哥，你不能走！现在走就是当逃兵！

佟保中　高志……

一村民　对！就是当逃兵！

秦海生　不是我们要当逃兵，是这塞罕坝长不出树来！

佟保中　辛辛苦苦种了两年树，成活率……几乎是零！

韩大伯 是，你说的没错，成活率几乎是零……可是，保中，当初你们从山东来，还有从黑龙江、湖北，从吉林，从全国各地的林业大学来，那工夫我们这个乐啊，高兴啊，没想到国家让这么多大学生来塞罕坝种树，眼下是失败了，你们就这么忍心把我们扔下走了？

〔正在这时，远处传来一阵歌声，任晓君、王慧等六名女学生扛着行李走来。

任晓君 同志，这里是林场吗？

二　嫂 是啊，你们是从哪来的？

任晓君 我叫任晓君，我们是城里的应届高中毕业生，我们是志愿到塞罕坝林场来工作的！

王　慧 对，我们学习了下乡知识青年邢燕子和侯隽的事迹，在他们的感召下，高中一毕业，我们就选择了上坝。

英　子 我们要像北大荒的女拖拉机手梁军一样，开拖拉机，驰骋在塞罕坝的原野上！

众学生 对！

任晓君 我们要用青春、汗水，实现我们的理想，在这片广阔的天地里，大有作为！

〔学生们和二嫂等人热情握手。

〔这时，有的林场职工偷偷笑。

任晓君 同志……同志，你们也是刚来的？

秦海生 我们……小妹们，听大哥一句，还是跟我们一起下坝吧……

任晓君 下坝？！为什么？……

秦海生 甭说种树，就你们……根本吃不了这里的苦……

职工甲 没错。

秦海生 马架子、地窖子、窝棚……你们住过吗？怕是连听都没听说过，冬天最冷零下40多度，睡觉要戴上皮帽子，早上起来眉毛、帽子，连被子都落上一层霜……

职工乙 还有，喝的是雪水、雨水、沟塘子水，吃带壳的黑莜面、土豆、咸菜……没有咸菜，就盐粒泡水……

一女生 真的很苦！……

任晓君 再苦我们也不怕！……咱们没读过这本书吗，苏联小说，《钢铁是怎样炼成的》，小说中的主人公保尔就说过，“人最宝贵的东西就是生命，生命对于我们只有一次……”

众学生 “人的一生是应该这样来度过的，当他回首往事时，不因虚度年华而悔恨，也不因过去的碌碌无为而羞耻！……”

任晓君 对！我们就是要学习保尔的精神，不管遇到什么困难，决不后退！

众学生 对，不管遇到什么困难，决不后退！

二　嫂 好，好，这几个姑娘说得多好啊！保中、海生，二嫂虽说也是林场职工，可我毕竟是当地人，真不想让你们走，二嫂知道，你们抛家舍业，来这苦地方种树，都是为了我们，唉，这坝上也是，烂泥巴糊不上墙，连棵树也不长……可是没有树，我们年年是穷汉子碰上闰月，你们真要走了，我们这片云彩可就真没雨了，保中、海生，你们都是大学生、技术员，能不能再想想办法，再试试……

张　莉 二嫂，保中的爱人犯了心脏病，正在住院。还有海生，母亲也一直病着，昨天，姐姐来信，说母亲病重……眼下，林场既然这样，还是让他们回去吧！

〔众人沉默。

〔欲下坝的人们敦促佟保中、秦海生。

职工甲 保中哥，走吧！

〔佟保中、秦海生，还有张莉等人背起行李。

佟保中　二嫂！我佟保中永远记着，是二嫂救了我的命……

〔二嫂为佟保中整理行装。

〔突然，汽车轰鸣。

一职工　李场长回来了！……杨总工程师也回来了！……

〔这时，总场场长李斌携妻子秀兰和孩子，总工程师杨宁先和妻子婉婷及女儿杨娜手提行李风尘仆仆地走来。

一职工　场长，你们这是……

〔众人也疑惑地望着李斌和杨宁先等人。

李　斌　同志们，我来介绍一下，这是我的老伴和孩子，从今天起，我们举家从城里搬迁到这儿，扎根塞罕坝！

秀　兰　老李把城里的房子都退了，一个箱子、几个行李卷儿，还有锅碗瓢盆都随车运来了，他说，塞罕坝不长出树来，俺一家人一辈子不离开塞罕坝！

杨宁先　对，对，我们把北京的房子也退了，这是我爱人婉婷，来之前在北京林科院，这是我的女儿……

婉　婷　大家就叫我婉婷吧！

杨　娜　我叫娜娜！

杨宁先　本来我一个人在塞罕坝，可这两年咱造林遇到了难处，我这个当总工程师的不甘心啊！咋办？回北京跟妻子商量，那就全家来塞罕坝安营扎寨！

〔众人热情鼓掌。

佟保中　李场长、杨总，你们真的要在这儿安家？！

李　斌　在这儿安家！

佟保中　林场还能办下去？

李　斌　一定办下去！

高　志　保中哥，两年前我来到林场，是你帮我搬行李，给我烧热水，晚上，怕我冻着，把自己的大衣盖在我身上，这些我永远忘不了，既然林场还能办下去……你们就别走了！别走了……

李　斌　（一怔）怎么，你们……要离开林场？

〔众人不语。

李　斌　……我知道，这两年，委屈大家了，我年轻的时候，就在这儿打过游击，这地方穷啊，没树，没水，一眼望不到边的沙窝子，白毛风一刮就是大半年，庄稼只能长两个月，种一坡，收一车，打一簸箩蒸一锅……我们建场两年，种树都失败了，人怕淡，马怕绊！我也是一宿一宿地折饼子、压炕席，睡不着觉！一想到上级办林场，是要挡住风沙，为北京、天津建一道屏障，这是啥？这是国家大事，是任务、命令！我们能下马吗？俗话说，兵可挫，而气不可挫，气可挫，而志不可挫！所以，我和杨总回家把老婆孩子都接上来，一句话，这林场必须办下去！

〔众人感动。

李　斌　同志们，今天我路过县里，特意邀请电影放映队，晚上给全场职工放映电影《上甘岭》！

众　看电影？！……《上甘岭》！好！好！……

李　斌　保中啊，你就是要走，也得把《上甘岭》看完了再走！

〔音乐起，舞台支起银幕。

〔众人看电影，李斌、杨宁先走近佟保中。

李　斌　保中，我知道你和海生家里都有病人，早该回去看看了，我来的时候带了几个馒头，拿着明天路上吃，不过今天这么大的雪，不能走，明天一早，总场派车送你们下坝！

杨宁先　场长说得对，明天走！……老李，昨天夜里，我还跟爱人讲，当前，国家正处在困难时期，全国人民都在勒紧裤带过日子，可上级还拿出这么多钱，下这么大的力量在这儿办林场，挡住风沙，修复生态，国家看得远啊！……

李　斌　保中，杨总，咱们先看电影！

〔音乐。

〔16毫米的电影放映机正在放映《上甘岭》，职工们早已屏住呼吸，被影片中志愿军战士的英雄事迹吸引和感动了。

〔银幕上，七连指导员："只要我有一口气，我就不能下阵地，我躺也要躺在阵地上！……"

〔银幕上，八连指导员："七连八连的党员举起手来，我们要团结在党的周围，坚决执行上级的指示！"

〔银幕上，指导员激动地喊："同志们，党交给我们这个阵地，一寸也不能撤退！"

〔银幕上，坑道内，王兰在唱《我的祖国》……

"一条大河波浪宽
风吹稻花香两岸
我家就在岸上住
听惯了艄公的号子
看惯了船上的白帆……"

〔电影继续放映……杨宁先走近李斌。

李　斌　老杨，眼下不管遇到什么困难，我们也要朝前走。

杨宁先　对，这次还得是你这个老围场在这扎寨坐镇！

李　斌　头些年，我在这里当县委书记。这个地方原来是清朝皇帝木兰秋猎的地方，那时，满山遍野的森林，蒙古人叫它"塞罕坝"，翻译过来，就是"美丽的高岭"。到现在，在红松洼仍然挺立的那棵几百年的落叶松就是证据！它告诉我们，塞罕坝是有根的！……可它荒芜了一百多年了，老百姓也盼了几辈子了……我坚信，塞罕坝一定会长出树来！

〔李斌、杨宁先回到人群中。此刻，电影放映到最后，众人都异常激动。

李　斌　怎么都不说话了？（寻找佟保中）……佟保中？！

张　莉　（轻声地）保中！

二　嫂　（小声地）保中……

〔音乐

佟保中　（百感交集，突然上前紧紧握住李斌的手）像上甘岭的战士守住阵地一样，守住塞罕坝，决不撤退！

众　决不撤退！

李　斌　（激动地）好！好！……

佟保中　（举起右手）学习上甘岭的共产党员，坚决执行上级的指示……

〔务林人们激情地合唱：

“这是美丽的祖国
是我生长的地方
在这片辽阔的土地上
到处都有明媚的阳光……”

〔灯暗。

第二场

〔两个月之后，早春。

〔林场马蹄坑。

〔窝棚外面，白雪皑皑。

〔雪花依然在飘舞着，婉婷和女儿杨娜走来。

杨　娜　妈妈，已经是春天了，为什么这里还在下雪呢？

婉　婷　是啊，你爸爸说，这坝上的雪，每年都要下到四月……

〔两人看见窝棚。

杨　娜　（喊）爸爸！爸爸！……妈妈，爸爸他们就住在这儿吗？……

〔正在这时，佟保中从窝棚里走出来。

佟保中　……娜娜！……

婉　婷　保中！

杨　娜　佟叔叔好！

佟保中　嫂子！雪这么大，路又难走，你们怎么上山了？

〔众走进窝棚。

婉　婷　（取出资料）我来给宁先送份资料，也顺便来看看他。

佟保中　娜娜想爸爸了吧？

〔杨娜不语。

婉　婷　保中，我把资料放这儿了，哎，宁先不在啊？

佟保中　这不，大会战马上开始了，苗圃的树苗今天就能运到山上。（对杨娜）你爸爸不放心，赶上大雪天，路又难走，非要亲自去接……咋，有事啊？

杨　娜　佟叔叔，我要回北京！

佟保中　（惊疑地）回北京？！……为什么？

杨　娜　佟叔叔，我到这儿两年了，连个正经的学校都没有，五个年级挤在一个教室里上课，因为没有老师，还经常停课……这里没有电灯，没有收音机，没有图书馆，更不用说书店了……爸爸妈妈不走，我一个人回去！

婉　婷　娜娜！……保中，我了解你们这些人，一心扑在事业上，越是困难，越要拼命，我支持你们，全家一起上坝……可咋也没想到，这里的环境这么苦，我能坚持，只是孩子……保中，这里的学习环境，真的把孩子们给耽误了……保中，你说林场要是这么办下去，还能行吗？

佟保中　我看能行！这一个冬天，我们就是在这里研究如何把树种活，这次，是我们自己培育的树苗，今天就运到山上来了！……娜娜，听叔叔的话，再坚持一下，只要塞罕坝能种树，这百万亩的荒原就能变成一片绿洲，我们的日子一定会越来越好……到那个时候，咱们这里会有小学、中学，有书店，有图书馆……放心，我们的娜娜一定能考上大学，名牌大学！……

杨　娜　妈！

婉　婷　（含泪）是……你佟叔叔说得对！

杨　娜　妈，我要考名牌大学！

〔佟保中拿出两个鸡蛋，递给杨娜。

杨　娜　（一惊）鸡蛋？！

佟保中　这是我刚从山东老家带来的……

婉　婷　（关心地）保中，你爱人她的情况？……

佟保中　心脏病……病逝了……父母都已年迈，只好把不满周岁的孩子抱到山上来了。

婉　婷　抱到这儿？

佟保中　放在临近一户农民家里了。

婉　婷　这么小……就跟着大人来吃苦……保中，往后有啥困难，就找嫂子。我们先走了……

〔婉婷、杨娜走去。

〔少顷，李斌、秦海生，还有张莉穿着皮袄、毡疙瘩走来。

李　斌　保中！

佟保中　李场长！……

李　斌　怎么样，今天树苗能运到吗？

佟保中　一准运到，苗圃专门派二嫂，还有高志赶着牲口驮上来的，就是路上积雪太深，已经出发三天了。

秦海生　场长放心，杨总一大早也去接运树苗了，保证没问题！

李　斌　好，好哇。……就看这关键一仗了！……来，把你们的手都伸出来！

〔佟保中等三人莫名其妙地伸出手来。李斌拿出药。

张　莉　场长，您要给我们上药？……

李　斌　没错！你看看，你们这手都冻成什么样儿了……整整一个冬天，冰天雪地，你们就住在这窝棚里，饥一顿，渴一顿，山上没水，你们半个月才洗一次脸……可醋打哪儿酸，盐打哪儿咸，你们终于找到树苗成活率低的原因……

秦海生　场长，保中的手指盖儿都冻掉了，他扒开冰冻的树坑，察看枯死的树苗……

张　莉　他还提出自己育苗，在接坝地区办苗圃也是他的主意！……

佟保中　不，不……我是跟着佛爷学念经，是杨总功不可没，他根据咱这儿的气候，把遮阴改成了全光育苗……

李　斌　对！你们改装了苏联进口的植树机……

佟保中　改了！

李　斌　那东西不错，我看了，效果不错，很适合坝上的山坡地形……所以说，盖房怕没梁，如果这次我们实验成功了，那你们这些大学生知识分子就是咱塞罕坝的第一批功臣！

〔李斌坐下，突然想起什么，忙从衣袋里掏出粮票和钱，递给秦海生。

李　斌　海生，这有十块钱和二十斤粮票……

秦海生　（疑惑地）场长，您这是……

李　斌　老太太病重住院，一点儿心意……

秦海生　（一惊）您？……

李　斌　我怎么不知道，昨天下午你和张莉跑到总场，给你姐姐打长途，说你这里忙，实在脱不开身……

张　莉　场长，海生还让我一定保密……

秦海生　场长，你放心，姐姐已经答应我了，一定把母亲照顾好。

李　斌　海生，等忙过了这一阵，厂里给你们腾出一间集体宿舍，你跟张莉的事抓紧办了，也让老太太放心。

〔正在这时，任晓君气喘吁吁地跑来，怀中抱着一个婴儿。

任晓君　保中哥！保中哥！……（见李斌）你们都在呢……保中哥……

佟保中　晓君，你咋……（见怀中孩子）这是……

任晓君 孩子！保中哥，今天一早给你看孩子那家大嫂就把孩子送回来了……

佟保中 为啥？

任晓君 人家……不管看了。

佟保中 为啥……

任晓君 这不明摆着，家家粮食都不够吃，人家是怕孩子……

佟保中 那咱多给钱，多给粮票！

任晓君 那人家也不管看……

〔佟保中一怔，他接过孩子，紧紧地抱在怀里，此时，泪水流了下来。

〔众人同情地望着佟保中，任晓君难过地哭了。

佟保中 爱人临终前，最放心不下的就是孩子，怕我养不活他……

任晓君 要不……把孩子先送到市里，让我妈看着。

李　斌 你说什么？！

任晓君 对！把孩子送到市里让我妈看着！（抢过孩子欲走）

张　莉 晓君？！……

李　斌 站住！你一个大姑娘，还没结婚，就往家送孩子……不行！

佟保中 对，不行！不行！

任晓君 我不管那么多，谁爱说啥就说啥！保中哥你不能抱着孩子上山！

李　斌 （沉思后决定）你马上把孩子送到我们家，交给你秀兰嫂子……

佟保中 不行，李场长，你们家孩子多，粮食更不够吃……

李　斌 放心，一只羊也是赶，一群羊也是放，就是没有大人吃的，也饿不着孩子！（对任晓君）晓君，快去！

佟保中 李场长，谢谢你！……

李 斌 谢什么……（对任晓君）晓君还不快走！……

〔任晓君抱着孩子急下。

张 莉 保中，走啊……

秦海生 场长，咱们也走吧。

李 斌 走！

〔正在这时，杨宁先、二嫂和英子等人走来。

杨宁先 老李，苗圃的树苗运来了！

众 （高兴地）树苗运来了！树苗来了，咱们就可以种树了！

杨宁先 两匹骡子驮来的，二嫂、英子他们一路上没有歇脚，走了三天两夜……

李 斌 太好了！

英 子 （哭着）场长……

李 斌 这……二嫂呢？

〔二嫂走近，没有说话，泪水潸然。

李 斌 （疑惑地）怎么啦，二嫂？！……

〔二嫂依然不语。

李 斌 （突然发现）欸，高志呢？……高志呢？……（走近二嫂）二嫂，高志怎么了？！……

〔音乐。

二 嫂 那天，高志技术员，还有我们俩牵着牲口离开苗圃，路上雪越下越大，有一米深，眼前，白茫茫一片，根本看不见道儿在什么地方……

〔灯渐暗。

〔灯亮。

〔茫茫风雪中，高志艰难地走上。

高　志　二嫂，我咋找不见路了……

〔突然，高志跌落在山谷的雪窝里。

高　志　二嫂！二嫂！……我掉进雪窝里了，站不起来，站不起来了……

英　子　（大哭）高志，我来扶你走……

〔高志仍然不能站立。

二　嫂　（查看后）高志，你的腿和脚是不是没有知觉了……

高　志　对，对……没有知觉了……

〔二嫂和英子急哭了！

二　嫂　这是冻的！……不行，不能倒在这儿，一会儿会冻死的……

英　子　（大哭）高志，我来扶你走……

二　嫂　不行！这坝上的雪窝子都十几米深，而且立陡石崖。

英　子　那怎么办?

二　嫂　高志，二嫂背你走！我背也把你背回去！

高　志　二嫂，我真的站不起来了，咱们已经走了两天多了，再耽搁，树苗就冻坏了，全林场都在眼巴巴地等着，你们别管我，马上赶着骡子走！

二　嫂　高志，我把棍子插在这做记号，你再坚持一会儿，我到附近去找村民来接你。孩子，你别害怕……你等着，一定等着！……

〔二嫂和英子大哭。

〔雪越下越大，桦树枝随风摇曳。

〔灯暗。

〔灯亮。

二　嫂　当村民们好不容易扒开了雪窝子，陷在谷底的高技术员早已全身冻僵没了知觉，随来的医院大夫急忙抢救他……

李　斌　他醒了吗?

二　嫂　大夫说，冻僵的时间太长了……高志他再也没有醒来，他，他走了……

〔音乐，众人哭了。

佟保中　高志，我的小兄弟……你，你不该走啊！……建场那年，你背着比自己还高的行李，只身来到塞罕坝，我们住在一个窝棚里，他告诉我，他是北方林业专科学校毕业的，路上走了十天才赶到林场……场长，高志……他今年还不满十九岁……

李　斌　十九岁……还是个孩子！……

〔李斌鞠躬向远方致敬。

〔众人鞠躬。

李　斌　尽快把他的父母接来，我要亲自向老人家道歉，我没有照顾好他们的孩子……

〔人们陆续走来。

李　斌　同志们，高志在运送树苗的途中，献出了年轻的生命，为什么？为了咱塞罕坝能长出树来！所以，我们要化悲痛为力量！同志们，总场党委已经决定，从明天起，搞一个会战，地点马蹄坑，没住处，山上搭窝棚，粮食供不上，盐水煮麦粒，没水喝，支锅架灶化雪水……我们两年种树失败了，所以，这是一场只能打赢，不能打输的关键一仗！

杨宁先　同志们，塞罕坝已经荒芜了一百多年了，今天我们就是要把绿色重新写在这片风沙荒原上！这是修复生态，如今在世界上也是一次创举！所以，压在我们肩上的是一副沉甸甸的担子！……眼前这一仗，我们一定要让塞罕坝长出树来！

众　对！塞罕坝，一定能长出树来！

李　斌　同志们，我宣布，今天参加会战的全体职工，组成四支突击队，沿着马蹄坑西北山坡，东南谷底，立即扎寨安营！记住，要严格选苗，按标准打坑，一切程序完全照杨总的规定去办！好，把会战的大旗举起来！

〔“马蹄坑大会战”红旗飘扬。

李　斌　（望了望大家）同志们，我们要牢牢记住上级批准我们建厂时下达的任务，那 27 个字就是我们沉甸甸的使命……（举起右手）“改变当地自然面貌，保持水土，为改变京津地带风沙危害创造条件！”

众　（举起右手）“为改变京津地带风沙危害创造条件！”

〔音乐。

〔灯暗。

〔灯亮。

〔冰天雪地里，一群务林人靠在一起，泥浆、冰雪沾满了他们的脸上和全身，看得出，疲惫不堪的人们在等待，不时地望着眼前这片山谷……

一职工　莜面饼子这儿还有，还有谁要？

秦海生　（焦虑地）七九河开河不开，八九雁来雁不来，难道我们这一个月没日没夜、爬冰卧雪又……

任晓君　不会失败！育苗、栽种、施肥……没有一点儿失误，再说，这是咱们新培育的树苗，适合这里的土质、气候……

张　莉　树苗选的都是大胡子、矮胖子……可你们说，这儿百亩地咋一点儿动静没有，都一个多月了，树苗咋还没发芽呢？

秦海生　难道塞罕坝真的地老天荒，永远长不出树了？！……

二　嫂　（突然大哭）老天爷呀，你咋就不睁睁眼，我们把命都豁出去了，就盼着咱坝上长出树来……

众　二嫂！……

〔正在这时，佟保中抑制不住激动地跑过来，双眼满含热泪。

佟保中　同志们……（说不下去，哭了）

〔众人惊疑。

秦海生　保中，你哭啥？……

佟保中　杨总也哭了！杨总也哭了！……

张　莉　（惊疑地）杨总哭了……咱又失败了？

李　斌　（跑上）不，成功了！你们快去看看吧，在那一层层白雪的下面，已经长出了一片片嫩嫩的绿色……

〔大屏幕上，出现特写，皑皑的白雪下面，一棵棵嫩绿的树苗坚挺、顽强地长了出来，渐渐长大……

李　斌　（抑制不住地）树苗活了！马蹄坑活了！塞罕坝活了！……

〔突然，舞台上一片哭声，那时心里的激动，压抑的迸发，希冀的呐喊……许多人跪在地上，为树苗欢呼，为命运祈祷……

众　树苗活了！马蹄坑活了！塞罕坝活了！……

〔舞台的大屏幕，顿时出现一棵棵松树，满山遍野……

〔众人突然跑了出去，只见杨宁先站在一片树苗前，早已泣不成声……

杨宁先　树啊，树啊！终于盼来塞罕坝能种树了，当年，就是我们亲生儿女要出生的时候，也没这样盼过呀！……

〔杨宁先又控制不住地哭了起来。

杨　娜　（哭喊着跑来）爸爸！……

婉　婷　宁先……该高兴啊！你盼望的这一天终于来了，塞罕坝终于能长出树来了！

杨宁先　是啊，沉睡了一百多年的荒沙野岭，就要变成一片绿色，危害人类多年的自然生态就要重新得到修复，今天，我们这一代务林人做到了。

〔灯暗。

第三场

〔已是七十年代中期，一个中秋的夜晚。

〔山上，窝棚外。

〔佟保中吹着口琴，歌曲《我的祖国》的韵律徐徐传来。

〔任晓君提着月饼、水果走来，她跟着口琴，哼唱着。

佟保中 任晓君？！

任晓君 佟场长……

佟保中 叫佟保中！

任晓君 祝贺你升任我们分场场长……

佟保中 晓君，今天是中秋节，你跑到山上来做什么？

任晓君 我来陪你赏月……

佟保中 晓君，听说，你母亲来林场了？

任晓君 你也听说了！……她给我找工作了，让我回城，她还给我找对象了，让我去相亲！说要是都不答应，刚刚恢复高考，就让我去考大学！她老人家忘了她闺女都多大了！

佟保中 那咋办？

任晓君 你说呢？……

佟保中 我也不知道……

任晓君 我把她带到林子里，我跟她说，您闺女就是这里的一棵树，扎下根了！……今儿个一早，我就送她回城了！

佟保中 晓君，我还真佩服你，高中毕业毅然来到塞罕坝，一个女孩子，在冷水里育苗，在大雪中伐木……对，我最难忘的是，每年春天，你都带着姑娘们在粪坑里倒粪……

〔突然任晓君大笑了起来。

任晓君 我笑倒粪！……刚来的时候，我就寻思着开上拖拉机，谁承想让我们去倒粪，一天下来，只能在沟塘子里洗洗手，想换洗衣服，连水都没有，浑身上下整天臭烘烘的……人们都躲着我们！

佟保中 没错，想谈恋爱的小伙子，都不愿往你们跟前凑合。

〔二人大笑。任晓君突然收住了满脸的笑容，盯着佟保中走过去坐到中间的凳子上。

佟保中 你老盯着我看干啥？

任晓君 保中哥，你心里装着一个女人……

佟保中 谁？！

任晓君 我！……

佟保中 晓君……

任晓君 保中哥，我要嫁给你……我知道嫂子已经走了十年了，你们是大学同学，她患有心脏病，毕业后医院说她的身体不适合来塞罕坝……分别几年，你们难得见上一面……

佟保中 她是心脏病，突然去世的……晓君，谢谢你对我的理解，今天你要不把这些话说出来，我还真不好意思捅破这层窗户纸，我永远不会忘记，你刚来林场不久，在我最难的时候，你毅然要把不满一岁的佟刚抱到城里，交给母亲照顾，我也不会忘记，佟刚小的时候，每当节假日，你都要跑到一百多里远的县城用你那微薄的工资给他买奶粉，买吃的……后来孩子大了，你又帮他换洗衣服，给他复习功课……这些，我永远忘不了，可是晓君，对于你，我不仅是感激，你说得对，整整十年了，我多少次下决心要跟你表白，可当面对你的时候，我又没有勇气说出口……

任晓君 保中哥，十年了，只有我最了解你。记得来林场的第一个中秋，我病了，全身烧得发抖，是你背着我走了两个多小时的山路，来到总场卫生所，天上飘着雪花，身边没有亲人，我哭了，是你吹着口琴把我送进梦乡……

佟保中 晓君……

任晓君 马蹄坑会战，树苗要从 20 里的山下运到山顶，40° 的陡坡连马都上不去，当时雪水已经把你冻成冰葫芦，可你硬是一个人把一箱一箱的树苗背到了山顶……

佟保中 这都是塞罕坝人应该干的。

任晓君 这些年，又有多少个夜晚，只有一个窝棚里的油灯永远亮着，那是你在为孩子缝补衣裳……保中哥，这些年不管遇到多少困难，无论是成功、失败，你永远是那么乐观，好像从来没有后悔自己的选择……马蹄坑会战的那个夜晚，你站在党旗下，举起右手，成为我们当中第一个入党的人，我当时，激动地哭了，我是羡慕，更是鞭策，因为在我心里，永远有一个站直了的人！

佟保中 晓君！……

任晓君 保中哥，在山上赏月真好，那圆圆的冰轮，给林海铺上了一层银色的光辉，那一棵棵松树，一棵棵白桦……在夜风中轻轻地摇曳，还有那晶莹的露珠一滴滴从树叶上滑落……

佟保中 咱塞罕坝简直太美了！

任晓君 会越来越美！……

〔二人依偎在一起。

〔这时，秦海生默默走来，张莉跟在后面。

张　莉 海生，要哭，你就痛痛快快地哭出来吧！

佟保中 （疑惑地走近）张莉，出什么事情了？

张　莉 上午刚接到姐姐的电报，海生的母亲病逝了。

佟保中 （接过海生递来的书信）海生啊海生，你不该这么急着回来，该在家多陪伯母一些日子。

秦海生 可正赶上眼下三千亩的造林任务，只有一个月的种树季节，场子里一个人恨不能顶三个人用，我着急呀！

佟保中 明天一早总场有下坝的汽车……

秦海生 不用了，姐姐说，她把后事都料理完了，让我放心。

〔佟保中递给秦海生一杯水。

〔正在这时，李斌、杨宁先、王慧等人提着月饼、水果等走来。

王　慧 保中哥，你看，谁来了？

李　斌 保中！……（热情地与众人握手）

佟保中 李场长，杨总！……

王　慧 今天中秋节，场长、杨总带着月饼、水果去分场看望大家，知道你在山上，我们就一起到这儿来了！

佟保中 那，我代表分场所有全体职工，感谢领导！

〔李斌和杨宁先走近秦海生。

李　斌 海生，我知道，为了完成造林任务，你没有陪母亲到最后一刻！如今，林场的树长高了，成林了……所以这一棵棵树、一片片林子，也都有老人家的功劳，她不仅是你秦海生的母亲，也是我们塞罕坝务林人的母亲……

李　斌 （望着夜空）今天中秋节，你们看，一轮圆月，可我们甘愿

“阴晴圆缺古难全”……

杨宁先 对，“古难全”，对于人生，也许是一种遗憾和残缺，可是我们这些务林人从来到塞罕坝的那一天起，就是一种心甘情愿的担当！

张　莉 可你们说，有多少人能理解我们，知道我们，懂得我们……也许只有你、我，还有我们的亲人，先不说当年我们住地窨子、马架子，吃黑莜面、啃咸菜……就说，我们这些大学生，刚一毕业就从全国各大城市来到这荒无人烟的塞外……

任晓君 老场长不在城里当局长，上山来种树，还有杨工，是林业部的总工程师，举家从北京搬到塞外，还有保中，把不满一岁的孩子抱到山上来……

张　莉 还有你，放弃考大学，而且拒绝了母亲在城里安排好的工作……你们说，在别人的眼里，咱们是不是傻子？场长，咱们是不是真的傻呀？

李　斌 （大笑）问得好！咱们是不是真的傻呀？……保中，你说呢？

佟保中 我只记得我的家乡是在山区，因为没有树，每年风沙吹的让人睁不开眼睛，农田越来越少，所以，从我报考林业大学的那一天起，我的理想和抱负就是种树，盼着家乡能长出树来，盼着荒山秃岭变成绿色。那时，我连做梦都是种树、种树……今天，我们终于用自己的双手，把塞罕坝变成林海，实现了自己的人生价值，我们不是傻子，我们为理想去战胜艰苦，这是幸福！

李　斌 说得好啊！我还记得马蹄坑会战那工夫，保中和海生在窝棚门口写了一副对联，上联是“一日三餐有味无味无所谓……”

秦海生 “爬冰卧雪冷乎冻乎不在乎……”

〔幕侧传来二嫂的声音，一边喊着，一边和韩大伯，还有儿子赵志走来。

二　嫂　横批“乐在其中”！

〔众人大笑。

佟保中　二嫂，这么晚了，你咋上山来了？

二　嫂　值班！

众　（疑惑地）值班？！……

赵　志　我娘说，这是我爹走后的第一个中秋节，爹当分场场长的时候，每年中秋，我娘都陪他来山上值班……

二　嫂　保中你就答应二嫂这个心愿吧！

佟保中　（激动地）二嫂！……

李　斌　二嫂啊，你是想孩子的爹了……

二　嫂　咋能不想啊！他当了十年分场场长，我给他生了两个孩子，老大他只抱过半个钟头，小的赵志他连抱都没抱过，他成天长在山上……有一天，赵志跑进屋告诉我，娘，咱家来客啦，谁知，那个穿着棉衣，戴着皮帽的人推门进来，原来是他爹！……难怪孩子不认识……

〔众笑。

二　嫂　那时候，他跟我说，等他退休了，把欠我的、欠孩子的都补回来……谁知，他得了严重的风湿病，越来越严重，几个月前，走了……才50岁……

李　斌　二嫂，谢谢你，你和你老伴都是好样的，把一生的岁月都献给了塞罕坝……

二　嫂　我不后悔，他病重的时候，我们俩说好了，如果有来生的话，我们还要一起上山种树，累了，就坐在山坡上，看树，看水泡子，说说话，聊聊天……这不，儿子也长大了，让他们也不离开塞罕坝！

赵　志　娘，您放心，我在林场干一辈子！

〔这时，人们发现不远的山上有人走动，韩大伯走来。

韩大伯　（望着远处）一棵棵树都活了，一片片林子都长起来了！……

任晓君　你们看，那是谁？

二　嫂　（走下山坡）那是山下北梁庄的老韩大伯，他呀，虽说不是林场的职工，可给林场种了一辈子树……他老韩大伯，您怎么来了？

韩大伯　二嫂！保中！李场长……（分别跟二嫂、保中、李场长握手）你忘了，你家场长活着的工夫，每年中秋值班，（回头对场长）我都来山上跟他唠唠，顺便看看这片林子，（李场长扶韩大伯坐下）看看我老韩头儿亲手种过的树……

〔这时，佟保中渐渐辨认出韩大伯。

李　斌　大伯，当初，让你们吃苦了，林场的花名册上还没有你们的名字，也许，今天许多人已经把你们忘记了，可是，每一片林子都有你们流下的汗水……功不可没！

韩大伯　应该的，应该的！……就说我们北梁庄人，祖祖辈辈生活在塞罕坝，老辈人讲，当年皇上打猎的时候，七十二围，围围是树，后来采伐、山火、小日本祸害……一棵树都没了，如今，做梦也没想到，塞罕坝会变成今天这样！……我岁数大了，没几天了……不知为啥，心里总惦记着这片林子，就是活一天，也要来看看……这辈子，没白活！在百年不长树的塞罕坝，我给子孙后代留下了几棵树……

〔音乐。

〔灯暗。

序（二）

〔字幕："1980年六七月间，一场严重的干旱降临到塞罕坝，12万多亩的松林倒下了……"

〔林场的山坡上，旱死的松树，不时被人们从山上运往山下，有人肩扛，有人装车……

〔二嫂等人走来。

二　嫂　小难天天有，大难三六九，这场大旱，咱林场可真伤元气了，一说十几万亩的松林旱死，甭说再种，就是把这些树运到山下……

赵　志　娘，你说，咱没白没黑已经折腾一个多月了吧，可你看看，这旱死的林子，还是满山遍野……

〔正在这时，英子边喊边上："杨总受伤了！"……

二　嫂　英子，你说啥，杨总受伤了？！

英　子　没错，杨总工程师跟大家一起往山下运送树枝，不小心一棵树倒下来，砸在杨总的身上……林场大夫说，可能是粉碎性骨折……

二　嫂　（着急地）真是福无双至，祸不单行！那……咋办哪？

英　子　正往医院送呢……

〔二嫂等人急急走去。

第四场

〔骄阳如火的七月。

〔林场，山上。

〔职工们望着一片片旱死的松林，落泪、着急、垂头丧气，还有人索性躺在那里，人们无心干活……

赵　志　真是撵走狐狸又来了狼，从打咱们建林场就没消停过，雨淞、虫灾、雹灾、旱灾一茬儿接一茬儿……

二　嫂　老天爷，你咋就……我们多不容易啊！这树都长了二十年，就要成材了，呼啦倒下这么多，你说咋办，咋办啊！

〔二嫂哭了。

张　莉　……海生，杨总的腿……听说伤得十分严重，他……还能站起来吗？

众　是啊，杨总还能回来吗？

秦海生　我哪儿知道啊……我比你们还着急！老场长病重住院，偏偏这工夫杨总又……

〔这时，职工甲等几人扔下工具，向一边走去。

职工甲　这活儿没法干了！

秦海生　站住！你们去干什么？

职工甲 报告总场生产科长，我们去喝水……咋？不行吗？……

〔秦海生看了他们一眼，无奈蹲下。

职工甲 科长，你看看，大伙儿哪有心思干活儿，一个个蔫头耷脑的……你再抬头看看，天上连一片云彩都没有，再这么旱下去，说不准还要旱死多少林子！

秦海生 那也不能说草鸡话！

职工甲 我也不愿说草鸡话，可眼下咋办？咋办呀？！就是把旱死的林子都运下山，怎么补种？今年能补种吗？季节早过了，用什么树苗补种？……要是杨总能回来……可杨总那是粉碎性骨折，咱先不说在北京住院时间长不长，就是治好了，也回不了咱塞罕坝了！……

〔正在这时，佟保中走来。

佟保中 同志们、海生、张莉，你们看，谁回来了？！

〔这时，杨娜扶着拄着拐的杨宁先走来。

众　人 （惊疑的）杨总！杨总！……

秦海生 杨总，你怎么……出院了？！

杨宁先 出院了，出院了。

〔二嫂走到杨娜跟前。

二　嫂 这漂亮姑娘……是杨娜吧！

杨　娜 二娘，我是杨娜，您忘了，我在北京读林业大学……

二　嫂 对，这姑娘多孝顺啊，是你陪着你爸爸回来的？

杨　娜 保中叔，张莉阿姨，是我爸爸下命令逼着我把他送回来的！

杨宁先 是我逼着她把我送回来的！保中啊，我就是拄着拐，坐着轮椅，也得回来，这么大旱灾……咱们得想办法减少损失，我躺在医院睡不着觉啊！

杨　娜　爸爸他整夜都不能合眼，昨天夜里，突然把我叫到床前说：娜娜，你是学林的，能知道，一个林场十几万亩的树木被旱死，会是怎样的情景啊，一定会像塌天一样，我在这里都会看到职工们在流泪，在急得号啕大哭……

杨宁先　作为总工程师，我有责任！我不能在林场需要我的时候，还躺在病床上无动于衷！哪怕一分一秒……

杨　娜　我看见爸爸流泪了……与其说是他说服了我，不如说是他的精神感动了我，于是，我连夜找到医院，找到主治医生，找到院长，作为女儿，我给医院写了保证……天还没亮，爸爸就催我赶到了班车站……

佟保中　当我看见杨总，拄着这副拐杖从班车上下来的时候，我的心里难受极了，一个老专家，一个全国闻名的林场总工程师，为什么不在北京医院里多治疗些日子，为什么不顾及自己受伤的身体要急着回到林场？杨总似乎猜透了我的心思，他笑了笑说，因为我是“林场职工”！

杨宁先　对，“我是林场职工”！……这句话不是我说的，是当年老场长说的，大家不会忘记，前几年那场“雨凇”，林场五十万亩松林受到损害，老一代务林人没有倒下，逢强不低头，落难不掉价……灾后的第三天，老场长就来到工地上，当着全场职工的面，默默地从衣袋里拿出工作证，郑重地念道，“中华人民共和国林业部塞罕坝林场”……然后激动地说：“这是什么？这是我们林场职工的责任！既然是责任，那就没说的，坝上汉子脚底宽，没有蹚不平的路，没有过不去的火焰山！”

佟保中　后来，整整三个冬春，老场长披着那件羊皮袄，和大家一起，风里来、雨里去、雪里走，五十万亩松林终于得救了。同志们，五十万亩……那是我们务林人用命换来的！……

杨宁先　为啥当年的老职工五十岁左右就走了？因为他们的生命在燃烧，因为他们永远没有忘记自己是“林场职工”！

佟保中　同志们，人倒了，可以站起来，树倒了，可以扶起来，只要我们务林人的信念不变，精神不倒，就没有战胜不了的困难！别说十几万亩，就是所有林子都旱死，那我们就再造一个塞罕坝！

众　对！再造一个塞罕坝！

杨宁先　保中啊，同志们，从现在起，不能超过一个月，组织全场职工，动员家属，人扛车拉牲口驮，尽快把旱死的树，全部运下山来！

佟保中　杨总，我已经和周边的公社、生产大队联系好了，他们决定抽出劳力，支援我们。

杨宁先　太好了！

佟保中　可是杨总，眼下，不是种树的季节，又没有合适的树苗……

杨　娜　保中叔，爸爸就是为这件事回来的……

杨宁先　保中，我想好了，这回，咱们改变一种栽种模式，试验“容器育苗”……

佟保中　“容器育苗？！”……

杨宁先　对，就是在容器里育苗，既能与季节争分夺秒，今年就实现全部补种，又能确保成活率！

杨　娜　保中叔，为了研究“容器育苗”，爸爸在医院里查阅了大量资料，这些资料是他让我从林业大学借来的……

佟保中　“容器育苗”……好，好！杨总，您回来得好！

杨宁先　海生，明天一早，带上几个技术员跟我出发，到各个分场苗圃，抓紧育苗！

秦海生　好！……（欲走又返回）可是，杨总，您的腿还……

杨宁先 没关系！同志们，用不了多久，我们一定让这十几万亩林地，重新披上绿色！

佟保中 好，杨总说得对，我们一定让这几十万亩林地重新披上绿色！同志们！走……

众 走！

〔音乐。

〔灯暗。

〔任晓君匆匆跑来。

任晓君 保中！保中！……

佟保中 晓君，回来了，老场长的病怎么样了？

任晓君 老场长……

佟保中 老场长到底怎么了？

任晓君 老场长不行了……他说要回林场最后看看这片林子……

〔音乐。

〔灯暗。

〔灯亮。

〔林区的一条小路，秀兰推着病重的李斌慢慢走来。

李　斌 ……对，我们是塞罕坝最早的务林人，每天早晨我都是顺着这条小路走进林子里，那新鲜的空气，流淌的小溪……还有，当太阳从密密的树冠中映衬出一缕缕金色时，你不知道，咱们的塞罕坝林子有多美……是啊，眼前的这条小路越来越漫长，那是多少务林人的脚步踏出来的！所以，这辈子，我不后悔。再难、再苦、再累……都值！值！……因为，有眼前这片林子就足够了……

〔佟保中走近李斌。

李　斌 （落泪）说真的，我不愿意死，我还没干够，我还想种树……因为我舍不得离开这片林子……也许，我这个人，生命原本就是属于塞罕坝的，也许，我的前世就是这里的一棵树……保中啊，我只有一个心愿，我死后，你们一定把我埋在这片林子里……我永远是“林场职工”！

〔众人默默哭泣。

〔音乐。

〔灯暗。

第五场

〔八十年代中期的一个冬天。

〔林场山上，望火楼。

〔佟刚放下望远镜，匆匆爬下望火楼，（看表）马上拨通电话："喂……喂，总场防火办公室吗？椎子山望火楼向你报告，没有火情，周围林区一切平安！"（告诉佟刚大桃要来）是吗？！好……好，再见！

〔二桃带着榛子背水回来。

佟　刚　榛子，跟妈妈背水去了！……二桃，快歇会儿……

二　桃　好几个月没人来山上了……

佟　刚　二桃，这回，要来人了！

二　桃　谁？

佟　刚　刚才场里的电话里说你姐来了！

二　桃　（一惊）我姐？！我姐要来了？

佟　刚　说她昨天到县城，今天直接上坝，来咱望火楼。

二　桃　我都三四年没回市里，没看见家里人啦……（走向榛子）榛子，你大姨要来了，你大姨要来看咱们来了！

〔谁知，榛子突然向外跑去。

二　桃　榛子……榛子……

〔二桃望着跑去的榛子，叹了一口气。

二　桃　五岁了，一直跟咱俩在山上，变得怕见人，这一说要来人，就往林子里边跑，如今，除了叫爸爸、妈妈……什么都不会说。

〔正在这时，传来喊声："二桃！二桃！……"大桃气喘吁吁地走来。

大　桃　二桃！……

二　桃　姐……姐……

大　桃　你们住的这叫什么地方呀！我要知道这么难走，我根本就不来！

佟　刚　姐，上椎子山望火楼压根就没道儿……再说，您怎么从北坡过来的？

大　桃　我哪知道北坡、南坡，昨天从县里到镇上，今天一大早就直奔望火楼，在山下好不容易碰上一个人，他说顺这条道儿虽然绕点远，但用不着爬陡坡，谁知，山上根本就没道儿，一路都是钻柴火棵子，整整走了一天……

佟　刚　南坡有条道，刚才二桃下山背水就顺那儿走的，七里长的陡坡，下山一个钟头，上山得三个钟头……要不，咋叫椎子山呢！

大　桃　你们天天下山背水喝？……

二　桃　不，平时做饭就用雪水……

大　桃　用雪水?！……二桃，你……

二　桃　阳面山坡的雪，干净着呢！从九月一直吃到来年五月，才有雨水喝……

大　桃　粮食呢？……蔬菜呢？……

佟　刚　粮食够吃，春天一化冻，就从山下朝上背，够吃一年的，蔬菜也有，山韭菜、野蒜苗、蕨菜……一年到头都断不了咸菜。

二　桃　姐，这吃的、住的、喝的都不算事……就是一年到头很少来个人……

大　桃　是啊，常年在这山上，你可是怎么熬过来的……榛子呢？几年不见长高了吧？

二　桃　五岁了，听说大姨要来，跑到林子里去了！

〔佟刚去找榛子。

大　桃　咋，榛子不欢迎大姨？

二　桃　不是……常年在山上，怕见人。

〔佟刚拉着榛子走来。

佟　刚　（对榛子）看，大姨来了！……

大　桃　榛子！哎呀，都长这么大了！来，看大姨从城里给你带啥好玩具……

〔大桃将玩具给榛子。

大　桃　叫大姨！

二　桃　叫大姨！……

〔榛子不语，有些害怕。

榛　子　妈……

〔榛子不语。

大　桃　（不解的）这……榛子是怎么回事啊？不会叫大姨？……是不是……

二　桃　姐！……你不知道，这望火楼上，一年四季很少来人，平时就我们仨，常年封闭在山上……想多见个人，只有拿出相片看看，实在忍不住寂寞，就冲着林子喊一会儿……大人这样，可孩子呢？孩子咋办？……榛子从小就长在树林子里，和树，和鸟，和林子里的小动物待在一起……就怕见生人。这不都五岁了……只会叫爸，叫妈……

大　桃　孩子都五岁了，就只会叫爸叫妈……你们俩咋这么糊涂啊！你们俩想过没有，这样下去，孩子会变成啥样，孩子长大了怎么办？你们俩在山上吃苦可以，但不能耽误了孩子……

〔二桃、佟刚不语。

佟　刚　姐，我和二桃也在想办法。

大　桃　孩子都五岁了，有啥办法……

〔大桃站起来，走近二桃。

大　桃　佟刚，二桃，我这次来，就想劝你俩离开林场！今天一看榛子这样，你们这就离开望火楼，跟我下山！

佟　刚　姐……

大　桃　如今已经改革开放了，只要你们离开林场，回到城里，不仅比在这儿挣得多，更要紧的让榛子换个环境，过两年在城里上学，接受良好教育……

佟　刚　姐，我不能走，我爹还在林场，我不能离开他老人家……

大　桃　你不离开他老人家可以，可榛子怎么办？

二　桃　（思考）佟刚，要不我去场部找找榛子他爷爷商量商量？……

大　桃　（疑惑地）榛子的爷爷？！……

二　桃　姐，你见过，佟保中，如今是总场副场长了，我想让他跟我们分场领导说说，给我们换个工作……

佟　刚　啥？跟我爹说，说啥？说咱俩都下山，离开望火楼？！

二　桃　咱又不是怕吃苦，榛子变成这样，他当爷爷的不着急呀……

佟　刚　不行！这不是为难我爹吗？……行了，行了，姐大老远来的，一定又累又饿，快去做饭吧。

〔二桃不理。

大 桃 你们俩这是怎么啦?

二 桃 姐，我这么说吧，三天前我就想给同学打个电话，给榛子买件新衣裳，姐，你看榛子穿的，还是去年的旧衣裳。你看咱眼前这片林子，一天天长大了，长高了……一个季节一个颜色……可一见咱榛子呢，还赶不上这树，夏天穿春天的衣裳，到了冬天还是去年的旧棉袄……

大 桃 佟刚，打个电话怎么了?!

佟 刚 姐!这是专门报告火情的电话!……

二 桃 我就用一次又怎么啦……

佟 刚 一次也不行，我问你，要是你正打电话的时候刚好林子着火了可怎么办?再说这火情的电话，上级天天都要检查测试，永远要保证电话畅通，姐，这是火情专用电话，真不能为了私事打电话!

大 桃 佟刚，心可真细。

二 桃 没错，气得我都三天没跟他说话了……姐，我也想通了，要说佟刚也是为了工作，佟刚可积极了，年年被评为模范，奖状一大摞……告诉你，佟刚要入党了!

佟 刚 不，不，正在申请……

大 桃 怪不得把望火楼当成使命!

〔这时，佟保中走来。

佟保中 哎呀，这位记者同志说得太好了!没错，把望火楼当成使命!这就是我们塞罕坝务林人心里所想的。记者同志，像这样的望火楼，我们林场还有八九个，你一定都走走，都看看!

〔众人大笑。

大 桃 大伯!……

二　桃　爹，这是我姐大桃！……专门来看我们的。

〔佟保中仔细辨认……

佟保中　哎呀……是大桃！榛子的大姨……（大笑）怪我……弄错了……好，好，戚来东家福，难得一见！佟刚……

佟　刚　爹，您放心，前几天，我还逮了一只兔子……

佟保中　咱林子里的蘑菇可香了，还有黄花、蕨菜……

佟　刚　都是现成的。

〔突然，佟保中看见榛子，亲热地走到跟前。

佟保中　榛子，榛子！……看爷爷给你带啥好吃的……

〔佟保中拿出一袋饼干递给榛子，榛子欲接。

佟保中　叫爷爷！……叫爷爷！……

佟　刚　爷爷……

榛　子　（一愣）爸……爸……

佟保中　（摇摇头）……叫爷爷！

榛　子　妈……妈……

佟保中　（心痛地）这！……

〔音乐。

大　桃　大伯，孩子都五岁了，还只会叫爹叫妈……您不知道吗？

佟保中　知道，半年前他们才告诉我，从此，榛子就成了我心里的痛。连做梦都盼啊，盼着榛子能叫我一声爷爷！大桃，这次我来，就是要把榛子接走，给他换个环境……

〔大桃思考，突然走近佟保中。

大　桃　不！大伯，您工作那么忙，再说，林场的条件……这样，我把榛子带走吧，带到城里，过两年该上学了，不能把孩子耽误了……

二　桃　太好了！跟着大姨去市里？（高兴地）佟刚，你说呢？

佟　刚　那感情好！只是，姐，给你添负担了……

大　桃　这不是也为了我妹妹吗，让榛子在城里念小学、中学，将来还一定让他考上大学！

佟保中　大桃，谢谢你，我们所有的务林人都谢谢你！……只是，大桃……

大　桃　大伯，您说……

佟保中　将来榛子真要是考大学……就让他上林业大学！

大　桃　还学种树？

佟保中　对，还学种树！

大　桃　还上塞罕坝？

佟　刚　我爹早就说了，我们祖孙三代都上塞罕坝！

大　桃　怪不得人们说，你们献了青春献终身，献了终身献子孙……

佟保中　这辈子就是为了这片绿色。

大　桃　（忽然想起）哎，大伯，榛子要上学了，您给他起个大名吧！

二　桃　对，对，榛子，让爷爷给你改个上学的名儿。

佟保中　（思考）……从小长在林子里，就叫佟小林！

佟　刚　“佟小林”！爹，好听，好听！

〔众人围着榛子喊“佟小林！”

佟保中　对，佟刚，今天我上山来还要告诉你一件喜事！

佟　刚　喜事？！

佟保中　大喜事！

佟　刚　爹，啥大喜事？

佟保中　佟刚，总场党委已经批准你加入中国共产党了！

众　（惊喜地）佟刚入党了？

佟　刚　我现在就是共产党员了？！

佟保中　对，儿子，你是共产党员了！……昨天我高兴得一宿都没合眼，有一肚子话要跟你念叨念叨！走，我们爷俩去林子里转转……

〔佟保中与佟刚走进树林。

佟保中　佟刚，爹一直想问问你，你跟着爹一直守在塞罕坝，后悔不后悔？

佟　刚　爹，您有啥话儿子听着……

佟保中　（摇摇头）可这辈子，爹总觉得对不住你……当初，你娘没了，不满一岁，爹就把你抱到塞罕坝，跟爹住窝棚、马架子，冷一口、热一口，吃苦受罪，打小没享过一天福……后来，爹又没供你继续升学，中学毕业，就留你在林场当了工人，你还是个孩子，爹亲眼看见你上山一身汗，下山两腿泥……再后来，你结婚了，爹又打发你们夫妻俩上了望火楼，爹知道山上的生活苦，长年累月下不了山……如今，榛子又……你真没埋怨过你爹，没后悔过？……

佟　刚　爹，我不是没想过……林场有多苦，望火楼有多寂寞，二桃心里多委屈，榛子现在还只会叫爸叫妈……我当爹的能不着急吗？……可是爹，当初，您大学毕业，离开城市，离开家，离开生病的娘，来到塞罕坝，您后悔了吗？……还有老场长、杨总和那么多叔叔阿姨。在这里种了一辈子树，老场长把骨头都埋在这里……他们后悔了吗？

佟保中　儿子，有些事，已经刻在心里，你永远都不该忘记。

佟　刚　小时候，在老场长家，秀兰阿姨为了让我吃饱，常常饿着，有一天我亲眼看见她晕倒在院子里……还有，一个大雪天，晓君阿姨进城给我买奶粉，半路上摔下山坡，浑身是伤……

佟保中　你还记着你七岁那年，从家里跑出来，在林子里迷了路，三更半夜全林场的叔叔阿姨，举着火把，找了你整整一宿……

佟　刚　最后把我从沟塘子里找到了……秀兰阿姨紧紧抱着我号啕大哭……

佟保中　全场职工都哭了……

佟　刚　爹，我从小是塞罕坝人养大的，我的命也是塞罕坝人救活的。甭说在这儿待一辈子，就是两辈子、三辈子，我佟刚也不后悔！

佟保中　（激动地）儿子！

佟保中　好儿子，够格，像一个共产党员！

〔音乐。

〔灯暗。

序（三）

〔字幕：

久久为功，玉汝于成，经过三代务林人的艰苦创业，塞罕坝112万亩的浩瀚林海，终于迎来了五十五年后的春天。

如今，塞罕坝的绿水青山，真正变成了金山银山。

〔2010年佟小林从林业大学毕业，和同学们一起来到塞罕坝林场。

〔塞罕坝绿水青山，绵延起伏，无边绿意，如诗如画。

〔佟小林等大学生背着行囊来到这里。

小　王　佟小林，快走啊……

佟小林　来啦……

女　甲　（惊叹地）绿水青山，太美了！佟小林，这就是我们要来的塞罕坝林场？

佟小林　对，五十多年前这里还是黄沙遮天日，飞鸟无栖树，是三百多名创业者和一代又一代务林人，用自己的青春和汗水，把这百万亩荒漠沙地，变成如今的浩瀚林海……

女　乙　同学们，作为刚刚毕业的大学生，我建议，咱们每个人都从这片林海里，捡拾一粒种子，把我们的理想和精神，播种到我们未来的人生中去！

眼　镜　我们要用生态文明的理念，再接再厉，在塞罕坝上实现第二次创业！

佟小林　美丽的高岭梦中牵挂，那一道道山梁一道道坡，林为情思风作马！

众　在远方，自天涯，魂牵梦萦塞罕坝……

〔音乐。

〔灯暗。

第六场

〔 2013 年春夏之交。

〔佟小林带领石质阳坡攻坚造林战斗队在石质阳坡上艰难的种树。

〔回来的路上互相讨论着。

小　王　你们说都两年了，三次试种都没有成功，可以得出结论，石质阳坡上真的不能种树！

眼　镜　小林场长，开头我也支持你，在石质阳坡上实现二次创业！可一次两次失败了，还没完没了地试验。再说，咱们大学毕业，刚刚分配到这儿，咋就非啃这块硬骨头呢？

女　甲　不是小林非啃这块硬骨头，什么叫二次创业？懂吗？就是要在塞罕坝能种树的地方都种上树。小林想得对，如果石质阳坡真的试验成功，那塞罕坝就能增加十万亩新绿……

眼　镜　可结果呢？试验两年，一点儿收获没有吧？本来两年前来到塞罕坝，我真的觉得挺好的，前辈人艰苦创业换来了百万亩的青山绿水……

女　乙　眼镜，我听懂了，前人种树，后人乘凉，你是光乘凉，不创业！

小　王　你说咋创业？塞罕坝一百几十万亩地，几乎都种上树了，有肉的骨头人家也啃了。

大个儿鹏　没错，就剩下十万亩石质阳坡，可土层不过五厘米，底下全是石头，老百姓说啥，高粱秆儿盖房子，不是那块料！

佟小林　……当初建场的时候，这坝上一棵树都没有……试种，失败，再试种，再失败……

〔办公室内舒纹正在看着石质阳坡的解剖面。

女　甲　舒纹嫂子，咋，连家都没回，就上山来了，一定是想小林场长了？……

〔众人笑。

舒　纹　石质阳坡攻坚造林，你们都睡在工地上了，我不到这儿找你们，去哪儿找？

小　王　嫂子，什么时候调回塞罕坝啊？

女　乙　瞎说啥，嫂子在省林科院，是研究生，怎么能回塞罕坝？是不是，嫂子……

舒　纹　我找小林有点儿事。

众　走，咱们走吧！

〔众人走去。

舒　纹　石质阳坡的试验还是失败了？

佟小林　失败是成功之母！……（想起地）哎，舒纹，不知你看到没有，一家外国的报纸说，在全球森林覆盖率普遍减少的情况下，中国的塞罕坝还在不断地提高森林覆盖率……所以，在这塞罕坝的二次创业……

舒　纹　（打断地）小林，今天，咱们先不谈这些。我急着从省城回来是要告诉你一个好消息，我们省林科院要建立一个生态发展研究所。我的导师非常关心咱们，他亲自找了院领导，推荐把你调过去……

佟小林　调我去？

舒　纹　而且还建议让你当召集人……

佟小林　我行吗？！……

舒　纹　小林，这可是千载难逢的机会，多少人求之不得……我怕夜长梦多，答应导师最近你就去林科院报到！

佟小林　（吃惊地）报到？！

舒　纹　对！

佟小林　你答应人家了？

舒　纹　我跟导师说，我能做主，而且，小林，我已经安排好车了，明天一早咱们就离开塞罕坝！

佟小林　你凭什么答应，凭什么替我做主？！……

舒　纹　（一惊）这么好的机会，我当然要答应，当然为你做主！

佟小林　我不去！

舒　纹　你必须去！……如果你还要这个家……

〔音乐。

佟小林　舒纹，咱俩结婚几年了，你该了解我，为啥大学一毕业，我就毫不犹豫来到塞罕坝，因为我离不开这块土地！

舒　纹　你能不能活得真实一点、现实一点？现实一点！……

佟小林　我知道在石头上种树很难，可这就是我们这一代务林人的使命，我要对这片土地有一个回报！

舒　纹　省林科院是科研单位，有大量的文献资料，有全国闻名的专家、学者……

佟小林　舒纹……

舒　纹　在那里有条件立项，可以出国考察，我们的成果能与世界先进的理念接轨……

佟小林　舒纹……

舒　纹　（生气的）你眼睛里不能只有塞罕坝！

〔电话铃声响起，佟小林快步走上……

佟小林　喂？

杨　娜　你是佟小林吗？

佟小林　我是！

杨　娜　我是杨娜，你应该叫我阿姨。

佟小林　杨娜阿姨……

杨　娜　我调令已经下来了，很快就能回到塞罕坝……

佟小林　您调回来了？

杨　娜　对！……你等着，回见！

佟小林　回见……

佟小林　舒纹，不管你愿不愿意听，我现在就给你讲一个塞罕坝上老护林员的故事。夫妻俩在望火楼上已经三十多年了，夏天，雨水就着干粮，冬天一口煎饼一口雪，三十年，在他们手里，没丢过一棵树，没发生过一次火灾……去年腊月二十三，我去给他们送年货，两个老人都病了，我要背他们下山，他们执意不肯。是啊，春节是人们团圆的日子，可这两位老人却在望火楼上，守着严寒，守着寂寞，守着眼前的这片林子……那天我们在山上过的小年，我问他们，一辈子了，有啥愿望吗？我说，等春天来了，送你们二老去城里看看？他们摇了摇头，趴到我耳朵上说，"哪儿也不去，就想天天守着这些树，一辈子也不离开这儿！"就在前几天，我又去看他们的时候，由于风湿，腰疼……我远远看见，两个人互相搀扶着，一瘸一拐地登上望火楼……是啊，三十年夫妻俩从没有耽误一次巡望的时间……这，就是我的父亲、母亲！……回来的路上，我突然发现旁边的树长得很茂盛、很挺实，青青的、绿绿的……这不正是他们生命中的绿色吗？

〔音乐中，舒纹望了一眼佟小林，没有说话。

舒　纹　小林，你的故事很感人……

〔舒纹拎起皮箱往山下跑去。

佟小林　舒纹，你去哪？……舒纹！

舒　纹　小林，可是三十年后的今天，我们应当去选择更美的人生风景！

〔舒纹转身离去。

佟小林　舒纹……

〔正在这时，佟保中、任晓君携杨娜等林场新老员工走来。

杨　娜　小林……

佟小林　杨娜阿姨！

杨　娜　小林，所有的老务林人都来林场了。

佟小林　爷爷！……奶奶！……

佟保中　小林，你还不知道呢，是杨总给你杨娜阿姨写信，让她来帮助你们在石质阳坡上种树！

佟小林　爷爷我知道了……

佟保中　还有，你杨娜阿姨已经决定调回到咱们林场了！

佟小林　这个我也知道了……

女　甲　杨阿姨，您不在北京了？

杨　娜　不在北京了！

小　王　不在林科院了？

杨　娜　不在林科院了。

眼　镜　也不当博士了？

佟保中 回咱塞罕坝当博士！

〔众人高兴，热烈鼓掌。

佟小林 杨娜阿姨，林科院可是科研单位，而我们这里只是上山、挖坑、种树……

佟保中 （高兴）不，小林，咱塞罕坝可不仅是挖坑种树，也不仅是为北京、天津挡住风沙，五十年，我们能把满目疮痍的塞罕坝变回绿水青山，能把已经被破坏的生存环境进行人工修复，让人类和自然环境永远和谐相处，这是一场关乎生态文明的伟大试验！

杨　娜 所以，作为科研工作者，哪里需要，我们的岗位就在哪里，今天，我来到塞罕坝，到老一辈曾经洒过汗水的地方，是要亲自参加这一场生态文明、绿色发展的伟大实践！小林，你们选择在石质阳坡上种树，尽管还没有成功，可是你们提供的数据、试种方案，还有选择的树种，都非常有价值！我已经和佟叔叔商量过了，决定在石质阳坡上试种樟子松！

佟小林 樟子松？！……它原来就生长在大兴安岭……

杨　娜 对！耐高寒，根子长，扎得深，不怕旱！如果我们能找到一种适合它生存的栽培技术，就能在石质阳坡上生长！

佟保中 小林，我看杨娜这个方案可行！我一直在想，在石质阳坡上种树，如果我们挖深坑、取石头、填客土、种容器苗、地膜保墒、草帘防风……我看这樟子松啊，能成！

任晓君 到时候，我还负责育苗……

佟保中 对，小林，别看你爷爷我老了，可种了一辈子树，如今，你们要二次创业在石质阳坡上种树，我们也要贡献一分力量，在我们塞罕坝的石质阳坡上继续我们的“绿色人生”！

众 好！

佟小林 太好了！爷爷、奶奶、杨娜阿姨……有你们的支持，我相信，我们十万亩的石质阳坡，一定会长出树来，塞罕坝新时代的二次创业，一定会取得成功！

〔歌声：

“思绪拂过如诗如画
美丽的高岭梦中牵挂
生命的绿色慢慢升腾
你们的血肉浸入风沙
那一道道山梁一道道坡
林为情思风作马
在远方，自天涯
魂牵梦萦塞罕坝”

〔灯暗。

尾声

〔塞罕坝林场场部，这里和当年比起来，已然焕然一新。

〔这时，赵志扶着二嫂，还有秦海生、张莉夫妇、杨总夫妇等走来。他们望着已经被布置一新的场部，几乎认不出来了。

秦海生 没错，没错！二嫂，这就是当年的场部，原来的马架子是在那儿……

赵　志 娘，您不认识了吧？……

〔二嫂望着这里的一切变化，十分激动……

二　嫂 （回忆地）是这儿，是这儿……那天，刮着白毛风，我给埋在雪窝里的佟保中搓雪……那天，老场长和杨总带着全家妻儿老小上坝……那天，对，也是在这儿，我们看了电影《上甘岭》……

〔佟保中等人走来。

众 二嫂！

佟保中 二嫂！

二　嫂 保中！

佟保中 二嫂，大伙儿盼您回来！

二　嫂 回来，回来！……保中，二嫂已经来林场两天了！

佟保中　（一怔）来两天了？！……二嫂啊二嫂，你咋不吱一声，是看我佟保中脱袍退位不当场长了，还是怕我们不给二嫂包饺子？

赵　志　佟伯伯，是我拉着我娘，还有秦叔叔一家，把林场的每一片林子、每一个望火楼都走一走，转一转！

秦海生　变了！变了！真没想到啊……保中啊，过去望火楼是木架子，晚上点着小油灯……如今，三层小洋楼，自动化视频监控，还有电视、网络……

二　嫂　还有，真是做梦也没想到，那石质阳坡上硬是种出树来了，原来的荒山秃岭，都变成一眼望不到边的林子了……听说林场的年轻人都是大学生，二次创业，他们立功了！可就是，都不认识……

佟保中　二嫂，这是我孙子佟小林，如今是分场场长了！

佟小林　奶奶，我是榛子！……

〔正在这时，二桃、佟刚匆匆走来。

二　桃　小林！小林！你们快看看，谁来了！

〔舒纹背着包走来。

众　舒纹？！……

舒　纹　小林！……爷爷，奶奶……今天舒纹正式向塞罕坝林场报到！

〔众人热烈鼓掌欢迎。

舒　纹　爷爷奶奶，我这次回来，不走了！杨娜阿姨说得对，哪里有需要，我们科研人员就该在哪里扎根。如今，我们国家正在进一步推动生态文明，提出要实现“双碳”目标，所以，作为林科院，还有林场，都要探索碳汇造林，为将来实现碳中和贡献力量！杨总、杨阿姨，这次研究院非常支持我回到塞罕坝研究这个课题！

杨宁先 好！好！我双手赞成舒纹的选择！实施碳汇造林，就是要发挥更大的生态效益。如今我们的林场每一立方米的林木，可以吸收二氧化碳 1.93 吨，释放氧气 1.62 吨，这就叫“碳汇”！这不仅是我们对国家的支持，也是对世界气候改变的贡献！舒纹，回来的好！

众 好！（大家鼓掌）

佟小林 （走向舒纹）舒纹，欢迎你回来！从现在起，咱们和杨娜阿姨，以及所有的务林人一道，让生态文明的理念在塞罕坝深深地扎下根子！……今天，我们终于懂了，塞罕坝三代务林人牢记使命、艰苦创业，种下的不仅仅一片林海，更是一种精神，一种理念，所以，我们年轻人来到塞罕坝这个美丽的高岭，就是走进新时代这座精神文明和生态文明的高地！（大家鼓掌）

佟保中 小林说得好！今天，正赶上大家都回到林场，那咱们就一起看看“塞罕坝”的电影，看看我们塞罕坝人的今天！

〔放映电影《塞罕坝》。

〔影片中出现塞罕坝获“地球卫士奖”的情景。

〔字幕：2017 年 12 月 5 日，联合国环境规划署宣布中国塞罕坝林场建设者获 2017 年联合国环境最高荣誉——“地球卫士奖”。

〔字幕：2021 年 2 月 25 日，全国脱贫攻坚表彰大会上，塞罕坝机械林场荣获“全国脱贫攻坚楷模”称号。

〔字幕：2021 年 9 月 28 日，塞罕坝机械林场荣获联合国防治荒漠化领域最高荣誉——“土地生命奖”。

〔字幕：2021 年 8 月 23 日，习近平总书记来到塞罕坝机械林场考察调研，并发表了重要讲话。

〔这时，佟保中走到一边。

佟保中 种树……就像养育孩子一样，除草、治虫、浇水、修枝、间伐……塞罕坝三代务林人伴着这些树，走了整整五十五年，树长大了，长高了，长直了……人老了，背驼了，腰弯了……可我没有想到还有今天，没想到我们务林人还能赶上这样的好机遇，生态文明，绿色发展，“绿水青山就是金山银山”……

〔主题歌起：

“把爱交给青山　今生无悔无怨
把爱交给绿水　久久为功不变
牢记使命　听从党的召唤
艰苦创业　建设绿色家园
塞罕长歌行
铭刻在生命的年轮间……”

〔主题歌声中，字幕：

中共中央总书记、国家主席、中央军委主席习近平对河北塞罕坝林场建设者的感人事迹做出重要指示指出，五十五年来，河北塞罕坝林场的建设者们，听从党的召唤，在“黄沙遮天日，飞鸟无栖树”的荒漠沙地上艰苦奋斗、甘于奉献，创造了荒原变林海的人间奇迹，用实际行动诠释了绿水青山就是金山银山的理念，铸就了牢记使命、艰苦创业、绿色发展的塞罕坝精神。他们的事迹感人至深，是推进生态文明建设的一个生动范例。

〔灯暗。

作品赏析

话剧《塞罕长歌》以宏阔之笔触，真挚之情怀，生动地展现了河北塞罕坝三代务林人从荒芜到苍翠的拼搏历程。全剧以佟保中、佟刚、佟小林三代人为主线，跨度近半个世纪，将塞罕坝五十五载造林的恢宏篇章娓娓道来。编剧以极富诗意和史诗感的笔法，通过一个个鲜活生动的故事，淋漓尽致地再现了那段艰苦卓绝的奋斗岁月。从漫天风沙到林海茫茫，从寸草不生到绿意盎然，塞罕坝几代人用坚韧不拔的意志和无私奉献的品格，谱写了中国生态文明建设的壮丽诗篇，深刻诠释了塞罕坝精神的时代内涵。话剧将一代代务林人战天斗地、披荆斩棘的拼搏历程融入祖国绿色事业发展的时代洪流中，彰显了无悔青春献给祖国、把生命熔铸在林海的家国情怀。

《塞罕长歌》最值得称道之处在于，编剧以真挚的笔触和专业的视角，细致入微地刻画了几代塞罕坝人的奉献与牺牲。务林人不畏严寒、不惧风沙，他们在恶劣的自然环境中开荒植树，用血汗浇灌出一片片郁郁葱葱的林海。无论是在雪窝子里险些牺牲的佟保中，还是运送树苗途中不幸遇难的高志，无不彰显着务林人舍生忘死、无私奉献的崇高品格。剧中人物没有豪言壮语，却以朴实无华的话语表达了对绿色事业的无限忠诚。“我们把命都豁出去了，就盼着咱坝上长出树来……”质朴而有力的台词，彰显了塞罕坝人脚下永远有一片林子的使命担当。从满目荒芜到林海葱茏，从黄沙遮日到绿水青山，编剧以动人的细节展现出务林人崇高的家国情怀。尤其是望火楼上二桃夫妇含辛茹苦抚育孩子，即使皮包骨头也要把口粮省下来给孩子。这些情节不仅反映了务林人精神，更折射出他们对子孙后代、对未来的无限期望。

该剧在塑造人物上可谓用心良苦。剧中人物都有着鲜明的个性特征，有血有肉，于平凡中见伟大。李斌、杨宁先等领导以身作则，带头安家林场，面对困境，始终坚守信念，彰显共产党人的崇高品德。他们把“改变当地自然面貌，保持水土，为改变京津地带风沙危害创造条件”作为自己的神圣使命，带领务林人战风沙、斗严寒，用实际行动诠释了共产党人的政治本色。佟保中、佟刚等几代人不畏艰苦，矢志不渝，用汗水和智慧筑起一道绿色屏障。面对缺吃少穿的艰苦条件，佟保中从不言苦言累，而是带头住窝棚、挖坑育苗，他那“我们把命都豁出去了”的誓言，更是振聋发聩。任晓君、二桃等女性角色不让须眉，在粪坑里劳作、在风雪中育苗，为塞罕坝增添一抹亮丽的色彩。她们抛弃城市的繁华，毅然选择在林海扎根，对事业的坚守和孩子的深爱感人至深。而韩大伯、赵志等当地村民对绿色事业的支持，则体现了人民群众参与生态建设的广泛性和主动性。他们自发组织起来，支援务林人种树造林，众多鲜活的人物群像，勾勒出一幅波澜壮阔、气吞山河的时代画卷。

《塞罕长歌》在艺术手法和舞台呈现上亦可圈可点。编剧以电影式的叙事手法，时空交错，从塞罕坝创业初期的艰苦岁月，到改革开放后生态文明建设的春天，跨度近六十年的历史在舞台上徐徐展开。一个个可歌可泣的故事在舞台调度中跌宕起伏，一幕幕真情实感的场景催人泪下。在“马蹄坑大会战”中，务林人爬冰卧雪，挖坑种树，大屏幕上密密麻麻的树苗渐渐长成参天大树，气魄恢宏、场面壮观。在电影《上甘岭》的映衬下，塞罕坝人视林场为阵地，一寸不让的信念更显崇高，将主题升华到新的高度。“林场职工”一词更是成为塞罕坝人自我认同的代名词，体现了对事业无比的忠诚。“绿水青山就是金山银山”理念贯穿始终，令人豁然开朗。从改装苏联进口植树机到试种“容器育苗”，从打造望火楼到设置视频监控，无不彰显着科技创新和与时俱进的发展理念。尤其是对标“两碳目标”，提出“碳汇造林”的前瞻性思路，表明塞罕坝人始终立足前沿，勇做生态文明排头兵。尾声对塞罕坝屡获殊荣的展现，更让人为中国生态文明建设取得的辉煌成绩而倍感自豪。

总而言之，《塞罕长歌》以一个特定区域几代务林人的奋斗历程，折射出一个国家生态文明建设的恢宏图景。该剧用真挚朴实的艺术语言，生动形象的舞台呈现，立体地塑造了以佟保中、佟刚、佟小林为代表的塞罕坝精神，这种精神既是共产党人艰苦奋斗、无私奉献精神的生动体现，也是社会主义核心价值观的鲜活诠释，更是中华民族追求绿水青山、建设美丽中国梦的精神写照。话剧让观众深切感受到伟大出自平凡、平凡造就伟大的真理，每个人只要心存高远、脚踏实地，就一定能在平凡的岗位上创造不平凡的业绩。

永远的铁人

肖生科

作者简介

肖生科，男，汉族，甘肃景泰人，出生于1972年12月。1996年，毕业于石河子大学作物栽培专业，获学士学位。2004年，毕业于西北农林科技大学生物化学与分子生物学专业，获硕士学位。1996年7月起，先后在玉门石油管理局炼化总厂、多种经营管理处、玉门油田分公司工会等单位工作。现任玉门油田公司党委宣传部部长，中国石油作协理事。

肖生科主要作品有历史情景剧《石油摇篮》、话剧《永远的铁人》、长篇小说《风雨岁月》、散文诗《你是个铁人》《铁人的羊皮袄》《宝石花的誓言》、小品《希望》等。除文学外，也喜爱音乐，曾创作歌词《铁人》《石油河》。

《永远的铁人》由肖生科编剧，余燕妮导演，玉门油田43名职工出演，于2023年8月3日在甘肃酒泉剧院首演。进京汇报演出后，赴大庆油田、大庆石化、大庆炼化、辽河油田、兰州石化等单位巡演，累计演出32场次。演出通过“中油V视”“铁人先锋”“中油阅读”等渠道播出，截至目前，吸引超100万人次线上观看，受到新华社、《工人日报》、《中国艺术报》、《中国石油报》等十余家媒体的关注。

剧情梗概

玉门解放后，出生于贫苦家庭的“十斤娃”王进喜急于为国家出力，参加了油矿招工考试，成为新中国第一代钻井工人。因不怕苦、不怕累，王进喜被调到“豆腐队”——贝乌5队当司钻，经过磨合，他与5队的工人齐心协力，甩掉了“豆腐队”的帽子。石油部开展劳动竞赛，王进喜主动请缨，提出“月上千，年上万，祁连山上立标杆”的口号，带领5队“大战白杨河”，创下月进尺5009米的世界少有纪录。在全国劳模齐聚北京参加群英会时，王进喜得知国家严重缺油，洒下热泪的同时将这重大责任扛在自己肩头，誓要把“贫油国”的帽子甩到太平洋去。他告别了母亲和妻子，奔赴东北，参加石油大会战。到了萨尔图，王进喜不关心吃饭住宿问题，一心只想着钻井。在没有吊车和拖拉机的情况下，他带领全队工人用“人拉肩扛”的办法，将钻机设备运到井场，带着群众用脸盆运了50吨水，保证了按时开钻，在短时间内创造了一系列奇迹。发生井喷时，王进喜不顾腿上的伤，扔掉双拐，跳进泥浆池，用自己的身体搅拌泥浆，与队友一起治服井喷，成为国人心中永远的“铁人”。

人　物

王进喜——钻井队长，27 岁至 47 岁

何占信——王进喜的母亲，50 岁

王兰英——王进喜的妻子，23 岁至 40 多岁

郭队长——钻井队长，30 多岁

王化兰——钻井队长，29 岁

张建军——钻井队指导员，20 多岁至 40 多岁

张兴民——钻井队副队长，20 多岁至 40 多岁

张科长——钻进处人事科长，30 多岁至 40 多岁

赵大娘——井队房东，60 多岁

王德伦——鞍山钢铁厂职工，全国劳模，30 多岁

李　海——机修工人，27 岁

赵长明——钻井工，20 多岁至 40 多岁

马小伟——钻井工，20 多岁至 40 多岁

序幕 当好能源保供“顶梁柱”

〔背景：习近平总书记视察中国石油相关单位场景。

〔旁白男：党的十八大以来，习近平总书记先后对中国石油和中国石油相关工作多次做出重要指示批示，从“四个革命、一个合作”到坚持“两个一以贯之”，从“大力提升勘探开发力度，保障国家能源安全”到“能源的饭碗必须端在自己手里”，从弘扬石油精神到中央企业是能源保供的“顶梁柱”，一次次地指示批示、关心关怀，让我们更加深刻认识到能源安全是关系国家经济社会发展的全局性、战略性问题，对国家繁荣发展、人民生活改善、社会长治久安至关重要。

〔旁白男：新时代新征程，新使命新担当。我们要坚决落实总书记的殷切嘱托，胸怀“国之大者”，把握“企之要情”，大力弘扬石油精神和大庆精神铁人精神，把能源的饭碗牢牢地端在自己手中，坚决当好能源保供“顶梁柱”，加快建设基业长青的世界一流综合性国际能源公司，为全面建设社会主义现代化国家、全面推进中华民族伟大复兴贡献石油力量。

第一幕 油矿得解放

〔背景画面：解放门、戈壁滩等。

〔暗场，电报的声音响起。

〔纱幕投影：1949 年，中国人民解放军挺进西北素材。

〔画外音：1949 年华人民共和国成立前夕，中国人民解放军势如破竹，经过辽沈、平津、淮海三大战役之后，国民党的主要军事力量遭受重创。中国人民解放军第一野战部队也以强劲的态势横扫大西北，直捣胡宗南、马步芳的老巢，处于慌乱之中的国民党反动派密谋和策划破坏玉门油矿。此时，毛泽东主席亲自做出批示“要保证玉门安全”。

〔舞台一侧光启，电话铃声响起，时任一野三军九师的黄新廷军长接起电话。

黄新廷 是，首长，一定按照毛主席指示——要保证玉门油矿完好无缺地回到人民手中！（放下电话）刘参谋，通知下去，全军昼夜兼程挺进玉门油矿，全面解放玉门，保证玉门油矿安全。哼，秋后的蚂蚱还想蹦上天？敢蹦跶，卸了他的蚂蚱腿！

〔收光。

〔舞台投影：解放玉门影像。

〔画外音：1949年9月25日，中国人民解放军的坦克开道，装甲车、汽车、骑兵和步兵队伍气势雄壮、昼夜兼程赶往玉门油矿，宣告玉门得以和平解放，此时的玉门人民激动万分，天不亮就冲出以往戒备森严的检查站，对解放军的到来翘首以盼。

〔纱幕升，舞台上四根柱子高高地矗立着，柱子旁围满了人，就连柱子腰部突出的棱檐上都站着人，大家都伸长了脖子，瞪大了眼睛，静静地看着远方。

〔王进喜趴在地上听声音。

王进喜 来了，来了，解放军来了。

李　海 （站在柱子上远眺）我看见坦克了，还有装甲车，来了，解放军来了。

众　人 咱们玉门，咱们玉门，解——放——了！

王进喜 玉门解放了！玉门解——放——了！

众　人 （欢呼）玉门解放了，玉门解放了，解放军来了……

〔顿时人群一片沸腾，锣鼓喧天，男女老少欢腾喜悦，秧歌队舞着红绸、青年们向远方的解放军挥舞着红旗。

〔王进喜高兴地跟着秧歌队蹦跶两下，又拿过红旗挥舞两下，突然，他在中间两个大柱子前停下。

李　海 十斤娃，咱走到那边看坦克车去，站这儿干吗？

〔王进喜在两个柱子中间来回走着。

李　海 十斤娃，你高兴傻了吧，这是干啥呢？

王进喜 10年了，每次到这个地方都被那帮人拦住，进去拦出来也拦，还不如一只老鼠呢！今天解放军来了，我就是要想进就进、想出就出，来，你也感受一下，走一走。

李　海 唉，我进来了，唉，我又出来了，这不就是瞎溜达吗。

王进喜 错，这叫作——自由！解放喽，自由喽——（兴奋地围着大柱子跑）

〔最边的大柱子旁，几个青年在小声念着柱子上贴着的“招工启事”。

青年甲 招工启事，玉门油矿现招钻井工、采油工、炼油工，哎哎。

青年乙 咱们也能去报名吧？

青年甲 走，我们现在就去问问。

青年合 走，报名当工人去喽！（几人下）

〔王进喜连忙跑过去，认真地看着那张“招工启事”。

李　海 你看啥呢？你个十斤娃，大字不识一个还把你看得认真的。

王进喜 我听见他们说这是在招工，是不是油矿在招工？你快给我念念。

李　海 （牛气地）行，你起开，招工启事，嗯……啥啥……啥……啥。

王进喜 啥嘛？

李　海 别着急嘛，我再仔细看看，啥啥“井”啥、“采”啥、啥啥……

王进喜 哎呀，你念了个啥吗？

李　海 你急啥吗？

王进喜 我着急想当工人，给国家出力气呢，哎呀——

〔王进喜说着就冲下去拉着张兴民上。

张兴民 哎呀，干啥嘛，我正敲着锣呢。

王进喜 兴民，你快帮我看看这上面写的啥？

张兴民 我看看，噢，这是油矿的招工启事，有钻井、采油、炼油……十几个工种呢。

王进喜 太好了，我终于盼到这一天了。

张兴民 唉，那咱们都可以报名嘛，以后咱就能当工人了。

李　海 对啊！

王进喜 对，这是我做梦都在想的事情，再也不是黑油娃了，我想报个钻井工，你们呢？

张兴民 （憨笑）嘿嘿，我也想当个钻井工。

李　海 那我，我就报个机修工吧，我可告诉你们，这矿上不是有个顺口溜儿，钻井的"老虎"炼油的"狼"，总务后勤是"小绵羊"，十斤娃，我看你呀最适合当只"小绵羊"。

王进喜 我让你瞧不起人，我当工人就是想当钻井工，将来当个好司钻，手握刹把多威风。

李　海 呦呦呦，还没当上呢，就先威风上了，你呀别高兴得太早。

王进喜 咋？

李　海 考钻井工可不是一般人能拿下来的，要求可高了。

王进喜 再高我也不怕，我非得考上不可。

张兴民 好了好了，十斤娃你还不了解吗，犟起来十头牛都拉不回来，让他试试吧。

李　海 不是我不让他试，有些东西能试，有些东西不能试，比如"文化"这个东西，不试还好，一试就露馅儿了。

王进喜 我虽然没有文化，但我有的是力气，再说了我还可以边干边学吗，我就是要试一试、拼一拼！

李　海 行行行，那你就试，但我可要提醒你，要做好充分的心理准备。

王进喜 我做好了一切准备！

〔收光、变光。

〔后面四个光柱亮起，四个评委拿着表格严阵以待。

张科长 十斤娃。

王进喜 到。

张科长 你姓十?

王进喜 不不不，十斤娃是我的小名儿，我生下来连筛子一称是整十斤，所以小名儿就叫十斤娃，我爹给我起了个大名儿，叫王进喜。

郭队长 噢，解放前，国民党准备破坏油矿的时候，你还主动留在矿上，参加了护矿运动?

王进喜 对，矿是我们的饭碗，如果被炸了上哪儿吃饭去!

郭队长 那你讲讲，你们这些黑油娃是怎么护矿的?

王进喜 我们听说国民党要炸矿，连夜悄悄地把钻机部件拆下来，抬到山里埋起来，然后再用水泥和沙子把采油树封闭起来。晚上，轮流值班，坚决制止破坏者。

刘主任 好，好啊!很有责任心啊!那现在你就模拟一下下油管的操作吧。

〔王进喜很卖力地展示了一组抬钻杆、提卡瓦、接接头、量钻管等动作，几位评委满意地点点头。

马指导员 还不错，那接下来就读报纸和笔试，先读一段报纸吧。

〔王进喜拿起报纸，呆呆地愣在原地，半天读不出一句完整的句子。

张科长 下一个。

〔收光，评委下。

〔王进喜失落地走到舞台一侧，灯光由明到暗再到大亮，王进喜蹲在路边手抱着头。

〔舞台另一侧几名新入职的青年手捧新工服，兴奋地走过，王进喜看着朝气蓬勃的他们心里很不是滋味。

青年甲 咱这新工服可真精神!

青年乙　（抢帽子）来啊，来追我呀，追到我就给你！

青年丙　别闹了，咱们快去试试新工服吧！

青年甲　你看我好看吗？

青年丙　好看！

青年甲　你也好看！

青年乙　看看我，精神不？

女青年　你啊，真精神！

青年甲　走，我们去试试新工服。

〔郭队长和其他三个评委上台，看到远处的王进喜讨论起来。

马指导员　这不是那天考试的那个小伙子吗？

刘主任　对对，是他啊，他叫……

郭队长　王进喜！

马指导员　这个小伙子，其实还是很不错的。

张科长　可惜没文化，咱们石油工业可不单单是只靠力气，没有文化是行不通的。

刘主任　是啊，现在就讲究个能文能武，光靠蛮力是不行的。你们说，没文化不识字，以后连设备说明书都看不懂，这怎么行！

张科长　老郭，你怎么看？

郭队长　说心里话，上次考试的时候，我就发现他是个好苗子，你们看他聪明、机灵，有一股使不完的劲儿，这一看就是一把干石油的好手。

张科长　唉，可惜啊！

刘主任　是呀！

郭队长　唉，不瞒你们说，最近新招进来的好多人都是生瓜蛋子，有些人连油井都没见过，像王进喜这样以前就在油矿里跑过，一来就立刻能派上用场的，还真没有几个，要我说咱们是不是再考虑考虑。

马指导员　老郭，有些规矩还是不能破的。

郭队长　老马，不利于油矿发展的规矩有什么不能破的，现在都什么时候？生产任务这么紧，队上都忙得拉不开栓了！再说了，解放前，有几个穷人家的孩子能上得起学？没文化也不是他的错，要我说先招工，进来以后边干边学，理论实践一起抓不是更好？

马指导员　毫无原则，一派胡言……

张科长　这学文化也不是一朝一夕的事儿呀。

郭队长　老张，你说得有道理，不过我相信像王进喜这样，能吃苦、肯上进又英勇护矿的小伙子，肯定没问题，如果再给他一次机会，他一定能顺利通过考试。

王进喜　各位领导请放心，我不光有力气，还特别能吃苦，我想当工人，我一定好好学技术，好好学文化。保证不掉链子！保证不掉链子！保证不掉链子！

张科长　那就……再考一次？

〔音乐起，收光。

〔旁白：王进喜通过自己的不懈努力，在老君庙钻探大队当上了钻井工，成为新中国第一代钻井工人，实现了从放牛娃到油娃子，从长工到国家主人翁的升华和转变，掀开了他人生的崭新一页。

第二幕 当好主人翁

〔贝乌6队，钻机轰鸣，矿上一派繁忙的景象，王进喜和李海用扁担抬着钻头等工具上台。

张兴民 进喜啊，咋没用汽车拉？就抬上来了？

李　海 人家说让等等，车排开了就给咱们拉，他偏偏不等，非得往上抬。

王进喜 等车等到啥时候去了，没个准，可咱身上的力气，咱自己说了算啊，想啥时候使出来就啥时候使出来，这不也抬上来了吗。

〔王进喜爬上钻台，协同张兴民干活，又上上下下检查了一遍钻台设备。

李　海 哎呀，跟着你呀真是太好咧，好得不得了，一点儿力气省不下，一点儿便宜占不上。

张兴民 哈哈，这就是咱们的十斤娃王进喜，埋头苦干心里甜，苦活儿累活儿冲上前。

王进喜 你先歇一会儿，我去收拾一下井场。

〔王进喜推起一辆独轮车，用铁锨铲重晶石粉，整理井场，忙得不亦乐乎。

李　海　兴民你看，又走了，他呀天生就是劳动的命，生下来就十斤，我生下来才五斤半，他比我能干也是应该的，哎呀，我不行咧，我们歇一歇。

〔张科长上。

张科长　兴民啊，你们6队干得热火朝天，劲儿很足嘛。

张兴民　张科长，你来了。

李　海　（跑过来）任务重，得抓紧，张科长你咋来了？

张科长　我来找王进喜。

李　海　你找他干啥？

张科长　这个王进喜是个好苗子，大家都反映他能干、肯干，还干得很出色，所以呀，组织决定给王进喜一个新任务。

李　海　啥任务？

张科长　走，先带我去找他。

〔几人来到舞台前一角落，走到跟前时，发现王进喜拄着铁锹睡着了。

张兴民　睡着了。

张科长　（小声）这样也能睡着？

李　海　（小声）这是他的绝活儿。

张科长　（小声）这样睡觉管用吗？

张兴民　（小声）管用。

李张合　王进喜，有诀窍，边干活，边睡觉，干得多，吃得少。

张李合　怎么累也累不倒！

张科长　怎么能累不倒呢，唉，让他睡吧，等他醒了让他来找我，明天他调离6队到5队当司钻，你们别忘了告诉他。

张李合　啊？

李　海　这5队可是个“豆腐队”呀！

张兴民 （在王进喜耳边呢喃）王进喜呀，你多睡一会儿吧。

张李合 醒了就要发愁喽。

〔收光。

〔字幕：半年后，贝乌5队井场。

〔王进喜在钻台上忙得不亦乐乎，干劲儿十足。

〔张老三、李老四、马老五几个职工在台上卸仪表和各种配件，“咚咚”地往地上扔着。

王进喜 （跑上）停！你们勺着（方言：傻瓜的意思）呢嘛！这配件哪能这么扔？

张老三 这是铁疙瘩又不是玻璃？

王进喜 这铁疙瘩它也娇贵得很呀，摔坏哪件都不行。

李老四 噢哟，至于吗？

王进喜 这些东西虽然是铁做的，但有一丁点儿损伤都会带来大事故，一定要轻拿轻放。

马老五 好好好，就按王司钻说的来，哦，不不，人家现在不是司钻，是队长啦，王队长，你放心！我们一定按你说的办。

〔这三个人故意将动作放慢，就像慢动作一样搬。

王进喜 干啥呢？咋能这么干活儿呢？

马老五 不是你让我们轻拿轻放吗？

王进喜 那也不是让你们这么个轻拿轻放，你们勺着呢嘛！就这么一车东西一个人完全可以搬完，为啥要耗着三个人？

李老四 给公家干呢，又不是给自己干呢，慢慢干嘛，急啥呢？

王进喜 你们这是旧社会对付地主工头的办法。现在我们是国家的主人，就是在给自己干活，给自己干活，劲头儿就得足足的、油门就得轰得大大的、转盘得转得快快的、狠狠的……

张老三 哎呀，王队长你说的这些都对对的，我呀，刚好有个事也赶得巧巧的，我想请几天假，过几天清明节我要回家给我爷爷上坟去呢。

李老四 队长，我也赶得巧巧的，我老家也捎话来了，让我回家相亲，娶媳妇去呢。

马老五 队长，还……还……还有我，那个……我……我媳妇催我回去呢，我们结婚五六年了，还没有个娃娃呢，再不回去我媳妇怕是要跟别人生娃娃咧。

王进喜 想请假可以，等啥时候摘掉“豆腐队”这个帽子，我再同意你们请假。

李老四 啥？摘掉“豆腐队”帽子后？

张老三 哎呀，到那时候，怕是我爷爷坟头上都长满草了。

李老四 就是，咋可能嘛，这个帽子就是注定要咱们戴的，就像这手指头没有一般齐的，总有一个是最短嘛。

王进喜 现在呀，任务紧、人手缺，你们都请假了，这井还咋打？一个月钻井不到 100 米，一年 365 天也就 800 米左右，这种情况必须改变！

马老五 还改变啥呢，能正常运转就不错了，再说了，生老病死、婚丧嫁娶都是人生大事，这人生大事就——

王进喜 （突变）大事就是打井，最大的事就是把油从地下打出来，最大的事是纠正你们的思想，端正你们瞎球混的态度。

张老三 瞎球混，王队长，这三个字你说得好轻松，为了打井我到现在还是个老光棍儿，为了打井我妈病了都没人往医院送，为了打井我连我爷爷的最后一面都没见上，你还要我们咋？

李老四 就是，都笑话我们 5 队是“豆腐队”，人家是啥条件，我们是啥条件？换他们来试试！

马老五 你以为我们愿意顶着“豆腐队”这个帽子吗，年年垫底儿我们心里就好受吗？就因为这个“豆腐队”名号现在我连豆腐都不吃了，见了别的队的人都溜着边儿走，抬不起头！（工具一扔，几人一起下）

〔王进喜看着他们离去的背影，若有所思。

〔背景画面：石油沟油矿、白杨河油矿、井架等。

〔王进喜来到王化兰处。

王进喜 师父，师父！

王化兰 哎呀！进喜，这么晚，你怎么来了？

王进喜 师父，我是向您取经来啦。

王化兰 取经？来来来，坐坐。

王化兰 听说你入了党，还当队长了？

王进喜 是啊，自从入了党，我感到肩上的担子更重了！

王化兰 好啊好啊，当队长以后井打得怎么样？

王进喜 唉！5队的情况您还不知道吗，我也刚接上队长，感觉压力还挺大的。

王化兰 你别担心，当队长最重要的是要摆对自己的位置，知道自己应当站在哪儿。

王进喜 站在哪儿呢？

王化兰 首先要站在群众中，搞好革命工作，一靠党的领导，二靠全队工人，你再有本事，没有全队工人的支持，你也干不好。对了，你骂人的那个臭毛病改了没有？

王进喜 师父，入党的时候，大家也给我提了不少意见，我虚心接受批评，现在好多了。

王化兰 （严肃）那可不行，你得彻底改！

王进喜 嗯，一定改。

王化兰 再一个就是你要站在钻台上。

王进喜 我最喜欢的地方就是钻台。这一条，一点点都没麻达！

王化兰 这就对喽，你当了队长，不能离开钻台，不能离开刹把，工人身上有多少泥点子，你身上就得有多少泥点子，这样大家才不把你当外人。还有啊，这个眼睛里要有耳朵。

王进喜 这眼睛里咋有耳朵？

王化兰 打眼一看就能判断出这个东西能发出什么声儿，是清脆的还是低沉的。耳朵里也要有眼睛。

王进喜 耳朵里还要有眼睛？

王化兰 你想想这是什么道理？

王进喜 噢！是不是听上一耳朵，就要像看见了一样清楚地知道是哪一个环节出了问题。

王化兰 对啦！再有啊，这个心里呀，要有一切，不光要有目标、有任务、有制度，还要眼里有人、心里有情，这样大家才会把劲儿往一块儿使，就像咱们钻井一样，跟大家把“信任的桥梁”打通了，那油不就冒出来了。

王进喜 （若有所思地）把“信任的桥梁”打通，油就冒出来了……

〔收光。

〔王进喜站在高台上给大家开会，弟兄们坐在两边。

王进喜 兄弟们，首先，我给大家道个歉，我保证以后绝不骂人，说话要文明。有问题，大家一起商量解决，有困难，大家一起面对，有意见，当面就提，当天解决。咱们 5 队虽然被称作“豆腐队”，但咱们不能破罐子破摔，咱们要实事求是面对问题，下面，大家都说说咱们队有啥问题。说说。

李老四 队长，我先说，建队晚嘛，我们起点就低啊。

工人甲 我们经验太少了！

赵长明 技术不过关所以事故多。

麻杆儿　就是事故多，所以停钻频繁。

工人乙　进尺也跟不上。

马老五　人心也不齐。

〔大家开始议论纷纷。

王进喜　大家说得好，发现错误是走向正确的第一步，"不怕慢，就怕站"，总有水滴石穿的一天嘛。只要我们把安全抓好，技术搞好，把地底下的情况摸清，把地上的情况摸透，心往一处想，劲儿往一处使，我就不信甩不掉"豆腐队"这个帽子，到时候，咱们5队也到那个颁奖台子上站一站嘛，亮个相吗！

李老四　队长，到时候可得找个铁匠，给你打个铁头盔。

马老五　就是啊，向大家宣布我们"豆腐队"变成"钢铁队"了。

王进喜　好！对了，组织上呢也很支持我们，给我们派来了两员大将，一个是打过硬仗的军人张建军同志，大家欢迎！（鼓掌）一个是大学刚毕业的高才生李志新同志，大家欢迎！（鼓掌）张建军同志担任咱们的指导员，李志新同志担任咱们的技术员，大家有什么问题都可以互相交流，现在咱们放开讨论、深入讨论，把咱们5队的问题，说清、说透、说个底儿朝天！

〔大家沸沸扬扬开始各自讨论起来，几个工人围住张建军讨论问题，另外几个工人拉住李志新请教技术问题，还有人围住王进喜讨论钻井问题，大家各抒己见，热切交流。

王进喜　老三、老四、老五你们过来。我先跟你们道个歉，以前在工作中我态度不好，我以后一定注意。

马老五　队长，我们以前有很多做得不好的地方，今后一定改正。

张老三　队长，你就看我们的吧！

李老四　队长，你就放心吧！

李志新　王队长，我们有个问题要跟你说说。

张建军 王队长，我们这儿讨论出一个“三敢于”，有了这“三敢于”肯定能打胜仗。

小组 A 敢于严格要求，敢于猛打猛冲，敢于永不放弃！

李志新 我们这一组的“六不接”也出来了。

小组 B 设备卫生搞不好，不接班！

下一班准备不足，不接班！

材料工具摆不齐，不接班！

泥浆沙子捞不净，不接班！

报表填写不详细，不接班！

交接时不清不楚，不接班！

王进喜 好！咱们就是要严格执行局里提出的岗位责任制，每一件工作必须有人具体负责，这可一点儿不能马虎啊！同时，我这儿还有几个“过不去”，我是臭脾气，钻台下跟大家有说有笑，可上了钻台就不能讲情面，谁要破坏纪律，我就跟谁过不去！谁要影响钻尺进度，我就跟谁过不去！谁要是违规操作，我就跟谁过不去！

赵长明 队长，别说你过不去，我们大家都过不去！

大家合 对！都过不去！

王进喜 好，人心齐，泰山移，大家一条心。

众人合 黄土变成金！

马小伟 （跑上）队长，队长，上级发通知了，说石油部要开展劳动竞赛，咱们玉门要组织钻井队“大战白杨河”。

王进喜 都是谁的队？

马小伟 有咱玉门的龙头景春海的贝乌 4 队，还有新疆最厉害的张云清钻井队。

集体合 那咱们呢？

马小伟　咱们名单里头就没有。

集体合　啊？没有？

〔大家哗然，一片寂静。

〔收光。

第三幕 大战白杨河

〔光启，调度会现场一角落缩影。

〔大队长和王进喜争得剑拔弩张，面红耳赤。

大队长　王进喜同志！我说过多少遍了，这次大战白杨河意义非同凡响，你们5队——实在是难以胜任！

王进喜　我们5队怎么了？几年前，我们5队创造了钻机整体搬家，中央代表团给我们发了锦旗，甩掉了“豆腐队”的帽子、跨入了先进队的行列，我们还……

大队长　好了好了，再别嚷嚷了，我承认你们5队这几年打得不错，但跟最好的队相比，估计你们还真没底气。

王进喜　什么是底气？我们敢在发生过强烈井喷的老319井旁边“虎口拔牙”，打出新319井不就是底气！（从口袋里掏出一张旧报纸）你看看，看看啊！新疆张云清钻井队3月份打井1277公尺，已经超过了咱们玉门了。

大队长　哎呀，不得了了，你个大老粗都能读报纸了。

王进喜　现在我把时间都用在了学习上。对我来说，认一个字就好像翻过一座山，我要翻山越岭去见毛主席！

大队长　好好好，那你就回去好好翻几座山，好好打井！

王进喜　那打井也得有机会啊，我们一定要上白杨河，而且要月上千、年上万，祁连山上立标杆！

大队长　精神可嘉，但，这是个笑话！（下）

〔焦局长端着茶杯正在喝水，王进喜突然冒出来。

王进喜　焦局长！

焦局长　哎呀，王进喜你咋突然冒出来，吓我一跳。

王进喜　我们 5 队也要求“大战白杨河”！

焦局长　王进喜同志，你这个想法很好，我非常欣赏你们的勇气，我也希望你们能去，但是要开会研究一下。

王进喜　明摆着的事情，研究啥嘛，要么让去，要么不让去，给个痛快话！

焦局长　这还没研究呢，我怎么给你痛快话？

王进喜　那你现在就研究，我等着，总之我们就是想多打井，多出油，不上白杨河我绝不罢休！

焦局长　你呀！

〔收光。

〔音乐起。舞台上一片繁忙。

〔舞台后区，张老三、李老四、马老五几人将平台推上舞台。

〔舞台一侧，马小伟、赵长明、小龙等人推着推车运输工具。

〔舞台另一侧，锅圈儿、麻杆儿背着绳索穿梭。

〔平台前侧，厨子背着一口大锅穿过，两名女职工拿着锅碗瓢盆跟在后面。

〔舞台正中平台，张指导员、李技术等人拿着毛笔书写着“大战白杨河”等标语，其他同志把写好的标语贴起来。

〔几个女职工拿着水壶等工具上台。

女职工　同志们，水烧好了，可以喝水了。

男职工 好嘞。

李技术 （读标语）钻透祁连山，战胜戈壁滩。给——（递给某女职工）祁连立标杆，进军吐鲁番。

〔王进喜上台，把铺盖卷儿往地上一扔。

王进喜 同志们，从今天起，井场就是咱的家，咱们的眼皮子都不能眨一下，咱们要甩开膀子大干一场，我们这次就是要（走到标语前）祁连立标杆，进军吐鲁番！

职工们 祁连立标杆，进军吐鲁番！

王进喜 月进尺要上千！

马小伟 队长，咱可不能放空炮啊，以前咱们能"年"上千都算是高水平了，现在要"月"上千，这想都不敢想啊。

王进喜 连想都不敢想，还怎么做到？（拿起平台上的标语）你看看指导员写的这几个大字"大战白杨河"，这个"战"是啥战？是战场的"战"，再加上前面这个"大"，这个"大"是啥意思，就是要"下个大决心，拿出大举动，出几身大汗，取得大成绩"，要不然就不叫"大战白杨河"。来来来，大家都过来，（站高，凝视一圈）现在大家都放开胆子想（停顿），月进尺 1000 敢不敢想？

大家合 敢！

王进喜 月进尺 2000 敢不敢想？

大家合 敢！

王进喜 月进尺 3000 敢不敢想？

大家合 （迟疑）敢——

王进喜 月进尺——5000 敢不敢想？

大家合 （冷场）

王进喜 （严肃）我们 5 队可没有孬种，我再问最后一遍？敢——

不——敢?

大家合 （冷场、互相看、把手握在一起、下定决心）敢！敢！敢！

王进喜 好！是英雄还是好汉，咱们蒸出白馍馍来看！

〔王进喜走向前方，其他人列队。

王进喜 同志们，从现在开始，我们每个人心里都要有一台钻机，这台“心里的钻机”就是我们上战场的武器。仗，打不赢，钻，不能停！

大家合 仗，打不赢，钻，不能停！

〔音乐起。

〔大屏上显示进尺进度，从0开始。

〔光变，投影，舞台上的贝乌5队仿佛一个大型的钻机，慢慢开始运转起来。

〔（此段钻井的戏由形体动作意象化完成）王进喜带着兄弟们，列队走向舞台前方，从快走变为慢跑，再由慢跑变为快跑，从快跑加速为奔跑，再由奔跑变为狂奔……（中间的速度依据情节进行变化）

王进喜 指导员！

指导员 到！

王进喜 你一定要抓好大家的政治思想工作，生活上多关心兄弟们，让大家没有后顾之忧！

指导员 好，你放心，一切交给我！咱们党支部是一座攻不破的堡垒，有共产党员带头干，就没有过不了的坎！

王进喜 张老三、李老四、马老五。

三人合 到！

王进喜 你们要保证不卡钻、不掉钻头、不断钻杆，要保证正常钻进！

三人合 是！

王进喜 技术员、小伟、长明——

三人合 到！

王进喜 要保证泥浆泵上水良好，水龙头要由专人负责，绝对不能把滤清嘴堵死！

三人合 是！

王进喜 锅圈儿、麻杆儿，小明、大龙——

四人合 到！保证做好打捞准备！备齐打捞工具！

王进喜 好！全体都有！

大家合 到！

王进喜 大家一定要密切配合，搞好团结，齐心协力，为我们国家建设提速。向着那个“战场”出发！

大家合 出发！

〔由快走变为慢跑。

〔投影：沙尘暴

王进喜 月上千，年上万。

大家合 月上千，年上万。

王进喜 祁连山上立标杆。

大家合 祁连山上立标杆。

王进喜 挑重担，勇往前，奋力进军吐鲁番！

大家合 挑重担，勇往前，奋力进军吐鲁番！

〔大屏显示进尺为 800 米。

李技术 队长，已经打到 800 米了，按以往规定打到 800 米就不能快速钻进了，只能慢慢打。

王进喜 慢慢打，慢打只能出慢打的经验，只有快打才能有快打的水平。使用大泵量，加重压，快速钻进！

〔大屏显示进尺快速达到1200米。

马小伟 队长，张云清他们队已经打到快2000米了。

王进喜 咱们呢？

马小伟 咱们才1200。

王进喜 现在是几个泵在打？

马小伟 一个。

王进喜 现在一个泵不行了，开双泵！

马小伟 是。

王进喜 等一等。再加一个小泵，加大压力，三泵齐开！

指导员 队长，三泵齐开太冒险，这样能行吗？

王进喜 只有解放了思想，才能解放生产力，我们就是要打破陈规旧习，开创新技术、新方法，把柴油机开到最大，三泵齐开！

大家合 是！三泵齐开！

〔快跑变为奔跑。

王进喜 把钻压加到20吨。

大家合 是！

王进喜 把钻压加到25吨。

大家合 是！

王进喜 把钻压加到27吨！

大家合 是！

〔大屏：进尺数据持续飙升。

〔光变，夕阳、霞光。

〔大家已经疲惫不堪，但依然坚持在跑，有的身体不适或者负伤，大家互相搀扶着跑。

李志新 （跑上）队长，张云清他们快到4600米了。

王进喜 咱们呢？

大家合　4975米。

王进喜　同志们，咱们已经超过他们了，还有25米咱们就到5000米了，大家保持……

指导员　同志们加速！

大家合　加速！

王进喜　（停住、大喊）停，停，快，快停钻！

〔音乐停，数据停，跑步停。

李志新　队长，为什么要停钻——（其他人附和着）为什么要停钻——

王进喜　地下声音不对，估计钻头牙轮就要掉，必须立即停钻！

大家合　队长！你是顺风耳吗？

王进喜　听我的，再不停要出事儿，停钻！停钻！停钻！

王进喜　同志们，不到最后一刻，我们绝对不能放弃，来，我们抓紧时间起钻修理。

〔大家背过身围成一圈，光暗，井架上的灯亮起，风，呼呼作响。

〔高高的井架上，光启，焦局长、大队长、记者、群众纷纷前来围观。

大队长　焦局长，现在比赛已经到了白热化的阶段，这两把“尖刀”已经杀红眼了。

焦局长　是啊，可谓是龙争虎斗，舍我其谁呀！

尹队长　唉，这不怕慢，就怕站，王进喜他们一停钻，恐怕马上又要落后了。

焦局长　唉，那可不一定，这竞赛嘛，有先有后很正常，不要怕一时被超过，也不要骄傲于超过别人一时，关键呀看谁更沉得住气，谁的后劲儿足！王进喜！离比赛结束没多长时间了，红旗就放在石油部里，你要是有能耐就去把它扛回来，祁连山也不过只有5000多米高，眼看快到山顶了，可别把红旗丢在半山腰啊！玉门六万人民可看着你呐！

王进喜 请领导放心，保证不掉链子，保证不掉链子，保证不掉链子！

〔排好队形，大家肩搭着肩。

王进喜 同志们，现在是最关键的时刻，到了最难打的岩层，不能用泥浆打了，得用清水打，得一分一分慢慢地啃了，来，向着最后的25米，出发！

大家合 出发！

〔音乐起。

〔大家步伐坚定，眼神坚毅，他们每踏下去一脚，大地都在颤抖。

〔音乐节奏加快，步伐逐渐加快。

〔大屏幕进尺数据不断升高。

〔灯光闪烁，演员的步伐开始加速，进行最后的冲刺，就像一颗出膛的子弹，向着靶心直冲而去。

〔大家都紧张地注视着这支特别的队伍，期待着最后的时刻！

焦局长 （看着手表宣布）现在注意，此次劳动竞赛进入最后5秒倒计时，5——4——3——2——1，停钻！

〔舞台上的一切戛然而止，剪影。

〔大屏进尺数据定格在5009.74米。

〔广播、新闻重叠画外音。

播音员甲 新华社发布消息，玉门王进喜钻井队9月份进尺5009米，创世界少有纪录！

播音员乙 全国石油工业现场会在新疆克拉玛依召开，部长余秋里、副部长康世恩亲手把一面绣着“钻井卫星”的红旗授予王进喜。

播音员丙 贝乌5队被玉门矿务局命名为“钢铁钻井队”，王进喜被誉为“钻井闯将”。

〔音乐起，场上所有人都欢呼起来，一面大大的写有“钻井卫星”的旗帜在舞台上挥舞着，大家簇拥着王进喜给他戴上了大红花，马小伟等人争抢着要挥舞“钢铁钻井队”的旗帜。

〔收光。

第四幕 热泪洒沙滩

〔背景画面：宾馆、人民大会堂、天安门、北大红楼沙滩、公共汽车等。

〔几名纺织女劳模、煤炭劳模和钢铁劳模在天安门前闲聊。

煤炭劳模 1　这次群英会真是收获颇丰啊。

煤炭劳模 2　是啊，好多榜样都太值得我们学习了！

纺织劳模 1　叶倩同志！

纺织劳模 3　赵婷同志、小伟同志！

煤炭劳模 2　德伦同志！德伦同志，您可是我心目中的钢铁英雄啊！

纺织劳模 1　德伦同志，您在会上的发言太振奋人心了！

纺织劳模 2　我们听得都很激动！

纺织劳模 3　是我们学习的榜样啊！

王德伦　你们这些巾帼英雄也值得我们学习啊！

大家合　我们相互学习！

王德伦　对对对，相互学习。

煤炭劳模 2　能和您合张影吗？

纺织劳模合　我们也想合影。

王德伦　那我们一起来吧！

王德伦　你们都是哪个单位的啊？

纺织劳模 2　大华纱厂。

纺织劳模 3　上海纺织厂。

纺织劳模 1　红旗机床厂。

煤炭劳模　大同煤矿。

王德伦　你们大同煤矿今年的煤炭产量怎么样？

煤炭劳模 1　煤炭倒是生产了不少，就是运不出去啊！

纺织劳模 1　为什么运不出去，没有汽车吗？

煤炭劳模 1　不是没有车，是汽车没有油！

王德伦　我们两家是同病相怜啊！

煤炭劳模 1　什么情况？

王德伦　我们厂一半的钢材都供应给汽车制造厂了，可没有油，谁还会制造汽车啊？

纺织劳模 1　对对对，我这次来北京，听说全国的机油票都特别紧张。

纺织劳模 2　再这么紧张下去，我看这织布机的链条都要磨断了！

纺织劳模 3　很多单位用油都得定量，像粮食棉布一样凭票才能供应。

煤炭劳模 2　咱们国家难道就这么缺油吗？

钢铁劳模　你没听说吗？现在外面都称咱们是“贫油国”！德伦同志，你听说了吗？

〔各行各业的劳模们开始七嘴八舌地讨论起来……

王进喜　德伦同志！

张建军　德伦同志，你在大会上的发言太精彩了，怪不得毛主席都称你是“走在时间前面的人”啊。

王德伦　过奖了！

纺织劳模 3　这两位同志，你们是哪个单位的啊？

王进喜 我们是玉门油矿的。

纺织劳模 3 玉门油矿？我还没听说过。

张建军 唉，新中国的第一口油井，就在我们玉门油矿！为了开发玉门油矿，当时的两部钻机，可是周总理亲自调拨的。

王进喜 彭总司令视察玉门时说过玉门油矿是新中国石油工业的摇篮。

张建军 还有西北局习仲勋书记上书中央，提出了开发玉门油矿的计划，油矿建设被列入“一五”期间全国重点建设项目。解放前 10 年，玉门油矿生产了 50 多万吨原油，占当时全国产量的 90% 以上。

王德伦 这我知道，这可是抗日战争和解放战争的“救命油”啊！

张建军 1957 年我们就建成了全国第一个天然石油基地，今年啊，估计原油产量能达到 140 万吨！

王进喜 现在我们玉门油矿的工人们干劲儿可大了，产量是噌噌噌地往上涨。

众劳模 噌噌噌？

煤炭劳模 1 噌噌噌地往上涨？那还是没能甩掉我们“贫油国”的帽子！现在还在用大量的外汇进口原油和成品油。

钢铁劳模 而且那些高级航空燃料全部依靠进口！原油和成品油都是全国进口物资中花费最多的！得看清形势啊。

〔音效：汽车喇叭声。

王进喜 德伦同志，你看！那个汽车上为什么背个大包袱啊？

王德伦 噢，那是煤气包。

王进喜 背那家伙干啥？

王德伦 那里边装的是煤气，用来烧的！汽车没油烧啊！

王德伦 进喜同志，咱们国家（语气加重）缺油啊！

纺织劳模1 我听说山东那边的汽车都停了一大半了！

纺织劳模2 还有，好多飞机整体锁在机库里都飞不上天了！

纺织劳模3 是啊是啊，我也听说了！

〔王进喜若有所思地走向舞台一侧，蹲在地上抱住了头，张建军走过去。

张建军 进喜?

〔王进喜不语。

张建军 进喜，走啊。进喜，进——

王进喜 （猛然起身）我原以为我们打出了好多油井，出了很多油，真没想到，国家缺油缺到这个程度，竟然连毛主席住的地方都没有油用！作为一个石油工人、钻井队长，还是先进模范，我没脸见人！

张建军 （上前劝说）进喜啊，国家缺油也不是咱玉门一家能解决的问题。咱们赶紧跟上吧，我还想到博物馆去逛逛呢。

王进喜 我哪还有心思逛呢？老张啊！咱们在玉门没日没夜地打井采油，火车、汽车不停地往外运油，自认为油很多，贡献大，可……不行，我明天就回玉门，回去后，我就是不吃、不喝、不睡觉也要把产量搞上去，让北京有油用，让全国人民有油用！

张建军 你说回就能回吗？你可是全国劳模、会议代表，咱们一切行动得听指挥！

王进喜 唉！没有石油，国家安全没保障，我们要替国家承担这个压力，这是我们石油工人的责任啊！万万不能让石油拖了建设新中国的后腿啊！

张建军 是啊，进喜，你说得对！咱们新中国一切从头开始，用油的地方确实太多了呀。就连这最普通的公交车都没有油……

唉？我好像听说咱们国家发现了大油田……

王进喜　发现了大油田？在哪儿？

张建军　好像在东北……对！在东北发现了大油田！

王进喜　我就说嘛！外国人说我们是贫油国，我听了就很生气，我从来都不相信，石油就光埋在他们国家的地底下？咱们国家这不也发现了更好的大油田嘛！我们玉门人要到全国各地去，多打井、快打井、多出油，一定要把“贫油国”的帽子甩到太平洋里去！

张建军　好，我们一起去东北大干一场！

王进喜　——要把咱们“西北狼”变成“东北虎”！我现在就去石油部报名！（跑下）

张建军　进喜——（追赶跑下）

〔熄光。

第五幕 殷殷家国情

〔黑场，一盏煤油灯逐渐亮起，微弱的灯光中，何占信伏在窗前，看着远方，王兰英端着药碗上。

王兰英　妈，这么冷的天你咋跑出来了？快进屋，妈，你就别看了，进喜他回不来，你这成晚成晚不好好睡觉，咳嗽得越来越厉害了。

何占信　兰英，我刚才梦见十斤娃喊我呢，我就出去看看他是不是真回来了。

王兰英　妈，你又不是不知道，他一天到晚都是打井、打井，什么时候能顾上管我们啊，他井上兄弟比咱亲！

何占信　唉，你说他打井打到啥时候是个头儿啊，连个面都见不上——喀喀喀……

王兰英　（见此情景劝说）妈，你不要着急，先把药喝上。

王进喜　（急促的敲门声）妈——

何占信　老了，我又听见十斤娃喊我了？

王兰英　妈，快喝药吧。

王进喜　儿子回来了！

何占信　总算是回来了，喀喀喀，喀喀喀。

王进喜 （搀扶住妈）妈，您还好吗？

何占信 喀喀喀，喀喀喀，好着呢，好着呢！

王进喜 妈，您这……怎么咳嗽得这么厉害？

何占信 都老毛病了，兰英给我抓了药，吃上就好了。

〔舒缓音乐起。

王进喜 （从肩上的包里掏出糕点、糖果）妈，这是我给您买的糕点。

何占信 （接住糕点）你这孩子，自己省吃俭用，还为妈操心呢。过来，让妈看看。（把糕点放在桌上，王进喜到妈跟前，何老太捧着王进喜的脸，仔细地看着他，又扶着胳膊和肩膀）儿呀！黑了，也瘦了，这眼睛咋也红红的，不过，这牙倒是比以前白了。

王进喜 哈哈，妈，人黑了牙就白了嘛，我是石油工人，黑是我们的光荣。

王兰英 （怨气地）妈每天都望着老君庙，盼着你回来，孩子们也想你，你是矿上的人，但也是这个家里的人，你不能光顾着矿不顾家嘛，更何况妈现在又病了。

王进喜 （转向母亲）我，唉……妈，我对不住你们。

王兰英 你这次回来了，就多待几天吧，陪陪妈、陪陪娃，（转而温和地）我去给你打洗脚水，泡个脚解个乏。

王进喜 妈，有个事不知道咋跟你说？

何占信 娃子，有啥事儿不能跟妈说的。

王进喜 妈，我又得出一趟远门。

何占信 （有些不安地）啊，又要去哪儿？

王进喜 （平缓地）妈，这次我要到很远很远的东北，去参加石油大会战，估计呀这一年半载都回不来，说不好以后咱家也要搬去。

王兰英 （端水盆上）你这是咋回事吗？这刚回到家，就又说要走，

你像个当家的人吗？你不为我和娃儿着想，也得想想咱妈呀！（把盆往地上一放）

王进喜 兰英啊！不出门不知道外面多大！这一出去才知道，祖国建设大发展，到处都在喊油不够，就连首都也缺油，那可是毛主席、党中央住的地方啊，你说咱们这打井采油的，还有啥脸去参加群英会，可真是臊死人了……

王兰英 （哭泣）哎！国家用油是重要，但我们这个家就不重要了？进喜，你怎么也不想想我的难处啊！

王进喜 兰英，局里都已经召开了动员会，这次会战咱们玉门是主攻单位，上级要让我们抽调1万多人，先拿下100万吨油田，现在大家伙儿的情绪都很高，争着抢着上大庆，你说我王进喜还能坐得住吗？兰英啊，咱们家的情况我都知道。你说，地种不上找谁？

王兰英 不知道。

王进喜 找农民啊！你说，火车开不动找谁？

王兰英 不知道。

王进喜 找铁路啊！唉，你说这国家缺油找谁去呢？

王兰英 反正不找我！

王进喜 就得找你！还得找你的老汉——我，我是石油工人，你是石油工人家属，有了你的支持，我才能多多打井，为国家找油是我们共同的责任啊！你是光荣的石油工人家属，光荣啊！

王兰英 妈！

何占信 （脸沉下来）娃子！你再给领导说说，能不能不去？

王进喜 妈！这次会战是一场大仗，关系到咱们国家的命运，咱们家再难也没有国家难。我现在是党的人，就得服从党的安排！

王兰英 你是党的人，难道就不是这个家的人？

王进喜 我——

何占信 （停顿，看看进喜，看看儿媳）兰英啊，忠孝不能两全啊，十斤娃他现在肩上的担子重着哩！他要给国家打石油嘞，咱们拖他的后腿就是拖国家的后腿。你说国家不好咱们老百姓能好吗？他的脾气你也知道，拦不住，也不该拦，你就让进喜放心地去，啊？

王兰英 （停顿）还没吃饭呢吧，我去把家里的那点白面都拿出来，给你扯个拉条子。

王进喜 我不吃，家里就这一点白面，给你们留下。

〔突然传来一阵急促的喊声。

张兴民 （内喊）王队长，王队长……（跑步上台）

王进喜 兴民，什么情况？

张兴民 （气喘吁吁地）队长，钻井公司通知，让咱们连夜准备，明天就得出发。

王进喜 嗯！现在就去准备！

王兰英 哎，你——

何占信 兰英，快去把那件羊皮褂子拿来。

王兰英 （抹着眼泪，不想让王进喜走）妈……

何占信 （劝说）去拿，让他走！

王兰英 （含泪点头）嗯！（取来羊皮褂子）

何占信 （接过羊皮褂子，对王进喜）娃子！你胃也不好。妈给你缝了件羊皮褂子，冷了就穿上！

王进喜 （接过羊皮褂子，感激地）——妈！（手捧羊皮褂子，热泪盈眶，握住妈的手）

〔送别的音乐起……

〔王进喜披着羊皮褂子出门，何占信快速爬到窗户上向外望，王兰英也靠过来一起望。

何占信 好好地为国家打井！

〔渐渐熄光，音乐渐弱。

第六幕 集结萨尔图

〔火车轰鸣，专列到达萨尔图火车站，王进喜手举“更高标杆立祁连”的红旗从车上下来，后面跟着他的队伍，旁边的人们三五成群，南腔北调，叽叽喳喳，乌泱乌泱，一派大会战的热闹景象。

王进喜 （搓着双手）终于到萨尔图了，真没想到，这一片冰天雪地，比咱们大西北还冷。

队　友 （跺着脚）是啊！是啊！

〔这时一个手里举着“标杆钻井队”大旗的老工人跑过来。

四川队 老王，老王！

王进喜 哎呀，老张啊，哎呀，没想到咱们在这儿碰到了！

四川队 哎呀，是进喜呀，离开玉门三年喽，今天可算是又看到老朋友了。

王进喜 （看看他的旗子）嗬，老张，扛着这家伙来了——标杆钻井队，牛啊！

四川队 我算啥子嘛，你们才是老标杆呢！

〔一旁的马老五等人小声议论。

马老五 哎哎哎——

李　海　哎呀，马老五，你是碰见鬼了，着急忙慌的。

马老五　比鬼好看，哎，我给你们说，那边有一个女子采油队，全是女的——

马小伟　废话，女子采油队不是女的是啥。

李　海　咱们是钻井的“老虎”炼油的“狼”，她们肯定是总务后勤的“小绵羊”，咩咩咩……

〔清脆的声音响起：女子采油队集合啦！立正，向右看齐！向前看，报数！

王进喜　这巾帼不让须眉呀！看来这大会战都是来自全国的精兵强将啊！

〔女子采油队：向右转，齐步走！

〔马老五等人呆呆地看着，王进喜过来在屁股上踢了一脚。

王进喜　看见了没有，人家女娃娃都这么能干，咱们可不能当怂包。

李　海　哎哟，老三！

张老三　冷得很，冷得很！

王进喜　老三，你这唱的又是哪一出？

李　海　老三听人说东北冷得不得了！鼻子一捏就掉了。

张兴民　耳朵一碰就碎了！

马小伟　尿尿还得用棍儿敲！

朱科长　（跑上）欢迎，欢迎玉门“老标杆”来大庆会战，人多事杂，照顾不周，还请你们多多谅解呀。

王进喜　下了火车咱们就是一家人，别分你们我们的了，你知不知道我们的钻机到了没有？井位在哪里？这里的钻井纪录是多少？

朱科长　哎呀，这个嘛，还不清楚，现在全国各地的钻井队都在这里会合，乌泱乌泱的，指挥部都快被挤爆了，我现在是一个脑袋两个大。

陕西队 （跑上，急切）领导，今天晚上的住宿怎么解决？这么冷的天气总不能让我们睡大街上吧。

四川队 （急切）就是嘛，还有这个吃饭的问题咋个解决嘛，人是铁饭是钢嘛。

朱科长 好好好，马上安排。

〔四川队、陕西队等人都围过来，七嘴八舌地说：都给安排解决一下吧，这吃喝拉撒都得解决吧。

朱科长 大家都别急，指挥部正在全力给大家解决。

代表队 指挥部在哪儿啊，快解决呀！

朱科长 好好好，跟我走……

〔众人簇拥着朱科长一拥而下。

王进喜 领导，我们玉门的井位到底在哪儿啊？

朱科长 （内喊）55号井位，马家窑那嘎达。

王进喜 55号井位，马家窑。

〔队友们围过来。

李　海 这55号井位在哪儿啊？马家窑又在哪儿呀？他也不说清楚！

王进喜 在你的鼻子底下，走，去马家窑。

〔收光。

〔“哞哞哞”的牛叫声，此起彼伏。

〔王进喜提着马灯，带着队友们来到一个牛棚前。

李老四 队长，咱们今天就住这儿？

王进喜 咋，还不愿意？咱们把人家牛的地方占了，人家牛还不愿意呢，你没听“哞哞哞”给咱们提意见呢。

李志新 就是，特殊时期，凑合凑合，我先占个好地方。

李　海　唉！那我也占个好地方。

马老五　这个地方明明是我先看上的，我要在这儿。

李　海　你到那边去。

马老五　我不，我就在这儿，我就挤着你。

李　海　那你在这儿，我去那边。

马小伟　来，队长，喝点儿水。

马小伟　老三，给你找个棍儿吧。

〔大家开怀大笑，一队人马就这样既寒酸又喜悦地挤在小小的牛棚里。

张兴民　哎呀，在咱们玉门还没什么感觉，咋一到东北，还挺想念咱的秦腔的，进喜，给咱吼上一嗓子！

王进喜　好！

定海珠，罩火炮缠海铁鞭，

头一阵，杀周兵亡魂掉胆，

第二阵，兄战败十二大仙，

第三阵，杀子牙闻风逃窜。

〔一段铿锵的秦腔唱段之后，大家掌声雷动。

王进喜　哎呀，还是秦腔唱着过瘾啊，唉，咱们也试一试作首诗怎么样？

大家合　作啥？

马老五　作诗？真的假的？

王进喜　作诗，怎么了？

〔大家哈哈大笑，七嘴八舌。

李　海　你个大老粗还想作诗？

张兴民　不要小瞧咱们队长，人家以前是没文化，现在人家天天看报纸，看《毛主席语录》呢。

李志新 还写日记呢！

李 海 我还看过呢！

马小伟 对对对，咱们掌声欢迎王进喜同志，给咱们作诗一首。

王进喜 哎呀呀，咱作不来高水平的诗，还作不出个一般水平的诗嘛，我先来一句。

〔王进喜停顿、苦思冥想、挠头，大家静静期待着。

王进喜 呼呼的北风，像电扇！

大 家 哎呀，歪滴呆！

李 海 我也来，我也来，白白的雪，像炒面！

大 家 歪滴呆！

王进喜 四面八方来会战！

张建军 要夺一个大油田！

王进喜 说一千，道一万，还得干——

马小伟 说一千，道一万，还得干、干、干——

王进喜 誓夺头号——

大家合 大油田！

〔音乐起，合唱起。

北风当电扇，
大雪是炒面，
四面八方来会战，
誓夺头号大油田！

〔收光。

〔嘈杂的争吵声中，灯光起。

〔指挥部里人满为患，背行李的、拿网兜的、背工具袋的，大家把负责人朱科长团团围住。

四川人 我们的钻机设备什么时候才能到啊？

中年人 我们的钻机也没到，还得多久啊？

男青年 领导，我们的特种车辆大队明天就到，现在还没有房子呢？

朱科长 大家别着急，总调度现在正在给大家协调。

男青年 我们也需要两台吊车。

中年人 我们也需要吊车。

女青年 我们也需要吊车，还有拖拉机。

众人合 （七嘴八舌）我们也需要，还有住的地方，吃饭也是问题……

朱科长 （东北话）哎呀，我的妈呀，这天大的房子地大的炕，你们自己先去寻摸个地方，平整土地，占个地盘，再到供应处领活动板房、帐篷，先支起来，自己动动手嘛，我已经三宿没合眼了。

文化人 要我看，咱们就不要为难这位同志了，咱们先动起来嘛，没有吊车就先等一等，没有房子就先搭帐篷，都这个时候了，就不要讲究了，先自己想一些土办法！

男青年 我不同意你的想法，在开发油田前，就应该先盖房，替工人们着想。

浙江人 就是嘛！在草原上建设一座街心花园、研究中心啊！

女青年 还可以建设文化宫和生活新区嘛！

男青年 生活设施跟上了，生产才能跟上嘛，像现在这样因陋就简？工人心里怎么想？

众人合 工人心里怎么想！

王进喜 工人想的是——一拳头砸出一口井来，早日拿下大油田！

〔大家纷纷循声望去，王进喜从人群中站出来。

王进喜 我们是石油工人，就应该想着怎么打井，其他的事情人家调度站正在解决嘛，咱们眼下应该考虑的是咱们自己的责任。

众议论 这人是谁呀？就是，干什么的？哪个队的？

〔王进喜拿出一张大地图，示意几个人把它展开，从地上捡起一根木棍。

王进喜 （展开地图）大家来看，萨尔图、葡萄花、喇嘛甸这都是含油有利地区，如果我们甩开井距、甩开勘探，解剖整个地区，在这些地方钻上它几个大窟窿，那石油还不"咕嘟咕嘟"地往出冒啊？同志们，我们是从玉门来的，我们没有见过海，不知道究竟是海大还是油田大？如果是海大，咱们就掉进大油海了，如果是油田大，咱们就掉进大油田里了，还顾忌什么呢，甩开膀子大干一场吧，握住咱们手中的刹把，把地底下这条油龙舞上天！

文化人 对呀，这位同志说得对，分析得很有道理，如果大家还在为这些鸡毛蒜皮的事情浪费时间，那到时候可就是落后队了，同志，你能不能把这张图给我好好讲讲，走走走——

〔大家纷纷争抢：哎，那咱们不能落后啊。哎，给我们也讲讲！走走走，跟着听听。

〔音乐强起——

〔收光。

第七幕 你是个铁人

〔寒风呼啸着，光启，一片白茫茫的景象。

〔巨大的器械悬挂在演员头顶，有井架、钻头、绞车、变速箱等大大小小的设备，人就像被缩小了，俨然来到了“小人国”。

〔王进喜等一群人背对观众，呆呆看着这些沉重的器械，就像看着一个个“大怪兽”。

李　海　队长，吊车和拖拉机都来不了，汽车也不够用，这可咋卸车？咋搬运？咋安装？

王进喜　（停顿）指导员，你是在朝鲜战场上打过仗的，你说若是在战场上遇到这种情况怎么办？

指导员　进喜，要是在战场上，就是豁出命来也要上！

王进喜　咱们从大西北来到东北，就是要把玉门人敢打硬拼的精神拿出来！现在没有吊车，我们有多少人就有多少吊车，汽车不够，我们有手、有脚、有膀子，就是要靠我们自己的力量卸车、搬运、安装，早开钻！

李　海　队长，你的心情我能理解，可是，可是——大梁 4 吨、泥浆泵 7 吨、绞车 5 吨，这……大大小小几十件，总共 60 多吨，你让大家的肉肩膀怎么卸？

王进喜 我们人做事情，要人降物，不能叫物降人，你们别看它们大、重，其实就是个“纸老虎”，我们今天就是要打倒这个“纸老虎”！有也上，没有也上，天大困难也要上！兄弟们！你们是愿意等？还是愿意干？

指导员 干！

大家合 干！干！干！

王进喜 好！（说完，甩掉羊皮褂子，在地上操起一根撬杠，喊一声）拿起撬杠，拉好大绳，放好枕木！上！

王进喜 老甘、老刘、麻杆儿、锅圈儿你们几个年龄大、受过伤，卸工具，老三、老四、老五、大鹏、万明，你们几个抬转盘，其他人跟我上！

〔表演抬各种设备。

王进喜 一鼓作气，把这个大梁抬上去！

大家合 好！

指导员 一二——

大家合 嘿呦——

王进喜 老五，我问你，你一顿饭能吃几个馒头？

马老五 八个！

王进喜 等打出了石油我让你们每个人顿顿吃八个馒头！但是我们从玉门把这个老朋友带到东北，我们能让它在这儿睡着吗！？就剩这最后一件了，大家加把劲儿！

〔音乐起，震天的号子声响彻松辽大地。

嗨哟——嗨哟——嗨哟！

同志们加把劲儿呀！

嗨——哟！嗨——哟！

再难也不怕呀！

嗨——哟！嗨——哟！

大家齐用力呀！

嗨——哟！嗨——哟！

底座往前爬呀！

北风当电扇呀！

北风当电扇啊！

大雪像炒面啊！

大雪像炒面啊！

八方来会战啊！

八方来会战啊！

夺下大油田啊！

夺下大油田啊！

马小伟 队长，这 60 多吨，咱们可是干了一件惊天动地的大事啊！

王进喜 咱们可要夹着尾巴做人，什么时候都不能忘了——讲进步不要忘了党，讲本领不要忘了群众，讲成绩不要忘了大多数，讲缺点不要忘了自己，讲现在不要割断历史啊！

李　海 队长，指挥部还是没有吊车，通知咱们原地等待！

王进喜 我们费了吃奶的劲儿，把东西卸下了还是个等，坚决不能等。同志们，现在，先到的队已经开钻，大家都在往前抢，我们的钻机设备既然已经运到了井场，就要快到位、快安装、早开钻。

李志新 王队长，兄弟们连续干了两天两夜了，没有吊车想把这些大设备安装起来，的确十分困难！

李　海 队长！咱们还是等吊车来吧，总不能钻机也人拉肩扛吧？这几天大家都快累趴下了。

王进喜 （翻脸）关键时刻，绝对不能掉链子！全萨中指挥部就只有一台吊车，再等下去咱就回家喝西北风！现在我们只有靠自己的双手，把钻机装起来！

李　海　十斤娃，你把我们当什么？我们是人，又不是牲口！我跟着你风风雨雨这么多年，没有一句怨言，到了东北要啥没啥，还不如玉门呢！老子不干了！

王进喜　海子，咱们招工的时候，你跟我说钻井的“老虎”炼油的“狼”，我看你他妈才是只“小绵羊”，怂包！干不了，滚回玉门去！

李　海　我就不该来！

指导员　李海，你给我站住！兄弟们，王进喜他容易吗？不怕慢就怕站，你们忘了吗？咱们来大庆的时候就想好了，肯定会吃大苦、出大力，不是来享清福的！咱们乘胜追击，不让困难有喘气的机会！

王进喜　咱们好好想一想，大家天天围着篝火学“两论”到底是为了啥？不就是要理论联系实际，解决问题吗！这困难那困难，国家缺油是最大的困难；这矛盾那矛盾，国家缺油是最大的矛盾。我告诉你们，干，才是马列主义；不干，半点儿马列主义也没有！

王进喜　（大吼一声秦腔）王朝马汉喊一声，莫乎微往后退！

兄弟们　干！

大家合　干！

王进喜　兄弟！

李　海　干——！

〔号子声再次响起。

王进喜　兄弟们，继续干呀！

嗨哟——嗨哟——嗨哟！

石油工人，嗨——哟！
一声吼啊，嗨——哟！
地球也要，嗨——哟！
抖三抖啊，嗨——哟！
石油工人，嗨——哟！
干劲大啊，嗨——哟！
天大困难，嗨——哟！
也不怕啊，嗨——哟！
左边稳起，嗨——哟！
右边稳落，嗨——哟！
脚生根啊，嗨——哟！
手抓牢啊，嗨——哟！
大风吹啊，嗨——哟！
透心凉啊，嗨——哟！
出大汗啊，嗨——哟！
暖心肠啊，嗨——哟！
石油工人，嗨——哟！
一声吼啊，嗨——哟！
地球也要，嗨——哟！
抖三抖啊，嗨——哟！
地球也要，嗨——哟！
抖三抖啊，嗨——哟！
抖三抖啊，嗨——哟——嗨——哟——嗨——哟！

合　嗨——哟——！

〔大家看着巨大的井架在隆隆声中慢慢抬起庞大的身躯，徐徐升起，矗立在松辽大地上。

〔大家横七竖八地睡倒在地上，王进喜心疼地看着大家，他们嘴唇干裂，到处是伤，有的手肿了，有的腿受伤了，有的后背的血印子在流血，有的手用白纱布裹着也透着血印子。

〔音乐起……

王进喜 （帮大家盖被子）辛苦了，我的好兄弟们！我不知道你们是不是恨我？是不是在心里怨我、骂我？唉，别说你们了，我都恨我、怨我、骂我自己，咋就不能慢一点儿、缓一点儿，让大家少受点儿苦，少受点儿累。可咱们从玉门不远千里到这儿来是为啥？不就是为了油吗？没有油，工业上不去、农业上不去、军队训练上不去，国家就强大不起来，国家强大不起来，人家就欺负咱们，咱们就是要尽快拿下大油田，给国家解决燃眉之急，咱们吃苦，是为了祖国富强！咱们吃苦，是为了人民有油用！咱们吃苦，是为了给咱中国人争光！如果我们的子孙后代能享福，咱们就算苦一辈子又如何呢？兄弟们呐，你们就在梦里骂一骂我吧，这样我心里能好受一点儿。

〔其实很多兄弟们已经醒了，都在假装睡着偷偷听着，有人抹泪。

马小伟 队长，我们不骂你，我们敬佩你，队长。（抱住王进喜）

〔李海、张兴民、张老三、李老四、马老五、张指导员等人纷纷围了过来，几十号兄弟紧紧地抱在一起，此时，大家手握着手，心连着心。

〔太阳出来了，蓝天白云，高高的井架，一群患难与共的兄弟，一幅美好的壮丽画面。

〔井场上，兄弟们在打饭，王进喜坐在一旁独自发愁。

李志新 好不容易把车卸了，井架立起来了，这没有水还是开不了钻。

指导员　是啊，这没有水就好比蒸馍馍没有水一样，确实没办法开钻。这输水管线没接通，又没有拉水的车。这上哪儿弄那么多水啊！

李　海　指导员，那得需要多少水啊！

指导员　至少得50吨。

〔大家七嘴八舌地讨论起来，王进喜若有所思地走向刹把。

指导员　那大家都来说说，有什么办法！

李老四　唉！那我们求雨，求雨怎么样！

马老五　好主意！我小时候见我奶奶求过，可灵了！

指导员　大家别闹了，还是快想个正经的办法。长明，你是共产党员，也是个精灵豆，你说说。

赵长明　要我说，继续发扬咱们队“人拉肩扛”的老传统，咱们用脸盆端水打井怎么样？

〔大家七嘴八舌地议论纷纷，啥呀，那可是50吨啊！脸盆端到啥时候去了？你以为是愚公移山、精卫填海呢？

王进喜　我觉得这个办法可行！

大　家　啊？

王进喜　我们能人拉肩扛装钻机，就能用脸盆端水保开钻！用脸盆端水就有一脸盆的水，你不端就一滴水都没有，我现在就想立马开钻，恨不能一拳头砸出一口井来，抱上个大金娃娃。我们一定要打响第一炮，迎接大会战！创造一个全国高纪录！

〔大家愣愣地看着王进喜，然后站起来。

王进喜　走！凿冰取水！

〔众人跟随王进喜下。

〔东北三人组上。

东北妻　你说，你拿咱家盆干啥去？

东北夫 给钻井队打水去。

东北妻 你骗谁呢？这可是我的嫁妆，我都舍不得用！

东北夫 真的啊媳妇，大家都给钻井队打水去了！

东北妻 你说大家都去了？

东北夫 嗯呢！

东北妻 哎呀妈呀老沈，你咋不早说呢，大家都去了，我们也不能落后，我们一起去！

妹　妹 姐，姐，你快把盆给我。

姐　姐 我瞅你像盆。

妈　妈 这俩孩子咋还打起来了，撒开，快撒开！

姐　姐 妈，我要给钻井队端水去。

妹　妹 妈，我也要给钻井队端水去！

妈　妈 来，我给你拿一个瓢，我们一起去。

洗头男 你这虎老娘们儿，快把水盆拿过来，我这头都没洗完。

洗头女 你这头上没几根毛，洗啥洗，还不赶紧给钻井队打水去。

洗头男 我这头发都结冰了，你这虎老娘们儿，你别跑，逮到你看我不削你！

〔在王进喜的带领下，队员们、当地群众有的端着脸盆，有的拎着水桶，还有的拿着灭火器外壳、铝盔等，大家排成了一条长龙，从井里端水，从水泡子里破冰端水，再倒进泥浆池中，他们用了四天多的时间，运了50多吨水，把泥浆池装得满满的，保证了开钻的需要。

王进喜 指导员，你看，这么大的一个大水坑。

指导员 用多少水，咱们就端他多少水！

王进喜 好！兵分两路，取水！

李老四 老五，快来！队长这取水得取到啥时候？还不如求雨呢！

万一真求来了呢！

马老五 可不嘛，你看！

李老四 走，那我们再去试试?！

马老五 好啊，走！

马老五 队长，队长！快看啊！

王进喜 （看着长长的人龙，内心无限感慨）

“大庆的土地
到处平展展的
上面种着大豆高粱
下面卧着黑黑的油龙
空气中到处是迷人的油香
萨尔图的寒风
呼呼地吹
催着我们——去战斗
大庆的人
是亲亲的亲人
这一条长长的人龙
就是身边的暖流
这一盆盆、一桶桶的水
是我们心间的清泉
我们是石油工人
哪里有石油
哪里就是我们的家
哪里有石油
哪里就是我们的家”

〔井场内传来呼喊声（众人）“开钻喽！开钻喽——”欢呼和

掌声。

〔赵大娘呼喊着“王队长——王队长——你在哪儿啊？”，挎着小竹篮上。

张兴民 啊！房东赵大娘啊！您怎么来了？

赵大娘 张师傅，我来找你们王队长。

张兴民 （愣了一下）您找队长啥事儿啊？

赵大娘 组织上安排你们王队长住在我们家，可这些天啊，也没见他来我家睡觉，你给大娘说实话，你们队长是不是嫌弃我家条件不好？

张兴民 哪能呢？赵大娘，你们家的大热炕可比我们这儿舒服多了，你看这排管就是他的床，钻头就是他的枕头，老羊皮袄就是他的被子，他就搁这儿睡觉呢。

赵大娘 哎呀，这上面也能睡？你们队长也不嫌硌得慌，都说工人比农民生活好，可我看你们这伙儿钻井工人还不如农民呢，这过的都是啥日子啊！

张兴民 大娘，我们都已经习惯了，走，我带你去找队长。

〔忽然井场内传来排管掉落的声音……

〔有工人大声喊道（马老五）“队长——！队长——！快来人啊，队长受伤了！”急慌跑上。

李志新 （惊慌地）流了这么多血，伤得不轻啊！

王进喜 （咬着牙）哭啥！我又不是泥捏的，一碰就散了！

指导员 兴民，赶快去叫车，送医院！

王进喜 （阻止）回来！我还要去开会呢！

指导员 你这样子，怎么去参加万人誓师大会啊！

王进喜 指导员，不就擦破了点皮嘛！你看，没事儿！

指导员 不行！必须去医院！赶紧把他架上车，赶快送医院！

王进喜 不用！听我的！现在正是打井拿面积的关键时刻。绝对不能让上级领导知道，我规定一条纪律，谁把我受伤的事说出去，我就处分谁，能不能做到？

赵大娘 哎呀，真是个驴脾气，咋还不听劝呢？

王进喜 大娘，我没事儿。老三、老五，你们俩陪我去开会，剩下的人全部回到岗位。还看啥，回去！

指导员 这个王进喜啊……

赵大娘 （含泪对指导员）我活了六十多年，还没有见过这样的硬汉子，你们的队长真是个"铁人"！

〔在赵大娘含泪望着王进喜他们远去的身影，灯光渐渐息。

〔主题音乐起，旁白：大会战捷报频传，王进喜和他的钻井队在短短一个多月创造了一系列奇迹，"铁人第一口油井"仅用5天零4小时胜利投产。1960年4月29日，会战指挥部召开石油大会战万人誓师大会，宣布大庆石油大会战正式开始，由其"有也上，无也上"发展起来的"有条件上，没有条件，创造条件也要上！"成为大庆会战的行为准则，戴红花、骑大马，接受万人的欢呼和庆贺，这是会战时期对劳动模范的最高礼遇，此刻，他仿佛忘记了腿伤的剧痛，他面对万人郑重宣誓："宁可少活20年，拼命也要拿下大油田！"

第八幕 勇跳泥浆池

〔音乐起，光启。

〔背景，高高的钻塔，钻台下有泥浆池等。

护　士　王进喜！王进喜！你们这儿是不是有一个叫王进喜的？

指导员　王进喜他不是在医院吗？

护　士　别提了！我一不留神他就从病房跑了！现在药都没换呢！

指导员　给您添麻烦了。兴民，看见王队长了吗？

张兴民　（支支吾吾地）没……没……没有。（用眼睛瞄向王进喜藏的地方）

〔指导员顺着张兴民的目光走到舞台一侧，王进喜藏在角落里。

指导员　啊呀，进喜，你怎么藏这儿了？人家护士都找井场来了。

护　士　好你个王进喜，你跑了可害苦我了，为了找你，我跑了多少路啊，快跟我回医院！

指导员　老王！你这是咋搞的嘛？快跟大夫回医院！

王进喜　我没事儿了！

护　士　好啥好呀？我看你这腿是不想要了！

王进喜　（支吾着）我好了，能出院了。

指导员 你为了工作，简直连命都不要了，你要是再不走我告宋指挥去！（扶着他往前走）

王进喜 （磨蹭着不走）指导员，说实在话，我，我待在医院着急啊，一天都不想待……现在井上活儿多，队里事儿多，这里又是高压区，容易喷，咱们又不熟悉地层，我回来就是坐着看你们干，我心里也踏实啊！

护　士 你踏实了，我们医院的大夫们可都急疯了……你这就是在……

〔这时，突然钻机发出巨大的响声，大家都惊慌了。

〔背景出现井喷画面，一股高压液柱冲出井口，喷向天空……

队　友 井喷啦——井喷啦——快来人啊！井喷啦——井喷啦——快来人啊！

〔急骤的音乐起，灯光渐渐转暗。

〔众工人冲上场。

指导员 （挥舞着手）赶紧压住井喷！——快快快！

王进喜 （拄着拐杖大声疾呼）小伟，停止转盘，加大泥浆泵入量！技术员，你一定要管住明火，万万不可引起火灾！李技术员赶快配重晶石粉！

赵长明 队长！怎么办？

李志新 （急促走过来）我现在就去打电话。

王进喜 等你打电话，钻机早就掉到地球里去了！

〔液柱越喷越猛，越来越高，吼声震得人耳发聋。

王进喜 （大声吼）就是搭上命也要压住井喷！

张兴民 队长，没有重晶石粉，往泥浆池里加水泥吧！

李志新 不行，那样容易水泥“灌肠”，把井堵死。

王进喜 （果断决定）来不及了，上水泥！

众　上水泥！上水泥！

〔几人扛着水泥袋上，投入泥浆池。

王进喜　把水泥打散！把水泥打散！

众　把水泥打散！把水泥打散！

李　海　队长，泵不下来了！

王进喜　加紧搅拌！

众　加紧搅拌！加紧搅拌！

赵长明　队长，水泥沉底了！上水管线堵死了！

张建军　队长，水泥化不开，比重提不高啊！

李　海　队长，彻底堵死了怎么办？

〔水柱在往高里蹿，吼声传得老远，眼看更大的事故就要发生。

〔舞蹈：队员们急速行动，像固井时那样搬起水泥往泥浆池里倒，有的则用铁锹，用手往里扒黄土，不一会儿几十袋水泥和黄土加到泥浆池里。

〔王进喜扔掉双拐"扑通"一声跳进两米深的泥浆池中，手划脚蹬用身体来搅拌泥浆。队长跳下去了，紧跟几个队友也跳了下去。

〔舞台投出王进喜的大影子在舞台上，巨大的影子在搅动着泥浆，王进喜的动作和影子动作同步。

王进喜　我，一个甘肃玉门赤金农村的放牛娃，成为新中国第一代钻井工人，当上了司钻、队长、全国劳模。我常常想起当年的贫穷、饥饿、讨饭，以及工头火辣辣的皮鞭，这是我人生的第一课。从那时起，我恨地主、恨工头、恨黑狗子，将来有一天，新仇旧恨一起报！

1949年，解放军把"鬼门关"变成了"解放门"，让我深深地懂得，是共产党让我这个黑油娃变成了国家的主人，咱们工人受苦不是命里注定的，人生怎么起步，怎么走下去，都要从党的教育开始。我所做的这一点工作，完全靠的是党的培养、毛主席的教导、群众的帮助，如果没有党，没有群众，我王进喜算个啥吗！我的心里有一团火，温暖着我的信仰，灼烧着我的灵魂，我可以昂起头挺起胸地告诉大家，我十斤娃王进喜是一名工人，是一名石油工人，是一名光荣的中国石油工人！

一个人没有血液，心脏就停止跳动，工业没有石油，天上飞的、地上跑的、海上行的，都要瘫痪。世界上从来就没有什么救世主，只有跟着共产党、毛主席干革命，才能建设好油矿，建设好我们的国家！我们要集中战胜一切困难的力量，高速度、高水平地拿下大油田，把我国落后的帽子彻底拿掉，给党和国家争光，为中国人民争气！

我不知道一百年后的中国是什么样子，那个时候国家还会为油发愁吗？我们的飞机、坦克还会用苫布盖着落灰吗？未来我无法预知，只要我们怀揣希望的火种，不怕压、不信邪、不服输，生命不息、奋斗不止，搞它个每人每年半吨油，甘愿为党和人民当一辈子老黄牛，我想只有这样，能源才有保障，国家才能强大，人民才会幸福啊！

〔灯光变化，王进喜继续在泥浆池里奋力搅拌。

王进喜 兄弟们，是等还是干？

兄弟们 干！

王进喜 兄弟们，有条件上，没有条件创造条件也要上！

兄弟们 有条件上，没有条件创造条件也要上！

王进喜 宁可少活二十年，拼命也要拿下大油田！

兄弟们 宁可少活二十年，拼命也要拿下大油田！

王进喜 我们一定要把祖国建设好，我们要在世界上喊得响响亮亮的——我们是中国人！

兄弟们 我们是中国人！（国旗投影）

〔音乐起，推向高潮——

〔投影：歼20一飞冲天，坦克99A霸气亮相，航母战舰一一闪亮登场……

〔新时代的石油青年上场，3组，向石油前辈学习，最后高潮，王进喜手握刹把，从舞台最深处推向台前，造型，定格。

2023年5月

作品赏析

本剧由玉门油田职工自编自演，从文本到表演，都带有石油人的气质，这份天然的优势使得真实成了本剧的最大特点。这份真不仅体现在工人演员的形体动作上，还体现在他们的台词中。比如：“钻井的老虎炼油的狼，总务后勤是小绵羊”；“眼睛里要有耳朵，耳朵里也要有眼睛”；“是英雄还是好汉，咱们蒸出白馍馍来看”。这些台词皆是工人平时所听所说的话，是他们熟悉的生活。故而，没有任何表演经验的工人演员也能够在陌生的舞台上松弛自如，以质朴自然的表演打动观众。

让石油人真实再现工人生活或许不算难事，但是，要塑造好人物形象，尤其是写好家喻户晓的“铁人”英雄，却并不容易。本剧作者出色地完成了这一剧作任务，他通过人物行动、语言表现出“铁人”的与众不同。当解放军进驻玉门时，其他人载歌载舞，欢天喜地，王进喜却跑到两根大柱子之间，一会儿进去一会儿出来，乐此不疲。大伙儿笑他“瞎溜达”，他却说，以前这地方不让咱进出，现在解放了，咱自由了，想进就进，想出就出。当大队长惊讶于王进喜竟然识字时，王进喜这样说道：“对我来说，认一个字就好像翻过一座山，我要翻山越岭去见毛主席。”大队长听后，笑着让他回去“好好翻几座山”。当王进喜得知国家严重缺油时，他痛心感叹道：“竟然连毛主席住的地方都没有油用！”他同伴的反应却是：“国家缺油也不是咱玉门一家能解决的问题……我还想到博物馆去逛逛呢。”这样一来，舞台上的“铁人”形象便立住了，那是一个极致纯粹的人，是一个如孩童般天真明媚又似钢铁般坚毅的人。作者能够抓住人物特征，还原一个有血有肉的“铁人”，一部分原因在于扎实做好了前期工作。正是因为查阅了大量王进喜的相关资料，才能对“铁人”产生全面的认识，才能得心应手地进行艺术创作。

特别值得一提的是，第二幕写得十分俏皮，为全剧增添了一抹色彩。矿上，副队长正带着大伙儿干活，转头看见两个人哼哧哼哧地抬着钻井工具走来。他纳闷这俩人为啥不用车拉，定睛一看才恍然大悟，那其中一人是王进喜。王进喜说，等车等到啥时候去了，咱身上这力气就不用等，想啥时候使就啥时候使。不一会儿，王进喜又爬上钻台，把设备上上下下检查个遍，忙活完了又推起独轮车，精神抖擞地铲起石粉，干得不亦乐乎。而另一人早已累得气喘吁吁，一屁股坐下，说，王进喜生下来就十斤，我生下来才五斤半，他比我能干也是应该的呀。观众在这一幕发出的笑声不会消解剧本的严肃性，更无碍于作品的主题表达，它是对作者成功塑造王进喜人物形象的一种肯定。

作为一部纯粹的工人戏剧作品，《永远的铁人》展现了石油人的戏剧天赋，也可看作戏剧大众化的一次成功实践。